일상적 삶의
상징적 생산

대중문화와 문화적 민주화

여건종

일러두기
* 도서와 잡지의 이름은 『』, 신문의 이름, 논문과 강연을 비롯한 짧은 글의
  제목은 「」, 영화, 방송 프로그램, 음악의 이름은 〈 〉로 표기하였습니다
* 외래어 표기는 국립국어원의 외래어 표기법을 따랐습니다
* 인용된 말은 문장이든 개념어이든 ' '가 아닌 " "를 원칙으로 하였습니다

일상적 삶의
상징적 생산

대중문화와 문화적 민주화

여건종

에피파니

책머리에

선승이 화두話頭를 던지면 중들이 그것을 안고 뒹군다고 했던가. 제목을 "일상적 삶의 상징적 생산"이라고 정하고 보니 그것이 나에게는 선승의 화두 같은 것이 아니었나하는 생각이 들었다. 상당히 오랜 시간 이것을 안고 있었던 것 같다. 딱히 같은 언어들은 아니었지만, 지금 생각해 보면 나에게 떠나지 않고 계속 머물렀던 두 단어는 "문화"와 "대중"이었다. "문화"라는 단어는 대학 1학년 시절 학과 지도교수로 만난 김우창 선생의 말씀을 듣고 글을 읽으면서 내 가슴속의 어딘가에 자리를 잡았다. 사람은 형성되는 존재라는 말, 인간의 자기 형성이 진정한 자유의 조건이라는 생각이, 무엇이든 스펀지처럼 빨아들여 정신의 자양분으로 만들 수 있었던 시절의, 지적으로 허기졌던 청년에게 감동적으로 들렸다. 자유의 조건이라는 말은 자기 형성의 과정이 민주주의와 본질적으로 연관되어 있다는 생각을 가지게 했다. 나 나름대로의 문화적 민주화에 대한 생각들이 시작된 것도 그 즈음일 것이다. 선생에게 한 가지 더 배운 것은 사람의 생각이라는 것이, 특별히 행동으로 이어지지 않더라도, 그 자체로 힘 있고 매력적인 것일 수 있다는 것이었다. 문

사람은 형성되는 존재이며, 인간의 자기 형성이 진정한 자유의 조건이다

학을 계속 공부하거나, 어쨌든 글을 쓰는 사람이 되고 싶어졌다.

대중이라는 단어가 들어온 것은 그보다 조금 지나서였다. 운동의 열기가 뜨겁던 대학의 동아리방이나 대학 밖의 소위 '교회 운동권'의 집회에서 대중이라는 단어는 항상 논쟁의 중심에 있었다. 민주주의라는 말만으로도 가슴이 뛰던 대한민국의 위대한 계몽주의 시대를 살던 20대 중, 후반의 대학생들에게 대중운동은 열정을 줄 만한 대상이었다. 전두환 정권의 통치가 절정에 달했던 80년대 중반 상당히 큰 규모의 민주화운동 단체('민주통일 민중운동연합'이라는 긴 이름으로 기억하는데, 약칭 민통련)가 출범하고 발기인이란 명목으로 이름을 걸쳐 놓을 때, 활동 분야를 적는 칸에 "문화 대중운동"이라고 적어 넣었다. 옆의 가까운 친구들이 노동운동이라고 적었던 것과 비교하면 참 '한가한 운동'을 했던 것 같다. 그러나 '대중을 문화적으로 해방시키는 것이 민주주의'라는 생각은 최장집 선생이 이름 붙인 "민주화 이후의 민주주의"의 시대를 통과하면서도 크게 변하지 않았다.

몇 가지 이유로 한국을 떠나 미국에서 영문학을 공부하던 시절 레이먼드 윌리엄스를 만났다. 영국에서 별세하기 직전이었으니 물론 책으로 만난 것이다. 처음 미국에 갔던 대학원에서 문학은 신성한 경전이었다. 아직 미국의 많은 영문학과 대학원들이 이론에 물들지 않았던 시절이었다. 『베오울프』를 석사과정 필수 과목으로 지정하고 있었으니 그중에서도 좀 심한 편이었다. 엄혹한 시대에 소위 자칭 "문화 대중운동"이란 것을 하던 제삼세계의 대학원생에게 신성한 경전이 강조되는 것과 비례해서 문학은 초라한 것이 되어 갔다. 혼자 석사 논문을 준비하면서 대학 시절 영문학과가 아니라 운동권 필독서로 읽었던 레이몬드 윌리엄스를 다시 읽었다. 당시의 상황을 고려해보면, 다시 돌아갈 수는 없었고, 생존을 위해 필사적으로 읽었던 것 같다. 오래 가슴에 안고 있던 "대중"과 "문화"가 윌리엄스를 통해서 다시 만났다. 내가 생각한 방식으로 문학을 공부할 수 있는 학교로 미련 없이 떠났다.

두서없이 부족하고 부끄러운 책을 내면서, 내세울 것 없는 지적 편력을 늘어놓은 것 같아 민망하다. 나의 의도는 그런 것이 아니었다. "일상적 삶에서 상징적 생산이 일어난다"는 이 책의 주제와 관련된 얘기를 하고 싶어서, 그러한 생각이 어디에서 시작되고 발전되었고, 이 책의 각 부분을 이어주는 전체적인 구조를 어떤 방식으로 제공해 주었는가를 얘기하고 싶어서이다. 그래서 앞의 얘기를 조금만 더 하면, 옮긴 대학원에서는 영문학의 정전주의로부터 조금 자유롭게 인간의 서사 행위를 접근할 수 있었다. 바로 문화연구라는 새로운 연구영역이 본격적으로 등장하고 있었고, 운 좋게도 영문학의 제도권에서 벗어나지 않으면서 그걸 자유롭게 공부할 수 있었던 곳이 뉴욕 주립대(버팔로)였다. 옮긴 대학의 첫 학기에 18세기 소설 수업에서 하버마스의 부르주아 공공영역의 개념을 접하게 되었다. 개념 자체도 매력적인 것이었지만 우리 시대의 보편계급으로서의 대중과, 시민적 능력과 덕성의 핵심적 요소로서의 문화가 조화롭게 만나는 인류 역사상 첫 번째 실증적인 현장을 확

대중문화와 문화적 민주화 일상적 삶의 상징적 생산

인하게 된 것이다. 바로 대중출판 시장의 등장이다. 대학 시절부터 머리를 떠나지 않았던 문화, 대중, 근대성, 민주주의 등의 단어들을 하버마스가 잘 엮어서 짜주고 있었다. 그것도 구체적인 역사적 증거로. 박사 논문을 쓰는 동안 많이 헤매었지만 지루하지는 않았다.

마지막으로 마르크스를 언급해야겠다. 일상적 삶의 상징적 생산은 마르크스의 용어이다. 물론 마르크스는 상징 생산이라는 말은 한 번도 쓴 적이 없다. 그에게 그것은 그냥 생산이었다. 레이몬드 윌리엄스의 눈을 통해 읽는 마르크스는 "대중의 문화적 능력"의 관점에서 자본주의를 비판하고 대안을 모색하는 인문학자였다. 마르크스를 이렇게 읽어도 되나 하는 생각이 들었지만, 다시 읽어보니 마르크스는 그 얘기를 하는 사람이었다. 마르크스의 『경제학 철학 수고』는 짧지만 읽기가 편하지는 않은 책이다. 이 책은 파편적이고 경구적이고 몇몇 구절은 끝내 해석을 거부하는 듯이 보였다. 서로 논리적으로 긴밀하게 연결되어 있지 않으면서, 지나차게 반복적인 이 아포리즘의 연속은, 그러나, 자본주의적 삶의 근간을 관통하는 통찰과 혜안으로 가득 차 있었다. 마르크스의 절묘한 개념어들을 통해서 보통 사람들이 일상적 삶에서 매일매일 창조적 행위를 하면서, 일하고 삶을 끌고 가고 있다는 사실을 전달해 줄 수 있는 설득력 있는 어휘들을 찾아낼 수 있었다. 그것은 그 자체로 민주주의의 비전이었다.

나의 지적 편력에 등장하는 인물들은 모두 이 책의 내용에서 중요한 위치를 차지하고 있다. 신우창은 서구의 심미적 인문주의 전통을 자생적으로 내면화시키면서, 우리의 고유한 근대 경험 속에서 내면적 자기 형성의 가치를 한국인의 언어로 구체화시키고, 한국인의 내면성의 인문적 자원으로 정착시켰다. 레이몬드 윌리엄스, 하버마스, 마르크스가 이 책에서 차지하는 위치는 본문의 목차에서도 잘 드러난다. 책 제목인 "일상적 삶의 상징적 생산"은 오랜 시간 내 머리와 가슴속을 떠돌았던 "문화"와 "대중"에 대한 생각들이 마르크스의 어휘들로 정리된 것이다. 레이몬드 윌리엄스는 유물론적 미학의 과거와 현재를 이어주는 중심축이며 4부의 문화적 민주화의 정신을 문화연구를 통해 제시했다. 하버마스는 3부의 주제인 대중 미디어 시장의 역사적 의미를 규명하면서 한 공동체의 상징 질서의 공간에서 보통 사람들의 일상적 경험이 재현되고 소통될 수 있는 역사적 조건을 적절한 개념과 구체적인 실례들로 제시해 주었다. 또한 그의 공공영역의 논의는, 서론에서 개념을 소개하고 있고 4부의 마지막 장에서 그 실천적 의미를 구명하고 있는 "상징 생산의 생태적 순환계"에 대한 생각의 단초를 제공해 주었다.

보통 사람들의 일상적인 삶의 경험에서 발생하는 상징적 생산 행위를 적극적으로 인정하고 더 나아가서 그것을 더욱 주체적이고 풍요로운 것으로 만드는 것은 궁극적으로 일하는 일반 사람들의 경험의 존엄성에 관한 것이고 그런 의미에서 민주주의에 대한 하나의 주장이다. 유물론적 미학은 언젠가 누군가에 의해 박탈되었던 그 권리를 복권시키려는 것이다. 이것이 이 책의 출발점이다.

이 책은 서론을 포함하여 네 부분으로 구성되어 있다. 서론에

김우창은 서구의 심미적 인문주의 전통을 자생적으로 내면화시키면서, 우리의 근대 경험 속에서 내면적 자기 형성의 가치를 한국인의 언어로 구체화시키고 한국인의 내면성의 인문적 자원으로 정착시켰다

해당하는 1부 1장에서는 책 전체를 관통하는 중심 주제 몇 가지를 소개하고, 그것이 책의 본론의 내용들과 어떠한 관련을 가지는지를 기술했다. 그 중심 주제들은 책 제목인 "일상적 삶의 상징적 생산," "상징 생산의 생태적 순환계," 그리고 "유물론적 미학"이다. 이 세 가지 주제는 한 가지 주장이 강조점을 달리해서 표현된 것이다. 이 주제들을 통해 본론 3부와 4부의 '대중 미디어 시장과 리얼리즘', 그리고 '대중과 문화적 민주화'에서의 이론적 논의와 실제 분석들이 어떻게 서로 긴밀하게 연결되어 있는가를 살펴보았다. 이러한 주제들은 필연적으로 대중문화를 접근하는 새로운 관점들을 가져오게 된다. 서론의 2장에서는 그것과 관련된 몇 가지 전제들을 개괄하기 위해 문화연구의 등장의 역사적, 사회적 조건, 대중문화 생산물의 질적 가치 평가의 문제, 그리고 오늘날 대중문화 생산과 소비의 과정을 결정하는 시장이 문화와 가지는 복합적인 관계를 살펴보았다.

일상적 삶이 가진 상징적 창조성의 가치에 대한 믿음을 이론적으로 개진한 비주류적 미학 전통이 유물론적 미학이다. 2부는 유물론적 미학 전통의 역사적 계보를, 그것을 주장한 작가나 사상가 중심으로 재구성하였다. 그리고 유물론적 미학에 영향을 받아 등장한 문화연구에서 대중문화가 실제로 어떻게 분석되어 왔는가를 주로 문화대중주의의 입장에서 살펴보았다. 3부는 대중 미디어 시장의 등장을 통해 처음으로 보통 사람들의 일상적인 경험이 재현되고 소통되는 새로운 문화 생산 제게가 역사적으로 창출되는 과정을 살펴보았다. 그 시작은 소위 '소설의 발생'이라고 불리는 리얼리즘 소설의 등장이다. 3부에서는 리얼리즘을 일상적 경험의 재현과 소통으로 정의하고 그러한 산문 장르가 대중출판 시장을 통해 등장하게 되는 구체적인 역사적 과정과 그것이 근대 시민사회의 형성을 어떻게 추동했는가를 하버마스의 부르주아 공공영역의 개념을 중심을 살펴보았다. 그리고 이러한 대중 미디어 시장의 민주적, 해방적 잠재력이 새로운 대량 생산과 대량 소비의 문화적 조건에서 어떻게 실현될 수 있는가를 발터 벤야민의 기계 복제 시대의 예술작품에 대한 논의를 통해 살펴보았다. 3부에서 실제 분석의 예로 다루는 TV 드라마와 칙릿, 그리고 마이클 무어의 다큐멘터리는 모두 일상적 경험의 재현과 소통이라는 리얼리즘의 정의를 잘 보여주는 대중 미디어 생산물들이다. 또한 이 작품들의 예시는 1부와 2부에서 유물론적 미학의 한 방법론으로 제시된 비판적 문화대중주의를 구체적인 대중문화 생산물의 분석을 통해 살펴보는 의미를 가진다.

마지막으로 4부의 "대중과 문화적 민주화"는 후기자본주의의 새로운 경제적 생산 양식 하에서 대중의 자기 형성의 능력을 통한 문화적 민주화의 가능성을 살펴보았다. "일상적 삶의 상징적 생산" 그리고 "상징 생산의 생태적 순환계"의 개념들이 지향하는 것은 궁극적으로 미디어를 재현과 소통과 연대의 공간으로 만드는 문화적 민주화의 이상이라고 할 수 있다.

그러한 문화적 민주화의 이상이 후기 자본주의의 교환가치화된 삶의 조건에서 더욱 위협받고 있다는 점에서 4부의 1장과 2장은 시장사회의 등장, 포스트민주주의의 대두, 교환가치의 지배 등의 후기 자본주의적 삶의 부정적인 변화들을 비판적으로 접근하는데 집중했다. 결론에 해당하는 4부의 3장은 그 대안으로 미디어 리터러시의 시민적 능력을 강화하는 방법들을 살펴보면서 유물론적 미학이 가지는 신념을 문화적 민주화의 실천적 기획으로 전환시킬 수 있는 길을 모색해 보았다.

이 책은 앞에서 기술했듯이 오랜 시간 동안 가졌던 생각들이 몇 가지 주제와 개념들 그리고 실례들로 엮여져서 하나의 모습을 갖추게 된 것이다. 이 책에는 학문적 논의의 성격을 가지고 논문의 형식을 충실하게 따른 글들과 비교적 자유로운 형식으로 특정 작가나 이론가, 개념을 가능한 한 알기 쉽게 해설하기 위해 풀어쓴 글들이 섞여있다. 모두 전체 주제와 관련된 글이라는 의미에서 한 곳에 모일 수 있었다. 이 책의 주장들과 실제적 분석들은 몇몇 지면을 통해 발표된 것이다. 그 사이 오랜 시간이 지나면서 새로운 어휘로 발전되거나 수정되고 보강되었고, 또는 새로운 문맥으로 재구성되기도 했다.

책을 내놓고 보니 아쉬움이 많이 남는다. 무엇보다 구체적인 대중문화의 실례들을 많이 못 다루었다. 이미 써놓은 것이 몇 편 있으나, 이 책에 관련된 규정상 포함되지 못하였다. 또 하나 아쉬운 점은 미디어 리터러시의 구체적인 실천 사례들을 충분히 못 다루고 선언적인 단계에 머물렀다는 것이다. 구체적인 대중문화 사품들이 생산되고 소비되는 방식을 더 많이 다루는 책은 열정과 정력과 기회가 주어진다면 다시 써서 여기에서 거론된 논의들을 보완하고 싶다. 이번에는 이 책에서 다루고 있는 주제와 주장들을 제기하는 정도의 선에서 마무리를 해야 할 것 같다.

이 책이 나오는데 여러 기관과 사람들로부터 많은 도움과 지원을 받았다. 무엇보다 한국연구재단은 이 책이 구상되고 집필되는 과정에 아낌없는 지원을 해 주었다. 한국연구재단의 지원이 없었다면 이 책은 현재의 모습을 갖추기 어려웠을 것이다. 어려운 출판계의 상황에서 별로 수익에 도움이 될 것 같지 않은 책의 출판에 힘써주신 박 선배와 김성은 편집자께 진심으로 감사의 말씀을 전한다. 앞에서 잠시 거론한 김우창 선생님께도 다시 감사의 말씀을 전한다. 선생님 가까이에서 말씀을 듣고, 선생님 글을 읽은 지도 벌써 40여 년이 되었다. 이 책에 개진된 생각들은 숙명여대에서 학생들을 가르치고 그들과 대화하면서 숙성된 것들이다. 학생들에게 항상 고마운 마음을 가지고 있다.

마지막으로 가족들에게 고맙고 미안하다는 말을 전하고 싶다. 같은 영문학을 전공하셨던 아버님은 아들이 영문학 작품보다는 대중문화에 더 많은 관심을 두고 있다는 것을 아셨고, 왜 그런지도 조금은 이해하시는 듯 했다. 책은 언제 나오는 것이냐고 궁금해서 물으실 때는 어린 시절처럼 그것을 질책으로 받아들였다. 아버님과 어머님은 책이 출판되는 것을 결국 보시지 못하셨다. 다음번 찾아뵐 때는 책을 들고 갈 수 있게 되었다. 아내와 이제는 다 성장한 아

대중문화와 문화적 민주화 일상적 삶의 상징적 생산

이들도 책의 출간을 기다렸다. 그들이 보기에도 너무 오래 걸렸던 모양이다. TV와 음악을 다들 좋아하니 책 내용에도 공감하기를 바랄 뿐이다. 기다려 준 가족에게 고맙다는 말을 전한다.

녹음이 짙어지는 청파동 언덕에서

2018년 5월

여건종

차례

책머리에   004

1.
대중문화, 유물론적 미학, 문화적 민주화 - 들어가며

1.1. 일상적 삶의 상징적 생산과 유물론적 미학   019
1.2. 대중문화, 어떻게 접근할 것인가   037

2.
유물론적 미학의 재구성

2.1. 마르크스와 "감각의 해방" | 유물론적 미학의 토대   069
2.2 심미적 경험과 시민적 이상 | 쉴러와 심미적 인문주의   093
2.3. 생활예술과 유물론적 미학 | 윌리엄 모리스   111
2.4. 생체 미학과 경험으로서의 예술 | 존 듀이   135
2.5. "문화는 일상적이다" | 레이몬드 윌리엄스   151
2.6. 대중문화 소비와 미디어 시장 | 폴 윌리스   173
2.7. 유물론적 미학과 대중문화 분석   189
[보론] 그람시의 귀환 | 문화유물론과 서사의 물질성   204

3.

대중 미디어 시대의 리얼리즘

3.1. 대중 미디어 시장의 해방적 잠재력 I │ 하버마스   249

3.2. 대중 미디어 시장과 리얼리즘 소설의 발생   267

3.3. 대중 미디어 시장의 해방적 잠재력 II │ 발터 벤야민   303

3.4. 서사의 대중성 │ TV 드라마와 감성구조   321

3.5. 칙릿과 대중적 페미니즘   337

3.6. 현실 참여 미디어 힘 │ 마이클 무어   363

4.

대중과 문화적 민주화 – 나가며

4.1. 시장사회의 징후들 │ 의식과 욕망의 교환가치화
그리고 재현의 위기   401

4.2. 포스트민주주의와 시민적 능력   423

4.3. 미디어 리터러시 │ 대중에서 시민으로   463

APPENDIX.

부록

찾아보기   490

참고문헌   496

1

대중문화,
유물론적 미학,
문화적 민주화

들어가며

1. 1.

일상적 삶의 상징적 생산과
유물론적 미학

○
일상적 삶의
　상징적 생산

　　제목 그대로 이 책은 '일상적 삶의 상징적 생산'이라는 화두를
가지고 대중문화와 문화적 민주화의 관계에 대한 몇 가지 생각을
정리한 것이다. '일상적 삶은 상징적으로 생산된다.' '일상적 삶에
서는 상징적 생산이 일어난다.' 구문의 해석은 다르지만 이 책은 두
가지 의미를 다 포괄하려고 했다. 생산은 마르크스의 핵심 어휘이
다. 마르크스에게 욕구, 노동, 생산은 모두 한 가지 행위, 인간의 가
장 기본적인 생명활동의 다른 이름들이다. 일상적 삶의 상징적 생

마르크스에게
욕구, 노동, 생
산은 인간의
기본적인 생명
활동의 다른
이름들이다

산이라는 명제는 보통 사람의 일상적 삶에서 작동하는 상징적 욕구와 그것을 충족시키는 상징 생산 행위에 수반되는 창조적 자기 형성의 과정에 주목한다. 상징적 욕구는 상징, 즉 이미지와 소리와 몸짓, 그리고 언어에 의해 수행되는 재현 행위를 통해 세계를 경험하고, 표현하고, 소통하고, 스스로를 의미 있는 존재로 만들어나가려는 욕구를 가리킨다. 이 욕구를 충족시키는 행위가 상징 생산이다. 이 행위는 일상적이면서 동시에 창조적인 행위이며, 인간이 스스로를 지속해 가는 과정에 필수적인 행위이다. 물질적 생산이 생물적 삶의 절실한 요구이듯이, 상징적 생산은 존재의 긴급하고 절실한 필요이다. 인간은 상징 생산을 하지 않고는 자신의 삶을 온전히 영위할 수 없기 때문이다. 이것은 "나"를, 혹은 '나됨'을 지속적으로 생산해 준다. 이것은 일상의 요구이다.

　인간의 상징 생산이 수행되는 가장 기본적인 단위는 이야기이다. 이미지와 몸짓과 소리도 상징의 성격을 가지게 되면 이야기의 형태로 우리에게 경험된다. 이야기를 통해 세계와 만나고, 그것이 내 안에 들어와 내가 하나씩 만들어지고, 그렇게 만들어진 나는 다시 나의 이야기를 소통시키면서 세계에 개입하고 현실을 변화시킨다. 이러한 매일의 행위들이 상징 생산의 전 과정을 구성하게 된다. 주체의 상징적 생산은 이야기로서의 문학과 대중문화가 중첩되는 지점이다. 어떤 의미에서 대중문화는 문학보다 월등한 이야기 양식이다. 질적 수준에서 그렇다는 것이 아니라 그것이 수행하는 기능의 편재성遍在性, 보편성, 일상성의 측면에서 이야기의 본질에 더 가깝다는 뜻이다.

상징 생산은 살
아 있는 생명체
의 태생적 권리
이다

상징 생산이란 우리의 삶을 지속하기 위해서 반드시 필요한 의미와 가치, 그리고 쾌락의 생산을 가리킨다. 인간은 물질적 노동을 통해 생물적 삶을 지속해 가기 위한 재화를 생산하고, 상징적 노동을 통해 주체, 즉 '나'를 생산해 간다. 마르크스는 이 두 가지 생산 활동이 사실은 하나의 행위라는 것을 간파한 최초의 사상가였다. 상징 생산은 인간 행위의 한 부분일 뿐 아니라 필수적인 부분이며 살아 있는 생명체의 태생적 권리이다. 이러한 상징적 작업은 우리의 일상적 삶에 편재되어 있으며, 신체와 언어는 상징적 창조 행위의 중요한 매개물인 동시에 자원이다. 생산 과정에서 몸은 세계를 감각하고 전유하고 확장하며, 언어나 이미지나 소리는 이러한 세계의 경험을 소통하고 축적한다.

우리의 개인적
정체성은 고정
된 것이 아니
다. 매일 같은
밥을 욕구하듯,
지속적으로 반
복적으로 생산
되어야 한다

그렇다면 이러한 상징적 생산이 생산하는 것은 무엇인가? 가장 간단한 답은 '나'이다. 우리의 개인적 정체성을 생산하고 재생산해 준다는 것이다. 이 정체성은 고정된 것이 아니고, 우리가 매일 같은 밥을 욕구하듯이, 지속적이고 반복적으로 '생산되어야 한다.' 우리가 같은 이야기를 계속 다시 욕구하는 것은 이때문이다. 이야기를 소비하는 것은 '나는 누구인가'를 생산하기 위한 필수적 과정이다. 나의 정체성은 공동체를 통해 나에게 주어지는 것이면서, 동시에 상징적 노동을 통해 끊임없이 생산되고 갱신되는 것이다. 상징적 노동은 스스로의 의미를 창출하려는 투쟁, 즉 스스로 의미 있는 존재가 되려는 본능적 노력을 포함한다. 이 과정에서 상징적 노동은 인간 정체성을 보다 큰 전체 속에, 즉 '나'라는 존재를 역사와 공동체 속에 위치시킨다. 구조화된 집단성은 개인의 상징적 창조 행위를 가능하게 하는 자원을 제공해 준다. 이 시공간의 제약은 제한이고 결정이면서 동시에 가능성이고 잠재력이다.

다음으로, 상징 생산은 존재의 느낌을 강화시켜준다. 자신이 가진 역동적 능력에 대한 적극적 느낌을 발전시키고 확인해 준다. 마르크스가 의도한 진정한 의미에서의 생명활동이다. 이것은 자아 정체성의 가장 역동적인 부분이다. 궁극적으로 이것은 (아무리 미미하고 눈에 보이지 않을지라도) 현실 세계를 변화시킬 수 있는 힘에 대한 느낌이다. 이것은 문화연구 등장 이후 진행된 대중문화 분석이 확인하고 강조하는 가장 의미 있는 발견이다. 상징 생산 행위는, 그것이 잘 작동되었을 때, 자신의 존재감, 살아 있음의 느낌을 강화해 준다. 이것은 자신이 무엇인가를 할 수 있다는 것, 자신의 삶이 살 만한 것이라는 사실에 대한 깊은 느낌이다. 이 느낌을 통해 한 인간은 스스로에게 힘을 부여한다. 이야기가 치유의 힘을 가지고 있다고 말할 때의 가장 근본적인 의미이다. 이것은 내밀한 과정이면서 동시에 인간이라는 살아 있는 생명체에 일상적이고 필수적으로 작동하는 과정이다. 이 말은 인간은 그 자신에게 고유하고 적절하게 필요한, 지속적인 상징 생산 행위 없이는 사람다운 삶을 살지 못한다는 것을 의미한다. 이것이 우리의 일상적 삶이 '상징적으로 생산'된다는 것의 실질적 의미이다. 이러한 상징적 자원이 저장되어 있는 곳을 우리는 문화라고 부른다. 문화는 우리에게 이야기를 제공해

상징적 노동은 스스로의 의미를 창출하려는 투쟁, 스스로 의미 있는 존재가 되려는 본능적 노력을 포함한다. 이 과정에서 상징적 노동은 인간 정체성을 — 나라는 존재를 — 역사와 공동체 속에 위치시킨다

문화는 우리에게 이야기를 제공해주고 우리는 이야기를 소비하면서 스스로를 상징적으로 생산한다

주고 우리는 이야기를 소비하면서 스스로를 상징적으로 생산한다. 대중문화의 시대를 사는 우리에게 일상적 삶의 상징적 생산의 원천은 많은 경우 대중문화의 소비를 통해 제공된다.

일상적 삶의 상징적 생산이라는 명제는 이 책 전체에 편재해 있다. 2부의 "유물론적 미학의 재구성"은 위의 명제를 이론화한 인문학적 전통의 계보를 재구성한 것이다. 일상적 삶에서 상징 행위가 무엇을 생산하는가의 문제는 2부 6장의 폴 윌리스의 대중문화 소비와 상징적 창조성에 대한 설명에서 더 상세하게 논의되고 있다. 3부의 "대중 미디어 시대의 리얼리즘"은 대중출판 시장의 등장과 함께 대중의 일상적 삶에서의 상징 생산과 서사 행위가 시장 기제를 통해서 역사적으로 처음으로 공적으로 재현되고 소통될 수 있는 제도적 조건이 만들어지는 과정을 기술한다. 보통 사람들의 일상적 경험을 재현하고 소통하는 리얼리즘 소설의 발생은 이 과정의 의미를 설득력 있게 보여준다. 리얼리즘 소설이 새롭게 계발한 일반 사람들의 일상적인 경험의 재현과 소통의 문화적 기제는 20세기 대중 미디어 시장을 통해서 새로운 단계에 진입하게 된다. 3부의 4장에서 논의되는 레이몬드 윌리엄스의 "감성구조"의 개념은 오늘날의 TV 드라마가 이 기능을 확장된 시장 구조 안에서 어떻게 수행하고 있는가를 보여준다. 4부 "대중과 문화적 민주화"는 새로운 자본주의의 조건 속에서 일상적 삶의 상징적 생산이 문화적 민주화의 장구한 혁명의 과정에서 어떠한 의미를 가지는지를 살펴본다. 미디어 리터러시는 문화적 민주화를 위한 대중의 시민적 능

력의 핵심적 요소이며, 이 능력이 주조되는 공간이 일상적 삶의 공간이다.

(서론 부분은 이 책에서 제기하고 있는 주요 개념과 명제들을 본론의 각 장의 개별적인 논의들과 관련시켜 소개하고 설명하는 성격을 가진다. 논의의 전개상 본론의 표현과 문장들이 서론에서 일부 중복되고 있음을 밝힌다.)

○ 상징 생산의 생태적 순환계

주체가 상징적으로 생산된다는 것은 우리가 상징의 매개를 통해서만 세상을 만나게 된다는 것을 또한 의미한다. 우리가 세상을 경험하는 것은 이야기를 통해서이다. 이야기를 통해 세상과 만나고 이야기를 듣고 만들면서 스스로를 형성해 간다. 사람들은 이야기가 현실을 모방한다고 말한다. 그러나 사실은 현실이 이야기를 모방한다. 우리는 이야기라는 틀을 통해서만 현실을 만지고 볼 수 있다. 이야기가 발화되고 소통되면서 나와 이웃의 개별적이고 고유한 삶은 공동의 경험으로 인지되고 공유된다. 이야기를 통해서 우리는 공동의 경험세계를 구축하는 것이다. 이 공동의 경험세계를 통해서만 나는 다시 나를 만들어간다. 공동의 경험세계는 한 공동체에서 유통되는 이야기들이 축적되고 계승되는 공간이다. 이 공동의 경험세계를 한 공동체의 상징 질서라고 할 수 있다. 상징 질서가 나를 만들고 다시 나의 경험의 소통을 통해 내가, 혹은 우리가 상징 질서에 개입하고 참여하고 변화시켜 나가면서 상징 생산의 생태적 순환계가 만들어지고 돌아간다. 주체는 이 의미 생산의 생태적 순환계 속에서 구성되고 갱신된다. 의미 생산의 생태적 순환계가 원활하게 작동할 때 보통 사람들의 경험, 정체성 그리고 고통은 공동체에 인지되고, 상징 질서는 그것을 자신의 일부로 받아들인다.

재현 행위를 통해 경험을 소통시키고 현실을 구성하는 것은 한 공동체에서 이야기가 수행하는 핵심적 기능 중 하나이다. 이때 소통이란 타인의 경험이 공유되는 과정이다. 인간은 타인의 경험을 공유하고 전유함으로써 자신의 세계를 구축한다. 혼자 독자적으로 만드는 자신의 세계란 존재하지 않는다. 아무리 자신의 내밀한 내면의 세계를 고요하게 응시한다고 해도 그것은 불가능한 일이다. 인간의 언어행위 자체가 협동적 노동이라는 사실이 이 점을 잘 보여 준다. 이것은 또한 이야기가 사람을 만든다는 말의 근본적 의미이다. 개별적이고 고유한 삶의 경험들이 공동체의 경험으로 소통되고 공유되는 과정, 그리고, 이 공적 공간을 통해서 그 개별적 경험에 정체성을 부여해 줄 수 있는 사회의 통합적 이미지가 생산되고 저항되고 때로는 거부되는 전 과정은 모두 이야기가 만들어지고 소통되고 소비되는 행위를 통해 진행된다. 이야기는 한 개인의 고유한 삶의 경험을 재현한다. 이때 개인은 특수하고 고유하지만, 특

소통은 타인의 경험이 공유되는 과정이다. 우리는 타인의 경험을 공유하고 전유함으로써 자신의 세계를 구축한다. 독자적으로 만드는 자신의 세계는 존재하지 않는다. (…) 인간의 언어행위 자체가 협동적 노동이기 때문이다

수하고 고유한 경험을 통해 전체 공동체의 삶의 특정한 국면을 드러내면서, 공동체의 전체적 삶의 형식과 대면하고 갈등하고 타협한다. 상징 생산의 생태적 순환계를 통해 공동체는 이 문제적 개인의 경험을 자신의 정체성 속에 더 확고하게 각인시키고 참여시킨다.

오늘의 사회에서 이야기가 제공되는 가장 지배적인 제도는 대중 미디어이다. 현대 사회에서 시민과 미디어 소비자는 동의어이다. 현대 사회의 구성원은 대중 미디어의 소비를 통해서 스스로의 정체성을 획득한다. 대중 미디어는 우리 삶의 사실들을 선택적으로 제공해 주고, 우리가 사는 공동체의 현실을 판단하고 평가해 준다. 우리는 미디어라는 창을 통해 현실을 구성하고 더 나아가서 우리 자신을 구성한다. 미디어가 헤게모니의 기제라는 것은 미디어를 통해 우리 삶의 지배적인 힘들이 스스로를 재생산하고 있다는 것이다. 대중 미디어는 우리가 세계를 경험하는 방식을 구성한다. 미디어는 우리가 사는 공동체와 우리 자신에 대한 정의를 생산해 준다. 우리는 대체로 미디어가 우리의 주체를 구성하고 있다는 사실을 의식하지 못한다. 미디어는 보이지 않는다. 그것은 보편적 관점으로 자연스럽게 내화된다. 미디어는 세상으로 통하는 투명한 창으로 우리에게 나타난다.

미디어가 보여주는 세계는 무엇인가에 매개된 세계이다. 재현이 매개되는 과정은 우리 삶을 결정하고 있는 여러 힘들이 각축하고 있는 장소이다. 대중 미디어의 생산과정에 비판적으로 개입한다는 것은 누구의 관점에서, 누구의 목소리로, 어떠한 조건 속에서

대중 미디어의 생산과정에 비판적으로 개입한다는 것은 누구의 관점에서, 누구의 목소리로, 어떠한 조건 속에서 재현이 이루어지는가를 드러내는 일이다

대중문화와 문화적 민주화 일상적 삶의 상징적 생산

재현이 생산되는가를 드러내는 일이다. 이것은 미디어 리터러시의 중요한 기능 중의 하나이다. 미디어 리터러시는 미디어가 구성해 주는 세계를 거슬러 읽는 능력을 만들어 주고, 더 나아가 우리를 재현의 주체로 만들어 줄 수 있는 가능성을 준다.

재현하고 소통하고 참여하는 이야기의 기능은 공동체의 소통 체계(communication system)에 의해 수행된다. 가족, 지역공동체, 학교, 미디어, 대학, 대중문화, 그리고 인터넷과 SNS의 공간 등은 가장 일 반적이고 기본적인 소통체계 들이다. 이 소통 체계를 통해 개인과 공동체가 만난다. 대중이 소통의 과정에서 수동적 소비자가 아니라 능동적 생산자가 될 때, 재현의 형식은 참여의 형식이 된다. 재현의 궁극적 기능은, 스스로의 경험과 정체성을 표현해내고 공적 경험으로 공유시키는 것, 그것을 통해 자신의 집단적 정체성에서 오는 고유한 관점과 해석을 공동체의 관점과 해석의 일부로 바꾸어 놓고, 더 나아가서 공동체의 의미 생산 과정에 참여하는 것이다. 자신과 공동체의 문제에 능동적으로 개입하는 능력을 통해 보다 주체적이고 자율적인 삶을 살 수 있는 조건을 만든다는 의미에서, 재현과 참여의 형식을 함께 만들어가는 것은 민주적 삶을 위한 실천 조건이 된다. 상징 생산의 생태적 순환계가 원활하게 진행된다는 것은 보통 사람들의 의미 있는 경험들이 드러나고, 보여지고 공동체 구성원들의 경험으로 다시 전유되는 것을 의미한다.

'상징 생산의 생태적 순환계'는 문화적 민주화의 장구한 혁명이 어떠한 과정을 통해 진행될 수 있는가를 접근하기 위한 개념적 장치이다. 2부에서 유물론적 미학의 역사적 계보를 재구성하는 이론적 작업을 통해 일상의 공간에서의 자기 형성의 의미를 규명했다면, 3부의 대중 미디어 시장의 등장과 발전에 대한 논의는 상징 생산의 생태적 순환계가 구성되는 실제적인 과정을 역사적 실례를 통해 보여준다. 그것은 근대 시민 사회의 의사소통의 네트워크를 통해서 일반 사람들의 일상적 경험이 한 공동체의 상징 질서에 진입하게 되는 새로운 상징 생산의 조건이 만들어졌다는 것을 확인해준다. 3부의 1장과 3장에서 위르겐 하버마스와 발터 벤야민의 이론을 '대중 미디어 시장의 해방적 잠재력'이라고 명명한 이유는 근대 이후 대중 미디어 시장이 상징 생산의 생태적 순환계가 점진적으로 활성화되는 문화적 제도로서의 기능을 효과적으로 수행했기 때문이다. 이런 의미에서 하버마스의 부르주아 공공영역의 발생에 대한 논의는 상징 생산의 생태적 순환계가 등장하게 되는 역사적 과정의 탁월한 개념화였다. 현 단계 자본주의의 정치적, 경제적, 문화적 상황을 비판적으로 접근하는 4부 "대중과 문화적 민주화"는 후기 자본주의의 새로운 조건에서 문화적 민주화의 문제를 하이퍼리얼리티와 재현의 위기의 논의를 통해 살펴보고, 그 대안으로 미디어 리터러시를 통해 시민적 능력을 확산하고 강화할 수 있는 방법을 모색해 본다. 이때 상징 생산의 생태적 순환계를 활성화시키는 것은 미디어를 소통과 참여와 연대의 공간으로 만드는 것을 의미한다. 이 책은 이러한 관점을 기반으로 민주주의를 정의하려는 시도이다.

○
유물론적
    미학의 재구성

보통 사람들의 일상적 삶이 가진 상징적 창조성에 대한 믿음을 이론적으로 개진해온 비주류적 미학 전통이 유물론적 미학이다. 일상적 삶의 상징적 창조성이라는 명제는 문화적 행위와 그 생산물을 인간 정신 능력의 예외적 성취로서의 예술이나 문학적 전통 속에 한정시켜 보는 관점에서, 보통 사람들의 일상적 삶 속에서 일어나고 있는 다양한 형태의 상징적 행위로 확장시키는, 관점의 전환을 의미한다. 그것은 보통 사람의 일상적 삶에서 작동하는 상징적 욕구와 그것을 충족시키는 과정에 개입하는 창조적 자기 형성의 행위에 주목한다.

왜 '보통 사람들의 일상적 삶'의 '상징적 창조행위'인가? 일상적 삶의 상징적 창조성은 지금까지 미적인 것을 논의하는 학문들의 주류 전통에서는 별로 다루어지지 않았던 두 영역의 통합, 즉 일상성과 창조성의 이론적 통합을 시도한다. 이 두 영역의 통합은 독일 고전적 낭만주의로부터 적어도 20세기 전반기까지 서구 인문학 전통을 관통했던 심미적 인문주의(aesthetic humanism)와 일상적인 노동과 생산의 과정을 통해 개인과 공동체와 역사가 형성되는 과정을 강조하는 마르크스의 유물론의 만남을 통해 이루어진다.

심미적 인문주의의 핵심적 문제의식은 상징적 재현 행위를 통한 미적 경험 − 낭만주의자들이 창조적 능력이라고 치음으로 이

름 붙인 것 – 이 개인을 더욱 성숙하고 풍요롭게 만들고, 공동체를
더욱 진보하고 자유롭게 만드는가였다. 근대적 의미에서의 문학과
예술은 이러한 인간 행위의 중심에 위치해 왔다. 마르크스의 유물
론은 이러한 창조적 자기 형성 과정의 물질성, 즉 보통 사람들의 노
동과 생산 행위를 통한 자기 창출(self-creation)의 일상성을 강조한
다. 마르크스에게 인간의 노동과 생산 활동은 단지 물질적 재화의
생산을 의미하는 것은 아니었으며, 마찬가지로 인간의 창조성은
정신적 행위에 국한된 것은 아니었다. 그에게 노동의 궁극적인 목
적은 자기 생산이었으며, 이 자기 생산의 과정은 일상적이면서도,
동시에 창조적이고 역동적인 것이었다. 따라서 마르크스에게 (상징)
생산과 (상징적) 창조는 같은 행위를 가리키는 용어라고 할 수 있다.
2부에서 마르크스의 '생산하는 인간'에 대한 해석은 마르크스의 자
본주의 비판에 쉴러의 심미적 인문주의가 깊이 자리 잡고 있다는
것을 보여준다. 마르크스와 심미적 인문주의, 더 나아가서 서구 낭
만주의 전통과의 친연성을 확인하는 것은 오늘의 삶에서 대중문화
가 무엇을 하고, 무엇을 할 수 있는가를 살펴보는데 많은 것을 시사
해 준다.

마르크스의 자본주의 비판의 심층에 자리잡고 있는 쉴러의 심미적 인문주의

이 책에서 두 지적 전통의 만남은 완성된 이론적 체계가 아니
라 문제 제기의 형태로 제시된다. 이 책이 제기하는 질문들은 다음
과 같은 것이 될 것이다. 인간의 미적 경험 혹은 상징 행위가 인간
을 형성하고 더욱 성숙하고 풍요롭게 만든다면, 이 기능은 전통적
으로 그 역할을 해왔다고 상정되는 (적어도 문학연구 제도 안에서는) '고

대중문화와 문화적 민주화 일상적 삶의 상징적 생산

급문화'로서의 문학의 영역에 국한된 것인가? 일반 사람들은 그들의 일상적 삶에서 어떻게 상징적 욕구를 충족시키고, 스스로를 의미 있는 존재로 만들어가는가? 현재의 대중문화는 일상적 소비를 통해 상징 생산의 사회적 제도로서의 역할을 어떠한 방식으로 수행하고 있으며, 필요하다면 그것을 어떻게 변화시킬 수 있을 것인가?

이러한 질문들은 결국 오늘의 상황에서 대중문화가 어떠한 기능을 하는가의 문제로 수렴된다. 이 책은 현재의 대중문화가 생산되고 소비되는 과정을 깊이 있게 이해할 수 있는 새로운 문제틀을 유물론적 미학의 이름으로 제시하려고 한다. 유물론적 미학은 인간의 자기 생산 과정에서의 미적 경험의 일상성, 삶의 적극적이고 긴급한 필요로서의 미적 경험과 상징적 생산, 예외적이고 특권적이고, 배제적인 예술관의 거부, 대중문화 시장에 대한 복합적이고 균형 잡힌 관점, 그리고 마지막으로 자기 형성을 통해 자본주의의 소외를 넘어서는 대안적 삶의 모색 등의 요소로 특징지어진다. 유물론적 미학은 대중문화를 접근하는 몇 가지 새로운 관점들을 제공해 준다. 그 관점들을 정리해 보면 다음과 같은 것이 될 것이다.

1) 대중문화의 소비 행위에 수반되는 상징적 창조행위를 인정하고 그 소비의 일상성에 주목한다. 인간은 상징적 창조행위를 통해 자신의 정체성을 구성하고, 자신의 존재감, 살아 있음의 느낌을 강화시켜간다.

2) 이 과정의 핵심에 미적 경험이 존재한다. 이것은 우리는 미

적 경험의 윤리학이라고 할 수 있을 것이다. 미적 경험의 윤리학은 우리 앞에 주어진 삶의 가능성을 더 풍부하고 충만하게 살아내는 삶의 원리를 말한다. 이것을 통해 인간은 의미 있는 존재로 갱신되고 확장된다.

3) 미적 경험의 윤리학은 대중문화 생산물 중에서 좋은 것과 나쁜 것, 더 좋은 것과 덜 좋은 것들을 구분하고 새로운 생산의 지향점을 설정해야 할 당위를 제공한다. 이때 가치 평가의 기준은 구체적인 삶의 조건에서의 소비 행위를 통해 어떠한 상징 생산이 일어나는가, 그것은 소비자와 그의 현실을 어떻게 형성하고 변화시키는가의 문제가 된다. 문화 생산물에 대한 이러한 적극적인 질적 가치평가를 통해 시장 기제가 유일한 기준이 되고 있는 문화 생산의 시장에 개입한다.

구체적 삶의 조건에서 발생하는 소비 행위를 통해 어떠한 상징 생산이 일어나며 소비자와 그의 현실이 어떻게 형성하고 변화되는가를 비판적으로 살피는 것은 의미 있는 일이다

4) 대중문화를 통해 제공되는 쾌락, 그리고 그 쾌락과 관련된 욕망구조가 당대의 구체적인 삶의 조건들과 가지는 역동적 관계에 주목한다.

5) 마지막으로 문화 생산 과정에서 시장 기제를 포함한 우리 사회의 지배적인 힘이 대중문화의 가능성을 제한하는 과정에 대한 성찰과 분석을 제공한다.

유물론적 미학이 집중적으로 논의되는 것은 이 책의 2부에서이다. 이 책의 2부는 유물론적 미학의 전통을 쉴러Schiller로 대표되는 독일 낭만주의 전통의 심미적 인문주의, 마르크스의 미학, 윌

리엄 모리스William Morris의 생활 예술, 존 듀이John Dewey의 생체미학(somaesthetics)과 경험으로서의 예술, 레이몬드 윌리엄스Raymond Williams의 "문화는 일상적이다"라는 명제, 폴 윌리스Paul Willis의 대중 미디어 시장의 상징적 창조성에 대한 논의들을 살펴봄으로써, 유물론적 미학의 비주류적 전통을 역사적으로 재구성하려고 한다. 유물론적 미학에 의미 있는 통찰을 제공한 발터 벤야민의 "기계 복제 시대의 예술 작품"에 대한 논의는 책의 전체적인 구조와 문맥에 따라 3부의 대중 미디어 시장과 리얼리즘의 주제와 관련되어 다루게 된다. "서사의 물질성"을 주장하는 문화유물론의 논의들도 유물론적 미학으로 분류될 수 있으나 논의의 전개상 별도로 2부의 [보론]에서 다루었다. 유물론적 미학은 대중문화를 접근하는 새로운 관점을 제공한다. 2부는 유물론적 미학의 계보를 재구성한 뒤, 그러한 관점이 문화연구라는 새로운 분과학문을 통해 대중문화 분석의 학문적 실천적 방법론을 어떻게 발전시켜왔는지를 구체적인 대중문화 분석을 통해 살펴본다.

유물론적 미학의 전통이 일상적 삶의 미적 특성과 함께 공통적으로 주장하는 것은 자본주의적 삶의 양식에 대한 비판적 개입이다. 그리고 그 대안으로 자기 형성의 과정의 중요성을 강조하고 있다는 것이다. 이러한 경향은 쉴러와 마르크스, 그리고 영국의 낭만주의에서부터 최근의 문화연구에 이르기까지 일관되게 유지되고 전승되어온 된 입장이다. 4부의 "대중과 문화적 민주화"에서 개진된 이러한 입장은 '시장은 문화에 적대적이고, 문화는 시장에 지복적이다'라는 명제로 요약될 수 있다. 이것은 심미적 인문주의의 낭만주의 전통과 자본주의 비판이론의 프랑크푸르트 학파가 공유하고 있는 입장이다. (3부에서의 미디어 시장에 대한 입장과 4부에서의 자본주의 시장 사회에 대한 입장은 서로 상반된다. 자본주의 시장이 복합적인 관점에서 접근되어야 하기 때문이다.) 4부의 1장과 2장에서 집중적으로 논의되는 자본주의의 교환가치화에 대한 극복으로 시민적 능력과 미디어 리터러시를 제시하는 것은 유물론적 미학이 심화된 자본주의 사회에서 문화적 민주화의 중요한 이론적 기반이 될 수 있음을 보여준다. 이것은 이 서론의 마지막 부분인 "문화와 시장"의 논의에서 더 상세하게 다루어진다.

대중문화와 문화적 민주화 일상적 삶의 상징적 생산

"시장은 문화에 적대적이고

문화는 시장에 전복적이다"

1. 2.

대중문화,
어떻게 접근할 것인가

○

대중과 문화는 어떻게 만나는가?
 - 문화연구의 등장

문화연구는 학문적 제도이면서 구체적 실천의 기획을 가진 신
념의 체계이다. 이 신념의 체계는 그것을 추동하고 있는 하나의 '정
신'을 가진다. 문화연구를 태동시킨 정신의 핵심에 대중에 대한 새
로운 인식, 대중의 일상적 삶의 과정에 대한 새로운 각성, 대중이
향유하는 문화 생산물에 대한 새로운 접근이 있다. 이러한 각성을
토대로 구체적인 분석 대상이 규정되고, 새로운 방법론이 시도되
고 입증되고 축적되면서 분과 학문으로서의 문화연구의 정체성이

지난 40여 년간 서서히 형성되어 왔다. 대중의 일상적 삶에 대한 새로운 인식은 물론 변화된 역사적 조건의 요구이겠지만, 대부분의 문화연구 소개서는 그 출발점을 레이몬드 윌리엄스의 "문화는 일상적이다"라는 명제에서 찾는다.

"문화는 일상적"이라는 명제는 문화적 행위와 그 생산물을 인간 정신의 뛰어난 성취로서의 예술이나 문학적 전통 속에 한정시켜 보는 관점에서, 보통 사람들의 일상적 삶 속에서 일어나고 있는 다양한 형태의 상징적 행위로 확장시키는, 관점의 전환을 의미한다. 윌리엄스의 문화에 대한 새로운 정의는 그 이전의 문화에 대한 논의가 대체로 간과해 왔던 우리의 일상적 삶에 내재해 있는 창조적 과정에 새로운 의미를 부여하는 것으로 시작하고 있다. 일상적 삶의 상징적 창조성에 대한 윌리엄스의 생각은 문화 비평 전통에 획기적인 전환을 가져오면서, 이후에 학문적 제도로서의 문화연구가 태동하는 정신적 토대를 제공하게 된다.

우리가 간과해 왔던, 일상적 삶의 상징적 창조성에 대한 윌리엄스의 생각은 문화 비평 전통에 획기적인 전환을 가져오면서 이후, 문화연구가 태동하는 토대를 만들었다

레이몬드 윌리엄스가 문화연구의 정신적 토대를 제공했다면, 문화연구의 학문적 방법론을 확립한 것은 스튜어트 홀Stuart Hall이라고 할 수 있다. 스튜어트 홀의 학문적 실천적 작업을 견인했던 한 가지 키워드는 '대중'이었다. 「대중의 해체에 관한 노트」("Notes on Deconstructing 'The Popular'")에서 스튜어트 홀은 '대중'이 매우 접근하기 어려운 개념이라고 말하면서 특히 그것이 '문화'와 결합될 때 "그 어려움은 끔찍한 수준이 된다"(227)고 토로했다. 대중의 일상적 삶에서의 문화 행위를 의미 있는 학문적 탐구의 대상으로 만드는

대중문화와 문화적 민주화 일상적 삶의 상징적 생산

데 가장 큰 역할을 한 문화이론가로 평가받고 있는 스튜어트 홀이 '대중/문화'라는 말 앞에서 느끼는 이 난감함은 그 당시까지 한 번도 충분히 진지하게 제기되지 않았던 질문들, 즉 대중과 문화가 어떠한 방식으로 만나고 있고, 문화는 대중과 왜 만나야 하는가의 질문들과 관련된 것으로 보인다.

20세기 초반 근대적 의미에서의 대중문화가 등장하기 시작한 이후 '대중'과 '문화'는 친근하고 긴밀한 관계를 맺는 사이라기보다는 대립과 배제의 관계로 규정되어 왔다고 할 수 있다. 문화는 상상력과 창조성의 탁월한 성취물로서의 예술이나 문학적 전통에 한정되어 있었고, 대중은 이 전통의 공동체적 계승에서 배제되거나, 계도되어야 할 고정된 대상으로 인식되어 왔다. 비판적 대중문화론으로 대표되는 이러한 관점은 자본주의 사회에서 대중문화가 문화상품의 소비자인 대중을 우민화시키고, 대중의 창조적 능력을 약화시켜, 자본주의 사회의 모순에 순응시켜가는 과정에 주목했다.

스튜어트 홀이 느꼈던 난감함은, 2차 대전 이후 영국의 급격하게 변화하는 정치 경제적 상황에서, 이제는 문화와 대중의 관계에 대한 이해가 전혀 다른 패러다임을 요구하고 있다는 인식의 절박한 표현으로 들린다. 그것은 무엇보다 한 공동체 안에서 상징과 서사가 생산되는 새로운 조건이 등장하고 그에 따라 서사의 기본적인 성격도 전혀 다른 형태를 갖게 되는 의사소통 구조의 전면적 변화에서 새로운 사회주의의 지향점과 전략을 어떻게 정립할 것인가의 문제와 연관되어 있었다. 이러한 변화의 특징을 가장 압축적으로 보여주는 개념이 '서사의 대중성'이다. 과학 기술과 시장 기제의 발전으로 이야기가 대량으로 생산되고 소비되게 되었을 때, 그리고 그렇게 생산된 이야기가 다른 전통적인 이야기가 했던 기능들을 대치하게 되었을 때, 그 이야기의 특수성을 말하는 것이다.

기계 복제 시대의 예술이 대중 미디어의 기술적 진전과 시장의 획기적 발전을 통해 어떻게 새로운 재현과 참여의 서사 양식을 만들게 되는가에 대한 발터 벤야민의 예지적 사유가 본격적인 이론적 실천적 작업으로 전환되는 것은 2차 대전 이후 영국의 사회주의자들이 『뉴레프트 리뷰*New Left Review*』를 중심으로 결집하게 되면서이다. 대중 미디어 시장의 해방적 잠재력, 문화 상품 시장에서의 생산과 소비의 변증법 등 기계복제 시대의 '예술'의 특징들은 모두 『뉴레프트 리뷰』의 창간을 기점으로 등장하게 되는 "대중과 그들의 문화"에 대한 새로운 이해와 분석에 핵심적인 요소로 나타나게 된다.

소비 자본주의의 새로운 주체로서 대중이 부상하고 대중 미디어가 점점 더 강력한 영향력을 가지게 되는 새로운 경제 사회적 조건에서 영국의 뉴레프트들이 사회주의의 가치와 지향점을 새롭게 정립하려 했던 시도의 핵심에 바로 "대중의 문화적 삶"에 대한 관심이 놓여있게 된다. 『뉴레프트 리뷰』의 초대 편집장으로 스튜어트 홀이 쓴 창간사는 이 상황을 다음과 같이 기술한다.

『뉴레프트 리뷰』에서 우리가 영화나 10대의 문화를 논의하는 것의 목적은 우리가 최신 유행에 따라 시대에 뒤처지지 않고 있다는 것을 보여주기 위해서가 아니다. 이러한 것들은 자본주의를 살아가야 하는 일반 사람들의 상상적 저항 - 사회적 불만들이 점차적으로 증가하고 있는 지점들, 깊게 느껴진 욕구들의 투사 - 에 직접적으로 연결되어 있다. 사회주의의 임무는 대중들이 있는 바로 그 지점, 즉 대중들이 느끼고, 고통 받고, 영향 받고, 좌절하고, 방황하는 바로 그 지점에서 대중들을 만나고, 불만을 확인하는 것이다. 그와 함께 우리가 살아가는 방식과 시대에 대한 직접적인 느낌을 사회주의 운동에 부여해 주는 것이다. (1)

경제 성장과 고용 조건의 질적 향상으로 특징지어지는 제2차 세계 대전 이후 영국의 사회 경제적 상황은 영국 노동계급의 삶의 양식을 결정적으로 변화시키고 있었고, 생산자들은 소비자로 급격하게 전환되고 있었다. 이러한 변화는 영국 노동당과 함께 사회주의 지식인들에게도 커다란 타격을 주게 된다. 노동당은 1950년대에 있었던 세 번의 총선에서 모두 패하고, 정치적, 경제적 변혁의 의제에 한정되어 있었던 전통적인 좌파의 이론적, 실천적 기획들은 더 이상 대중의 삶을 설명하거나 변화시키는 데 유용한 것이 되지 못한다는 위기감이 사회주의 지식인들에게 심각하게 인식되고 있었다. 대중의 문화적 삶이 새로운 좌파적 의제의 중심으로 떠오른 것은 소비 자본주의의 본격적인 도래에 수반하는 사회 경제적 변화에 대응하려는 사회주의 지식인들의 자기 갱신의 결과로 나타난 것이었다.

　문화연구가 태동하는 이 결정적 전환기를 다시 기록하고 있는 「'일 세대' 뉴레프트」(The 'First' New Left)라는 글에서 스튜어트 홀은 '대중의 문화'가 당시 새로운 사회주의적 기획의 핵심적 요소로 부상하게 된 이유를 세 가지로 설명한다. (1) 사회적 변화가 가장 극적으로 스스로를 드러내는 것은 문화적이고 이데올로기적인 영역에서이다. (2) 문화적 차원은 부차적인 것이 아니라 사회가 구성되는 핵심적인 차원이다. (이것은 토대 - 상부구조의 비유가 가지고 있는 환원주의와 경제중심주의를 상대로 뉴레프트가 벌인 오랜 기간 동안의 논쟁의 한부분이기도 하다.) (3) 문화와 관련된 논의는 사회주의를 다시 규정하는 모든 언어에 근본적으로 필수적인 것이다. (25)

　일상적인 삶의 과정에서 수행되는 상징적 행위들을 통해 우리 삶의 기본적인 관계와 조건들과 제도들이 구성된다는 인식은 현대 문화연구를 출범시킨 핵심적인 문제 인식이었다. 사회주의 정치학에서 대중문화에 대한 인식이 요청되는 것은 바로 이 지점이다. 대중의 일상적 삶의 과정에 대한 새로운 각성, 대중이 향유하는 문화 생산물에 대한 새로운 접근은 문화적 마르크스주의의 정체성을 구성하는 중심적인 요소들이 된다. 영문학, 역사학, 정치학 등 다양한 지적 전통으로부터 결집된 뉴레프트의 이론가들이 공통적으로 공유했던 이론적 태도는 토대 - 상부구조의 환원주의적, 경제 결정론적 마르크스주의를 거부하고 문화적 마르크스주의의 이론적 모델

　대중문화와 문화적 민주화 일상적 삶의 상징적 생산

을 구축하기 시작했다는 것이다.[1]

그것은 무엇보다 한 공동체 안에서 상징과 서사가 생산되는 새로운 조건이 등장하고 그에 따라 서사의 기본적인 성격도 전혀 다른 형태를 갖게 되는 의사소통 구조의 전면적 변화에서 새로운 사회주의의 지향점과 전략을 어떻게 정립할 것인가의 문제와 연관되어 있다. 문화적 마르크스주의가 문화의 영역에서 일어나는 상징적 생산행위와 대중의 형성의 관계에 대해 전개시켜온 이론적 논의가 가장 역동적으로 개진된 것은 앞에서 언급한 스튜어트 홀의 「대중의 해체에 관한 노트」이다. 스튜어트 홀의 학문적 역정에서 신그람시주의 이론으로의 전환점이 되는 이 논문은 자본주의가 전개되는 전 과정을 통해서 노동계급과 일반사람들의 문화를 쟁취하기 위한 지속적이 과정이 있어 왔으며, 이 역사적 사실이 대중문화의 연구의 출발점이 되어야 한다고 주장한다.

대중 계급의 문화는 자본에 결정적인 중요성을 가진다. 왜나하면 자본을 둘러싼 총체적인 사회적 질서가 구성되기 위해서는 넓은 의미에서의 지속적인 재교육 과정이 요구되기 때문이다. 일반 사람들을 재구성하는 형식들에 대한 저항의

---

1   전통적인 사회주의적 의제가 문화적 마르크스주의로 전환되는 과정에 대해서는 Dennis Dworkin, *Cultural Marxism in Postwar Britain: History, The New Left and the Origin of Cultural Studies* (London: Duke University Press, 1997) 참조. 특히 대중에 대한 관점의 변화에 대해서는 의 "Culture Is Ordinary" 검토.

주된 장소는 바로 대중적 전통 속에 위치하고 있다. (227)

그람시는 부르주아의 계급 지배가 정치적 경제적 과정이 아니라, 문화적 과정을 통해 재생산된다는 것에 주목하고, 혁명은 궁극적으로 문화적 과정을 통해서, 문화적 과정을 지배함으로서 완성될 수 있다는 것을 강조한 마르크스주의자였다. 그것은 전통적인 마르크스주의의 용어로 말한다면, 토대인 경제적 생산관계뿐 아니라, 상부구조로 간주되어 왔던 문화적 영역도 독자적이고 자율적인 "결정력"을 갖는다는 것이다. 위의 인용문은 홀이 그람시의 헤게모니 이론을 현대 대중문화 분석에 원용하면서, 대중의 저항적 잠재력에 더 주목하고 있다는 것을 보여준다. 홀에게 대중의 해체란 기존의 문화적 엘리트주의가 설정한 대중의 정의를 거부하고 대중적 전통을 새롭게 복원함으로써 아래로부터 분출하는 대중의 에너지를 확인하는 것을 의미한다.

> 부르주아의 계급 지배는 단순히 정치적 경제적 과정이 아니라 문화적 과정을 통해 재생산된다. 그러므로 혁명은 궁극적으로 문화적 과정을 통하여 문화적 과정을 지배함으로써 완성된다 ─ 그람시

대안적인 의미 생산과 그것을 통한 다른 삶의 양식의 창출을 가능하게 해 주는 의미의 원천은 지배 문화의 영향력으로 벗어난 곳에 있거나, 지배 문화가 무시하거나 배제하는 것들에서 나오는 것이다. 이것을 스튜어트 홀은 "문화적 투쟁의 변증법"(dialectic of cultural struggle)이라고 부른다.

대중문화의 연구는 언제나 이 지점에서 시작되어야 한다. 그것은 포섭과 저항의 이중적 운동이다. 이 운동은 항상 피

대중문화와 문화적 민주화 일상적 삶의 상징적 생산

할 수 없이 대중문화 안에 내장되어 있다. 대중문화연구는 포섭과 저항이라는 변증법의 양극단 사이를 거칠게 횡단한다. (…) 우리 시대에 이 변증법은 저항하고 수용하고, 거부하고 투항하면서, 지속적이고 복합적으로 작용한다. 이러한 과정을 통해 문화의 장은 일종의 끊임없이 수행되는 전쟁터가 된다. 이 전쟁터에서는 어떠한 형태의 영원한 승리도 쟁취될 수 없으며, 앞으로 승리하거나 패배할 수 있는 전술적 위치만이 있을 뿐이다. (218)

지배 이데올로기는 이렇게 상반되고, 충돌하고, 저항하고 거부하는 다른 대안적 의미와 가치의 체계들과의 상호관계를 통해, 즉 그것을 이성과 상식의 이름 하에 일부 받아들이고, 포섭하고, 배제하고, 필요한 경우는 억압하는 과정을 통해 스스로를 재생산했는데, 이 과정은 안정된 지배의 과정이라기보다는 긴장과 예기치 않은 변화의 불안정한, 갈등과 대립의 과정이다. 여기에 문화적 실천이 개입할 수 있는 이론적 근거가 생기게 된다.

문화적 투쟁의 변증법을 통해 스튜어트 홀이 포착하려고 한 것은 대중문화 소비 행위 안에서 살아 움직이고 있는 역동적 에너지이다. 우리 시대에 대안적 주체를 어떻게 창출할 것인가의 문제에 많은 시사점을 던져준다. 대중 미디어는 이 대항적 – 헤게모니의 과정의 핵심에 위치하게 되는데 오늘의 대중 미디어 상황에서 이러한 역동성의 제도적 입권은 시장이다.

문화적 투쟁의 변증법을 통해 포착하려 한 것은 대중문화 소비 행위 안에서 살아 움직이고 있는 역동적 에너지이다. 또한 오늘의 대중 미디어 상황에서 이러한 역동성의 제도적 원천은 시장이다

○
좋은 대중문화란 무엇인가?
- 대중문화의 가치 평가의 문제

대중문화가 본격적으로 등장하기 시작한 지난 100여 년 동안 대중문화 담론도 발전되고 수정되어 왔다. 역사적 조건과 정치적 입장에 따라 다양하게 주장된 논의들은 편의상 비판적 대중문화론(critical mass culture theory), 시장 자유주의(market liberalism), 문화 대중주의(cultural populism)로 분류할 수 있을 것이다. (최근에 등장하고 있는 비판적 문화대중주의는 이 논의의 뒷부분에서 다루어진다.)

비판적 대중문화론은 자본주의 사회에서 대중문화가 문화상품의 소비자인 대중을 우민화시키고 대중의 창조적 능력을 약화시켜 자본주의 사회의 모순에 순응시켜가는 현상을 강조한다. 문화대중주의는 상업적 대중문화로부터 긍정적 가능성을 찾아내고 대중이 일상적 삶에서 대중문화의 생산물을 소비하면서 그들의 삶이 요구하는 상징적 자원을 적극적으로 구성해 가는 과정에 주목한다. 시장 자유주의는 경쟁을 통한 소비자의 선택을 중시하고 그 과정에서 시장의 기능을 강조하는 것으로, 우리 시대의 문화 생산을 실질적으로 지배하는 가장 강력한 이데올로기로 작동하고 있다. 지금까지의 대중문화에 대한 다양한 관점과 논의들을 거칠게나마 포괄하고 있는 이 세 입장이, (그들이 가지고 있는 인간 삶과 가치에 대한 도저히 타협될 수 없는 이견들에도 불구하고) 공유하고 있는 공통점은 대중문화 생산물에 대한 질적 가치 평가를 유보하고 있다는 것이다.

대중문화와 문화적 민주화 일상적 삶의 상징적 생산

지난 세기 동안 대중문화 담론에서 대중문화 생산물에 대한 질적 가치 평가는 단순히 외면되어 왔을 뿐만 아니라 적극적으로 거부되어 왔다. 영국문화비평 전통의 리비스주의와 프랑크푸르트 학파의 문화산업론으로 대표되는 비판적 대중문화론은 우선 대중문화를 질적 평가의 대상으로 간주하지 않는다. 그들에게 대중문화와 그것을 소비하는 대중은 이미 고정된 대상으로, 질적으로 평가될 만한 상징 생산에서 미리 배제된다. 리비스가 상업화된 대중문화에 의해 전통적인 지적, 정신적, 문화적 유산들이 어떻게 위협받고 따라서 대중들이 주체적으로 형성되고 성숙될 수 있는 능력을 상실하게 되는가를 강조한 반면 프랑크푸르트 학파는 자본주의적 대중문화가 어떻게 대중의 비판적 저항의식을 둔화시켜 자본주의 사회에서 부정의 능력을 상실한 일차원적 인간을 양산하게 되는가를 강조한다. 대중은 산업의 형태를 띠게 되는 미디어 문화의 수동적 소비자가 됨으로서 주체적으로 느끼고 사고하고 개입할 수 있는 정신적 감성적 원천을 박탈당하게 된다. 이들에게 이 과정을 수행하는 가장 주도적인 사회적 제도는 바로 시장을 통해 대량으로 생산되고 소비되는 문화 전체였다. 미디어가 시장 체제에 흡수되면서 나타나게 되는 치명적인 효과는 자기 삶의 존재 조건을 반성적으로 사유하고 드러낼 수 있는 능력을 총체적으로 상실하면서, 현존하는 삶의 상태를 가장 자연스럽고 보편적이며 상식적인 것으로 받아들이도록 훈육된다는 것이다.

비판적 대중문화론이 입장에서 중요한 것은 위계화된 미적 가

미디어가 시장 체제에 흡수되면서 나타나는 치명적 효과는 자기 삶의 존재 조건을 반성적으로 사유하고 드러낼 수 있는 능력을 총체적으로 상실하면서 현존하는 삶의 상태를 가장 자연스럽고 보편적이며 상식적인 것으로 받아들이도록 훈육된다는 것이다

치 평가의 기준을 파괴적인 문화적 상대주의로부터 보호하는 것이
된다. 리비스에게 이것은 한 공동체 전체의 정신적 가치를 담지하
고 있는 문화적 엘리트들의 사명이었다. 예술의 형식적 실험을 중
시하고 기존의 관례화된 상징적 생산의 경계를 부수고 넘어서는
예술의 예외적 탁월함을 강조한 프랑크푸르트 학파의 미학에서 모
더니즘적 실험은 바로 지배적 헤게모니에 대항할 수 있는 저항과
전복이 시작되는 지점이기도 했다. 그러나 현대 대중 사회에서 대
중을 통하지 않고는, 지배 질서에 대한 어떠한 형태의 저항의 형식
도 진정한 전복성을 획득할 수 없다는 의미에서 이들의 미학적 기
획이 가지는 정치적 변혁의 시도는 매우 제한된 것이 될 수밖에 없
었다. 비판적 대중문화론이 가지는 가장 큰 문제점은 대중문화의
대중성에 내장되어 있는 해방적 혁명적 잠재력에 대한 인식의 결
여이다. 즉 시장 체제를 통해 부상한 대중의 새로운 힘과 능력을 그
들은 감지하거나 인정할 수 없었다.

비판적 대중문
화론의 가장 큰
문제점은 대중
문화의 대중성
에 내장되어 있
는 해방적 혁명
적 잠재력에 대
한 인식의 결여
이다

　　비판적 대중문화론의 문화적 엘리티즘에 반발하여 등장했다
고 할 수 있는 문화대중주의는 정반대의 이유로 대중문화의 질적
가치평가를 거부한다. 문화생산물의 질적 가치 평가에 대한 논의
는 지난 30년간의 문화연구의 역사에서 거의 사라졌고, 질적 평가
의 시도 자체가 부적절한 것으로 간주되어 왔다. TV 연구의 주요
개념들을 소개하고 있는 『TV연구: 핵심개념들』(Television Studies: the
Key Concepts)에는 질(quality)이라는 항목이 없다. 대신 그 자리를 차
지하고 있는 것은 취향이다. "취향에는 등급이 없다"라는 명제는

이제 대중문화연구에서 상식이 되었다. 대중문화 생산물의 질적 가치평가를 시도하는 것은 다른 사람의 취향을 지배하려는 불온한 시도로 간주된다. 이들은 문화에 대한 엘리트적 관점이 은밀하게 내장하고 있는 헤게모니적 성격에 주목하고 질적 가치의 위계화를 정치적 의도를 가진 것으로 이해한다. 탈중심의 포스트모던 시대에 가치평가란 개인적 취향으로 환원된다. 즉 가치 평가의 기준뿐만 아니라 가치 평가 행위 자체가 정치적 효과를 가진 것으로 간주되는 것이다. 객관적 평가의 가치기준은 존재하지 않으며 그 자리를 대치하는 것은 개인의 취향이며, 수용의 경험의 다양성이다. 문화 생산물의 의미는 전적으로 수용의 과정에서 독자적으로 발생하며 미적 기준은 문화 생산물의 수용자의 주관적이고 사적인 경험에 의존하는 것으로 규정되게 된다.

　대중문화 연구에서 질적 가치평가의 문제가 실종된 것은 몇 가지 원인을 생각해 볼 수 있다. 첫째는 지난 20여 년 동안 학문적 영역에서 문화적 생산물에 대한 평가의 기준이 이데올로기적 재현의 양식에 집중되어 왔다는 것이 가장 직접적인 영향으로 생각될 수 있다. 페미니즘, 탈식민주의, 마르크스주의의 이론적 성과와 실제 비평을 통해 전개되고 있는 이러한 작업에서 계급, 성, 인종은 문학을 비롯한 인간의 모든 상징적 재현행위를 접근하는 가장 기본적이고 독점적인 범주를 제공하게 되고, 지배, 종속, 저항, 전복, 포섭의 관계가 문화의 질적 논의를 위한 비평적 개념과 어휘들을 대치하게 되다 이것과 밀접하게 연결되어 있는 또 하나의 원인은 문화의 질적 판단에 대한 정치적 해석이다. 대중문화연구의 실제 분석의 선구자 중의 하나인 토니 베넷Tony Bennett은 대중문화에 대한 질적 논의는 절대적으로 실패하게 되어 있다고 단언한다. 그에게 대중문화의 미학을 시도하는 것은 권력을 행사하는 것을 의미한다. 그것은 다른 사람의 취향을 지배하려는 불온한 시도이다. 피에르 부르디외Pierre Bourdieu의 문화자본(cultural capital)에 관한 실증적, 이론적 작업은 미학적 판단이 항상 권력과 연루되어 있다는 이러한 관점에 가장 강력한 이론적 기반을 제공해 주었다. 부르디외에 의하면 한 공동체의 지배적인 권력관계는 정치적 · 경제적 자원의 불평등한 분배를 통해서뿐만 아니라, 여러 가지 형태의 상징적 자원의 불평등한 분배를 통해 정당화되고 재생산된다. 그는 이 상징적 자원의 핵심적인 부분을 문화자본이라고 부른다. 즉 인간의 문화적 행위가 한 사회의 위계적 질서를 유지하고 보존하는 권력의 기제가 된다는 것이다. 이러한 문화자본은 문자능력, 교육의 접근권, 문화예술 생산물의 향유능력 등 다양한 요소로 구성되어 있다. 부르디외에 의하면 사회적 문화적 엘리트 집단은 가치 있는 문화와 그렇지 않은 문화의 구분을 통해 사회적 위계질서를 정당화하고 그것을 공고화시킨다. 즉 고급문화는 정교하고, 지적이며, 심각한 주제를 다루고, 영속적인 가치를 지닌 것으로 규정되는 반면, 대중문화는 사소하고, 지적으로 열등하고, 일시적 만족만을 주며, 퇴행적 효과를 가진다고 규정되는데, 이러한 구분은 곧 그것을 주로 향유하

> 권력관계는 정치적 · 경제적 자원의 불평등한 분배뿐만 아니라, 상징적 자원의 불평등한 분배를 통해 정당화되고 재생산된다

는 사회적 집단과 계층 간의 사회적 경제적 차이를 인간의 보편적 능력과 지위의 차이로 전이시키는 기능을 하게 된다. 이 문화자본의 개념은 이후 문화연구의 실증적 작업에서 하위문화에서 일어나는 지배와 저항의 관계를 접근하는데 유용한 관점을 제공하게 된다.

대중문화 생산물의 질적 가치 평가에 문화연구가 관심을 가지게 된 것은 비교적 최근의 일이다. 짐 맥기건[Jim McGuigan][2], 사이먼 프리스[Simon Frith][3], 리쳐드 슈스터먼[Richard Shusterman][4] 등의 작업이 이 새로운 경향의 대표하는 것들이라고 할 수 있는데, 이들의 주장과 분석은 물론 위의 두 입장의 문제점을 지양하면서 통합하는 것

---

2 Jim McGuigan, *Cultural Populism* (London and New York: Routledge, 1992) 45 – 85 참조. 맥기건에 의하면 포스트모던 문화대중주의의 가장 큰 문제점은 현재의 문화 생산의 상황을 정당화하고 합리화함으로서 무비판적 민중주의로 전락하고 만다는 것이다. 맥기건은 포스트모던 문화대중주의가 무비판적으로 대중의 창조적, 저항적 잠재력을 강조하는 사이에 문화를 얘기하는데 필연적으로 고려되어야 할 문화의 질적 판단과 평가에 관한 논의는 실종되었다고 주장하면서 대중문화의 질적 평가의 필요성을 역설한다.

3 Simon Frith, *Performing Rites: On the Value of Popular Music* (Cambridge, Massachusetts: Harvard University Press, 1996) 참조. 사이먼 프리스는 음악 사회학자로 대중 음악 생산물의 질적 가치 평가의 중요성을 주창한 이론가이다. 그는 비판적 대중문화론의 엘리트적 관점을 비판하면서, 대중음악이 실제로 대중의 일상생활에서 어떻게 의미 있는 상징 생산을 수행하는가를 구체적인 분석을 통해 보여준다.

4 Richard Shusterman, *Pragmatist Aesthetics: Living Beauty, Rethinking Art* (Lanham, Boulder, New York, Oxford: Rowman & Littlefield Publishers, 2000) 참조. 슈스터만은 존 듀이의 실용주의 미학을 원용하여 미국의 랩 음악을 분석한다. 특히 일반적인 대중음악으로 분류되는 랩 음악이 미적으로 매우 정교하고 세련된 장르라는 것을 존 듀이의 『경험으로서의 예술』 (Art as Experience)에서 개진된 일상 미학의 관점에서 규명한다.

이지만, 두 입장을 적절히 절충하는 것에 머무르지 않고 대중문화의 질적 가치에 대한 새로운 인식과 그에 따른 새로운 미적 평가기준의 정립을 시도하고 있다. 초기 문화연구의 문화대중주의를 '포스트모던 문화대중주의'라고 한다면, 이러한 입장을 우리는 '비판적 문화대중주의'(critical cultural populism)라고 이름 붙일 수 있을 것이다. 비판적 문화대중주의는 대중문화를 접근할 수 있는 새로운 패러다임을 제공하고 있다. 그리고 그 패러다임의 근간에 "일상적 삶의 상징적 창조성"에 대한 새로운 인식이 있다. 이 새로운 인식을 가능하게 한 사유의 계보가 유물론적 미학이다.

문화적 존재로서의 인간은 표현하고 소통하고 반응하는 인간이다. 문화적 민주화의 이상과 가치를 받아들인다는 것은, 무엇보다도, 그러한 소통의 경험의 축적을 통해 스스로를 보다 풍요롭고 성숙한 존재로 만들어 나가는 행위가 대중의 주체적이고 자율적인 삶의 실천 조건이 된다는 것을 인정하는 것이다. 인간은 표현과 소통을 통해 인간적 실재의 영역을 끊임없이 확장하고 갱신함으로써 스스로를 의미 있는 존재로 만들어 나가며, 이때 이러한 상징 행위의 질적 가치는 인간적 실재를 구성하는 핵심적 부분이다. 그런 의미에서 우리 시대 대중문화의 질은 곧 삶의 질을 의미하기도 한다. 그것은 개별적 수용의 고유한 경험들만으로 환원될 수 없는 객관적 실체를 가진다. 대중문화 생산물에 대한 질적 판단과 평가가 끊임없이 이루어져야 하는 이유도 여기에 있다.

미디어 능력은 우리가 미디어를 더 많이, 더 깊이 향유할 수 있

대중문화와 문화적 민주화 일상적 삶의 상징적 생산

도록 해준다. 대중 미디어를 향유한다는 것은, 모든 상징행위와 마찬가지로, 세계에 대한 강렬하고 깊고 고양된 경험을 공유하는 것이며, 그것은 주체의 확장을 의미한다. 풍부하게 형성된 주체만이 시장의 공리적 이성이 지배하는 제한적이고 파괴적인 삶의 형태를 버티고, 다른 삶의 형태를 꿈꾸고 실현할 수 있다. 이때 대중문화의 미학은 감상되고 해석되어야 할 고정된 작품의 예외적 성취를 드러내고 강조하는 것보다는, 일상적 삶에서 의미 있는 경험이 일어나는가의 관점에서 접근되어야 한다. 대중문화의 미학은 선언적 명제가 아니라, 구체적 문화 생산물과 그것의 구체적인 경험에 대한 분석과 평가의 점진적 축적을 통해 만들어지며, 그러한 분석과 평가를 위한 제도적 조건을 적극적으로 만들어가는 것이 요구된다.

비판적 대중문화론과 포스트모던 문화대중주의는, 그 입장이 가진 한계에도 불구하고, 그들이 위치한 고유한 역사적 조건의 요구였다는 점에서 시대적 정당성을 가진다고 할 수 있다. 마찬가지로 비판적 문화대중주의도 21세기의 삶이라는 역사적 조건을 갖는다. 그 조건을 한마디로 얘기하면 시장의 전면적인 지배라고 할 수 있을 것이다. 현재의 대중문화의 상황에서 대중은 새로운 미디어와 맹목적인 과학 기술의 발달로 정보와 이미지의 과잉증식 속에 파묻혀 자신의 삶과 세계를 비판적으로 사유하고 공적으로 재현하는 능력을 상실해 갈 뿐만 아니라, 스스로에게 주어진 삶의 다양한 가능성을 향유할 수 있는 능력도 박탈당하고 있다. 미디어 리터러시에 대한 요구는 바로 이 지점에 존재한다. 기존의 대중문화 비판이 시장의 바깥에서 대중을 대상화하면서 이 상황을 접근하고 있다면, 비판적 문화대중주의는 시장 안에서 시장을 넘어선다. 그것은 대중을 통해 새로운 형태의 시장을 창출하는 것을 의미한다.

비판적 문화대중주의는 시장 안에 있으면서 시장을 넘어선다

○ 문화와 시장

　문화와 시장의 오랜 역사적 관계는 복합적이고 역설적이다. 민주적 문화의 이상을 역사적으로 출발시킨 것이 시장 기제이며, 오늘날에도 여전히 민주적 잠재력을 강력하게 내장하고 있는 것이 시장 체제인 반면, 21세기라는 역사적 시점에서 민주적 문화에 가장 제한적이고 위협적이고 파괴적인 힘으로 작용하는 제도가 역시 시장이라는 점에서 문화와 시장과의 관계는 역설적이다. 또한 우리 시대의 문화적 의미 생산을 지배하고 있는 기본적인 조건을 제공하는 제도가 시장이면서 동시에, 시장의 지배가 다른 인간적 가치들을 대치하고 있는 후기 자본주의의 상황에서 시장을 넘어서고 극복할 수 있는 대안적 삶의 형태를 만들어 갈 수 있는 실천적 행위가 문화라는 점에서 복합적인 관점을 요구하고 있다.

　일상적 삶에서 상징적 창조 행위의 주된 원천은 상업적으로 생산된 문화 상품이다. 대중은 스스로의 욕구를 대변할 수 있는 문화 생산 체계를 시장을 통해 처음으로 갖게 되었다. 시장을 통해 문화

가 생산된다는 것은 우선 문화 생산의 주체가 일반 대중이 된다는

의미 생산의 주도권이 특정한 소수 집단에 집중되거나 독점되지 않고 구매력으로 대표되는 개별적인 일반인의 손으로 넘어가는 것

것을 의미한다. 즉 의미 생산의 주도권이 특정한 소수 집단에 집중되거나 독점되지 않고, 대량 생산에 있어 하나의 구매력으로 대표되는 개별적인 일반인의 손으로 넘어가는 것을 가리킨다. 따라서 문화 생산물의 시장이 형성되었다는 것은 문화적 민주화의 출발을 의미한다. 어떤 의미에서 시장은 의미 생산의 주체가 밑으로 확산될 수 있는 인류 역사가 가져본 거의 유일한 기제였다고 할 수 있다. 문화 상품에 대한 자본주의 시장이 형성된 이후 상업적 문화 생산물은 다른 어떤 것과도 비교할 수 없을 정도로 다양하고 풍요로운 상징적 창조행위의 형태를 제공해 왔다. 그런 의미에서 대중문화는 근대적 인간의 가장 위대한 발명 중의 하나이며, 시장 기제가 가지고 있는 창조적 소비의 역동성에 주목할 필요가 있다. 능동적, 창조적 소비의 가능성은 대중문화가 대중에게 제공하는 정서적 욕구의 충족, 치유적 효과, 혹은 '카니발적' 쾌락을 통해 스스로의 삶을 의미 있는 것, 살아갈 만한 것, 견딜 만한 것으로 만들고 현실을 넘어서는 핵심적 기능을 수행한다.

근대의 형성기로부터 이전의 위계적이고 권위주의적인 의미 생산 체계 – 즉, 의미 생산의 원천이 특정한 소수 집단에 의해 독점되었던 체계 – 를 효과적으로 대치했던 시장은, 그러나 오늘날 진정한 의미에서의 아래로부터의 의미 생산 체계로서의 기능을 상당히 상실하고 있는 것으로 보인다. 시장 원리에 근거한 상업적 문화 생산 체계가 자기 형성으로서의 문화적 능력을 만들어 갈 수 있

는 기능을 점점 상실해가는 직접적인 이유는 상업적 문화 생산 체계를 지배하고 있는 작동 원리가 이윤 동기이기 때문이다. 그러나 보다 근본적인 이유는 시장을 지배하는 원리인 신자유주의의 기능적, 기계적 합리성이 시장의 영역을 벗어나 인간 행위의 거의 모든 영역을 지배해 가는 과정에서, 우리 삶을 보다 주체적이고 창조적으로 만들 수 있는 문화적 실천의 제도들이 배제되고 차단되고 주변화되고 있는 것이라고 할 수 있다. 이러한 움직임은 신문과 TV, 대학, 출판, 대중문화의 영역과 같은 우리 사회의 의미 생산의 주도적인 제도들에서 이미 상당히 진행되고 있다.

시장의 역동성이 아래로부터의 의미 생산 체계로서의 기능을 상실하고 자기 형성으로서의 문화적 능력을 만들어 가는 능력을 잃어버리는 가장 직접적인 이유는 문화 생산 체계가 이윤 동기가 지배하는 자본의 논리에 종속되기 때문이다

대중문화 시장의 이중성에 대한 논의는 대중문화가 생산되는 의사소통 체계의 문제이며, 그 역사적 형태에 관한 문제이기도 하다. 우리는 위의 질문들을 역사적으로 존재했던 의사 소통 체계의 형태와 연결시켜 생각할 수 있다. 대중서사의 생산 양식으로서의 시장의 본질을 이해하기 위해서는 역사적으로 존재했던 의사소통 체계(communication system)의 형태를 분류하는 것으로 시작할 필요가 있다. 레이몬드 윌리엄스는 그의 문화적 민주화의 이상을 효과적으로 제시하기 위하여 역사적으로 존재했던 의사소통 체계를 네 가지로 분류한다.(Resources of Hope, 19-31) 첫 번째는 권위주의적 의사소통 체계(authoritarian communication system)이다. 이것은 권위주의적 위계질서에 근거한 공동체의 의미 생산 양식이다. 이러한 사회에서는 모든 의사소통의 제도들을 소수의 지배 집단이 독점적으로 통제하고 있으며, 따라서 그 공동체의 대부분의 구성원들이 스스

대중문화와 문화적 민주화 일상적 삶의 상징적 생산

로와 자기 공동체의 삶의 경험들을 이해하는 방식이 이 의사소통 체계를 통해 독점적으로 생산되고 유포되게 된다. 우리가 역사적으로 알고 있는 것으로서, 대부분의 전 근대적 사회에서의, 특히 권력이 전제적으로 집중되어 있는 사회에서의 의미 생산 양식이 여기에 포함된다. 서구 중세의 교회가 이러한 권위주의적 의사소통 체계의 대표적인 예가 될 것이다. 근본적으로 이러한 권위주의 체계는 억압적인 것이다. 이것은 고정된 하나의 진리를 만들고 그것을 사회 구성원에게 일방적으로 강요한다. 충분한 합의의 과정을 거치지 않았기 때문에 그 진실을 거부하거나 위협하거나 그것에 도전하는 모든 종류의 사고와 행위는 철저하게 금지된다.

두 번째로 부권적 의사소통 체계(paternal communication system)를 들 수 있다. 이것은 권위주의적 의사소통 체계와 유사한 것으로 "양심을 표방한 권위주의 체계(authoritarian system with a conscience)"라고 얘기되기도 한다. 권위주의 체계처럼 의미 생산이 위에서 아래로 일방적으로 진행되지만, 그 의미 생산의 근본적인 의도는 대다수의 피지배 계급의 이익을 위한 것으로 인정된다. 즉 아버지가 자식에게 갖는 태도와 같다는 의미에서 가부장적, 혹은 부권적(paternal)인 것이다. 이것은 책임과 보호를 표방한다. 이 체계의 기본적인 가정은 대다수의 일반 사람들 – 즉 대중 – 은 스스로 의미를 생산할 수 있는, 지적 도덕적 능력을 결여하고 있으며, 세상과 인간에 대한 보다 깊고 넓은 이해를 가진 창조적 소수에 의해 인도됨으로서 진정한 자기실현을 이룰 수 있다는 것이다. 권위주의적 체계와 마찬가지로 진실은 하나로 고정되어 있으며, 그것을 어떻게 전달하는가가 중요하다고 생각한다. 이러한 부권적 의사소통 체계는 매우 다양한 영역에서 찾아지며, 현재 우리의 문화 상황에도 깊이 개입되어 있다.

문학 교육의 이념을 정초한 매튜 아놀드나 F. R. 리비스의 문화와 문학에 대한 생각도 여기에 속한다. 아놀드는 가장 양질의 의미 생산의 전통(the best that has been thought and said)은 이 상징적 자원을 이해할 수 있는 소수에게만 접근이 허락되어 있으며, 한 공동체의 삶의 질적 상승은 이 소수가 얼마나 효과적으로 그들의 문화적 경험을 일반 사람들에게 공유시킬 수 있는가에 달려있다고 믿었다. 영문학이 하나의 학문으로 정체성을 가지게 된 것은, 이러한 문화적 전통의 유포에 대한 계몽주의적 열망에서 태동했다고 볼 수 있다.

부권적 의사소통 체계의 또 하나의 대표적인 예를 지구상에 존재했던 정치 제도인 현실 사회주의 체제에서도 찾을 수 있다. 문화적 의미에서 사회주의의 일당 체제가 가진 가장 치명적인 문제점은 혁명을 이끌어가는 소수의 세력들이 의미 생산의 통로를 완벽하게 독점하고, 의식화라는 이름 하에 그것을 일방적으로, 때로는 폭력적으로 일반 사람들에게 강요했다는 것이다. 다수의 노동자 계급의 이익을 대변한다면서, 사실은 매우 한정적이고 부분적인 진실을 보편화하기 위해 모든 의미 생산 기재를 "당黨"에 집중시킴으로써, 정치적, 사회적, 도덕적 의미 생산을 독점하고 결과적으로 인간 삶의 가능성을 제한하고 억압하게 된 것이다. 이것이 문화적인 관점에서의 현실 사회주의의 치명적 한계라고 할 수 있다.

세 번째로 상업적 의사소통 체계(commercial communication system)가 있다. 이것은 현재 우리에게 가장 일반적인 의미 생산 양식이며, 따라서 우리가 가장 주의 깊게 살펴봐야 할 체계이다. 이 체계의 핵심은 바로 시장이다. 역사적으로 특정한 시점에서 문화가 시장을 통해 생산되고 소비되는 단계에 들어가게 된다. 문화가 시장을 통해 생산된다는 것은 무엇인가? 문화의 상품화의 최초의 형태와 그 기본적 특성을 가장 잘 보여주는 예가 바로 출판문화의 등장이다. 사실 이 출판문화의 등장과 함께 근대적 의미에서의 대중이 탄생했다고도 할 수 있다.

출판문화의 등장과 함께 근대적 의미에서의 대중은 탄생했다

시장을 통해 문화가 생산된다는 것은 우선 문화 생산의 주체가 일반 대중이 된다는 것을 의미하다. 즉 구매력을 가진 일반 대중에 의해 의미의 생산이 지배된다는 것이다. 따라서 문화 상품 시장의 등장은 이전의 권위주의적 혹은 가부장적 의미 생산 체계와는 달리, 의미 생산의 결정권이 특정한 소수 집단에 집중되거나 독점되지 않고, 대량 생산에 있어서 책 한 권의 구매력으로 대표되는 개별적 일반인의 손으로 넘어간다는 것을 의미하다. 이것은 한 공동체가 가지고 있는 정치적 자원이 정치적 민주주의 체제의 발전(즉 대의 민주주의)에 따라 한 표의 투표권으로 분산되는 것과 같은 과정이 문화적 영역, 즉 의미 생산의 영역에서 진행되는 것을 의미한다. 문화 생산물의 시장이 형성된 것은 따라서 문화적 민주화의 출발을 의미하는 것이다.

문화 생산물의 시장이 형성된 것은 문화적 민주화의 출발을 의미한다

시장은 의미 생산의 주체가 밑으로 확산될 수 있는, 인류 역사가 가져본, 거의 유일한 기제였다고 할 수 있다. 레이몬드 윌리엄스는 그것을 다음과 같이 표현한다.

> 왜 소수가 의미 생산 과정을 독점해야 하는가? 일반 사람들을 더 자유롭게 해야 한다. 독점 대신에 시장을 갖게 해야 한다. 그가 원하는 것을 쓰고, 그것을 읽기 원하는 사람이 사서 읽게 해야 한다. 그가 발언할 수 있게 해야 한다. 그리고 그것을 듣기를 원하는 사람이 선택할 수 있게 해야 한다. 모든 것이 개방되어야 한다. 소수가 전체 체계를 지배하고 통제하는 것을 거부해야 한다.(*Resources of Hope*, 25)

일단 윌리엄스에게 문화 생산물의 시장의 등장은 소수의 지배 집단이 의미 생산을 독점하던 체계에서 일반 사람들이 의미 생산의 주체로 작용하는 새로운 사회적 의사소통의 하부구조(infrastructure of social communication)의 등장을 의미하는 것이었다. 그는 독점 대신 시장을 갖자고 말하고 있다. 그것은 이상적으로 모든 것이 모든 사람에게 열려진 체계이다. 시장이라는 체계가 근본적으로 내장하고 있는 이 민주적 잠재력에 대한 믿음은 20세기 후반의 지배적인 의미 생산 체계에 대한 설명의 핵심을 이루고 있는 것이다. 다른 경제적 영역에서와 마찬가지로, 시장의 보이지 않는 손의 조정 능력에 확신을 가지고 있는 이 상업적 의사소통 체계는 강

대중문화와 문화적 민주화 일상적 삶의 상징적 생산

력한 설득력을 가지고 서사가 생산되고 소비되는 형식을 결정하고 재생산하고 있다. 18세기 이후 효과적으로 이전의 권위주의적 의사소통 체계를 대치했던 이 새로운 형태의 의미 생산 체계는, 그러나, 자본주의적 생산 관계의 심화와 함께, 진정한 의미에서의 밑으로부터의 의미 생산 체계로서의 기능을 상실하고, 이윤 동기가 지배하는 자본의 논리에 철저하게 종속되게 된다. 특히 20세기 후반의 문화 생산의 상황에서 많은 문화 이론가들은 이 상업적 의사소통 체계가 대중의 문화적 욕구와 취향을 자신의 논리에 따라 만들어가면서, 오히려 거꾸로 대중을 지배하고 대중의 "거짓된 욕망"을 창출하면서, 대중의 창조적 자기실현의 기회를 제한하고 박탈하게 되는 과정에 주목하게 된다.

민주적 잠재력을 지닌 시장의 상업적 의사소통 체계가 거꾸로 대중을 지배하고 대중의 "거짓 욕망"을 조작해내면서, 대중 스스로의 창조적 자기실현의 기회를 제한하고 박탈한다

레이몬드 윌리엄스는 상업적 의사소통 체계가 초기의 민주적 잠재력을 완전히 상실했다고 진단하고 일반 대중의 창조적 자기실현의 잠재력을 가장 효과적으로 신장시킬 수 있는 의사소통 체계로 민주적 의사소통 체계(democratic communication system)를 제시한다. 물론 그에게 이것은 현실로 존재하는 것은 아니었지만, 새로운 대안적 의미 생산 체계를 만들어가기 위한 출발점과 방향을 제시해주는 것이었다. 이것은 한마디로 일반 대중이 의미 생산의 주인이 되고, 그것을 통해 보다 깊고 풍부한 창조적 자기실현을 이룰 수 있는 것을 의미하다. 민주적 의사소통 체계는 일반사람들이 그 안에서 보다 풍요롭게 자기 형성을 하고 공동체의 의미 생산과정에 능동적으로 참여하는 체계이다. 중요한 것은 이상적 형태로서의 민

주적 의사소통 체계도 기본적으로는 시장의 모습을 가질 수밖에 없다는 것이다.

문화와 시장의 대립적인 관계는 "시장이 문화에 적대적이라면, 문화는 시장에 전복적이다"라는 명제로 축약해서 표현할 수 있을 것이다. 시장이 문화에 대해 적대적인 것은 시장이 인간을 정의하고 이해하는 방식의 한계, 즉 시장이 근본적으로 도구적, 기능적, 기계적 합리성에 지배되기 때문이라고 할 수 있다. 시장은 인간을 도구적 존재, 기능적 존재, 계량되고 측정될 수 있는 존재로서 이해한다. 문제를 더욱 심각하게 만드는 것은 이러한 도구적 기능적 합리성이 시장의 영역을 벗어나 인간 행위의 거의 모든 영역을 지배해 가는 과정에서, 인간 삶의 보다 풍부한 다른 가능성들을 실현시킬 수 있는 문화적 실천의 제도와 조건들이 사라지고 있다는 것이다. 같은 의미에서, 문화가 시장에 전복적일 수 있는 것은 기능적 합리성과 자본의 이윤 동기에 지배되는 시장의 억압적인 힘에 대응하여 새로운 대안적인 의미와 가치와 실천의 체계를 만들어 갈 수 있는 정신적, 지적, 감성적 원천을 문화라고 부를 수 있는 인간의 행위가 가지고 있기 때문이다.

우선 대학, 학교, TV와 신문 등의 매체, 출판, 대중문화와 같은 지식 생산과 의미 생산의 핵심적 제도들이 급격하게 신자유주의의 이데올로기에 동화되고 재조직되고 있는 상황에서 우리의 삶을 주체적이고 창조적인 것으로 만들 수 있는 문화적 형성의 원천이 우리의 일상적 삶의 과정으로부터 점점 차단되고 배제되고 있다는 것을 보다 적극적으로 인식할 필요가 있다. 그것은 시장의 지배로 인해 스스로 형성하고 향유하고 판단하고 개입하는 문화적 능력이 총체적으로 위협받고 위축되고 있다는 것이며, 변화하고 있는 외부 세계에 반응하여 "인간다운" 삶을 창출할 수 있는 대응력을 상실해 가고 있다는 것을 의미한다. 시장 자본주의가 우리의 선택의 대상이 아닌 전 지구적 현실이라면, 어떻게 시장이 가진 해방적 잠재력을 복원하고, 시장을 인간적 삶의 가능성을 확장하는 생산적 메커니즘으로 전환시킬 수 있는가의 문제가 문화에 대한 논의에서 가장 긴급하고 우선적인 의제가 되어야 할 것이다.

시장 전체주의의 폭력적 구조는 동원체제이며 감시체계이며 공적 이성의 마비를 초래하는 정치적 전체주의이다

도정일 교수는 이러한 시장 논리의 지배를 파시즘적인 정치적 전체주의와 비교하면서 "시장 전체주의"라는 이름을 붙인다. (시장 전체주의라는 용어는 원래 마르쿠제의 표현이다. 의미는 동일하다.) 그에 의하면 시장 전체주의는 세 가지 점에서 정치적 전체주의와 유사한 폭력적 구조를 가진다. 그것은 시장 논리, 시장 원리, 시장 가치를 향해 사회 전체를 훈육하고 재조직하는 "동원체제"이다. 시장 유일주의는 시장 논리로부터 일정한 거리를 유지해야 하는 사회적 공공 영역들을 위축시키고 시장 이외의 다른 가치들을 존중하려는 어떤 도덕적 윤리적 고려도 살아남기 어렵게 만든다. 이것은 시장체제에 대한 사회의 전면적 복속이라고 할 수 있다. 시장 전체주의는 정치적 전체주의처럼, 주민들을 겁주고, 통제하고 관리하는 "감시체계"이다. 그것은 "이 무한 경쟁의 시대에 시장 원리에 충실히 따르는 길만이 살아남는 길"이라고 충고해 준다. 주민은 이 생존의 복음

을 따라야 하고, 그것이 요구하는 계명을 준수해야 된다. 이때 개별적 주체는 자기 자신에 대한 자발적 감시자가 되며, 시장에서의 "성공/실패"의 잣대는 곧 시민적 자질의 소유 여부에 대한 판단의 잣대가 된다. 세 번째로 보다 중요하게는, 시장 전체주의는 사회적 이성의 마비를 추구한다는 점에서 정치적 전체주의와 유사하다. 과거 정치적 전체주의가 사회적 이성의 학살을 주요한 정치적 목표로 삼았던 것과 유사하게 시장 전체주의에서도 공적 이성은 학살의 대상이 된다. 경쟁과 생존만을 지나치게 강조함으로써 인간 삶의 환경은 훨씬 더 밀림에 가까워졌다는 것이 도정일 교수의 진단이다. 지금의 세계가 경쟁의 치열성을 전례 없이 강화하고 있다면, 이 지상의 모든 단위 국가 정부들에 안겨지는 가장 중요한 과제는 밀림을 실현하는 것이 아니라 오히려 시장 논리를 사회적 가치에 복속시키려는 의지와 능력을 포기하지 않음으로써 "사회의 파괴"를 방지하는 것이라고 그는 주장한다.[5]

대중문화와 시장의 관계에 대한 논의는 시장 기제가 가지고 있는 제한적이고 파괴적인 측면을 의식하면서 동시에 시장에 본질적으로 내장되어 있는 해방적 잠재력을 인정하는 것에서 출발한다. 미디어 능력은 미디어가 생산되는 과정에서 시장이 어떻게 작동하고 있는가를 드러낼 수 있는 능력을 포함한다. 미디어 능력은 우리

---

5 도정일 교수의 "시장 전체주의"에 대한 자세한 논의와 세계화에 대한 비판적 접근
은 반년간지 『비평』 2호에 실린 특집 「세계화는 오늘의 세계에 무엇을 가져왔는
가」와 「21세기, 우리에게 대안은 있는가」를 참조.

대중문화와 문화적 민주화 일상적 삶의 상징적 생산

가 미디어를 통해 시장체제 - 즉 물건을 생산하고 유통하고 소비하는 과정 속으로 동원되고 편입되고, 더 나아가 그것에 관리된다는 것을 인식한다. 미디어 능력은 시장 기제가 우리에게 허위욕구를 창출할 수 있다는 것을 알려준다. 이와 함께 미디어 능력은 시장의 외부가 아니라 시장을 통해서, 시장을 관통해서 시장을 극복하는 방법을 시도한다. 그것은 새로운 소비자, 자율적이고 주체적인 소비자를 창출하는 것으로 통해 진행된다. 이 책은 대중문화와 시장 사이의 이러한 모순적이고 복합적인 관계를 통해 대중문화의 새로운 가능성을 모색하려고 한다.

2

유물론적
미학의 재구성

2. 1.

마르크스와 "감각의 해방"
– 유물론적 미학의 토대

유물론적 미학은 『경제학 철학 수고』(Economic and Philosophical Manuscript of 1844)에서 개진된 마르크스의 인간에 대한 정의에서 출발한다. 스물여섯 살의 청년 마르크스가 자신의 오랜 망명생활을 시작한 파리에서 쓴 글들이 수록된 이 책에서 마르크스는 서구 철학사에서 가장 긍정적이고 적극적인 인간에 대한 정의를 완성한다. 그것은 바로 "생산하는 인간"(producing being)에 대한 사유이다. 자본주의적 인간과 삶에 대한 그의 예언적 통찰은 바로 이 인간의 정의를 통해 구성된다. (어쩌면 그 역도 성립한다. 즉 자본주의적 삶에 대한 대응에서 생산하는 인간에 대한 정의가 나온다고 할 수도 있다.) 『경제학 철학 수고』에 나타난 "생산하는 인간"에 대한 정의와 그에 의거한 자본주의 비판은 기본적으로 미학의 성격을 가지고 있다. 이 장이 주목하는 것은 마르크스의 미학(혹은 마르크스의 전체적인 자본주의 분석)의 근간에 독일 고전적 낭만주의 전통의 심미적 인문주의가 있다는 것이다.

일반적으로 대부분의 마르크스 연구자들은 두 개의 마르크스가 존재한다는 사실을 인정한다. 다소 도식적으로 얘기한다면, 후기의 마르크스가 『자본론』의 마르크스, 알튀세르의 "과학적"(scientific) 마르크스라면, 초기의 마르크스는 인간주의적(humanistic) 마르크스라고 부를 수 있다. 초기의 마르크스를 대표하는 저작이 『경제학 철학 수고』라는데 이견은 별로 없는 것 같다. 이러한 동의는 이 저작이 특별히 뛰어나거나(예를 들어 같은 초기 저작으로 『독일 이데올로기』와 비교할 때), 혹은 미숙하기 때문(일부 마르크스 해석자들은 이렇게 보고 싶어 한다)이 아니라, 후기 마르크스와는 뚜렷이 구분되는 독자적인 깊이의 철학적 인간학을 개진하고 있기 때문이다. 부르주아 자본주의 하에서의 인간의 삶의 조건을 간파한 인간 소외라는 단어는 그 뒤의 저작에서 거의 사라졌고, 헤겔적인 수사로 특징지어지는 인간 본성에 대한 철학적 탐색도 그 뒤의 저작과는 뚜렷한 차이를 보이고 있다.

한마디로 『경제학 철학 수고』를 관통하고 있는 것은 "인간의 인간적 해방(human emancipation of man)"에 대한 관심이라고 할 수 있다. 이 책에 실린 글들을 쓰기 1년 전인 1843년 마르크스는 당대의 대표적인 사회주의 사상가인 아놀드 루게Arnold Ruge에게 쓴 편지에서 그 자신을 "사람들을 인간적 존재로 만들려는 주제넘은 욕

초기 마르크스를 관통하고 있는 것은 "인간의 인간적 해방(human emancipation of man)"에 대한 관심이다

대중문화와 문화적 민주화 일상적 삶의 상징적 생산

심을 가진 이상주의자"라고 표현하고 있다.(Lowith 205) 실제로 별로 길지 않은 이 책에는 "인간적(human)"이라는 수식어가 매우 빈번하게 등장한다. 인간적 욕구(human need), 인간적 실재(human reality), 인간적 감각(human senses)에서부터 심지어는 인간적 눈(human eye)까지 등장한다. 인간을 "인간적으로" 해방한다는 것, 사람들을 "인간적" 존재로 만든다는 말은 동어 반복이 아니라면 어떻게 해석해야 할 것인가? 마르크스에게 "인간적"이라는 수식어는 매우 강한 규범적 보편성을 담지하고 있는 것으로 보인다. 초기 마르크스의 철학적 인간학을 가장 중요하게 생각한 에리히 프롬Erich Fromm은 마르크스의 철학이 서구의 인본주의적 전통에 뿌리박고 있음을 간파하고 이 전통의 내적인 본질을 "인간의 가능성의 실현에 대한 성찰"로 파악한다. 프롬은 마르크스의 철학이 근본적으로 저항의 철학인데 이러한 저항 속에는 인간에 대한 믿음이 들어있다고 주장한다. 이것은 "스스로 해방하고, 자기 자신 속에 잠재된 가능성을 실현하는 능력을 인간은 가지고 있다는 믿음"이다. 프롬에 의하면 "마르크스의 사회주의를 낳은 서구의 인본주의적 전통이란, 인간의 자유에 대한 희망과 믿음으로서의 전통을 가리킨다." 따라서 『경제학 철학 수고』에서의 인간은 무엇보다 "행위를 통해서 존재하는 인간을 말하며, 자연으로서의 인간이며 동시에 자기 자신을 역사 속에 전개하고 재현하는 인간"이다.(Fromm 12) 프롬의 해석을 다른 말로 표현하면, 인간은 자기실현을 향해 운동하는 존재이며, 이러한 부단한 자기실현의 확장 운동이 인간의 본질이다.

마르크스의 사회주의를 낳은 서구 인본주의적 전통이란, 인간의 자유에 대한 희망과 믿음으로서의 전통을 가리킨다 - 에리히 프롬

초기 마르크스의 인간은 "행위를 통해 존재하는 인간이며, 자연으로서의 인간이며 자기 자신을 역사 속에 전개하고 재현하는 인간"이다 - 에디히 프롬

초기 마르크스의 자본주의 분석의 미학적 특성이 가장 극명하게 드러나는 것은 그가 『경제학 철학 수고』에서 자본주의적 삶의 대안으로서 공산주의를 정의하는 부분이다.

> 인간의 자기 소외, 사유재산의 적극적 지양으로서의 공산주의, 인간에 의한 인간을 위한 인간적 본질의 진정한 전유로서의 공산주의는 인간이 사회적 (인간적) 존재로서의 그 자신에게로 완전하게 회귀하는 것을 의미한다. (…) 사유재산의 지양으로서의 공산주의는 인간의 감각과 속성의 완전한 해방이다. 이 감각과 속성들이 주관적으로 객관적으로 인간적인 것이 될 경우에만 이 해방은 가능하다. [완성된 공산주의 사회는] 그의 존재의 총체적인 풍요성 속에 인간을 생산한다. 아주 깊고 풍요롭게 그의 모든 감성을 부여받은 풍부한 인간을 생산한다.[6]

이 구절에서 사유재산은 경제적 의미에서의 재화의 소유 형태를 가리키는 것이 아니라, 교환가치의 지배를 받는 자본주의적 삶의 전체적인 양식을 표현하는 환유換喩이다. 그것은 자기 소외와 동의어이다. 공산주의 또한 생산 수단과 재화의 분배의 사회적 제도

---

6 Karl Marx, *The Economic and Philosophic Manuscript of 1844*, ed. Dirk Struik (International Publishers, 1964) 135. 이하 인용은 EPM으로 표기하고 괄호 속에 쪽수 명기.

를 가리키는 것이 아니다. 그것은 자본주의적 인간 소외가 아닌, 그것을 넘어서는 어떤 것이다. 공산주의는 교환가치의 지배, 인간 소외를 지양하고 대안적 삶의 형식을 탐색한다. 감각은 마르크스에게서 주체와 세계가 만나는 지점이다. 감각의 해방은 인간이 외부 세계를 교환가치와 소유관계로 만나는 것이 아니라, 보다 총체적으로, 전면적으로, 충만하게 만나는 삶의 양식을 가리킨다. 이때 인간은 진정으로 자유롭고 풍요로워 진다. 풍부한 인간 존재와 풍부한 인간 욕구는 그가 적어도 『경제학 철학 수고』의 단계에서 상정한 인간의 자기 소외의 극복으로서의 공산주의의 핵심적 내용을 구성한다. 마르크스가 자본주의적 인간 소외의 대안으로 제시한 "감각의 해방"은 어떠한 의미를 갖는가? 그는 왜 공산주의, 즉 자본주의적 인간의 대안을 "풍부한 인간 욕구를 가진 풍부한 인간 존재(the rich human being with rich human need)"로 제시했을까? 그가 이러한 이항 대립을 설정하게 한 담론의 모태는 무엇인가? 마르크스의 "생산하는 인간" 혹은 "창조적 인간"에 대한 정의는 이러한 질문들을 답변하는 단초를 제공해 준다.

『경제학 철학 수고』에서 인간 노동의 본질로서 설명되고 있는 자기 생산, 자기 창출, 창조성, 자기실현, 적극적 자유 등의 개념은 마르크스의 초기 저작을 미학적으로 이해하는 데 중심적인 개념들이다. 마르크스의 유물론을 문화적 관점에서 다시 이론화하려고 했던 레이몬드 윌리엄스에 의하면 창조적 인간은 마르크스의 인간학의 핵심에 존재하는 것이다.

감각의 해방은 인간이 외부 세계를 교환 가치와 소유 관계로 만나는 것이 아니라, 총체적으로 전면적으로 충만하게 만나는 삶의 양식을 가리킨다 마르크스주의의 바로 핵심에 인간의 창조력과 자기 창출 (human creativity and self-creation)에 대한 각별한 강조가 존재한다. 마르크스 이전의 사상가들에 의해 시민 사회와 언어의 영역으로 확장되었던 자기 창출의 개념은 마르크스주의에 의해, 기본적인 노동과정과 깊게 (창조적으로) 변형된 물리적 세계와 스스로에 의해 창조된 인간성(self-created humanity)의 영역까지 근본적으로 확장되었다. (*Marxism and Liteature* 206)[7]

윌리엄스가 마르크스의 유물론의 핵심으로 포착하고 있는 것은 바로 노동과 생산을 통한 인간의 자기 창출 과정이다. 마르크스에게 인간의 노동 행위는 물질적 재화를 생산하는 것을 넘어서서 인간이 스스로를 생산하고 스스로를 실현해 나가는 행위이다. 인간이 노동을 통해 외부 세계를 변화시키는 것은 인간이 자기 스스로를 창출해 나가는 것과 동일한 과정이며, 창조적 자기실현은 인간의 노동의 본질이다. 그러므로 마르크스에게 있어 창조적 인간은 무엇보다도 생산하는 인간이다. 윌리엄스도 언급하고 있듯이

레이몬드 윌리엄스가 마르크스 유물론의 핵심으로 보고 있는 것은 '노동과 생산을 통한 인간의 자기 창출 과정'이다

---

7 윌리엄스가 친절하게 부연하고 있듯이 대부분의 마르크스주의 전통은 "마르크스주의의 바로 핵심에 있는" 이 인간 창조력에 대한 강조를 대체로 간과해 왔다. 그 주된 이유는 앞에서도 언급했듯이 마르크스 자신이 그가 26세에 쓴 『경제학 철학 수고』 이후에 "창조적 인간"에 대한 논의를 하지 않았기 때문이고, 더 나아가서는 주류 마르크스주의 전통(마르크스주의 문화이론까지 포함하여)에서 별로 많이 다루어지지 않았기 때문이라고 할 수 있지만, 어쨌든 "풍부한 욕구를 가진 풍요로운 인간 존재"를 강조하는 문화적 마르크스는 몇몇 마르크스주의 사상가들을 (대표적으로는 에리히 프롬) 제외하고는 이론적 주목을 받지 못했다.

대중문화와 문화적 민주화 일상적 삶의 상징적 생산

마르크스의 창조적 인간에 대한 논의는 바로 구체적으로 노동하고 있는 인간, 즉 생물적 물질적 존재로서의 인간에서 출발하고 있다. 마르크스는 "사고하는 자아의 확실성"이 아니라 "노동하는 개인의 물질성"에서 출발한다. 서구 철학 전통에서 인간에 대한 이러한 새로운 접근은 혁명적인 발상의 전환이다. 특정한 역사적 상황에서 신체를 사용하여 자신의 삶의 조건을 만들어가는 인간보다 더 구체적인 인간은 존재하지 않는다.

『자본론』에 있는 짧은 노동의 정의는 마르크스의 인간관을 이해하는 몇 가지 핵심적 주장을 보여준다.

> 노동이란 무엇보다도, 인간과 자연 사이에 이루어지는 하나의 과정이다. 그리고 이 과정 속에서 인간은 자발적으로 자신과 자연과의 물질적 신진 대사를 매개하고 규제하고, 통제한다. 그는 자신의 자연적인 고유한 힘을 사용하여, 자연에 관계한다. 팔 다리를 움직이고, 머리와 손을 사용하는 등, 그의 신체의 고유한 능력들을 사용하여, 외부의 자연에 영향을 미치고 그것을 변화시킨다. 그러한 과정을 통해서, 인간 자신의 본성도 변하게 된다. 그는 자신 속의 잠재력들을 개발하여, 그것들을 주체적으로 사용한다. (자본론 I 226. 번역은 저자가 일부 수정)

마르크스에게 인간은 무엇보다도 자연의 일부이다. 인간은 유한한 존재, 자연적 조건에 속박된 존재이면서 동시에 자연과의 끊임없는 신진 대사를 통해 생존을 지속하는 존재이다. 그러나 그는 또한 "활동하는" 자연적 존재이다. 자연과 인간을 매개하는 것은 생산 활동, 즉 인간의 노동이다. 마르크스에게 '생산하는 인간'이란 자기 밖에 존재하는 이 자연 세계와 능동적인 관계를 맺는 존재를 의미한다. 인간은 노동을 통해 물리적 세계를 변화시켜 자신의 욕구를 충족시키고 자신의 삶을 지속시킨다. 이 과정에서 가장 중요한 것은 자기 생산(self-production)이다. 인간은 노동을 통해 자연을 변화시킬 뿐만 아니라, 자기 스스로를 생산한다. 마지막으로 이 과정은 "자신 속의 잠재력을 개발하는" 과정이다. 즉 노동은 자연 세계를 변형시켜, 자연 세계의 경계를 확장하면서, 새로운 가능성을 만들고, 새로운 욕구를 만들고, 스스로를 확장하면서, 새로운 실재를 창출한다.

노동을 통한 외부 자연 세계의 변화와 인간의 자기 형성의 동시성은 초기 마르크스의 인간관을 이해하는 출발점이다. 노동은 자기 생산이며, 자기 갱신이며 자기 확장이며 그 결과물은 인간적 실재(human reality)이다. 자본주의 사회에서의 인간 소외를 집중적으로 논의하고 있는 『경제학 철학 수고』에서 이 과정은 자아와 세계의 변증법적 관계로 설명되고 있다.

> 노동을 통한 외부 자연 세계의 변화와 인간의 자기 형성의 동시성은 초기 마르크스를 이해하는 출발점이다

생명활동이자, 생산적 삶 그 자체인, 노동은 무엇보다도 먼저, 욕구를 충족하는 수단 ─ 즉 물리적 존재를 지속시키려

대중문화와 문화적 민주화 일상적 삶의 상징적 생산

는 욕구를 충족시키는 수단으로 보인다. 그러나 생산적 삶은 보편적인 인간적 존재의 삶(life of the species)[8]이다. 그것은 삶을 산출하는 삶(life-engendering life)이다. 그의 실제적 행위, 비유기적 자연에 가한 그의 작업을 통해 대상의 세계를 창조해 가면서, 인간은 의식적인, 보편적 인간 존재로서 그 스스로를 증명한다. (…) 인간이 보편적 인간 존재로서 그 스스로를 증명하는 것은 실로 그가 이 객관적 세계에 작용했기 때문이다. 이러한 생산은 바로 보편적 인간 존재의 삶이다. 이 생산 행위를 통해 그리고 그것으로 인해, 자연은 그의 생산물이며, 또한 그의 실재(his reality)로 나타난다. 노동의 대상물은 따라서 그의 보편적 인간 존재의 삶의 객체화(objectification of his species life)이다. 왜냐하면, 그는 그 자신을 의식 속에, 머릿속에 복제할 뿐 아니라, 활동적으로 실제 세계에도 복제하기 때문이다. 따라서 그는 그가 창조한 이 세계 속에서 그 자신을 바라본다.(*EPM* 113-4)

　인간 존재의 보편적 본성을 자연과 인간을 매개하는 생산과 노동의 행위를 통해 설명하고 있는 위의 인용문은, 자아와 세계의 변증법적 상호 구성, 그리고 그 결과로서의 인간적 실재의 창출을 절

8　'species life, species being'은 일반적으로 '유(類)적 삶, 유(類)적 존재'로 번역되지만, 이해를 위하여 '보편적 인간 존재의 삶, 보편적 인간 존재'로 의역했다.

묘하게 표현해내고 있다. 자연 사물과 인간의 관계는 마르크스의 인간학에서 인간 존재의 결정적인 구성 요소이다. 이 변증법적 상호관계를 우리는 객체화(objectification)와 전유(appropriation)의 동시적 과정으로 설명할 수 있을 것이다. 유적 존재로서의 마르크스가 인간의 욕구라고 표현한 내면의 본질적 에너지 – 인간의 생물적 욕구뿐만 아니라, 성향(tendency), 능력(power), 잠재력 (potentiality), 의지(will)등의 용어로 다양하게 쓰이고 있는데 – 를 가지고 있는데 이 힘들은 자연의 사물을 통해 매개되면서 현실화된다. 따라서 객체화는 인간의 노동에 의해 변형된 자연을 가리키며, (이 변형된 자연을 마르크스는 생산이라고 부른다) 이때 인간은 스스로를 자신의 밖에서 완성한다. 외부 대상을 통해서만 인간의 능력은 실현되며, 외부 대상에 의해서만 인간의 욕구는 충족되고, 외부 대상을 통해서만 인간의 잠재된 본성이 특정한 완성의 단계에 도달한다. 마르크스는 이것을 "나의 대상물은 나의 본질적 능력의 유일한 확증이다"(EPM 140)라고 표현한다.

객체화의 과정은 동시에 전유의 과정이다. 전유란 나의 밖에 있는 것을 나의 안으로 가져와 나의 일부로 만드는 작업이다. 유적 존재로서의 인간은 그를 둘러싸고 있는 외부 세계의 사물을 전유함으로서만 생존할 수 있다. 인간은 외부 사물을 그의 욕구, 그의 능력의 대상으로 바꾸어 놓는다. 그리고 그 대상을 경험하는 것은 내 존재의 일부가 된다. 인간에게 경험된 세계는 이미 객체화를 통해 인간적 실재(human reality)가 된 것이며, 이 경험된 세계의 총체가

사물이 인간에
의해 매개되듯
인간은 사물에
의해 매개된다
- 장 폴 사르
트르

바로 나 자신을 구성하고 있는 것이기 때문이다. 마르크스는 이것을 "인간이 사물을 요구하고 있다는 것은 사물의 속성이 나의 존재의 속성이라는 사실의 명백하고 부정할 수 없는 증거이다"(EPM 181)라고 표현한다. 사르트르가 변증법적 탐구의 가장 중요한 발견은 사물이 인간에 매개되는 것과 마찬가지로 인간이 사물을 통해 매개되는 것이라고 한 것은(Sartre 79) 바로 이 과정을 얘기하는 것일 것이다. 세계와 자아는 그 둘이 교섭하기 전까지는 하나의 가능성으로 남아있는 것이며, 이 세계와의 상호 작용을 통해 인간은 자기 자신을 "자연 속에 복제"한다. 마르크스의 표현을 따르면 "인간은 그가 창조한 세계 속에서 그 자신을 바라본다."

인간은 그가 창
조한 세계 속에
서 그 자신을
바라본다 - 칼
마르크스

헤겔의 영향이 확연하게 감지되는 이 현학적인 인간 이해에서 가장 중요한 전언은 인간적 실재의 창출에 관한 것이다. 자연적 존재로서의 인간은 자연적인 욕구를 가지고 있으며, 그 욕구를 충족시키는 자연적인 능력을 가지고 있다. 인간은 이 능력을 통해 자연 세계를 변형시킨다. 그러나 인간에게 노동은 물리적 존재를 지속시키려는 생물적 욕구를 충족시키는 행위를 넘어서서, 보편적 인간 존재의 삶을 만들어가는 행위이다. 생산적 존재로서의 인간을 동물과 구별해 주는 변별적 특질, 마르크스가 보편적 인간 존재라고 부른 것의 특질은 그것이 일회적인 욕구 충족의 단순한 반복(적어도 그 생이 끝날 때까지)이 아니라, 새로운 욕구를 생산하며, 그 욕구에 대한 충족을 생산하는 과정을 통해, 스스로를 지속적으로 확장한다는 것이다. 실제 마르크스는 그것을 "삶을 산출하는 삶"이라고 부른다. 이 자기 생산의 역사적 과정 속에서 인간의 정의는 계속 갱신되며 확장된다. 잠재된 가능성의 실현을 통한 존재의 확장은 인간의 보편적인 유적 본질이다. 이런 의미에서 인간은 인간 자신의 산물이다. 이때 변화된 자연은 인간 행위의 확장의 결과이며, 인간의 연장이며, 인간은 변화된 자연만큼 새로워진다. 이것이 바로 인간의 실재("his reality")이다.

자아와 세계의 변증법적 상호구성을 통해 창출된 인간적 실재는 끊임없는 자기 갱신과 자기 확장의 과정 속에서 지속되며, 이러한 방식으로 인간과 사물의 세계는 유동하며 변전한다. 마르크스는 『그룬트리쎄』*Grundrisse*에서 이 과정을 다음과 같이 기술한다.

> 재생산의 과정을 통해, 마을이 도시가 되고, 황야가 경작지가 되는 것과 같은 객관적 조건만이 변화하는 것은 아니다. 생산자가 그들 안에 새로운 특질들을 가져오고, 새로운 능력과 생각들, 새로운 관계의 양식들, 새로운 욕구와 새로운 언어들을 발전시킨다는 점에서, 생산자 자신도 변화한다. (…) 생산물이 생산되고, 다른 종류의 작업 기술들이 생산되는 것과 마찬가지로, 인간의 욕구도 생산된다. 역사적 욕구, 사회적 욕구가 필수적인 것으로 설정됨에 따라, 진정한 인간적인 풍요로움이 더욱 많이 성취된다. (*Grundrisse* 494, 527)

새로운 생산물을 만들어내면서 인간은 점점 더 확장된 자연의 영역을 그들의 욕구와 의지에 종속시켜 놓는다. 이것은 또한 인간이 자신 속에 새로운 능력을 발전시켰다는 것도 의미한다. 따라서 인간의 자기 갱신과 자기 확장의 특정한 단계에 상응하는 인간의 욕구가 존재한다. 질적으로 새로운 욕구의 창출을 통해서만 인간과 자연의 상호 전유의 새로운 양식이 등장하게 된다. 이러한 질적으로 상승된 욕구를 통해서, 인간의 노동은 동물의 노동을 넘어선다. 자연과 인간의 관계는 생물적 구속으로부터 자유로워지고, 새로운 질적 관계로 도약한다. 여기에서 "진정한 인간적 풍요로움"을 향한 인간적 욕구가 생산된다.[9]

즉자적이고 일회적인 생물적 욕구를 넘어선 인간적 욕구, 유적 존재로서의 인간의 자기 확장 과정에 가장 확실한 증거는 아마도 인간의 상징 생산, 즉 상징을 통해 자기 생산을 하는 행위일 것이다. 이때 자기 생산은 주체, 즉 '나'의 생산이다. 상징적 욕구는 스스로를 의미와 가치의 존재로 만들려는 욕구이다. 상징 욕구의 충족, 즉 상징 노동을 통하여 인간은 스스로를 '상징적'으로 생산한다. 이

---

9 『경제학 철학 수고』에는 유난히 "인간적"이라는 수식어가 많다. 이 경우 "인간적"이라는 수식어는, 우리가 일상적으로 '그것은 인간적인 것이 아니다' 혹은 '보다 인간적으로 살자'라고 말할 때의 그것이다. 강한 규범적 보편성을 담지하고 이 "인간적"이라는 수식어는 사실 실체를 가지지 않은 언어이다. 즉 많은 경우 인간적이라는 말은 인간적이지 않은 상태를 전제로 한다. 말하자면 인간적인 것이 먼저 정의되거나 사유되는 것이 아니라 인간적인 것이 아닌 것이 먼저 경험되는 것이다. 이것이 엄청난 이론적 짐을 지고 있는 헤겔로부터 마르크스가 결별하는 지점이다. 초기 마르크스에 있어 초역사적이고 보편적인 것처럼 보이는 인간적이라는 수식어는 사실은 "자본주의적인 것이 아닌"의 의미를 가진 것으로 이해되어야 할 것이다.

것은 물리적 노동과 마찬가지로 인간 존재의 본능적이고 본질적이며, 무엇보다도 일상적인 욕구이다. 상징은 인간이 그들만의 고유한 능력으로 외부 세계에 작용하여, 새로운 인간적 실재를 창출하는 가장 극적인 예를 보여준다. 상징은 경험의 동질성을 통해 새로운 실재를 창출하는 인간의 정신 행위이다. 상징 행위는 외부 세계의 경험이자 동시에 그것에 대한 반응이다. 이 반응을 통해 외부 세계가 변용되면서 새로운 실재가 생산되고, 그만큼 이 세계는 확장되는 것이고, 그것은 나의 경험 세계의 확장이며, 곧 나 자신의 확장이 된다. 왜냐하면 나는 그 확장된 경험의 축적을 통해 다시 외부 세계에 반응하기 때문이다. 이런 방식으로 상징을 통해 세계의 경험은 축적되고, 인간적 실재의 외연은 넓어진다. 상징을 통해 인간은 의미를 생산하고 의미를 축적하고 의미를 확장한다. 인간이 외부 세계를 경험할 때 그는 세계를 의미를 가진 것으로 전유한다. 그는 대상에 인간적 의미를 부여하고 인간적 가치를 각인시킨다.

마르크스에게 이 "인간적" 욕구의 대립항에 있는 것은 사실 즉자적이고 일회적인 생물적 욕구만이 아니다. 보다 더 중요한 의미에서 마르크스가 "인간적 욕구를 통해 창출되는 인간적 실재"에 대립시키고 있는 것은 자본주의에서 인간적 실재가 만들어지는 방식이다. 더 정확하게는 자본주의 삶이 어떻게 인간적 욕구를 통한 인간적 실재의 창출을 차단하고 축소하는가이다. 청년 마르크스에게 자본주의가 문제가 되는 것은 바로 이 자기 생산의 과정, 외부세계의 전유의 과정이 인간 능력의 신장과 인간의 풍요로운 자기 확장이 되지 못하고, 소유의 관계로 축소된다는 것이다. 마르크스는 이 것을 인간적 욕구(human need)의 상실이라고 표현한다.

> 사유재산은 우리를 너무나 우둔하고 일방적인 존재로 만들 어서, 우리가 대상을 소유했을 때만 그것이 '우리의 것'이 된다. (…) 모든 물리적이고 정신적인 감각은 따라서 모든 감각들의 순수한 소외 – 즉 소유의 감각(the sense of having)만 을 가질 뿐이다. 인간 존재는 그의 내적 풍요를 외부 세계 에 예속시키기 위해 바로 이 절대적인 빈곤의 상태로 축소 되어야만 한다.(EPM 139)

소외된 자본주의 삶에서의 욕구는 "인간적" 욕구가 아니다. 그 것의 충족은 인간의 잠재적 능력의 실현이 아니다. 자연과 인간의 관계는 생산과 확장의 관계가 아니라 소진과 고갈의 관계가 된다. "소유의 감각"만이 남은 세계에서 인간의 본원적 에너지 – 그의 능 력과 잠재력과 욕구 – 는 소진되고 고갈된다. 그는 "절대적 빈곤 (absolute poverty)"의 상태로 축소된다. 마르크스는 인간 소외를 인간 이 자신의 욕구 충족과 자기실현을 위해 생산한 물건이 인간으로 부터 독립된 존재가 되고, 더 나아가서 인간에게 낯설고 적대적인 것이 되는 것이라고 정의했다. 즉, 나의 실재(my reality)가 되어야 할 노동의 결과물이 나에게 낯설고 적대적인 어떤 것이 되고 그것이 나를 지배하고 나를 예속시킨다. 이 적대적인 외부 세계의 힘이 커

"소유의 감각" 만이 남은 세 계에서 인간은 소진되고 고갈 된다

질수록, 그는 왜소해 진다.("The greater this activity, the greater is the worker's lack of objects. (…) The greater this product, the less is he himself.")(*EPM* 108)

부르주아 정치 경제학은 자기 부정(self-negation)의 윤리학이다

부르주아 정치경제학이 자기 부정(self-negation)의 윤리학이라고 비판하면서 마르크스는 이렇게 말한다.

> 정치경제학, 이 부富의 과학은 동시에 부정否定의 과학, 결핍의 과학, "절약"의 과학이다. 그것은 인간으로부터 신선한 공기와 물리적인 신체의 운동까지 절약시킨다. 이 놀라운 근면의 과학은 동시에 금욕주의의 과학이다. 따라서 정치경제학은 세속적이고 자유분방한 겉모습과는 달리, 진정한 도덕적 과학, 모든 과학 중 가장 도덕적인 과학이다. 자기 부정(self-renunciation), 모든 인간적 욕구와 삶 자체의 부정이 그것의 가장 중심적 명제이다. 네가 덜 먹고, 덜 마시고, 책을 덜 살수록, 네가 덜 생각하고 더 적게 사랑하고, 덜 논쟁하고 (…) 덜 노래할수록, 너는 더 많이 저축한다. 녹 쓸지도, 썩지도 않는 너의 곳간, 너의 자본은 더 커질 것이다. 너의 존재가 축소될수록, 네가 너의 삶을 덜 표현할수록, 너의 소외된 삶은 더욱 커진다.(the less you are, the less you express your life, the greater is your alienated life.)(*EPM* 150)

청년 마르크스 특유의 풍자적 기질이 흥미롭게 읽히는 이 구절에서 정치경제학은 당시의 자본주의 경제학을 통칭하는 말로서,

대중문화와 문화적 민주화 일상적 삶의 상징적 생산

자본주의가 인간을 이해하는 방식을 가리킨다. 금욕이나, 결핍이나, 절약이나 자기 부정은 인간의 본원적인 풍요를 거부하는 삶의 양식을 가리킨다. 교환가치만이 자본주의에서 생산된 진정하고 유일한 욕구로 존재한다. 교환가치화된 자본주의적 소유관계의 대립항에는 풍부한 인간 존재, 인간적 욕구가 있다. 마르크스는 이 풍부한 인간 존재가 "인간적인 세계 관계"에 의해 가능하다고 말한다. 즉 "보고, 듣고 냄새 맡고, 맛보고, 느끼고, 생각하고, 관찰하고, 경험하고, 욕구하고, 행위하고, 사랑하는 인간 존재의 모든 생물적 기관들"(EPM 138)의 역동적 활동이다. 이것이 마르크스가 "감각의 해방"이라고 말한 것의 의미이다. 마르크스에게 감각이란 인간이 세상과 만나고 교섭하는 지점을 가리킨다. 소유의 감각, 즉 교환가치화된 세계 관계에서 벗어나서, 진정한 의미에서의 자기 생산을 가능하게 하는 것이 감각의 해방의 의미이다.

청년 마르크스에게 인간의 자유란 세계를 보다 온전하고 충만하게 전유함으로써 자아와 그 삶을 더욱 풍요롭게 형성하는 것을 의미한다. 이것이 "인간의 감각과 본질적 속성의 해방"으로서의 공산주의이다. 마르크스에게 "인간의 해방"은 부당한 속박과 억압으로부터의 자유라는 소극적 의미의 자유뿐만 아니라, 인간이 자신에게 본질로서 주어진 가능성을 이 세계 속에 실현시켜나가는 자유로서의 적극적 의미에서의 자유, 자기 창출의 자유, 자기실현의 자유를 의미한다고 할 수 있다. 적극적 자유의 인간은 실현되지 않은 잠재력을 자신의 존재의 본질로 가지고 있으며 세계와의 능동

청년 마르크스에게 인간의 해방은 부당한 억압으로부터의 자유라는 소극적 의미의 자유뿐만 아니라, 인간이 자신의 본질로서 주어진 가능성을 세계 속에 실현시켜나가는 적극적 의미의 자유를 뜻한다

적인 관계를 통해 이 본질을 현실화시켜 나간다. 소극적 의미에서의 자유가 "…로부터의" 자유라면 적극적 의미에서의 자유는 "(아직 실현되지 않은 세계의 풍요로움)으로의 자유"이다. 적극적 자유의 실현은 인간 본질의 실현이다. 자기 확장이 인간의 본질이라면, 적극적 자유만이 인간의 생명활동(life-activity), 즉 살아 있음을 확증해 주고 지속시켜주는 것이며, 이러한 자기실현의 과정의 결과로서 인간은 비로소 인간으로 존재할 수 있기 때문이다.

적극적 의미에서의 자유라는 관점에서 볼 때, 창조적 자기실현은 노동이자 표현이다. 위의 인용문에서도 알 수 있듯이 ("the less you express yourself, the less you are") 노동과 표현은 인간의 자기 확장의 동일한 과정이다. 표현이란 자기 안에 하나의 가능성으로 존재하는 것을 세계 속에서 현실화시키는 것이다. 인간은 "표현", 즉 자기 실현의 가능성의 풍요로움을 향해 열려있는 존재이다. 표현되지 않는 존재, 실현되지 않는 삶은 본질적 인간 존재의 부정이다. 표현을 통한 자기 확장은 적극적 자유를 실현하는 인간의 본능적이고 기본적인 행위이며, 이것은 마르크스가 얘기한 능동적 세계 관계의 핵심적 요소이다.

> 창조적 자기실현의 과정은 노동과 표현이다. 노동과 표현을 통한 자기 확장은 적극적 자유를 실현하는 인간의 본능적 기본 행위이다

이러한 적극적 자유를 실현할 수 있는 자기 창조의 풍요로운 공간이 내면적 형성의 공간이다. 적극적 자유의 실현의 원천, 능동적 세계 관계를 가능하게 해주는 원천은 문화적 제도를 통해 축적된 인간의 형성과 확장의 역사이다. 이 형성과 확장의 역사, 인간의 자기실현의 역사는 한 개체의 내면적 형성의 과정, 즉 자기 창출의

대중문화와 문화적 민주화 일상적 삶의 상징적 생산

역동적 과정 속에 살아 움직인다. 인간이 외부 세계를 인지하고 기술하고 표현하고 반응하는 행위는 이러한 능동적 세계 관계를 구성하는 구체적이고 중심적인 행위의 일부이다. 경험의 기술과 표현과 반응의 영역을 통해 문화적 존재로서의 한 개체는 스스로를 끊임없이 만들어 나가며, 동시에 외부 세계를 변화시킨다. 여기에서 마르크스가 강조하고 있는 것은 자기 형성의 역사성이다. 그에게 인간이 외부 세계를 전유하는 행위는 역사라는 절대적 조건을 가진다. 그에게는 인간 감각의 형성 자체도 역사의 결과물이다. "인간의 오감의 형성은 현재까지 내려온 세계의 역사 전체의 노동이다."(EPM 108) 현재 존재하는 사물의 상태, 그리고 외부 세계가 존재하는 모습은 (우리가 보았듯이 그것들은 결국은 인간 노동의 생산물, 인간적 실재들인데) 인간이 자신의 욕구를 충족해 온 것의 역사적 축적이자, 인간이 스스로를 어떻게 확장시켜왔는가의 증거물이며 동시에 미래의 자기실현의 원천이 된다. 마르크스에게 역사가 조건이라는 것은 제약으로서의 의미보다는, 자기 형성의 원천이라는 의미가 더 강하다고 할 수 있다. 즉 역사적 축적이 주체를 형성하고 다시 잠재적 욕구와 능력으로 확장된다.

마르크스에게 생산하는 인간은 창조하는 인간의 다른 이름이다. 인간은 자신의 생산 행위를 통해 끊임없이 새로운 인간적 실재를 창출한다. 마르크스가 20대 초반까지의 저작에서 자주 쓰던 창조라는 단어를 생산이라는 단어로 대치해 쓰기 시작한 것은 물론 이 과정의 물질성, 즉 일상성을 강조하기 위한 것으로 보아야 할 것이다. 삶의 기본적인 영역으로서의 일상적 노동의 영역에 대한 강조는 그의 사상에 가장 일관된 것 중의 하나이다. 마르크스에게 창조성은 예외적 인간의 예외적으로 탁월한 행위가 아니라 일상적 삶에서 진행되는 자기 생산 과정의 이름이다. 이때 생산과 창조, 노동과 예술의 구분은 사라진다. 마르크스의 표현을 빌리면 "밀턴이 실낙원을 생산한 것은 누에가 명주실을 생산한 것과 같은 이유이다. 그것은 그의 본성의 행위이다."[10] 모든 생산행위는 그에게 본성으로 주어진 창조적 능력의 발현이다. 그가 인간의 창조 행위를 생물학적 비유로 설명하는 것은 그것이 생존에 필수적인 것이면서 동시에 역동적이고 고양된 행위이기 때문이다.

창조성은 독일 고전적 낭만주의가 인간을 새롭게 이해하고 정의하는데 가장 강력한 개념적 틀을 제공한 것이며, 인간에 대한 이러한 새로운 이해는 인간의 본질적 능력으로서의 창조성을 위협하는 힘이 본격적으로 세력을 갖게 되는 역사적 조건 속에서 그에 대한 대응으로 정립되었다. 이 역사적 조건은 자본주의적 근대의 등장이다. 인간의 창조적 능력과 힘의 대립 항에 삶의 교환가치화가 있다. 마르크스는 이것을 "노동은 상품만을 생산하는 것이 아니다. 노동은 노동 행위 그 자체와 노동자를 상품으로 생산한다"(EPM 107)라는 인간 소외의 명제로 표현한다. (이때 노동은 자본주의적 노동, 소외된

---

10 생산행위에 대한 마르크스의 논의는 Karl Marx, *Theories of Surplus Value* (Beekman Publishers, 1971) 102 참조.

마르크스에게 인간 소외란, 인간이 자신의 욕구 충족과 자기 실현을 위해 생산한 물건이 인간으로부터 독립적인 존재가 되고 나아가 낯설고 적대적인 것이 되고 궁극적으로 그것에 지배되게 된다는 것이다. 여기에서 인간과 세계, 인간과 물건의 관계는 단지 소유의 관계로 왜곡 축소된다

노동을 가리킨다.) 그에게 인간 소외란, 인간이 자신의 욕구 충족과 자기 실현을 위해 생산한 물건이 인간으로부터 독립적인 존재가 되고, 더 나아가서 인간에게 낯설고 적대적인 것이 되고 궁극적으로 그것에 지배되게 된다는 것이다. 여기에서 인간과 세계, 인간과 물건의 관계는 소유의 관계로 축소된다. 자본주의 하에서의 삶의 조건으로 제기된 인간 소외는 외부 세계가 자기 실현의 장이 되지 못하고, 인간과 외부 세계와의 관계가 다른 어떤 비인간적인 힘 – 결국 시장과 자본의 힘 – 에 의해 지배되는 것을 의미한다. 이런 관점에서 마르크스가 자본주의를 비판하는 것은 부의 불공정한 분배 때문이라기보다는 그것이 인간의 가능성을 소진시키고 인간을 축소하는 삶의 형태이기 때문이다. 인간의 잠재적이지만 본원적인 풍요로움으로부터의 소외는 인간에게 주어진 가능성의 박탈이며, 인간 존재의 왜소화이다. 존재의 왜소화는 보다 풍부한 삶을 영위할 수 있는 역동적 삶의 원천이 고갈되는 것을 의미한다. 이러한 미적 경험의 윤리학을 통해서 마르크스는 자본주의적 생산양식과 그것의 필연적인 삶의 형식(인간 소외)에 대한, 그리고 그것을 넘어서는 새로운 혁명적이고 대안적인 삶의 양식에 대한 비전을 가질 수 있게 되었다.

『경제학 철학 수고』는 마르크스가 "내 안에 쉴러 있다"라고 커밍아웃하는 텍스트이다. 이 커밍아웃을 확인하는 것은 지난 200여 년간 서구 인문학의 역사에서뿐만 아니라 오늘의 문화적 상황을 이해하는 데에도 많은 의미를 가진다. 그것은 무엇보다 마르크스

에서 시작되는 유물론적 미학의 전통에 쉴러적 전통의 심미적 인문주의가 본질적으로 내장되어 있다는 사실을 알려준다. 그러나 마르크스는 이 커밍아웃의 과정에서, 그가 헤겔을 그렇게 했듯이, 쉴러와 독일 낭만주의 전통을 유물론적으로 변형시킨다. 쉴러는 심미적 국가라는 공동체가 소수의 능력을 부여 받은 사람들에게만 가능한 것으로 판단하고 있었던 것으로 보인다. 마지막 편지에서 쉴러는 심미적 국가의 존립 가능성에 대해 다음과 같이 말한다. "그러한 미적 형상의 국가가 진정으로 존재할 수 있는 것일까요? 하나의 필요로서 그것은 모든 잘 조율된 영혼 속에 존재합니다. 실현된 사실로서 우리는 그것을 잘 선택된 소수의 집단으로 이루어진 순수한 교회나 순수한 공화국에서 찾을 수 있을 것입니다."(AE 215)

마르크스의 유물론적 신념은 무엇보다도 문화적 엘리트주의의 위계적이고 배타적인 성격을 가질 수밖에 없었던 쉴러의 심미적 경험을 보통 사람들의 일상적인 삶, 바로 노동과 생산의 장으로 끌고 내려온다. 마르크스의 관심은 언제나 실제 삶을 살고 있는 일상적 사람들이었다. 그는 「유태인 문제에 대하여」에서 "노동하는 실제적 인간이 추상적 시민을 그 자신 안으로 흡수했을 때 인간의 해방이 가능하다"고 강조한다. 이것이 그의 유물론의 요체이다. 쉴러가 강조한 통합적 경험으로서의 심미적 가치가 고급의 문화 생산물이 독점적이고 배타적으로 가지고 있는 특성은 아닐 것이다. 또한 그 생산물에 갇혀 있는 속성만도 아닐 것이다. 더 강렬하고 높고 깊은 것에 대한 욕구가 하나의 본성으로, 하나의 능력으로, 하

청년 마르크스는 문화적 엘리트주의의 위계적이고 배타적인 성격을 가질 수밖에 없었던 쉴러의 심미적 경험을 낮은 곳으로─보통 사람들의 일상적 삶, 노동과 생산의 장으로 끌고 내려온다

대중문화와 문화적 민주화 일상적 삶의 상징적 생산

나의 권리로 인간에게 존재한다면 그것은 그것을 수용하는 주체의 본질적 속성이자 잠재력으로 인정되어야 할 것이다. 마르크스의 '생산하는 인간'에 대한 정의가 강조하는 것의 중심은 이 수용하는 주체의 내면의 욕구가 어떻게 실현되는가의 쪽에 가 있다.

2. 2.

심미적 경험과 시민적 이상
– 쉴러와 심미적 인문주의

마르크스의 『경제학 철학 수고』에서의 인간 소외 논의와 자본주의 비판을 미학으로 읽는 것은 청년 마르크스 안에 강력하게 내재하고 있는 쉴러의 심미적 인문주의를 찾아내 읽은 것이다. 앞에서 언급했듯이 그것은 마르크스의 자본주의 비판과 더 나아가서 민주주의의 이상을 심미적 인문주의의 시민적 이상과 연결시키는 것이다. 마르크스에서 시작된 유물론적 미학의 전통을 적절하게 이해하기 위해서는 쉴러에서 발원한 심미적 인문주의와의 관계를 좀 더 구체적으로 살펴볼 필요가 있다. 마르크스의 유물론적 미학과 쉴러의 심미적 인문주의, 더 넓게는 서구 낭만주의 전통과의 친연성을 확인하는 것은 진전된 자본주의 시대에 대중의 일상적 삶의 상징적 생산을 성찰하는 데 많은 시사점을 준다.

폴 드만Paul De Man은 1983년 "칸트와 쉴러"("Kant and Schiller")라는 제목의 강연에서 쉴러에 대해 다음과 같이 논평한다. "우리가 무엇을 하든 간에, 우리가 예술에 대해 어떠한 방식으로 얘기하던 간에, 우리가 가르치고 있는 것을 어떠한 방식으로 정당화하건 간에, 우리가 어떠한 기준으로 어떠한 가치에 의거해 교육하건 간에 그것들은 모두 아주 근본적으로 쉴러적인 것이다. 그것들은 모두 쉴러로부터 발원한다."[11] 드만에 의하면 쉴러는 현재의 문학이라는 제도가 작동하고 있는 기본 전제를 구성하고 있다. 그리고 그 전제를 심미적 인문주의라고 부른다. 이 논평의 문맥은 드만이 공격하려고 하는, 더 정확하게는 해체하려고 하는 근대 문학제도의 기본적 전제와 이념을 쉴러로부터 재구성하려는 것이었다. 제럴드 그라프Gerald Graff가 "인문주의자와 이론주의자 사이의 냉전"(6)이라고 부른 것이 이제 막 시작하고 있던 것이다. 30년 가까이 지난 지금 문학 연구의 제도는 이론주의자의 승리를 선언하고 있는 것으로 보인다. 영미의 제도권 인문학에서 지난 30년간 진행되었고, 문학연구 제도 자체에 획기적인 전환을 가져왔던 이 '문화 전쟁'의 의의는 유물론적 미학과 대중문화의 관계를 살펴보는데도 상당한 중요성을 가진다. 그것은 앞에서 제기했던 질문, 인간의 미적 경험 혹

> 우리가 무엇을 하든 간에, 그것들은 모두 근본적으로 쉴러적인 것이다. 그것들은 모두 쉴러로부터 발원한다 ―폴 드만

---

11 이 인용은 폴 드만이 코넬 대학에서 한 강연의 녹취록을 벨러가 인용한 것이다. 이 강연록은 출판되지 않았다. Constantin Behler, Nostalgic Teleology: Friedrich Schiller and the Schemata of Aesthetic Humanism(Peter Lang, 1995) 60, 재인용.

대중문화와 문화적 민주화 일상적 삶의 상징적 생산

은 상징적 행위가 개인을 더욱 성숙하고 풍요롭게 만들고, 공동체를 더욱 자유롭고 진보하게 만드는가의 질문과 관련되어 있다. '일상적 삶의 상징적 창조성'이라는 명제는 지난 20여 년 동안 문학제도가 스스로 폐기했던 이 질문을 대중문화의 영역에서 다시 제기한다. 쉴러의 심미적 인문주의는 이 논의의 출발점을 제공한다.

심미적 인문주의의 이론적 토대를 정립한 것으로 평가되는 프리드리히 쉴러의 『인간의 미적 교육에 관한 편지』(*On the Aesthetic Education of Man*)는 프랑스 혁명과 반혁명, 해방의 열정, 폭력의 공포, 인간의 이성적 능력과 정치적 이상에 대한 열광과 환멸이 교차하는 역사적 격변기에 쓰여 졌다. 인간의 심미적 경험과 능력은 쉴러가 정치적 권리나 윤리적 규범보다 더 근본적으로 인간을 형성하고 인간을 자유롭게 만드는 힘과 가치를 찾는 과정에서 발견해낸 중요한 인간적 자원이다. 그는 스스로 "정치적 신앙 고백"이라고 명명한 이 서한집의 서두에서 편지의 수신인인 아우구스텐부르크 공작에게 다음과 쓰고 있다. "내가 선택한 아름다움이란 주제가 우리 시대의 취향에 부합한다고 할 수는 없습니다. 하지만 우리 시대가 절실하게 요구하는 것에서 그리 벗어나 있지 않다는 것을 당신께 설득하고 싶습니다. 우리 현실의 정치적 문제들을 해결하려면 미적인 것의 문제를 통해서만 가능하다는 것을 말입니다. 인간은 아름다움을 통해 자유에 이르기 때문입니다."[12] 쉴러에 있어서

쉴러는 어떠한 정치적 권리나 윤리적 규범보다 인간을 자유롭게 만드는 힘과 가치는, 인간의 심미적 경험과 능력이라고 보았다

나 오늘의 우리에게 있어서나 아름다움의 경험을 통해 정치적 자유를 획득할 수 있다는 것은 "당대의 취향"에 거스르는 대담한 주장이다. 그러나 그것은 또한 쉴러의 표현대로 "시대의 절실한 요청"이었다. 그것은 독일 계몽주의 기획이 궁극적으로 성취하고자 했던 것, 즉 스스로를 지배하고 스스로에게 지배되는 존재로서의 새로운 시민의 이상을 표현하고 있다.

프랑스 혁명의 과정을 통해 이성과 계몽의 정치적 기획이 엄청난 파괴적 힘을 가질 수 있다는 것을 목격하면서 쉴러는 정치적 영역에서의 모든 진보와 발전은 시민 개개인의 인간적 형성, 자유롭고, 자율적이고 주체적인, 즉 스스로 자기 삶의 주인이 되는 시민적 주체의 형성이 전제되어야 한다는 것을 절실하게 인식하게 된다. "정치적 영역에서의 모든 진보는 인격의 고양을 통해 진행되는 것입니다. (⋯) 이제 나는 이전의 나의 모든 생각이 향해 가고 있던 지점에 도달했습니다. 아름다운 예술은 이 과제를 위한 본질적 도구입니다."(AE 55) 심미적 경험이란 감각의 능력을 고양시키는 것이다. 그것은 외부 세계를 만나고 느끼고 전유하는 힘이다. 쉴러를 포함한 서구 낭만주의 전통은 심미적 경험의 본질을 상상력의 창조적 힘으로 설명한다. 인간의 본질적 정신 능력으로서 상상력이 작동했을 때 외부 세계를 경험한다는 것은 동시에 그것을 강렬하고

프랑스 혁명의 과정을 통해 이성과 계몽의 정치적 기획이 파괴적 힘을 가질 수 있다는 것을 목격하면서 쉴러는 모든 진보와 발전은 시민 개개인의 인간적 형성, 스스로 자기 삶의 주인이 되는 시민적 주체의 형성이 전제되어야 한다는 것을 절실하게 인식하게 된다

Elisabeth Wilkinson and L. A. Willoughby (Oxford, 1967) 9. 이하 인용은 *AE*로 표기하고 괄호 속에 쪽 수 명기.

096

대중문화와 문화적 민주화 일상적 삶의 상징적 생산

고양된 방식으로 형상화한다는 것을 의미하고, 그 경험을 전유하여 자기 자신의 일부로 만드는 것을 의미한다. 이때 창조력이란 상징적 실재를 창출하는 형상화 능력이면서 동시에 스스로를 형성하고 확장해 가는 힘이다. 독일 계몽주의 기획에서 시민적 주체는 빌둥(Bildung), 즉 내면의 형성을 통한 인간의 성숙과 완성을 지향하는 모든 인간 행위의 과정을 통해 만들어진다.[13]

쉴러가 아름다움을 통합적 경험이라고 부르는 것은 이것이 인간의 총체적인 형성 과정에 핵심적인 요소이기 때문이다. "인간의 가장 이상적인 상태는 모든 인간 표현에 있어서 무제한의 능력이 보장되는 그런 상태입니다. 우리의 모든 힘을 동등하게 자유롭게 경험하는 능력입니다. (⋯) 아름다움은 정신과 감각이 일치될 때 나오는 산물입니다. 그것은 인간의 모든 기능들과 관계합니다. 따라서 인간이 그의 전 능력을 충만하고 자유롭게 사용하는 상태에서만 아름다움은 인지되고 평가될 수 있습니다."[14] 심미적 능력이란

---

13 근대적 시민과 근대 시민 사회의 형성에 핵심적 요소로서 Bildung의 개념을 규명한 대표적 연구로는 Wolfgang Klafki의 "The Significance of Classical Theories of Bildung for the Contemporary Concept of Allgemeinbildung concept of *Allgemeinbildung*", in I. Westbury, S. Hopmann and K. Riquarts (eds), *Teaching as a Reflective Practice: The German Didaktik Tradition* (Mahwah, NJ:Lawrence Erlbaum, 2000), 85 - 107 참조. 이 빌둥의 개념은 영국낭만주의를 거치면서 문화 혹은 교양 (culture)의 개념으로 발전하게 된다.

14 인간의 전인적이고 통합적 경험으로서의 미적 경험에 대한 쉴러의 논의는 Friedrich Schiller, *Naive and Sentimental Poetry and on the Sublime* (Frederick Ungar Publishing, 1966) 1/1 - 7 삽수.

쉴러에게 전인적 능력의 계발을 의미하는 것이었다. 전인적 능력의 계발이란 무엇보다도 감각적 기능과 지적 기능의 통합이다. 쉴러에게 아름다움 혹은 심미적 경험이란 감각이 질서를 부여받아 온전해지는 전 과정을 경험하는 것을 가리킨다. 우리가 무엇을 보고 "참 좋다"라고 말할 때의 그것이다. 그에게 심미적 경험은 감각적인 것과 이성적인 것, 물질 충동과 형식 충동, 자연과 자유 등의 이항 대립을 통합하는 경험의 양식으로 규정된다. 미적인 것은 감각의 영역에 속해 있으면서도, 동시에 감각의 직접성을 넘어서서, 이성적 규범과 형식적 조화의 원리에 따라 조직된다. 우리는 이것을 심미적 경험의 완결성을 통해 체험한다. 이것은 세계와 자아가 온전하고 충만한 것을 향하고 있다는 것과 함께 이것이 어떤 강박이나 억압이나 구속에 의해 구성되는 것이 아니라, 자연스러운 자발성과 자유의 상태에서 발원하는 것이라는 느낌을 구체적인 경험을 통해 전해준다. 이것을 통해 인간은 스스로의 존재의 존엄성, 다시 말해 자신의 삶이 귀중하며 살만 한 것이라는 사실을 확인한다. 이것이 자유의 진정한 조건이다. 인간은 또한 이 경험을 통해 자신이 적극적 자유의 존재, 아직 실현되지 않은 풍요로움을 향해 열려 있는 존재라는 것을 확인한다.

철학적 전통의 어휘들을 통해 표현되고 있는 이러한 자유의 상태는, 그러나, 구체적인 역사적 변화에 대한 적극적 대응을 통해 나오는 것이었다. 그것은 이제 막 등장하고 있던 역사적 삶의 형태로서의 근대성, 더 정확하게는 자본주의적 근대성에 대한 진단과

심미적 경험은 감각의 영역에 속해 있으면서 동시에 감각을 넘어 이성적 규범과 형식적 조화의 원리에 따라 조직된다. (…) 심미적 경험은 강박이나 억압이나 구속에 의해 구성되는 것이 아니라 자연스러운 자발성과 자유의 상태에서 발원하는 구체적인 경험을 통해 구성된다. 심미적 경험을 통해 인간은 스스로가 적극적 자유의 존재, 아직 실현되지 않은 풍요로움을 향해 열려 있는 존재, 스스로가 존엄한 존재, 다시 말해 자신의 삶이 살 만한 것이라는 사실을 확인한다

대중문화와 문화적 민주화 일상적 삶의 상징적 생산

평가와 깊이 맞물려 있다. 쉴러가 심미적 경험을 형식충동과 물질충동의 변증법적 통합으로 설명하는 것은 근대적 이성의 가장 중심적인 성향에 대한 비판의 의미를 가진다. 설명의 편의를 위해 단순하게 구분해 보면, 형식충동이란 합리화하고 조직화하고 질서를 부여하는 인간의 정신 능력을 가리키고 물질충동이란 본능과 감각의 작용을 가리킨다고 할 수 있다. 쉴러에 의하면 근대적 이성은 형식충동, 즉 조직하고 분류하고 계산하는 공리적 합리성의 비대칭적 발달로 특징지어진다. 그것이 지나치게 비대해져서 인간의 다른 정신적, 감각적 능력을 약화시키고 질식시키고 있다는 것이다. "실용성은 우리 시대의 거대한 우상이 되었습니다. 인간의 모든 힘은 그것에 예속된 상태가 되었고, 인간의 모든 재능은 그것에 충성을 맹세합니다."(AE 7) 쉴러가 근대적 합리성의 지적 능력을 실용성이라는 말로 대표해서 표현하고 있다는 것은 의미심장하다. 그것은 인간이 분석적이고 기능적이고 도구적인 이성에 지배되는 것을 의미한다.

쉴러는 이러한 도구적 이성의 비대화를 인간 존재의 파편화로 규정하고 이것이 어떻게 인간의 형성과정을 축소하고 왜곡시키는가를 보여준다. 자본주의적 근대성에 대한 가장 본격적인 비판이 나타나 있는 여섯 번째 편지에서 그는 파편화된 근대성을 다음과 같이 표현한다.

유기적 존재의 높은 형식으로 고양되는 대신 우리 공동체는 아주 거칠고 조잡한 기계로 퇴락하고 말았습니다. (…)
명민한 시계와 같은 것이 되어서, 수많은 생명 없는 조각들
로 꿰어 맞춰진 기계와 같은 집단적 생명이 되어버린 것입
니다. 이제 교회와 국가, 법과 관습은 완전히 분열되어 버렸
습니다. 즐거움이 노동으로부터, 수단이 목적으로부터, 노
력이 보상으로부터 분리되어 버린 것입니다. (…) 전체의 작
은 파편 조각에 영원히 속박되어 인간은 그 스스로가 하나
의 파편에 불과한 것으로 변하게 됩니다. 그가 돌리고 있는
수레바퀴의 단조로운 소리에 따라 그는 그 자신의 존재를
조화롭게 발전시키지 못합니다.(AE 35)

기능적, 분석적, 도구적 정신능력이 다른 모든 인간의 능력을
대치하고 지배하는 삶에서 심미적 경험의 통합적 기능은 점점 축
소된다. 이것은 마르크스가 표현했듯이 인간 존재의 축소이다. 근
대적 합리성이 정신적 능력과 감각적 능력을 분리시켜 놓은 것이
다. 여기에서 감각과 이성의 이항대립은 "명민한 시계"로 표상되는
기계적인 것과 유기적인 것의 이항 대립으로 전환된다. 이 이항 대
립은 외부세계를 보다 역동적이고 풍요로운 방식으로 전유하는 상
상력의 기능과 자본주의 문명의 공리주의적 기계적 합리성의 대립
적 관계로 발전하면서 이후 100여 년간 심미적 인문주의의 기본적
인 관점을 형성하게 된다.

심미적 경험이 어떻게 진정한 의미에서의 정치적 자유를 실현

대중문화와 문화적 민주화 일상적 삶의 상징적 생산

시켜 주는가의 문제는 이 편지의 후반부에서 심미적 국가(aesthetic State)의 논의에서 더욱 구체화된다. 마지막 편지에서 쉴러는 공동체의 형태를 권리 국가(the Dynamic State of Rights), 윤리 국가(the Ethical State of Duties), 그리고 심미적 국가(the aesthetic State)로 구분한다. 권리 국가는 인간이 힘과 권리로 다른 인간과 관계하는 공동체이며, 윤리 국가는 윤리적 규범과 도덕적 의무에 기초한 공동체, 심미적 국가는 심미적 경험의 자유에 기초한 공동체이다. 이러한 구분의 의미는 다시 이 서한집의 서두에서 언급되었던 역사적 상황과 연결된다. 쉴러는 프랑스 혁명의 이상이 테러와 공포로 좌절되는 것을 목격하면서, 이성과 계몽의 이상이 도덕과 의무와 규범과 힘에 의해서만 추진된다면, 결국은 인간에게 진정한 자유를 가져다주지 못한다는 사실을 다시 한 번 확인한다.

쉴러가 꿈꾸는 심미적 국가는 신분적으로 고귀한 자들만의 공동체가 아니라 모든 고결한 영혼의 '자유로운 시민'이 참여하는 공동체이다. 심미적 국가는 시민 사회의 민주적 이상이 실현되는 공동체이다

쉴러는 이 심미적 국가를 "정신의 제삼의 왕국"이라고 부른다. 그것은 시민 사회의 민주적 이상이 실현되는 공동체이다. "심미적 국가에서는 모든 것이 '자유로운 시민'이다. (…) 가장 고귀한 자들과 동등한 권리를 가지고 있는."(AE 215) 이때 자유와 평등의 이념은 좁은 의미에서의 정치적 이념이 아니다. 그것은 개인의 존엄성을 존중하지 않는 정치적 질서와 윤리적 규범은 진정한 의미에서의 자유로운 공동체를 이룩할 수 없다는 메시지를 우리에게 전해 준다. 심미적 국가에서 공동체의 구성원들은 "더 높은 것을 욕망하는 것을 배운다."(AE 167) 더 높은 것을 욕망하는 것은 감각적 경험이 훈련을 통해 진행된다. 이것이 쉴러가 의미하는 심미적 교육의

내용이다. 심미적 국가에 거주하는 사람들의 이름은 자유로운 시민이다. 그는 도덕적 규율을 내면화하여 그것이 감각적 경험 속에서 유기적으로 발현되는 상태에 도달한 사람이다. 심미적 국가는 쉴러의 미학이 진정한 의미에서의 정치적 차원을 획득하는 기점이다. 근대적 삶의 기계적 측면이 극복되어야 할 것이라면 그것은 개체적 초월이 아니라, 공동체적 삶의 양식의 총체적 변혁을 통해서만 가능한 것이다. 하버마스에 의하면 심미적 국가가 의미하는 것은 "심미적 경험의 소통적 특질, 공동체적 특질, 인간과 인간의 연대의 힘을 강조한다. 다시 말해 심미적 경험의 공적 특질을 강조한다."(*Philosophical Discourse of Modernity* 46) 심미적 국가의 개념은 이제 하버마스의 해석을 통해 미디어 이론이 된다. 근대 세계에서 인간은 더불어서 같이 형성될 수밖에 없는 운명을 가진다. 심미적 국가의 개념은, 쉴러가 의식하지 않는 곳에서, 시민으로서, 또한 대중으로서, 보통 사람들의 일상적인 삶에서의 상징적 욕구와 자기 형성의 중요성에 대해 얘기하고 있는 것이다.

　쉴러의 심미적 인문주의를 문학의 형성적 기능, 즉 상상력을 통한 창조적 행위가 인간과 공동체를 어떻게 상승시키는가에 대한 사유로 계승되는 것은 19세기 영국의 낭만주의를 통해서이다. 쉴러와 독일 낭만주의의 심미적 인문주의를 산업자본주의라는 역사적 현실에 적극적이고 비판적으로 대응하는 새로운 인간 이해와 공동체 이론으로 발전시킨 것은 영국문화비평 전통이었다. 상징적 재현 행위를 통해 의미의 장이 확장됨으로서 어떻게 우리의 개인

심미적 국가의 개념은, 쉴러가 의식하지 않는 곳에서, 시민으로, 대중으로, 보통 사람들의 일상적인 삶에서의 상징적 욕구와 자기 형성의 중요성을 말해 주고 있다

적 삶, 더 나아가서, 공동체적 삶의 질이 총체적으로 상승될 수 있는가의 문제는 영국 문화비평 전통을 관통하는 하나의 화두라고 할 수 있다. 그리고 그러한 관심의 핵심에 인간의 창조력에 대한 생각이 있다. 인간의 가장 중요한 능력으로서의 창조력에 대한 본격적이고 설득력 있는 논의를 시작한 사람들은 영국의 낭만주의 시인들이었다. 낭만주의 시인들이 영국 문화 비평 전통의 선구자로 평가되는 중요한 이유 중의 하나이다. 시와 산문으로 표현된 영국 낭만주의자들의 상상력에 대한 생각은 주로 시 이론, 문학 이론으로 읽히지만, 사실은 당시에 등장하고 있었던 산업자본주의의 공리주의적 인간관에 대항하는 대안적인 인간이해를 상상력과 심미적 능력을 통해 제시한 철학적 체계라고 할 수 있다.

인간의 변별적 특징으로서의 인간의 상징 능력에 대한 철학적 이론화를 처음 시도한 작가는 사뮤엘 테일러 코울리지S. T. Coleridge였다. 그가 인간의 정신 능력을 기계적이고 도구적인 이성 능력을 가리키는 공상(fancy)과 사물의 숨겨진 관계를 찾아내고, 드러내고, 고양된 방식으로 형상화하는 상상력(imagination)으로 구분한 것은 낭만주의적 인간관의 출발점이라고 할 수 있다. 이때 상상력은 우리의 의미 생산의 장을 창조적으로 확장시킴으로서 삶의 영역을 확대, 심화시키는 상징 능력을 가리킨다. 코울리지에게 상상력이라는 자아 직관의 신성한 힘은 바로 상징 능력으로 표현되고 있다. 그것은 "벌레의 살갗 밑에 나비의 날개가 형성되고 있음을 아는 사람, 밀밀의 비데기로 히어금 앞으로 생긱 더듬이를 위하여 자기 표피 속에 자리를 남겨두는 본능을 자신의 정신 속에서 느끼는" (Biographia Literaria 242) 능력이다. 그가 상징 능력을 신성한 힘(sacred power)이라고 한 것은 단순한 비유적 표현 이상의 의미를 가지고 있다. 기독교적 전통에서 인간은 신의 형상으로 빚어졌고, 신의 창조 행위를 이 유한한 세계 속에서 반복하는 존재이기 때문이다. 그는 같은 글에서 상상력의 작용을 무한한 "대자아" 속에서 일어나는 영원한 창조 행위가 유한한 정신 속에서 반복되는 것이라고 말하기도 한다. 낭만주의의 창조적 상상력에 대한 강조는 인간이 상상력을 통하여 외부 세계에 대한 인식을 성취한다는 것뿐 아니라, 외부 세계가 상상력에 의하여 "구성"된다는 것, 외부 세계가 상상력에 의하여 만들어진다는 것, 혹은 상상력에 의하여 비로소 실현된다는 것까지 의미하고 있다. 이것이 창조력이 가진 진정한 의미 함축이다. 그런 의미에서 인간의 상징 행위는 주체를 끊임없이 만들어 내고 확장시켜 가는 행위이다.

이러한 상상력과 인간의 창조력에 대한 믿음은 자연스럽게 "내적 완성의 추구"로서의 문화의 개념과 연결되게 된다. 인간의 자기실현으로서의 내적 완성의 이상은 사실 영국 낭만주의가 독일 고전주의 철학적 영향 하에 상상력의 개념과 연결시킨 것이었다. 즉 독일어의 '빌둥'(Bildung, 교양·성장·형성의 의미)의 개념이 영국에서 문화의 개념으로 정착되게 되는 것이다. 19세기 사상가의 많은 경우 "culture"는 자기 형성이라는 용어로 번역할 수 있다. 훔볼트는 "우리의 언어에서 빌둥이라고 말할 때, 우리가 뜻하는 것은 좀

대중문화와 문화적 민주화 일상적 삶의 상징적 생산

더 높고, 좀 더 내면적인 어떤 것, 즉 지적, 도덕적 노력 전체에 대한 인식과 느낌이 감수성과 인격 속으로 조화롭게 흘러들어가는 그러한 정신적 태도"라고 말한 바 있다. 가다머는 빌둥이라는 말을 하나님의 형상대로 만들어진 인간은 그 형상을 자기 영혼 속에 지니고 언제나 갈고 닦아야 한다고 가르치는 신비주의 전통에서 유래하는 것이라고 한다.

문학적 재현이 공동체적 삶과 가지는 형성적 관계를 통해 문화의 개념을 발전시킨 가장 중요한 지적 전통인 영국 문화 비평의 전통은 매튜 아놀드Matthew Arnold와 F. R. 리비스 Leavis에서 완성되게 된다. 고도의 상징적 재현 행위가 어떻게 공동체적 삶의 질을 총체적으로 상승시킬 수 있는가가 이들의 문화 비평 작업을 관통하는 지속적인 관심이었다. 부단한 내적 형성과 자기완성의 추구, 그리고 그것을 통한 공동체적 삶의 질적 상승은 영국 문화 비평 전통을 이끌어온 두 가지 축이다. 아놀드와 리비스에 의해 보다 정교한 형태를 띠게 되는 이 지적 전통은 쉽게 연결될 수 없을 것으로 보이는 두 요소의 행복한 결합을 시도하게 된다. 아놀드는 세계를 보다 깊고 강렬하게 보는 훈련인 문학 언어를 통해 도덕적, 지적, 미적 완성을 추구할 수 있다고 믿었는데. 이때 완성은 개인적 완성이면서 동시에 사회적 완성이었다.

19세기 중반 산업자본주의의 심화가 가져온 파괴적 힘에 대한 지적 대응으로서의 아놀드의 문화비평의 핵심은 민주적 문화실현의 집계력에 대한 민음이라고 할 수 있다 개인의 내적 성숙, 완성,

자기실현을 지향하는 아놀드의 교양이념은 민주적 공동체에 대한 신념에서 나오는 것이며, 공동체적 삶의 이상과 분리해서 이해될 수 없을 것이다. 뿐만 아니라 그것은 저항적, 비판적이며, 따라서 전복적 잠재력을 가질 수 있다. 내적 성숙을 통한 창조적 자기실현이 단지 초월적 이상에 대한 관념적, 감성적 추구가 아니라, 구체적인 삶의 조건과의 역동적인 상호작용의 결과로서 얻어진 것이라면, 그러한 내적 완성은 외부세계의 파괴적 움직임에 대항하는 도전적 힘의 근본적인 원천이 될 수 있다는 것이다.

아놀드에게 이러한 내적 완성의 높이와 깊이는 예술적 상상력, 특히 시적 상상력에 의해 획득되는 것이다. 시의 위대한 힘은 그것의 해석력에 있다. 아놀드는 이 해석력이 우주의 신비를 흑백으로 선명하게 설명해내는 힘이 아니라, 사물 및 그것과 우리의 관계에 대해 놀랍도록 완전하고 새롭고 친밀한 감각이 우리의 마음속에 일어나도록 사물을 다루는 힘이라고 말한다. 우리 바깥에 있는 대상들에 대해서 우리의 마음속에 이런 감각이 생겨날 때, 우리는 이 대상들의 본질적인 성격에 접한 듯한 느낌을 갖게 되며, 더 이상 그것들에 당혹해하고 압도당하는 것이 아니라 그것들의 비밀을 간파하고 그것들과 조화를 이룬 듯한 느낌을 갖게 되는 것이다. 여기에서 우리는 인간의 일반적 인식 능력과 내적 성장에 대한 생각으로서의 문화에 대한, 낭만주의자들로부터 훨씬 더 진전된 이해를 만나게 된다. 시적 창조력을 통한 상징적 재현행위는 사물에 대한 우리의 일상적인 느낌을 고조시켜 주고 그것을 통해 우리는 외부 세

대중문화와 문화적 민주화 일상적 삶의 상징적 생산

계에 압도되는 것이 아니라, 외부 세계와의 조화로운 관계를 유지하고 때로는 그것을 성공적으로 통제하고 자신의 삶을 창조적으로 재생산하는 것이다.

리비스 역시 창조적 언어행위로 외부 세계를 특정하게 형상화하는 과정에서 산업화, 자본주의화, 소외된 노동, 도구적 합목적적 이성의 지배 등 서구 근대화의 파괴적이고 억압적인 힘에 대응할 정신적 힘을 찾고 있는데, 이때 문학적 경험은 외부 세계의 진실을 가장 총체적이고 역동적으로 만나게 되는 순간이며, 이것은 미적 경험일 뿐 아니라, 도덕적 경험이며, 공유의 과정을 거쳐 한 공동체의 삶의 질을 상승시킬 수 있는 중요한 지적 정신적 원천을 구성하게 된다. 따라서 언어는 리비스에게 인간 경험의 핵심적 요소가 된다. 리비스에게 인간의 삶에 있어서 그 살아 있음의 가장 역동적인 느낌은 언어를 통해 드러난다. 언어란 대표적 체험으로부터 얻어낸 발견적 획득이며, 인간의 유구한 삶의 결실 내지 침전물로서, 인간적 가치와 잠재력을 체현하고 있는 것이다. 리비스에게 언어는 삶이란 성장이며 성장은 변화이고 이것을 가능하게 하는 조건은 전통의 연속성이라는 진실을 예시한다. 그에게 언어는 적어도 한 언어공동체 안에서는 유구한 삶의 경험 – 그것의 정수들 – 이 집적되고 축적된 의미 원천의 공간이며, 그것을 통해 우리는 사물을 구분하고 가치를 체득해 내며, 성장과 변화를 이룩한다. 인간의 개별적인 언어적 창조행위들은 바로 이 의미의 원천을 통해서 이루어지며 또한 그것을 다시 만들어간다. 이것이 바로 창조적 상징 능력을 통한 의미생산 행위가 개별적 주체를 성장시키고 형성하는 과정의 모습이며, 영국문화비평 전통이 도달한 문화의 의미이다. 리비스에게 이 문화의 가장 핵심적인 부분이 바로 문학이다. 즉 문학 작품을 쓰고 읽는 것은 우리 삶의 가장 중요한 선택과 관련되어 있는 것이다. 시적 상상력은 세계에 대한 느낌을 고양시켜 줄 뿐 아니라, 사물과 사물의 관계, 사물과 인간의 관계에 대한 새로운 인식을 가능하게 해준다. 아놀드와 리비스에 있어 시적 상상력의 해석력이 강조하는 것은 바로 "문학의 형성적 힘"인 것이다.

문화의 핵심적 부분은 언어, 즉 문학이다. 문학 작품을 쓰고 읽는 것은 우리 삶의 가장 중요한 선택과 관련되어 있다. 시적 상상력은 세계에 대한 느낌을 고양시켜 주며, 사물과 사물의 관계, 사물과 인간의 관계에 대한 새로운 인식을 가능하게 해준다

대중문화와 문화적 민주화 일상적 삶의 상징적 생산

심미적 국가에서는
모두가 '자유로운 시민'이다.
가장 고귀한 자들과
동등한 권리를 가지고 있는
시민이다

프리드리히 쉴러

2. 3.

생활예술과 유물론적 미학
– 윌리엄 모리스

"일상적 삶의 상징적 창조행위"에 대한 새로운 강조는 인간의 상징적 재현 행위를 통한 한 개인의 그리고 공동체의 삶의 질적 상승을 강조한 심미적 인문주의 전통과 일반 사람들이라고 불리우는 보편 계급의 주체적 삶의 중요성을 주장한 마르크스주의의 전통이 만나는 지점에서 형성되었다. 이러한 관점에서 윌리엄 모리스 William Morris가 유물론적 미학의 전통에서 가지는 의미는 각별하다. 쉴러의 심미적 인문주의로 대표되는 독일 낭만주의의 인간 형성에 대한 신념은 영국 낭만주의로 계승되어 영국문화비평의 전통으로 이어 나가게 된다.

중세를 소재로 한 아름답고 환상적인 이야기의 작가, 생활 예술로서의 디자인의 개념을 정립하고 스스로 생활 예술을 제작했던 뛰어난 장인, 초기 단계의 영국 사회주의 운동을 주도했던 혁명적 사회주의 운동가로서의 다양한 삶을 살았던 윌리엄 모리스는 인간의 예술 행위를 일상적 삶에서 일어나는 상징적 창조행위의 과정으로 이해하고 그것이 민주적 삶의 존재 조건이라고 생각한 최초의 문화이론가라고 할 수 있다. 우리는 예술에 대한 모리스의 미학을 유물론적 미학으로 규정하고, 모리스 생애의 후반기에 대중 강연과 사회주의 간행물의 기고문 형식으로 발표된 모리스의 생활 예술의 개념과 생태적, 사회주의적 삶의 이상을 통해 "일상적 삶의 상징적 창조성"의 문제를 살펴보고자 한다. 일상적 삶의 상징적 창조성에 대한 윌리엄 모리스의 이론적 탐구는 새로운 자본주의적 생산양식이 요구하는 파괴적인 삶의 형태에 직면하여 어떠한 삶의 방식이 보다 인간적인 삶, 창조적이고, 풍요롭고, 자율적인 삶을 확보해 줄 것인가의 절박한 질문에 대한 대응의 성격을 가진다. 다양한 정신적, 지적 편력에도 불구하고, 예술이란 무엇인가, 그것이 인간의 구체적 삶의 과정과 어떠한 관계를 가지는가, 예술은 인간의 삶의 질을 어떻게 상승시키는가에 대한 모리스의 생각은 놀라울 정도의 일관성을 보여주고 있다. 우리는 그것에 유물론적 미학이라는 이름을 붙일 수 있을 것이다. 모리스의 유물론적 미학은 일상성과 생활 예술의 강조, 인간의 노동과 생산과정의 핵심적 요소로서의 미적 경험의 중요성, 자본주의적 삶의 양식에 대한 비판과 자기 형성의 완성체로서의 생태적, 사회주의적 삶의 이상의 형태로

예술은 일상적 삶에서 일어나는 상징적 창조행위의 과정이며 그것은 민주적 삶의 존재 조건이다 – 윌리엄 모리스

대중문화와 문화적 민주화 일상적 삶의 상징적 생산

다양하게 표현되는데, 이러한 예술관은 모리스의 사상적 편력에서의 각각의 발전 단계를 이루고 있다.

모리스의 유물론적 미학은, 일반적인 의미에서의 미학이라기보다는, 생활철학, 더 나아가서 정치철학의 의미를 함축하고 있다. 따라서 우선 그에게 예술, 혹은 아름다움이 무엇을 의미하는가를 살펴볼 필요가 있다. 그에게 아름다움, 혹은 미적인 경험은 인간이 스스로의 삶을 지속하고 영위해가는 가장 기본적인 행위로서의 생산과 노동의 영역에서 자기 앞에 주어진 세계를 충만하고 강렬하게 경험하는 과정의 이름이며, 예술은 그 결과물을 가리킨다. 그가 예술, 혹은 아름다움을 철저하게 일반 사람들의 일상적 삶에서의 과정이라는 관점에서 접근하는 것도 그때문이다.

모리스의 유물론적 미학은 그가 본격적인 사회주의자가 되기 전인 1877년 발표한 「평범한 예술」("The Lesser Art")에서 생활 예술의 가치에 대한 신념을 적극적으로 표명하면서 서서히 형성되게 된다. 이때부터, 사회주의 동맹에 가입해서, 마르크스의 『자본론』을 탐독하고 사회주의 혁명에 적극적으로 참여하게 되는 1883년까지 생활 예술과 건축에 대한 10여 번의 강연을 하게 되는데, 이 강연들을 통해 그의 유물론적 미학의 기초가 정초되게 된다. 「평범한 예술」과 「일반 사람들의 예술」("The Art of the People")에서 모리스는 일상적 삶에서 흔히 볼 수 있는 생활 예술의 의미를 적극적으로 옹호하고, 소위 고급 예술, 혹은 "지적인 예술"이 삶의 구체적인 현장에서 분리되어 그 건강성을 상실했다고 주장한다. 현대 문화연구의 관점에서 보면 문화대중주의의 최초의 선언이라고 할 수 있다. 이 글에서 그는 무엇보다도 예술을 위한 예술, 소수에 의해 향유되는 예술을 신랄하게 비판한다.

> 이러한 것은 공공연하게 소수만을 위해, 소수만에 의해 발전된 예술이다. 이 소수는 일반 대중을 경멸하고, 세계가 투쟁을 통해 쟁취해온 모든 것들로부터 스스로를 격리시키고, 그들의 예술의 궁전에 접근하는 모든 길을 주의 깊게 막아놓는다. 이것이 바로 예술을 위한 예술이다. 예술은 마침내 어떤 초보자도 손댈 수 없는 섬세한 것이 된다. 이 초보자는 가만히 앉아서 아무것도 할 수 없게 된다. 그리고 아무도 그것을 슬퍼하지 않는다. ("The Art of the People,"
> *Collected Works* 22:39)

예술이 예외적 재능을 부여받은 특정한 집단의 사람들만이 생산하고 향유하는 것이 아니라, 우리 일상적 삶에 필수적인 것이라는 생각은 그의 유물론적 미학의 가장 기본적인 전제이다. 그에게 예술은 무엇보다도 일반 사람들의 일상적 경험에 쾌락과 의미를 생산해주고 그것을 통해 삶의 가치들을 만들어 나가는 과정이자 행위이다. 그에게 예술은 "우리가 매일 먹는 빵이며, 우리가 숨 쉬는 공기이다."("The Art of the People," *Collected Works* 22:31) 미적인 경험에 대한 열망은, 근대 미학이 전제해 왔던 특수하고 특권적이고 독

예술이 예외적 재능을 부여받은 특정 집단과 계급이 배타적으로 생산하고 향유하는 것이 아니라 우리들 일상의 삶에 필수적이라는 생각은 모리스의 유물론적 미학의 기본적 전제이다

대중문화와 문화적 민주화 일상적 삶의 상징적 생산

점적이고 배제적인 권리가 아니라, 우리의 일상적 삶 속에 깊이 편재해 있는 욕구이며, 일반 사람들의 삶의 가치를 적극적으로 구성하는 핵심요소이다. 인간은, 그가 빵에 대해서 가질 수 있는 권리와 동등한 권리를 예술에 대해서 가진다. 따라서 모리스가 자기 시대에 대해 진단하고 있는 일상의 삶과 고급예술의 분리는 둘 다에 치명적인 결과를 가져온다.

> 나는 [소위 말하는 위대한 예술]과 평범한 생활 예술이 다른 종류의 것이라고 생각하지 않는다. 그것들이 서로 분리되기 시작한 것은 최근의 일이며, 그렇게 분리된 것은 두 예술 모두에게 잘못된 일이었다고 나는 생각한다. 일상 예술은 사소하고, 기계적이고, 우둔해져, 외부 세계의 변화에 저항할 수 있는 능력을 상실해 버렸고, 고급예술은 무의미한 허식의 부산물이거나, 소수의 부유하고 게으른 사람들의 재미있는 장난감이 되어 버렸다. (…) 일상적 장식 예술의 철학에 대한 무지 때문에 한쪽에서는 경멸이, 다른 한 쪽에서는 무관심만이 생겨났다. ("Lesser Art," *Collected Works* 22:2–3)

모리스는 자신의 시대가 "일상적 장식 예술의 철학"에 무지하다고 얘기하고 있지만, 사실 그가 장식 예술의 철학이라고 부르는 것은, (러스킨과 마르크스의 영향을 인정한다 하더라도) 모리스만의 고유하고 독창적인 미학이라고 할 수 있으며, 이 이후 나머지 20년 동안

사회주의 예술 이론, 혹은 유물론적 미학으로 발전하는 출발점이
된다.

마르크스를 본격적으로 접하기 전인 1877년에서 1882년까지
의 예술에 대한 대중 강연이나 기고문은 그가 생활예술이라고 부
른 공예과 건축에 관한 논의에 집중되고 있다. 일상성의 미학에 대
한 모리스의 생각을 잘 드러내주는 것은 이 초기의 강연들에 언급
된, 삶의 터전으로서의 땅과 집의 아름다움에 대한 단상들이다.

> 우리의 땅은 작은 땅이다. 좁은 바다에 갇혀 있어서, 광활하
> 게 밖으로 뻗쳐나갈 공간도 없다. 황량함이 압도하는 거대
> 한 황야도 없고, 깊은 숲의 거대한 고요함도, 사람의 발길이
> 닿지 않은 가공할 산악지대도 없다. 양들이 다니는 길의 울
> 타리로 둘러싸인 작은 언덕, 작은 산, 모든 것이 작다. 그러
> 나 우둔하거나 공허하지 않다. 오히려 진지하고, 의미로 가
> 득 차있다. 그것은 감옥도 궁전도 아닌, 그저 아늑한 집 일
> 뿐이다. (…) 우리의 조상들이 이 별로 낭만적이지도 않고,
> 아무 재미도 없어 보이는 영국 땅에 얼마나 애착을 가지고
> 있었으며, 그것을 사려 깊고, 고통스럽게 가꾸어왔다는 것
> 을 생각하면 우리는 감동을 받고, 우리의 희망은 생기를 얻
> 는다. ("The Lesser Art," *Collected Works* 22:17)

이 작은 것, 평범한 것, 일상적인 것에 대한 애착과 의미 부여는

대중문화와 문화적 민주화 일상적 삶의 상징적 생산

그가 집짓기의 아름다움을 기술하는 부분에서도 잘 나타난다. 건축, 혹은 더욱 정확하게는 집짓기에 대한 다음의 논의는 범상한 매일매일의 일상 속에 숨겨져 있는 특별한 가치들을 포착해서 표현하고 있다.

> 나는 대중예술에 대해 발언해 왔다. 그러나 그것들은 모두 한 단어로 정리될 수 있을 것이다. 그것은 바로 건축이다. 그것은 거대한 총체의 부분들이며, 집짓기의 예술은 모든 것의 시작이다. 우리가 염색하거나 피륙을 짤지 모른다 하더라도, 우리가 금이나 은이나 비단을 가지고 있지 않다 하더라도, 우리가 그림을 그릴 물감을 가지고 있지 않더라도, 나무와 돌과 석회와 몇 가지 연장만 있다면 우리는 우리를 모든 것으로 이끌어줄 가치 있는 예술을 여전히 만들 수 있다. 이 평범한 것들이 우리를 바람과 악천후로부터 보호해 줄 뿐만 아니라, 우리 내부에서 꿈틀거리고 있는 생각과 열망들을 표현해 준다. ("The Beauty of Life," *Collected Works* 22:73)

나무와 돌과 석회로 만들 수 있고 바람과 궂은 날씨로부터 우리를 보호해 주는 집의 효용성은 어떤 공간과 그 안에 있는 사물에 대한 느낌에 대응하는, 내면에서 우러나오는 욕구와 열망의 표현과 불가분의 관계를 가진다. 그것은 집이라는 총체 속에서 하나로 기능한다. 집과 땅의 아름다움에 대한 그의 논의는 일상적인 것

속에서 생산되는 아름다움과 즐거움과 의미에 대해 그가 주목하고 있음을 보여준다. 그것은 또한 "가치 있고 고양된 열망을 통해 다른 사람과의 집단적 노동을 통해 만들어진 협동적 예술"("The Gothic Revival" 87) 이며 "그들이 존재했다는 사실조차 기억하지 못하는 사자(dead men)들이 그의 손을 이끌어 만든 전통의 절정"("Architecture and History" 128-9)이다. 이것은 일상적 예술의 역사성과 집단성을 강조하는 것이라고 볼 수 있다.

아름다움과 즐거움은 우리 삶의 주위에서 흔하게 발견되고, 매일매일 삶에서 영위하는 행위들 속에 내재해 있거나, 그렇게 될 잠재력을 가지고 있다. 모리스가 여기에서 말하려는 것은 모든 사람은 일상적 삶의 일상적 행위를 통해 상징적 창조행위를 하고 있다는 것이다. 즉 인간은 매일매일의 행위 속에서 예술을 창조하는 능력을 본능적으로 타고 났고, 그것을 향유할 수 있는 권리를 가지고 있다. 따라서 그는 "예술은 충만하고 이성적인 삶의 진정한 이상을 만드는 것이며, 미의 감지와 창조, 진정한 즐거움의 향유는 매일 먹은 빵과 같이 필수적인 것"("How I Became a Socialist" *Collected Works* 23:279)이라고 말 할 수 있다.

예술은 장식적이고 부차적이고 잉여적인 것이 아니다. "매일 먹는 빵처럼" 삶의 긴급한 존재적 요구에 대한 적극적 반응이다 – 윌리엄 모리스

예술은 삶의 적극적 필요성에서 나오는 것이다. 장식적이고 부차적이고 잉여적인 것이 아니라 삶의 긴급한 존재의 요구에 대한 반응이다. "가장 넓은 의미에서의 예술이 의미하는 아름다움이라는 것은, 사람들이 임의로 선택하거나 버릴 수 있는, 인간 삶에 우연히 수반되는 것이 아니다. 아름다움은 삶의 적극적 필요이다. 우

리가 만약 자연이 우리에게 의도한 삶을 살려고 한다면. 즉 우리가 인간 이하로 살려고 하지 않는다면."("The Beauty of Life" *Collected Works* 22:53) 인간 이하라는 말은 초기 마르크스의 인간관과 상통한다. 아름다움이 일상적 삶의 긴급하고 내밀한 요구라는 생각은 유물론적 미학의 가장 핵심적인 내용을 이룬다. 일상적 삶에서의 예술적 경험의 긴급한 필요, 그리고 그 구성적 기능에 대한 그의 생각은 마르크스의『자본론』을 만난 이후에 더욱 구체적인 것으로 발전된다.

1883년에 쓴「금권정치 하에서의 예술」("Art Under Plutocracy")은 인간의 일상적인 삶에서 행해지는 노동과 생산 행위에 상징적 창조성이 내재되어 있으며 그것이 삶의 적극적 요구로부터 어떠한 기능을 하는가에 대한 매우 설득력 있는 주장을 보여준다.

> 수공예품을 만드는 데 따르는 즐거움은 건강한 사람이 건강한 삶 속에서 유지하는 강렬한 관심을 그 기반으로 가지고 있다. 이 즐거움은 대체로 세 가지 요소로 이루어져 있다. 다양성, 창조의 희망, 그리고 유용한 물건을 만들었다는 느낌에서 오는 스스로에 대한 경의이다. 여기에 신체의 힘을 솜씨 있게 사용했을 때 따라오는 신비한 몸의 쾌감을 덧붙일 수 있다. 이제 나는 이 복합적인 쾌락이 모든 노동자의 태생의 권리라고 주장한다. 만약 그들에게 이중의 어느 하나가 결핍되어 있다면, 그들의 삶의 질은 그만큼 손상될 것이다. 만약 그들에게 이 모든 요소가 결핍되어 있다면,

그들은 노예 – 아니 이것은 충분히 강한 표현이 되지 못한다 – 기계, 그들의 불행 자체를 별로 의식하지 못하는 기계로 전락할 것이다. ("Art Under Plutocracy," *Collected Works* 23:174)

그들은 자신이 생산한 것을 통해 스스로에게 힘을 부여한다. 그 힘의 원천은 "다양성, 창조의 희망, 스스로에 대한 경의"이다. 그들은 각각의 생산물에 그들의 개성을 각인시키고(다양성), 일상적인 생산 과정 속에서도 끊임없는 창조적 열정과 아름답고 강렬한 경험에의 욕구를 통해 스스로의 삶의 존재감, 자신감, 살아 있다는 확신을 확인하며(창조의 희망), 그들이 욕구를 느끼고, 그들의 노동을 통해 물건을 생산함으로써 그 욕구를 스스로 충족시켰다고 생각할 때 오는 만족감과 스스로에 대한 경의를 느낀다. 이때 그들 자신의 신체를 움직임으로서, 즉 삶의 동력, 에너지를 사용하는데서 오는 생명력의 느낌이 동반한다.

한편으로 생산 행위는 단지 인간의 몸만이 개입되어 있는 것이 아니라, 정신적 지적 존재를 포함한 그의 전존재가 관여된 것이며, 더 나아가서는 공동체와 역사까지도 동참한다. 그는 기억과 상상력을 통해 생산한다.

그가 그것을 만들고 있고, 그러한 의지를 가지고 있기 때문에 무엇인가가 존재하리라고 느끼는 사람은 그의 몸만 아니라 정신과 영혼의 모든 에너지를 사용하고 있는 것이다.

기억과 상상력이 그의 작업을 돕는다. 그 자신의 생각뿐만 아니라, 지나간 시대의 사람들의 생각들이 그의 손을 인도한다. 그리고 인류의 한 부분으로서 그는 창조한다. 이렇게 노동할 때 그는 인간이 되며, 우리의 나날들은 즐겁고, 의미 있는 일로 충만하다. ("Useful Work vs. Useless Toil" *Collected Works* 23:144)

노동 행위에서 나오는 창조력에 대한 자의식과 자존감, 건강한 몸의 움직임에 대한 모리스의 강조는, 인간의 노동이 단순히 물질적 재화를 생산하는 것이 아니라, 자기 스스로를 지속적으로 생산하는 행위라는 마르크스의 생각과 깊이 연루되어 있다

인간의 노동 행위에서 나오는 창조력에 대한 자의식, 자존감, 건강한 몸의 움직임의 느낌에 대한 강조는, 인간의 노동이 단지 물질적 재화를 생산하는 것이 아니라, 궁극적으로는, 자기 생산, 즉 자기 스스로를 지속적으로 의미 있게 생산하는 행위라는 마르크스의 노동관과 깊이 연루되어 있는 것으로 보인다. 다른 말로 하면 그것은 삶이 지속되어야 할 이유를 만들어가는 행위이다. 마르크스가 "노동은 인간의 생명활동(life-activity)이다"라고 말한 것의 의미이다.

수공예 노동에서 물건을 생산할 때 개입되는 "복합적 쾌락" - 다양성, 창조의 느낌, 자존감 - 에 대한 모리스의 주장이 전 자본주의시대의 일상적 노동을 이상화하고 낭만화하고 있다는 혐의를 완전히 없앨 수는 없을 것이다. 그러나 우리는 이러한 창조적 노동의 요소들이 적어도 자본주의적 공장제 생산 양식이 도래하기 전에 대부분의 노동과 생산과정에 수반되었던 것이라는 주장의 역사적 진위에 대해 논쟁할 필요는 없을 것이다. 이 이상적인 창조적 노

동의 묘사가 실제로 얘기하고 싶은 것은 중세가 아니라 19세기 영국의 자본주의적 삶이기 때문이다. 앞의 인용문에서 나타나듯이 그가 노동의 복합적 쾌락과 대비시키고 있는 것은 "기계로 전락한" 산업자본주의의 인간이다. 즉, 모리스는 노동의 소외에 대해 이야기하고 있는 것이다. 생활예술에 대한 그의 생각이 러스킨에서 시작하고, 그의 유물론적 미학이 마르크스의 저작을 만나면서 성숙되었다는 것은 자본주의에서의 노동의 소외가 일상적 삶의 아름다움에 대한 그의 모든 논의의 배후에 놓여있다는 것을 의미한다. 그런 의미에서 마르크스의 자본주의 분석의 기초가 되는 "생산하는 인간"과 노동의 소외에 대한 논의는 모리스의 일상미학의 의미를 포착하는 매우 유용한 참조의 틀을 제공해 준다.

마르크스의 유물론적 인간관이 그렇듯이, 모리스의 유물론적 미학도 자본주의적 삶이라는 구체적인 역사적 조건과의 관련 없이 이해될 수 없다. 모리스의 이상적인 창조적 노동의 묘사는 자본주의의 인간 소외라는 구체적 역사적 경험에 대한 적극적 대응으로서 존재한다. 특히 사회주의의 운동에 적극적으로 참여하게 되면서 발표한 정치적 성격의 논문과 강연에서 이러한 경향은 뚜렷하다.

노동 시간을 늘림으로서, 노동의 강도를 강화시킴으로서, 노동자를 시끄럽고, 더럽고, 붐비는 공장 속으로 밀어 넣음으로서, 인구를 도시와 공장 지대에 밀집시킴으로서, 인간의 정신 능력과 기술적 뛰어남을 공장을 통해 하찮은 것으

대중문화와 문화적 민주화 일상적 삶의 상징적 생산

로 만듦으로서. 과거의 자발적 예술이 생산되던 조건과 정확히 반대의 상황이 된다. (*Commonweal*, May Supplement 1885. 재인용 Thompson 645)

노동 생산성의 극대화와 생산비의 최소화라는 새로운 시장의 원리에 따라 조직된 노동은 유래를 찾아보기 힘든 재앙을 초기 산업자본주의의 일반 노동자들에게 가져다주었다. 그러나 보다 중요한 순간에 모리스는 자본주의 노동의 비인간적인 생산 조건을 넘어서서, 자본주의적 삶의 본질적 조건과 구조 원리를 통찰한다. 이것은 노동의 소외가 결국 인간 소외로 귀결되며, 그것은 인간의 풍요로운 자기실현의 가능성이 훼손되는 것을 의미한다는 마르크스의 생각과 일치한다.

오늘의 문명사회에서 얼마나 많은 사람들이, 삶이 필수적으로 요구하는 것[예술]을 같이 나누어가지고 있는가라고 묻는다면, 그 질문에 대한 대답은 나의 우려를 확인시켜주는 것이 될 것이다. 그 우려는 바로 우리의 문명이 삶의 아름다움을 짓밟아버리는 길로 나아가고 있다는 것, 그리고 인간을 점점 더 축소된 존재, 열등한 존재로 만들고 있다는 우려이다. ("The Beauty of Life," *Collected Works* 22:53)

모리스에 의하면 심미적 능력의 쇠락은 인간을 열등한 존재로 만든다. 그것의 주된 원인은 자본주의 문명의 도괴이다

미적인 능력의 쇠락은 바로 인간 존재 자체를 열등한 존재로

만드는 것이며, 그것의 주된 원인은 새로운 문명의 도래, 즉 자본주의 문명의 도래이다. 미적인 능력의 쇠락은 마르크스의 표현을 빌리면, 자기 생산의 풍요로움으로부터의 소외이다. 그는 이 자본주의 문명의 핵심을 "삶의 모든 아름다움을 파괴시키는 괴물, 그것의 이름은 상업적 이윤동기"("The Aim of Art," *Collected Works* 23:134)라고 부른다. 이것은 마르크스가 『경제학 철학 수고』에서 인간이 외부세계와 맺는 풍요로운 관계의 가능성이 "소유의 관계"로 축소되는 것을 인간 소외의 가장 중요한 현상으로서 설명하고 있는 것과 관련된다.

삶의 모든 아름다움을 파괴시키는 괴물, 그것의 이름은 상업적 이윤동기이다 – 윌리엄 모리스

마르크스의 저작과의 만남은 모리스의 일상성의 미학과 자본주의 문명 비판에 역사적 인식의 깊이와 혁명적 열정을 부여하게 된다. 당시 영국 사회주의자들의 대표적인 정치적 조직인 민주주의 동맹(Democratic League)에 가입한 이후에 한 첫 세 강연인 「금권정치하의 예술」, 「예술과 사회주의」("Art and Socialism"), 「예술, 부, 그리고 풍요」("Art, Wealth and Riches")는 모두 초기의 일상성의 미학이, 자본주의를 대치할 사회주의적 삶의 새로운 대안으로 발전해 가는 과정을 잘 보여준다. 이 강연들은 인류의 역사가 "봉건체제의 사적 관계"에서 "생산과 교환에서의 경쟁관계"를 거쳐 "공동체적 연대(association)"의 단계로 발전하는 사적 유물론의 관점에서 일상적 삶에서의 미적 경험과 예술의 의미를 재규정하고 하고 있다.("Art Under Plutocracy," Collected Works 23:172) 그에 의하면, "생산과 교환의 경쟁 관계"에 근거한 사회체제, 즉 자본주의는 자연의 성공적인 통

제로 인한 물질적 풍요와 정치적 자유를 가져왔지만, 그것은 너무나 큰 대가를 치루고 얻어진 것이었다.

> 중세 이후로 유럽은 사상의 자유, 지식의 증대, 그리고 자연의 물리적 힘을 다룰 수 있는 엄청난 능력을 획득했다. 그에 따른 상대적인 정치적 자유와 "문명화된" 인간의 삶에 대한 존중도 획득했다. 그러나 그 대가는 너무나 큰 것이었다. 공포와 억압에도 불구하고 대중의 삶에 희망을 주었던 매일매일의 노동에서의 즐거움이 상실된 것이다. 예술의 죽음은 중산 계급의 물질적 번영을 위해 지불하기에는 너무나 큰 대가였다. (…) 이제 창조는 더 이상 인간 영혼의 요구가 아니다. ("Art and Socialism," *Collected Works* 23:203)

자본주의적 근대가 가져온 삶의 양식의 혁명적 변화에 대한 모리스의 평가는 부르주아적 근대의 등장과 발전에 대한 20세기 마르크스주의자들의 비판과 일치하고 있다. 경쟁과 교환가치의 지배, 그리고 기계적, 기능적 인간 이해와 같은 자본주의적 인간 소외의 핵심적 요소들은 우리가 주체적이고 풍요로운 삶을 영위하고 그 속에서 창조적인 자기실현을 할 수 있는 잠재력을 점점 고갈시켜간다는 것이다. 인간 영혼이 더 이상 창조적 능력을 필요로 하지 않는 삶은 인간을 성숙한 존재로 만들기보다는 인간을 퇴행시키는 삶의 양식이다. 모리스에게 이것은 "일상적 노동의 즐거움의 상실"

이며 "예술의 죽음"이다. 모리스에게 예술이란 인간에게 본질적으로 주어진 자기실현의 잠재력을 통해 세계를 보다 풍요롭게 향유하는 행위이자 그것의 결과물이다. 모리스의 사회주의가 궁극적으로 추구하는 것은 "모든 인간 존재가 그의 최상의 능력과 힘에 대한 제한되지 않은 영역을 확보하는 것"이다.(Commonweal Feb. 18, 1888. 재인용 Thompson, 725) 따라서 사회주의적 삶의 이상은 부의 공정한 분배나 생산수단의 공적 소유가 아니라, 마르크스의 표현을 빌리면, "풍부한 인간 욕구를 가진 풍부한 인간 존재"의 창출이다(EPM 144.) 모리스는 이것을 사회주의의 미학적 관점이라고 부른다.

> 사회주의는 모든 것을 포괄하는 삶의 원리이다. 그것은 고유의 윤리학과 종교를 갖는 것과 마찬가지로 고유의 미학을 가지고 있다. 사회주의를 정확하게 알고자 하는 사람은 그것이 가진 미학적 관점에서 볼 필요가 있다. (…) 불평등의 조건은 건강한 예술의 존재와 양립할 수 없다. (…) 사회주의자는 예술의 명백한 부재에서 현대 문명이 고유하게 가지고 있고 인간성 자체를 위협하는 질병을 본다. ("The Socialist Ideal" 307)

사회주의의 미학적 관점은, 진정한 평등과 자유는 근대 자본주의가 성취한 물질적 안정과 형식적 민주주의의 제도적 확립으로는 확보될 수 없다는 것이다. 그런 의미에서 모리스의 사회주의적

대중문화와 문화적 민주화 일상적 삶의 상징적 생산

이상은 문화적 민주화를 의미한다고 할 수 있다. 문화적 민주화라는 관점에서 볼 때 지난 300여 년간의 자본주의적 근대의 전개 과정은 인간 자유의 확장이자 동시에 인간 존재의 퇴행 과정이기도 했다. 산업자본주의 단계에서의 급진적 사회주의자로서 모리스가 간파한 것은 자본주의적 삶의 형식에 본질적으로 내장되어있는 이 퇴행의 징후이다. 마르크스는 이 퇴행의 징후를 인간 소외의 이론으로 풀어 썼다. "예술의 부재"라는 것은 그것을 모리스 식으로 표현한 것이라고 할 수 있다.

현대 문명은 일하는 사람을 앙상하고 비참한 존재로 만들었다 – 윌리엄 모리스

> 현대 문명은 일하는 사람을 앙상하고 비참한 존재로 만들었다. 현재 삶보다 나은 삶을 어떻게 욕망할 수 있는지조차 알지 못한다. 충만하고 이성적인 삶의 진정한 이상을 확립하는 것은 예술의 영역이다. 아름다움을 지각하고 창출하는 것, 진정한 즐거움을 향유하는 것은 그가 매일 먹는 빵과 같이 필수적인 것으로 느껴지는 것이다. 그리고 어느 누구도, 어떠한 집단의 인간도 이 권리를 박탈당할 수 없다.
>
> ("How I Became a Socialist," *Collected Works* 23:180-1)

예술은 "충만하고 이성적인 삶의 진정한 이상을 확립" 하는 인간 행위의 다른 이름이다. 앞에서 논의한 일상성의 미학에서 잘 표현되었듯이, 이 행위는 인간 삶의 필수적인 가치들을 생산해 준다. 따라서 이것은 인간의 기본적 권리의 일부이다. 모리스의 사회주

의적 신념이 우리에게 알려주는 것은 자본주의는 이 권리를 확보해 주지 못한다는 것이다. 그것은 자본주의적 생산양식의 핵심적 모순 구조와 깊이 연루되어 있다.

> 전쟁이 끝나면 우리가 요즘 쓰고 있는 의미의 상업은 끝난다. 그리고 그 자체로 쓸모없거나 단지 노예나 노예 소유주에게 유용한 산더미 같은 물건들은 더 이상 만들어지지 않을 것이다. 그리고 다시 한번 예술이 어떤 물건을 만들어야 하며 어떤 물건은 만들 필요가 없는지를 결정하는 일을 맡게 될 것이다. 왜냐하면 만드는 사람과 쓰는 사람에게 즐거움을 주지 않는 물건은 아무것도 만들어 져서는 안되고, 그러한 물건을 만드는 즐거움은 노동자의 손에 예술을 주어야 하기 때문이다. 그리하여 예술은 노동의 유용함과 낭비를 구분하는데 사용될 것이다. ("Art Under Plutocracy," *Collected Works* 23:79–80)

쓸모 있는 물건만을 만든다는 것은 과잉 생산과 과잉 소비의 현대 자본주의 사회의 문제를 접근하는 하나의 화두라고 할 수 있다. 진전된 자본주의 사회에서 무엇을 만들 것인가는 결국 어떻게 살 것인가의 문제로 귀결된다. 왜냐하면 발전된 자본주의 체제는 끊임없이 새로운 물건을 생산하고 소비하도록 강요하는 과잉생산 체제의 삶이며, 인간은 그 과정에 개입하거나 그것을 통제할 수 없

대중문화와 문화적 민주화 일상적 삶의 상징적 생산

고 오로지 그 과정에 동원되고 편입될 뿐이기 때문이다. 그 결과로 인간은 그에게 주어진 세계와의 건강하고 풍요로운 만남을 차단당한다. 그런데 모리스는 "예술이 어떤 물건을 만들어야 하며, 어떤 물건은 만들 필요가 없는지를 결정하는 일"을 맡아야 한다고 주장한다. 마르크스에서와 마찬가지로 모리스에게 예술은 인간이 감각을 통해 세계를 총체적으로 만나는 행위를 총칭한다. 그 만남은 역동적이고 강렬하고 때로는 깊다. 무엇을 생산할 것인가를 자본이 결정하지 않고, 아름다움의 원리가 결정하자는 것이다. 노동의 유용함과 낭비, 생산의 유용함과 낭비를 구분하는 것, 그것을 자본이 아니라 인간이 통제하는 것은 자본주의를 "다르게 살 수 있는" 가능성의 출발점이다.

새로운 시대의 정신은 세계의 삶 속의 즐거움이다 – 윌리엄 모리스

이러한 자본주의적 삶에 대한 비판은 자연스럽게 생태학적 비전으로 이어진다. 『유토피아 소식』(*News From Nowhere*)에서 모리스는 "새로운 시대의 정신은 세계의 삶 속의 즐거움이다"라고 말하면서 "인간이 살고 있는 지구의 살갗과 표면에 대한 강렬하고 압도적인 사랑, 부단한 비판 능력, 인간의 삶의 방식과 사고에 대한 끝없는 호기심"(317)이 사라지고 있음을 한탄한다. 그가 제시하는 이상적 삶은 건강하고 단순한 삶이다. 그러나 이 단순성은 자본주의적 삶이라는 조건 속에서만 의미를 갖는 것이라고 할 수 있다. 따라서 자연과의 조화와 삶의 건강성에서 나오는 충만함이라는 생태학적 삶의 이상은 모리스에게 사회주의적 삶의 이상이기도 했다.

무엇보다도 좋은 건강을 주장한다. 문명된 사회에서 사는 사람들의 거의 대부분이 그것이 무엇을 의미하는지 모를 것이다. 삶 자체를 하나의 즐거움으로 느끼는 것, 팔을 움직이고 신체적 힘을 사용하는 것을 즐기는 것, 태양과 바람과 비 속에서 놀 수 있는 것, 잘못된 일을 하고 있다는 느낌 혹은 타락의 두려움 없이 인간이라는 동물의 적절한 육체적 욕구를 충족시키는 환희, 우리가 이러한 것을 충족시키지 못한다면 우리는 불쌍한 피조물일 따름이다. ("How We Live and How We Might Live," *Collected Works* 23:17)

때로는 이 생태학적 비전은 삶의 쾌락과 인간 존엄성이 결합하는 원초적 상태에서의 동물적 이미지로 그려진다. 이 경우 역시 노동의 즐거움은 인간 소외의 대안으로 제시된다.

자연 상태에서의 말은 달리면서 즐거움을 찾는다. 개는 사냥하면서 즐거움을 찾는다. 야만인의 원시적 조건에서 식량을 얻는 과정에서도, 특정한 제식은, 무기를 특정하게 다듬고 가꾸는 과정은, 쾌락과 인간적 존엄을 향하고 있다. 특정한 예술이 탄생하는 것은 바로 이 필수적인 노동이 즐거움으로 바뀌는 지점이다. (*Socialism: Its Growth and Outcome* 301-2)

미적 경험의 탈신비화

자기 충족적 삶의 단순성은 문명화되기 이전의 원시적 삶의 단

대중문화와 문화적 민주화 일상적 삶의 상징적 생산

순성이 아니라 자본주의 문명에서 거부되고 있는, 인간 속에 잠재해 있는 어떤 능력에 대한 믿음의 표현이다. 이 능력은 "다른 사람을 노예로 만들기 위해서가 아니라, 그들 스스로를 위해 아름다움을 알고 창조"하는 능력이며, "여름 밤 양들 사이에서 언덕에 한가로이 누워있는 즐거움을 가장 강렬하게 느낄 수"있는 능력이다. 그에 의하면 "이 건강한 자유로부터 인간의 정신적 성장의 즐거움이 나온다."("The Society of the Future" 467) 따라서 이 능력은 "인간적 존엄을 향하고 있다." 문명의 인간은 어리석게도 이 정신적 성장을 감각적 삶으로부터 분리시켰다.

문화적 민주화의 이상

　　　모리스 미학의 유물론적 특질을 구성하고 있는 요소들, 일상성과 생활 예술의 강조, 노동과 생산에서의 미적 경험의 중요성, 일상적 삶의 구체적인 과정에서 진행되는 상징적 창조, 자본주의적 인간 소외의 대안으로서의 사회주의적, 생태적 삶의 이상 등은 그의 사상적 발전의 각 단계들을 연대기적으로 구성하면서, 하나의 일관된 흐름을 형성하고 있다. 우리는 그것을 문화적 민주화의 이상이라고 할 수 있을 것이다. 그의 미학은 결국 자본주의적 삶의 조건에서 인간이 어떻게 스스로의 삶을 보다 자유롭고 충만하고 주체적으로 살 수 있을 것인가를 묻고 있다. 모리스에게 예술은 그러한 삶을 확보해 줄 수 있는 인간 행위의 이름이었다. 그에게 제일 먼저 주어진 작업은 미적인 경험을 탈신비화시켜 그것이 원래 있던 삶의 자리에 되돌려 놓는 것이었다. 모리스가 그 과정에서 확인한 것은 일상적 행위, 즉 노동과 생산의 과정에 내재되어 있는 상징적 창조성이 우리 삶의 긴급하고 절실한 요구라는 것이었다. 마르크스와의 만남은 이러한 예술의 물질성에 대한 그의 생각에 역사적 통찰의 깊이를 부여해 주었다. 자본주의적 인간 소외의 현상이 어떻게 일반 사람들로부터 "충만하고 주체적인 삶"의 자원들을 박탈해 가게 되는가, 그리고 대안적 삶의 가치와 비전을 어떻게 만들어 갈 것인가가 그의 사회주의적 이상을 특징짓는 요소들이 된다.

진전된 자본주의의 삶을 살고 있는 오늘날, 대중은 우리 시대의 보편계급을 지칭하는 용어가 되었다. 대중이 자기 삶의 주인이 되는 것은 따라서 우리 시대의 민주주의의 규범적 이상이다. 일상적 삶의 상징적 창조성에 대한 윌리엄 모리스의 탐구는 진전된 자본주의에서 대중의 일상적 문화가 어떻게 대중 스스로의 주체적 삶이 영위되는 정신적 감성적 원천으로 작동할 수 있는 공간을 제공해 줄 수 있는가에 적절한 이론적 토대를 제공해 주고 있는 것으로 보인다. 대량 소비 사회와 대중문화를 경험하지 못했던 모리스의 일상 미학을 우리 시대에 그대로 적용하는 것은 적절치 않은 것이 될 것이다. 그러나 일상적인 삶의 영역에서의 역동적이고 풍부한 창조 행위에 대한 그의 믿음은 후기 자본주의 시대에 대중문화가 어떻게 새로운 상징적 창조의 원천으로 기능할 수 있는가에 대한 통찰력 있는 혜안을 제공해 주고 있는 것으로 보인다. 그가 말하는 대상이 궁극적으로 자본주의의 삶이었다는 점에서 그렇다.

대중문화와 문화적 민주화 일상적 삶의 상징적 생산

예술은 충만하고 이성적인 삶의

진정한 이상을 만드는 것이며,

미의 감지와 창조,

진정한 즐거움의 향유는

매일 먹은 빵과 같이 필수적인 것

삶의 모든 아름다움을 파괴시키는 괴물,

그것의 이름은

상업적 이윤동기이다

윌리엄 모리스

2. 4.

생체 미학과 경험으로서의 예술
– 존 듀이

일상적 삶이 미적인 경험을 통해 구성되고 지속된다는 것은 존 듀이의 철학의 근간을 이루고 있다. 미학에 대한 그의 주장이 집약되어 있는 『경험으로서의 예술』(*Art as Experience*)은 듀이의 예술론이라기보다는 듀이 철학의 귀결점에 해당한다. 『경험으로서의 예술』은 서구 철학 전통의 주류 미학에 대한 비판적 개입을 시도하면서 "일상적 삶의 상징적 창조성"의 화두를 계승하고 있다고 할 수 있다. 실용주의 철학의 완성자로 평가되는 듀이의 미학을 이해하기 위해서는 우선 실용성의 의미를 규명하는 것이 필요하다. 듀이에게 실용성이란 기능성, 효용성을 의미한다기보다는 '어떤 경험이 일상적 삶, 구체적 삶의 장에서 유의미하게 작동하고 있는가?'

의 문제와 관련되어 있다. 듀이에 있어서 예술 혹은 미적인 것이 실용성을 가진다는 것의 의미는 근본적으로 미적 경험이 모든 유기체의 생존 조건이라는 말과 같다. 도구적 합리성에 의해 실현되는 "교환가치화된" 효용성, 기능성은 듀이의 관점에서 보면 가장 비실용적인 가치가 된다.

미적 경험에 있어 "교환가치화된" 효용성은 듀이에게 있어 가장 비실용적인 가치이다

듀이 미학은 삶의 일상적 과정과 미적 경험의 연속성을 회복하는 것에서 출발한다. 그런 의미에서 『경험으로서의 예술』의 첫 번째 장의 제목이 「살아 있는 생명체」(Live Creature)라는 것은 많은 것을 시사하고 있다.

> 문제의 본질은 삶의 일상적 과정과 미적 경험 사이의 연속성을 회복하는 것에 있다. 문명화된 세계에서 예술은 무엇이며, 예술의 역할은 무엇인가를 이해하는 것은 예술 작품이 얼마나 훌륭한 것인가에 대해 찬사를 보내거나, 그렇게 인식된 위대한 예술 작품에 관심을 집중시키는 것에서 시작하는 것이 아니다. (…) 그러한 경험에 내포되어있는 미적 특질을 발견하기 위해서는 매일매일의 평범한 일상의 경험으로 돌아가야 한다.(AE 16)[15]

---

15 John Dewey, *Art as Experience, The Later Works of John Dewey*, vol. 10 (Carbondale: Southern Illinois University Press, 1987). 이하 *AE*로 표기하고 쪽수 만 명기.

미적인 것을 일상적 삶의 구성요소로 다시 회복시키려는 그의 이론적 시도는 인간 경험에 대한 생물학적 규명으로부터 시작한다. 경험은, 무엇보다도, 생물체(인간을 포함하여)가 자연에 존재하는 방식이다. 즉 모든 생명체는 "세계 속"의 존재이다. 모든 유기체는 자신을 둘러싼 외부 세계와의 상호 작용을 통해 생존한다.(AE 13) 나를 포함한 이 세계는 상호작용을 통해 끊임없이 유동하고 변전한다. 내가 세계를 인지한다는 것은 이미 이 상호 작용의 과정 속에 참여하는 것이다. 듀이가 일상적 삶에서 작동하는 미적인 것의 특성을 생물학적 비유로 설명하는 방식은 그것 자체가 미적인 것을 구성하는 역동성과 활력으로 충만해 있다. 즉 삶의 과정 자체가, 그것이 아무리 평범하고 일상적인 것으로 보일지라도, 사실은 깊고, 강렬하고, 고양된 힘들의 역동적 과정이라는 것을 설득력 있게 보여준다. 이런 의미에서 리쳐드 슈스터만Richard Shusterman은 듀이의 미학을 생체미학(somaesthetics)이라고 부른다.(262) 하나의 유기체가 자신의 생명을 적대적인 환경 속에서 지속시키는 행위 자체가 긴장과 갈등, 조화와 평형으로 반복되는 생명활동이라는 것을 강조하는 것은 예술이 이미 일상적 삶의 경험 속에 내재되어 있다는 것을 의미한다.

생체미학 (somaesthetics)

예술은 생명의 과정 속에서 예시되어 있다. 내부의 유기적 에너지가 외부의 사물과 상호 작용해서 그 내부의 에너지가 충족되고 외부 사물이 변형되어 하나의 정점을 이룰 때

비로소 새가 둥지를 짓고 비버가 둑을 만들게 된다. 우리는 여기에 예술이라는 단어를 사용하기를 주저한다. 왜냐하면 여기에는 무엇인가를 지향하는 의도가 부재한다고 생각하기 때문이다. 그러나 모든 의도, 모든 의식적 행위는 자연적 에너지의 상호 작용을 통해서 유기적으로 수행된 이후에 등장하는 것이다. (…) 예술의 존재는 인간이 스스로의 삶을 확장시키기 위해 자연의 질료와 에너지를 사용한다는 것의 구체적인 증거이다. (…) 예술은 인간이 살아 있는 생명체의 특유한 감각과 욕구와 충동들의 통합을, 의미의 지평에서, 즉 의식적으로 회복할 수 있다는 것의 살아 있는 구체적인 증거이다.(AE 31)

> 예술은 인간이 (…) 살아 있는 구체적인 증거이다 – 존 듀이

예술과 미적인 것은 "인간의 가장 기본적이고 역동적인 기능"으로 인간이 다른 동물과 공유하고 있는 "생물학적 일상성"(biological commonplaces)에 뿌리를 두고 있다. 우리의 일상적 삶은 미적인 경험을 요구하고 있으며, 우리가 실제로 의식하지 못하는 방식으로, 다양한 수준과 정도의 미적 경험으로 구성되어 있다.

신선한 공기나 음식에 대한 갈망처럼 무엇을 필요로 한다는 것은 모두 일종의 결핍으로 외부 세계와의 적절한 적응이 일시적으로 부재했다는 것을 의미한다. 그러나 그것 자체가 하나의 요구이다. 최소한 잠정적인 균형을 이룸으로

대중문화와 문화적 민주화 일상적 삶의 상징적 생산

서 적응을 회복하고, 결핍을 보전하기 위해 외부 세계에 손을 뻗치는 행위이다. 생명 자체는 유기체와 외부 사물과 갈등하고, 다시 그것과의 화합을 복원하는 단계들로 구성되어 있다. 그리고 생명이 성장하고 있을 때, 그 복원은 단순히 이전 상태로의 복귀가 아니다. 왜냐하면 생명은 그것이 성공적으로 헤쳐나간 모순과 저항의 상태에 의해 풍요로워지기 때문이다. 양자의 일시적 갈등이 유기체의 에너지와 외부 세계의 에너지가 더욱 폭넓게 균형 잡히도록 이행될 때 생명은 성장하는 것이다. (…) 생물학적 일상성은 우리 경험에서의 미적인 것의 뿌리에 닿아있다. 이 세계는 우리 삶에 무심하거나 때로는 적대적인 것으로 가득 차 있다. 우리 삶이 지속되는 과정 자체가 외부 세계와의 불화와 갈등 관계 속에 던져져 있다. 그럼에도 불구하고 삶이 지속되고, 또 지속되면서 확장된다면, 이 갈등과 대립의 요소들을 극복한다. 또한 그 요소들이 더 힘 있고 더 의미 있는, 생명의 다양한 국면들로 변형된다. (…) 리듬을 통해 획득된 균형과 조화가 여기에서 배태된다. 평형의 상태는 기계적으로 타성적으로 발생하는 것이 아니라, 긴장으로부터, 긴장으로 인해서 발생한다.(*AE* 19–20)

생물학적 일상성은 문화 경험에서의 미적인 것의 뿌리에 닿아있다 — 존 듀이

문제는 이때 미적인 경험을 어떻게 규정하는가이다. 듀이는 우리가 일반적으로 가지고 있는 미적 경험과 예술에 대한 태도를 신

랄하게 비판한다. 이러한 비판은 우리 현실에서 예술, 혹은 미적인 경험이 일상적 삶의 과정으로부터 어떻게 유기성과 연속성을 상실하고 있는지를 드러내는 것에서 출발한다. 기존의 예술에 대한 통념들에 대한 비판을 듀이는 다음과 같은 질문을 던지면서 시작한다.

> 왜 보다 높고 이상적인 경험의 대상들을 기본적이고 역동적인 생명의 뿌리와 연결시키려는 시도가 예술의 본질을 배반하고 예술의 가치를 부정하는 것으로 인식되는 것일까? 고급 예술의 탁월한 성취들이 일상적인 삶의 과정, 모든 살아 있는 생명체가 공유하고 있는 그 일상적 삶의 과정과 밀접한 관계를 맺는 것이라는 생각에 대해 그렇게 혐오감을 보이는 이유는 무엇인가? 왜 일상적 삶은 저급한 욕망이나 천박한 감정의 분출로 간주되어야 하는 것일까?(AE 27)

고급 예술의 성취들이 일상적인 삶의 과정, 모든 살아 있는 생명체가 공유하고 있는 그 일상적 삶의 과정에 (…) 그렇게 혐오감을 보이는 이유는 무엇인가? – 존 듀이

듀이는 이러한 질문에 대답하기 위해서는 육체에 대한 경시, 감각에 대한 두려움으로 인해 육체와 정신을 항상 대립시켜 왔던 오래된 도덕의 역사를 다시 써야 할지도 모른다고 말한다. 이 오래된 도덕의 역사는 예술 작품을 이상화시키고 정신화시켜 온 서구의 미학적 전통을 가리킨다고 할 수 있을 것이다. 이 전통은 예술 작품을 생산하고 수용하는 행위를 삶의 구체적인 조건과 사회 역사적 문맥으로부터 분리시켜온 전통이기도 하다. 듀이에 의하면 예술 작품이 고전적 지위를 획득하고 나면 그것을 원래 탄생시켰

던 삶의 문맥으로부터 분리된다. 예술은 거대한 장벽에 둘러싸여 그 자신이 인간 삶 속에서 어떻게 탄생했으며, 인간 삶에 어떠한 모습으로 귀결되었는가를 보여주는 구체적인 실제 삶의 조건과 상황으로부터 격리된다.(*AE* 9) 예술 작품을 다른 인간 행위들로부터 격리시키는 이러한 미학적 전통을 듀이는 "예술 작품에 대한 구획화된 생각"(compartmental conception of fine art)(*AE* 14)이라고 부른다.

> 삶은 구획화되며 각각의 제도화된 구획들은 높은 것과 저급한 것으로 분류된다. 그것들의 가치는 다시 속된 것과 영적인 것으로, 물질적인 것과 이상적인 것으로 분류된다. 관심은 견제와 균형의 체계를 통해, 피상적이고 기계적으로 연결된다. 종교, 도덕, 정치, 경영 등이 각각의 구획화된 자신들만의 고유한 영역을 가지고 있듯이, 예술도 또한 자신만의 고유하고 사적인 영역을 가지고 있다. (⋯) 경험의 해부학을 쓴 사람들은 따라서 이러한 구분들이 인간 본성의 핵심적 구조 속에 본질적으로 내재해 있다고 생각한다. 현재의 정치적이고 법적인 제도적 조건 속에서 실제로 영위되고 있는 우리의 경험에서도 이러한 분리가 유지되고 있다는 것은 너무나 명백하다.(*AE* 26 - 27)

예술의 영역에서 '경험의 해부학'을 주장하고 적용하는 전통적 관념들에 의해 예술의 제도적, 기능적 전문화가 과도하게 진행되면 그것은 필연적으로 예술의 고립화로 귀결된다. 매우 오래된 전통을 가진 이러한 생각들은 근대에 들어와 독창성, 천재성, 상상력의 독점적이고 배타적인 가치들을 통해 예술의 자율성과 절대적 우위를 옹호하는 낭만주의적 전통에 의해 강화되고 제도화되게 된다. 예술의 고립화와 함께 인간의 미적 행위와 향유의 과정이 고급 예술이라는 이름으로 특권화되는 과정은 삶의 일상적 향유를 위계화시키고, 일상적 삶으로부터 고유한 미적 가치를 박탈하고, 보통 사람들의 일상적 삶은 무미건조하고 단조롭고 지루한 일상으로 전락하게 된다. 삶을 삶답게 만드는 강렬하고 풍요로운 경험이 일상적 삶과 가지는 본질적인 연속성을 부정하는 것을 듀이는 우리 일상적 삶에 대한 "서글프고 비극적인 언급"(a pathetic, even a tragic commentary on life as it is ordinary lived)(34)이라고 지적한다.

대체로 살아 있는 생명체가 자신의 환경 속에서 수행하는 일상적 행위들과 예술을 연결시키려는 생각에 적대적인 반응이 있어왔다. 고급 예술을 삶의 평범한 과정과 연결시키려는 시도에 대한 적대감은 일상적으로 수행되는 삶에 대한 서글프고 비극적인 언급이다. (…) 한 개체가 태어나서 성숙의 과정을 거치면서 발전하고 성장하는 것은 유기체가 자신을 둘러싸고 있는 환경과 상호작용한 결과이다. 마찬가지로 문화는 인간이 진공상태에서 노력한 결과물이 아니라, 환경과의 오랜 시간 지속되고 축적된 결과물이다. 예술

대중문화와 문화적 민주화 일상적 삶의 상징적 생산

작품이 우리에게 가져다주는 반응의 깊이는 [예술 작품이] 우리 삶의 기저에서 면면히 이어져온 이러한 축적된 경험의 작용과 연결되어 있다는 것을 보여준다.(AE 34 - 35)

수용자의 삶 속에서 의미 있는 경험으로 실현되는 과정

예술적 경험, 즉 보다 강렬하고 고양되고 깊은 경험은 특권화되고 독점적인 탁월한 예술적 성취에서 오는 것이 아니라, 인간이 한 공동체 안에서 오랜 기간 동안 외부 환경과 역동적으로 관계를 맺고 생명을 유지해 오면서 성장하고 성숙한 과정을 통해 쌓은 결과물이다. 그것은 인간의 일상적 삶 속에 켜켜이 쌓여, 인간의 내면을 더욱 풍요롭고 성숙하게 형성시켜 왔다. 따라서 듀이에게는 예술가가 창조한 예술 작품 자체보다는 그러한 작품이 수용자의 삶 속에서 의미 있는 경험으로 실현되는 과정이 인간의 예술 행위에서 더욱 본질적인 중요성을 가지게 된다. "일상적 세계를 가장 충만한 상태에서 경험할 수 있는 힘을 살아 움직이게 만드는"(AE 138) 것이 예술 작품의 기능이라고 했을 때, 예술 작품이란 예술 생산물이 아니라 경험의 양식으로서의 예술을 가리키는 것이다. 이러한 생각을 더욱 명료하게 하기 위하여 듀이는 예술 생산물(art product)과 예술 작품(the work of art)을 자신만의 독특한 방식으로 구분한다. 번역을 통해 의미가 조금 왜곡될 수 있지만, 예술 생산물이 작가가 생산한 구체적이고 '물리적'인 창조적 생산물을 가리킨다면 예술 작품은 그 생산물이 미적 향유자에게 수용되는 과정에서 창출되는 경험의 작용(working)을 강조한다고 할 수 있다.

예술 생산물(조각, 회화 등)과 예술 작품 사이에 차이가 있다는 것을 나는 여러 번 언급했다. 전자는 물리적이고 잠재적인 것이다. 후자는 활동적이고 경험되는 것이다. 그것은 생산물이 하는 행위, 즉 생산물의 작용이다. (⋯) 예술 생산물이 경험으로 진입하는 것 자체가 복합적인 상호작용이 시작된다는 것이다. 최종적으로 경험되는 예술 생산물의 특징은 바로 이 상호작용의 본성에 의존하게 된다. 예술 생산물이 가진 힘이 경험 자체에서 발산되는 에너지와 행복하게 상호작용할 때, 그때 예술 작품이 존재하는 것이다. (167)

예술 작품(a work of art)은 최종적으로 경험의 작용(working)으로 실현되고 완성된다. 듀이가 예술 생산물과 예술 작품을 공들여 구분하는 이유는 예술 생산물에 대한 독점적 강조가 그가 이름 붙인 '예술 작품'의 본질을 호도하고 왜곡하고 있다는 인식에서 기인하는 것으로 보인다. 듀이가 『경험으로서의 예술』을 집필하던 시기는 문학 비평의 역사에서는 신비평(New Criticism)이 등장하던 시기와 일치한다. 신비평은 문학 작품의 의미를 작가의 의도나 독자의 수용행위와 독립해서 존재하는 텍스트 자체의 속성에서 찾는다. 예술 작품의 의미를 완성된 작품 자체에 국한시키고, 절대화하는 이러한 경향은 미술이나 음악과 같은 다른 예술 작품의 영역에서도 주류 미학의 핵심을 형성하고 있었다. 예술 작품을 대상화하고 그것의 예외적 성취를 강조하고, 그 결과물을 어떻게 해석하고 감상

예술 작품(a work of art)은 최종적으로 경험의 작용(working)으로 실현된다

대중문화와 문화적 민주화 일상적 삶의 상징적 생산

할 것인가를 주로 강조하는, 제도화되고 전문화된 예술에 대한 태도는 결과적으로 미적인 경험을 우리의 일상적 삶에서 박탈해 가게 된다. 듀이는 자신의 이러한 생각을 "예술 작품에 있어서 푸딩에 대한 증명은 결단코 먹는 행위에 있다"(AE 100)라고 명쾌하고 단호하게 표현한다. 이것이 그의 책 제목이 시사하고 있듯이, '예술은 경험이다'라는 일종의 화두가 던지는 새로운 인식의 출발점이라고 할 수 있다.

경험은 듀이 철학의 모든 영역을 관통하는 핵심 개념이다. 그에게 경험이란 한마디로 인간이 하나의 유기체로서 외부 환경과 상호 작용하는 과정이며, 그것을 그는 전유(appropriation)의 과정으로 설명한다. 전유란 외부의 사물이나 상태를 주체가 만나고, 통과하고, 겪으면서, 즉 경험하면서 그것이 주체의 일부가 되는 과정이다. 이 과정 없이 주체는 스스로 형성되거나 성장할 수 없다. 이러한 형성과 성장은 스스로를 확장하고 심화하고 고양시키는 과정이다. 예술의 기능은 존재를 고양시키고 심화함으로서 존재를 정당화한다. 경험의 정서적 충만감 속에서 우리는 이 세계와 우리가 통합되어 있음을 감지한다. 듀이에 의하면 "예술 작품은 충만하고 강렬한 경험이기 때문에, 일상적 삶을 그 충만함 속에서 경험할 수 있는 힘을 계속 살아 움직이게 한다. 이때 예술은 경험의 질료를 형식을 통해 질서화된 것으로 변환시키면서 이것을 수행한다."(AE 138) 이 모든 것이 우리 자신의 확장과 성장으로 체험된다.

강렬한 미적 지각은 종교적 느낌을 수반한다. 이때 우리는 마치 우리가 살고 있는 세계의 너머에 있는 세계로 인도된 듯한 느낌을 갖게 된다. 그러나 그 세계는 우리의 일상 속에서 우리가 살고 있는 세계의 보다 깊은 실재(the deeper reality of the world)이다. 우리는 우리 자신을 찾기 위해 우리 자신을 넘어간다. (…) 예술 작품은 매일매일의 일상적 경험을 둘러싸고 있는 통합된 전체에 대한 느낌을 심화시키고 명료하게 하기 위해서 작용한다. 이 모든 것이 우리 자신의 확장으로 경험된다.(AE 199)

듀이에 의하면 이러한 미적 지각은 우리의 온몸을 통해, 전체 존재가 같이 동원되면서 진행된다. 듀이의 미학적 전체론을 슈스터만은 "미적 경험은 어떤 특정한 요소를 고유하게 소유함으로써 구별되는 것이 아니라 일상적 경험의 모든 요소들을 보다 완전하고 풍요롭게 통합함으로써 구별"되며, 아름다움을 경험을 하는 사람은 "이 세계 속의 통합과 질서의 보다 큰 느낌"을 가지게 된다고 부연 설명한다.(14)

경험이 외부 세계와의 상호 작용이라면, 이 경험을 통해 외부 세계는 확장된다. 그것은 동시에 나의 확장을 의미한다. 왜냐하면 한 개체는 그 확장된 경험세계를 통해 다시 외부 세계에 반응하기 때문이다. 듀이는 이것을 경험의 축적적 연속성이라고 부른다.

물리적 행위 속에 경험된 사물과 사건은 지나가고 사라진다. 그러나 그 의미와 가치는 자아의 총체적 구성요소로 남아있게 된다. 세계와의 상호 작용 속에 형성된 이 습관을 통해 우리는 다시 이 세계에 거주한다 – 존 듀이

삶의 과정은 연속적인 것이다. 외부 세계에 힘을 가하면서 지속되는 끊임없는 갱신의 과정이다. 따라서 경험은 필연적으로 축적적인 것이며, 이 축적적 연속성 때문에 표현력을 획득한다. 우리가 경험한 세계는 자아의 한 부분이 되며 다시 그 이후의 경험에 작용한다. 물리적 행위 속에 경험된 사물과 사건은 지나가고 사라진다. 그러나 그 의미와 가치는 자아의 총체적 구성요소로 남아있게 된다. 세계와의 상호 작용 속에 형성된 이 습관을 통해 우리는 다시 이 세계에 거주한다.(AE 109)

듀이의 생체 미학은 마르크스의 유물론적 미학과 동의어이다

듀이의 생체 미학은 일상의 생명 경험 속에 내재해 있는 역동적 리듬을 찾아 확인하고 그것을 미학의 이름으로 풀어내는 생명의 찬가이다. 실용주의 철학자인 듀이의 미적 경험에 대한 논의는 마르크스의 '생산하는 인간'(producing being)의 정의에 기반한 유물론적 미학과 놀라운 유사성을 보여준다. 그런 의미에서 듀이의 생체 미학은 유물론적 미학과 동의어이다. 하나의 유기체가 자신의 생명을 적대적인 환경 속에서 지속시키면서, 긴장과 갈등의 리듬을 통해 균형과 조화의 세계를 지향해 나아가고 있다는 것은 우리의 기본적인 생명활동이 역동적 에너지에 의해 추동되고 있다는 것을 설득력 있게 보여준다. 듀이가 생체미학을 통해 보여주려는 것은 일상적 삶 속에서 인간이 자신의 생존을 지속시키는 행위에 내재해 있는 역동적 에너지를 설명하려는 시도로 보인다. 이 역동적 에

2 유물론적 미학의 재구성

너지가 듀이가 복원하려고 했던, 일상의 행위, 사건들과 예술적 경험이라고 부를 수 있는 강렬하고, 깊고, 고양되고, 정련된 경험과의 연속성의 실체를 가리키는 것이다.

왜 보다 높고 이상적인 경험의 대상들을

기본적이고 역동적인 생명의 뿌리와

연결시키려는 시도가 예술의 본질을 배반하고

예술의 가치를 부정하는 것으로 인식되는 것일까?

고급 예술의 탁월한 성취들이 일상적인 삶의 과정,

모든 살아 있는 생명체가 공유하고 있는

그 일상적 삶의 과정과 밀접한 관계를 맺는 것이라는

생각에 대해 그렇게 혐오감을 보이는 이유는 무엇인가?

왜 일상적 삶은 저급한 욕망이나

천박한 감정의 분출로 간주되어야 하는 것일까?

예술 작품에 있어서 푸딩에 대한 증명은

결단코 먹는 행위에 있다

존 듀이

2. 5.

"문화는 일상적이다"
— 레이몬드 윌리엄스

마르크스의 자기실현과 자기창출로서의 생산의 개념을 내적 형성과 확장으로서의 문화의 개념으로 이해한 최초의 이론가는 레이몬드 윌리엄스이다. 이 장에서는 마르크스에서 발아했던 유물론적 미학에 대한 신념이 영국문화비평 전통과 만나 새로운 문화적 민주화의 이상으로 발전하게 되는 이론적 지점을 레이몬드 윌리엄스로 규정하고 윌리엄스에게 문화적 민주화가 무엇을 의미하며, 오늘의 삶에 왜 그것이 요구되는지를 그의 대표적인 개념인 "일상문화" "공유문화"를 통해 살펴보려고 한다.

1988년 레이몬드 윌리엄스의 갑작스런 죽음 이후에 그를 애도하는 자리에서 쿠넬 웨스트Cornel West는 윌리엄스를 "유럽의 시대

(1492~1945)가 종말을 맞기 전에 태어난 마지막 위대한 혁명적 사회주의 지식인"이라고 불렀다. 이 명명은 애도와 인정을 표현하면서 동시에 차이와 구분의 의도를 숨기지 않는다. 그것은 윌리엄스가 대미를 장식한 한 시대 – 거의 450년을 지속된 – 와 웨스트 자신의 시대를 경계 짓는다. 코넬 웨스트의 의도가 무엇이었던 간에 윌리엄스를 마지막 근대주의자로 부른 것은 정당한 것으로 보인다. 근대주의자로서의 윌리엄스의 열망은 그의 젊은 날의 대표적 저작인 『장구한 혁명』(Long Revolution)이란 제목에 압축되어 있다.

윌리엄스에게 장구한 혁명이란 문화적 민주화의 긴 역사적 여정을 가리킨다. 이 여정은 코넬 웨스트가 꽤 길게 잡은 지난 450여 년간의 서구 역사 전체를 통해 서서히 진행되어 왔다. 근대의 해방적 기획은 "자율적이고 자유로운" 근대적 주체를 만드는 과정에 다름 아니며, 그것의 역사적 구현은 수평적 관계에 근거한 시민 사회의 형성을 주도했던 계몽된 대중의 등장과 함께 시작되고 전개되었다. 이 계몽된 대중은 자신의 삶이 속해 있는 공동체의 경험에 대해 문제를 제기하고 그것을 논의할 수 있는 능력을 새로운 시민 사회의 문화적 제도들을 통해 신장시켜왔다. 왕권이 축소되고 의회가 강화되고 시민 사회가 성장하는 것이 정치적 근대화의 과정이라고 한다면, 그것의 기반을 제공했던 자율적인 근대적 주체가 등장하고 성장하는 과정을 문화적 근대화라고 할 수 있을 것이다. 그것은 특정한 소수집단에 독점되고 집중되어 있던 의미 생산의 원천을 밑으로 확산시키는 점진적 과정을 가리킨다. 문화적 민주화

근대적 해방의 기획은 공동체의 다수가 "주체적이고 자율적이고 자유로운 삶"을 사는 것이다

근대 시민 사회의 등장이 가지고 있는 가장 의미 있는 변화는 대중 스스로가 그들이 속한 공동체의 공유된 세계 이해의 방식을 시민 사회의 자율적 공간 안에서 창출할 수 있는 조건과 제도를 갖추게 되었다는 것이다

라는 관점에서 볼 때 근대 시민 사회의 등장이 가지는 가장 의미심장한 변화는 대중 스스로가 그들이 속한 공동체의 공유된 세계 이해의 방식을 시민 사회의 자율적 공간 안에서 창출할 수 있는 조건과 제도들을 갖추게 되었다는 것이다.

근대의 해방적 기획이 궁극적으로 지향하는 것이 공동체의 다수를 차지하는 사람들이 진정한 의미에서 "주체적이고 자율적이고 자유로운 삶"을 살 수 있는 것이라면, 그러한 해방적 기획을 회복하는 일은 새로운 자본주의의 단계를 경험하고 있는 오늘의 시대에 오히려 더욱 절실하고 절박한 요구가 되고 있다. 이러한 역사적 조건의 변화 속에 레이몬드 윌리엄스의 "장구한 혁명"의 현재성이 존재한다. 민주적 문화에 대한 그의 전 생애에 걸친 지적 작업과 실천은 공동체의 다수를 차지하는 사람들이 진정한 의미에서 주체적 삶을 살 수 있는 절대적 권리를 가지고 있으며 그것을 실현시킬 수 있는 긴 혁명의 과정에 우리가 있다는 것을 보여준다.

대부분의 문화연구 소개서들은 그 출발점을 레이몬드 윌리엄스의 "문화는 일상적이다"라는 명제로부터 찾는다. 윌리엄스 스스로가 『문화와 사회』(*Culture and Society*)에서 확인하고 정전화했던 영국문화비평의 전통의 역사적 맥락에서 본다면, "문화는 일상적"이라는 명제는 한 공동체의 중요한 의미 생산과정을 인간 정신 능력의 예외적 성취로서의 문학적 전통 속에 한정시켜 보는 관점에서, 일상적 삶 속에서 일어나고 있는 다양한 형태의 상징적 재현행위

로 확장시키는, 문제틀의 전환을 의미한다고 할 수 있다. '일상적 삶의 상징적 창조성'에 대한 새로운 인식은 인간의 상징적 재현 행위와 창조성을 강조한 영국문화비평의 전통과 일반 사람들이라고 불리는 보편 계급의 주체적 삶의 중요성을 주장한 마르크스주의의 전통이 만나는 지점에서 형성되었다고 할 수 있다. 그리고 마지막 근대주의자로서의 레이몬드 윌리엄스의 개인사는 이 두 전통의 결합이 매개되는 장소였다.

문화는 일상적이다(Culture is Ordinary). 이것이 우리가 출발해야 할 지점이다 – 레이몬드 윌리엄스

영국 문화 비평 전통의 계승자이자, 그 전통에서 발전된 문화 개념의 완성자였다고 할 수 있는 F. R. 리비스에게 당시 문화적, 지적, 종교적 정체성을 서서히 상실해 가고 있던 영국이라는 공동체를 구원해 줄 수 있는 길은 그가 정의한 바의 문화 – 즉 인간 경험의 위대한 기록이자, 의미 생산의 영속적이고도 역동적인 원천으로서의 문화 – 를 복원하고, 그것을 개별적인 공동체 구성원에게 공유시키는 것이었다. 이때 핵심적인 요소는 이러한 문화의 형성적 힘을 먼저 습득한 문화적 엘리트 집단이며, 이들에 의해 한 공동체의 삶의 질적 상승이 가능하다고 그는 믿었다. 웨일즈 지방의 철도 노동자의 아들로서 케임브리지에 장학생으로 입학한 윌리엄스에게는 그의 스승인 리비스를 중심으로 당시의 지적 풍토를 지배하고 있던 이러한 생각은 몇 가지 중요한 문제점을 가지고 있는 것이었다. 우선 리비스적인 문화의 개념은 어린 시절 자신의 주체를 모양 짓고 성장시켰던 웨일즈 지방의 철도 노동자의 공동체적 삶이 가지고 있던 매우 강력한 형성적 힘을 부정하는 것이었다. 한 공

동체의 문화가 가지는 형성적 힘이 역사적으로 한정된 문화적 전통에 의해서만 만들어지고 계승되고, 또한 특정한 교육을 받은 소수의 지적 엘리트 집단에 의해서만 전파될 수 있다는 생각은 윌리엄스에게, 문화에 대한 근본적으로 잘못된 전제에서 나오는 것이었다. 그의 어린 시절 삶의 구체적 경험과 그것을 통해 습득되었던 가치들은 이러한 사실을 그에게 끊임없이 확인시켜주었다.

윌리엄스의 개인사는 따라서 리비스를 통해 완성되었던 영국문화비평 전통과 보편 계급에게 보다 많은 자유가 주어져야 한다는 신념에 근거한 마르크스적 전통이 접목되는 장소였다. 그가 1958년에 쓴 자전적 에세이는 이러한 두 전통의 조우가 윌리엄스의 문화의 개념을 어떻게 만들었는가를 보여준다.

> 문화는 일상적이다. 그것이 우리가 출발해야 할 지점이다. 시골 지방에서 성장한다는 것은 하나의 문화가 어떻게 모양을 갖추게 되고, 어떻게 변화하게 되는 것을 보는 것이다. (…) 그 가족 속에서 자란다는 것은 하나의 정신이 어떻게 형성되는지를 보는 것이다. 새로운 기술을 배우고, 관계를 습득하고, 그 과정에서 새로운 어휘와 생각들이 서서히 만들어진다. 문화는 일상적이다. 그것이 우리가 알아야 할 첫번째 사실이다. (…) 한 공동체가 만들어지는 것은 공통의 의미와 방향을 같이 찾아가는 것이며 그것이 성장한다는 것은 특정한 경험과 만남과 발견의 영향을 받으며 계속적으

로 논의와 수정이 진행된다는 것이다.(*Resources of Hope 3*)

이 자전적 에세이의 제목은 「문화는 일상적이다」("Culture is Ordinary")이다. 마치 경구처럼 이 에세이 전체를 통해 '선언적으로' 반복되는 "문화는 일상적이다"라는 문장이 그의 스승 리비스와 그의 추종자들이 문화에 대해 가지고 있는 생각을 겨냥하고 있다는 것은 쉽게 짐작할 수 있다. 이 반복되는 문장은 36세의 젊은 교수인 윌리엄스에게 확신에 찬 신뢰와 권위의 목소리를 부여해 주고 있다. 일단 우리는 그의 문화에 대한 새로운 생각이 지금까지의 영국 문화 비평 전통이 간과해 왔던 우리의 일상적 삶의 과정 - 우리가 문화를 정의한 방식으로 얘기하면, 일상적 삶에서의 의미생산 - 에 새로운 의미를 부여하는 것으로 시작하고 있다는 것을 알수 있다. 그와 함께 문화의 형성을 근본적으로 한 개별적인 정신(혹은 마음)이 만들어지고 성장하고 성숙되는 과정과 연결하고 있다는 점에서 낭만주의로부터 영국 문화 비평 전통을 관통하는 형성과 성장으로서의 문화의 개념을 발견 할 수 있다.

이때 정신을 형성시켜 주는 것(shaping of mind)은 단지 지적인 행위만을 가리키는 것은 아니다. 그것은 살아가는 데에 필요한 새로운 기술을 배우는 것이며, 변화하는 관계를 배우는 것이며, 새로운 단어와 개념들이 나의 내면에 자리 잡는 것이다. 어휘와 생각들이 서서히 만들어지는 것은 단지 사전적 어휘가 나의 지식에 추가되는 것을 의미하는 것은 아니다. 인간이 성장한다는 것은 외부세계

대중문화와 문화적 민주화 일상적 삶의 상징적 생산

를 나의 의미 세계 속으로 전유한다는 것이며, 이때 습득된 어휘들과 개념들은 내가 외부 세계의 움직임에 대응하고, 그것을 파악하고 적응하고 통제할 수 있는 능력의 가장 기본적인 원천을 형성하는 것이다. 이러한 일들이 한 인간이 공동체를 통해 형성되고 성장할 때 일어나는 것들이다. 그것이 어떠한 종류의 공동체이건 간에 이 과정은 한 인간에게 가장 기본적이고 귀중한 과정인 것이다.

여기에 문화에 대한 혁신적인 의미가 내포되어 있다. 가장 일상적인 공유된 의미(the most ordinary common meaning)와 가장 정교하고 상승된 개별적 의미(the finest individual meanings)가 여기에서 만난다. 영국 문화비평 전통이 확인하고 강조했던 개별적인 상승되고 고양된 양질의 창조적 상징행위 – 매튜 아놀드의 표현을 빌자면 "생각되고 말해진 최상의 것" – 는 윌리엄스에 와서, 영국의 지적 전통을 습득한 소수의 문화 엘리트의 독점적 소유에서, 우리들이 외부 세계를 기술하고 그 변화에 반응하고, 공동체의 의미를 습득하고 다른 사람과 소통하는 우리 일상생활에서 일어나는 의미 생산의 장으로 옮겨가게 된다. 즉 우리를 형성하고 성장시켜주는 중요한 의미 생산은 우리의 일상생활 속에서 일어나며, 가장 정교하고 상승된 의미 생산을 지향한다. 그렇다고 해서 윌리임즈가 정전화된 영국의 지적 문화적 전통이 우리의 삶의 영역을 보다 풍부하고 깊은 것으로 만들어 줄 수 있는 가능성을 부정한 것은 아니다. 스승인 리비스의 문화적 엘리트주의에 상당한 거부감을 가지고 있었음에도 불구하고, 윌리엄스의 실제 비평은 – 주로 영문학 작품

가장 정교하고 상승된 개별적 의미(the finest individual meanings)와 가장 일상적인 공유된 의미(the most ordinary common meaning)의 만남

윌리엄스에 이르러 상승되고 고양된 양질의 개별적인 창조적 상징행위 – 생각되고 말해진 최상의 것 – 는, 소수 문화 엘리트의 독점적 소유에서 보통 사람들이 외부 세계를 기술하고 반응하고 공동체의 의미를 습득하며 타인과 소통하는 일상으로 옮겨가게 된다

을 대상으로 하게 되는데 – 아놀드나 리비스가 견지했던, 양질의 상징적 재현행위에 내재하는 형성적 힘에 대한 진지한 성찰과 확고한 믿음에 그가 깊이 공감하고 있었음을 보여준다. 영국 문화비평 전통에의 윌리엄스의 개입의 의의는 이러한 문화의 형성적 힘을 구체적인 역사적 사회적 과정 속에 위치시키고, 보다 나은 의미 생산의 가능성의 공간을 확장시켜 놓음으로서, 공동체와 문화 사이의 보다 근본적 관계를 복원하려 했다는 것이다.

상징적 재현 행위가 공동체를 구성하는 과정을 아놀드나 리비스가 인문적 상상력으로 접근하고 있다면, 윌리엄스의 형성의 문화학을 이끌고 있는 것은 "사회주의적" 상상력이라고 할 수 있다. 사회주의적 상상력이란 모든 인간의 상징 행위 – 인간의 물리적 존재를 지속시키는 물질적 생산이든. 인간을 의미와 가치의 존재로 구성해주는 상징 생산이든 – 는 집단적 노동, 즉 공동체를 통해서 진행되며, 따라서 이 생산 자원은 집단적 생산의 주체인 보편 계급 – 일하는, 생산하는 계급 – 에게 더 많이 확산되어야 한다는 것을 사유할 수 있는 능력을 가리킨다. 윌리엄스의 초기 문화 이론이 특별히 강조하고 있는 것은 개인이 일상적 삶 속에서 외부 세계를 인지하고, 기술하고 표현하는 일반적인 행위들이 바로 이 역동적 공간을 실제로 구성하고 있는 것이며 이 행위는 근본적으로 창조적 행위라는 것이다.

일상적 삶의 상징적 창조성에 대한 윌리엄스의 새로운 생각은 영국문화비평 전통에 획기적인 전환을 가져오면서, 이후에 학

인문적 상상력을 넘어, 인문적 상상력과 함께 하는 "사회주의적" 상상력

대중문화와 문화적 민주화 일상적 삶의 상징적 생산

문적 제도로서의 문화연구가 태동하는 정신적 토대를 제공하게 된
다. 일상문화(ordinary culture)와 공유문화(common culture)로 압축되는
윌리엄스의 민주적 문화의 이상은 영국문화 비평 전통이 발전시
켜온 창조적 인간과 마르크스적 의미에서의, 노동을 통해 자기 자
신과 공동체와 역사를 만들어가는 '생산하는 인간'의 이론적 결합
을 통해 형성되었다고 할 수 있다. 마르크스에게 '생산하는 인간'이
란 자기 밖에 존재하는 자연 세계와 능동적인 관계를 맺는 존재를
의미한다. 인간은 노동을 통해 물리적 세계를 변형하고, 새로운 세
계를 창조하고, 동시에 그 스스로를 형성해 가면서, 사회적 역사적
으로 존재하게 된다. 노동을 통한 외부 세계의 변화와 인간의 자기
갱신의 동시성은 초기 마르크스를 이해하는 출발점이다. 윌리엄스
가 마르크스의 유물론의 핵심으로 포착하고 있는 것은 바로 노동
과 생산을 통한 인간의 자기 창출 과정이다. 앞에서 보았듯이 마르
크스에게 인간의 노동 행위는 물질적 재화를 생산하는 것을 넘어
서서 인간이 스스로를 생산하고 스스로를 실현해 나가는 행위이다.

인간이 노동을 통해 외부 세계를 변화시키는 것은 인간이 자기 스
스로를 창출해 나가는 것과 동일한 과정이며, 창조적 자기실현은
인간의 노동의 본질이다. 레이몬드 윌리엄스에게 청년 마르크스의
'생산하는 인간'에 대한 철학적 사유는 자신이 문화라는 말로 표현
하려고 했던 인간의 행위 – 본질적이면서 역동적인 과정, 마르크
스의 표현을 빌리면 생명활동(life–activity) – 를 개념화하는데 중심
적인 이론적 원천을 제공해 주는 것이었다.

청년 마르크스의 인간학의 영향이 가장 결정적으로 나타나는 것은, 역설적으로, 윌리엄스가 표면적으로는 마르크스주의를 별로 언급하지 않았던 초기 문화이론에서이다. 윌리엄스 문화이론의 최초의 체계적 논의라고 할 수 있는 『장구한 혁명』의 「창조적 정신」("The Creative Mind")이라는 제목의 글에서 그는 플라톤 이후 리비스까지의 인간의 상징 능력에 대한 생각이 인간의 창조적 행위에 대한 잘못된 이해에 기반하고 있다고 비판한 뒤, 인간이 무언가를 기술記述하고 표현하는 행위에 대한 새로운 관점을 전개한다. 기술한다는 행위는 "A는 B이다"라는 가장 단순한 묘사에서부터, 자연 세계의 숨은 법칙을 드러내기 위한 매우 복잡한 과학 이론이나, 우리가 예술이라고 부르는 행위에서의 보다 정제되고 심화된 표현까지 모두 포함하고 있다. 윌리엄스에게 경험을 기술한다는 것에는 역동적인 상상력의 삶, 새로운 경험을 기술하려는 깊은 노력을 필연적으로 수반한다.

역동적인 상상력의 삶, 새로운 경험을 기술하려는 깊은 노력은 예술이외에도 많은 영역에서 찾을 수 있다. 또한 새로운 기술과 새로운 의미가 소통되는 것도 다양한 방식으로 수행된다. 예술과 사상과 과학에서뿐만 아니라 일상적인 사회적 과정에서도 수행되는 것이다. 기술한다는 것은 소통의 기능에 의해서 가능하다. 예술이 일반적 기술행위와 구별되는 것은 그것이 소통, 즉 경험이 공유되는 과정에 매우 강력한 수단이 된다는 것이다. 예술은 일반적 소통 과정의 보다 강력한 형태이다.(*Long Revolution* 41)

예술적 경험의 특수성은 그것이 이러한 공유의 강력한 수단을 어느 정도 발휘하는가의 문제이다. 예술은 다름 아닌 일반적 의사소통 행위 ─ 기술 행위를 통해 경험을 공유하는 것 ─ 의 보다 강렬한 형태인 것이다. 즉, 강렬하고 깊고 고양된 방식으로 외부 세계를 경험하고 구축하는 상승된 형태의 상징적 재현행위들은 이러한 일반적 소통 과정, 즉 경험이 공유되는 과정의 일부이다. 여기에서 우리는 인간이 경험을 기술한다는 행위가 무엇인가에 대해 좀더 살펴 볼 필요가 있다. 윌리엄스에게 경험을 기술한다는 것은 인간이 밥 먹고, 배설하고, 여러 가지 다양한 생물적 욕구를 충족하는 행위와 똑같이 본능적이고 근본적인 행위의 일부이다. 윌리엄스는 "경험을 기술하는 행위"가 "긴급한 개인적 중요성"(urgent personal importance)을 가진다고 말한다.

자신의 경험을 '기술'한다는 것은 긴급한 개인적 중요성을 갖는 문제이다. 이것은 말 그대로 자신을 새롭게 만드는 일이다 ─ 레이몬드 윌리엄스

모든 사람에게 있어, 그의 경험을 '기술'한다는 것은 긴급한 개인적 중요성을 갖는 문제이다. 왜냐하면 이것은 말 그대로 그 자신을 새롭게 만드는 일(remaking of himself), 즉 그의 개체적 유기체 속에 창조적 변화를 가져오는 것이다. 그렇게 함으로서 그의 경험을 자기 안으로 가져오고, 그 경험을 통제하게 되는 것이다. 자기 자신을 새롭게 만들려는 이

투쟁 – 즉 우리의 개체적 유기체를 변화시켜 외부 세계와 적절한 관계를 유지하며 살게 되는 것 – 은 사실 종종 고통스러운 과정이다. (⋯) [기술을 통해] 의사소통하려는 충동은 외부세계의 혼란에 대한 습득된 인간 반응이다.(*Long Revolution* 40)

경험을 기술한다는 것의 중요성은 바로 그것을 통해 인간이 그 자신을 계속 다시 만들어가고 있다는 것, 생물학적 비유를 들자면, 그의 개체적 유기체 속에 계속 창조적 변화를 가져오는 것이다. 윌리엄스가 경험을 기술하는 인간의 행위를 설명하는데 생물학적인 비유를 쓰고 있다는 것은 주목할 필요가 있다. 한 생물체가 외부 환경과 적절한 관계를 유지하며 살기 위해서는 – 이것이 모든 생물체의 가장 근본적인 본능적 행위인데 – 외부 환경을 노동을 통해 변화시킴으로써 유기체로서의 자신의 생존 조건을 재창출해야 한다. 우리가 경험을 기술하는 행위는 외부 세계의 혼란 – 그것은 생물학적 충동의 경우와 똑같이 우리의 존재에 위협스러운 것인데 – 에 대응하고 그것을 파악하고 이해할 수 있는 형태로 만들고 그것을 통제해야만 하는 긴급한 "존재의 요구"에서 나오는 것이라고 할 수 있다. 따라서 적절하게 기술한다는 것은 단지 좋은 표현을 찾는다는 것을 넘어서서 우리의 생존 조건과 관련된 것이다.

기술 행위를 통해 우리 자신의 생존 조건을 재창출한다는 것을 이해하기 위해서는 앞의 생물학적 비유를 연장할 필요가 있다. 우

대중문화와 문화적 민주화 일상적 삶의 상징적 생산

리가 외부 세계의 혼란에 반응하는 것은 스스로를 재창출함으로서 뿐만 아니라 외부 환경을 변화시킴을 통해서이다.

우리가 외부 세계의 혼란에 반응하는 것이 우리 자신을 갱신하는 것을 통해서만이 아니라 우리의 외부 세계를 변화시킴으로서 가능하다. 우리의 내적인 의식과 외부의 실재는 상호 침투하고 있기 때문에 실제로 이 두 가지는 같은 과정의 다른 표현일 뿐이다. 예술가가 그 자신을 갱신시키는 방법은 인간이 일반적으로 노동을 하는 과정, 즉 자신을 둘러싸고 있는 외부 세계를 갱신시키는 과정과 동일한 것이며, 이러한 노동 행위를 습득하면서, 그 자신도 다시 변화한다. 이것은 언어와 소리와 몸의 움직임에서도 마찬가지이다. 이때 예술가가 스스로의 경험을 전달하는 것은 기존에 존재하는 실제적 관계를 변화시키기 위해서이다.(Long Revolution 43)

윌리엄스는 우리 스스로의 재창출과 외부 세계를 변화시키는 것은 사실은 동일한 과정을 가리키는 것이라고 말한다. 다양한 일상의 욕구를 만족시키기 위하여 노동을 통해 외부 세계를 변화시킴으로써 우리의 생존 조건이 변하게 되고, 그것을 통해 내 자신이 변하는 것이기 때문이다. 이것이 바로 "자기 자신을 갱신해 나가는 것"(remaking of ourselves)의 의미이다. 외부 세계의 변화에 반응하

자기 자신을 재창출하는 것과 외부 세계를 변화시키는 것은 사실은 동일한 과정을 가리키는 것이다. 우리는, 일상의 욕구를 만족시키기 위해 노동을 통해 외부 세계를 변화시키고, 외부 세계의 변화를 통하여 우리의 생존 조건이 변하게 되고, 그것을 통해 우리들 자신이 변하기 때문이다

여 하나의 기술을 하고, 그것을 통해 외부 세계를 "변용"시키면서 하나의 표현을 획득하면, 그만큼 이 세계는 확장되는 것이며, 그것은 나의 경험의 영역의 확장을 의미하며, 그것은 곧, 나 자신의 확장이다. 왜냐하면 한 개체는 그 확장된 경험 세계를 통해 다시 외부 세계에 반응하기 때문이다. 표현을 통한 자기 창출의 과정은 낭만주의자들이 인간의 상상력을 통해 자연을 변용하고 동시에 정신을 확장시킨다는 방식으로 창조성을 설명한 것과 밀접하게 연관되어 있으면서, 한편으로는 외부 세계의 변용, 즉 노동을 통한 생산행위에 의해 스스로를 형성하고 갱신시켜나가는 마르크스의 생산적 인간의 개념의 영향을 보여준다. (앞에서 심미적 인문주의와 마르크스의 유물론적 미학의 논의에서 보았듯이 이 두 지적 전통, 낭만주의와 마르크스주의는 사실은 같은 뿌리를 공유하고 있다.) 이러한 개별적인 창조적 기술記述의 과정을 통해 인간의 공동체가 총체적으로 성장한다. 성장을 유지하기 위해서는 공유된 기술과 반응의 중요한 영역이 유지되어야 하며, 예술은 이 영역을 역동적인 에너지로 충전시키는 기능을 하는 것이다.

이것이 일반적인 성장의 과정이다. 그리고 당연히 그 의미가 새로운 것이든 아니든 그것은 새로운 것으로 경험된다. 그러나 성장을 지속시키기 위해서는, 공통된 기술과 반응의 중요한 영역이 유지되어야만 하며 예술의 한 기능은, 다른 소통 행위와 마찬가지로, 우리의 살아 있는 에너지로 이 영역을 충전시키는 것이다. 그것이 이미 알려진 유기적 형

대중문화와 문화적 민주화 일상적 삶의 상징적 생산

태를 전달하건, 아니면 새로운 형태로 전환되건 간에 예술은, 인간 정신의 특별한 영역에 들어오는 것이 아니라, 인간 전체의 개체적 공동체적 기관과 상호 작용하면서, 우리에게 실제적 성장의 한 부분으로 온다.(*Long Revolution* 50)

인간 공동체는 공유된 의미와 공유된 의사소통을 통해 성장한다. 보다 상승되고 고양된 기술과 반응을 통한 한 유기체의 형성과 성장, 그리고 공동체의 성장에 대한 생각은 결국 문화에 대한 새로운 이해와 정의를 가져오게 된다. 우리가 언어 등의 표현을 통해 영위하는 문화적 삶이 우리 삶을 재생산하는 과정에 있어서 생물적, 경제적, 정치적 행위를 하는 것과 같은 정도의 기본적이고 필수적이고 본능적인 부분이라는 주장이다. 이것은 앞에서 마르크스의 『경제학 철학 수고』의 생산하는 인간에 대한 정의를 상징 생산의 관점에서 해석한 것과 밀접하게 연결된다. 어떤 의미에서 이것은 "문화가 중요한 것이다"라는 주장 중 가장 설득력 있고 효과적인 설명 중의 하나라고도 할 수 있다. 경험의 기술의 축적이 이루어놓은 이 의미의 망 속에 편입됨으로서 우리는 비로소 사람으로서의 삶을 영위할 수 있으며, 그 뿐 아니라, 이것이 우리 삶의 새로운 가능성을 끊임없이 열어놓고 있는 것이다. 따라서 "우리가 사물을 보는 방식은 바로 우리 삶의 방식이며, 의사소통의 과정은 사실은 공동체의 과정"이다. 즉 "공통의 의미를 공유하고, 공통의 행위와 목적들을 공유하며, 또한, 새로운 의미를 제기하고 받아들이고, 비교하고, 그것을 통해 성장과 변화의 긴장과 성취를 이룩하는 것"이다.(*Long Revolution* 55) 이 과정은 역동적이며 때로는 고통스러운 과정이면서, 이것을 통해 삶의 경험이 확장되고 심화된다. 우리는 한 개인이 구체적 인간으로 형성되는 과정을 달리 생각할 수 없다. 외부 세계를 변화시키는 것은 곧 자기 자신을 갱신시키는 것이며, 이것이 인간의 자기 창출 과정이라는 것, 그리고 그것을 생물학적 비유 – 즉 인간의 본능적 행위로서의 노동 과정의 비유 – 로 설명하고 있다는 것은 초기의 윌리엄스의 문화 개념이 마르크스의 『경제학 철학 수고』의 인간의 자기 창출로서의 "생산하는 인간"의 개념을 그 철학적 기반으로 하고 있다는 것을 확실하게 보여주고 있다.

영국 문화비평 전통이 발전시켜온 창조적 인간에 대한 이해를 "일반 사람들이 주체적인 삶을 살 수 있는" 문화적 민주화의 이상과 결합시키려고 한 문화 이론가로서 레이몬드 윌리엄스에게 기술과 표현과 소통과 반응의 행위로서의 문화는, 무엇보다도 공동체를 구성하고 있는 일반 사람들의 일상적인 삶의 과정에서 일어나는 것이며, 인간의 삶에 주어진 역동적인 창조적 에너지를 일상적 삶의 과정 속에서 실현시키는 행위이다. 문화는 일상적이라는 명제에서 출발하는 레이몬드 윌리엄스의 민주적 문화의 이상은 그의 전 생애를 거쳐 표현되었는데 다음과 같은 네 가지 주장으로 정리될 수 있을 것이다.

1) 일반 사람들이 일상적인 삶을 영위하는 과정에 필연적으로

개별적이고 창조적인 상징행위와, "일반 사람들이 주체적인 삶을 살 수 있는" 문화적 민주화의 이상을 결합시키려 하는 윌리엄스에게 기술과 표현과 소통과 반응의 행위로서 문화는, 특수한 사람들의 특수한 삶이 아닌 공동체를 구성하는 평범한 사람들의 일상적인 삶의 과정에서 일어난다. 또 문화는 삶에 주어진 역동적이고 창조적인 에너지를 일상의 삶에서 실현시키는 행위이다

대중문화와 문화적 민주화 일상적 삶의 상징적 생산

개입하게 되는 기술과 표현과 소통과 반응의 행위는 그들이 외부 세계에 대한 적절한 이해를 가지고 그것에 적절하게 대응하는데 필수적인 것이며, 근본적으로 창조적 과정이며, 이 과정을 통해 스스로를 의미있는 것으로 만들어나간다.

2) 일반사람들의 일상적 삶에서 진행되는 기술과 표현과 반응은 (마르크스의 표현으로는 상징 생산) 항상 풍부하고 깊은 의미를 가질 수 있는 잠재력을 내장하고 있고, 그것을 인정해야 된다. 보다 깊고 강렬하고 고양된 형태의 표현인 예술은 이러한 과정의 연장선에서 이해되어야 한다. (따라서 예술을 이해하는 방식도 달라진다. 예술은 우리의 감상과 해석을 기다리는 대상이 아니라, 구체적인 삶의 과정에서 외부 세계를 기술하고 그것에 반응하는 양식이며, 그 행위를 통해 형성의 내적 과정이 더욱 풍부해 진다. 이것은 예술을 일상적 경험의 차원으로 끌어내리는 것이 아니라, 일상적 삶의 과정이 가질 수 있는 보다 강력한 형성적 힘의 가능성을 인정하는 것이다.)

3) 모든 사람이 잠재적으로 창조적이지만, 현실은 특권적 소수 혹은 집단이 문화적 의사소통과 가치평가의 중요한 제도와 수단들을 독점하고 통제하고 있는 경우가 많으며, 일반 대중의 주체적 자기 형성의 가능성은 심각하게 제한된다. (이러한 의미 생산과정에서의 독점과 제한은 어떠한 공동체에서도 항시적으로 존재해 왔다. 문제는 현재 우리의 문화 생산의 장에서 진행되는 이 제한적 힘들을 확인하고, 대안적 문화 생산의 제도와 조건을 모색하는 것이다.)

4) 인간이 가지고 있는 진정한 삶의 원천, 인간에게 허가된 자

기 형성의 가능성을 실현하는데 가장 적합한 것은 민주적 문화이다. 이때 민주적 문화의 핵심은 참여이다. 문화적 의미에서의 참여는 자기실현의 과정에서 일반 사람들이 창조적 주체가 된다는 것이다. 그리고 이 참여의 과정은 필연적으로 특권적 소수 집단의 독점과 통제를 거부하는 실천의 과정을 수반한다.

민주적 문화의 핵심은 참여이다. 참여는 자기실현의 과정에서 일반 사람들이 창조적 주체가 된다는 것이다. 그리고 이 참여의 과정은 필연적으로 특권적 소수 집단의 독점과 통제를 거부하는 실천의 과정을 수반한다

레이몬드 윌리엄스에게 참여민주주의는 "문화는 일상적"이라는 명제에 근거한 민주적 문화의 이상이 집약되어 표현된 개념이다. 이때 참여 민주주의는 대중이 한 공동체가 공유하고 있는 의미 생산의 창조적 주체가 되는 것이다. 그리고 공동체의 구성원을 근본적으로 지배하는 공동체의 상징 질서의 영역에 참여하는 것이다. 이것은 또한 이 의미 형성의 원천이 특정한 소수집단에 독점되지 않고 공유되는 것을 의미한다. 윌리엄스에게 인간은 무엇보다도 "습득하고, 창조하고, 소통하는 존재"(a learning, creating, communicating being)이다.

인간이 본질적으로 습득하고 창조하고 소통하는 존재라면, 인간의 이러한 본성에 적합한 유일한 사회적 체제는 참여 민주주의이다. 그 안에서 우리 모두는 하나의 고유한 개체로서 습득하고 소통하고 스스로를 지배한다. 이보다 열등하고 제한적인 체제는 인간에게 주어진 진정한 삶의 원천을

대중문화와 문화적 민주화 일상적 삶의 상징적 생산

소진시켜버린다.(*Long Revolution* 118)

습득하고, 창조하고 소통하는 행위는 문화적 존재로서의 인간의 본성이다. 여기에서 습득한다는 것은 한 공동체 속에 축적되어 온 삶의 방식을 내화한다는 문화 인류학적 개념을 넘어서서, 보다 주체적이고 풍요로운 삶을 살 수 있는 자기 형성의 원천을 공유한다는 것을 의미한다. 자기 형성의 원천이 공유되었을 때 고유한 개체로서의 한 개인은 진정으로 창조적인 존재, 즉 스스로 의미를 생산하고 자신의 삶을 스스로 지배할 수 있는 존재가 된다는 것이다. 공동체 안에는 유구한 삶의 경험, 그것의 정수들이 집적되고 축적된 의미 생산의 원천이 있으며, 그것을 통해 우리는 사물을 구분하고 가치를 체득해 내며, 성장과 변화를 이룩한다. 일상생활에서 이루어지는 개별적인 상징적 창조행위들은 바로 이 주체 생산의 자원을 통해서 이루어지며 또한 그것을 다시 만들어간다. 형성의 원천을 공유한다는 것은 바로 의미 있는 반응의 자원을 찾아내고 공유하고 그것을 통해 공동체적 의미 생산과정에 주체적으로 참여하게 되는 것이다. 따라서 인간이 "창조하고 소통하는 존재"라는 것의 의미는 대중이 소통의 과정, 즉 공유의 과정에서 수동적 소비자가 되는 것이 아니라 능동적 생산자가 되어야 한다는 당위를 표현한 것이라고 할 수 있다.

대중이 소통의 과정에서 능동적 생산자가 될 때, 재현의 형식은 참여의 형식이 된다. 재현의 궁극적 기능은, 스스로의 경험과 정체성을 표현해내고 공적 경험으로 공유시키는 것, 그것을 통해 자신의 집단적 정체성에서 오는 고유한 관점과 해석을 공동체의 관점과 해석으로 바꾸어 놓고, 더 나아가서 공동체의 의미 생산 과정에 참여하는 것이다. 자신과 공동체의 문제에 주체적으로 개입하는 능력을 통해 보다 주체적이고 자율적인 삶을 살 수 있는 조건을 만든다는 의미에서, 재현과 참여의 형식을 함께 만들어가는 것은 민주적 삶을 위한 실천 조건이 된다.

재현과 참여의 형식을 함께 만들어가는 것은 민주적 삶을 위한 실천 조건이다

　　문화적 능력은 자기 형성의 능력이다. 그것은 보다 풍요롭게 외부 세계를 경험하고 그 경험을 자기 안으로 가져와 스스로를 형성하고 확장하면서 주체적인 삶을 영위할 수 있는 능력이며, 문화적 민주화란 이러한 자기 형성의 능력을 다양한 문화 제도들을 통해 일반사람들에게 공유시키고 확산시키는 것이다. 이 공유와 확산의 과정을 민주화라고 부르는 이유는 자기 형성의 과정이 주체적 삶의 실천 조건이 되기 때문이다. 대중이 이 자기 형성의 원천으로부터 차단된 공동체는 열등한 공동체이다. 그것이 전근대적인 권위주의 체제이건, 전제적인 사회주의 체제이건, 혹은 자본의 논리와 시장의 이성이 지배하는 자본주의 체제이건 간에 대중을 의미 생산과 의미 공유의 과정으로부터 배제하는 체제는 궁극적으로 민주적인 공동체가 아니며, 이러한 제한된 공동체는 인간이 가지고 있는 진정한 삶의 원천을 고갈시키고 인간의 삶에 허가된 자기실현의 잠재력을 파괴한다. 유물론적 미학은 자기 형성의 원천, 즉

상징 생산의 자원을 보통 사람들의 일상적인 삶에 부여할 수 있는
이론적 토대를 제공한다.

모든 사람에게 있어,

자신의 경험을 '기술'한다는 것은

긴급한 개인적 중요성을 갖는 문제이다.

왜냐하면 말 그대로

그 자신을 새롭게 만드는 일(remaking of himself)이기 때문이다

레이몬드 윌리엄스

2. 6.

대중문화 소비와 미디어 시장
– 폴 윌리스

마르크스의 유물론적 미학과 쉴러의 심미적 인문주의는 근대 서구 지성사의 전개 과정에서 각각의 독자적인 지적 전통을 만들어가면서 대체적으로 대립적인 위치에 서게 되지만 몇 번의 간헐적인 만남을 가지게 된다. 이 만남은 카알라일^{Carlyle}을 통해 중계된 이후, 윌리엄 모리스의 노동의 창조성에 대한 논의, 존 듀이의 생체 미학, 레이몬드 윌리엄스의 "문화는 일상적이다"라는 명제, 그리고 최근의 노동계급 청소년 문화의 상품 문화 소비를 분석한 폴 윌리스의 대중문화 미학 등에서 확인되고 있다. 우리는 이것을 비주류적인 전통으로서의 유물론적 미학의 계보라고 이름 붙일 수 있을 것이다.

대중문화 이론으로서의 일상적 삶의 상징적 창조행위를 접근하기 위한 이론적 기반은 폴 윌리스의 『일상 문화: 젊은이의 일상적 문화에서 작동하는 상징적 행위』(Common Culture: Symbolic Work at Play in the Everyday Cultures of the Young)에서 설득력 있게 전개되어 있다. 제목에서 나타나듯이 이 책은 현대 문화연구의 정신적 토대를 제공한 레이몬드 윌리엄스의 "문화는 일상적이다"(Culture is Ordinary)라는 명제에서 출발한다. "문화는 일상적이다"라는 명제 자체가 사실은 심미적 인문주의의 영국적 전통인 영국 문화비평 전통과 마르크스주의를 통합하려는 시도였다고 할 수 있다. 윌리엄스가 일상적 문화의 관점에서 영문학 정전을 해석하고, 문학을 한 공동체 전체의 상징 생산 과정으로 확장시켰다면, 윌리스는 더 구체적이고 본격적으로 대중들의 상징 생산과 소비 행위의 영역으로 진입한다.

이를 위해 윌리스는 먼저 인간의 문화 행위와 창조성을 고급문화와 예술의 관점에서 제한적으로 접근하는 제도권의 미학을 해체하는 것에서 시작한다. 삶과 예술의 분리에 대한 신랄한 비판은 윌리엄 모리스, 존 듀이, 레이몬드 윌리엄스 등의 유물론적 미학의 비주류 전통을 정립했던 주요 이론가들의 작업에 공통적으로 나타나는 것이다. 윌리스는 이러한 비판의 전통을 20세기 이후 현재까지 진행되어온 "예술의 제도화"에 대한 비판으로 발전시킨다. 그에게 오늘날 고급예술의 제도는 포함의 범주라기보다는 배제의 범주이다. 예술은 특수하고 예외적인 것이며 일반적이고 일상적인 것

대중문화와 문화적 민주화 일상적 삶의 상징적 생산

예술은 특수하고 예외적인 것이며 일반적이고 일상적인 것은 예술이 아닌 것(non-art)으로 구분하는 예술의 과도한 제도화(hyperinstitution-alization)는, 일상적 삶의 과정으로부터 역동적 창조성의 잠재력을 박탈시킨다

은 "예술이 아닌 것"(non-art)이다.[16] 오늘날 예술은 예술이 아닌 것과 구분됨으로서 그 존재 가치를 갖는다. 이러한 존재 가치를 위해서 "예술이 아닌 것"이 어떻게 예술의 가치를 위협하고 훼손시키는지를 항상 의식하고 강조한다. 다른 한편에서는 특수하고 예외적으로 창조적인 개인과 수동적으로 소비하는 일반적이고 일상적인 대중의 이분법이 확고하게 유지된다. 학문적 문화적 제도를 통해서 예술이 전문화되는 것은 이러한 삶과 예술의 분리의 현대적 현상이다. 배제의 미학적 위계는 장르 관례, 정전화, 형식적 요소들 간의 상호 참조의 관계망을 통해 구성되는 감상과 평가의 제도화를 통해 더욱 정교하고 견고하게 된다. 윌리스가 "예술의 과도한 제도화"(hyperinstitutionalization)(CC 2)라고 부르는 이러한 과정을 통해 미적 경험은 전문적 지식과 훈련된 취향의 습득으로 환원되고, 실제 경험과 소비의 다양성은 정전화된 해석의 위계에 대한 일탈로 규정된다. 예술의 특수성, 예외성, 탁월성을 인정하고 강조하는 것은 그 자체로서 자연스럽고 정당한 것이겠지만 이 제도화된 배제의 범주가 가지는 효과는 매우 파괴적인 것이다. 그것은 일상적 삶의 과정으로부터 역동적 창조성의 잠재력을 박탈한다.

현재의 제도화된 예술은 대부분의 사람들의 일상적인 삶과 직접적인 관련을 갖지 않는다. 그것은 일반사람들의 삶을 의미 있게

---

16 Paul Willlis, *Common Culture: Symbolic Work at Play in the Everyday Cultures of the Young* (Westview Press 1990) 1 이하 인용은 *CC*로 표기하고 괄호 속에 쪽수 명기.

지속시키는 상징 생산의 과정에 적극적으로 참여하지 않는다. 윌리스가 관심을 가지는 것은 대중들의 "일상적이고 직접적인 삶의 공간과 사회적 행위 속에서 일어나는 상징적 창조"(CC 2)가 진행되는 다양한 방식이다.

> 일반 사람들의 일상적인 삶, 일상적인 행위와 표현에 역동적인 상징적 생명력과 상징적 창조성이 있다는 것을 우리는 주장한다. 비록 그것이 때로는 눈에 보이지 않고, 아무도 알아주지 않고 무시될 지라도. (…) 대부분의 젊은이들의 삶은 예술과 관련되어 있지 않지만, 표현과 기호와 상징들로 충만해 있다. 그것을 통해 한 개인과 집단은 그들의 존재와 정체성과 의미를 창조적으로 정립해 가려고 한다. 젊은이들은 그들의 실제적이고 잠재적인 "문화적 의미"에 대해 무언가를 언제나 표현하고 있다. 이것이 살아 있는 일상문화의 영역이다.(CC 1)

대중문화의 시대를 살고 있는 우리에게 이러한 일상적 삶의 상징 행위의 원천은 주로 대중문화 – 음악, 영화, 미디어, 대중소설, 드라마, 패션 – 의 소비를 통해 제공된다. 윌리스에 의하면 "사소하고 별볼일 없는 것처럼 보이는" 이들의 이러한 소비와 향유의 행위는 "절박한" 긴급성을 갖는다. 그것은 "필수적인 상징적 노동"(necessary symbolic work)이다. "우리는 상징적 창조성이 단지 일상적인 인간 행위의 일부일 뿐만 아니라 없어서는 안 될 필수적 부분이라는 것을 주장한다."(CC 9) 이 "필수적인 상징적 노동"은 우리 삶의 전 영역에 편재되어 있다. 윌리스에 의하면 상징적 노동이 인간에게 필수적으로 요구되는 이유는 인간이 생산하는 존재일 뿐만 아니라, 소통하는 존재이기 때문이다. 윌리스는 상징적 노동을 설명하면서 마르크스를 전혀 인용하고 있지 않다. 그러나 이 논의가 앞서 기술한 마르크스의 생산하는 인간에 대한 정의를 풀어쓰고 있다는 것은 자명하다. 필수적 상징적 노동이라는 개념이 마르크스의 고유한 사유 방식을 차용해 온 것일 뿐만 아니라, 다음과 같은 구절은 마르크스의 해제로 읽힐 수도 있다. "인간이 되어간다는 것 (human be-ing-ness)은 창조행위를 가리킨다. 우리가 이 세계의 자리와 정체성을 찾고 만들어감에 따라 우리의 세계를 계속해서 갱신시켜 나가고 있다는 의미에서의 창조행위이다."(CC 11)

그렇다면 이러한 상징적 창조성에 의해 생산되는 것은 무엇인가? 첫 번째로 가장 중요한 것은 그것이 우리의 개인적 정체성을 생산하고 재생산해 준다는 것이다. '나는 누구인가'는 나에게 이미 주어지는 것이 아니라 상징적 노동을 통해 끊임없이 생산되고 갱신되는 것이다. 상징적 노동은 의미를 창출하려는 투쟁, 즉 의미 있는 존재가 되려는 본능적 노력을 포함한다. 두 번째로 상징적 노동은 인간 정체성을 보다 큰 전체 속에 위치시킨다. 나라는 존재를 역사와 공동체 속에 위치시킨다. 구조화된 집단성은 개인의 상징적 창조행위를 가능하게 하는 자원을 제공해준다. 이 시공간의 제약은 제한이고 결정이면서 동시에 가능성이며 잠재력이다. 윌리스에 의하면 "내가 어떤 인종이나, 계급이나, 성이나 세대의 구성원이 된 다는 것은 습득되는 것일 뿐만 아니라 경험되고 실험되는 것이다." (CC 12) 마지막으로 상징적 노동은 우리 자신이 가진 역동적 능력 에 대한 적극적 느낌을 발전시키고 확인해 준다. 이것이 자아 정체 성의 가장 역동적인 부분이다. 궁극적으로 이것은 현실 세계를 변 화시킬 수 있는 힘에 대한 느낌이다. 그것이 아무리 미미하고 눈에 보이지 않을 지라도. 이것은 최근의 대중문화 분석에서 가장 중요 하게 부상하고 있는 요소이다. 상징적 창조성은, 그것이 잘 작동되 었을 때, 자신의 존재감, 살아 있음의 느낌을 강화시켜준다. 이것은 자신이 무엇인가를 할 수 있다는 것, 자신의 삶이 살만한 것이라는 것에 대한 깊은 느낌이다. 이것을 통해 한 인간은 스스로에게 힘을 부여한다.

상징적 창조성은 잘 작동되었을 때, 자신의 존재감, 살아 있음의 느낌을 강화시켜 준다

일상적 삶의 상징적 창조성의 원천은 대체로 시장 기제를 통해 생산되고 유통되고 소비된다. 상업적 문화 생산물의 시장은 다른 어떤 제도도 상상할 수 없었던 다양하고 풍요로운 상징적 자원을 대중에게 제공해 주고 있다. 윌리스는 시장 기제가 가지고 있는 창 조적 소비의 역동성에 주목한다. 즉 소비 과정 자체에 있는 창조적 잠재력을 확인하고, 구체적인 삶의 조건 속에서 발생하는 해석의 다양성을 인정한다. 그는 "일방적으로 인간의 감수성에 그 내재적 가치를 각인시키는 자기 충족적인 문화생산물은 존재하지 않는다" 고 단언한다.(CC 19~20) 윌리스는 이 구체적인 소비의 과정을 강조

대중문화와 문화적 민주화 일상적 삶의 상징적 생산

하는 미학을 "일상의 미학"(grounded aesthetics)[17]이라고 부른다. 그것은 구체적이고 일상적인 삶의 과정에서 문화의 소비가 주체의 생산으로 이어지는 과정에 주목하는 미학이다. 그 구체적인 삶의 장소가 땅인 것이다. "땅에 뿌리박은 미학"이 특별히 강조하는 것은 이러한 미적 경험이 현실에 개입하고 현실을 변화시키는 힘이다. 윌리스의 대중문화의 상징적 창조성에 대한 주장은 최근의 대중문화 분석에 새로운 패러다임을 만들고 있는 문화대중주의의 이론적 토대를 설득력 있게 제시하고 있다.

오늘날 일상적 삶의 상징적 창조 행위는 대체로 시장 기제를 통해 생산되고, 유통되고, 소비된다.

> 상징적 노동과 창조성은 문화 상품의 사용과 의미와 효과에 의해 매개되고, 확장되고 발전한다. 문화 상품은 생산물이라기보다는 매개물이라고 해야 할 것이다. 그것은 문화적 행위의 최종 결과물이 아니라 하나의 단계이다. 소비주의는 이제 수동적인 것이 아니라 활동적인 능동적 과정으로 접근되어야 한다.(CC 18)

---

17 grounded aesthetics에서 grounded는 일상적 삶에서 상징행위가 작동하는 주체적 공간, 장을 의미한다. 즉 "땅에 뿌리박은" "구체적이고 일상적인 삶의 공간에서 일어나는"의 의미로 이해할 수 있을 것이다. 여기에서는 문맥에 따라 "일상의 미학"으로 번역한다.

월리스가 이윤을 추구하는 대량 복제를 통해 문화가 생산되는 상황에서 주목하는 것은 소비의 창조성이다. 대량 복제의 과정을 지배하는 실질적인 원동력은 소비 행위가 되고, 소비에서는 생산된 결과물이 아니라, 소비의 구체적인 일회적인 과정이 중요해 진다. 즉, 소비는 본질적인 창조행위, 마르크스의 용어로는 '생산 행위'가 된다. 마르크스의 생산하는 인간의 정의에서 인간의 생산행위와 소비행위는 서로 긴밀하게 연결되어 있는 상호구성적 과정, 사실은 한 가지 과정의 다른 이름이라고 할 수 있다. 인간은 노동을 통해 물리적 세계를 변화시켜 자신의 욕구를 충족시키고 자신의 삶을 지속시켜 나간다. 이 과정에서 가장 중요한 것은 자기 생산(self-production)이다. 인간의 욕구 충족을 위해 외부 세계를 변형시키는 행위인 노동은 실재를 만들어내는 생산행위이면서 궁극적으로는 스스로를 지속적으로 창출하는 행위, 자기 생산(self-production) 행위이다. 이 자기생산은 소비 행위를 통해 이루어진다. 이것은 물리적 실재를 생산하는 물질적 노동뿐만 아니라 주체를 생산하는 상징적 노동에서도 마찬가지이다. 월리스에게 대중문화는 일반 사람들의 보편적 욕구인 상징 욕구 – 즉 스스로를 의미와 가치와 신념을 가진 존재로 만들어가려는 욕구 – 를 충족시킬 수 있는 자원을 제공해 주는 주요한 원천이었으며, 대중문화의 소비를 통해 일반 사람들은 스스로를 상징적 존재로서 지속적으로

생산해가는 것이다.[18]

　창조적, 생산적 소비에 대한 윌리스의 논의는 대중문화 영역에서 소비의 주체로서의 대중의 역량을 더욱 강조하게 된다. 윌리스는 이것을 기존의 문화적 엘리트에 의해 정의되고 계도되던 '과거의 대중'(old mass)이 문화적으로 다양화될 뿐만 아니라 해방되는 과정이라고 기술한다. "만약 그러한 것이 존재했다고 한다면, 과거의 '대중'은 이제 상품관계의 확장된 순환과정에 쉽게 접근함으로써 대중적으로 다양화된 문화적 시민으로 해방되게 된다. 이 상품관계는 매일매일의 일상적 문화가 발전하고 해방되는데 요구되는 매우 광범위한 영역에 걸쳐서 사용가능한 상징적 자원을 제공한다." (CC 18) 상업적 문화 생산물의 시장은 지금까지 있었던 다른 어떤 문화적 제도도 상상할 수 없었던 다양하고 풍요로운 상징적 자원을 대중에게 제공해 주고 있다. 윌리스의 표현을 빌리면, "비공식적인 일상문화의 대륙이 서서히 인지되고, 부상하고 전개된다."(CC 18)

　윌리스의 창조적 소비의 논의에서 가장 중요한 것은 대중의 일상적 삶에서의 문화 소비 행위가 텍스트의 일회적 소비로 끝나는 것이 아니라, 사실은 일상적 삶의 전 과정을 통해서 일어난다는 것이다. 다른 말로 하면, 문화적 텍스트의 소비는 총체적 존재로서의

문화적 텍스트의 소비는 총체적 존재로서 주체의 생산과정과 맞물려 있다

18　윌리스는 소비의 창조성의 논의에서 마르크스의 저작을 인용하거나 언급하지는 않고 있으나 그의 'necessay symbloic work'에 대한 논의는 마르크스의 생산하는 인간의 주석으로 읽어도 무방할 정도로 위의 책의 영향을 명백하게 보여주고 있다. Common Culture, 9-17 참조.

주체의 생산과정과 맞물려 있다는 것이다.

> 대중은 살아서 꿈틀대는 정체성을 가지고 시장과 문화적
> 상품의 소비에 참여한다. 그들은 시장에서 문화상품을 만
> 날 때, 그들의 경험과 느낌과 사회적 지위와 집단적 정체성
> 을 같이 가지고 간다. (…) 우리 삶에서 반드시 요구되는 상
> 징적 행위의 결과는 문화 상품 안에 이미 내장되어 있는 것
> 들과는 판이하게 다른 것이 될 수 있다.(CC 21)

문화 상품의 소비를 통한 상징적 생산 행위는 주체의 역사와
그 삶이 처해있는 조건 전체를 통해서 수행되는 것이므로, 문화텍
스트 자체가 가지고 있는 내재적 형식적 특질로부터 상대적으로
독립되어 진행된다. 이것은 문화텍스트의 내재적 형식적 요소들을
이해하고 해석하고 향유하는 능력을 강조하는 전통적 미학과는 전
혀 다른 미학을 요구하게 된다. 이 미학적 원리는 구체적이고 일상
적인 삶의 과정에서 문화의 소비가 주체의 생산으로 이어지는 과
정에 주목하는 미학이다. 그 구체적인 삶의 장소가 땅(ground)이다.
"일상의 미학은 공통의 문화가 발효되는 효모와 같은 것이다."(CC
21) 일상의 미학이 작동하는 장소는 대학 연구실이나 도서관이나
전시관이 아니라, 우리의 일상적 삶의 영역이다. 일상의 미학은 "인
간의 역동적 능력에 힘을 부여하고, 그 힘을 구체적이고 실천적인
방식으로 이 세계에 집중시킨다."(CC 24) 일상의 미학을 통해 생산

땅(ground) – 일상의 미학을 통해 생산되는 상징적 창조성

되는 상징적 창조성은 우리 자신이 지닌 능력에 대한 적극적 느낌을 확인해주고 발전시킨다. 이것은 자아정체성의 가장 역동적인 부분이다. 인간의 상징 생산은 자신의 존재감, 살아 있음의 느낌을 강화시킨다. 그것이 아무리 미미하고 눈에 보이지 않을지라도, 궁극적으로 이것은 현실세계를 변화시킬 수 있는 힘에 대한 느낌이다.

> 일상의 미학은 우리의 문화적 삶, 문화적 생성과 재생의 전 과정 속에서 특별히 창조적이고 역동적인 순간들이다. 문화적 세계를 알기 위해서는 그것을 변화시키는 것이 요구된다. 아무리 작고 사소한 방식으로라도 (…) 일상의 미학은 현재 존재하는 것을 반복하고 반영할 뿐만 아니라, 현존하는 것을 변화시킬 수 있는 의미의 경계를 생산한다.(CC 22-3)

윌리스는 유물론적 미학의 전통을 오늘의 대중 미디어 시대의 구체적인 문화 생산과 소비의 현실에 위치시켜 놓는다. 이때 논의의 핵심은 대중과 문화가 만나는 지점인 시장을 어떻게 볼 것인가에 있다. 윌리스는 시장으로부터 주어진 대중의 일상적 상징행위의 영역의 해방이 일방적이고, 완전하게 주어진 것이 아니라 "부분적이고, 모순적인 것이며, 갈등을 수반하고 있다"는 것을 지적하는 것을 잊지 않는다. "시장은 문화적 논의에서 두 번 등장한다. 한 번은 벗어나야 할 어떤 것으로, 그리고 다음번에는 대안을 위한 방법과 자원을 제공해 주는 것으로서이다."(CC 19) 그러나 그가 시장의 이중성, 모순성을 강조하는 것은 결국 두 번째 국면, 대안을 위한 자원으로서의 시장을 기능을 강조하기 위한 것으로 보아야 할 것이다.

기존의 대중문화 비판이 시장의 바깥에서 대중을 대상화하면서 이 상황을 접근하고 있다면, 윌리스의 문화대중주의는 시장 안에서 시장을 관통하면서 시장을 넘어선다. 그것은 대중을 통해 새로운 형태의 시장을 창출하는 것을 의미한다. 일상의 미학은 궁극적으로 민주적 문화와 관련되어 있다. 윌리스의 일상의 미학이 강조하는 것은 이러한 미적 경험이 현실에 개입하고 현실을 변화시키는 힘이다. 그것은 "매일매일의 일상의 문화를 그 주인에게 돌려주고, 그들 스스로 그 잠재력을 발전시키고 실현시키게 하는 것이다."(CC 130) 이것은 시장이 민주주의에 줄 수 있는 가장 긍정적이고 적극적인 가치이다.

시장 안에서 시장을 관통하면서 시장을 넘어서는 일

지금까지 유물론적 미학이라는 이름하에 쉴러, 마르크스, 윌리엄 모리스, 존 듀이, 레이몬드 윌리엄스, 폴 윌리스의 미적 경험의 일상성에 대한 생각을 살펴보았다. 이들의 생각을 이어주는 중심은 마르크스이다. 마르크스는 미적 경험이 일상적이면서 동시에 우리 삶을 지속시키는 생명 활동의 중심에 있음을 간파했다. 마르크스에게 생산이란 노동 행위를 통해 외부 세계를 변화시켜 인간적 실재(human reality)를 창출하면서 동시에, 자기 스스로를 생산하는 행위이다. 자기 생산을 통해 인간은 스스로를 끊임없이 확장, 갱신시킨다. 이 충만한 창조적 자기실현의 행위에 청년 마르크스는

대중문화와 문화적 민주화 일상적 삶의 상징적 생산

"감각의 해방"이라는 이름을 부여한다. 마르크스는 감각의 해방을 "보고 듣고 냄새 맡고, 맛보고 느끼고 생각하고, 관찰하고 경험하고, 욕구하고 행위하고 사랑하는 인간 존재의 모든 유기적 기관들"의 활동이라고 정의한다. 감각은 욕구의 존재로서의 자아와 세계가 만나는 지점이다. 인간은 자기실현의 가능성의 풍요로움을 향해 열려있는 존재이다. 풍요로운 자기 생산은 따라서 세계를 보다 강렬하고 고양된 방식으로 만나고 그것을 전유하고, 인간화하는 행위이다. 마르크스에게 이것은 가장 포괄적인 의미에서의 미적 경험이다. 이 행위를 노동이라고 부르는 것은 이러한 자기 생산이 우리가 영위하는 매일매일의 일상적 삶의 요구라는 것을 의미한다. 그의 자본주의 비판도 이러한 인식에서 출발한다. 인간 욕구를 교환가치화하는 자본주의적 삶은 이러한 인간의 자기실현에 적대적일 수밖에 없다

인간의 욕구를 교환가치화하는 자본주의적 삶은 인간의 자기실현에 절대적이다

마르크스와 쉴러의 심미적 인문주의의 관계는 마르크스에서 인간의 경험과 형성에 대한 생각을 다시 복원해 줄 수 있는 실마리를 제공해 준다. 이 연결 지점에서 모리스의 "아름다움이 삶의 긴급하고 내밀한 요구"라는 유물론적 미학의 핵심 명제가 나온다. 모리스는 19세기 영국의 문화비평 전통을 통해 청년 마르크스의 생산적 인간에 대한 사유를 유물론적 미학으로 발전시켰다고 할 수 있다. 모리스에게 미적 경험은 특정한 집단의 사람들이 생산하고 향유하는 특권적이고 배제적인 권리가 아니라 우리의 일상적 삶 속에 깊이 편재해 있는 일상적 욕구의 충족이며 삶을 지속하고 영위

해 가는 데 필수적인 행위이다. 전 자본주의적 노동에서 물건을 생산할 때 개입되는 복합적 쾌락 – 다양성, 창조의 느낌, 자존감 – 에 대한 모리스의 주장은 마르크스의 인간 소외 이론에 대한 가장 설득력 있는 예시를 제공해 준다. 실용주의 철학자인 듀이의 미적 경험에 대한 논의는 마르크스의 유물론적 미학과 놀라운 유사성을 보여준다. 그는 삶의 일상적 과정과 미적 경험의 연속성을 회복하기 위해 생물학적 일상성에 내재하고 있는 심미적 역동성을 강조한다. 살아 있는 생명체가 자신의 생명을 적대적인 환경 속에서 지속시키면서, 긴장과 갈등의 리듬을 통해 균형과 조화의 세계를 지향해 나아가고 있다는 것은 기본적인 생명 활동 자체가 심미적 충동에 의해 추동되고 있다는 것을 보여준다. 일상의 생명 경험 속에 본질적으로 내재해 있는 미적 과정에 대한 탐구는 궁극적으로 그의 민주주의의 이상과 긴밀하게 연결되어 있다. 그것은 보통 사람들의 일상적 경험에 잠재해 있는 자기 형성의 가능성을 확인하고 실현하려는 의지이다.

영국문화비평 전통과 마르크스주의의 본질적인 친연적 관계가 이론적으로 정립되는 것은 레이몬드 윌리엄스에 의해서이다. 그에게서 마르크스적 의미에서의 "일상적 노동"과 영국문화비평 전통의 "창조적 자기 형성"의 개념은 유기적으로 통합되게 된다. 이것의 결과가 윌리엄스의 문화적 민주주의에 대한 사유들이다. 유물론적 미학의 명제들이 구체적인 모습을 가지게 되는 것은 레이몬드 윌리엄스의 "문화는 일상적이다"라는 신념을 통해서이다.

문화는 일상적이라는 명제는 문화적 의미에서의 참여 민주주의의 이상으로 이어진다. 폴 윌리스는 마르크스에서 윌리엄스로 이어지는 생각의 계보를 "일상적 삶의 상징적 창조성"으로 규정하고 그것을 처음으로 구체적인 대중문화 현상의 분석에 적용하였다. 윌리스의 대중문화 소비의 일상성에 대한 이론은 대중문화의 새로운 의미생산 양식의 태동기에 발터 벤야민Walter Benjamin이 예지적으로 간파했던 대중미디어의 민주적 요소들 - 대량으로 생산되고 소비되는 문화 생산물의 새로운 이해, 대중 미디어 시장의 해방적 잠재력, 문화 상품 시장에서의 생산과 소비의 변증법과 수용자 경험의 강조 - 을 구체적인 현대 대중문화 상황과 관련하여 논의하고 있다. 벤야민의 대중 미디어 시장의 해방적 잠재력에 대한 사유를 영국 뉴레프트의 일상 미학의 이론적 문맥에 절합시키는 것은 유물론적 미학의 비주류적 전통을 다시 복원하여 대중문화 시대가 요구하는 새로운 미학적 패러다임을 탐색하는 것을 의미한다.

　　유물론적 미학에서 인간의 미적 경험은 정치적 사회적 경제적 자원을 독점하고 있는 특정한 집단이 생산하고 향유하는 특권적이고 배제적인 권리가 아니라, 우리의 일상적 삶에 깊이 편재해 있는 일상적인 상징적 욕구의 충족이며, 삶을 지속하고 영위해 나가는 데 필수적인 행위이다. 유물론적 미학을 구성하는 가장 핵심적 요소는 보통 사람들의 일상적 삶에 내재해 있는 상징적 창조성에 대한 믿음이다.

2. 7.

유물론적 미학과
대중문화 분석

  70년대 중반 문화연구의 본격적인 등장 이후 새로운 대중문화 분석은 대중문화가 일상적 삶에서 어떻게 상징 생산의 기능을 하는가에 집중해 왔다. 폴 윌리스를 통해 살펴본 대중문화의 상징적 창조성에 대한 인식은 이러한 새로운 대중문화 분석의 실제적인 작업들의 연구 성과에 기반한 것이기도 하다. 거기에는 하위문화 연구에서 대중 통속 연애 소설, 대중 드라마와 숍 오페라soap opera 연구, 그리고 최근 칙릿 연구에 이르기까지 새로운 대중문화 분석에 나타난 가장 핵심적인 변화가 반영되어 있다. 이러한 실제 분석의 작업은 개별적인 혹은 장르화된 대중문화 생산물이 수용자의 삶의 조건 속에서 소비되고 의미를 생산하게 되는 구체적인 분석으로 심화되어가고 있다. 대중문화 연구의 현 단계에서는 이론이 실제 분석의 지향점과 방법론을 제시하고, 실제 분석이 다시 이론을 심화시키는 활발한 상호구성의 작업이 요구되고 있다. 이러한 작업의 한 단계로서 유물론적 미학이 현재의 대중문화를 어떻게 접근하고 대중문화의 새로운 가능성을 어떻게 이해하고 있는지를 살펴본다.

레이몬드 윌리엄스의 "문화는 일상적이다"라는 명제로 집약되는 일상적 삶에서의 상징적 창조성에 대한 새로운 인식에 기초한 대중문화 분석의 방법론이 본격적으로 시도되고 확립되기 시작한 것은 리처드 호가트Richard Hoggart에 의해 1964년 설립된 영국 버밍엄 대학의 현대 문화연구 센터(CCCS)였다. 현대 문화연구 센터는 레이몬드 윌리엄스, 리처드 호가트, 스튜어트 홀 등의 문화이론가들의 저작과 그들이 참여했던 실천적 작업, 운동, 제도들에서 태동되었다. 영문학 연구를 통한 지적 훈련과정을 거쳤고, 영문학 연구와 관련된 직업에 종사하고 있었던 이들에게 당시의 작업들은 넓은 의미에서 '문학적'인 것이었다. 즉 글을 통해 자신을 표현하고 그것을 읽는 행위가 공동체적 삶과 가지는 관계는 무엇인가, 그리고 공동체적 삶을 어떻게 만들고 바꾸어 갈 수 있는가가 그들의 다양한 작업을 이끌었던 근본적인 관심이었다. 버밍엄 대학의 영문과 교수로 재직하면서 현대 문화연구 센터를 만든 호가트는 "영문학 연구를 그 교과과정의 경계를 넘어서서 일반적인 사회적 과정에로 개입시킬 수 있는가"가 그의 가장 긴급한 관심이었다고 말한

일상적 삶에서의 상징적 창조성에 대한 새로운 인식

다. "문학연구가 동시대 사회의 일반적 문화에 비판적으로 개입해야 한다"는 호가트의 주장은 자연스럽게 대중 미디어를 포함한 분석 대상의 확장으로 이어지게 된다.

> 문학 연구는 변화와 위기의 시기에서의 문화적 가치, 태도, 문화적 형식과 관계들을 연구해야 한다; 이러한 변화의 양식이 특정한 표현 형식들을 통해 스스로를 표현하고, 또한 그러한 형식들에 의해 형성되고 모양지어지는 방식들을 연구해야 한다. 이러한 표현적 형식들 – 언어, 대중 매체, 이미지, 상징 그리고 신화 – 을 통해서 한 사회는 그 자신과의 대화를 수행한다. [19]

호가트에 이어 이 연구소의 소장을 맡은 스튜어트 홀과 그의 이론적 영향을 받은 연구원들은 당시 영국의 다양한 대중문화 현상들에 대한 구체적인 분석들을 연구소 간행물인 『문화 연구 조사 논문집』(*Working Papers in Cultural Studies*)에 발표하면서 문화연구의 선구적 작업들을 수행하게 된다. 스튜어트 홀의 이론적 영향 하에 진행된 현대 문화연구 센터의 실제 작업들은 이후 30여 년간의 대중문화 분석에 기본적인 방법론적 틀을 제공하게 된다. 여기에서

---

19 영국 문화비평 전통에서 문학연구가 문화연구로 전환되는 과정에 대한 상세한 기술로는 Ioan Davies, *Cultural Studies and Beyond* (Routledge 1995) 35 – 6면 참조.

시작된 구체적인 분석의 방법을 문화대중주의(cultural populism)라고 부른다.

현대 문화연구 센터 이전의 대중문화에 대한 논의는 대체로 F. R. 리비스의 영국문화비평 전통, 드와이트 맥도널드Dwight McDonald, 오르테가 이 가세트Ortega y Gassett 그리고 프랑크푸르트 학파로 대표되는 비판적 대중문화론이라고 할 수 있다. 따라서 보다 넓은 의미에서의 문화연구는 비판적 대중문화론을 포함한다. 비판적 대중문화론은 자본주의 사회에서 대중문화가 문화 상품의 소비자인 대중을 우민화시키고, 대중의 창조적 능력을 약화시켜, 자본주의 사회의 모순에 순응시켜가는 과정에 주목했다. 비판적 대중문화론의 가장 영향력 있는 지적 전통은 영국문화비평 전통과 프랑크푸르트 학파이다. 프랑크푸르트 학파가 마르크스의 인간 소외이론의 영향하에 출발했고 영국문화비평 전통이 산업자본주의의 기계적, 기능적 합리성에 대응하여 인간의 상징적 창조능력을 강조한 낭만주의자들로부터 시작되었다는 의미에서, 근본적인 정치적 입장의 차이에도 불구하고, 이 두 지적 전통은 상당한 공통점을 가지고 있다고 할 수 있다. 문화이론의 관점에서 이 두 전통이 공유하고 있는 가장 중요한 공통점은 자본주의적 삶이 인간을 성숙시키지 못하고 퇴행시키며, 인간에게 주어진 가능성을 제한하는 힘을 가지고 있으며, 그것에 대항하여 대안적 삶의 형태를 만들어 갈 수 있는 원천을 그들이 문화라고 정의한, 인간의 특정한 정신적 행위에서 찾고 있다는 것이다. 진전된 자본주의의 상황에서 이

대중문화와 문화적 민주화 일상적 삶의 상징적 생산

들이 진단한 대중문화의 부정적 징후들이 더 심화되고 있다는 점에서 우리에게 이 두 전통은 여전히 중요한 의미를 가지고 있다고 해야 할 것이다.

　최근의 문화연구를 주도하고 있는 이론적 관점은 레이몬드 윌리엄스의 문화대중주의와 권위 해체적이고 탈중심주의적인 포스트모더니즘 문화 이론을 결합시킨 형태의 문화대중주의라고 할 수 있다. 보통 문화대중주의로 불리기도 하지만, 효과적인 구분을 위해 (그리고 뒤에서 거론될 비판적 문화대중주의와 구별하기 위해) 포스트모던 문화대중주의(postmodern cultural populism)라고 부르기로 한다. 포스트모던 문화대중주의는 상업적 대중문화로부터 긍정적 가능성을 찾아내고, 소비 대중문화에서의 고급문화/대중문화의 위계질서를 부정하고 대중과 지식인의 관계를 새롭게 설정한다. 이때 문화비평가들은 스스로가 또한 대중임을 천명한다. 대중문화를 창조적 생산의 공간, 주체적 쾌락의 공간, 그리고 기존의 억압적인 지배 체제에 대한 저항과 전복의 공간으로 보는 접근법은 80년대 이후, TV 드라마, 대중가요, 대중 소설, 신세대 청년 문화 등의 분석에 광범위하게 적용되고 있다. TV 드라마 중에서도, 특히 솝 오페라라고 불리는 통속적 연속극, "싸구려" 연애소설, 청소년 신세대 집단의 문화소비 등을 대상으로 하는 이 접근법의 특징은 대중문화가 제공하는 쾌락의 "창조적 소비"를 통해서, 대중이 그들의 삶이 요구하는 상징적 자원을 적극적으로 구성하고, 필요한 경우 지배적 가치체계(가부장적 혹은 자본주의적, 혹은 인종중심적)에 효과적인 저항을 생산해 내는 과정을 강조한다는 것이다.

하위문화 연구(subcultural studies)는 이러한 문화대중주의의 새로운 경향과 접근법 그리고 그 안에 들어있는 새로운 문화적 가치에 대한 인식을 잘 보여준다. 하위문화 연구는 단순히 한 공동체 안에 특정한 사회적, 정치적 조건을 공유하고 있는 집단이 존재하고 있다는 사실을 인지하는 것을 넘어서서, 그 안에서 자신의 고유한 집단적 정체성을 의미 있게 적극적으로 구성해 가는 상징적 행위가 일어난다는 것을 확인하고 인정하는 것을 의미한다. (이것이 사회학과 구별되는 문화연구의 정체성을 이루는 한 요소이다.) 현대 문화연구 센터 출신의 대표적인 하위문화 연구자인 딕 헵디지Dick Hebdige의 『하위문화: 스타일의 의미』(*Subculture: the Meaning of Style*)는 하위문화적 의미생산의 예로 1970년대에 영국에서 등장한 펑크족의 대중문화 소비와 스타일을 분석한다. 헵디지에 의하면 펑크족의 문화소비 행위는 그들이 구체적으로 경험하는 사회적, 경제적, 세대간의 모순에 대한 제의적(ritual) 해결의 한 방식이다. 헵디지가 주목하고 있는 것은 스스로의 존재에 의미를 부여할 수 있는 사회적, 경제적 자원을 자신의 공동체로부터 전혀 부여받지 못한 노동자 계급 청년들이 그들의 독자적인 문화 소비를 통해 '자기평가의 새로운 원천'(resources of self-esteem)들을 어떻게 스스로 만들어가고 있는가이다. 이 과정은 미국의 흑인 할렘 문화와 그들의 음악이 가진 저항성을 영국 대중음악의 전통 속에서 재창조하거나, 지배집단이 요구하는 규범과 구별되면서 하위문화집단으로서의 집단적 정체성을 추구

하위문화 연구(subcultural studies)

하는 스타일을 독자적으로 창조하는 행위로 나타난다. 펑크 음악의 우울하고 묵시록적인 분위기는 불길한 색깔의 스타킹, 뺨이나 귀 주변의 섬세한 장식물들, 노란 건초색, 흑옥색, 푸른 잔디색, 밝은 오렌지색 등으로 불온하게 염색된 머리와 같은 불경스럽고 위협적인 스타일과 함께 단절과 저항을 표현한다. 여기서 성취되는 모순의 해결은 제의적이며, 상징적이지만, 그것은 현실적인 효과를 가진다 - 그들은 이 순간이나마 그들 자신이 괜찮은 존재라고 느끼고 자신에게 힘을 부여한다.

하위문화적 저항이 실제로 얼마나 기존 지배 문화에 대해 전복적일까?

헵디지는 펑크족의 이 하위문화적 저항이 실제로 얼마나 기존 지배 문화에 대해 전복적 힘을 갖는가를 주장하는 데는 상당히 조심스럽다. 그는 이러한 저항의 많은 부분이 다시 지배적 의미와 가치체계 속에 통합되는 과정도 설득력 있게 보여준다. 헵디지에 의하면 이러한 통합의 과정은 두 가지 특징적인 형태를 취하고 있다. 우선 하위문화에서의 창조적이고 저항적인 의미 생산은 원래의 혁신적 의미들이 상품 시장으로 편입되면서 역동성을 상실하고 박제화 되게 된다. 헵디지는 "충격적인 것이 세련된 것이다"(To shock is chic)(96)라는 광고 문구가 이 과정을 상징하는 것으로 설명한다. 그에게 이 문구는 하위문화의 임박한 죽음을 알리는 것이었다. 두 번째 합병 형태는 하위문화를 일탈 행위로 규정하는 것이다. 하위문화들은 위험한 이방인이나 난폭한 아이들로 규정되면서, 이러한 위협을 다루기 위한 전략들이 지배문화에 의해 고안된다. 타자(즉 지배문화의 타자로서의 하위문화)는 의미 없는 이탈자, 하나의 광대로 변형되어, 지배문화의 '정상성'을 확인해 주는 역할을 부여받게 되면서, 지배 문화를 오히려 강화하고, 지배문화의 한 부분으로 편입된다.

헵디지가 대중문화의 전복성을 주장하면서도, 실질적인 정치적 유효성에 대해서는 다소 유보적인 반면, 미국의 가장 영향력 있는 대중문화 연구자인 존 피스크John Fiske의 마돈나 분석은 포스트모던 문화대중주의의 한 극단을 보여준다. 마돈나는 상업적으로 가장 성공한 가수일 뿐 아니라, 성의 상품화, 이미지 창출, 마케팅 전략 등의 점에서 부정적인 의미에서의 가장 대중적이고 상업적인 문화 상품으로 간주되어 왔다. 피스크는 이러한 마돈나에 대한 평가가 실제 수용자인 대중에게 대중문화가 가지는 의미를 잘못 이해하고 있다고 주장한다. 마돈나의 노래와 뮤직 비디오가 마돈나 팬들(사실은 주로 여성들, 특히 10대 소녀들인데)에게 주는 쾌락의 중요한 요소 중의 하나는 그것이 미국의 지배 문화(위선적인 청교도적, 가부장적 자본주의)에 도발적 도전이라는 의미를 함축하고 있기 때문이라는 것이다. 마돈나에게 섹스는 '놀이의 장, 욕망과 쾌락의 장, 더 나아가서 표현과 가치 창조의 장'으로서의 적극적 의미를 가지게 된다. 그녀가 공공연한 성적 행동과 자극을 통해 의도했던 것은 금욕적인 청교도적 엄숙주의가 미국의 일반 여성들에게 강요하는 성에 대한 지배적인 생각들이 얼마나 억압적인 것이었나를 역설적으로 드러내려는 것이었다는 얘기다. 마돈나의 효과는 그것을 통해 '올바른 여성적 행동'의 경계를 파괴하고, 여성의 정체성을 다시 구성하려는 것이라고 할 수 있으며, 따라서 '자기 스스로를 사랑

대중문화와 문화적 민주화 일상적 삶의 상징적 생산

하라'는 마돈나의 모토는 이러한 구체적인 문화적, 사회적 맥락 속에서 새로운 의미를 가지게 된다. 〈처녀처럼〉(Like a Virgin)은 마돈나의 이러한 의도가 충격적이고 도발적인 형태로 표현되어 있다. 처녀 – 천사(virgin – angel)과 창녀 – 악마(whore – devil)의 이분법을 전도시킴으로서 '순수한 여자/창녀'(virgin/whore)라는 전통적인 이항 대립 속에 들어 있는 위선적인 가부장적 이데올로기를 고발하고 조롱한다는 것이다. 피스크는 이 노래를 언급하면서 "마돈나는 여성을 정의하는 지배적 방식으로서의 '천사/악마'의 이항대립의 정당성에 이의를 제기한다. 그녀가 종교적 상징을 사용할 때 그것은 종교적인 것도 아니고 종교를 모독하는 것도 아니다. 그녀는 단지 그 이미지를 이데올로기적 이분법으로부터 해방시켜 즐기려는 것이다"(135)라고 하면서, 마돈나의 도발적 가사와 몸짓에서 "여성 스스로가 자신의 의미 생산과 쾌락의 주인이 되라"는 메시지를 읽어낸다. 또 하나의 히트곡인 〈속물녀〉(Material Girl)는 매우 통렬한 패러디를 통해 가부장적 자본주의가 가진 위선적이고 속물적인 속성을 폭로한다. 화면을 과도하게 지배하고 있는 물질들, 특히 보석들과 지나치게 번들거리는 화장으로 온몸을 치장하고, 뻔뻔스럽고 노골적인 가사와 함께, "Cause we are living in a material world, and I am a material girl"이라고 반복해서 되풀이하는 것은 풍자와 해방의 함의를 교묘하게 동시에 드러내고 있다. 마돈나의 비디오 이미지와 가사에는 강력한 풍자적 힘이 들어있으며, 물욕이 강한 여자, 세속적이고 천한 여자라는 의미의 속물을 자칭하고 나오는 마돈나

가부장적 자본주의가 가진 위선적이고 속물적인 속성을 폭로

를 즐기는 방법 중의 하나는 이러한 자기 풍자(self‑parody)를 공유하는 것이다. 마돈나는 자신의 시대의 위선적이고 억압적인 물질적, 성적 문화의 핵심에 가부장적 기독교의 청교도적 엄숙주의가 깔려있음을 간파하고 그것을 치밀한 이미지 장치들을 통해 드러낸다. 〈기도하는 마음으로〉(Like a Prayer)는 흑인 교회에서 란제리만을 입고 춤추고, 교회 안에 설치된 감옥의 창살 뒤에 있는 흑인 죄수에게 입맞춤을 하고 그를 감옥으로부터 구출하는 과정을 통해 그 흑인 죄수가 예수임을 암시하는 뮤직 비디오의 플롯이 전개된다. 그리고 그 뒤에 불타는 KKK단(흑인들에게 테러하는 극우 백인집단)의 모습이 배경으로 놓여있다. 마돈나를 소비하는 행위는, 의식하든 의식하지 않든, 미국 사회에 존재하는 지배적인 힘에 대해 특정한 태도를 공유하는 것이라고 피스크는 주장한다. 마돈나에 대한 이러한 해석은 현재의 상업적 대중문화의 기본적 조건들을 문제 삼기보다는 대중문화, 더 나아가서 그것을 소비하는 일반 대중들의 저항적인 힘을 적극적으로 인정하고 있다는 점에서 포스트모던 문화대중주의의 전형적인 모습이자 한 극단을 보여준다고 할 수 있다.

피스크의 대중문화 분석이 대중문화의 전복성에 지나치게 낙관적인 입장을 가지고 있다는 점에서 같은 문화대중주의의 진영에서도 많은 비판을 받고 있는 반면, 재니스 래드웨이Janice Radway의 대중 통속 연애 소설 분석은 새로운 대중문화 분석의 모형의 계발과 설득력 있는 해석으로 이후의 대중문화를 접근하는 한 전범을 제시했다는 평을 받고 있다. 래드웨이의 영문학 박사 논문인『로

세속적이고 천한, 속물의 이미지를 자청하고 나온 마돈나를 즐기는 방법은 '자기 풍자(self‑parody)'를 공유하는 것이다

대중문화를 소비하는 일반 대중들의 저항적인 힘

대중문화와 문화적 민주화 일상적 삶의 상징적 생산

맨스 읽기: 여성, 가부장제, 대중문학』(*Reading the Romance: Women, Patriarchy, and Popular Literature*)은 80년대 초에 출판되었을 당시, 영문과의 학위논문으로 쓰인 대중 통속 소설 연구라는 점 외에도 기존의 문학연구의 방법과 다른, 대중 서사를 대상으로 했을 경우의 새로운 방법론의 성공적인 시도로서 주목을 받았다. 래드웨이는 70년대 이후 선풍적인 인기를 끈 대중 통속 로맨스 장르를 분석하면서 한 특정 지역 중산층 전업주부들을 대상으로 그들이 로맨스에 탐닉하는 이유와 그들이 특별히 이끌리는 특정한 서사 구조를 구명하고 있다. 무엇보다도 기존의 영문학의 텍스트 중심 분석에서 벗어나서 "현장관찰 기록"(ethnography)의 방법을 통해, 통속 연애소설을 즐기는 여성들의 독서 행위 자체를 연구 대상으로 하는 새로운 방법을 시도했다는 점과 그 독서 경험의 진정성을 전업주부 집단의 심층적 욕망구조를 통해 설득력 있게 분석했다는 점에서 대중 서사 연구의 한 전범을 제시했다고 할 수 있다.

래드웨이는 자기 자신의 삶을 가지지 못하는 전업주부들이 가부장제 사회에서 충족될 수 없는 욕망을 채우기 위해 특정한 서사 구조를 가진 이야기들을 반복적으로 찾게 되고, 이 반복적인 독서 경험이 주는 대리 만족이 어떻게 실질적인 성취감을 동반하는 욕구 충족의 상징적 공간을 제공하고, 현실을 넘어서는 제의적 기능을 하게 되는가를 추적한다. 그녀에 의하면 "낭만적 환상은 보살핌과 사랑을 받고 특별한 방식으로 이를 확인하고자하는 제의적(ritual) 소망이다."(83) 따라서 낭만적 환상은, 낸시 초도로우Nancy

Chodorow의 용어를 빌리자면, 퇴행욕구(regression) − 정신분석학적 용어로 상징질서 이전의 원초적인 어머니와의 합일 상태로 돌아가고자하는 욕망의 표현 − 의 한 형태이다. 여기에서 래드웨이는 원초적 어머니와의 합일 상태로의 퇴행욕구로 인해 관계적 자아(self−in−relation)를 지향하는 여성 정체성의 형성을 강조하는 낸시 초도로우의 정신분석 이론을 원용하면서, 독서 행위에 내재해 있는 쾌락의 의미를 규명한다. 보살핌과 관심의 원천으로 돌아가는 환상의 공간으로서의 연애소설 읽기는 흥분, 만족, 자족, 자신감, 긍지, 힘과 같은 감정들을 일으키며, 감정적으로 재구성되고, 재충전되어, 스스로의 삶에 대해 긍정적인 느낌을 갖게 해준다. 실제로 래드웨이가 연구의 대상으로 삼았던 스미스턴의 여성들의 다수는 연애소설 읽기를 스스로에게 주는 '특별한 선물'로 묘사한다. 열등한 하위장르로 인식되었던 연애 소설 읽기의 쾌락이 가부장제 사회에서의 전업주부의 삶의 억압적 조건을 넘어서는 상징적 생산의 공간을 제공해 주고 있다는 것이다. 래드웨이는 이 책을 통해 특정한 집단의 삶의 조건, 욕망구조, 독서행위가 하나의 분석적 틀 속에 잘 연결되어 있는 전범을 보여준다. 이것은 또한 왜 사람들이 무협소설을 읽고, 멜로드라마를 찾고, 신데렐라 스토리에 열광하는가를 진지하게 묻고 있다. 우리는 이 질문을 통해 한 집단 혹은 사회의 욕망과 감성구조를 만날 수 도 있다. 이때 문화 생산물은 개별적인 '작품'으로 존재하는 것이 아니라 반복되는 플롯과 디테일들의 유통의 형태로 존재한다.

대중문화와 문화적 민주화 일상적 삶의 상징적 생산

포스트모던 문화대중주의는 일반 사람들의 창조성과 쾌락, 저항적 잠재력에 주목한다는 점에서 그 이전의 대중문화 비판 - 특히 엘리트주의적 관점에서의 - 에서 벗어나서 대중의 입장과 관점에서 대중문화를 접근한다는 긍정적 측면을 지니고 있다. 이것은 기존의 대중과 지식인의 관계를 전도시키는 반권위주의적이고 탈권위주의적인 해방의 성격을 갖는다는 점에서 윌리엄스의 분류 중 문화 민주주의에 상당히 근접해 있다고도 할 수 있다. 그러나 포스트모던 문화대중주의가 진정으로 대중을 위한, 대중에 의한 대중의 문화를 만드는데 얼마나 기여할 수 있는가에 대해서는 반론의 여지가 많다고 할 수 있다.

포스트모던 문화대중주의의 가장 큰 문제점으로 지적되는 것은 현재의 문화 생산의 상황을 정당화하고 합리화함으로서 무비판적 민중주의로 전락하고 만다는 것이다. 즉, 현 상태의 문화 소비를 적극적으로 긍정하는 것은 "소비자 주권"이라는 미명하에 현재의 경제적 자유방임주의를 정당화하는 우파의 정치경제학적 시각 (그리고 그 배후에 깔려있는 상업적 기획의 이윤동기)을 그대로 반복하는 것이라는 것이다. 특히 피스크의 경우 "소비의 미덕"을 세련되고 난삽한 이론으로 적극적으로 옹호하는 동안, 대중을 보다 주체적이고 풍요로운 존재로 만들 수 있는 문화 생산의 실제 조건은 회복할 수 없이 주변화되고 배제되고, 반면에 대중문화 생산을 지배하는 시장의 통제력은 극대화 된다.

포스트모던 문화대중주의의 또 하나의 문제점은 문화의 질적

포스트모던 문화대중주의의 위험은 "소비자 주권"이라는 미명하에 현재의 경제적 자유방임주의를 정당화하는 우파의 정치경제학적 시각의 반복 가능성이다

차원에 대한 논의의 부재이다. 문화대중주의가 무비판적으로, 그리고 낭만적이고 감상적으로 대중의 창조적, 저항적 잠재력을 강조하는 사이에 문화를 얘기하는데 필연적으로 고려되어야 할 문화의 질적 판단과 평가에 관한 논의는 실종된다. 사실 문화생산물의 질적 평가에 대한 논의는 지난 30년간의 문화연구의 역사에서 거의 사라졌을 뿐 만 아니라, 질적 평가의 시도 자체가 부적절한 것으로 간주되어 왔다. TV 연구의 주요 개념들을 소개하고 있는 『TV 연구: 핵심개념들』(Television Studies: the Key Concepts)에는 질(quality)이라는 항목이 없다. 대신 그 자리를 차지하고 있는 것은 취향(taste)이다. "취향에는 등급이 없다"라는 명제는 이제 대중문화연구에서 상식이 되었다.

질(quality)이라는 개념 대신 그 자리를 차지한 취향(taste) - "취향에는 등급이 없다"라는 명제는 이제 대중문화연구에서 상식이 되었다

　　현재 대중문화의 분석을 주도하고 있는 포스트모던 문화대중주의는 그 이론적 입장이 함축하고 있고, 실제 분석이 표방하고 있는 소위 "급진적 진보성"에도 불구하고, 대중문화의 현 상황에 효과적으로 개입할 수 있는 모든 실천적 기획을 사실상 봉쇄하고 있다. 오늘의 대중문화의 상황에서 포스트모던 문화대중주의를 넘어서는 새로운 분석과 접근의 모델이 요구되는 것도 이 때문이다. 우리는 대중문화에 대한 이러한 새로운 관점과 접근법을 "비판적 문화대중주의"라고 부를 수 있을 것이다. 비판적 문화대중주의는 "대중의 일상적 삶에서의 상징적 창조성"을 적극적으로 인정하면서도, 대중문화에 보다 생산적이고 비판적으로 개입할 수 있는 대안적 관점을 제공해 준다. 그것은 문화연구를 태동시킨 정신의 핵심

대중문화와 문화적 민주화 일상적 삶의 상징적 생산

으로 다시 돌아가는 것을 의미한다. 그것은 문화연구가 영문학으로부터 막 태동했던 지점, '문화'와 '일상성'이 최초로 만났던 지점에 다시 서는 것, 그리고 무엇보다도, 문화적 민주화의 이상과 가치를 다시 복원하는 것을 의미한다. 비판적 문화대중주의 분석의 몇 가지 예는 3부에서 살펴보기로 한다.

문화적 민주화의 이상과 가치를 다시 복원하는 것

[보론]
그람시의 귀환 –
문화유물론과 서사의 물질성

○
주체는 어떻게 구성되는가
알튀세르Althusser의 이데올로기

현대 문화연구를 출범시킨 핵심적인 문제 인식 중의 하나는 "문화가 우리 삶의 현실을 구성한다"는 것이다. 즉, 문화라고 정의되는 인간 행위의 과정을 통해 우리 삶의 기본적인 조건과 관계들이 만들어진다는 것이다. 따라서 대체로 삶의 보다 기본적이고 긴급한 필요에서 한 발 물러선 부차적이고, 잉여적이고 때로는 장식적인 인간 행위로 인식되던 문화는, 근본적이고 필수적인 우리 삶의 재생산 과정의 일부로 새롭게 이해되게 된다.

문화가 우리 삶의 현실을 구성하는 것은 의미 생산을 통해서이다. 인간은 누구나 특정한 공동체 '속으로' 태어난다. 마르크스 식으로 얘기하면, 우리는 이미 존재해 있는 특정한 사회적 관계 '속으로' 태어난다는 것이다. 그러나 그것은 또한 그 공동체에서 작용하고 있는 고유한 의미의 망 '속으로' 즉, 상징 질서 속으로 태어난다는 것을 가리킨다. 의미가 생산되고 공유되는 것은 우리가 먹고 입고 자면서 우리의 생물적 욕구를 충족시키는 행위만큼, 기본적이

"문화가 우리 삶의 현실을 구성한다"

대중문화와 문화적 민주화 일상적 삶의 상징적 생산

고, 본능적이고 필수적인 우리 삶의 재생산 과정의 일부이다. 즉, 우리는 음식을 먹으면서 삶을 영위하는 만큼 의미를 생산하고 소비하면서 우리의 삶을 영위하고 지속시킨다. 이 의미의 망이 습득되고, 내 안의 중요한 가치로 내화되면서, 욕망과 충동의 덩어리였던 나라는 개체는, 경험세계를 인지하고, 기술하고, 해석하고 판단하는 하나의 인간으로서 존재하게 되며, 또한 새로운 인간으로 끊임없이 갱신된다.

의미가 생산되고 소비되는 가장 기본적인 단위는 이야기이다. 즉 경험의 기술記述이다

　　의미가 생산되고 소비되는 가장 기본적인 단위는 이야기, 즉 경험의 기술記述이다. 경험의 기술의 축적이 이루어 놓은 이 의미의 망 속에 편입됨으로서 우리는 비로소 사람으로서의 삶을 영위할 수 있으며, 그뿐 아니라, 이것이 우리 삶의 새로운 가능성을 끊임없이 열어놓고 있는 것이다. 문화를 이렇게 정의했을 때, 한 공동체에 대해 생각한다는 것은 무엇보다도, 여러 의미와 가치가 생산되고, 공유되고, 수정되고, 반목하고, 갈등하고, 배제되고, 선택되고, 종속되고, 거부되는 역동적 공간을 상상하는 것이며, 이 공간 '속으로' 개별적 주체가 태어나고 이 속에서 성장한다. 한 공동체는 의사소통과정을 통해 형성되며, 그 의사소통과정을 통해 개별적인 주체가 구성되며 동시에 이 의사소통을 가능하게 하는 총체적인 의미의 망은 지속적인 개별적 의미 생산 행위에 의해 만들어지고 수정되고 재생산된다는 인식이 현대 문화연구의 출발점이라고 할 수 있다. 이 총체적이면서 동시에 개별적인 경험의 소통과 공유의 과정은 한 공동체가 고유하게 가지고 있는 대중 서사의 형식들을 통

해 진행된다.

　의미 생산을 통해 인간 주체와 공동체가 구성된다는 생각은 크게 보아 두 가지의 서로 긴밀히 연결되어 있으면서, 대립되는 접근을 통해 이해할 수 있다. 우리는 이 두 가지 접근을 편의상 주체 구성의 조건으로서의 문화와 내적 형성으로서의 문화로 이름 붙일 수 있을 것이다. 주체 구성의 조건으로서의 문화는, 다른 말로 하면 이데올로기로서의 문화이며, 이때 '문화적'이란 바로 '정치적'을 의미한다. 이것은 한 공동체에 고유한 의미의 망이 어떻게 한 생물적 개체의 주체화 과정을 지배하는가, 또한 그 지배를 통해서 어떻게 기존의 권력관계, 혹은 힘의 불균등을 재생산하는가, 혹은 거부하고 저항하는가의 문제에 관심을 집중한다. 내적 형성으로서의 문화의 개념은 어떻게 개개의 인간이 주체적으로 스스로를 형성하고 확장할 수 있는 정신적 감성적 원천을 이 의미의 망으로부터 가져오고, 또한 개별적인 상징적 재현 행위를 통해 이 의미의 망을 확장시키는가, 그리고 이러한 문화적 형성을 통하여 외부 세계의 변화에 대한 형성적 대응력을 가질 수 있는가에 주목한다.

주체 구성의 조건으로서 문화/내적 형성으로서의 문화

　"주체가 구성된다"는 것은 우리의 의식, 우리가 세상을 이해하고 판단하고 그것에 의해 행위를 하게 되는 방식이, 외부의 어떤 다른 힘으로부터 자유롭지 않으며, 그 힘에 의해 근본적으로 주조鑄造되고 형성된다는 것을 의미한다. 주체가 구성된다는 인식은 우리의 의식이 우리가 흔히 믿고 있듯이 보편적이고, 자연적이고, 당연한 것이 아니라, 다른 외적 조건에 의해 그렇게 생각하도록 만들어진 것이며, 따라서 우리가 생각할 수 있는 한계 밖의 다른 가능성들도 항상 열어 놓아야 된다는 인식을 수반하게 된다. 그러므로 주체가 구성된다고 말하는 것은 동시에 최종적 준거점으로서의 "나"라는 주체를 해체하는 과정이 시작되었다는 것을 의미하게 된다.

하나의 인간 개체가 주체로 구성된다는 것은 무엇인가? 생존과 쾌락의 맹목적 충동만을 지닌 인간이라는 생물적 개체는 성장과 발달의 어느 단계에서 '나'라는 정체성을 가진 주체로 만들어진다. 즉, 나는 누구이며, 나는 무엇이 되고 싶으며, 내가 들어와 살고 있는 이 세상은 어떠한 모습을 하고 있으며, 나를 이미 둘러싸고 있는 다른 사람과의 관계, 외부세계와의 관계는 무엇이며, 나는 그것들과 어떠한 방식으로 안정되고 익숙한 관계를 맺고 있는가에 대한 의식과 느낌을 가지게 되면서 나는 비로소 '나'라는 이름으로 이 세상에 존재하게 된다. 우리는 그것에 의거해서, 남을 '정당하게' 죽이기도 하고, 다른 사람에게 복종하고, 기꺼이 충성하기도 하고, 그것의 이름으로 목숨을 바치기도 한다. 우리의 모든 삶의 경험은 우리가 의식하건 하지 않건 간에 이러한 역사적으로 특정한 주체의 구성과정에 깊숙이 침윤되어 있다. 알튀세르에 의하면, 빈 공간, 혹은 알 수 없는 충동과 에너지의 덩어리 – 인간이라는 원초적 개체 – 를 어떤 가치와 규범에 따라 움직이고, 무언가 되고 싶어하고, 때로는 무엇을 보고 분개하고, 그것이 속해 있는 공동체의 삶의 모습에 대한 특정한 이해를 하게 하는 것, 그것이 바로 이데올로기이다,

하나의 인간 개체가 주체로 구성된다는 것은 무엇인가?

주체 구성의 근본적 조건으로서의 이데올로기에 대한 생각은 현대 인문학의 이론적 작업의 결과이며 그 뿌리를 우리는 마르크스의 유물론, 프로이트의 정신분석학, 그리고 소쉬르의 구조주의로 거슬러 올라갈 수 있다. 그런 의미에서 이 글에서 집중적으로 살펴보게 될 알튀세르의 이데올로기 이론은 현대 인문학의 인간과 공동체에 대한 새로운 이해에 가장 큰 영향을 끼친 이 세 가지 지적 전통이 만나는 지점이라고 할 수 있다.

주체 구성의 근본 조건으로서의 이데올로기에 대한 생각은 현대 인문학의 이론적 작업의 결과이며 기본이기도 하다

인간의 머릿속에 형성되는 생각에 대한 과학적 탐구로서의 이데올로기(idea+ology) 이론은 마르크스에서 시작한다고 할 수 있다. 인간의 의식이 형성되는 조건에 대한 질문은 마르크스 이전에도 있었지만, 그것이 인간의 다른 활동 영역(즉 노동과 생산의 영역)에 의해 영향 받고, 더 나아가서 "결정"된다는 생각은 마르크스의 자본주의 분석과 역사철학에서 출발하고 있다. 이런 의미에서 마르크스에게 있어 이데올로기 이론은 유물론의 다른 이름이라고도 할 수 있다. 유물론에서와 마찬가지로 "결정"의 개념은 이데올로기 이론에서도 핵심적 위치를 차지하고 있다. 마르크스에 의하면 인간은 자신의 삶을 사회적으로 생산하는 과정에서 자신의 의지와 상관없이 독자적으로 존재하는 어떤 특정한 관계 속에 들어가게 된다. 즉 인간은 태어나면서 노동을 통해 자신의 기본적인 욕구를 충족시키고 삶을 영위하게 되는데 이때 노동의 근본적 성격은 이미 형성되어 있으면서 인간을 기다리고 있는 것이다. (원시시대의 노동, 봉건제 노동, 자본주의제 노동 등으로.) 그것은 바로 그들의 물질적 생산

대중문화와 문화적 민주화 일상적 삶의 상징적 생산

력의 발달의 특정한 단계에 상응하는 생산관계이며 이러한 생산관계의 총합이 사회의 경제적 구조를 구성하게 된다. 이러한 경제구조를 토대로 하여 법적 정치적 상부구조가 생기게 되고, 거기에 상응하는 특정한 사회적 의식이 생기게 된다. 즉 물질적 삶의 생산 양식이 사회적 정치적 지적 삶의 과정을 조건 짓는 것이다. 이것이, 인간의 의식이 존재를 결정하는 것이 아니라 사회적 존재가 의식을 결정한다는 마르크스의 유물론의 명제이다.

마르크스의 이데올로기 이론이 다른 물질적 조건에 의해 인간이 자신의 삶을 이해하고 받아들이는 방식이 "결정"된다는 것을 강조했다면 프로이트의 무의식의 발견은 인간 의식과 행위의 고정된 확고부동한 중심이자 원천으로서의 주체를 해체하는 이론적 기반을 제공하게 된다. 서구의 경우에 의식의 주체로서의 '나'라는 실체를 철학적으로 정초한 사람은 데카르트이다. 모든 사고와 행위의 근거이자, 근원이며, 책임의 소재로서의 '나'는 하나의 안정되고 불변하고 고정된 실체로서 존재한다. 철학자 데카르트는 가장 명석판명한 – 즉, 분명하고 부정할 수 없는 – 진실을 추구하는 과정에서 우리의 인식 행위, 지각 행위, 판단 행위에 대해 회의를 가지게 된다. 즉, 우리의 인식과 판단은 틀릴 수도 있다는 의심을 하게 되는데, 이 과정에서 부정할 수 없는 가장 확실한 진실 하나를 발견하게 된다. 그것은 의심하고 있는 자신의 존재이다. 즉, 모든 것을 의심할 수 있어도, 그것을 의심하고 있는 나 자신의 존재만은 의심할 수 없다는 자명한 진실이다. 따라서, '나는 생각한다. 고로 존재한

마르크스의 이데올로기 이론 / 프로이트의 무의식 이론 / 데카르트의 의심하고 있는 '나'의 확실성 이론 / 소쉬르의 언어 구조주의 이론

다'는 명제가 나오게 된다. 이후 서구 형이상학에서 모든 사고와 행위의 중심으로서의, 고정된 '나'의 개념은 확고하게 자리 잡게 되고 그리고 이 생각하고 판단하는 주체는 '자아됨'(selfhood)의 근본적 핵심으로 근대 서구의 합리주의적 인간관과 인간중심주의적 인식론을 이끌어가게 된다.

19세기 후반 정신분석의 등장은 무엇보다도 이러한 자아의 개념에 대한 급진적 도전이라는 의미를 갖는다. 그것은 바로 프로이트의 무의식의 발견으로부터 출발하게 된다. 행위의 원천으로서의 생각하는 '나'는 실제 나의 일부분일 뿐이며, 때로는 실제 나의 왜곡된 표현일 뿐이라는 것이다. 내가 스스로 알고 있는 행위의 원천으로서의 '생각하는 나'는 본래의 내가 밖으로 드러난 빙산의 일각이며, 오히려 본래의 나는 무의식이란 이름으로 숨어 있다는 것이다. 정신분석학의 설명 틀에 따르면, 원래 알 수 없는 원초적인 충동과 에너지의 덩어리인 '나'는 외부 세계와 조우하면서 특정한 과정을 거쳐, 일정한 모양을 갖추게 되는데, 이때 형성되어 밖으로 드러나는 것이 이성적 자아이며, 이 과정은 파괴적이면서 동시에 형성적인, 역동적 분열과정으로 설명된다. 이 충동과 에너지의 덩어리가 외부 세계와 조우할 때 프로이트가 정신병 환자를 치료하면서 찾아내게 된 몇 가지 심리적 방어기제에 의해 '행위의 원천으로서의 생각하는 나'가 형성되며, 그런 의미에서 내가 아는 나는 본래적 자아로부터 소외되고, 타자에게 점령된 이질적 구성물일 뿐이다.

대중문화와 문화적 민주화 일상적 삶의 상징적 생산

'나', 즉 주체를
지배하고 구성
하는 것은 일
련의 친화적
가치체계들이
서로 얽혀있는
의미의 망-라
캉의 상징질서
(symbolic order)
-이다

이때 드러난 '나', 즉 주체를 지배하고 구성하게 되는 것은 일련의 친화적인 가치체계들이 서로 얽혀있는 의미의 망이다. 프로이트를 포스트구조주의의 관점에서 다시 이론화한 라캉은 이 의미의 망을 상징 질서(symbolic order)라고 부른다. 라캉의 상징 질서의 개념은 자아형성에 대한 프로이트의 정신분석적 이해와 소쉬르에서 시작된 구조주의 전통이 교차하는 지점이다. 소쉬르의 구조주의는 우리가 세상을 파악하고 이해하고 표현할 때 사용하게 되는 도구인 언어 기호에 관한 이론이다. 좀 단순화해서 말한다면, 소쉬르 이전에는, 우리가 외부의 사물이나 상태나 사건을 언어로서 표현할 때, 언어는 이미 그렇게 (즉, 언어에서 표현 혹은 지시된 대로) 존재하는 사물, 상태, 사건과, 고정된 주체로서 우리가 가지고 있는 지각 능력을 이어주는 매개 도구에 지나지 않는 것으로 생각했다는 것이다. 소쉬르가 발견한 진실은 우리가 대상을 인식하는 것은 대상이 그렇게 존재하기 때문이 아니라, 언어의 체계가 대상을 그런 방식으로 만들어서 제시해 주기 때문이라는 것이다. 대상 세계는 이미 존재하고 있는 것이지만, 그것이 우리에게 무엇이라고 인식되는 것은 그것이 언어의 매개를 거친 후에, 즉 언어 체계가 그 대상에 작용한 결과라는 것이다. 언어 체계가 작용하기 이전의 대상은 우리가 알 수 없는 어떤 것으로 존재하며, 언어의 옷을 입었을 경우에만 비로소 인식 대상이 된다는 것이다. 이것이 바로 대상 세계는 언어에 의해 구성된다는 말의 의미이다.

소쉬르는 대상 세계가 우리에게 인지 가능한 것으로 구성되는 것은 언어의 본질적 속성인 차이의 작용에 의해서라고 주장한다. 언어가 기능할 수 있는 근본적인 조건은 그것이 같은 언어 체계 속에 있는 다른 요소들과 구별될 수 있기 때문이다. 이때 구별될 수 있는 관계의 총합, 즉 차이(difference)의 망상 조직이 구조이다. 예를 들어, 우리 앞에 재떨이라고 부르는 특정한 모양과 질량의 대상 사물이 있다. 이것을 우리에게 재떨이라는 의미를 가진 물건으로 만들어 주는 것은 손에 잡히는 묵직한 이 물건 자체가 아니라는 것이다. 이 재떨이를 재떨이이게끔 만들어 주는 것, 즉 우리에게 재떨이라는 대상으로 구성해 주는 것은 재떨이와 관계를 맺고 있는 다른 언어 요소들 – 담배, 재, 볼록하지 않고 우묵한 것, 재를 털어야 하는 필요, 불에 타지 않는 속성, 등등 – , 즉 의미의 관계망이다. 19세기 말엽의 언어학자로서의 소쉬르에게 이것은 그동안 언어학 내부에서 간과되어 왔던 언어의 한 중요한 속성을 찾아내고, 그것을 통해 우리가 기호를 사용하는 방식의 본질을 규명하려는 것이었다고 할 수 있다. 이러한 소쉬르의 언어 구조에 대한 생각은, 어쩌면 그가 상상하지 못한 방식으로, 이후 인문학에 결정적인 영향을 끼치게 되고 우리는 그것을 구조주의라고 부르게 된다. 즉, 이 세상이 존재하는 모습에 대한 한 중요한 이해 방식으로서 '구조'라는 것을 발견하게 된 것이다. 그런데, 우리가 외부 세계를 인지하는 근본 조건을 구성하는 이 언어체계는 단지 사전적 어휘의 총합만을 의미하는 것은 아니다. (물론 이 사전적 어휘의 총합이 우리의 인식의 한계를 어느 정도 구성하고 있는 것도 사실이다.) 그것은 한 언어 공동체가 축적

소쉬르의 언어 구조에 대한 생각은, 후에 인문학에 결정적인 영향을 끼치게 되고 그것이 바로 '구조'이다. (⋯) 우리가 외부 세계를 인지하는 근본 조건을 구성하는 언어체계는 사전적 어휘의 총합만을 의미하는 것은 아니다. 그것은 한 언어 공동체가 축적해 온 의미와 가치의 체계를 가리킨다

대중문화와 문화적 민주화 일상적 삶의 상징적 생산

해 온 의미와 가치의 체계를 가리키기도 한다. 언어 체계가 대상을 구성한다는 말은, 곧, 우리가 외부 세계를 인지하고, 이해하고, 또한 반응하고, 행위하는 것의 한계가 언어체계(곧 의미와 가치의 체계)에 의해 설정되고, 그 안에서 결정된다는 것이다. 즉 주체가 의미를 생산하는 방식이 구성된다는 것이다.

　'주체가 구성된다'는 것은 마르크스주의, 정신분석, 구조주의 라는 별개의 지적 전통을 통해 전개되어온 인간 이해가 만나는 지점이며, 바로 이 세 전통의 교차점에 알튀세르의 이데올로기 이론이 있다. 무엇보다도 알튀세르의 이데올로기 이론은 공동체적 삶에서의 인간의 사회적 관계에 대한 설명틀로서의 마르크스주의와 인간 개체의 가장 내밀한 욕망과 충동에 대한 설명틀로서의 정신분석이 서로 피할 수 없이 얽혀있는 이론적 장을 형성하고 있다. 이 글은 이데올로기의 작동과정에 대한 알튀세르의 이론화가 가장 포괄적으로 시도된 논문인 「이데올로기와 이데올로기적 국가기구」 ("Ideology and Ideological State Apparatuses")를 중심으로 마르크스주의와 정신분석의 이론적 통합이 어떤 의미를 가지고 있으며 또한 동시에 그 통합은 왜 불완전할 수밖에 없는가를 살펴보게 된다.

　알튀세르의 이데올로기 이론이 우선적으로 묻고 있는 것은 기존의 지배관계가 (그것이 억압적인 것임에도 불구하고) 어떻게 유지되고, 존속되고 강화되는가의 문제이다. 즉 지배관계의 재생산의 문제이다. 어떠한 사회 구성체도 기존의 사회관계를 재생산하고 그 체제를 계속 유지시키기 위해서는 생산력과 기존의 생산관계를 재생산해야 한다. 부르주아 사회체제가 유지되기 위해서는 부르주아적 생산력과 부르주아적 생산관계가 재생산되어야 한다는 것이다. 알튀세르는 특히 여기에서 생산력의 재생산에 주목하고 있다. 생산력에는 노동력이 포함되는데 이 노동력을 재생산한다는 것은 무엇인가? 가장 간단한 답은 노동력을 재생산하는 물질적 수단을 계속 유지함으로서 가능하다. 곧, 임금에 의해서이다. 그러나 그것으로 노동력의 재생산이 확보되는 것은 아니다.

노동력의 재생산의 보다 근본적인 의미는 노동하는 인간의 재생산이다. 알튀세르의 재생산 명제가 강조하는 점은 바로, 노동이 생물적 기술적으로뿐 아니라 사회적 문화적으로 재생산된다는 것이다. 예를 들어, 부르주아적 사회관계가 재생산되기 위해서는 자본주의적 공장제 생산이라는 생산 양식이 재생산되어야 하며, 공장제 생산에 맞는 설비와 투자가 계속 유지되어야 하고, 그것에 필요한 숙련노동과 지식이 계속 전수되어야 한다. 그러나 보다 중요한 것은 노동자가 계속 공장에 나가 일하려는 생각, 의지, 의무감, 자발적 마음, 일하는 것이 정당하다는 생각 등이 재생산되어야 한다는 것이다. 노동자의 (자본주의적) '주체'가 재생산되어야 하는 것이다. 어느 아침 갑자기 노동자가 부르주아적 사회 질서가 착취에 근거한 부당한 것이며, 받아들일 수 없다고 생각하기 시작한다면, 부르주아 사회 체제의 재생산은 효과적으로 진행되지 못할 것이며, 머지않아 붕괴될 것이다. 즉, 도덕적 정치적으로 순응할 의지를 재생산할 수 있는 노동의 재생산, 지배체제에 계속 종속될 수 있는

노동력 재생산의 보다 근본적인 의미는 노동하는 인간의 재생산이다. 알튀세르가 강조하는 점은, 이때, 노동은 생물적 기술적으로뿐만 아니라 사회적 문화적으로 재생산된다는 것이다

대중문화와 문화적 민주화 일상적 삶의 상징적 생산

노동의 재생산이 필요한 것이다. 알튀세르의 설명에 따르면, 노동력의 재생산은 지배적 질서에 대한 복종을 재생산하는 것이며, 이것은 노동자에게는 지배 이데올로기에의 복종을 재생산하는 것이며, 사용자 측에는 지배 이데올로기를 사용하는 능력을 재생산하는 것이다. 여기에서 주목할 것은 지배 계급이 지배 이데올로기를 그들의 계급 이해에 따라 의도적으로 만드는 것이 아니며, 지배자나 피지배자나 똑같이 이 지배 이데올로기에 종속된다는 것이다.

지배자나 피지배자나 똑같이 지배 이데올로기에 종속된다

그렇다면 이 지배 관계를 유지시키고 재생산하는 가장 중심적인 기제는 무엇인가? 알튀세르에게 그것은 마르크스에서와 마찬가지로 국가였다. 마르크스에게 국가의 기능의 무엇보다도 억압적인 지배 질서를 다양한 제도와 기구들을 통해 재생산하는 것인데 알튀세르는 이것을 억압적 국가 기구(Repressive State Apparatuses)와 이데올로기적 국가 기구(Ideological State Apparatuses)로 나눈다. 억압적 국가 기구에는 정부, 군대, 경찰, 법원, 감옥 같은 것이 있으며, 이것들은 물리적 힘, 즉 "폭력을 통해 기능"한다. 지배 질서에 저항하는 세력이나 생각을 물리적으로 제압하는 것이다. 그러나 알튀세르에게 보다 효과적인 재생산 기제는 이데올로기적 국가 기구이다. 이데올로기를 통해, 즉 사람의 생각, 신념, 가치관, 더 나아가서 감성까지를 근본적으로 지배함으로서, 그것들이 생산되는 방식을 독점적으로 통제함으로서, 지배적 사회관계를 유지해 간다는 것이다.

억압적 국가 기구(RSA)/이데올로기적 국가 기구(ISA)

알튀세르에 의하면 종교, 교육, 법, 대중 미디어, 문학, 스포츠 등은 이러한 이데올로기적 국가기구(ISA)의 가장 중요한 제도와 기구들이다. 이러한 ISA들은 한 공동체에서 의미 생산이 일어나는 의사소통 체계(communication system)를 가리킨다고도 할 수 있다. 우선 종교적 ISA는 중세 유럽에서 가장 강력하고 효과적인, 그리고 거의 독점적인 의미 생산 체계였다고 할 수 있다. 일반 사람들이 정기적으로 가던 자기 교구의 교회를 통해서, 신에 대한 생각과 함께, 중세 유럽의 공동체의 모습에 대한 인식, 그 안에서의 농노와 일반 자영농과 귀족 계급과 군주와의 '정당한' 관계, 그에 따르는 인간과 공동체에 대한 특정한 정의 등이 생산되고 재생산되었다.

교육제도는 알튀세르가 특히 주목하는 ISA로서, 산업 자본주의가 들어서면서, 당시의 임금 노동자를 구성하고 있던 일반 사람들을 보다 효과적으로 새로운 생산 체계, 새로운 사회관계 속으로 편입시키기 위하여 대중교육 제도가 등장하기 시작했다는 것이다. (알튀세르의 이러한 주장에는 물론 이의의 여지가 많다고 할 수 있다. 단적인 예로 19세기 초반의 영국에 대중 교육 제도가 들어선 것은 한편으로는 부르주아 계급의 주도로 진행되었지만, 다른 한편으로는 당시의 노동자의 삶과 권익을 확장시키려는 진보주의자들의 노력, 즉 인간은 교육을 받을 수 있는 천부의 권리를 가지고 태어났다는 생각 같은 것에 의해서도 촉진되었기 때문이다.) 어쨌든 19세기의 전 과정을 거쳐 진행되었던 공교육의 제도화가 영국 사회를 보다 확고한 부르주아 자본주의 사회로 만드는데 큰 역할을 한 것은 부인할 수 없다. 가족도 역시 ISA의 기능을 하게 된다. 우리의 상식이나 도덕률(알튀세르에게는 이러한 것들도 근본적으로 지배 질서의 재생산과 관계된 것인데)은 대개 가족을 통해서 형성된다. 법적 ISA는 한편으로는 법원

알튀세르의 이데올로기적 국가(ISA)는 '종교', '교육', '법', '대중미디어', '문학', '스포츠' 등, 삶의 모든 의미 생산 체계에서 강력하고 효과적인 역할을 현재진행형으로 수행하고 있다

대중문화와 문화적 민주화 일상적 삶의 상징적 생산

과 경찰 혹은 군대, 감옥 등을 통해 강제적이고 물리적인 방식으로 집행된다는 의미에서 억압적 국가기구에 속하는 것이지만, 그러한 물리적 집행의 정당성의 근거를 이룬다는 점에서 보다 근본적으로는 ISA라고 할 수 있다. 헌법이나 그에 따른 하위법들은 단지 그것이 구성원의 합의와 계약을 통해 이루어졌기 때문이라기보다는, 보편적이고 자연적인 가치와 규범과 당위에 근거하고 있다고 믿어지기 때문에 집행될 수 있는 것이다. 현대 이데올로기 이론에서 그 중요성이 부각되는 것이 문화적 ISA이다. 대중 매체를 통한 문화적 재현은 이러한 지배적 의미, 가치 실천의 체계가 재생산되는 가장 효과적이며 핵심적인 기능을 하고 있다는 것이다. 우리가 매일 보는 TV는 드라마나 뉴스나 다른 프로그램을 통해서 끊임없이 우리가 공유하고 있는 삶의 형태에 대한 특정한 재현을 보여주면서, 그것에 대한 우리의 태도, 생각 등을 계속 재생산해주고 있다. 알튀세르적 접근에 의하면 문학도 가장 효과적인 ISA가 된다.

알튀세르의 이론이 문화연구에 가지는 의의는 이데올로기가 어떻게 재현의 기능을 수행하게 되는가에 대한 효과적이고 설득력 있는 설명틀을 제공하고 있다는 것이다. 이데올로기의 작동과정에 대한 알튀세르의 이론화가 가장 포괄적으로 시도된 논문인 「이데올로기와 이데올로기적 국가기구」("Ideology and Ideological State Apparatuses")는 이데올로기에 내재된 재현의 기능을 네 가지 명제로 설명한다.[20] (1) 이데올로기는 역사를 가지지 않는다. (2) 이데올로기는 개인들이 그들의 실제 존재 조건과 맺고 있는 상상적 관계의 재현이다. (3) 이데올로기는 물질적 존재를 가진다. (4) 이데올로기는 개인을 주체로서 호명한다.

이데올로기는 역사를 가지지 않는다는 명제는 마르크스가 『독일 이데올로기』에서 이데올로기는 실체가 없는 환영이며 따라서 그 자체의 독자적인 역사를 갖지 못한다고 할 때의 의미와는 정반대의 의미를 가진다. 오히려 이 명제는 프로이트가 "무의식은 영원하다"고 했을 때 의미한 것과 같이 이데올로기의 초역사성을 강조하고 있는 것이다. 즉, 이데올로기는 무의식과 마찬가지로 인간 의식의 근본적인 존재 조건으로 작용한다는 것이다. 따라서 허위의식으로서의 이데올로기 개념과는 양립할 수 없는 것이다. 왜냐하면 허위의식으로서의 이데올로기 개념은 우리가 언젠가는 이데올로기로부터 자유로워 질 수 있고 그것이 혁명의 핵심 단계라는 의미를 상정하고 있는 것이기 때문이다. (이것은 혁명적인 마르크스주의 이론가로서의 알튀세르의 이론적 모순을 보여주는 것이다.) 이데올로기가 역사가 없다는 것은 그것이 역사를 초월해서 "항상 이미"(always already) 우리에게 작용하고 있다는 의미이다. 두 번째 명제는 실제로 존재하는 물질적 조건(즉 생산관계와 사회관계)은 한 개인의 의식이 직접 파악

이데올로기는 무의식과 마찬가지로 인간 의식의 근본적인 존재 조건으로 작용한다

---

20 이어지는 알튀세르의 이데올로기에 대한 설명은 알튀세르의 이론적 논의를 필자가 다시 풀어쓴 것으로 별도로 인용 부분을 명기하지 않는다.

대중문화와 문화적 민주화 일상적 삶의 상징적 생산

할 수 없으며, 이미 특정한 해석의 틀의 매개를 통해서만 재현된다는 것이다. 이데올로기가 물질적 존재를 가진다는 명제는 이데올로기는 관념의 형태로 인간의 머릿속에만 존재하는 것이 아니라, 항상 주체라는 구체적 개체를 통해서만 작용한다는 것이다. 이데올로기가 구체적 개인에게 작용하는 방식은 특정한 의식儀式을 통해서, 행동과 실천 행위를 통해서, 그리고 구체적인 이데올로기 국가기구를 통해서 진행된다.

두 번째 명제가 '실제의 존재 조건'이라는 궁극적 현실은 재현의 행위, 즉 이야기과 서사 형식을 통해서만 구성되고 인식될 수 있다는 알튀세르 이론의 기본 전제를 기술하고 있다면 네 번째 명제는 이러한 재현의 과정을 가장 설득력 있게 설명하는 알튀세르의 고유한 방식을 보여준다. 이데올로기는 개인을 주체로서 호명한다. 다른 말로 하면 개인은 이데올로기에 의해 호명됨으로써, 즉 그 이름이 부여되고 불리어짐으로써 비로소 주체가 된다는 것이다. 내가 이 세상에서 나로서 존재할 수 있는 것, 나라는 정체성을 가지고 그것에 의거해 행동할 수 있는 것은 이데올로기가 나를 그렇게 불러줌으로써, 혹은 이데올로기가 나를 그렇게 인식해줌으로써 가능하다는 것이다. 그 이전에 생물적 존재로서의 나는 의미와 가치를 가진 의식적 존재로서의 '나'로 있을 수 없다. 모든 이데올로기는 구체적인 개인을 하나의 주체로서 구성해 주는데 그것은 이데올로기가 나를 그런 방식으로 정의하고 규정해 주기 때문이다. 나에게 이름을 부여해 주고 그 이름을 부여받음으로써 내가 종

개인이 하나의 주체로서 구성되는 것은 이데올로기가 나를 그런 방식으로 정의하고 규정해 주기 때문이다

속되게 되는 이 이데올로기는 신, 국가, 민주주의, 도덕률, 자유, 평등, 혹은 여자다움과 같은 매우 강력한 가치 개념으로 충전되어 있는 신념 체계이다. 이러한 신념 체계에 한 개체가 종속되고 그 가치들을 내화하고, 그것을 통해 하나의 정체성을 (즉, 기독교적 세계 창조와 구원을 믿는 나, 대한민국 국민인 나, 여자다운 나, 민주주의를 신봉하는 나, 왕에게 지배받는 나 등의 정체성) 획득하게 되는 과정을 알튀세르는 기독교 이데올로기의 예로 설명한다. 이 예는 단순한 예시라기보다는 이데올로기적 호명의 과정을 극적으로 보여주는 하나의 알레고리라고 할 수 있다.

기독교적 이데올로기는 구약과 신약의 이야기를 통해 신이 이 세상을 창조한 원리와 신의 의지를 믿고 따르는 길을 보여주는 매우 강력한 가치체계이다. 그것을 통해 한 개체는 삶의 의미와 자기 정체성을 갖게 된다. 그것은 한 개체에 이름을 부여해주고 신이 존재한다는 것과 그가 응답해 줄 것이라고 말해준다. 이 이데올로기를 통해 신은 그에게 너는 영생을 위해 신에 의해 창조되었으며, 이것이 너의 존재의 근원이며, 이것이 지금 이 세상에서의 너의 자리라고 말해 준다. 이것이 네가 해야 할 것이며, 네가 신의 사랑의 법칙을 깨닫는다면 너는 구원될 것이며 그리스도의 영광스러운 몸의 일부가 될 것이라고 알려준다. 알튀세르가 이 알레고리를 통해 보여주려는 것은 이것이 한 개체가 외부의 가치체계를 받아들이고 그것에 종속됨으로서 스스로의 정체성을 형성해 나가는 일반적 과정이라는 것이다.

대중문화와 문화적 민주화 일상적 삶의 상징적 생산

기독교 이데올로기의 알레고리는 우리가 강력한 가치체계를 내장하고 있는 이데올로기에 지배되고 종속됨으로서 하나의 '주체'로 구성되는 과정을 이루고 있는 몇 가지 중요한 요소를 보여 주고 있다. 우선 그것은 정체성을 부여해준다. 여기서 이름을 불러주는 것(호명)은 정체성을 부여해 주는 것의 상징으로 읽을 수 있다. 그리고 나의 존재의 근원과 이 세상에서의 나의 자리를 지정해 준다. 그리고 정체성을 부여받은 뒤에 필연적으로 따르는 행동의 규범이 주어진다. 마지막으로 사랑과 구원의 약속이 뒤따른다.

주체는 이름이 불리어지는 순간, "예, 바로 접니다"라고 자발적으로 기쁨에 차서 응답한다. 주체는 이데올로기가 부여해준 자리를 차지하면서 이데올로기에 인지된다. 이때 호명 기제는 인지 기제를 의미한다. 이데올로기가 이름을 불러준다는 것은 이데올로기가 알아봐 준다는 것을 의미하며, 그것을 통해 나는 이 세상에서 특정한 형태로 존재하게 되는 것이다. 이렇게 신의 십계명에 복종할 때 이데올로기의 법칙은 곧 사랑의 법칙이 된다. 호명되고 인지되어 내가 정체성을 형성하게 되는 것은 사랑의 이름에 걸맞는 축복의 과정인 것이며, 그것은 그만큼 역동적인 과정인 것이다. 바로 이때 주체가 완벽하게 복종하고 종속하게 되는 (왜냐하면 나에게 존재의 의미를 부여해 주는 것이기 때문에) 이데올로기를 알튀세르는 대주체(Subject) 혹은 대타자(Other)라고 부른다. 그것이 대타자인 이유는 나를 구성해 주는 근원적 존재가 내가 아닌 타자이기 때문이다. 그것은 나의 근원(Subject)이면서 또한 근원적 타자(Other)이다. 한 개체를

주체는 이데올로기가 부여해 준 자리를 차지하면서 이데올로기에 인지된다 (…) 이데올로기가 이름을 불러준다는 것은 이데올로기가 알아봐 준다는 것을 의미하며 그것을 통해 나는 특정한 형태로 존재하게 된다 (…) 이데올로기, 그것은 나의 근원(Subject)이면서 동시에 근원적 타자(Other)이다

주체로서 호명한다는 것은 이미 존재하는 고유하고 중심적인 대타자적 대주체(Other Subject)의 존재를 전제로 하는 것이다. 이 대타자가 모세에게 "모세야"라고 부르자 모세는 "네 바로 접니다. 당신의 종, 모세, 말씀하십시오, 따르겠습니다"라고 대답하는 것이다.

이 과정, 호명과 인지와 정체성의 부여/획득의 역동적 과정에 대한 알튀세르의 이론은 라캉의 주체 구성의 정신분석학에 거의 전적으로 의존하고 있다. 라캉에 의하면 자신을 파편화된 조각으로만 인지하던 신생아는 생후 6개월에서 18개월 사이에 거울에 비친 자신의 모습을 보게 되면서 처음으로 자아라는 것에 대한 느낌을 가지게 된다. 즉 처음으로 자기 자신에 대한 어떤 총체적인 통일감을 가지게 되고 환호한다. 거울에 비친 통일된 모습을 보고 자신의 총체성에 대한 범주를 형성하게 된다는 것이다. 이것을 라캉은 거울상 단계라고 부르며, 이때 거울에 비친 자신의 이미지를 통해 자신이 통일된 실체를 가진 존재라는 느낌을 갖게 된다. 그러나 이때 거울에 비친 것은 자신이 아니라, 자신의 이미지일 뿐이다. 그것은 자신이 아닌 다른 것, 즉 타자(other)이지만 이 타자를 통하여서만, 나는 자신이 통일된 존재라는 정체성의 느낌을 갖게 되는 것이다.

자아 형성 단계에서 이 거울 단계가 의미하는 것은 자기 자신에게 정체성을 부여하고 안정된 느낌을 갖게 해주는 것은 나의 밖에 존재하는 어떤 타자(통합된 실체의 이미지를 가지고 있는)라는 것이다. 라캉은 이 단계를 심상계(imaginary order)라고 부른다. 이렇게 통합된

대중문화와 문화적 민주화 일상적 삶의 상징적 생산

자아라는 범주가 형성되고 난 후, 어린아이는 점점 성장하여, 어느 단계에 도달하면, 의식 있는 자아를 형성하게 되는데, 이것은 언어 체계에 진입하면서 가능하게 된다. 즉 주위에 있는 사물들에 기존 하는 이름을 습득하면서, 구체적인 주체로 형성된다. 라캉의 용어 로는 상징계(symbolic order)라고 부르는 것이다. 이 상징계에서 주체 는 강력한 가치체계를 내장하고 있는 대타자(Other)들을 - 신, 국가, 자유민주주의, 특정한 도덕률, 대한민국 혹은 한민족, 미국, 여자다 움, 때로는 혁명까지 - 만나고, 그것에 호명되고, 종속되고 그 가치 들을 내화시키면서, 또한 그 대타자들로부터 인지되면서, 정체성 을 갖게 되고, 하나의 주체로서 구성되는 것이다. 이것은 근본적으 로 사랑을 통해서 형성되는 관계이다. 즉 나라는 정체성이 구성되 는 과정은 축복의 과정이다. 이름을 불러주고 사랑을 주고, 그에 따 라 우리는 이 대타자에 더 완벽하게 종속되게 된다.

예를 들면, 생물적인 욕구와 충동만을 가지고 있던 어린아이 가 상징 질서 속에 편입되면서, 남을 해쳐서는 안 된다든가. 약속을 지켜야 한다든가 하는 특정한 도덕률을 자신의 가치로 받아들이는 과정은 도덕률이 그 체계 안으로 자신을 종속시키고 "도덕을 잘 지 키는 나"라는 주체가 형성되는 과정인데, 이때 이 과정은 이데올로 기와 한 주체 사이에 사랑의 관계를 형성함으로서 완성된다. 가부 장제 이데올로기가 어떤 특정한 여성에게 성공적으로 작용할 경우 그 여성은 여성다움을 통해 자신의 존재를 확인하고, 정체성을 갖 게 된다. 그리고 이 이데올로기적 주체 형성이 보다 효과적으로 진행되는 경우, 더욱 더 여성다운 여성이 되기 위해 노력한다. 이렇게 이데올로기가 궁극적으로 주체를 구성해 줌으로서, 그것은 내 자신이 되고, 그 속에서 내가 나를 인지하고, 정체성을 가지게 됨으로서, 나라는 존재를 통제하고 지배할 수 있게 된다. 이러한 과정을 통해 주체는 그 스스로에 대한 안정된 느낌, 그리고 이미 존재하고 있는 세계와의 익숙한 느낌을 유지할 수가 있고, 주체에 본질적인 시간적 연속성과 일관성을 부여해준다. 알튀세르는 이러한 호명과 인지의 과정, 정체성의 형성의 과정을, 개체가 주체(subject)로서 구성되는 것은 보다 큰 대주체(Subject)에 종속(subject)되는 것이라는 일종의 말장난을 통해 표현한다.

알튀세르의 이데올로기 논의의 중요한 문제점 중의 하나는 억압적 지배 체제의 재생산 구조에 대한 강조와 주체 구성의 조건으로서의 이데올로기의 이론화 사이에 서로 상충하는 주장이 있다는 것이다. 그의 재생산 명제가 현재의 지배 질서는 문제적인 것이고, 우리의 삶에 억압적인 것으로 존재한다는 것을 끊임없이 상기시켜 주고 있는 반면, 그의 이데올로기 이론은 이데올로기의 초역사성, 즉 이데올로기가 우리 인식의 근본조건이라는 것, 이데올로기의 바깥은 없다는 것을 강조하고 확인해준다. 따라서 한 사회가 다른 저항적이고 대항적인 사고방식과 행위 체계를 어떻게 만들어 가고 그것을 통해 새로운 대안적인 사회 체제를 구축할 수 있는가 하는 중요한 질문을 배제하고 있으며, 사회 변혁의 이론으로서 심각한 한계를 가지게 된다. (알튀세르가 계급 혁명의 중요성을 다시금 역설하면

대중문화와 문화적 민주화 일상적 삶의 상징적 생산

서 이데올로기를 과학으로 대치할 것을 주장하는 것은 해결이라기보다는 그의 이론의 난점을 더욱 부각시키고 있는 것으로 보인다.) 어떤 의미에서 이러한 한계는 마르크스주의와 정신분석을 통합하려는 이론적 시도에 이미 내장되어 있다고도 할 수 있다. 라캉 이론의 사회적 함의는 물론 충분히 강조되어야 하는 것이지만, 의식의 형성을 주로 소외와 분열로 접근하고 있고, 의식 형성 이전의 요소들에 과도한 주목을 하고 있다는 점에서 라캉의 주체 구성 이론은 근본적으로 정신 분석 이론이며 마르크스주의와의 결합은 처음부터 일정한 한계를 가지고 있었다고 할 수 있다.

그런 의미에서 마르크스주의와 정신 분석을 통합하려는 알튀세르의 시도는 실패한 것이었다고 얘기할 수 있을 것이다. (초기 알튀세르의 마르크스에 대한 정교한 이론적 재해석을 높이 평가하는 많은 마르크스주의 이론가들이 의도적으로 알튀세르와 라캉 사이의 이론적 관계를 축소시키거나 분리하려는 경향을 보인다는 점에 주목할 필요가 있다.) 그러나 통합의 시도가 실패했다고 해서 그의 이론의 현재적 의미가 축소되는 것은 아니다. 이미 알튀세르의 세례를 받은 마르크스주의가 그 이전의 마르크스주의로 되돌아가는 것은 불가능한 것으로 보인다. 알튀세르가 시도한 마르크스주의와 정신분석의 접목은 인간의 개체적 삶과 공동체적 삶이 상호구성적으로 서로 얽혀 있다는 것, 실제로는 한 가지 과정이라는 것을 보여주고 있다. 또한 현재 작용하고 있는 이데올로기가 우리가 상식적으로 생각하는 것보다 훨씬 더 가공할 만한 힘으로 우리를 지배하고 있다는 것을 깨닫는 것이 새로운 실천의 출발

알튀세르의 마르크스주의와 정신분석의 접목은 인간의 개체적 삶과 공동체적 삶이 상호구성적으로 서로 얽혀 있다는 것. 실제로는 한 가지 과정이라는 것을 보여주고 있다

이 되어야 한다는 점에서, 알튀세르 이론의 실천적 유효성은 인정되어야 할 것이다. 알튀세르가 그의 이데올로기 이론을 통해 궁극적으로 강조하고 싶은 것은 지배 이데올로기의 정체와 작동 과정이다. 즉, 지배 이데올로기가 얼마나 완벽하고 철저하게 기존의 사회적 질서와 의미 체계를 재생산하고 있으며, 우리가 그것으로부터 자유로울 수 있다는 생각이 얼마나 안이하고 위험한가하는 것이다. 왜냐하면, 그것이 우리를 근본적으로 구성해주는 것이라면, 그것 밖으로 우리가 나갈 수 없기 때문이며, 우리가 생각할 수 있는 것의 한계를 그것이 이미 지정해 주기 때문이다. 혹은 그 지배 체계에 도전적이거나 위협적인 의미와 가치들을 주체 구성의 과정으로부터 효과적으로 배제하고, 차단하고 있기 때문이다. 알튀세르 이론의 현재적 의미를 다시 생각해 보는 시점에서 중요한 것은 주체 구성의 조건으로서 이데올로기적 속성을 인정하면서, 즉 그것으로부터 벗어나는 것이 얼마나 지난한 일인가를 인정하면서도, 그 안에서 (혹은 그럼에도 불구하고) 인간의 문화적 실천이 어떻게 가능할 수 있겠는가의 문제가 될 것이다. 보다 진전된 자본주의 양식, 자본주의적 본성, 자본주의적 인간관계가 더욱 심화되어 있는 후기 자본주의 시대, '순수 자본주의'(Pure Capitalism)의 시대에 살고 있는 우리의 삶에 작용하는 은폐된 힘들을 드러내는 것과 함께 외부 세계를 변화시키고 갱신시켜가는 인간의 창조적 문화적 실천의 가능성도 모색해야 될 것이다.

지배 이데올로기로부터 자유로울 수 있다는 생각은 얼마나 안이하고 위험한가

대중문화와 문화적 민주화 일상적 삶의 상징적 생산

○

그람시의 귀환
　- 문화유물론과 서사의 물질성

　서사의 재현성에 대한 알튀세르의 이론이 가진 가능성과 한계
에 대한 이론적 대응은 문화연구의 역사에서 가장 중요한 이론적
실천적 전환을 가져오게 된다. 알튀세르의 이데올로기 이론은 "주
체가 구성된다"는 인간에 대한 새로운 이해를 설명해 주는 기본적
인 틀을 제공해 주었는데, 여기에서 핵심적인 요소는 지배 이데올
로기라고 할 수 있다. 즉, 알튀세르의 이데올로기 이론이 궁극적으
로 강조하는 것은 지배 이데올로기의 지배가 철저하고 완벽하다는
것이다. 그것이 우리를 구성하는 것이고, 그것 밖으로 우리가 나갈
수 없다는 것은 우리가 생각할 수 있는 것의 한계를 그것이 이미
지정해 주고, 때로는 그 지배 체계가 생산하는 의미와 가치에 상반
되거나 저항하는 생각들을 효과적으로 배제한다는 것을 의미한다.
현재 작용하고 있는 이데올로기가 우리가 상식적으로 생각하는 것
보다 훨씬 더 가공할 만한 힘으로 우리를 지배하고 있다는 것을 깨
닫는 것이 새로운 실천의 출발이 되어야 한다는 점에서, 알튀세르
이론의 실천적 유효성은 인정되어야 할 것이다. 그러나 문제는 문
화적 실천의 가능성이다. 즉, 현재의 지배 질서가 문제적인 것이고,
우리의 삶에 억압적인 것으로 존재한다면, 우리는 무엇을 할 수 있
는가를 보다 진지하게 질문해야 한다는 것이다.

　알튀세르 이데올로기 이론의 이러한 한계를 가장 심각하게 받

아들인 사람들이 영국 문화 비평 전통을 계승한, 레이몬드 윌리엄스, E. P. 톰슨Thompson, 스튜어트 홀Stuart Hall등의 영국의 신좌파들이었다. 이들에게 중요한 것은 우리를 결정하고 있는 '지배 구조'라기보다는 외부 세계를 변화시키고 확장시켜가는 인간의 창조적 문화적 실천의 가능성이었다. 이들은 주체구성의 조건으로서 이데올로기적 속성을 인정하면서, 그 안에서 (혹은 그럼에도 불구하고) 인간의 문화적 실천이 어떻게 가능할 수 있는가의 문제에 이론적으로, 실천적으로 관심을 집중했다. 이들이 알튀세르의 이데올로기 개념이 가진 이러한 난점을 극복할 수 있는 이론적, 실천적 대안을 찾은 것은 바로 알튀세르에 가장 결정적인 영향을 끼친 마르크스주의자인 안토니오 그람시Antonio Gramsci를 다시 발굴하고 평가하는 과정에서이다. 이탈리아 공산당의 주도적 이론가이자 혁명 운동가였던 그람시는 부르주아의 계급 지배가 정치적 경제적 과정이 아니라, 문화적 과정을 통해 재생산된다는 것에 주목하고, 혁명은 궁극적으로 문화적 과정을 통해서, 문화적 과정을 지배함으로서 완성될 수 있다는 것을 강조한 마르크스주의자였다. 그것은 전통적인 마르크스주의의 용어로 말한다면, 토대인 경제적 생산관계뿐 아니라, 상부구조로 간주되어 왔던 문화적 영역도 독자적이고 자율적인 "결정력"을 갖는다는 것이다. 따라서 그람시는 상부구조의 마르크스주의자라는 이름으로 불리기도 한다. 문화가 생산력, 즉 물질성을 갖는다는 문화 유물론도 문화이론의 그람시적 전환을 통해 만들어지게 된다.

대중문화와 문화적 민주화 일상적 삶의 상징적 생산

그람시가 지배는 강압에 의한 지배(domination by coercion)와 동의에 의한 지배(domination by consensus)로 나누고 후자를 더 근본적인 것으로 본 것은 알튀세르의 RSA 와 ISA에 대한 논의에 그대로 반복되고 있다. 즉 대부분의 지배는 그것의 정당성을 생산하고 공유시킴으로서 비로소 작용한다는 것이다. 이때 정당성이 생산되는 장場이 바로 대중문화와 미디어의 영역이다. 마르크스주의의 역사적 계보의 관점에서 본다면, 알튀세르가 그람시의 헤게모니 이론을 포스트구조주의의 인간 주체에 대한 철학적 정신분석학적 관점과 통합하는 과정에서 주체 구성의 근본적 조건으로서의 이데올로기 이론이 태동하게 되는 것이다.

문화연구의 이론가들이 알튀세르를 극복하려는 시도에서 다시 그람시로 돌아간 것은 알튀세르가 간과하고 있었던 문화적 실천과 그것을 통한 새로운 대안적 삶의 양식의 실천적 구성의 가능성을 그람시의 혁명적 이론이 설득력 있게 제시하고 있기 때문이다. 원래 마르크스의 유물론은 일견 양립하기 어려운 두 가지 역사관을 가지고 있다고 할 수 있는데, 그것은 바로 인간의 삶과 의식이 생산 양식의 변천에 결정된다는 생각과 역사를 만드는 것은 인간이라는 생각이다. 하나는 이데올로기 결정론이고 또 하나는 혁명론으로, 둘 다 마르크스주의의 핵심 요소라고 할 수 있다. 굳이 비교하자면, 알튀세르의 마르크스주의는 앞의 것을, 그람시의 마르크스주의는 뒤의 것을 강조하고 있다.

이러한 차이점은 이데올로기에 대한 그람시의 생각에 잘 나타나 있다. 알튀세르에게 우리가 생각할 수 있는 것의 한계를 지어주는 이데올로기는 고정된 동질적인 의미 공간이다. 그것은 단일하고 통일된 하나의 가치체계로 이루어져 있다. 반면에 그람시에게 이데올로기는 여러 가지 상반된 힘들이 갈등하고 충돌하고 포섭되고 배제되는 역동적 공간이다. 물론 이 안에는 그 이데올로기의 성격을 총체적으로 규정하는 지배적인 힘이 있으며 그는 그것을 지배적 헤게모니라고 부른다. 예를 들어 19세기 초반의 영국 사회는 총체적으로 부르주아 자본주의의 사회 질서가 안정되게 자리 잡고 있었고, 따라서 부르주아 이데올로기가 지배하고 있는 사회였다. 부르주아 이데올로기는 우리 삶의 보편적 원리, 질서, 상식의 이름으로 당시 사회적 삶을 지배하고 조직하고 있었는데, 그것은 대체로 다음과 같은 것이었다. 우선 개인적 노력과 그것을 통한 삶의 물질적, 도덕적 향상이라는 새로운 노동의 가치가 당시의 선데이 스쿨(일요 자선 학교로서, 교회에서 당시의 노동자를 교육하고 교화하기 위해 운영하던 것)을 통해 매우 효과적으로 퍼져 나갔다. 이것은 그 자체로는 문제될 것이 없는 도덕률에 기초한 노동관이지만, 당시의 구체적인 사회적 관계 안에서는 초기 산업 자본주의의 구조적 모순을 개인의 나태와 불성실의 문제로 호도하는 효과를 가지게 된다. 그리고 이러한 나태와 불성실은 신의 가혹한 심판을 받을 것이며, 근면, 절약, 경건, 순종과 같은 새로운 복음주의적 종교적 덕목이 노동자들의 일상생활을 지배하게 된다. 가난은 이러한 신의 가르침을 따르지 못한 개인적 좌절의 문제이며 계급사회는 모든 가능성이 모든

대중문화와 문화적 민주화 일상적 삶의 상징적 생산

사람에게 열려있는, 약속된 기회, 신의 의지의 실현을 향해 진보하는 합리적 이성의 세계로 받아들여지게 된다.

　이것이 근대 산업 자본주의를 추진했던 근본적인 동력으로 작용하며, 이성, 자유, 평등과 같은 강력한 보편적 가치체계는 구체적인 역사 속에서, 부르주아 사회의 기본 질서를 강화하는데 결정적인 역할을 담당하게 된다. 이러한 19세기의 지배 이데올로기의 구체적 내용들은 당시의 의회를 통해 만들어지던 법조문들, 신문에 실린 공적인 논평들과 이야기들, 대중 연설, 교회의 설교, 대중들의 존경을 받던 공적 인물들의 이미지, 그리고 대중들이 소비하는 대중문화를 통해 생산되고 유통되고 공유되었다. 그러나 알튀세르의 이데올로기 이론이 상정하듯이 그 당시 의미 생산의 역동적 공간이 이러한 지배 이데올로기가 일방적으로 유통되던 동질적 공간은 아니었다. 18세기 말과 19세기 초의 노동 계급의 형성을 추적한 E. P. 톰슨에 의하면, 농촌 공동체의 붕괴와 공장제 생산의 결과로 노동 계급의 계급적 정체성이 태동하던 18세기 말에 이미, 산업 자본주의의 파괴적 힘에 대한 저항이 있었을 뿐 아니라, 대안적인 삶의 양식에 대한 전망들이 여러 가지 형식들을 통해 표현되었다. 또한 낭만주의자들과 영국 문화 비평의 초기 사상가들(특히 카알라일)은 산업 문명이 앞으로 인간 본성을 왜곡시키는 '기계적' 삶의 양식을 가져올 것이라고 예언하고, 인간의 질적 삶, 내적 완성의 대안적 이상들을 제시했다.

　19세기 영국의 부르주아 지배 이데올로기는 이렇게 상반되고, 충돌하고, 저항하고, 거부하는 다른 대안적 의미와 가치의 체계들 – 이것을 그람시는 대항 헤게모니(counter-hegemony)라고 부른다 – 과의 상호관계를 통해, 즉 그것의 정당성을 일부 받아들이고, 포섭하고, 배제하고, 필요한 경우는 억압하는 과정을 통해 스스로를 재생산했는데, 이 과정은 알튀세르의 이론이 상정하듯이 안정된 지배의 과정이라기보다는 긴장과 예기치 않은 변화의 불안정한, 역동적인 과정이었다고 할 수 있다. 여기에 문화적 실천이 개입할 수 있는 이론적 근거가 생기게 된다.

그람시의 헤게모니 개념은 '지배'와 '결정'의 기제들이 우리 삶에 작용하는 복잡하고, 복합적인 방식을 이해하고 분석할 수 있는 효과적인 관점을 제공해 주고 있다. 자본주의 사회가 근본적인 불평등에 기초해 있고, 그것이 특정한 기제들을 통해 재생산되고 있다고 믿는다면, 그리고 이 재생산 과정이 우리의 의식과 경험의 보다 깊은 층위에서 이루어지고 있다면, 따라서 세계에 대한 우리의 상식적 반응을 지배하고 있다면, 헤게모니 이론은 이 지배의 재생산의 과정에 대한 매우 정교한 분석의 틀을 제시하고 있다고 할 수 있다.

그람시의 헤게모니 이론이 현대 문화연구의 방법론, 특히 대중서사와 문학을 아우르는 서사 형식의 재현적 기능을 분석하는 이론적 틀로 발전하는 것은 문화유물론(cultural materialism)을 통해서이다. 70년대에 들어서면서 레이몬드 윌리엄스는 자신의 초기 문화이론을 마르크스주의 이론을 통해 다시 정의하고, 자신의 시대의

헤게모니(hegemony)는 대항 헤게모니(counterhegemony)와의 상호관계를 통해 그것을 포섭하고 배제하고 억압하는 과정을 통해 스스로를 재생산한다

문화 상황을 분석하고 대안을 생각해 볼 수 있는 새로운 문화이론을 모색하게 되는데, 그것에 문화유물론이라는 이름을 붙이게 된다. 윌리엄스에게 1960, 70년대의 영국의 구체적 상황은 인간의 자기실현의 가능성을 심각하게 제한하는 어떤 강력한 힘에 의해 통제되고 있는 것이었다. 그것은 정치적, 경제적, 문화적인 인간 삶의 모든 영역을 지배하면서, 인간과 인간, 인간과 공동체, 인간과 자연의 관계에 대한 지배적 생각을 가공할 만큼 완벽하게 재생산하고 있는, 삶의 총체적 양식으로서의 자본주의라고 부를 수 있는 것이었다. 그가 마르크스주의를 통해 새로운 이론을 정립하려고 한 이유는 구체적인 사회적 삶의 상황, 즉 힘의 불균형 상태가 지속적으로 존재하고, 현존하는 중요한 의미 생산의 제도와 지적 원천들이 인간의 창조적 자기실현을 심각하게 제한하고 있고, 그러한 경향이 점점 심화되고, 확대 재생산되고 있는 상황에서 어떠한 문화적 생산이 요구되는가 하는 실천적 모색에서 나온 것이라 할 수 있다. 이런 의미에서 실천 철학으로서의 마르크스주의, 자본주의 비판 이론으로서의 마르크스주의는 그에게 많은 잠재력을 가진 것이었다.

"문화는 물질적
이다"
　　　문화 유물론은 서로 다른 지적 전통과 발전 과정을 가진 두 개의 핵심 개념을 통합하려는 시도이다. 즉, 문화는 물질적이라는 것이다. 이론적인 관점에서 볼 때, 이 시도는 혁명적인 것이다. 지난 100여 년간 인간의 삶을 이해하는 지배적인 생각의 체계들은 모두 문화적이라고 부를 수 있는 인간 행위의 과정을 노동과 생산의 장으로서의 물질성의 영역과 분리된 것으로 정의해 왔다. 문화가 물질적이라는 것은 문화에 대한 급진적인 재정의이면서 동시에 마르크스에 대한 근본적인 재해석이다. '문화가 물질적'이라는 명제는 마르크스의 철학적 인간학의 기반일 뿐만 아니라, 후기 자본주의 상황에서 대안적 삶의 양식을 만들어 나갈 수 있는 새로운 인간 이해를 모색하는 문화적 기획의 출발점이다.

　　윌리엄스는 마르크스의 기본 개념들을 재해석을 통해, 문화적 의미 생산의 공간이 한편으로는 억압적 구조가 재생산되는 의미 생산의 원천으로 작용하는 방식을 드러내면서, 동시에 그것을 거부하고, 대안적 삶의 양식을 만들 수 있는 새로운 의미 생산의 문화적 실천을 모색할 수 있는 이론적 틀을 만들려고 했다. 문화유물론에서 두 단어의 관계는 수식 관계라기보다는 '문화는 물질적'이라는 술어적 관계이다. 이것은 전통적인 마르크스 해석에 있어서는 혁명적인 변화라고 할 수 있다. 왜냐하면, 문화는 마르크스주의에서 대체로 부차적인 위치에 있었을 뿐 아니라, 특히 물질성의 영역과는 대립되는 지점에 항상 있어왔기 때문이다. 따라서 윌리엄스의 논의는 기존의 마르크스주의의 기본 개념들을 다시 재규정하는 것으로 시작한다. 그는 그동안의 마르크스주의자들이 마르크스의 유물론의 핵심 개념인 토대, 상부구조, 생산력을 잘못 이해해 왔다고 비판한 뒤, 마르크스를 문화적인 관점에서 다시 해석한다. 마르크스에게 인간의 역사는 인간의 구체적 삶의 경험으로 이루어지며, 일반 사람들의 노동의 과정이 이 역사적 경험의 가장 핵심적인 부분이다. 그에게 관념이란 이런 개별적인 인간 경험의 과정으로부터 분류되고 추상화된 결과에 지나지 않는 것이었으며, 이때 관념에 대립되는 구체적인 인간 노동으로 이루어진 영역이 물질적 영역이다.

　　윌리엄스의 토대결정론의 해체는 우선 "결정된다"는 것의 의미를 재정의하는 것으로 시작한다. 인간의 의식이 무엇인가 다른 어떤 요소에 의해 결정된다는 것은 마르크스주의가 현대 인문학에 가지는 가장 의미 있는 명제 중의 하나라고 할 수 있다. 즉 인간의 의식은, 우리가 흔히 믿고 있듯이 보편적이거나, 당연한 것이 아니며, 다른 외적 조건, 즉 사회적, 역사적 조건에 의해 그렇게 생각하도록 만들어진 것이며, 다르게 생각할 수 있는 가능성도 항상 열어 놓아야 된다는 인식이 바로 우리 의식이 '결정'된다는 것의 의미인데, 이러한 인식의 원조 중의 하나가 바로 마르크스이다. 윌리엄스는 토대결정론의 명제, 즉 결정하는 토대와 결정되는 상부구조의 명제를 마르크스의 보다 근본적인 명제인 "사회적 존재가 의식을 결정한다"는 명제로 바꿀 것을 제안한다. 그것이 마르크스의 원래 의도였다는 것이다. "사회적 존재가 의식을 결정한다"는 명제는 경제적 토대와 상부구조라는 정태적 이분법을 부정하면서, 우리의 의식이 무언가에 의해 결정된다는 중요한 진실을 보여준다. 사회적 존재란 마르크스가 독일관념론을 부정하면서 인간 삶을 구성하는 가장 실체적인 영역으로 설정한 것으로, 바로 구체적인 삶을 지속해 나가는 행위가 이루어지는 과정을 가리킨다고 할 수 있다. 이

윌리엄스는 마르크스의 "존재가 의식을 결정한다"는 명제를 "사회적 존재가 의식을 결정한다"는 명제로 바꿀 것을 제안한다

런 의미에서 사회적 존재란 인간의 삶을 만들어 나가고, 역사의 변천을 움직여 가는 근본적인 추동력의 장으로서의 물질적 토대를 가리킨다.

이 점을 마르크스의 또 다른 핵심 개념으로 표현하면, 사회적 존재란 우리 삶의 '생산'이 일어나는 영역이다. 윌리엄스는 마르크스에서 생산의 근본적인 의미는 경제적 생산만을 의미하는 것이 아니라, 우리 삶을 재창출하고 지속시키는 모든 중요한 행위를 가리키는 것이라고 말한다.

> 생산력에 대한 마르크스의 보다 중심적인 설명에서, 노동자가 생산하는 가장 중요한 것은 그 자신이다. 그 자신을 생산한다는 것은 노동을 통해서 그 자신을 생산한다는 것이며, 보다 넓은 역사적 의미에서는 그들 자신과 그들의 역사를 생산하며, 공동체 자체를 생산하는 인간이다. 이것이 실제적 삶의 물질적 생산과 재생산의 의미이다.(*Problems in Materialism and Culture* 35)

노동자가 노동을 통해 생산하는 것은 바로 그 자신이며, 그것을 통해 사회와 역사를 만들어간다는 것이 바로『경제학 철학 수고』의 '스스로를 역사 속에서 전개하고 개현하는 창조적 인간'의 관점에서 유물론을 보는 것이다. 이것이 마르크스가 의미한 "실제 삶의 물질적 생산과 재생산(material production and reproduction of real life)"의 개념이다. 따라서 생산력은 우리 삶이 생산되고 재생산되는 모든 수단을 포함한다. 그것은 특정한 종류의 물질적 생산 – 농업 생산과 산업 생산 – 으로 볼 수도 있지만, 그러한 생산은 이미 특정한 형태의 사회적 협동이며, 이미 사회적 신념과 합의가 개입되어 있는 것이다. 이러한 사회적 협동, 사회적 합의 역시 특정 생산력을 통해 가능한 것이라고 윌리엄스는 말한다. 우리의 모든 행위 속에서 우리는 욕구를 충족시킬 뿐 아니라, 새로운 욕구를 생산하고, 그 욕구에 대한 정의를 생산한다. "새로운 욕구를 생산하고 그러한 욕구의 새로운 정의를 생산한다는 것"은 물질적 생산이 우리의 의식 작용을 필연적으로 포함하고 있다는 것을 의미한다. 즉, 사회적 실재와 의미 생산의 과정은 분리된 것이 아니다. 왜냐하면 공동체는 의사소통과정과 동시에 존재하는 것이기 때문이다.

사회적 실재와 의미 생산의 과정은 분리된 것이 아니다. 왜냐하면 공동체는 의사소통 과정과 동시에 존재하는 것이기 때문이다

마르크스의 인간의 자기 창출로서의 노동과 생산의 개념이 윌리엄스의 문화 이론으로 결정적으로 전화되는 지점은 자기 창출로서의 언어의 물질성에 대한 논의에서이다. 언어 행위가 사회적 실재라는 물질적 사회적 과정에 대한 반영에 지나지 않은 것으로 간주하거나, 생산은 사회적 경제적 과정이며, 재생산은 그러한 토대가 형성된 뒤에 그것을 재현하고 표현하는 상징적 의미화라고 보는 것은 모두 마르크스가 얘기한 실천적 의식의 본질적이며 구성적인 과정을 충분히 이해하지 못한 것이라고 윌리엄스는 주장한다.

언어는 실천적 구성적 행위이다(practical constitutive activity).

그것이 "구성적"이라는 것은 바로 언어가 인간의 자기 창출에 분리할 수 없는 요소라는 의미에서이다. (…) 의미 작용, 즉 형식적 기호의 사용을 통한 의미의 사회적 생산은 실천적 물질적 행위(practical material activity)이다. 따라서 그것은 문자 그대로 생산 수단이다. 이 실천적 의식의 특정한 형태는 모든 사회적 물질적 행위로부터 분리할 수 없는 것이다.(*Marxism and Literature* 29, 38)

언어는 실천적 구성적 행위이다(practical constitutive activity) —레이몬드 윌리엄스

언어를 통한 의미 생산은 앞에서 살펴보았듯이 본질적이며 "구성적인", 물질적 사회적 과정의 분리할 수 없는 요소이며, 항상 생산과 재생산에 깊이 관여하고 있는 것이다. '물질적 사회적 과정'은 윌리엄스가 토대와 상부구조의 정태적 이분법을 거부하고, 마르크스의 물질성에 부여한 새로운 이름이다. 문화적 의미 생산은 의식을 통해 일어나는 것이지만 그것은 새로운 실재와 관계를 만들어 나가는 실천 행위이며 그런 의미에서 "실천적 의식"(practical consciousness)이라는 이름을 붙이고 있다. 따라서 실천적 의식은 '구성적' 힘을 갖는다. 즉, 문화적 의미 생산은 이 물질적 사회적 과정을 구성하고 있는 한 부분인 것이다.

언어가 인간의 자기 창출(human self-creation)의 불가분의 요소이며, 따라서 물질적 행위, 즉 생산 행위라는 것은 윌리엄스가 마르크스를 문화적으로 해석하는 과정에서 나타나는 가장 과감한 수정이다. 왜냐하면, 적어도 마르크스는 어디에서도 공개적으로 언어

가 물질적 행위(material activity)라는 언급은 하지 않기 때문이다. 윌리엄스가 마르크스를 재해석하는 방식을 이해하기 위해서는 그의 초기 문화 이론과 연결시키는 것이 필수적이다. 즉 인간이 의미 생산을 통하여 창조적으로 자기실현을 해나가는 과정에 대한 이해가 없으면, 이 이론은 많은 다른 마르크스주의자들이 비판했던 것처럼, 마르크스를 다시 관념화하는 것에 지나지 않은 것으로 보이기 때문이다. 윌리엄스에게 의미 생산으로서의 언어 행위는 인간에게 가장 핵심적인 자기 창출, 자기실현의 기제였으며 이 지점이 앞에서 언급한 영국 문화비평 전통의 상징적 창조의 개념과 마르크스의 '물질성'(materiality)의 개념이 조우하는 곳이다. "언어는 지속되는 사회적 과정의 살아 있는 증거이다. 창조적 의미 생산이며, 실천적 의식인 언어행위를 통해서 개체는 그 속에서 태어나고 형성되며, 다시 그 사회적 과정을 구성한다. 이것은 개체화인 동시에 사회화이다"(*Marxism and Literature* 37) 즉 사회적 의사소통과정을 통해 한 개체가 형성되며, 그 과정은 사회적 실재가 내화되는 과정에 다름 아니기 때문이다. 개체는 언어를 통해 사회라는 공간에 상호 침투해 있게 된다. 어떤 의미에서 이것은 사회적 삶의 영역을 의미 생산의 공간으로 환원시키는 것으로서, 전통적 혹은 정통적 마르크스주의의 관점에서 볼 때 쉽게 받아들일 수 없는 관념화라고도 할 수 있다. 윌리엄스에게는, 그러나, 이 의미 생산의 영역은 다른 어떤 구체적인 생산 행위보다 더 효과적이고 강력한 실천적, 구성적 힘의 원천이 되는 공간인 것이다.

문화유물론이 윌리엄스의 초기 문화 이론을 마르크스주의의 개념과 용어로 설명하거나, 마르크스주의를 영국 문화비평 전통의 관점에서 재정의하려는 시도에서 멈추는 것은 아니다. 레이몬드 윌리엄스가 자신의 문화 이론을 마르크스주의를 통해 다시 이론화하면서 그람시의 헤게모니 이론으로 돌아간 것은 이것이 1970년대 영국의 문화 상황에서의 문화적 실천과 문화적 지배의 관계를 다루는데 매우 적절한 개념적 틀을 줄 수 있었기 때문이었다. 헤게모니 이론은 우선 지배와 종속의 관계가 전체적 삶의 과정 속에 깊숙이 침윤되어 있는 것으로 본다. 깊숙이 침윤되어 있다는 것의 의미는 그것이 정치적, 경제적, 사회적 행위에 뿐만 아니라, 우리의 일상적 삶 속에서 우리가 정체성을 형성하고, 타자들과 관계를 맺어가는 구체적 과정에 이미 깊숙이 개입하고 있다는 것이며, 따라서 정치적, 경제적 문화적 체계가 궁극적으로 우리를 한계 지우고 결정하는 과정은 마치 단순한 경험이며 상식인 것처럼 우리에게 인식된다는 것이다. 즉 헤게모니적 지배는 우리의 상식을 통해 작동한다는 것이다. 헤게모니적 통합의 과정은 우리에게 가능한 의미와 가치와 실천의 체계를 선택하고 한정한다. 이 선택의 과정은 우리 삶의 모든 영역에서 진행된다. 교육제도, 인간을 사회적으로 훈련시키고, 훈육시키고, 성장시키는 다양한 제도들, 사회적 노동에 대한 정의, 구체적인 노동의 제도들, 그리고 정신적 지적 전통을 정의하고 규정하고 정전화하는데 작용하는 선택적 원리들, 이 모든 힘들은 "효과적이고 지배적인 문화"를 계속적으로 만들고, 다시

대중문화와 문화적 민주화 일상적 삶의 상징적 생산

만드는데 개입되어 있으며, 우리의 사회적 실재가 여기에 의존하고 있다.

약간의 수정은 있지만 위의 논의만을 볼 때 헤게모니 이론은 알튀세르의 이데올로기 이론과 매우 유사하다고 할 수 있다. 헤게모니 이론의 변별점은 윌리엄스가 지배적 문화 외에 잔여적 문화(residual culture)와 부상적 문화(emergent culture)라는 것을 같이 설정하고 있다는 것이다. 윌리엄스는 어떠한 지배적 생산 양식도, 지배적 사회질서도, 따라서 지배적 문화도 인간의 실천, 인간의 에너지, 인간의 의도의 모든 영역을 다 포괄하고 있을 수는 없다고 주장한다. 물론 지배적 양식의 외부에서, 혹은 그것에 반하여 생각하고 실천한다는 것은 매우 어려운 일이다. 그러나 어떤 특정한 실천과 의미의 영역이 지배 문화의 영향력이 미치지 않는 곳에서 계속적으로 의미 생산을 하고 있으며, 자연히, 기존의 지배문화와 갈등하고, 대립하고 반목하게 된다. 이러한 지배 문화에 속하지 않는 영역에 잔여적 문화와 부상적 문화가 존재한다. 잔여적 문화란, 지난 시대에는 지배적 문화였다가 역사의 변동과정에서 그 주도적 계급과 함께 밀려나고 주변화된 의미와 가치와 실천의 체계로서, 19세기의 영국 부르주아 사회에서 잔존하면서 일부 계층의 의미 생산의 원천이 되었던 귀족 문화나, 혹은 20세기 후반의 한국 사회에서 서서히 그 영향력을 잃어가고 있는 유교문화, 선비 정신 같은 것이 그 예가 될 수 있을 것이다.

윌리엄스의 헤게모니 개념에서, 현재 우리의 문화적 상황을 분석하고 새로운 대안적 삶의 양식을 창출하는데 가장 중요한 요소는 부상적 문화이다. 부상적 문화가 존재한다는 것은 지배 문화에 종속되지 않은 새로운 의미와 가치들, 새로운 실천 행위들, 새로운 경험들이 끊임없이 만들어지고 있다는 것을 말하는 것이다. 윌리엄스는 이러한 새로운 삶의 양식의 원천은 현재의 지배적인 의미 생산의 양식에 대한 대안적이고, 대항적인 기능을 하며, 그것은 또한 역사적 조건에 영향 받는 것이라고 주장한다. 즉 이 대항적이고 대안적인 의미 생산과 그것을 통한 다른 삶의 양식의 창출을 가능하게 해 주는 의미의 원천은 지배 문화의 영향력으로 벗어난 곳에 있거나, 지배 문화가 무시하거나 배제하는 것들에서 나오는 것이다. 여기에서 우리는 윌리엄스의 초기 문화 개념에서 그가 강조한 바 있는, 우리의 일상적인 기술과 반응으로부터 새로운 사회적 실재가 구성된다는 주장이 그의 헤게모니 이론의 중요한 근거가 되고 있음을 확인할 수 있다. 다양한 문화적 실천을 통해 외부 세계를 인지하고 기술하고 표현하는 것은 외부 세계에 대한 적극적이고 창조적인 반응이자 대응으로 기능하게 된다. 이때 이러한 대응이 새로운 의미 생산의 원천으로 작용하기 위해서는, 즉 부상적 문화를 구성하기 위해서는 필연적으로 새로운 표현 양식과 새로운 표현 매체를 찾는 고통스러운 과정이 수반되게 된다. 왜냐하면 많은 경우 기존의 표현 양식과 매체들은 이미 지배적 의미 생산의 형식으로 굳어져 있기 때문이다. 따라서 새로운 의미 생산에 의해 대안적 삶의 양식이 제기되는 과정은 많은 경우 새로운 표현 양식과, 표

부상적 문화 (emergent culture)가 존재한다는 것은 지배 문화에 종속되지 않은 새로운 의미와 가치를, 새로운 실천 행위를, 새로운 경험들이 끊임없이 만들어지고 있다는 것을 의미한다 (…) 이 대항적이고 대안적인, 부상적 문화는 지배 문화의 영향력에서 벗어난 곳에 있거나, 지배 문화가 무시하거나 배제하는 것에서 나온다

대중문화와 문화적 민주화 일상적 삶의 상징적 생산

현 매체, 새로운 장르, 새로운 의미 생산 체계와 제도의 등장과 함께하게 되는 것이다. 이것이 문화적 실천 행위로서의 상징적 재현 행위, 특히 이야기의 중요한 기능인 것이다.

문화유물론은 문화적 실천 혹은 문화적 생산으로서의 문학을 접근하는 전혀 다른 방식을 제시한다. 우선 문화란, 우리가 전통적으로, 그리고 일반적으로 생각해 왔듯이, 기존의 사회관계를 반영하거나 재현하는 "상부 구조"로 존재하는 것이 아니라는 것이다. 문화적 실천은, 사회적 실재가 구성되는 과정 그 자체의 핵심적인 부분이며, 앞서 다루었던 문화 유물론의 용어로 표현하면, 사회의 총체적 물질적 과정(the whole social material process)의 일부인 것이다. 여기에서 '물질적'이란 개념의 의미를 다시 상기하면, 문화적 실천은 인간의 기본적인 자기 생산과정에서 생산력을 가진다는 것이며, 그것은 문화가 근본적으로 결정력, 구성력을 가진다는 것이다. 따라서 문학과 사회, 문학과 삶과의 관계는 문학이 사회를 반영한다는 식으로 둘을 추상적 실체로 고정시켜서 보면 안 된다. 오히려 문학은 하나의 실천 행위로서, 사회라는 과정 속에 처음부터 함께 하고 있는 것이다. 사회란 그 안에서 작동하는 모든 실천 행위들을 포함하는 개념이어야 하기 때문이다. 이런 의미에서 문학과 예술을 다른 종류의 사회적 실천 행위들과 같이 진행되는 것이다. 윌리엄스에게 그것은 일반적 사회과정의 일부이다. 여기에서 윌리엄스는 사회라는 것을 이미 형성된 고정된 실체, 혹은 대상으로 보는 것이 아니라, 끊임없이 유동하고 있는, 관계와 조건과 가치와 실천의 총체로 파악하고 있다. 그것은 인간을 구성하고 결정하지만, 또한 인간에 의해 확장되고 수정되고, 변화되고 있는 특정한 공간을 가리키는 것이다. 사회적 실재를 구성하는 실천행위로서의 문화적 실천에 대한 개념은 우리에게 문학을 보는 전혀 다른 접근의 틀을 제공해 준다. 우리에게 문학은, 특히 대학이라는 제도를 통해 그것을 정의하고 연구대상으로 했을 때의 문학은, 주로 감상하고 해석할 대상으로 존재하는 것이었다. 따라서 문학 연구란 어떤 작품이 나에게 특정한 효과를 발생하는 내재적 구조는 무엇인가를 분석하거나, 그 시대의 특정한 사고방식, 세계관, 인간에 대한 이해 등을 어떻게 우리에게 보여주고 재현하고, 반영하고 있는가를 분석하는 것이었다. 윌리엄스는 이것을 '대상으로서의 문학'(literature as object)이라고 부른다. 문화유물론적 관점에서 문학은 우리에게 해석되어야 할 고정된 대상으로서 존재하는 것이 아니라, 우리의 삶의 여러 관계와 조건들을, 가치와 의미들을 구성하고 만들어 주는 하나의 실천행위로 존재하게 된다. 윌리엄스는 이것을 '실천 행위로서의 문학'(literature as practice)라고 부른다. 이것이 윌리엄스가 얘기한 '대상에서 실천으로'(from object to practice)의 의미이다. 문학은 의미를 '생산'하는 기제가 되는 것이다. 즉, 관계와 조건과 가치와 실천의 총체로서의 사회적 실재를 구성하고 있는 역동적인 생산적 과정으로서의, 따라서 '물질적 과정'으로서의 문화와 문학의 개념이 등장한다. 이런 의미에서 우리는 문학적 경험의 외연을 확장시킬 필요가 있다. 즉, 몇 가지 장르로 분류되는 고정된 대상으로서의 문학작

대상으로서의 문학'(literature as object)에서 '실천 행위로서의 문학'(literature as practice)으로!

대중문화와 문화적 민주화 일상적 삶의 상징적 생산

품이 아니라, 외부 세계를 경험하는 특정한 방식으로서의 상징적 경험을 생산하는 서사적 실천 행위의 많은 부분들이 포함되게 된다. 다양한 대중 매체를 통해 생산되는 모든 표현양식들 – 드라마나 영화는 물론이고, 대중가요, 라디오 음악 프로그램, 광고의 이미지에까지 확장될 수 있다. 뿐만 아니라, 우리 일상생활에서 삶의 결을 이루고 있는 많은 의식儀式화된, 혹은 일상적인 언어 행위들까지도 포함될 수 있을 것이다.

이제 우리가 문학을 이해하는 것은 감상과 해석을 수동적으로 기다리는 고정되어 있는 문학예술이 아니다. 함께 의미를 생산하는 공론의 장으로, 적극적 능동적 문화적 실천으로 문학예술을 이해하는 것이다. 이때 문학은 필연적으로 보다 포괄적인 이야기 양식으로서의 대중문화로 확장된다

감상과 해석을 기다리는 고정된 생산물로서의 문학의 개념으로부터 벗어나서, 의미생산의 장에서 적극이고 능동적으로 작용하는 문화적 실천으로서의 문학을 이해한다는 것은, 다른 한편으로는, 문화적 과정에서의 문학적 경험의 중요성을 이야기하는 것이기도 하다. 즉, 문학적 경험이라고 부를 수 있는, 우리가 외부 세계와 관계를 맺는 특정한 양식, 말하자면 상징 생산을 통하여 외부 세계를 강렬하고 깊고 고양된 방식으로 경험하는 것이 한 개인에게, 그리고 한 공동체에서 의미와 가치가 생산되는 과정에 핵심적인 부분을 이룬다는 것이다. 문화는 지속적인 의미 생산을 통해 스스로를 확장하고, 갱신하는 자기 창출 행위이다. 이러한 자기 창출은 우리 삶의 특별한 영역에서 이루어지는 것이 아니라, 우리가 외부 세계를 경험하고, 기술하고 반응하는 일상적이면서 기본적인 과정에서부터 일어나는 것이다. 문화유물론이 분석의 대상을 문학에서 보다 포괄적인 이야기 양식으로서의 대중문화로 확장하는 것은 필연적 결과라고 할 수 있다.

3

대중 미디어 시대의
리얼리즘

3. 1.

대중 미디어 시장의
해방적 잠재력 I
- 하버마스

대중이 역사적으로 태동하는 과정에 가장 핵심적인 사회적 조건을 제공했던 것은 바로 시장이다. 자유주의 시장경제 체제하에서 생산품 교환과 사회적 노동의 영역에서의 모든 개인의 활동이 국가의 통제로부터 벗어나 가능한 한 사적 행위로서 보장받게 되는 과정을 통해 사적 자율성의 영역으로서의 근대 시민사회가 형성되게 되고 이것을 통해 근대적 대중의 최초의 형태인 시민이 탄생하게 되는 것이다. 시장 기제의 등장은 물질적 생산과 소비, 노동과 자원 분배의 과정에서뿐만 아니라, 의미와 가치와 신념의 생산도 시장 기제를 통해 진행되게 되었다는 것을 의미한다.

시장을 통해 문화가 생산된다는 것은 우선 문화 생산의 주체가 일반 대중이 된다는 것을 의미한다. 즉 의미 생산의 주도권이 특정한 소수 집단에 집중되거나 독점되지 않고, 대량 생산에 있어 하나의 구매력으로 대표되는 개별적인 일반인의 손으로 넘어가는 것을 가리킨다. 따라서 문화 생산물의 시장이 형성되었다는 것은 문화적 민주화의 출발을 의미한다. 어떤 의미에서 시장은 의미 생산의 주체가 밑으로 확산될 수 있는 인류 역사가 가져본 거의 유일한 기제였다고 할 수 있다. 문화 상품에 대한 자본주의 시장이 형성된 이후 상업적 문화 생산물은 다른 어떤 것과도 비교할 수 없을 정도로 다양하고 풍요로운 상징적 창조행위의 형태를 제공해 왔다. 그런 의미에서 대중문화는 근대적 인간의 가장 위대한 발명 중의 하나이며, 시장 기제가 가지고 있는 창조적 소비의 역동성에 주목할 필요가 있다.

보통 사람들의 생각과 가치가 시장을 통해 생산되고 소비되기 시작한 것은 대중출판시장의 등장을 통해서이다. 대중출판 문화의 발생은 근대 시민사회의 새로운 문화 생산 체계로서의 시장의 등장과 함께 의미 생산의 원천이 아래로 확산되기 시작했다는 것을 의미한다. 이것은 또한 개체화된 계몽된 대중이 아래로부터 서서히 형성되고 있었다는 것을 의미한다. 이 계몽된 대중이 기본적으로 수평적 관계에 의존하고 있는 근대 시민사회를 구성하고 있는 사회적 주체였다.

문화적 관점에서 볼 때, 근대화란 수평적 관계를 지향하는, 권위관계의 구조적 재편과정이라고도 할 수 있다. 다른 말로 하면, 대

시장을 통해 문화가 생산된다는 것은, 의미 생산의 주도권이 특정 소수 집단에 집중되거나 독점되지 않고, 대량 생산의 한 구매력으로 표현되는 개별적인 일반인의 손으로 넘어가는 것을 뜻한다

대중문화는 근대적 인간의 가장 위대한 발명 중의 하나이다

대중문화와 문화적 민주화 일상적 삶의 상징적 생산

중 정치 문화의 담론적 실천 행위들이 지난 시대의 정치권력의 권위들, 즉, 국가와 교회, 귀족계급의 권위를 어떻게 시민사회의 새로운 권위들로 대치해 나가는가 하는 문제이다. 이때 중요한 것은 한 사회 속에서 사회적 자기이해의 양식들이 어떤 기제들을 통해 생산되고 유통되는가 하는 것이다. 사회에 흩어져 있는 개인들을 하나의 상상적 공동체(imaginary community)로 결집해 주는 일종의 '공동의 광장'을 제공했던 시민 사회 내의 자생적 제도들을 통해서 그동안 교회와 절대 국가의 권위가 그 해석을 독점적으로 장악해왔던 대중의 일상적인 삶의 여러 관심사들이 비로소 대중 스스로의 비판적 논의의 대상이 되게 된다. 근대 시민사회의 등장이 가져온 가장 중요한 변화는 바로 사회적 자기 이해의 양식, 즉 대중이 자신이 속한 사회 속의 기본적인 관계와 조건들, 그리고 다양한 문제들을 이해하고 받아들이고, 혹은 거부하고 저항하는 양식을 시민사회의 자율적 공간 안에서 창출해 내게 되었다는 것이다. 바로 근대 시민사회의 문화적 제도로서의 대중 미디어의 등장이다. 3부에서는 대중 미디어의 해방적 잠재력을 통해 민주주의의 가능성을 접근한 대표적인 이론인 하버마스의 부르주아 공공영역과 발터 벤야민의 기계복제 시대의 예술에 대한 논의를 살펴보고 대중 미디어 시장의 최초의, 그리고 가장 중요한 산물인 리얼리즘 소설의 의미를 살펴본다. 하버마스와 벤야민을 통해 대중 미디어의 해방적 잠재력을 논의하는 것은 시장이 모든 의미 생산 체계의 지배적 조건을 제공하는 우리 시대에 대중서사의 가능성에 대해 많은 것을 시

흩어져 있는 개인들을 하나의 상상적 공동체(imaginary community)로 결집해 주는 '공동의 광장'을 제공한 시민 사회 내의 자생적 제도들 ─ 부르주아 공공영역(bourgeois public sphere)

사해 줄 수 있을 것이다.

부르주아 공공영역(bourgeois public sphere)의 등장에 대한 위르겐 하버마스Jürgen Habermas의 역사적 분석은 근대 시민사회의 핵심적 변화를 포착할 수 있는 매우 효과적이고 강력한 개념적 범주를 제공해 준다. 공공영역의 개념이 처음 제시된 것은 하버마스가 교수 채용 논문으로 1962년에 쓴 『부르주아 공공영역의 구조적 변형』(Structural Transformation of the Bourgeois Public Sphere)에서이다.[21] 하버마스는 이 책에서 부르주아 공공영역의 형성과 쇠퇴를 역사적으로 추적하면서, 현대 자본주의 사회에서 정치적, 문화적 민주주의가 어떻게 가능하며 그 기본적 조건은 무엇인가를 철학적으로, 또한 실증적으로 구명하고 있다. 하버마스에 있어서 공공영역은 정치적, 문화적 민주주의의 가능성과 그 기본적 조건에 대한 탐구라는 점에서 규범적 이상의 성격을 가지면서, 동시에 특정한 시기에 사회적 관계의 변형을 추진하는 구체적인 힘으로 작용했다는 점

---

21 독일어 Offentlichkeit는 그동안 공개장, 공론장, 공공영역 등으로 번역되었다. 공개장은 원래 독일어의 원어가 가지고 있는 열려 있음과 공공성의 의미를 잘 드러내고 있으나, 우리말에는 없는 한자 조어라는 점에서 가급적 피하려고 했다. 공론장은 Offentlichkeit가 의미하는 대상에 대한 의역으로서는 무난한 번역어이다. Offentlichkeit의 영어번역인 public sphere의 의미를 따라 공공영역이라는 번역을 선택한 이유는, 공공영역에 내포된 공공성의 강조가 하버마스가 이 용어를 쓴 의도를 가장 잘 드러내준다고 판단했기 때문이다. 이런 의미에서 독일어의 Offentlichkeit라는 단어 자체가 영어의 publicity의 번역어로 18세기부터 현재의 의미로 쓰이기 시작했다는 것은 상당히 시사적이다.

에서 역사적 특수성과 그에 따른 이데올로기적 성격을 갖는다. 규범적 이상으로서의 공공영역은 하버마스가 1973년 그의 『문화와 비평』(Culture and Critique)에 일종의 용어해설로서 실은 「공공영역」(öffentlichkeit)이라는 짧은 글에서 가장 명료하게 정의되고 있다.

공공영역은 무엇보다도 여론이라고 부를 수 있는 것이 형성되는 우리 삶의 모든 영역을 의미한다. 원칙상 공공영역으로의 접근의 길은 모든 시민에게 열려 있다. 공공영역의 한 부분은 사적인 개인이 함께 모여 하나의 공중公衆을 형성하게 되는 대화과정 속에 구성된다. 이때 그들은 사적인 일을 수행하는 사업가나 전문인으로서 행위 하는 것이 아니며, 또한 국가 관료체제의 법적 제약을 받고 그것에 복종해야 하는 법적 연합체로 행위하고 있는 것도 아니다. 시민이 어떤 강제력에 종속되지 않고, 따라서 자유롭게 모이고 연합하고 또한 자신의 의견을 자유롭게 표현하고 일반에게 알릴 수 있는 것을 보장받으며, 공통된 관심사를 다룰 때 그 시민은 공중으로서 행위하고 있는 것이다. (…) '여론'이라는 용어는 조직화된 국가권위를 비판하고 통제하는 기능을 가리킨다. 공중은 이러한 기능을 정기적 선거기간 동안 공식적으로 행사할 뿐만 아니라 비공식적으로도 행사한다. (…) 국가와 사회 사이를 매개하는 영역, 즉 여론의 담지체로서의 공중이 형성되는 영역으로서의 공공영역은 공공성 – 한때는 군주의 밀실 정치에 대항해 승리를 쟁취해야만 했고 그 이후로는 국가의 행위에 대한 민주적 통제를 가능케 했던 공공성 – 의 원리를 따른다.[22]

위의 정의에 따르면 규범적 이상으로서의 공공영역이란, 비판적, 이성적 담론의 보편적 능력을 가진 시민들이 공통의 관심사에 관해 대등하게 논의를 하는, 지배와 종속의 관계에서 자유로운 해방의 공간을 가리킨다. 서로간의 대등한 의사소통의 기본규칙을 통해 작용하는 비판적 이성이 이 공간에서 유일한 통제원칙이 된다. 이러한 규범적 이상으로서의 공공영역은 하버마스의 후기 작업에서 보편적 화용론(universal pragmatics)과 의사소통 행위이론(theory of communicative action)으로 발전되지만, 여기서 하버마스에게 더 중요한 것은 근대 시민사회가 근대성의 새로운 가치와 권위로서 절대왕권과 교회의 권위를 대치해가면서 스스로의 자율성을 확보해나가는 구체적인 과정에서 정치적, 문화적 힘으로 작용했던 역사적 범주로서의 부르주아 공공영역이다.

부르주아 공공영역이 등장하는 과정에 대한 하버마스의 분석은, 비록 50여 년 전에 출판된 것임에도 불구하고 경제학, 정치학,

> 규범적 이상으로서의 공공영역이란, 비판적, 이성적 담론의 보편적 능력을 가진 시민들이 공통의 관심사에 관해 대등하게 논의를 하는, 지배 종속의 관계에서 자유로운 해방의 공간을 가리킨다. 상호 대등한 의사소통의 기본 규칙을 통해 작용하는 비판적 이성이 이 공간에서 유일한 통제원칙이 된다

---

22 공공영역의 의미에 대한 하버마스의 자세한 부연설명은 Jürgen Habermas, "The Public Sphere," *Rethinking Popular Culture: Contemporary Perspectives in Cultural Studies*, ed. Chandra Mukerji and Michael Schudson (Berkeley: University of California Press, 1991) 참조.

대중문화와 문화적 민주화 일상적 삶의 상징적 생산

사회학, 철학, 역사학, 문학 등 기존의 학문영역들을 자유롭게 넘나들면서 최근의 문화연구가 지향하는 종합 인문학적 접근의 한 전범을 보여주고 있다. (이 점은 『부르주아 공공영역의 구조적 변형』의 영역판이 1989년 뒤늦게 나온 뒤로 기존에 번역된 하버마스의 저서보다 훨씬 더 광범위하고 강력한 영향을 철학과 사회학, 역사학 분야에 끼치고 있다는 사실과 관련된다.) 하버마스는 부르주아 공공영역의 등장과 발전을 설명하면서, 경제제도의 점진적 변화와 문화적 영역 사이에 인과적 상동관계를 설정하고 있다. 하버마스에 의하면, "기본적으로 사적이지만, 공적 특성을 고유하게 가지고 있는, 상품 교환과 사회적 노동의 영역에서의 여러 관계들을 지배하는 일반적 규칙에 대해 논의하는 공중"(27)의 공적 권위의 원천은 비판적 이성의 보편적 능력이다. 칸트의 정의에서도 나타나듯이 계몽적 근대화의 과정은 '감히 이성을 사용할 수 있는 용기와 결단'을 갖게 되는 점진적인 역사적 과정이다. 이러한 비판적 이성의 능력은 시민사회 내에서 자생적으로 등장했던 다양한 형태의 부르주아 공공영역의 제도들을 통해 계발되고 신장되게 된다.

시민 계급은 시민 사회의 새로운 권위의 원천으로서의 '공공성'(publicity)에 대한 자의식을 갖게 된다

근대 시민 사회를 구성하는 개인들, 특히 새롭게 부상하던 신흥 시민 계급은 그동안 절대군주와 궁정이 상징적으로 대표하고 있던 공공성의 개념에 의문과 이의를 제기하고, 시민사회의 새로운 권위의 원천으로서의 공공성(publicity)에 대한 자의식을 갖게 된다. 공공성의 최초의 형태는 초기 절대국가 시기에 군주, 혹은 귀족 계급이 일반 사람들 '앞에서' 그들의 공적 권위를 재현하는 과정을

통해서 구성되었다. 이때 공적 권위, 혹은 공공성은 군주에 속하는 하나의 속성이며, 따라서 공중(公衆, public)과는 대척적인 의미를 가지는 것이었다. 17세기 후반에 들어서면서 시민사회의 사적 영역이 가지는 고유한 공적 특질에 대한 시민계급 엘리트들의 새로운 자의식은 공공성의 개념에 중대한 변화를 가져오게 된다. 공중의 실제적인 구성원이었던, 교육받은 신흥 시민 계급은 점차적으로 스스로를 국가 관료체제나 궁정과 대립되는 실체로 규정하게 되면서 공공성을 자신들의 고유한 집단적 속성으로 파악하게 된다. 서구 근대화 이행기에서의 권위관계의 구조적 재편과정의 가장 강력한 사회적 주체로서 기능했던 부르주아 공공영역의 제도들은 대중 출판, 신문, 잡지 등의 정기간행물, 커피 하우스, 살롱 등의 사회적 공간, 그리고 독서모임, 철학, 과학 등을 논의하는 토론모임, 평신도들의 종교모임, 숙련공조합 등의 자발적 시민 결사체, 그리고 소설과 같은 근대적 담화양식을 포함한다.

영국의 경우, 역사가들이 '영국 도시 르네상스'(English Urban Renaissance)라고 불러왔던 17, 18세기 도시화 과정에 의해 부르주아 공공영역의 여러 제도들이 급속히 확산되게 된다. 자발적인 시민 모임과 다양한 형태의 비정치적 조직을 통해 특정한 형태의 사회적 공간들을 창출하면서, 도시는 왕과 궁정의 정치적 권위를 시민 사회의 권위로 점차적으로 대치하게 된다. 특히 커피하우스 등을 드나들면서 자연스럽게 생기게 되는 비공식적 모임들, 문학, 종교, 철학, 과학들을 주제로 결성됐던 토론회들은 중산계급 문화가 넓

부르주아 공공영역의 제도들은 대중 출판, 신문, 잡지 등의 정기간행물, 커피 하우스, 살롱 등의 사회적 공간, 그리고 독서모임, 철학, 과학 등을 논의하는 토론모임, 평신도들의 종교모임, 숙련공조합 등의 자발적 시민 결사체, 마지막으로 소설과 같은 근대적 담화양식을 포함한다

은 의미에서 정치화되어가는 과정에 중요한 역할을 하게 된다. 이미 1670년대에 정부는 이 새로운 도시의 다양한 문화적 제도에서 행해지는 만남과 논의가 정치적 불안의 온상이 되고 있다고 경고하고 있다. 사회적 개방성과 포괄성이 이 초기 근대 영국의 도시적 문화 제도들의 중심적 특성이었다고 할 수 있다. 각종 자생적 시민 단체와 모임들은 놀랄 정도로 다양한 계층으로 구성되어 있었고 커피하우스에서는 귀족과 노동자가 한자리에 같이 앉아 있는 것이 자연스럽게 받아들여졌다. 하버마스에 의하면, 부르주아 공공영역의 핵심적 제도로서 이들 도시 문화구성체들은 몇 가지 기준을 공유하고 있었다. (1) 사회적 계층과 계급이 이 공간 안에서는 상대적으로 무시되었다. (2) 이러한 제도들을 통해서 대중은 지금까지 당연하게 받아들였던 영역들을 문제적인 것으로 접근하기 시작했다. 즉, 그동안 교회와 절대 왕권이 해석의 권위를 독점하고 있었던 영역들이 대중의 비판적 논의의 대상이 되기 시작했다. (3) 공공영역은 항상 확산과 포괄의 원칙을 견지했다.(36-7) 하버마스의 이러한 기준이 근대 부르주아 공공영역을 지나치게 이상화시키고 있다는 것을 부정할 수는 없지만, 다른 한편으로, 이 기준들이 초기 근대 영국에서 일어나고 있던 문화적 혁명의 긴 과정의 일부로서의 영국 도시 르네상스의 중요한 일면을 포착하고 있는 것도 사실이다. 이러한 기준들을 제도적 원리로서 17, 18세기 부르주아 공공영역은 당시 사회의 교육받은 층을 재조직하고, 새롭게 부상하는 독립적이고 가시적인 시민 대중의 등장과 확산에 제도적 기반을 제공하게 된다.

문학시장의 발달과 함께 대중 출판의 급격한 성장은 계몽화된 대중을 확장시키는 데 가장 결정적인 요소였다. 이 과정은 또한 권위 관계의 구조적 재편과정의 결과로서 오는 중산계급 문화의 세속화에 의해 더욱 가속화되게 된다. 대중의 새로운 세속화된 문화적 욕구는 각종 편람, 소백과 사전, 정치적 팜플렛, 그리고 여러 가지 형태의 신문, 잡지 등의 다양한 대중 산문 장르를 등장시키게 된다. 도시 중산계급의 문화가 보다 다양해지고, 세속화됨에 따라 대중 출판은 보다 광범위하고 의존할 만한 독서 대중을 점차로 확보하게 되고 글을 읽고 논쟁을 벌이는 일은 도시 대중 – 자유직업인, 법관, 관리, 사제, 작가들뿐만 아니라 기술자, 상인, 직공들까지 포함한 – 의 역동적인 문화적 활동의 일부가 되게 된다. 계몽된 공중이라고 부를 수 있는 이러한 대중의 등장과 확산의 과정의 가장 중요한 결과는 바로 이 과정을 통해서 사회적 의사소통의 하부구조(infrastructure of social commuication)가 형성되기 시작했다는 것이다. 대중 출판, 문학 시장 그리고 다양한 도시적 문화 제도에 의해 형성된 의사소통의 망은 당시의 사회적 삶을 이해하는 특정한 방식들이 확산되고, 논의되고, 공고화되고 때로는 수정되는 새로운 종류의 문화적 공간을 창출하게 된다.[23] 이러한 사회적 의사소통의 하부

문학시장의 발달과 함께 대중 출판의 급격한 성장은 계몽화된 대중을 확장시키는 데 가장 결정적인 요소였다

---

23 18세기 초 대중출판과 시민사회 내의 자생적 제도들과의 관계에 대해서는
J. H. Plumb, "Reason and Unreason in the Eighteenth Century: The English Experience" in *In the Light of History* (London, 1972)와 Peter Borsay, *The English*

대중문화와 문화적 민주화 일상적 삶의 상징적 생산

구조의 형성은 처음으로 계몽주의 지식인들에게 전체사회를 대상
으로 발언할 수 있게 하는 공적 공간을 제공하는 것을 의미한다.

하버마스에 있어서 사회적 의사소통의 하부구조의 형성은, 무
엇보다도, 국가로부터 시민사회의 해방을 의미하는 것이었다. 그
는 이 독특한 공적 공간의 등장을 주로 절대 왕권에 대항한 시민사
회의 투쟁이라는 관점에서 접근했다. 그의 주된 관심은 시민사회
에서의 새로운 종류의 공적 권위가 어떻게 절대 국가와 교회의 권
력을 제한하고 변형시키는가에 집중되었다. 그러나, 한편으로는,
이 공적 공간은 시민사회를 통제할 수 있는 힘에 정당성을 부여해
주는 새로운 종류의 공적 권위가 구성되고 있는 영역이기도 했다.
즉, 이 영역은 하버마스가 상정한 이성적 비판의 장이면서, 또한 사
회적 의미를 생산하고 통제할 수 있는 공적 권위를 선취하기 위한
각 사회적 집단 간의 투쟁이 일어나는 장을 의미하는 것이다. 사회
적 의사소통의 하부구조를 통해서 새롭게 등장하는 시민 계급의
지식인들은 시민사회의 사적 영역에서 그들의 자율성을 확보할 뿐
만 아니라 동시에 이 영역을 통제할 수 있는 새로운 권위를 창출하
려고 했다. 이런 의미에서, 동질적 공동체를 만들려는 계몽주의 지
식인의 문화적 기획은 시민 계급의 지적, 도덕적 지도력의 장악을

Urban Renaissance: Culture and Society in the Provincial Town 1660 – 1770 (Oxford:
Clarendon Press, 1989)을 참조. 근대 영국의 시민사회 형성에서의 커피 하우스의 역할
에 대해서는 Aytoun Ellis, *The Penny University: A History of the Coffee – Houses*
(London, Secker & Warburg, 1956) 참조

향한 열망을 보여주고 있다고 할 수 있다.

새롭게 부상하는 부르주아 계몽주의 지식인들은 사회를 통제할 수 있는 전혀 새로운 종류의 공적 권위를 필요로 했다. 라인하르트 코셀렉Reinhart Koselleck에 의하면 시민사회가 스스로의 자율성을 이해하는 방식은 정치적이라기보다는 도덕적인 것이었다. "부르주아적 의식에 있어서, 이성과 결합된 비평과 도덕성과 결합된 비판은 (부르주아지가) 스스로 정당화하는 동일한 행위이다. 그들 스스로의 도덕적 지적 판결을 내리는 시민은 스스로를 최고의 판관의 위치로 올려놓는다." 코셀렉에 의하면 이성은 "지속적인 (지적) 비평의 과정"과 "끊임없는 (도덕적) 비판의 수행"을 통해 그 자신을 최고의 권위로 확립시킨다.

> 근대 부르주아가 스스로를 확인하고 또한 주장하는 핵심적인 양식은 "스스로에 대한 자율적이고 자발적인 도덕적, 지적 비판"이다

그들 자신의 고유한 통치 권력을 가지고 있지 못했던 근대 부르주아지들은 끊임없는 도덕적, 지적 비판을 통하여 서서히 스스로를 드러내기 시작했다. (…) 시민의 (도덕적, 지적) 판결은 그 스스로를 올바르고 진실된 것으로 정당화한다. 그들의 도덕적 견책, 그들의 비판, 이것이 바로 새로운 사회의 새로운 통치 권력이 된다.(Koselleck 58)

> 시민사회의 공적 권위는 "지속적인 (지적) 비평의 과정"과 "끊임없는 (도덕적) 비판의 수행"을 통해 시민 스스로를 최고의 권위로 확립시킨다

코셀렉에 의하면 도덕적, 지적 비판은 근대 부르주아가 스스로를 확인하고 또한 주장하는 핵심적인 양식이다. 이 새로운 종류의 공적 권위는 근대 출판문화에 의해 제공된 독특한 문화적 공간

대중문화와 문화적 민주화 일상적 삶의 상징적 생산

을 통해 구성되게 된다. 시민 담화의 등장, 즉 자신의 사회를 가능한 한 포괄적으로 재현하고, 일반 대중의 일상적 삶에 개입하여 비판적 논평을 가하고, 그리고 이러한 재현행위와 비판행위를 통해 사회를 동질적인 공동체로 만들려는 문화적 욕구를 공유하고 있는 산문 장르의 등장은 근대 시민사회의 재판관과 입법자로서 부르주아 지식인들이 사회를 통제할 수 있는 공적 권위를 확립하는 과정의 산물이자 동시에 그 과정을 추진했던 힘의 일부였다고 할 수 있다. 일반 사람들의 일상적인 생활세계로의 비판적 개입을 통하여 시민담화는 부르주아 도덕 입법의 핵심적 제도로 자리를 잡게 된다. 당시 의회의 일원이었던 던바씨의 다음과 같은 불평은 시민사회의 여러 자생적 제도들, 특히 대중 출판이 이미 상당한 정치적, 도덕적 영향력을 행사하고 있었음을 보여준다.

출판의 지배

대영제국의 국민들은 어느 시대 어느 나라에서건 이제껏 들어보지 못했던, 최고의 권위를 가진 힘에 의해 지배되고 있다. 그것은 출판의 지배이다. 매주 발행되는 신문들을 가득 채우고 있는 쓸데없는 소리들은 의회의 법령보다도 더 큰 경의로 받아 들여지고 있다. 제멋대로 써대는 이들의 생각과 감정은 이 왕국의 최고의 정치가의 견해보다도 더 큰 무게를 대중들에게 가지고 있다.(*Lecky* 561 – 2)

"제멋대로 써대는 이들"의 "쓸데없는 소리"는 주로 17세기 말에서 18세기 초반까지 가장 강력한 문화적 영향력을 행사하고 있었던 각종 신문과 잡지에 실렸던 에세이를 가리킨다. 당시의 대부분의 중요 작가 지식인이 참여했던 초기 근대의 신문들 – 존 던톤 John Dunton의 "질의 응답식" 신문, 네드 워드Ned Ward의 "기행문식" 신문, 드포의 "도덕 개혁을 위한 모임" 형식의 신문, 조나단 스위프트Jonathan Swift의 〈익재미너〉Examiner, 헨리 필딩Henry Fielding의 〈챔피언〉Champion, 사무엘 존슨Samuel Johnson의 〈램블러〉Rambler 등 – 은 당대의 사회적 삶을 포괄적으로 재현할 수 있는 다양한 형태의 산문 양식들을 에세이 형식을 통해 실험하게 된다. 대중의 세속화된 문화적 욕구에 적극적으로 대응해 나갔던 초기 근대의 신문의 등장은 부르주아 지식인들이 일상적 삶의 사적 영역에서의 판관과 입법자의 역할을 스스로에게 부과함으로서 사회적 의미생산의 주체로서 새로운 공적 권위를 만들어가는 과정을 잘 보여주고 있다. 대중출판이 비판적 공공성의 기능을 확립해 감에 따라 사회적 삶의 다양한 모습을 재현하고 그것에 비판적 개입할 수 있는 문화적 공간이 더욱 확산될 수 있었다.

역사적으로 공공영역(public sphere)은 시민이 만들어지고 성장한 사회적, 문화적 공간이었다. 스스로를, 자신의 눈이 아닌 보편의 눈으로 끊임없이 다시 돌아볼 수 있는 능력은 근대적 이성의 가장 중요한 능력이었다. 시민은 이러한 보편의 눈을 가진 자의 이름이었다. 보편의 눈을 가지고 있다는 것은 다시 말해 공동체적 능력, 즉 공동체를 사유하고 공동체를 통해 문제를 해결할 수 있는 능력을 가리킨다. 그런 의미에서 시민적 능력과 공동체적 능력은 동의어이다. 이 능력을 통해 공동체적 존재로서의 자신의 삶의 조건을 반성적으로 사유할 수 있게 되며, 자신의 현실에 비판적으로 개입할 수 있는 힘을 가질 수 있게 된다. 그리고 궁극적으로 그 힘을 통해 현실의 변화에 참여한다. 우리의 일상적 삶은 항상 문제를 제기하고, 해석하고, 판단하는 행위를 끊임없이 요구하고 있으며, 반응과 개입의 능력은 시민 사회의 생존 조건이다.

근대 시민사회를 통해 개인이 등장했다는 것은 곧 새로운 형태의 공동체와 공공성이 등장했다는 것을 동시에 의미한다

근대 시민사회를 통해 개인이 등장했다는 것은 곧 새로운 형태의 공동체와 공공성이 등장했다는 것을 동시에 의미한다. 즉, 봉건체제의 위계적 사회 질서가 해체되고, 수평적 관계를 맺고 있는 개인들을 기본적인 단위로 구성되는 새로운 형태의 공동체가 형성됨에 따라, 공동체 안에서의 일반사람들의 구체적인 삶의 경험과 요구와 이해관계를 표출하고 그것에 의거해서 사회적 관계를 조절할 수 있는 새로운 종류의 공공성의 권위가 등장하게 되었다. 역사적, 사회적 관점에서 공공영역의 중요성은 그것이 재현과 참여와 개입과 연대의 행위가 일어나는 사회적 공간을 제공해 주었다는 것이다. 재현이란 스스로의 경험과 고통과 정체성을 표현해내고, 그것을 공적 경험으로 공유시키는 것, 그것을 통해 자신의 집단적 정체성에서 오는 고유한 관점과 해석을 공동체의 관점과 해석으로 바꾸어 놓고, 더 나아가서 공동체의 의미 생산 과정에 참여하는 것이다. 재현은 소통이면서 참여이다.

그런 의미에서 공공영역은 미디어와 동의어라고 할 수 있다.

대중 미디어 시장은 근대 이후 시민을 생산하는 가장 핵심적인 사회적 기제로 기능해 왔다. 공동체적 관심사가 되는 사회적 의제를 공유하고 비판적으로 접근하고 스스로의 판단을 가지는 것은 시민적 능력의 가장 중심적인 부분이다. 이 능력이 만들어지고 성장하는 곳이 미디어이다. 미디어는 근대 시민사회의 등장과 함께 성장한 사회적 공공재이다. 공공재라는 것의 의미는 공동체의 구성원들의 사회적 삶이 함께 만들어지고 변화하는 공간이라는 것이다. 미디어는 일반 사람들의 경험과 그 경험에서 나오는 생각과 관점이 공적으로 발언되고 표현되고 공유되는 공적 소통의 공간이다. 이 공적 소통과 경험의 공유를 통해서 공동체와 개인의 삶은 진화하고 성숙한다. 우리는 이것을 민주주의라고 부른다. 이러한 공적 소통의 공간에서 대중의 사회적 정체성과 경험과 고통은 공동체에 인지될 권리를 갖는다. 이 인지될 권리는 새로운 대중의 정치적 문화적 자원이 된다. 이것이 참여의 진정한 의미, 즉 공동체에 내 삶을 각인시키는 것이다. 이것은 대중의 권리의 핵심적 요소이며, 이러한 권리가 실현되는 공간이 미디어이다. 하버마스의 부르주아 공공영역에 대한 선구적 논의는 오늘날 대중 미디어 시장의 잠재적 힘(자본의 힘에 의해 그 실현이 차단되고 있는)을 다시 확인하게 해준다.

대중문화와 문화적 민주화 일상적 삶의 상징적 생산

그들 자신의 고유한 통치 권력을 가지고 있지 못했던

근대 부르주아지들은 끊임없는 도덕적,

지적 비판을 통하여 서서히 스스로를 드러내기 시작했다.

시민의 (도덕적, 지적) 판결은 그 스스로를

올바르고 진실된 것으로 정당화한다.

그들의 도덕적 견책, 그들의 비판, 이것이 바로

새로운 사회의 새로운 통치 권력이 된다.

라인하트 코셀렉

3. 2.

대중 미디어 시장과
리얼리즘 소설의 발생

소설[24]이 대중출판 문화의 산물이었다는 사실은 근대적 문화 형식으로서의 소설을 접근하는 가장 적절한 출발점을 제공해 준다. 소설 형식의 변별적 특질들은 모두 일반 사람들, 즉 대중이 소설이라는 문화 형식의 주도적인 소비자였다는 사실과 밀접히 연결되어 있다. 대중은 이야기를 소비하면서 자신의 정체성을 만들어

---

24 이 글에서 소설이라는 장르의 명칭은 정확하게는 리얼리즘 소설을 가리킨다. 일반적으로 긴 산문 이야기를 소설이라고 부르고 그런 의미에서 판타지 소설이나 역사 소설과 같은 용어도 사용되기도 하지만, 서구문학사나 문학 비평에서 18세기에 등장하기 시작한 보통 사람들의 일상적인 이야기를 사실적으로 재현한 역사적 서사 장르를 소설이라는 이름으로 부르고 그 역사적 현상을 소설의 발생이라고 지칭하는 관계를 따라 소설이라는 장르 명칭을 쓰기로 한다.

가며, 그 구체적 과정은 각각의 역사적 공동체에 고유한 의사소통 체계(communication system)를 통해 진행된다. 그런 의미에서 서구 근대화의 역사적 과정에서 가장 주목할 만한 사건은 대중출판 시장이 등장했다는 것이다. 하버마스가 근대성의 핵심적인 범주로 분석한 공공영역의 가장 대표적인 역사적 현상은 근대 대중출판 문화의 등장이었다. 이야기가 시장을 통해 생산되고 유통되고 소비되는 과정의 시작은, 무엇보다도, 문학 생산물이 광범위한 독서 대중의 문화적 욕구의 영향을 받기 시작하는 중요한 기점을 보여주고 있다. 제한된 집단을 대상으로 글이 생산되고 소비되었던 이전의 문학체계의 작가들과는 달리, 초기 대중출판의 작가들은 정보, 지식, 오락, 그리고 사회적 정치적 논평에 대한 대중의 새로운 세속화된 욕망에 적극적으로 대응하면서, 항상 광범위한 잠재적 독자들을 의식하고 있었다. 17세기 이전의 서구의 중요한 문학 생산물이 대체로 궁정 지식인들에 의해 생산되었고 한정된 지배계급을 통해 독점적으로 유통되고 소비되었다면, 이러한 시장 중심의 '민주적' 문학 생산 체계에서는 상당히 넓은 계층을 아우르는 독서 대중과의 관계가 작품생산의 핵심을 이루게 된다. (물론 예외는 존재한다. 대표적으로는 셰익스피어나 쵸서.)

가장 보편적인 서사 양식으로 보이는 소설이라는 문학 장르 ─ 보통 사람들의 일상적인 삶을 사실적인 재현과 평이한 산문 문체로 표현하고 전달하는 양식 ─ 가 특정한 시간과 장소에서 '발생'했다는 사실을 이해하는 데는 상당한 역사적 상상력이 요구된다. 소

17세기 이전의 서구의 중요한 문학 생산물이 대체로 궁정 지식인들에 의해 생산되었고 한정된 지배계급을 통해 독점적으로 유통되고 소비되었다면, 근대 시민 사회에서 새롭게 형성된 '시장' 중심의 문학 생산 체계에서는 넓은 계층을 아우르는 새로운 독서 대중과의 관계가 작품 생산의 핵심을 이룬다

대중문화와 문화적 민주화 일상적 삶의 상징적 생산

설의 발생을 역사적으로 이해한다는 것은 몇 가지 기본적인 질문을 포함하고 있다. 소설은 과연 새로운 형식인가, 어떠한 방식으로 새로운가, 그리고 왜 그 시점에서 새롭게 나타나게 되었는가 하는 문제들이다. "소설의 변별적인 문학적 특질들과, 소설이 시작되고 발생했던 사회의 특질들 간의 영속적인 연관관계를 규명"(9)해보려는 최초의 시도라고 할 수 있는 이언 와트Ian Watt의 『소설의 발생』(The Rise of the Novel)은 다음과 같은 질문으로 시작된다. "소설은 새로운 문학형식인가? 보통 그렇게 받아들여지듯이, 소설이 새로운 형식이며, 디포우와 리처드슨 그리고 필딩에 의해 시작되었다고 가정한다면, 과거의 산문이야기, 예를 들어, 그리스의 산문 이야기와 또는 중세나 17세기 프랑스의 산문 이야기와는 어떻게 다른가? 이러한 차이점들이 바로 그 시기와 장소에 나타나게 되는 이유라도 있는 것인가?"(9) 앞의 질문은 소설의 형식적 특성에 관한 것이며, 마지막 질문은 소설 발생의 역사적 조건에 관한 것이다. 이 두 가지 질문이 별개의 것이 아니라는 것이 18세기 영국 소설의 발생을 논의하는 이 글의 기본 전제이자 출발점이다. 이 글의 주된 관심은 소설이 가지고 있는 고유한 형식적 특질들의 형성을 근대화 과정의 서구 사회의 특정한 역사적 경험과의 관계를 통해 이해하려는 것이다.

소설의 발생에 대한 역사적 이해는 소설적 담화 양식이 근대 시민 사회, 그리고 근대적 주체의 형성과 어떠한 관계를 가지는가를 다루는 것이다. 전통적인 역사적 접근에서 이 관계의 양상은 주

소설의 형식적 특성과 소설 발생의 역사적 조건에 관한 이 두 질문은 이언 와트의 『소설의 발생』에서 서로 별개의 것이 아니라 하나이다

로, 소설은 어떻게 서구의 근대적 경험으로부터 발생되었고, 그 경험을 구성하고 있는 문화적 조건, 지적 풍토, 삶의 양식을 재현하고, 반영하고, 그 경험의 숨겨진 본질을 드러내는가의 문제에 집중되었다. 최근의 문화연구적 접근은 소설의 발생 과정을 근대화라는 지적, 사회적 변화의 산물 혹은 그것을 반영하는 재현의 양식으로서가 아니라, 그러한 변화를 만들고 추진했던 사회적 문화적 실천 행위로 접근하고 있다. 이때 제기되는 질문은 소설은 한 사회의 담론의 영역에서 근대적 주체를 어떻게 생산하고 재생산하는가, 그리고 근대 시민 사회의 핵심적인 문화 제도로서 소설적 의사소통 체계는 근대적 사회관계의 형성에 어떠한 방식으로 개입했는가 등으로 바뀌게 된다. 이 장은 소설이라는 문화적 형식이 어떻게 근대의 역사적 경험에 영향을 받아 형성되었고, 또한 동시에 그것을 만들었던 중요한 문화적 실천으로 작용했는가의 상호 구성적 과정에 주목하고 있다. 그리고 그 과정을 통해 "일상적 경험의 재현과 소통"이라는 관점에서 리얼리즘 소설을 다시 규정해 보려고 한다.

소설은
1) 담론의 영역에서, 근대적 주체를 어떻게 생산하고 재생산하는가
2) 시민 사회의 문화적 제도의 영역에서, 소설적 의사소통 체계는 근대적 사회관계의 형성에 어떻게 개입했는가

우선 모든 논의에 앞서 얘기되어야 할 것은 소설이라는 장르의 변별적 특질들을 규정하는 것이다. 즉 18세기 초반부터 서서히 나타나기 시작하여 소설이라는 이름을 갖게 된 이 서사 양식의 고유한 장르적 특질을 구성하는 요소들은 무엇인가를 살펴보는 것이다. 다음으로 우리는 근대란 무엇인가를 소설의 발생의 관점에서 다시 정의할 필요가 있다. 근대란 물론 역사적으로 특정한 물리적 시간대를 가리키는 시대구분의 용어이다. 그러나 물리적 시간대로

대중문화와 문화적 민주화 일상적 삶의 상징적 생산

만 이해하기에는 근대는 우리에게 너무나 많은 것을 의미하고 있다. 근대의 등장은 인간 경험의 모든 영역에서의 혁명적 변화이며 우리는 그것의 결과로서, 그 연장선 위에 있다. 우리는 여전히 근대적 인간인 것이다. 이와 관련하여 정치적, 경제적, 문화적 근대화가 의미하는 것은 무엇이며 각각의 근대화 과정에 소설의 발생은 어떠한 관계를 가지는가를 구명하는 것을 통해 소설이라는 문화적 형식의 현재적 의미를 짚어보려고 한다.

소설이라는 장르가 형성되는 과정은 이질적인 다양한 대중 서사 장르들이 대중출판 문화의 등장에 따라 각각의 고유한 발전과정을 거쳐 우리가 현재 소설이라고 부르는 영향력 있는 문화적 형식 – 적어도 전파 매체의 등장 이전까지는 – 으로 통합되는 과정이라고 할 수 있다. 소설의 발생을 주도했던 작가들로 평가되고 있는 다니엘 디포우Daniel Defoe, 사무엘 리처드슨Samuel Richardson, 헨리 필딩Henry Fielding의 새로운 글쓰기는 초기 소설이 당시의 다양한 대중 산문 장르로부터 형식적 요소를 차용해 와서 소설의 고유한 특질들을 만들어가는 과정의 중요한 기점들을 이루고 있다. 이 개별적 형식적 요소들과 그것의 서사적 잠재력은 제인 오스틴Jane Austen과 찰스 디킨즈Charles Dickens와 같은 19세기 리얼리즘 소설에서 하나의 장르로 통합되어 완성되게 된다. 이 장에서는 출판 시장의 등장과 함께 부상한 다양한 대중 산문 양식들이 근대 소설이라는 도덕적으로, 지적으로, 그리고 미학적으로 상승된 문화적 형식으로 완성되어가는 과정을 살펴본다.

○
리얼리즘 소설의
변별적 특질

긴 산문 이야기라는 의미에서 소설이라는 이름은 매우 다양한 서사 양식에 쓰이고 있다. 무엇보다도 동양 문화권에서 사용하고 있는 소설小說이라는 장르와, 소설로 번역되고 있는 서구의 'the novel'은 상당히 다른 대상을 지칭하는 것인데, 현재 우리가 쓰는 소설의 의미는 후자에 가까운 것이라고 할 수 있다. 일반적으로 18세기 영국에서 발생했다고 얘기되는 소설은 정확히 말해 리얼리즘 소설이다. 앞에서 정의했던 '보통 사람들의 일상적인 삶을 사실적인 재현을 통해 전달하는 양식'을 가리키는 것이다. 리얼리즘 소설의 형식적 특징들이 그 이전의 긴 산문 이야기들, 즉 신화, 역사, 전설, 로맨스 등과 어떻게 다른가를 가장 뚜렷하게 대비시킨 것으로 평가되는 것이 이언 와트의『소설의 발생』이다.

와트는 18세기 영국에서 발생한 소설의 변별적 특징을 형식적 사실주의(formal realism)로 규정하고, 그것이 당시의 경험주의 철학, 그의 용어로는 철학적 리얼리즘과 긴밀한 관계를 맺으면서 형성된 것으로 설명하고 있다. 그는 철학적 리얼리즘의 비판적이고, 반전통적이며, 혁신적인 성향에 주목한다. 이러한 성향은 플롯, 등장인물, 인물의 행위, 서술 방식, 배경 등 소설의 핵심적인 형식적 요소들에 반영되어 나타난다. 디포우가 전통적인 플롯, 즉 신화, 전설, 역사, 서사시 혹은 과거의 위대한 문학 작품의 원형적 플롯을 거부

대중문화와 문화적 민주화 일상적 삶의 상징적 생산

하고, 우리 주위에서 흔하게 볼 수 있는 인물들의 자서전적인 회고록의 이야기 구성을 취하고, "주인공이 이 다음에는 어떤 행동을 취했을 것이다라는 개연성의 원칙에 따라 이야기의 순서가 자연스럽게 흘러나오게 했"(15)던 것은, 와트에 의하면, 실재는 감각을 통하여 개별적으로 파악될 수 있다는 경험주의 철학의 믿음을 소설 형식을 통해 드러내주는 것이다. "플롯은 과거에 그랬듯이 주로 적절한 문학 관례를 따라 결정된 상황을 배경으로 보편적인 인간 유형에 의해 전개되는 것이 아니라, 특수하고 구체적이고 개별적인 상황에서, 특수하고, 구체적이고 개별적인 사람에 의해 전개되어야 한다"(15)는 것이다. 예를 들어, 그리스나 로마의 작가들처럼 관례적으로 전통적인 플롯을 사용했던 쵸서, 스펜서, 셰익스피어, 그리고 밀턴 같은 작가와는 달리 초기 소설 작가들은 로빈슨 크루소나 톰 존스, 클래리서 할로우 같은 그들 주변의 '평범한' 동시대인들의 이야기를 선택했던 것이다. 경험적이고 구체적인 개체에 대한 관심은 신화나 역사 속의 인물의 이름 혹은 이국적이고 고풍스러운 이름 대신 일상생활에서 경험적으로 만나는 일반 사람들의 이름을 부여해 주는 방식으로 하나의 인물을 제시하려고 하는 소설가의 의도 속에 잘 나타나고 있다.

보편적 관념의 거부와 구체적이고 특수한 개체에 대한 강조

철학적 리얼리즘의 특징인 "보편적 관념의 거부와 구체적이고 특수한 개체에 대한 강조"(18)는 소설의 플롯이나 인물의 이름 짓기 외의 다른 특질에도 잘 반영되어 있다. 이전의 문학 장르와는 달리, 소설에서 인물들의 행위가 일어나는 시간과 장소는 대부분의 경우

특정하게 구체화되어 있다. 고대나 중세의 문학에서 시간과 장소의 의미는 확실히 소설에서의 의미와 상이하다. 예를 들어, 비극의 행동을 24시간 동안으로 제한시키는 연극적 관례는 구체적인 흐름으로서의 시간이 우리 삶에 가지는 중요성을 부정하는 것으로 보인다. 즉 초시간적인 보편적 관념에 실체가 있다고 보는 고전주의 세계관에 따르면 우리 삶에 관한 진실은 하루라는 시간 속에 축약되어서도 충분히 드러날 수 있기 때문이다. 또한 초시간적 보편성을 담지하는 가치들이 의인화된 인물로 등장하는 버년Bunyan의 『천로역정』(Pilgrim's Progress)에서 구체적인 경험적 현실이 벌어지고 있는 특정한 시간과 장소는 별로 중요한 요소가 되지 못한다. 그러나 디포우와 리처드슨의 소설 속의 인물들은 구체적인 시간과 장소에서만 존재할 수 있는 개별적 주체이다. 충실하고 생생한 세부묘사, 즉 있는 그대로를 그린다는 사실주의적 원리는 이러한 구체적인 시간과 공간 속에 존재하는 인간의 이야기, 특정한 물리적 환경 속에서 일어나는 사건과 행위를 제시하는데 따르는 필연적인 결과이다.

개별적이고 경험적인 실체를 보편적 관념의 우위에 두는 이러한 새로운 인식론 – 와트는 이것을 개인주의적(혹은 개체주의적) 이데올로기라고 부른다 – 은, 와트에게 있어서, 이전의 전통적인 권위, 관습, 제도화된 삶의 양식으로부터 오는 모든 구속으로부터의 해방을 의미하는 것이었다. 따라서 전통적인 문학 관례로부터 자유롭고, 경험의 개별적 구체성을 강조하는 소설의 장르적 특질들은 이 새로운 세계관의 형식적 구현으로 이해되고 설명된다. 철학적

새로운 '리얼리즘'적 인식론 – 개인주의적 이데올로기 – 은 이전의 전통적 권위와 관습, 제도화된 삶의 양식으로부터 오는 모든 구속에서의 해방을 의미한다

대중문화와 문화적 민주화 일상적 삶의 상징적 생산

세계관의 등장과 한 문학 장르의 발생을 연결하는 와트의 방식은 실제의 역사적 조건들을 전혀 설명하지 못한다는 근본적인 방법론적 문제를 가지고 있지만, (이 실제적 역사적 조건을 구명하는 것이 이 글의 의도이다) 그가 이 과정에서 정의한 소설의 고유한 변별적 특질들 − 전통적 문학 관례로부터 자유롭고 실제 삶의 서술 구조에 따라 구성된 플롯, 특수하고 구체적인 상황 속에서 행위 하는 특수하고 구체적인 인물들, 구체적인 시간과 공간 속에서 주변 상황을 있는 그대로 충실히 기술하려는 재현 양식 − 은 소설이 새로운 장르였다는 주장을 명료하고 설득력 있게 제기해 주고 있다.

와트가 정의한 바의 소설의 장르적 특질들에 대한 논의는 사실, 소설의 발생과 함께 시작되었다고 할 수 있다. 소설이 새로운 장르이며, 인간 삶의 개체적, 공동체적 진실을 표현하는 매우 강력한 문화적 형식으로서의 잠재력을 가지고 있다는 동시대적 주장이 가장 포괄적이고 본격적으로 주장된 것은 18세기 후반 클라라 리브Clara Reeve의 『로맨스의 발전』(The Progress of Romance)에서이다. 소설이 발생했다는 공식적인 선언이자 동시에 소설에 대한 최초의 정전화(canonization)라고 할 수 있다. 전통적인 로맨스와의 비교로 시작되는 리브의 새로운 장르에 대한 이해는 우리가 현재 리얼리즘 소설을 정의하는 방식과 일치한다.

로맨스는 영웅적 우화이다. 그것은 굉장한 전설적인 인물과 사물을 다룬다. 소설은 실제 삶과 습관들의 모습을 그려

주며, 그것이 쓰여진 시대의 모습을 그려준다. 로맨스는 고양되고 상승된 언어로 되어 있으며, 전혀 일어나지 않았거나, 일어날 것 같지 않은 일들을 묘사한다. 소설은 우리 눈앞에 매일매일 벌어지거나, 우리의 친지들이나 혹은 우리 자신에게 일어나는 그러한 일들의 익숙한 관계를 우리에게 보여준다. 그리고 그 작품이 아주 잘 되었을 경우에는 모든 장면, 장면을 너무도 쉽고 자연스러운 방식으로 우리에게 보여주고, 너무도 그럴듯하게 만들어서, 우리를 그렇게 믿도록 설득시키기 때문에, 모든 것이 실제로 일어난 것 같고, 이야기 속의 인물들의 환희와 고통이, 마치 우리의 일인 것처럼 우리를 감동시킨다.

이 짧은 구절은 그때까지 소설이라는 장르가 새롭게 시도했던 것, 앞으로 발전되어 갈 방식, 그리고 소설이 어떤 문화적 의미를 가지게 되는지를 압축적으로 보여주고 있다. 리브 여사가 규정한 소설의 특질들을 바탕으로 18세기 영국에서 발생한 소설의 새로운 특질들을 살펴보면 다음 몇 가지를 열거할 수 있다.

1) 동시대성: 소설은 그들 자신의 시대를 배경으로 한다. 한 공동체가 가진 위대한 정신적 유산으로서의 전통적 이야기들은 더 이상 출판 시장을 실제로 구성하고 있던 일반 사람들, 특히 부르주아 중산층의 세속화된 관심을 끌지 못한다. 정

규적인 고전 교육을 받지 않은 이들에게는 자기 주위의 이야기가 미적으로 도덕적으로 더욱 큰 의미를 갖는다.

2) 개연성: 소설은 실제로 일어날 법한 일들을 다룬다. 우리 주위에서 어제도 일어났고, 지금 현재에도 일어날 수 있는 사건과 행위들로 이루어져 있다. 이 개연성의 법칙은 소설이 그 이전의 다른 산문 이야기들과 가장 뚜렷이 구분되는 특질이라고 할 수 있다. 신화나 전설, 그리고 대부분의 로맨스에서의 플롯은 우리 주위에서 일어날 법한 행위를 다루지 않거나 적극적으로 배제한다. 구체적인 시간과 공간에서 진행되고 있는 실제 세계가 신화나 전설에서 허구적으로 그려진 보편적 형상의 세계보다 인식론적으로, 그리고 도덕적으로 더 우월하다는 생각이 17세기 후반 청교도들을 중심으로 널리 퍼지게 된다. 초기 소설들에는 매우 빈번하게 그 내용이 실제 일어났던 실화라는 주장이 나오는데, 이것은 이러한 진실에 대한 인식론적 태도의 변화와 깊은 관계가 있다.

3) 보통 사람들: 소설의 주인공이나 등장인물은 대부분 평범한 우리 주위의 일반 사람들이다. 전통적으로 중요한 의미를 가진, 따라서 중요한 이야기의 대상이 된 영웅이나 신화 속의 인물, 역사적으로 의미를 가진 인물들은 더 이상 출판 시장을 이끌고 있던 일반 사람들의 관심을 끌지 못한다. 대신 우리 주위의 보통 사람들의 특별한 내면이 이야기의 중요한 대상이 된다. 개체적 인간의 고유한 세계 속에 하나의 소우

주가 들어 있으며, 그 각각의 소우주들은 때로는 매우 귀담 아 들을 만한 이야기들을 간직하고 있다는 것이다. 바로 근 대적 개인의 탄생이며, 소설만큼 이것을 확실하게 선언해준 문화적 형식은 없었다. 리처드슨은 클래리사라는 우리 주위 에서 볼 수 있는 한 개인이 1년간 겪는 내면적 갈등을 전달 하는데 2,000쪽(100만 단어) 이상을 사용하고 있다. 그 뒤 리 얼리즘 소설이 19세기 중반 형식적으로 완성되면서 인물 (character)은 소설의 가장 중요한 요소가 된다.

4) 일상적 언어와 서술 방식: 정규적인 고전 교육을 받지 못한 부르주아 중산층에게 서사시적인 고양된 언어는 미적으로 향유되지 못한다. 또한 퓨리턴들이 많은 부분을 이루고 있 던 당시 소설 독자들에게 지나치게 수사적이고 장식적인 언 어보다는 가장 사실에 충실한 언어가 바로 도덕적 의미를 가진 것으로 이해되었고 따라서 신의 뜻에 가장 합당한 언 어로 받아들여졌다. 지나치게 산문적이고 무미건조한 디포 우의 문체는 디포우 본인이 고전 교육을 별로 못 받은 이유 도 있지만, 산문 문체에 대한 새로운 이상을 적극적으로 반 영하고 있다. 이러한 일상적 언어의 사용은 그 뒤의 소설 문 체의 미적 형성에 지대한 영향을 끼치게 된다. 18세기 말엽, 소설을 미적으로 완성시켰다고 할 수 있는 제인 오스틴의 산문은 상당히 '진화된' 서술 방식을 보여준다.

5) 사실적이고 충실한 묘사: 있는 그대로 묘사한다는 것이 매

대중문화와 문화적 민주화 일상적 삶의 상징적 생산

우 특수한 묘사 방식이라는 것은 미술 비평가들이 찾아낸 중요한 진실 중의 하나이다. 즉 있는 그대로 그린다는 것은 우리가 보통 생각하듯이 가장 자연스럽고 일반적인 묘사 방식이 아니라는 것이다. 언어를 통해 사물이나 행위를 모방 혹은 재현하는 문학의 경우에도 있는 그대로를 충실히 묘사하는 것은 특정한 역사적 단계에서 등장하게 된다. 와트의 설명에서도 언급되었듯이, 구체적으로 존재하는 시간과 공간이 인식론적으로 중요해지면서, 그러한 시간과 공간의 구체성을 전달하는데 가장 적합한 방식인 리얼리즘적 묘사가 주도적인 서술 방식으로 등장하게 되는데, 이것을 미적으로 완성한 문학형식이 소설이다. 이것은 대중 장르로서의 소설이 운문을 피하고 산문의 미학을 추구하게 되는 과정의 필연적인 결과라고도 할 수 있다. 충만한 공간의 느낌은 소설이 가지는 미적 효과의 중요한 부분을 차지한다. 로빈슨 크루소의 섬에서의 주거공간은 절해고도에서의 일상적 삶을 꾸려나가는데 필요한 일용품들로 가득 차 있으며, 클래리사가 가족들의 압력 속에 약혼자를 만나는 할로우 저택의 거실은 극도로 정밀하게 묘사되는 내부 장식과 가구들을 통해 우리에게 제시되면서 극적 긴장감을 고조시킨다.

이 다섯 가지 특질들 – 동시대 보통 사람들의 실제 일어날 법한 이야기를 일상적인 언어와 서술 방식으로 사실적으로 충실하게 묘사 – 이 대체로 18세기 초반부터 영국에서 발생했다고 기술되는 소설이라는 장르의 변별적 특징을 구성하는 형식적 요소들이다. 물론 우리가 일반적으로 말하는 소설이 모두 이러한 형식적 특질들을 균일하게 드러내주는 것은 아니다. 중요한 것은 특정한 시점에서 이러한 특질들이 인간 경험을 표현하고 전달하는 효과적이고 주도적인 형식으로 '발생'했다는 것이며, 또한 인간 삶의 양식의 총체적인 변화와 긴밀하게 연관되어 있는 역사적 형식이라는 점이다. 바흐친M. Bakhtin의 표현을 빌리자면, 이러한 특질들은 소설적 담화양식의 이데올로기(ideology of the novelistic discourse)를 드러낸다. 서사시나 비극이 근본적으로 위계적 질서에 근거한 권위주의적 공동체의 지배적 세계관을 담지하는 문화형식이라면, 소설적 담화 양식은 산문적이고 희극적인 세계 인식을 드러내고 주장하는 반위계적이고 탈권위적인 문화형식이라는 것이다. 소설의 탄생은 바로 근대의 탄생인 것이다.

서사시나 비극이 위계적, 권위주의적 공동체의 지배적 세계관을 담지하는 문화형식이라면, 소설은 반위계적, 탈권위적 문화형식이다

○
　소설 발생의 역사적 조건:
　　문화적 근대, 대중출판 시장, 계몽된 대중

　근대란 무엇인가? 그것은 길게는 지난 3, 400년간 인류가 전 지구적으로 경험했던 인간 삶의 양식의 총체적이고도 혁명적인 변화의 역사적 과정이며 그 연장선상에 우리는 근대적 주체, 혹은 근

대중문화와 문화적 민주화 일상적 삶의 상징적 생산

대적 인간으로 살고 있다. 대체로 서구에서 시작되고 완성되었던 이 근대화 과정은 정치적 근대화(왕권의 축소, 의회의 강화, 시민 사회의 성장), 경제적 근대화(자본주의 경제체제의 등장으로 인한 사유 재산의 절대성의 확립과 시장의 자율성의 획득), 철학적 종교적 근대화(이성의 합리성에 대한 믿음과 신의 존재 방식에 대한 이해의 변화), 과학적 근대화(자연 현상에 대한 과학적이고 객관적인 이해와 그에 따른 자연의 통제와 정복 그리고 과학 기술의 발전에 따르는 기계와 공장제 생산의 등장) 등으로 설명될 수 있으며, 이 각각의 근대화는 서로 간에 긴밀한 상호관련을 맺으며 진행되어 왔다.

서구의 근대화 과정은 '개체화 (개인화) 과정' 과 '확산의 과정'으로 살펴볼 수 있다

서구의 근대화 과정은 설명의 편의상 '개체화 과정'과 '확산의 과정'이라는 관점으로 접근할 수 있다. 이 두 가지 관점은 모두 소설의 발생을 이해하는데 유용한 이해의 틀을 제공한다. 정치적 근대화는 개인이라는 한 개체가 가장 기본적인 정치적 단위가 되는 과정이며, 이 정치적 단위는 투표권을 통해 구현된다. 경제적 근대화는 한 개체가 가장 기본적인 경제적 단위가 되는 과정으로 사유 재산의 절대성을 통해 구현된다. 또한 종교적 근대화는 프로테스탄티즘의 등장과 함께 시작된 것으로, 교회와 사제의 매개 없이 한 개인의 영혼이 신을 직접 대면함으로서 구원을 받을 수 있다는 믿음에 근거한다. 소설이 형상화하고 있는 개체적 개인, 즉 하나의 의미 있는 소우주를 가지는 자율적 존재로서의 개인의 등장은 이 개체화 과정으로서의 근대 시민사회의 역사적 형성과 불가분의 관련을 가진다.

'개체화 과정'이란 '하나의 의미 있는 소우주'를 가진 자율적 존재로서의 개인의 등장을 말한다

또한 우리는 이 근대화 과정을 '확산의 과정', 즉 정치적 자원

의 확산, 경제적 자원의 확산, 문화적 자원의 확산 과정으로 이해할 수 있다. 근대의 점진적인 역사적 과정을 '자원의 확산의 과정'으로 이해하는 것은 이 장의 주제인 문화적 근대화를 이해하는 효과적 관점을 제공하기 위한 것이다. 경제적 자원이란 한 공동체가 가지고 있는 한정된 양의 물질적 재화의 총량이다. 경제적 근대화는 자본주의의 등장과 함께 한정된 집단에 집중되고 독점되었던 경제적 자원이 점점 밑으로 확산되는 과정이었다. (물론 현대 자본주의 상황에서 이러한 확산 과정이 얼마나 효과적으로 진행되었는가에 대해서는 이견이 있을 수 있다.) 마찬가지로 정치적 자원 역시 점진적으로 확산되어 왔다. 이때 정치적 자원이란 한 공동체의 구성원들의 삶의 조건과 관계를 결정하고 지배할 수 있는 힘, 즉 권력을 가리킨다. 처음에는 왕과 교황, 귀족 집단에 독점되고 집중되었던 권력이 의회가 등장하고 대의 민주주의가 확립되면서 일반 사람들에 의해 점진적으로 공유되기 시작한다. 이 권력의 분산 혹은 확산이 제도적으로 표현되는 것이 서구의 역사적 과정을 통해서 점진적으로 확대되어 온 투표권이다. (이 경우 역시 현대 사회에서 한 표의 투표권으로 그만큼의 권력을 일반 사람들이 반드시 행사한다고는 할 수 없다.)

그렇다면 문화적 자원이 확산된다는 것의 의미는 무엇인가? 앞의 두 경우와 유추적으로 생각해 보면, 문화적 자원이란 의미 생산을 할 수 있는 능력 – 자기 자신의 삶과, 공동체의 모습, 다른 사람과의 관계를 이해하고 받아들이는 정당화하는 방식, 이 세계는 어떻게 창조되었으며, 우리는 그 속에서 어떠한 모습으로 존재하

'확산의 과정'이란 정치적 자원의 확산, 경제적 자원의 확산, 문화적 자원의 확산을 말하며 곧 한정된 집단에 의해 독점되거나 집중되었던 정치·경제·문화의 자원들이 밑으로, 시민들로, 전체 공동체의 구성원들로 확산되는 과정을 뜻한다

대중문화와 문화적 민주화 일상적 삶의 상징적 생산

고 있고, 어떻게 사는 것이 옳은가, 지금 현재 나를 둘러싸고 있는 관계와 조건들은 정당한 것인가, 혹은 부당한 것인가에 대한 이해 등 – 을 가리키는 것이다. 그리고 이러한 세계 이해의 방식은 한 공동체가 고유하게 가지고 있는 의사소통 체계를 통해 생산되고 유통되고 공유된다. 문화적 자원이 집중되고 독점되었다는 것은 공유된 세계 이해의 방식을 특정한 집단이 독점적으로 생산하고 그것을 일반 사람들에게 일방적으로 주입시키는 것을 의미한다. 중세 교회는 (정치적 집단으로서의 중세 교회는 교황과 왕과 영주와 귀족, 국가를 관리하는 행정직을 맡고 있던 사제들, 그리고 공동체의 가치와 신념을 생산하던 궁정지식인 집단으로 이루어진 지배 집단을 말한다) 성경에 대한 해석을 일반인들에게 차단함으로써 (당시에는 라틴어로 쓰여진 것밖에 없었기 때문에 일반인에게는 접근과 해석이 허용되지 않았다) 이 세계의 창조 원리로부터 시작하여 모든 중요한 공동체적 의미 생산의 원천을 독점했다고 할 수 있다. 서구의 경우 이 의미 생산의 확산의 과정은 종교 개혁, 간단히 말해 신을 사제 집단을 통하지 않고 일반인들이 직접 만나고 해석하려는 새로운 종교적 운동으로부터 시작되었다. 이런 의미에서 종교 개혁의 중요한 결과 중의 하나가 성경을 일반인이 쓰는 모국어로 번역하는 작업이었다는 것은 많은 것을 시사해 준다. 그에 뒤따르는 것은 문자능력(literacy), 즉 글을 읽고 쓰는 능력의 급속한 확산이며. 문자 능력의 확산에 가장 중요한 기점은 출판 시장의 등장이었다. 이것은 앞에서 논의했듯이, 시장 원리를 통해 의미 생산의 주도권이 점차로 아래로 확산되는 것을 의미한다. 근대화가 본격적으로 진행되는 16세기에서 18세기 사이에 일반사람들의 문자능력이 급증하게 된다(대략 성인 남자의 경우 25%에서 75%로). 종교 개혁, 출판 시장의 등장, 문자 능력의 확산, 대중교육의 확산 등이 문화적 자원의 확산의 가장 중요한 역사적 단계들을 구성하게 되는데 그것은 곧 일반 대중이 스스로 의미 생산의 자율적 주체가 될 수 있는 제도적 장치와 기제들을 확보해 가는 과정이었다. 이러한 문화적 자원의 확산은 20세기의 대중 미디어 시장과 대중문화의 발전으로 이어진다.

대중출판 문화의 등장, 즉 문자로 된 문화 생산품이 시장을 통해 생산되고 유통되고 소비되었다는 사실은 서구 근대화 과정의 중요한 단계를 상징적으로 드러내주는 하나의 사건이다. 대중출판이 효과적이고 영향력 있는 문화적 기제로 작동하기 위해서는 몇 가지 기본 조건이 충족되어야 한다. 그것은 대량 생산을 가능하게 하는 인쇄 기술의 발명, 문자로 된 상품을 시장에서 구매할 수 있는 대중의 구매력의 확산, 마지막으로 문자로 된 문화 생산품을 소비할 수 있는 문자능력의 확산이다. 인쇄 기술이 발명된 지 300년이 지난 18세기 중엽에 대중 출판문화가 본격적으로 등장했다는 사실은 나머지 두 가지 조건이 그 시점에서야 비로소 충족되기 시작했다는 것을 의미한다. 대중의 구매력과 문자 해독력이 어느 정도 확산되었다는 것은 경제적 자원의 확산과 문화적 자원의 확산의 과정이 어떤 특정한 단계에 도달했다는 것을 보여주는 것이며, 이 단계에서 구매력을 가진 계몽된 대중이 부상하게 된다. 소설을 탄생

대중출판 문화의 등장은 서구 근대화 과정을 상징적으로 드러내주는 하나의 사건이다

대중문화와 문화적 민주화 일상적 삶의 상징적 생산

시킨 것이 바로 이 계몽된 대중이며, 또한 한편으로는, 소설이라는 서사 형식이 이 계몽된 대중을 적극적으로 구성하고 확산시키고 강화시키게 된다.

대중출판 시장을 통한 문화적 자원의 확산이 급격히 가속화되던 17세기 말엽에는 우리가 상상할 수 있는 모든 종류의 산문 양식들이 – 각종 편람, 소백과사전, 정치적 팜플렛, 여러 가지 형태의 신문, 잡지, 기행문, 도제가 되기 위해 도시에 온 청소년들을 위한 도덕 지침서, 출판된 편지, 출판된 일기, 설교집, 범죄자 전기, 성인 열전, 이솝 우화, 아라비안나이트, 애정 로맨스, 포르노그라피, 르뽀 기사, 가상적 정치 풍자 등 – 대중의 새로운 세속화된 문화적 욕구를 충족시키기 위해 시장을 통해 유통되게 된다. 이러한 다양한 대중 산문 양식들의 새로운 장르적 특질들을 통합하여 소설이라는, 강력한 문화적 영향력을 가지는 장르로 상승시킨 작가가 다니엘 디포우였다. 최초의 근대적 작가 지식인으로서 디포우는 출판 시장이 당시 태동하고 있던 근대 시민사회의 형성에 어떠한 역할을 할 수 있을 것인가에 대한 상당한 신념을 가지고 있었던 것으로 보인다. 근대적 서구인의 한 원형을 보여주는 자본주의의 신화로 평가되고 있는 『로빈슨 크루소』(Robinson Crusoe)라는 새로운 형식의 산문을 집필한 것은 그가 59세였을 때며, 이때 그는 이미 거의 400여 편에 가까운 대중 산문 서사의 저자였다. 결혼할 당시 그는 배우자가 될 사람에게 스스로를 상인이라고 소개했지만, 그가 손댄 사업은 모두가 실패했으며 생애의 가장 많은 시간을 글을 쓰는

데 보냈다. 사실 그는 출판 시장을 통해 유통되던 거의 모든 종류의 글을 쓰고 출판했다고 할 수 있다. 기행문, 생활 지침서, 경제논문, 정치적 논평, 종교적 명상록, 각종 개혁을 위한 건의문, 풍자시, 로맨스 이야기, 회고록, 사회적 재난의 현장을 기록한 취재기, 각종 역사서와 같은 대중 출판의 모든 장르를 섭렵했으며, 일주일에 세 번 간행되던 신문인 〈리뷰〉(Review)를 9년간 혼자 집필하기도 했다.

작가로서의 이 엄청난 에너지는 어디에서 나오는 것일까? 어떤 의미에서 모턴 학원에서 그가 키웠던 사제의 꿈은 글쓰기를 통해 실현되었다고 할 수 있다. 작가로서의 다니엘 디포우를 지배했던 가장 강력한 문화적 욕구는 바로 대중을 교화하고 개혁시키려는 것이었다. 앞서 언급한 〈리뷰〉지를 창간하면서 그는 다음과 같이 단호하게 말하고 있다. "내가 쓰는 모든 글을 통해서 덕을 상승시키고, 악을 드러내고, 진실을 권장하고 사람들을 심각하게 사고할 수 있게 만들려는 나의 군건한 결심이 내가 이 글들을 쓰는 첫째 이유이자, 최종의 목표이다."

모턴 학원에서의 교육은 근대적 작가 지식인으로서의 다니엘 디포우의 저작과 지적 활동에 또 하나의 중요한 영향을 끼친다. 디포우의 어린 시절은 영국에서 새롭게 등장하고 있던 근대적 사고와 가치관이 그 이전의 봉건주의적 세계관을 급격하게 대치해 가던 과정에 있었는데, 이러한 변화를 주도하는 집단은 사회적으로는 중산계급이었으며, 종교적으로는 신교도, 특히 비국교도들이었다. 모턴 학원의 교과과정은 신학과 문학 이외에도 역사, 물리

대중문화와 문화적 민주화 일상적 삶의 상징적 생산

학, 지리학, 자연법 등의 새로운 학문들을 포함하고 있었으며, 이러한 학문의 습득을 통해 디포우는 새로운 부르주아 사회, 즉 정치적으로는 입헌군주제와 의회제, 경제적으로는 자본주의에 토대한 근대 시민사회가 인간의 가능성을 최대한 살릴 수 있을 뿐 아니라, 신의 뜻에도 완벽하게 일치한다는 신념을 키워나가게 된다. 이후 그는 많은 팸플릿을 통해 개인의 자유로운 경제활동에 기초한 근대 시민사회의 등장이 당시에 가장 지배적인 종교관이었던 섭리주의의 신조와 완전히 부합된다는 것을 일반 대중에게 알리고 설득하게 된다. 이런 의미에서 디포우는 뒤에 아담 스미스가 '보이지 않는 손'이라고 불렀던 자본주의의 작동원리를 종교적인 관점으로 설파했던 최초의 근대 계몽주의 지식인이었다.

초기 근대 출판 시장의 문화적 잠재력을 깊이 인식하고 있던 디포우는 당시 인구의 100분의 1도 안 되는 독자를 가진 신문을 펴내면서, 그 스스로에게 세계(World), 대중(Public), 사회(Society)를 향해 발언하는 위상을 부여했다. 디포우는 이 가장 근대적인 문화 제도가 가지고 있던 역사적 의미와 잠재력을 매우 깊이 이해하고 있었다. 한 팸플릿에서 그는 "누가 나에게 가장 완벽한 문체가 무엇이냐고 묻는다면, 500명의 청중 앞에서 이야기 했을 때 바보와 미치광이를 제외한 모든 사람에 내가 의도한 대로 알아들을 수 있는 그런 문체라고 대답하겠다"고 말한다. 다른 작가들과 달리 고전 교육을 받지 못한 탓도 있겠지만, 그에게 문학적 기교나 고급 문학의 질적 수준보다 중요한 것은 대중에 대한 전달력이었다. 우리가 앞 장에서 정의한 리얼리즘 소설의 형식적 특질들은 출판 시장을 통해 유통되던 대중 산문 양식들이 발전시켜온 것들이며, 형식적 리얼리즘은 디포우라는 전범적인 부르주아 계몽주의 작가 지식인을 통해 우리가 현재 소설이라고 부르는 것의 최초의 형태를 만들어가게 된다. 그리고 이 과정에서 가장 중요한 것은 그가 새로운 실험들을 통해 출판 시장을 통해 유통되던 대중 산문을 미학적으로 완성시켰다는 것이다. 아마도 이것이 문학사에서 디포우가 최초의 소설가라는 평가를 받는 가장 중요한 이유가 될 것이다.

보통 사람들의 일상적 삶이 글을 쓰고 읽는 행위의 진지하고 중요한 대상이 된 것은 대중출판 문화의 산물이며, 근대 시민사회가 형성되고 근대적 주체가 탄생하는데 결정적인 요인 중의 하나였다. 디포우는 출판시장을 통해 자생적으로 등장한 대중 산문 장르의 가능성을, 이안 와트가 규정한 바의, 형식적 리얼리즘의 미적 완성을 통해 보여주었다. 디포우의 형식적 리얼리즘이 가지는 역사적 함의는 대중이 의미 생산의 주체가 될 수 있는, 즉 대중이 한 공동체의 공유된 세계 이해의 방식을 스스로 생산할 수 있는 강력한 문화적 형식을 발전시켰다는 것이다. 자유주의 시장경제와 자의적 왕권의 제한을 기반으로 형성되었던, 수평적 '상호의존의 체계'(system of mutual interdependence)로서의 근대 시민 사회는 이러한 의미 생산 체계와 그에 따른 시민 대중의 점진적이면서도 혁명적인 변화 없이는 불가능한 것이었다. 시민 사회를 구성하는 개인들 – 앞에서 얘기한 계몽된 공중 – 은 점차적으로 스스로를 지배 집단

수평적 상호의존의 체계(system of mutual interdependence)의 근대 시민 사회

으로서의 교회와 궁정과 대립되는 실체로 규정하면서 시민 사회의 새로운 공적 권위를 만들어가게 된다. 이전의 위계적인 봉건적 가치체계를 서서히 대치하면서, 공동체적 의미 생산의 새로운 공적 권위의 원천을 구성하게 되는 것은 비판적 이성의 보편적 능력, 청교도적인 영적 구원을 확보해 줄 것으로 믿어지던 특정한 도덕적 기율들, 그리고 새로운 공동체적 이상을 제시해 줄 수 있는, 인간 삶과 세계에 대한 보다 깊고 포괄적인 이해의 능력과 같은 것들이었다. 리얼리즘 소설은 이러한 새로운 공적 권위가 주조되던 가장 효과적인 문화적 공간을 제공해 주었다. 이런 의미에서 소설의 장르적 가능성이 본격적으로 드러나고 인지되기 시작한 것은 18세기 중엽 리처드슨과 필딩의 '새로운 종류의 글'이 등장하면서이다.

○
심리 소설과
사회비판 소설의 탄생

소설의 발생의 역사는, 한편으로는 소설이라는 용어의 역사이기도 하다. 다른 장르와는 달리, 소설은 발생과 동시에, 끊임없이 스스로를 규정하려고 시도한, 자의식이 강한 장르였다. 즉, 소설은, 소설이라는 이름을 붙이고, 그 정체성을 규정하려는 의식적이고 지속적인 노력의 산물이었다고 할 수 있다. 18세기 이전까지 미적으로 열등하고 도덕적으로 문제가 많은 하찮은 연애이야기를 지칭하던 이 대중 산문 양식이 가장 강력한 문화적 영향력을 행사하는 문학 장르 혹은 문화적 형식으로 전화되는 과정으로부터 소설의 정의는 시작된다. 필딩과 리처드슨은, 비록 소설이라는 용어는 사용하지 않았지만, 자신들이 '새로운 종류의 글'을 쓰고 있었음을 의식하고 있었고, 매우 빈번하게 자신들의 고유한 장르의 성격을 정의하고, 기존의 다른 장르와의 변별성을 역설했다. 소설을 새롭게 정의하고, 그 문화적 위상을 상승시키려는 시도는, 당시의 작가들에게 있어서 문학적인 관심이라기보다는, 문화적 실천 행위의 일부였다고 할 수 있다. 초기 소설의 직접적 생산자뿐만 아니라, 소설을 문화적 형식으로 규정하고 이론화한 사람들 대부분이 당시의 사회구조의 담론적 재편과정을 주도했던 계몽주의 작가 지식인들로서, 그들에게 소설은 공유된 가치에 근거한 새로운 동질적 공동체를 만들려는 계몽주의적 기획에 더 없이 효과적인 의미 생산

대중문화와 문화적 민주화 일상적 삶의 상징적 생산

의 문화적 기제였다. 필딩은 자신을 "새로운 글쓰기의 영역의 창시자"(founder of new province of writing)라고 규정하고, 이러한 새로운 글의 목적을 "인간 본성의 탐구"(the exploration of human life)라고 불렀는데 이것은 비슷한 시기에 전혀 다른 대중 산문 양식으로 실험을 하던 리처드슨과 그 추종자들이 그의 편지체 소설을 "새로운 종류의 글"(new species of writing)이라고 명명했을 때의 의도와 일치하는 것이었다.

리처드슨의 "새로운 종류의 글"이 가진 장르적 가능성은 당시에 가장 인기 있던 대중 산문 장르 중의 하나인 편지체 이야기로부터 발전되었다. 유력한 출판업자였던 리처드슨의 의도는 이 편지체 이야기의 대중적 인기를 업고 젊은이들에게 유익한 교훈을 주려는 것이었다. 그러나 그 결과는 리처드슨 본인이 처음에 의도했던 것을 훨씬 뛰어 넘어서는 것이었다. 리처드슨이 편지체 이야기의 실험을 통해 -『클래리사』의 길이를 생각해 볼 때 이 실험은 열정적인 것이었으면서도 상당이 고통스러운 작업이었음을 짐작할수 있다 - 발견한 것은 바로 인간의 내밀한 사적인 내면을 들여다보고 그것을 충실하고 세밀하게 드러내는 과정에서 얻어지는 인간에 대한 새로운 이해였다.『클래리사』를 이루는 대부분의 이야기의 진행은 가장 가까운 친구에게 자기가 겪은 일들을 상세한 심리의 변화와 함께 자세히 기술하면서 쓴 편지로 이루어져 있다. 그것은 앞에서 소설의 변별적 특징을 논의하면서 언급한 근대적 개인, 하나의 의미 있는 소우주를 내장한 고유한 개체로서의 인간의 탄생과 불가분의 관계를 맺고 있다. 사물과 행위를 있는 그대로 기술하는 것이 디포우의 형식적 사실주의(formal realism)라면 리처드슨이 인간 내면의 정황을 상세하고 충실하고 정확하게 묘사하는 것은 심리적 사실주의(psychological realism)라고 할 수 있다. 리처드슨에게 인간 본성의 탐구는 내적 자아를 확인하는 과정이며, 이 과정은 심리적 사실주의를 통해 매우 효과적으로 진행된다. 새로운 기술의 형식을 통해 일단 탐구의 대상이 된 인간 내면은 엄청난 에너지로 충전된 공간으로 스스로를 드러낸다. 이것은 어떤 의미에서 소설이라는 문화적 형식을 통해서만 우리가 발견하게 되는 인간의 중요한 진실 중의 하나이다.

리처드슨이 그의 "새로운 종류의 글" 특히 『클라리사』를 통해 하나의 가능성을 열어 보인 '인간 본성의 탐구'에 대한 당시의 독서 대중들의 반응은 소설이 출판 시장을 통해 만들어가던 새로운 도덕적 권위를 설득력 있게 보여주고 있다. 출판업자였던 리처드슨은 이 새로운 문학체계의 특성과, 어떻게 그것을 중요한 문화적 힘으로 전환시킬 수 있는가를 매우 잘 의식하고 있었다. 새롭게 형성된 사회적 의사소통의 네트워크를 통해서 스스로의 정체성을 확립해 가던 초기 근대 작가지식인으로서의 리처드슨의 계몽주의적 기획의 주된 의도는 광범위한 익명의 독자대중들을 새로운 가치체계속으로 동화시킴으로서 공통된 가치관에 기초한 동질적 공동체를 만들려는 것이었다. 이런 의미에서 테리 이글튼Terry Eagleton이 리처드슨을 전범적인 부르주아 유기적 지식인으로 규정한 것은 매우

대중문화와 문화적 민주화 일상적 삶의 상징적 생산

시사적이다.[25] 이러한 개혁적 기획을 위한 가장 효과적인 방법은
새로운 공동체를 문화와 도덕의 이름으로 통합시키는 것이었다. 도
덕적으로 바람직한 행위의 이미지들의 유통과 확산, 기존의 핵심
적 도덕적 개념의 재정의, 그리고 일상적 삶의 이면에 있는 내적 자
아의 역동적 재현 등은 새로운 공동체를 만들려는 리처드슨의 계
몽적 기획의 핵심을 이루게 된다. 많은 초기 근대 산문 작가들이 공
유하고 있던 이러한 문화적 기획은 당시 계몽주의 지식인이 담당
했던 사회 구조의 담론적 재편과정의 중요한 한 부분을 이루고 있
으며, 리처드슨의 "새로운 종류의 글"을 추진시켰던 인간 본성의
탐구에 대한 문화적 욕구는 시민 사회의 새로운 공적 권위를 창출
하려는 계몽주의 지식인의 열망과 긴밀하게 연결되어 있다고 할
수 있다.

헨리 필딩은 17세기 말엽부터 대중 출판 시장에 등장하기 시
작한 신문에 실린 칼럼 형태의 에세이에서 시도된 사회적 재현과
비판적 논평의 양식을 리얼리즘 소설, 특히 사회비판 소설로 발전
시킨 작가로 평가된다. 시장이 고유하게 가지고 있는 익명성, 확장
성, 포괄성의 특징으로 인해, 대중 출판 시장의 새로운 문학체계는
처음으로 전체 사회를 대상으로 발언할 수 있게 하는 특정한 공적
공간을 작가들에게 제공하게 된다. 근대 출판 시장을 통한 초기 근

---

25 이러한 논의가 가장 설득력 있게 주장된 저작으로 Terry Eagleton, *The Rape of
Clarissa: Writing, Sexuality and Class Struggle in Samuel Richardson* (Blackwell, 1982)
참조.

대 작가지식인들의 이러한 '전체 사회를 향해 이야기하기'(addressing a society)의 경험은 특정한 형태의 논평적 서사 양식의 발생과 밀접히 관련되어 있다. 17세기 말부터 18세기 초기 영국에서는 동시대의 다양한 사회적 삶의 경험을 가능한 한 포괄적으로 재현하고, 그것에 대한 비판적 논평을 가하고, 궁극적으로는 공동체를 변화시키려는 문화적 욕구를 가진 담화 양식이 등장하게 되는데 이것을 시민 담화(civil discourse)라고 부를 수 있을 것이다. 시민 담화는 공유된 가치에 근거한 새로운 동질적 공동체를 만들려는 부르주아 계몽주의 지식인의 문화적 기획을 수행하는 담화양식으로, 한 사회의 다양한 삶의 모습을 포괄적으로 재현해 보고자 하는 서사 형식이면서, 재현된 삶의 다양한 모습에 대한 비판적 성찰과 개입이며, 마지막으로 그러한 재현 행위와 비평행위를 통해 자신의 공동체를 특정한 모습으로 변화시키려는 수사적 행위이기도 하다. 시민 담화는 초기 근대 산문의 많은 하위 장르들, 즉 신문 에세이, 기행문, 출판된 편지, 출판된 일기, 피카레스크 형식의 산문 이야기 그리고 영국 사회 비판 소설의 발생을 주도했다고 평가되는 헨리 필딩의 초기 소설들을 포함하고 있다. 따라서 시민 담화라는 잠정적인 역사적 장르의 설정은 사회비판 소설의 장르적 모태가 되는 다양한 형태의 대중 산문 양식들이 공유하고 있는 형식적, 수사적, 이데올로기적 특질들을 살펴볼 수 있는 효과적인 원근법을 제공해 준다.

시민 담화(civil discourse)의 등장

　대표적인 시민담화로서 신문 에세이는 17세기 말부터 18세기 중엽까지 상당한 문화적 영향력을 행사했던, 역사적으로 한시적인 산문 장르이다. 그런 의미에서 이 신문 에세이는 문화적으로 가장 지배적인 대중 장르가 설교에서 소설로 대치되는 과정에서의 과도적 문화 형식이라고 할 수 있다. 사회 비평의 매우 효과적인 양식으로서의 잠재력을 이 신문 에세이에서 발견한 많은 계몽주의 지식인들은 에세이 형태가 가진 유연한 형식적 특질을 통해 대중의 일상적 삶에의 비판적 개입을 위한 다양한 종류의 사회적 재현의 양식을 실험했다.

디포우, 필딩, 조셉 에디슨, 조나단 스위프트, 올리버 골드스미스, 사무엘 존슨 등 18세기 영국의 대표적인 작가들이 예외 없이 신문 에세이의 출판에 참여하게 되는 것은 무엇보다 신문 에세이가 출판 시장에서 가장 많은 수익을 창출하는 영향력 있고 인기 있는 대중 산문 장르로 자리 잡게 되었기 때문이다. 실제로 이 신문 에세이들은 당시에 읽혔던 모든 형태의 산문 양식들 – 인물 묘사(Character)[26], 기행문, 편지, 일기, 자서전적 스케치, 드림 비젼(dream vision), 로맨스, 우화, 설교, 철학적, 종교적 논쟁 등 – 을 동원하여 당대의 삶을 구체적이고 포괄적으로 재현하고 있다. 이러한 사회적 재현의 새로운 장르관례는 애디슨Addison과 스틸Steele이 편집

---

26 Character는 소설이나 이야기를 구성하는 한 요소로 다루어지고 있으나, 17세기와 18세기에서는 독립된, 비교적 짧은 길이의 산문 장르를 가리키는 용어였다. 산문 장르로서의 Character에 대한 논의는 Benjamin Boyce "English Short Fiction in the Eighteenth Century," *Studies in Short Fiction* 5 (1968): 95 – 112와 Edward Chauncey Baldwin, "The Relation of the Seventeenth Century Character to the Periodical Essay," *PMLA* 19 (1901): 75 – 114를 참조

하고 집필한 일간지인 〈스펙테이터〉(*Spectator*)에서 그 형식적 완성을 이루게 된다.[27]

〈스펙테이터〉에 실린 신문 에세이들은 그 수사학과 문체에 있어서 시민담화의 전형적인 장르적 특질을 보여주고 있다. 신문 에세이의 장르 관례를 결정짓는 핵심적 사고양식은 몽테뉴적인 에세이 전통과는 완전히 다른 것이었다. 몽테뉴적 에세이 전통에서 내적 성찰이 자기 자신과의 대화를 끊임없이 생산해내고 있다면, 신문 에세이는 처음부터 사회적 재현의 형식으로 출발했다고 할 수 있다. 신문 에세이는 전체 사회를 대상으로 발언하고 있다는 것을 스스로 상정하고 있으며, 독서대중과 의사소통하려는 욕구가 전체 문체와 장르 관례를 지배하고 있다. 사회적 재현의 형식으로서의 신문 에세이를 특징짓는 것은 바로 끊임없는 관찰의 행위이다. 자기 성찰(self-reflection)이 몽테뉴적 에세이의 주된 행위라면 신문 에세이를 관통하고 있는 가장 두드러진 행위는 바로 사회적 관찰과 재현의 행위이다.

신문 에세이의 사회적 재현과 비판적 논평의 양식에서 발견되는 수사적 구조는 소설의 발생을 주도했던 몇몇 초기 소설에서도 찾을 수 있다. 그중 가장 전형적인 예를 보여 주는 것이 헨리 필딩

〈스펙테이터〉spectator에 실린 신문 에세이들은 시민담화의 장르적 특질을 전형적으로 보여준다. 즉 전 시대 몽테뉴적 에세이의 주된 행위가 자기 성찰(self-reflection)이라면 〈스펙테이터〉의 신문 에세이를 관통하고 있는 가장 두드러진 행위는 바로 사회적 관찰(social-spectation)과 재현의 행위이다

---

27 〈스펙테이터〉의 에세이에 나타나는 다양한 산문 이야기 양식에 대해서는 Donald Kay, *Short Fiction in the Spectator* (University, Alabama: The University of Alabama Press, 1965)와 Robert Mayo, *The English Novel in the Magazine* 1740-1915 (Evanston: Northwestern University Press, 1962) 참조.

대중문화와 문화적 민주화 일상적 삶의 상징적 생산

의 『톰 존스』(Tom Jones)이다. 주지하는 바와 같이 필딩은 문학사가들이 초기 소설이라고 부르는 종류의 글들을 발표할 당시 몇 가지 에세이 신문의 편집과 집필에 참여하고 있었다.[28] 희곡, 시, 팜플렛, 신문 에세이 등을 통해 다양한 종류의 논평적 형식을 실험했던 그는 긴 산문 이야기에서 보다 효과적이고 강력한 새로운 표현 양식의 가능성을 찾게 된다. 그런 의미에서 『톰 존스』와 신문 에세이 사이에 발견되는 문체와 어조, 수사적 구조의 유사성은 주목할 만하다. 우선 『톰 존스』 작품 전체를 관통하고 있는 것은 신문 에세이의 화자의 시선과 어법이다. 『톰 존스』의 화자는 신문 에세이의 화자처럼 말하고, 생각하고, 작중 인물의 세계 속에 개입한다. 이 특이한 형식의 논평적 담화 양식에서 가장 인상적인 존재는 바로 화자 자신이다. 그는 이 작품에서 어떤 작중 인물보다 개성적이며, 매력적인 인물이다. 『톰 존스』의 재미는 이야기의 진행에서 온다기보다는 화자의 말하는 방식에서 온다고 할 수 있다. 그는 마치 신문 에세이의 화자들이 대중이 보내온 편지를 통해 재현된 일상적 삶에 개입했던 것처럼, 작중 인물의 모든 행위에 개입해서, 때로는 꾸짖고 때로는 조롱하면서, 비판적 논평을 한다. 신문 에세이의 장르 관례를 통해 확립된 이러한 특정한 종류의 전지적 화자를 통해 필딩

---

28 1739년 James Ralph와 함께 전통적인 에세이 신문의 성격을 가진 The Champion을 편집한 이후, Jacobite Rebellion이 일어났던 1745년부터 부르주아 지식인으로서의 정치적 의도를 가지고 The True Patriot와 The Jacobite Journal을 편집했다. 『톰 존스』를 쓴 후에 다시 에세이 신문적인 특징을 가진 Covent Garden Journal을 편집하게 된다.

의 소설은 사회적 세계와 인간 본성에 대한 비판적 개입을 위한 매우 효과적이고 유연한 이야기 형식을 만들어가게 된다.

필딩은 스스로 "새로운 영역의 글"이란 이름을 붙인 일련의 산문 이야기들의 "새로움"에 대해 매우 명료하고 분명한 의식을 가지고 있었던 것으로 보인다. 『톰 존스』의 서문, 그리고 비슷한 시기에 쓰여진 여러 글에서 그는 매우 다양한 장르 용어로 그의 "새로운 종류의 글"에 대한 정의를 시도하고 있는데, 이러한 시도는 바로 정교하고 체계적인 소설이론이 된다. 필딩이 스스로 생각한 이상적인 작가상에 붙인 이름이 "진정한 역사가"라면, 그의 "새로운 종류의 글"에 그가 최종적으로 부여하는 이름은 "진정한 역사"(a true History)이다. 『톰 존스』 등의 산문작품을 통해 사회 비판 소설의 새로운 장르적 특질과 관례를 만들어가면서 확립하고 있는 "진정한 역사"의 개념은 작가란 무엇인가, 작가의 문화적 권위는 어디에서 오는가, 가장 이상적인 서사 양식은 어떠한 것인가에 대해 필딩 자신이 가지고 있던 생각을 잘 보여준다.

그는 당시의 산문양식에 가장 일반적으로 적용되던 두 용어 – 로맨스와 역사 – 에 대한 이중 부정을 통해서 그의 새로운 장르를 범주화시킨다. 즉 그에게 "진정한 역사"는 "자연에서 나오지 않고, 잘못된 정신에서 나온 온갖 가상물과 괴물들로 가득 찬" "허무맹랑한 로맨스"(Idle Romance)도 아니며, "외부 세계의 모든 세부와 사건들을 낱낱이 기술하는" "신문기사적 역사"(Journalistic History)(150)도 아니다. 이 이중의 부정이 기초하고 있는 것은 "아리스토텔레스적

대중문화와 문화적 민주화 일상적 삶의 상징적 생산

인 개연성"(Aristotelian probability)의 개념이다. 시는 역사보다 더 진실하다는 것이다. 다시 말하면, 필딩의 새로운 서사 양식은 있는 그대로의 세계를 그리는 것이 아니라 '있어야 할 세계'를 제시한다. 필딩에게 개연성의 재현으로서의 "진정한 역사"라는 개념은 우리 경험 세계가 항상 해석되고, 논평되고, 판단이 내려질 어떤 것이라는 생각을 내포하고 있다. 따라서 장르적 정의로서의 이러한 이중 부정은 논평하고 해석하고 판단을 내리는 행위를 통해, 의미와 가치와 신념을 생산하는 능력을 가진 서사 형식을 의미하게 된다. 그런 의미에서 그의 진정한 역사는 계속해서 지속되는 판단 행위의 과정이다. 필딩이 진정한 역사는 자연(Nature)을 복제하며 그의 모든 인물들은 삶(LIfe)의 영역에서 끌어온 것이라고 말할 때, 자연과 삶은 객관적 사실적 세계를 의미하는 것이 아니라, 바로 아리스토텔레스적인 개연성의 영역에 속한 것을 의미한다. 이 개연성을 재현함으로서 필딩은 그의 "새로운 종류의 글"을 도덕적으로, 지적으로 그리고 미학적으로 가치 있는 장르로 상승시킨다. 그것은 리얼리즘 소설의 고유한 특징, 즉 외부 세계를 있는 그대로 묘사하면서, 동시에 그 세계에 대한 판단과 평가의 행위를 끊임없이 수행하는 다양한 서사 기법과 문체의 탄생을 의미한다. (제인 오스틴의 예를 들면 자유간접 화법이 대표적이다. 찰스 디킨스는 이러한 판단 행위를 다양한 형식의 풍자 기법을 통해 발전시켰다. 제인 오스틴과 찰스 디킨스의 소설의 거의 대부분의 문장들은 묘사 행위이면서 동시에 판단 행위의 성격을 갖는다.)

외부 세계를 있는 그대로 묘사하면서, 동시에 그 세계에 대한 판단과 평가를 수행하는 새로운 서사 기법과 문체의 탄생

『톰 존스』에 삽입된 한 에세이에서 필딩은 "진정한 역사가"를

"자연이라는 거대한 극장의 장면의 배후에 입장이 허락된 사람" (one who is admitted behind the scenes of this great theatre of Nature)(327)이라고 기술하고 있다.『톰 존스』에서 화자가 속해 있는 초서술의 영역 (metanarrative domain)과 등장인물들의 허구적 세계 사이의 뚜렷한 구분은 계몽주의 지식인으로서 필딩이 스스로에게 부과한 논평자이자 재판관으로서의 이미지가 일반대중의 일상적 삶의 세계와 가지는 관계의 상징적 재현이라고 할 수 있다. 자연이라는 극장의 무대 뒷면에서 외부세계의 여러 모습에 판결을 내리는 작가의 행위는 존슨이 명명한 "일상생활의 지배자"의 역할을 수행하는 것이다. 이런 의미에서『톰 존스』라는 허구의 세계 속에 확보된 초서술의 영역에 존재하는 화자의 위상은 근대 계몽주의 지식인의 문화적 욕구를 반영하는 이상적 이미지라고도 할 수 있다.『톰 존스』에 나타나는 초서술적 영역과 화자의 위상은 근대 소설이 리얼리즘의 형식적 특질들을 완성해 가는 과정을 통해 표면적으로는 급격히 사라지지만, 그 서술구조에 내재해 있는 문화의 입법자로서의 작가의 자기규정은 이후 사회비판소설의 장르관례를 형성하는 중요한 산문정신의 하나로 남게 된다.

> 작가의 행위는 "일상생활의 지배자"의 역할을 수행하는 것

끊임없는 도덕적 지적 비판은 "공통의 문화(common culture)"를 생산하고 유통시키고 수호하는 문화비평가의 가장 핵심적인 행위였다. 마이클 왈저Micheal Walzer는 "사회 비평은 보다 커다란 어떤 행위의 중요한 부산물로 이해되어야만 한다. 그것을 문화적 정교화와 공고화의 행위라고 부르기로 하자"라고 주장한다.(40) 그에

대중문화와 문화적 민주화 일상적 삶의 상징적 생산

따르면 그것은 사제, 선생, 이야기꾼, 시인, 역사가, 작가의 작업이다. 한 공동체가 가치를 부여하게 되는 특정한 의미와 가치들을 생산하고 확인하는 것은 그들에게 있어 의무이자 동시에 권리였다. 그들은 이 작업을 사회적 의사소통의 긴밀한 망을 통해 수행했다. 근대성의 기획은 새로운 공동체를 만들려는 이러한 종류의 도덕적, 지적 작업과 분리될 수 없는 것이었다. 지그문트 바우만Zygmunt Bauman은 초기 근대 지식인의 작업을 "입법자"의 역할로 정의하면서 18세기를 "일상적 삶의 경험이 입법의 대상이 되는 세기, 삶의 방식이 문화의 이름으로 중요한 문제가 되는 세기, 그리고 권력이 지식을 필요로 하고, 갈구하는 세기"라고 규정한다.(4-5) 18세기 지식인에게 있어 "입법"의 대상은 "일상적 삶의 경험"이며 "삶의 방식"이었다. 초기 소설가들의 "인간 본성의 탐구"의 문화적 기획과 그것을 모태로 발전한 19세기 리얼리즘 소설은 일반 사람들의 일상적 삶의 경험을 재현하고, 비판적 개입을 하면서 근대 사회의 새로운 의미 생산의 원천을 만들어가게 된다. 이런 의미에서 문화의 입법자로서의 초기 소설가들은 대중의 일상적 삶의 경험들이 재현되고 소통되고 그것을 통해서 새로운 공동체가 서서히 주조^{鑄造}되는 상상적 공동체(imaginary community)를 처음으로 만들어가게 된다.

소설가들은 '문화의 입법자'로서 대중의 일상적 삶의 경험들을 재현하고 소통함으로써, 새로운 공동체가 서서히 주조되는 '상상적 공동체'(imaginary community)를 만들어가게 된다

3. 3.

대중 미디어 시장의 해방적 잠재력 Ⅱ – 발터 벤야민

하버마스가 부르주아 공공영역의 개념을 통해 근대 초기의 문화생산 제도로서의 시장이 어떻게 새로운 대중의 정치적 문화적 자원을 확산시킬 수 있는 제도적 조건을 제공했는가를 분석했다면 발터 벤야민은 새로운 자본주의 생산양식의 주체로서의 대중의 창조적 에너지가 기계 복제의 대량 생산 미디어를 통해 실현될 수 있는 잠재력에 대한 예언적 성찰을 보여준다. 마르크스의 소외이론과 루카치의 사물화 이론에 영향을 받은 프랑크푸르트 학파의 비판이론의 전통에서 대중 미디어의 해방적 잠재력에 대한 이들의 입장은 예외적이고 이단적인 것으로 평가된다. 아직 실현되지 않은 대중의 잠재력에 대한 벤야민의 사유들을 이해하기 위해서는

발터 벤야민은 자본주의 생산양식의 주체로서, 대중의 창조적 에너지가 기계 복제의 대량 생산 미디어를 통해 실현될 수 있는 잠재력에 대한 예언적 성찰을 보여준다

먼저 같은 이론적 모태에서 나왔지만 대중에 대한 상반된 태도를 가지고 있는 아도르노와 호르크하이머의 '문화산업'(culture industry) 명제와의 대비를 통해 접근할 필요가 있다.

대중문화 시장에 대한 가장 신랄한 비판으로 평가되어 온 문화산업 명제는 근대적 합리성에 대한 반성적 비판, 계몽의 변증법에서 출발한다. 즉, 자유의 확장, 인간 욕망의 무한한 추구를 약속하는 것처럼 보였던 과학 기술과 물질적 진보, 합리적 이성이 인간의 보다 풍부한 형성의 잠재력을 차단하면서 인간 존재의 예속과 퇴행을 가속화시킨다는 것이다. 우리의 일상적 삶의 대부분의 자원과 에너지들이 물건을 생산하고 유통시키고 소비하는 과정의 한 요소로 환원되면서 교환가치는 보다 견고하게 인간의 일상적 삶을 지배하게 된다. 소비하는 주체로 환원된 개인은 소비를 통해 행복을 사고 상품을 통해 자신의 문제를 해결하는데 익숙해 간다. 다른 한편으로, 대중은 산업의 형태를 띠게 되는 미디어 문화의 수동적 소비자가 됨으로써 주체적으로 느끼고, 사고하고, 개입할 수 있는 정신적, 감성적 원천은 서서히 소진되게 된다. 미디어는 형성의 제도로서의 기능을 상실하고 소비 사회에 개인을 성공적으로 통합시키는 기능을 주도적으로 수행하게 된다. 미디어가 시장 체제에 흡수되면서 나타나게 되는 가장 치명적인 효과는 진정한 인간적 자원의 고갈과 함께, 삶의 존재 조건을 반성적으로 사유하고 드러낼 수 있는 능력을 총체적으로 상실하면서, 현존하는 삶의 상태를 가장 자연스럽고 보편적이고 상식적인 것으로 받아들이도록 훈육된

계몽의 변증법—근대적 합리성에 대한 반성적 비판, 근대적 이성에 대한 비판적 이성의 자기 성찰

미디어가 시장 체제에 흡수되면서 나타나게 되는 가장 치명적인 효과는, 삶의 존재 조건을 반성적으로 사유하고 드러낼 수 있는 능력을 총체적으로 상실하는 것이다. 그리하여 현존하는 상태를 자연스럽고 보편적이며 상식적인 것으로 받아들이도록 훈육되는 것이다

다는 것이다.

아도르노와 호
르크하이머에
게 시장이 아
닌 인간 존재
의 예속과 퇴
행의 기제라면,
벤야민에게 시
장은, 대중 미
디어를 가능하
게 함으로써
해방의 기제로
작동할 수 있
는 잠재력을
가진 것으로
제시된다

아도르노와 호르크하이머의 후기 산업 사회의 이러한 묵시록적 비전에서 시장이 인간 존재의 예속과 퇴행의 기제라면, 벤야민에게는 대중 미디어를 가능하게 하는 시장 체제가 해방의 기제로 작동할 수 있는 잠재력을 가진 것으로 제시된다. 벤야민의 이러한 생각이 집중적으로 기술된 글이 「기계 복제 시대의 예술작품」("The Work of Art in the Age of Mechanical Reproduction")이다.

우리는 예술작품의 기계복제가 세계 역사상 최초로의 예술작품을 의식에 기생상태로부터 해방시켜주었다는 것을 알 수 있는 것이다. 복제 예술은 점점 더 복제 가능성을 목표로 제작된 예술작품의 복제품이 된다. 가령 사진의 원판으로부터는 여러 개의 인화가 가능하다. 진짜 인화가 어느 것이냐를 묻는 물음은 아무런 의미도 갖지 않는다. 그런데 예술 생산에서 진품의 척도가 포기되는 순간, 예술 기능의 일체가 전도된다. 예술작품을 종교 의식에 근거시키는 대신 다른 종류의 현실행동, 즉 정치에 근거시키는 일이 비롯되는 것이다.(224)[29]

---

29 벤야민의 논문의 번역은 한나 아렌트가 편집한 *Illuminations*의 영어판을 사용했다. Walter Benjamin, "The Work of Art in the Age of Mechanical Reproduction," *Illuminations*, ed. Hannah Arendt (New York: Schocken, 1955).

기계를 통한 대량의 복제 생산은 인간의 상징 생산의 성격을 근본적으로 변혁시켜 놓았다. 그것은 이미 전통적인 의미에서의 예술이 아니다. 벤야민이 여전히 그것을 예술이라는 이름으로 부르는 것은 이 새로운 상징 생산의 특징을 지난 시대의 지배적인 상징 생산의 형태(즉 예술)와의 대비, 혹은 예술을 떠받치고 있던 가치들의 전복을 통해 드러내고 싶었기 때문이다. 바로 "의식의 기생상태에서 해방"시키는 것이다. 그에게 예술작품은 복제되는 순간 이미 그 본질적 성격을 상실한다. "진품의 척도가 포기되는 순간 예술 기능이 전도되는 것이다." 진짜 인화가 무엇인가의 질문이 무의미해지는 것처럼 기존의 예술의 본질을 구성하던 가치들로 새로운 상징 생산의 형태와 가치를 이해할 수도 평가할 수도 없다. 그런데 종교의식에서 정치로의 전환은 논리의 비약에 가깝다. 이 논리의 비약을 이어주는 열쇠는 복제 예술의 "복제성"에 있다. 그것은 "복제 가능성을 목표로 제작된 복제품"인 것이다. 상징 생산은 의미와 가치의 생산이다. 종교 의식은 우주와 존재의 근원을 형상화하는 가장 주도적인 상징 기제로 작동해 왔다. 진품의 신비성은 이 근원의 느낌을 강화시켜주는 것이었고 그것은 기본적으로 위계적인 질서에 근거해 있는 것이었다. 상징 생산의 대량 복제는 이 위계를 전복시킨다. 전복의 주체는 대량 생산의 주체, 곧 대중이다. 복제는 복제 자체를 목표로 한다. 벤야민의 급진적 상상력의 요체는 이 파괴적 에너지에서 새로운 질서의 급진적 잠재력을 간파해 낸 것이었다. 복제의 새로운 질서는 무엇인가? 이어지는 인용문은 벤야민

상징 생산의 대량 복제는 위계를 전복시킨다. 전복의 주체는 대량 생산의 주체, 곧 대중이다. 복제는 복제 자체를 목표로 한다. 벤야민의 급진적 상상력의 요체는 이 파괴적 에너지에서 새로운 질서의 급진적 잠재력을 간파해 낸 것이다

대중문화와 문화적 민주화 일상적 삶의 상징적 생산

의 급진적 상상력이 마르크스의 사적 유물론에 기반했다는 것을
알려준다.

> [그것은] 오늘날의 생산조건하에서 형성되고 있는 예술의
> 경향에 대한 테제이다. 그 변증법은 경제에 못지않게 상층
> 구조에도 현저하게 드러나고 있다. 따라서 그러한 예술의
> 새 경향에 대한 테제의 투쟁적 가치를 낮게 평가하는 것은
> 잘못일 것이다. 그것은 상당수의 전통적인 개념, 창조성, 천
> 재성, 영원한 가치, 신비성과 같은 개념을 제거하게 된다.
> 아래에서 예술이론에 새로 도입하고자 하는 개념들은 파시
> 즘의 목표들을 위해서는 전혀 사용될 수 없다는 점에서 종
> 전의 개념들과 구분된다. 그와는 반대로 이 개념들은 예술
> 의 정치에 있어서 혁명적 요청을 정립하는 데에 사용될 수
> 있을 것이다.(218)

그것은 창조성, 천재성, 영원한 가치, 신비성과 같은 개념을 제거하게 된다

벤야민의 아포리즘은 친절하게 설명해 주지 않는다. 이 파편적
인 경구들에 나타난 그의 생각을 논리적으로 재구성하는 것은 읽
고 해석하는 쪽에서 이론적 상상력을 발동할 것을 요구한다. 위의
인용문은 기계 복제 시대의 예술의 특징을 이해하는 벤야민의 방
식이 기본적으로 마르크스의 사적 유물론에 근거해 있다는 것을
암시해 준다. 그런 의미에서 새로운 자본주의 상황에서 생산양식
의 주체로서의 대중의 잠재력에 대한 그의 예언적 통찰을 접근하

기 위해서는 마르크스의 사적 유물론의 기본 명제들을 다시 살펴볼 필요가 있다. 사적 유물론에 의하면 인간은 자신의 삶을 사회적으로 생산하는 과정에서 자신의 의지와는 상관없이 독자적으로 존재하는 어떤 특정한 관계 속에 들어가게 된다. 즉, 인간은 태어나면서 노동을 통해 자신의 기본적인 욕구를 충족시키고 삶을 영위하게 되는데 이때 노동의 성격은 이미 형성되어 있는 것이다. 원시시대의 노동, 봉건제 노동, 자본주의적 노동 등으로. 그것은 바로 그들의 물질적 생산력의 발달의 특정한 단계에 상응하는 생산관계이며 이러한 생산관계의 총합이 사회의 경제적 구조를 구성하게 된다. 이러한 경제구조를 토대로 하여 법적 정치적 상부구조가 생기게 되고, 거기에 상응하는 특정한 사회적 의식이 생기게 된다. 물질적 삶의 생산 양식이 사회적 정치적 지적 삶의 과정을 조건 짓는 것이다. 따라서 인간의 의식이 존재를 결정하는 것이 아니라 사회적 존재가 의식을 결정한다. 사회적 존재의 핵심에는 노동하는 인간이 있고 노동하는 인간의 역사적 구체성은 생산력과 생산 수단으로 이루어져 있다.

이러한 사적 유물론은 인간 역사의 모든 단계에 해당되는 이론이지만, 특히 부르주아 자본주의 사회가 등장하는 과정에 잘 들어맞는다. 마르크스에 따르면, 생산력의 발달로 새로운 생산양식(즉 원거리 무역을 통한 상업 자본주의에서 산업 자본주의의 공장제 생산양식까지)이 서서히 자리 잡게 되고, 그 결과로 새로운 생산관계(자본가와 임금 노동자로 이루어진 자본주의적 생산 관계)가 형성되고, 부르주아라는 계급이

대중문화와 문화적 민주화 일상적 삶의 상징적 생산

지배력을 갖게 되면서 부르주아 자본주의 사회가 등장하게 되고, 그에 따라 거기에 걸맞는 자유자본주의적 정치체제, 법체계, 사회제도가 생길 뿐 아니라, 사람들의 의식, 세계관, 신념체계, 사고방식, 문화 행위, 종교관까지 결정된다는 것이다. 여기에서 역사의 변화를 추동하는 가장 근본적인 힘은 생산력에서 나오는데 이 생산력의 핵심은 생산 수단이다.

보드리야르를 비롯한 포스트모던 비판 이론가들이 지적 했듯이 후기 자본주의에서 생산력은 바로 소비이며 소비의 주체는 대중이며 그 생산력의 생산수단은 바로 대량 생산이다. 대량 생산의 지속적 확장은 소비의 욕구를 창출하는 것에 의해 가능하고 그것은 광고를 통해 소비하는 주체로서의 대중이 계속 만들어 져야 한다. 아도르노, 호르크하이머, 마르쿠제 등의 프랑크푸르트 주류가 이를 교환가치에 의한 인간 소외과정으로 접근했다면, 벤야민은 여기에서 대중의 해방적이고 창조적인 에너지를 포착하고 있는 것이다. (물론 이 에너지는 현 단계의 자본주의에서 아직 창조적으로 실현되지는 않았다.) 예술이 기계 복제 시대에 들어섰다는 것은 자본주의에서의 의미 생산이 시장을 기반으로 한 대량 복제를 통해 진행된다는 것을 의미한다. 벤야민이 아포리즘적 경구들을 통해 전달하고 싶었던 것은 급진적 민주주의의 가능성을 이 새로운 대중이 담지하고 있다는 것이다.

새로운 상징 생산의 특성을 고전적 예술의 특징과 구별하기 위해 벤야민이 사용한 개념이 아우라aura이다. 예술의 시공간적인 유

후기 자본주의에서 생산력은 바로 소비이며, 소비의 주체는 대중이며, 그 생산력의 생산수단은 바로 대량 생산이다

급진적 민주주의의 가능성

일무이한 가치, 그 일회적 현존성을 가리킨다. 앞의 예문에서 거론된 창조성, 천재성, 영원한 가치, 신비성을 아우르는 개념이다. 아우라가 사라진 뒤에 기계 복제 예술이 대면하게 되는 것은 수용자이다. 수용자로서의 소비자는 대량 복제 생산의 주체이다.

수용자로서의 소비자는 대량 복제 생산의 주체이다

> 복제기술은 양산量産을 가능케 함으로써 일회적인 산물을 대량으로 제조된 복제로서 대치한다. 복제기술은 복제품으로 하여금 그때그때의 개인적인 상황에서 수용자와 마주치게 함으로써 복제된 것을 현실화한다. 이 두 작용은 전통적인 것을 흔들어 놓는다. 이 동요는 현대의 위기와 인간 개혁의 이면裏面을 이룬다. 이것은 우리 시대의 대중운동과 밀접하게 연결되어 있다. 그 가장 강력한 매개체는 영화이며, 그 사회적인 의미도 적극적인 면, 다시 말하면 파괴를 포함한 정화작용의 면, 즉 문화유산의 전통적인 가치의 청산이라는 면에서 생각될 수 있다.(221)

수용자와 대면하게 되면서 전통적인 예술에서 우리 시야에서 사라졌던 중요한 요소가 다시 드러난다. 바로 "복제된 것의 현실화"이다. 상징 생산이 소비되는 것은 소비 행위를 통해서이다. 상징 생산이 현실화되고 구체화되는 수용자의 소비행위, 더 근본적으로는 수용자의 주체 생산을 통해서이다. 자본주의적 대량 생산을 통해서 이 자명한 사실이 자명한 것으로 복권된다. 예술은 탈신비화

상징 생산이 소비되는 것은 소비 행위를 통해서이다. 상징 생산이 현실화, 탈신비화하는 것은 수용자의 소비행위, 수용자의 주체 생산을 통해서이다

대중문화와 문화적 민주화 일상적 삶의 상징적 생산

예술은 탈신비
화되고 원래
자리를 찾는
다. 그것을 벤
야민은 종교적
제의적 주술적
가치에서 전시
적 가치에로의
전환이라고 말
한다

되고, 자신의 원래 자리를 찾고 확인한다. 벤야민은 이것을 종교적
제의적 주술적 가치에서 전시적 가치로의 전환이라고 표현한다.

여러 예술 활동이 종교의식에서 해방됨에 따라 그 작품을
전시할 기회는 점점 많아진다. 여러 장소로 보내질 수 있는
조상彫像의 전시 가능성은 사원 내부의 일정한 장소에 고정
되어 있는 신상의 전시 가능성에 비할 바 아니다. (…) 예술
작품의 기계복제의 다양한 방법과 더불어 그 전시성은 엄
청나게 큰 것이 되고 그럼으로써 양극 사이의 양적인 균형
변화는 원시 시대에 그랬던 것처럼 그 본질에 또 하나의 질
적인 변화를 일으켰다. 즉 원시 시대에 있어서 절대적인 강
조가 종교 의식적 가치에 주어짐으로 예술작품은 무엇보다
도 마술의 도구가 되었었는데, 나중에야 비로소 이것을 어
느 정도 예술작품으로 인식하게 되었던 것이다. 이와 비슷
하게 오늘날 예술작품은 절대적인 강조를 전시 가치에 둠
으로서 전혀 새로운 기능을 가진 영상이 되었다.(224-5)

새로운 가능성
의 핵심에 대
중 미디어의 쌍
방향 소통이 있
다. 일방적 수
용이 아니라 생
산과 소비의 변
증법적 운동,
즉 생산이 소비
를 결정하고 동
시에 다시 소비
가 생산을 결정
아는 짓이디

새로운 가능성의 핵심에 대중 미디어의 쌍방향 소통이 있다.
일방적 수용이 아니라 생산과 소비의 변증법적 운동, 즉 생산이 소
비를 결정하고 동시에 다시 소비가 생산을 결정하는 것이다. 마르
크스 식으로 다시 말하면 소비를 충족시키기 위하여 생산은 새로
운 실재를 창출한다. 새로운 실재는 소비를 통하여 새로운 욕구를

창출한다. 이 새로운 욕구에 의하여 생산은 갱신된다. 새로운 미디어 상황에서 소비 행위가 생산에의 참여를 내포하고 있는 것이다. 이것은 어떤 의미에서 모든 생산의 내재적 성격이지만, 생산과 소비의 변증법이 더욱 활발하게 작동되는 것은 앞서 말한 "복제 자체가 복제의 목적"이 되었을 때 더욱 적극적으로 현실화된다.

> 예로부터 예술의 가장 중요한 역할의 하나는, 아직은 충족이 될 수 없는 수요를 창조해내는 일이었다. 예술 형식의 역사에는 예로부터의 예술 형식이 새로운 기술 수준, 즉 새로운 예술 형식이 발달되어야 비로소 쉽게 얻어질 수 있는 효과를 미리 추구하게 되는 시기가 있었다. 그러므로 특히 소위 퇴폐기에 있어서의 예술의 기괴하고 조잡한 실험들은 가장 풍부한 역사적 에너지의 중심에서 나오는 것이기 쉽다. 최근에는 다다이즘이 그러한 야만적인 에너지로 차 있는 운동이었다. 근본적으로 새로운 길을 여는 수요의 창조는 그 목표를 넘어가게 마련이다.(237)

대중은 예술 작품의 수용에서 점점 능동적이 되어가고 그것은 생산과 소비의 변증법을 통해 생산 과정에서의 쌍방향적 소통을 가능하게 한다. 벤야민이 이러한 새로운 대량 복제 기술을 통해 새롭게 수요가 창출되고 의미의 생산자와 소비자 간의 쌍방향의 소통이 가능해지는 것의 대표적인 역사적 현상의 예로 든 것이 근대

대중문화와 문화적 민주화 일상적 삶의 상징적 생산

생산과 소비의
쌍방향 소통의
대표적인 역사
적 예는 바로
'신문의 탄생'
이다

적인 의미에서의 저널리즘의 탄생, 즉 신문의 탄생이다. 그는 특히 초기 저널리즘에서 가장 광범위하게 적용되던 독자 투고의 실천행위에 대해 논의한다.

> 수백 년 동안, 소수의 글 쓰는 사람이 수천 배의 독자 반대편에 버티고 있었던 것이 출판계의 상황이었다. 그런데 지난 세기말쯤에 변화가 일어났다. 끊임없이 새로운 정치, 종교, 과학, 직업 또는 지방 신문들을 나오게 한 저널리즘의 발달은 점점 많은 수의 독자를 필자가 되게 하였다. 그것은 일간 신문이 독자에게 독자 투고란을 개방함으로부터 시작하였다. 그리하여 오늘날 직업을 가지고 있는 유럽인으로서 원칙적으로는 직업체험담, 항의, 르포타지 또는 그 비슷한 것을 어떠한 방식으로든 글로 써낼 기회를 갖지 못하는 사람은 거의 없다. 이와 동시에 저자와 독자의 개념상의 구분은 그 본질적인 성격을 상실했다. 그 차이는 다만 기능상의 차이가 되어 경우에 따라서 달라진다. 독자는 언제나 필자가 될 준비가 되어 있다.(238)

독자는 언제나
필자가 될 준비
가 되어 있다

독자투고를 통한 쌍방향 소통의 가능성은 18세기 초반 영국에서 발행된 최초의 일간 신문인 〈스펙테이터〉에서 가장 잘 나타난다. 이 신문들이 주로 유통되고 소비되던 공간은 런던의 커피하우스에서였다. 커피 하우스와 18세기 초기 신문의 관계는 담화 공동체가 어떻게 형성되는 지, 그리고 이 담화 공동체가 문학 형식으로서의 신문 에세이의 장르 관례의 형성에 어떻게 영향을 미치는 가를 명확하게 보여 주고 있다. 가장 영향력 있던 에세이 신문(정치적 상업적 뉴스나 기사보다는 에세이를 주로 실었던 신문)이었던 에디슨과 스틸의 〈스펙테이터〉가 발간되었을 때, 런던에는 약 3,000개의 커피 하우스가 있었다. 개인이 〈스펙테이터〉를 구독해 보는 경우도 있었으나, 대체로 이 커피 하우스들이 이들 신문의 경제적 토대를 제공했다고 볼 수 있다. 이 3,000여 개의 커피 하우스들은 거의가 〈스펙테이터〉나 〈태틀러〉 등의 일간 혹은 격일간 신문을 비치하고 있었고, 자주 그곳을 드나드는 20 내지 30명의 고정 고객들의 그날의 대화는 여기에 실린 에세이의 내용을 얘기함으로써 시작되었다. 처음에는 도시의 상업적 사회적 필요에 의해 번성하였던 커피 하우스들은 이제는 다양한 종류의 정보와 지식을 유통시키는 의사소통의 중심이 되게 된다. 커피 하우스가 시민의 비판적 담론이 재생산되고 유통되는 문화적 공간을 제공하면서, 이 상대적으로 독립적이고 자율적인 사회적 모임들은 에세이 신문을 통해서 담화 공동체로 구성되게 된다. 이 담화 공동체는 에세이 신문의 또 하나의 중요한 요소인 독자 투고에 의해서 형성되는 이중회로를 통해서 보다 공고하게 되고 확장된다.

이 신문들에 실렸던 칼럼 형식의 에세이들은 당시 독자 대중에게 폭발적인 인기를 끌었다. 그런 의미에서 이 신문 에세이는 문화적으로 가장 지배적인 대중 장르가 설교에서 소설로 대치되는 과정에서의 과도적 문화 형식이라고 할 수있다. 신문 에세이는 전체 사회를 대상으로 발언하고 있다는 것을 스스로 상정하고 있으며, 독서대중과 의사소통하려는 욕구가 전체 문체와 장르 관례를 지배하고 있다. 사회적 형식으로서의 신문 에세이를 특징짓는 것은 바로 끊임없는 관찰의 행위이다. 이러한 사회적 관찰에의 집착은 대부분의 신문 에세이들이 공유하고 있는 특징인 포괄적인 사회적 재현에의 욕구와 긴밀히 연관되어 있다. 독자 투고를 적극적으로 권유하고 있는 다음의 글에서도 볼 수 있듯이, 〈스펙테이터〉의 화자로 등장하고 있는 스펙테이터씨는 매우 빈번하게, 자신의 에세이가 보다 넓은 계층의 독자를 대변하고 있다는 점을 강조하고 있다.

> 이 관대하고 유용한 계획[가능한 한 많은 독자들의 투고를 자신의 에세이에 실을 것이라는 계획]을 실행하는 최상의 방법으로 모든 종류의 화제와 주제를 여러분에게 주려고 한다. 나는 모든 종류의 사람들, 학자든, 시민이든, 궁정의 관리든 지주이건 간에, 그리고 시골에 살든 도시에 살든, 모든 난봉꾼들, 바람쟁이들, 똑똑한 인간이든 고상한 인간이든, 바람둥이 여자나 가정주부든, 지위가 높거나 낮거나를 가리지 않고, 모든 종류의 재간꾼들을 환영한다. 나의 이 제안으로부터 많은 새로운 사건, 사람, 사물들을 수확할 수 있으리라고 나는 확신한다. 많은 사람들이 이미 잘 알고 있다고 생각하는 이 세상은 전혀 새로운 것으로 나타나게 될 것

이다. 이로부터 알 수 있는 것을 통해 우리는 인간 사회가 서로 얽혀 있고 서로 의존하고 있다는 사실의 살아 있는 이미지를 보게 될 것이다.(4:6, 7)

"인간 사회가 서로 얽혀 있고 서로 의존하고 있다는 사실의 살아 있는 이미지"라는 구절은 에디슨과 스틸이 급격하게 변화하면서 새로운 모습을 형성해 가고 있는 자신들의 사회를 어떻게 이해하고 있었는가를 시사해 준다. 그것은 근대 시민사회 - 즉 경제적 법적 행위를 포함한 개인의 모든 행위들이 서로 피할 수 없이 상호 의존적인 역사적으로 특정한 영역 - 에 대한 자의식을 보여준다. 이 신문에세이의 사회적 재현의 양식은 근대적 소통체계로서의 새로운 미디어 환경에서 담론 생산자와 소비자가 어떻게 생산과 소비의 변증법적 상호 관계를 구성하게 되는 최초의 단계를 보여준다. 이것은 쌍방향적인 사회적 의사소통의 하부구조가 구축되고 있음을 보여준다. 벤야민이 새로운 기계 복제 시대의 예술에서의 잠재력을 근대 초기의 저널리즘에서 찾은 것은 그가 사적 유물론을 기반으로 대중 미디어의 등장을 보고 있다는 것을 알려준다.

예술작품의 기계 복제는 예술에 대한 대중의 태도를 바꾸어 놓는다. 이 태도는 가령 피카소와 같은 예술가에 대해서 가졌던 보수적인 태도에서 채플린과 같은 배우에 대해서 보여주는 바와 같은 진보적인 것으로 바뀐다. 즉 예술의 사회적인 의미가 줄어들수록, 수용자에 있어서 비평적 태도와 향수적 태도는 서로 분리된다. 사람들은 관습적인 작품들을 무비판의 상태에서 즐기고 새로운 것에 적대적인 비판으로 대한다. 영화에 있어서 관중의 비평적 태도와 수용적 태도는 하나가 된다. 결정적인 요인은, 영화에서만큼 개별적인 사람의 반응이 집단에 의하여 결정되는 일이 없다는 점이다. 이 반응들은 서로 유통되면서 서로를 통제한다. (…) 대중은 예술작품을 대하는 일체의 전통적인 태도가 새로운 모습을 띠고 다시 태어나는 모태이다. 양은 질로 바뀌었다. 예술에 참여하는 대중의 수적 증가는 참여하는 방식의 변화를 초래하였다.(234, 239)

상징 생산의 대량 복제로, 대중은 예술과 미디어에게 객체가 아닌 상호주체적 관계로 접근한다

상징 생산의 대량 복제로 예술의 절대적 권위가 무너지고, 이 자리에 새로운 대안적 주체인 대중이 등장한다. 대중은 예술과 미디어를 객체적 위치로 다가가는 것이 아니라 상호주체적 관계로 접근한다. 벤야민에게 예술은 이미 계급적 관계로부터 상위에 존재하는 권력화된 힘이었다. 기계적 복제로 인한 특권적 주체의 대안으로 대중이 등장하면서 새로운 질서가 서서히 드러나게 되는 것이다. 대량 생산의 양적 변화는 필연적으로 질적 변화로 전환된다. 벤야민은 이 질적 변화의 실체를 설명하지 않는다. 그의 시대는 아직 그 질적 변화가 현실화되는 것을 경험하지 못한다. 그러나 벤야민에서 그 질적 변화의 힘과 필연성은 이미 감지된다. 대중 미디

어의 등장의 질적 변화의 핵심은 바로 인간의 상징 생산의 과정에서 위계의 붕괴를 의미한다. 대중 미디어는 대량 생산이라는 양적 변화를 통해 재현과 참여의 양식에서의 본질적 변화, 질적 변화를 가져오게 되는 것이다. 앞의 장에서 우리는 하버마스가 이론화한 부르주아 공공영역의 개념이 역사 속에서 현실화된 과정으로서 최초의 대중 서사 양식인 리얼리즘 소설이 새롭게 등장하는 출판 시장을 통해 어떻게 발생하는가를 살펴보았다. 다음 장인 "서사의 대중성: TV 드라마와 감성구조"에서는 벤야민이 예지적으로 통찰한 기계 복제 시대의 예술이 대중 미디어의 기술적 발전과 시장의 획기적 발전을 통해 어떻게 새로운 재현과 참여의 양식을 만들게 되는가를 TV 드라마를 통해 살펴본다.

대중 미디어 등장의 질적 변화의 핵심은 인간 상징 생산의 과정에서 위계의 붕괴를 의미한다

대중문화와 문화적 민주화 일상적 삶의 상징적 생산

수백 년 동안, 소수의 글 쓰는 사람이 수천 배의 독자
반대편에 버티고 있었던 것이 출판계의 상황이었다.
그런데 지난 세기말쯤에 변화가 일어났다.
끊임없이 새로운 정치, 종교, 과학, 직업 또는
지방 신문들을 나오게 한 저널리즘의 발달은
점점 많은 수의 독자를 필자가 되게 하였다.

오늘날 직업을 가지고 있는 유럽인으로서
원칙적으로는 직업체험담, 항의, 르포타지 또는
그 비슷한 것을 어떠한 방식으로든 글로 써낼 기회를
갖지 못하는 사람은 거의 없다. 이와 동시에
저자와 독자의 개념상의 구분은 그 본질적인 성격을 상실했다.
그 차이는 다만 기능상의 차이가 되어 경우에 따라서 달라진다.
독자는 언제나 필자가 될 준비가 되어 있다.

발터 벤야민

3. 4.

서사의 대중성
– TV 드라마와 감성구조

대량 복제 시대의 서사 양식의 특질 중 가장 중요한 것은 서사의 대중성이다

대량 복제 시대의 서사 양식의 특질을 논의하는데 가장 중요한 요소는 서사의 대중성이다. 과학 기술과 시장 기제의 발전으로 이야기가 대량으로 생산되고 소비되게 되었을 때, 그리고 그렇게 생산된 이야기가 다른 전통적인 이야기가 했던 기능들을 대치하게 되었을 때, 바로 그 이야기의 특수성을 말하는 것이다. TV 드라마의 생산 구조와 재현의 양식은 서사의 대중성이 무엇인지 잘 보여준다. 좋든 싫든 TV 드라마는 상업적 조건 속에서 생산된다. (공영 방송도 같은 경쟁 구조 속에서 생산된다는 의미에서 예외라고 할 수 는 없다.) TV가 시장 기제를 통해 생산된다는 것은 두 가지 필요가 동시에 충족되는 절묘한 결합이다 대중은 최소한의 자원을 투입하고 – 즉, 눈과

귀를 열어 광고를 보고 들어주는 행위 – 자신이 원하는 이야기를 즐길 수 있으며, 상품은 그야말로 엄청난 숫자의 손님들과 동시에 만날 수 있는 기회를 가지게 된다. 이 기회는 그대로 경제적 부가가치로 이어진다.[30]

    TV 드라마는 대중의 이야기에 대한 욕구를 충족시키는 것이면서, 다른 한편으로는 우리 사회에서 물건이 생산되고 유통되고 소비되는 과정에 없어서는 안 될 핵심적 기제이다. 숨 막힐 정도로 빠른 속도로 새로운 물건을 쏟아내는 우리 시대의 자본주의가 TV 없이 그 많은 물건들을 소비시키는 것은 이제 상상할 수 없다. TV를 보는 행위는 문화를 소비하는 행위이면서, 동시에 광고주에게 대중의 상징적 욕구가 판매되는 과정이다. 이 과정이 최종적으로 완성되는 것은 물건이 팔리는 곳이다. 마르크스를 잠시 차용해 보면 TV 드라마의 이야기적 기능을 사용가치라고 한다면, TV 드라마의 상품적 기능을 교환가치라고 부를 수 있을 것이다. TV 드라마의 두 기능은 태생적 본질로서 함께 공존한다. TV 드라마의 교환가치적 기능이 지나치게 강조되면 TV 드라마의 서사적 기능은 심각하게 위협받는다는 의미에서 이 두 기능은 대립되는 것이라고 볼 수 있다. 그러나 보다 근본적인 의미에서 TV 드라마의 교환가치와 사용

TV 드라마는 대중의 이야기에 대한 욕구를 충족시키는 것이면서 다른 한편 물건의 생산과 유통과 소비의 핵심적 기제이다

---

30 TV 드라마의 교환가치적 성격과 광고, 시청률의 관계에 대한 논의는 Sut Jhally, "The Valorization of Consciousness: the Political Economy of Symbolism", *The Code of Advertising: Fetishism and the Political Economy of Meaning in the Consumer Society*, 64 – 122. 참조.

가치는 상호 구성의 관계로 보아야 할 것이다. TV 드라마의 대중성은 이 두 가치가 만나는 지점이다. 그것은 보다 확장된 시장을 추구한다.

확장된 시장을 추구하는 것은 재현의 양식으로서의 TV 드라마의 본질적 성격을 규정한다. TV의 교환가치에 의해 주어진 서사의 대중성 - 동시에 엄청난 숫자의 소비자와 만난다는 것 - 은 제한이면서 동시에 새로운 가능성이다.[31] 재현의 양식이라는 측면에서 이 가능성은 의미심장한 것이며 역사적으로 유례가 없는 것이다. 재현이란 개인의 고유한 경험이 특정한 소통과정을 거쳐 공적 경험이 되는 과정이다. 이 공적 경험은 다시 개인이 스스로의 삶을 인식하고 판단하는 이해의 틀로 기능한다. 재현의 양식으로서의 TV 드라마에 가장 적절한 참조의 틀을 제공하는 것은 리얼리즘 소설이다. 변화된 매체 환경에서 TV 드라마는 리얼리즘 소설의 거의 모든 장르적 요소들을 계승하고 있다고 할 수 있다. 리얼리즘 소설이 대중출판 문화의 산물이었다는 사실은 근대적 문화 형식으로서의 리얼리즘을 접근하는 출발점이 된다. 리얼리즘 소설의 변별적 특질들은 모두 일반 사람들, 즉 대중이 소설이라는 문화 형식의 주도적인 소비자였다는 사실과 밀접히 연결되어 있다. 그런 의미에서

---

31 문화연구의 전통에서 미디어의 과학기술적 측면은 주로 부정적으로 인식되어 왔다. 프랑크푸르트 학파와 영문학 비평의 리비스적 전통이 이러한 입장을 대표한다. 과학 기술 문명의 새로운 대량 생산 기술이 대중 사회에서 대중의 에너지를 극대화시킴으로써 해방적 역할을 할 수 있다는 가능성에 대한 최초의 논의는 앞 장에서 살펴본 발터 벤야민에 의해 제기되었다.

대중성은 리얼리즘 소설의 발생 단계에서부터 중요한 장르적 특질의 일부를 구성하고 있었다고 할 수 있다.

초기 대중출판의 다양한 대중 산문 양식들의 새로운 장르적 특질들을 통합하여 강력한 문화적 영향력을 가지는 장르로 상승시킨 것이 리얼리즘 소설이었다. 18세기 신문 에세이의 사회적 재현의 양식에서 발견되는 수사적 구조는 이후 19세기에 들어서면서 리얼리즘 소설의 핵심적 장르 관례를 형성하게 된다. 신문 에세이는 초기 출판문화에 의해 제공된 특정한 공적 공간을 통해서 개별적이고 고유한 삶의 경험들이 어떻게 공적 경험으로 소통되고, 공유될 수 있는 조건을 갖게 되었는가, 그리고, 이 공간을 통해서 그 개별적 경험에 정체성을 부여해 줄 수 있는 사회의 통합적 이미지를 어떻게 생산하게 되는가를 잘 보여준다. 이 공적 공간을 우리는 재현의 공간이라고 부를 수 있을 것이다. 그런 의미에서 리얼리즘 소설은 새로운 근대 시민 사회에서의 개인과 사회의 변증법적 관계를 가장 성공적으로 다룬 문화적 형식이었다고 할 수 있을 것이다. 레이몬드 윌리엄스는 이 관계를 "최상의 리얼리즘에서 사회는 근본적으로 개인을 통해, 그리고 개인은 근본적으로 사회를 통해 드러난다"(*The Long Revolution* 278)라고 표현한다. 그것은 리얼리즘 소설이 공동체 안에서의 구체적인 삶의 경험들과 그것의 자발적인 표현들을 공적으로 재현하고 그 경험과 표현의 요구들을 조절해 왔던 공공영역의 진화된 형태라는 것을 의미한다. 레이몬드 윌리엄스는 이것을 리얼리즘의 성취라고 부른다.

사회는 근본적으로 개인을 통해, 개인은 근본적으로 사회를 통해 드러난다—레이몬드 윌리엄스

대중문화와 문화적 민주화 일상적 삶의 상징적 생산

소설에 있어서 리얼리즘의 전통을 생각할 때 나는 한 개인의 삶의 질이라는 관점에서 삶의 총체적인 양식의 질을 창출하고 판단하는 그러한 종류의 소설을 생각한다. 이러한 성취에 수반되는 균형이야말로 아마도 이 성취에 관한 가장 중요한 사실일 것이다. (…) 그런 관점, 개인과 사회에 대한 그러한 파악은 하나의 일관된 양식으로 볼 수 있다. 그런데 이 관점 자체가 성숙의 산물이었다는 것을 잊어서는 안 된다. (…) 사람들이 나에게 리얼리즘의 전통이 소멸되었다고 말할 때 그 말은 나에게 특정한 경험의 새로운 영향하에서 이러한 성숙한 관점이 상실되었다는 이야기로 들린다. (*The Long Revolution* 279)

월리엄스에게는 리얼리즘 소설 자체가 근대 시민사회의 등장과 함께 발전된 인간 능력의 성숙의 결과물이다. 그에게 리얼리즘 소설이란 새로운 역사적 조건을 통해 주어진 개체화된 시민과 공동체의 상호 구성적 관계를 포착하는 인식의 틀을 의미하는 것으로 보인다. 그리고 이러한 인식의 능력은 리얼리즘의 소멸과 함께 후기 근대에 들어서면서 점차적으로 쇠퇴해가고 있는 능력이라고 월리엄스는 판단하고 있다.

리얼리즘의 성취는 바로 개인과 사회의 관계를 드러내는 방식에 있다. 월리엄스가 리얼리즘 소설에서 나타나는 개인과 사회의 변증법적 관계를 강조하는 것은 결국, 리얼리즘 소설이 매우 특수한 형태의 재현의 형식이었다는 말로 이해할 수 있을 것이다. 리얼리즘은 한 "문제적 개인"의 고유한 삶의 경험을 재현한다. 리얼리즘 소설에서 개인은 특수하고 고유하지만, 특수하고 고유한 경험을 통해 전체 공동체의 삶의 특정한 질적 국면을 드러내면서, 공동체의 전체적 삶의 형식과 대면하고 갈등하고 타협한다. 리얼리즘 소설의 질적 성취는 대부분 이러한 대면과 갈등의 치열함에서 나온다. 그것이 치열할수록 개인의 내면은 더 깊은 것으로 나타나고, 공동체는 이 문제적 개인의 삶을 자신의 정체성 속에 더 확고하게 각인시키고 참여시킨다.

이러한 개인과 사회의 문제적 관계는 텍스트 안에서 구체적 인물들의 행위를 통해서 재현되지만, 더욱 중요하게는 한 공동체의 담론적 공간에서 유통되면서 실제 삶의 관계와 조건을 새롭게 구성하는 실천적 상징 행위로 작동하게 된다. 이때 재현의 형식은 참여의 형식이 된다. 재현의 궁극적 기능은, 스스로의 경험과 정체성을 표현해내고 공적 경험으로 공유시키는 것, 그것을 통해 자신의 집단적 정체성에서 오는 고유한 관점과 해석을 공동체의 관점과 해석으로 바꾸어 놓고, 더 나아가서 공동체의 의미 생산 과정에 참여하는 것이다.

재현의 양식으로서의 리얼리즘 소설에 대한 윌리엄스의 논의에서 가장 효과적인 개념적 도구는 감성구조(structure of feeling)이

> 개인과 사회의 문제적 관계는, 공동체의 담론적 공간에서 유통되면서 실제 삶의 관계와 조건을 새롭게 구성하는 실천적 상징 행위로 작동하게 된다

대중문화와 문화적 민주화 일상적 삶의 상징적 생산

다.[32] 감성구조는 구체적인 삶 속에서 체험되고 느껴진 의미와 가치들이며 논리적이고 도덕적 언어로 표출되기 이전의, 세계에 대한 정서적 반응이면서 전체적으로는 역사적 사회적으로 규정되는 것이다. 따라서 가장 내밀하면서도 집단적인 경험이다. 감성구조라는 개념적 도구는 공적으로 인지되고 규정되기 이전의 공동체의 경험을 대상으로 한다. 대중 정서는 친숙하고 상식적인 것만큼 깊은 층위로 내면화된 어떤 것이다. 동시에 그것은 구체적인 사회적 조건의 변화에 따라 긴밀하게 움직인다. 윌리엄스가 그것을 탁월한 리얼리즘 소설의 성취로 본 반면, 우리는 그것이 TV 드라마의 대중적 성격에 의해 가장 잘 표상되는 것으로 본다. TV 드라마의 대중성이 공동체적 재현의 양식으로서의 TV 서사에 리얼리즘 소설보다 훨씬 월등한 자원을 제공해 주기 때문이다. 이런 의미에서 TV 드라마는 리얼리즘 소설을 계승하면서 넘어선다.

감성구조란 말 그대로 자기 앞의 삶에 대한 감성적 반응을 가리키는 말이다. 이것을 구조라고 하는 이유는 이것이 한 인간의 내

---

32 감성구조의 개념은 윌리엄스의 전 저작에서 가장 꾸준하게, 그리고 가장 다양한 의미로 변되면서 나타나는 개념이다. 감성구조의 개념이 가장 먼저 등장하는『장구한 혁명』에서는 "특정한 시간과 장소에서의 삶의 느낌"이며 "우리의 행위에서 가장 정교하고 내밀하고 잘 포착되지 않는 영역"에서 작동하고 있는 것이며 예술을 통해 가장 잘 드러나는 인간의 경험 양식을 가리킨다. 때로는『근대비극』(Modern Tragedy)에서 "중세적 정서 구조"라고 표현할 때와 같이 그것은 특정한 이데올로기의 깊은 층위에서 나타나는 것을 가리키기도 한다. 후기의『마르크스와 문학』(Marxism and Literature)에서는 기존의 지배적인 헤게모니에 저항하고 대안적 삶의 양식을 창출할 수 있는 부상적 문화가 등장하는 주도적인 경험 양식으로서 중요성을 부여한다.

밀한 깊이에서 일어나면서 동시에 집단적으로 형성되고 변화하는 것이기 때문이다. 우리 사회에서 이 과정을 가장 효과적으로 수행하는 문화적 형식이 TV 드라마이다. 감성구조는 일상성의 공간에서 생산되며 또한 미적 경험이 일어나는 층위에 속한 경험이다. 다시 말해 감성구조는 오직 서사적 형식을 통해서만 드러난다. 이 과정에서 공유되는 경험의 질, 그것의 깊이와 폭이 우리 삶을 확장시키고 성숙하게 한다. 우리 모두는 이 확장된 삶의 결과물이다.

TV 드라마의 서사를 구성하고 있는 모든 요소들 – 주제의식, 등장인물, 플롯, 그리고 다양한 영상적 재현의 미적 장치들 – 이 이 과정에 관여한다. 주제의식은 경험의 구조가 하나의 단위로 구성되는 것의 이름이다. 이것은 모호한 형태로 존재하는 정서적 반응들을 하나의 단위로 묶어서 표현할 수 있는 기본적 틀을 제공한다. 정서적 반응이 주제화가 되는 과정은 개별적인 삶의 현실들이 역사 사회적 조건들에 의해 결정되면서 구조화되는 과정이 인식의 대상으로 구체화되는 것이다. 따라서 주제의식은 작가나 제작자가 이러한 구조화된 현실을 문제적으로 드러내는 것이며, 시청자는 이 주제의식을 포착함으로써 공유된 역사 사회적 지평에서 이 문제를 문제로서 인식하게 된다. 이것은 개별화되고 파편화된 현실의 편린들을 하나의 준거틀 속에서 문제화시키는 훈련과정을 포함하게 된다. 이 주제의식의 일관성과 그것을 다루는 깊이와 집요함, 문제를 문제로서 인식하는 성숙함 등이, 모든 이야기에서 그렇듯이, 좋은 드라마의 하나의 기준이 될 수 있다.

대중문화와 문화적 민주화 일상적 삶의 상징적 생산

주제 의식을 통해 한 시대의 감성구조가 성공적으로 재현되는 것은 대부분 작가주의 계열의 드라마들에서 찾을 수 있다. 김수현이나 김운경, 노희경의 드라마가 여기에 속한다고 할 수 있다. 현실과 그 안에 살고 있는 사람들의 삶에 대한 정교한 감수성을 가지고, 작중 인물들과 전체 이야기의 진행과정을 일관성 있고 효과적으로 통제함으로써 작품의 질적 완성도를 높일 수 있는 작가의 능력을 통해서 주제 의식이 보다 선명하고 문제적으로 드러날 수 있기 때문이다. 노희경은 특히 전체 드라마의 진행과정에서 주제의식이 차지하는 비중이 높은 작가라고 할 수 있다. 노희경의 〈굿바이 솔로〉는, 제목이 암시하듯이, 현대사회에서 소통의 문제를 제기한다. 즉 고립된 개인이 소통의 부재를 확인하고 그것을 극복하는 것이 주제의식이자 공유될 경험에 붙여질 이름이다. 이 드라마가 소통의 문제를 다루고 있다는 것을 빨리 포착할수록 드라마를 향유할 수 있는 가능성이 더 커진다. 그런 의미에서 시청자의 입장에서는 이 드라마와 친숙해진다는 것은 "삶의 비평"의 훈련과정이기도 하다. 과거의 덫에 갇혀 밖으로 나오지 못하는 여러 인물들을 통해 소통의 부재는 강렬하게 체험된다. 지나치게 개성이 과부하된 것으로까지 느껴질 수 있는 다양한 인물 설정은 다소 부담스럽지만, 그러나, 이 주제를 전달하는데 효과적이다. 모든 등장인물들은 가족관계에서 상처 입고 고립된 상황에 있다. 그리고 이 상처는 타인과의 소통을 성취함으로써 치유된다. 말하기를 스스로 멈춘 할머니가 이 타인들을 이어주는 중심이다. 스스로 소통을 단절한 할머니

등장인물들은 가족에게 상처 입고 고립된 상황에 놓여 있다. 그리고 이 상처는 타인과의 소통을 성취함으로써 치유되다

그리고 그의 침묵을 통해 다른 사람들의 소통이 수행된다는 것은 다른 대중 서사에서 만나기 힘든 상징의 깊이를 이 드라마에 부여해 준다. 각 인물들의 재현의 구체성은 이 소통의 불능이 오늘 여기 우리의 삶이라는 느낌을 준다. 그 구체성에는 아직도 다수에 의해 경험되는 한국 사회의 모순과 폭력이 고스란히 들어있다. 그것은 한국 현대사가 경험한 자본주의와 가부장제의 특수한 성격과 밀접하게 관련되어 있다. 생동감이 있는 대사들은 삶의 고단함과 신산함을 지고 가는 것이 사람이며, 그것을 넘어서야 할 것도 결국 사람이라는 깨달음은 전달해 준다. 그러나 가족이 아닌 타인의 만남에서 완성되는 소통은 보편적 소통이다. 그것은 한국 사회에 대한 발언이며, TV 드라마라는 매체를 통해 공동의 경험으로 공유된다. 사회적 자원을 박탈당한 대부분의 등장인물들은 이 보편적 소통을 지향하는 과정에서 각자의 고유한 삶의 원리를 견인해 가는 도덕적 성숙함을 보여준다. 시청자의 일상적인 상징적 소비의 과정을 통해 이러한 인간적 성숙함의 경험이 소통되고 공유되면서 대중 미디어는 자기 형성의 기제로 작동한다.

TV 드라마에서 주제의식은 인물의 유형이나 플롯의 전개, 대사와 독백, 영상적 재현의 스타일 들을 통해 드러난다. 예를 들어 인물의 유형은 그것을 소비하는 대중의 욕망과 삶의 조건을, 감성적 반응을 통해 드러내면서, 상상의 공동체적 공간으로부터 구체적 개인의 형성과정으로 전이되는 새로운 실재를 창출한다. 이영미는 이 인물들을 그 시대 대중들의 취향과 사회심리의 응집체로

우리들 삶의 구체성에는, 아직도 다수에 의해 경험되는 한국 사회의 모순과 폭력이 고스란히 들어 있다. 그것은 한국 현대사의 자본주의와 가부장제의 특수한 결합과 밀접하게 연관되어 있다.

규정하고 그 시대적 변천을 배우의 인물형으로 설명한다.

그것의 목록은 1950년대 남자에게 버림받고 어린 자식과 허덕거리다 결국 자식까지 버리고 피눈물을 쏟는 눈물의 여왕 전옥 스타일의 신파적 인물형, 1960년대 '잘 살아 보세'의 시대에 남자 열 몫을 해내면서도 되바라지지 않게 과묵하고 현숙한 이미지의 최은희적 인물형에서부터, 1990년대 초반 〈질투〉와 〈그대 그리고 나〉에서 상큼 발랄하게 직업과 결혼생활을 모두 성공시켰던 최진실 인물형, 그리고 최근의 '국민 여동생' 문근영으로 이어진다. 여기에다 우리는 본인의 삶의 조건(뚱뚱한 고졸 여자)을 넘어서서 사회적 통념을 통쾌하게 무시하면서도, 당당하고 합리적으로 스스로를 표현하는 〈내 이름은 김삼순〉의 "삼순이" 김선아를 2000년대 초반 한국 사회의 특정한 감성 구조를 대변하는 인물로 포함시킬 수 있을 것이다. 이영미에 의하면 "결국 한 시대에 특정 스타가 탄생한다는 것은, 그 시대의 대중예술 수용자들이 특정 방식으로 생각하고 움직이며 말하는 인간에 대해 공통적으로 호감을 느꼈다는 것을 의미" 하며 "같은 시대에 다른 작품에서 같은 배우 혹은 여러 배우가 만들어내는 비슷비슷한 인물형들은, 단지 한 작품만으로는 설명할 수 없는 것으로, 그 시대 수용자 대중의 부러움과 바람, 욕구, 욕망 등이 집약된" 것이다.[33] 즉, 그 이미지 속에 담겨 있는 수용자 대중

---

33 이영미는 「시대와 여배우: 전옥에서 하지원까지, 그러면 윤은혜는?」『한국인의 자화상, 드라마』에서 한 시대를 풍미한 여배우들의 이미지를 통해 그 시대의 지배저인 여성상과 시대 상황과의 관계를 구명한다. 이영미는 한국현대사를 10년

의 욕구, 욕망에 대중이 동의하여 이를 선택함으로써 스타는 탄생하며 지속된다는 것이다.

인물의 유형은 다시 한 이야기의 서사적 구조, 즉 플롯과 긴밀하게 연결되어 있다. 플롯의 전개에 개입되는 대중의 욕망구조, 대리만족, 감정 이입, 상상적 소원 성취 등은 극적 긴장과 이완이라는 미적 경험을 제공해 주면서 또한 한 공동체의 감성구조를 드러내고 만들어간다. 이 경험은 장르를 통해 정형화되고 반복된다. 때로는 이 장르의 의도적 변형은 새로운 삶의 감수성을 창출한다. 2005년 방영되어 최대 시청률 50% 이상을 기록하며 국민드라마 반열에 오른 〈내 이름은 김삼순〉에서 시대를 초월하여 다양한 대중 서사의 형태를 통해 반복되어 오면서 대중의 욕망을 재현해왔던 신데렐라 서사구조는 오늘날 한국 사회의 특정한 가부장제 하에서의 변화된 서사적 욕구를 위해 전면적으로 변형되고 있다. 비속어와 성적 욕구를 거침없이 표현하며 전통적인 여성 이미지를 가차 없이 깨버리는 삼순이와 가부장적 권위를 찾아볼 수 없이 여성 의존적인 캐릭터로 설정된 레스토랑 사장 진헌의 만남과 사랑은 기존의 신데렐라 서사의 모든 관례화된 공식을 위반하며 진행된다. 이 심각하게 변질된 신데렐라 스토리는 특이하게 설정된 삼순이라는 인물 유형과 함께 우리 시대의 특정한 욕망구조가 요구

단위로 분석하면서 당시의 시대적 조건이 구성한 이상적 여성상과 대중의 욕망 구조와의 관계를 설득력있게 재구성하고 있다.

대중문화와 문화적 민주화 일상적 삶의 상징적 생산

하는 정서적 만족감을 제공하면서 〈내 이름은 김삼순〉의 주제의
식 – 자기 긍정의 힘('살'이라는 우리 시대의 화두를 유쾌하게 뛰어 넘는다)과
노동의 윤리(고졸 출신으로 케이크 굽는 일에 열정을 가지고 임한다)로 연결된
다. 이것이 새로운 성적 정체성의 구성과 연결되어 있음은 분명하
다. 유선영은 이러한 〈내 이름은 김삼순〉의 특징을 "모계 사회의 자
유로움과 건강함"으로 설명한다. "삼순이의 특징 중의 하나는 모계
사회의 자유로움과 건강함이다. 호주제 폐지와 연관이 있는 변화일
수도 있는데, 아버지가 없고 아들이나 오빠도 없다. 어머니들이 양
쪽 가정에 존재하면서 여성적인 방식으로 가정을 이끌어간다. 건강
하고 상식적이다."[34] 〈내 이름은 김삼순〉은 '삼순이답게' 우리 시대
의 학벌과 외모지상주의에 시비를 건다. 여기에 개입되어 있는 서
사적 욕구와 대리 만족은 궁극적으로 전복적인 효과를 가진다.

　〈내 이름은 김삼순〉이 전통적인 성역할이나 지배적인 젠더 이
미지를 위반하면서도 사회적인 수용의 범위를 넘지 않는 선에서
균형을 유지하고 있다면, 반가부장적 감성구조가 보다 도발적이고
전복적인 방식으로 재현되는 〈커피프린스 1호점〉에서 부상적 감
성구조(emergent structure of feeling)는 보다 은밀하게 작동한다. 무엇
보다도, 구체적인 인물설정이나 서사 구조, 대사나 내레이션의 차

34　유선영은 이 대담에서 김삼순의 인물 설정이 우리 사회의 서사 전통에서 전혀 새
　　로운 것임을 강조하고 이러한 인물이 제공하는 대리 만족이 궁극적으로 한국 사
　　회의 성역할에 대한 새로운 사회적 실재를 창출할 수 있다고 말한다. 김상만, 「특
　　별대담, MBC 〈내 이름은 김삼순〉, 성공 요인은?」 『미디어 오늘』 2005년 7월 27일.

원에서 메시지가 전달되는 것을 가급적 피하고, 영상적 재현에 의존하는 서사 전략을 채택한다. 대부분의 주요 장면은 이야기의 전개와 직접적으로 상관없는 시각적, 감각적 이미지가 현실에 대한 감성적 차원의 반응을 유도하면서, 삶에 대한 새로운 감수성을 은밀하게 창출한다. 무엇을 쟁취하려는 과정에서 발생하는 갈등이나 결혼과 관련된 가족 간의 불화 등의 요소들도 최대한 배제되어 있고, 임신과 출산 결혼 등과 관련된 복잡한 일상사들은 거의 거론되지 않는다. 말하자면 주요 인물들의 행위가 진행되는 곳은 사회적 요구로부터 해방된 공간이다. 다른 사회적 금기를 완벽하게 배제하고 자신의 일과 사랑의 영역에서 자기완성을 추구하는 두 여자 주인공의 삶은 이 판타지적 공간 속에서 완벽하게 인정되고 정당화된다. 〈커피프린스 1호점〉이 구사하는 서사 전략은 논리적 합리성이나 도덕적인 정당성을 가진 담론의 형태로 표현될 수 없는 2, 30대 여성 시청자의 잠재된 욕망을 효과적으로 자극하면서, 새로운 경험의 양식을 창출하고 소통시킨다.

윌리엄스의 감성구조의 개념은 결국 인간 삶이 어떻게 변화하는가에 대한 이론적 시도이다. 윌리엄스는 그것을 통해 인간이 의식적으로 통제할 수 없는 곳, 합리적 이성으로 설명되거나, 도덕적 명제로 규정될 수 없는 곳, 느낌이나 정서적 반응의 차원에 머물면서도 인간을 형성하는 강력한 에너지를 내장하고 있는 어떤 영역을 적시하려고 했던 것으로 보인다. 윌리엄스에게 그것은 무엇보

대중문화와 문화적 민주화 일상적 삶의 상징적 생산

다도 미적으로 구성되고 표출되는 것이었다. 이 글의 주장 중의 하나는 TV 드라마가 감성구조가 표현되고 다시 주조되는 효과적인 서사 양식이라는 것이다. 그것은 TV 드라마의 독특한 대중성과 그것에 기반한 미학에서 나오는 것이다. 대중 서사는 정형화되지 않는 대중의 집단적 욕망이 꿈틀거리고 반응하는 장소이다. 앞에서 살펴 본 〈내 이름은 김삼순〉〈굿바이 솔로〉〈커피프린스 1호점〉은 모두 나름대로의 방식으로 이야기를 원하는 대중의 상징적 욕구에 부응하면서, 새로운 경험의 양식을 창출하고 소통시킨다. 이것은 동시에 우리가 공유하고 있는 삶의 현실에 반응하는 양식을 창출하는 것이다. 그것이 외모지상주의와 학벌주의이든, 한국 사회의 모순에서 나오는 소통의 부재이든, 새로운 성역할의 인식이든 간에, 대중은 그 이야기들을 소비하면서, '반응의 원천'을 마련해간다. 인간은 반응하지 않으면 살 수 없고 그 반응은 역동적일수록 좋은 것이기 때문이다. 여기에 수반되는 형성과 변화는 이데올로기적 지배가 재생산되거나 저항되는 과정만으로는 전혀 충분히 설명할 수 없는 경험의 복합성 속에서 삶의 반응을 표현하고 소통시키고 공유한다. 이 반응과 소통과 형성의 정도가 좋은 드라마를 판단하는 하나의 기준이 될 수 있을 것이다.

외모지상주의와 학벌주의이든, 한국 사회의 모순에서 나오는 소통의 부재이든, 새로운 성역할의 인식이든, 대중은 그 이야기들을 소비하면서 '반응의 원천'을 마련해간다

3. 5.

칙릿과
대중적 페미니즘

○
　칙릿
　　– 새로운 여성 장르

　　1995년 겨울, 크리스 마짜Cris Mazza와 제프리 드쉘Jeffrey Deshell
은 자신들이 편집한 새로운 경향의 소설 선집의 출판을 앞두고 이
소설들에 어떤 이름을 붙일 것인가를 두고 깊은 고민에 빠졌다. 그
들이 모아놓은 소설들은 모두 대도시에 거주하는 2, 30대 여성들
의 직장 생활과 연애를 다루는 가벼운 로맨스풍의 이야기들이었
다. 그들이 최종적으로 선택한 이름은 '칙릿'chick lit이었다. '영계'나
'된장녀'같은, 여성에 대한 남성의 부정적인 시각이 들어간 명칭인

'칙'chick과 이야기를 의미하는 '릿'lit의 합성어는 이들 자신에게도 파격적인 것이었다. 이러한 자기비하적 명칭의 역설적 의미는 무엇보다 이 소설 선집의 제목에 부제로 들어간 '포스트페미니스트 소설'(postfeminist fiction)을 통해 접근할 수 있다. 크리스 마짜의 말을 인용해보면, "[진정으로 해방되기 위해서는] 우리가 문제의 일부라는 것을 인정[해야 한다.] 어떤 상황의 단순한 피해자가 되기보다는 문제의 일부라는 것을 인정하는 것은 얼마나 당당한 일인가?" (Mazza 18) 다소 모호하게 표현된 이 진술에는 페미니즘 운동 이후의 소비 자본주의의 새로운 현실적 조건 속에서 주체적인 여성 정체성을 어떻게 접근하고 재현할 것인가에 대한 포스트페미니즘적 인식이 자리 잡고 있다. 칙릿이라는 역설적이고 도전적인 명칭에는 근대 출판문화의 태동 이후 속류 대중문화로 일방적으로 규정되어온 여성 소설 전통의 문제에서부터, 페미니즘과 포스트페미니즘 사이의 대립과 계승, 소비 자본주의 문화와 여성 정체성의 구성 등, 우리 시대의 여성적 경험의 재현과 관련된 핵심적 문제들이 연루되어 있다.

김선영에 의하면 칙릿은 "주로 전문직에 종사하는 젊은 도시 여성의 일과 사랑을 다루는 대중 서사물로 기존의 할리퀸 로맨스류 스토리에 여성 처세서를 결합한 신종 로맨스 장르"이다.

일과 사랑 사이에서 좌충우돌하는 여주인공, 성장로맨스라

포스트페미니즘적 인식과 칙릿

는 플롯의 진행, 소비사회의 트렌드를 세련되게 반영하는 감각적 스타일, 내레이션과 수다를 통해 금기시되던 여성들의 욕망과 자의식을 드러내는 거침없는 화법 등 지금의 30대 싱글 여성 드라마들이 공유하는 거의 모든 공식의 원형을 칙릿이 제공했다.(231)

칙릿은 현대 자본주의의 삶을 살고 있는 여성들이 직면하고 있는 많은 문제들을 재현한다. 그것은 포스트모던 사회에서 이제는 소비의 주체가 된 여성들이 아직도 여전히 억압적인 외부세계와의 적대적 관계 속에서 스스로의 정체성을 어떻게 확인하고 평가하고 확보해 나갈 것인가의 문제와 관련되어 있다. 성은애는 새로운 여성 대중 서사로서 칙릿이 넓은 층으로부터 인기를 얻게 된 요인을 다음과 같이 설명하고 있다.

여성의 경제활동이 증가하면서 여성 독자들은 이제 멋진 남성과의 연애 이야기에서 벗어나 자신을 무엇보다도 경제 활동의 주체로서, 그리고 자신만을 위한 상품을 구매하고 소비하는 주체로서 설정한다. 칙릿은 바로 이러한 지점을 판매 타깃으로 공략하면서 동시에 여전히 여성의 사회생활이 만만치 않은 현실과, 미디어가 만들어내는 아름답고 유능한 '커리어 우먼'의 상에는 미치지 못하는 주인공의 모습을 부여줌으로써 독자들로 하여금 소설의 주인공과 자신을

은연중에 동일시하도록 만든다.(233)

칙릿의 옹호자들은 이 새로운 여성 장르에서 과거의 여성 장르 – 주로 로맨스로 분류되는 대중 산문들 – 에서는 찾아 볼 수 없었던 "어떤 종류의 진정성"(Weiner 6)을 발견한다. 이것은 교육과 결혼과 사회적 활동 등에 있어서의 현실적 조건의 변화, 대체로 여성들이 이전에 비해 더 많은 경제적, 정치적, 사회적 자원을 확보하게 된 결과로 나타난 현실적 조건들의 변화와 밀접하게 관련되어 있다.

칙릿은 기존의 로맨스에 중요 요소였던 남녀 간의 사랑이라는 소재를 그대로 유지하면서 동시에 독신 여성의 삶, 직장 생활, 개인적 발전과 직업적 경력에 대한 생각, 그리고 일상적 삶에서 언제나 작동하고 있는 소비 사회에서의 욕망을 재현해 내고 있다. 칙릿에 대한 최초의 학문적 비평서를 편집한 수잔 페리스Suzanne Ferriss는 문화적 현상으로서의 칙릿의 인기가 더 많은 학문적 탐구의 대상이 되어야 한다고 주장하면서 "칙릿에 대한 보다 본격적인 연구는 현대의 여성과 현대 문화가 직면한 핵심적 문제들 – 정체성의 문제, 인종과 계급의 문제, 여성성과 여성주의의 관계, 소비문화와 그와 관계된 자아 이미지(self‑image)의 문제 – 을 집중적으로 조명할 수 있는 기회를 제공해 준다"라고 말한다.(Ferriss 2‑3)

칙릿 장르에 대한 현재까지의 평가는 양극단으로 나뉘어져 있는 것으로 보인다. 이정연과 이기형은 칙릿을 젊은 여성들의 새로운 주체성과 정체성이 시도되는 '포스트페미니즘 소설'로 보는 시각과 상품논리에 충실하고 세련되었지만, 시류에 적극적으로 편승하는 '상업적 문학'으로 바라보는 시각으로 나누져 있다고 지적하고 그 이유를 다음과 같이 설명한다.

> 대중문학 내의 부상하는 하위 장르인 '칙릿'은 역사와 가족의 틀 안에서 억눌려 왔던 여성의 사회문화적 욕구를 일정하게 반영함으로서 21세기 여성의 삶과 욕망을 새롭게 쓰고 있다는 측면에서는 지지나 인정을 받는다. 하지만 물질주의를 은연중에 조장하는 화려한 소비와 소비문화에 침윤된 감수성을 앞세워 유행을 좇는 상품의 기능을 수행하고 있다는 측면에서는 비판을 받고 있[다].(90)

기존의 대중 로맨스 장르와 '좋은' 칙릿이 차별되는 가장 중요한 요소는 새로운 여성 현실에서의 욕망과 억압들이 매우 정교하게 기획된 서사적 전략을 통해 재현되고 있다는 것이다. 이 서사적 전략이 현실에 대한 비판적 거리를 확보해 주는 것이며, 이것이 칙릿의 리얼리즘적 가능성을 열어주는 것이라고 할 수 있다. 헬렌 필딩Helen Fielding의 『브리짓 존스의 일기』(Bridget Jones's Diary)는 칙릿의 효시로 평가되기도 하지만, 무엇보다도 앞에서 기술한 칙릿 장르의 특질을 가장 풍부하게 가지고 있으면서 새로운 리얼리즘의 서사 전략이 효과적으로 구사되고 있는 작품이다. 이 글에서는 현대 자본주의 사회에서의 독신 여성의 일상이 『브리짓 존스의 일기』에서 어떠한 서사 전략을 통해 재현되고 있는가를 '대중적 페미니즘'의 관점을 통해 살펴보려고 한다.

『브리짓 존스의 일기』
- 자기 계발의 서사와 소비 자본주의

『브리짓 존스의 일기』(이하 『브리짓 존스』)는 출판사에 근무하고 있는 30대 독신 여성이 기록한 1년 동안 일기로 구성되어 있다. 일기체의 독백으로 현장감 있게 기록되고 있는 다양한 에피소드들은 대도시의 일상적 삶을 생기 있게 만드는 재기 발랄한 해학적 상상력으로 가득 차 있다. 독신 여성으로서의 스스로의 상황을 해학적 거리를 유지하고 바라보는 다음과 같은 묘사는 브리짓의 일상을 구성하고 있는 이러한 재현 방식의 한 예를 보여준다.

실존적 공허감과 싸우다 보면 가장 드세다는 말괄량이들도 얌전한 척하고 애쓰게 되고, 처음으로 느끼는 생존불안 - 홀로 숨을 거두고 죽은 지 삼 주쯤 후에 애완견에게 반쯤 뜯어 먹힌 시체로 발견될 거라는 섬뜩한 두려움에 사로잡히게 된다는 것. 결혼에 대한 불안감이나 의미 없는 성관계

대중문화와 문화적 민주화 일상적 삶의 상징적 생산

에 대한 진부한 생각들은 스스로를 바보처럼 느끼게 해서, 아무리 조안나 룸리나 수잔 서랜든 같은, 나이든 멋진 여자들을 오랫동안 생각해 봐야 아무 소용도 없게 된다는 것이다.(20)[35]

이 해학적 상상력이 가져다주는 정서적 해방감은 평범한 일상에 미적 경험을 부여함에 동시에 조밀한 현실적 관계 속에 힘겹게 끼어있는 자신의 현실을 거리를 두고 떨어져서 볼 수 있는 자기 반영적이고 비판적인 거리를 확보해 준다. 경험의 진정성을 재현하는 일기체를 통해 전달되는 자기 자신과의 힘겨운 투쟁의 과정은 자기비하적 유머와 익살을 통해 스스로를 희화화하는 과정에서 자신의 삶을 대상화할 수 있는 거리를 확보하게 된다. 이때 독자들은 공감의 여유를 통해 이 비판적 거리에 자연스럽게 참여하게 된다. 매달 12개의 장으로 이루어진 이 기록의 1월 1일 일요일의 일기는 다음과 같이 시작된다.

몸무게 58.5kg(하지만 크리스마스 후니까). 알코올 14단위(하지만 파티를 12월 31과 1월 1일 사이의 네 시간 동안 했으니까 이틀로 계산). 담배 22개피. 섭취 칼로리 5,424cal.

---

35 Helen Fielding, *Bridget Jones's Diary*. London: Picardo,1996. 이하 번역은 『브리짓존스의 일기』 임지현 역. 문학사상사. 1999.를 참조했음. 필요한 경우 번역을 수정했음.

〈오늘 먹은 음식〉

· 에멘탈 치즈 2팩, 햇감자 14조각

· 블러디 메리 2잔(우스터 소스와 토마토 쥬스가 들어가 있으니까 음식으로 간주)

......

· 밀크 초콜릿 바 12개(한꺼번에 크리스마스 음식을 먹어치우고 새 기분으로 새 출발하는 게 상책)

......

· 우나 아줌마 집에서 먹은 산딸기 디져트(버번 비스킷에 통조림 산딸기와 8갤런의 생크림, 그리고 설탕물에 절인 체리와 안젤리카를 얹은 것).(7)

몸무게와 하루 동안 섭취한 칼로리, 그리고 술과 담배의 소비량에 대한 충실한 기록으로 시작되는 이 일기들을 통해 우리는 주인공의 일상 속으로 자연스럽게 들어가서 그녀의 자기 통제의 힘겨운 과정 - 직장에 늦지 않기, 술 담배 줄이기, 체중 줄이기, 교양서적 읽기 등등 - 에 동참하게 된다. 한 마디로 말해 그녀의 1년 동안의 일기는 실패와 좌절의 기록이다. 이 실패와 좌절의 기록을 자기 긍정의 서사로 반전시켜 놓는 것이 『브리짓 존스』의 서사 전략의 핵심에 위치하고 있다.

이런 관점에서 이 작품이 '새해의 결심'으로 시작된다는 것은 주목할 만하다. 자기 계발과 자기 관리에 대한 주인공의 욕망을 보

대중문화와 문화적 민주화 일상적 삶의 상징적 생산

여주는 '새해의 결심'은 "하지 말아야 할 것" "꼭 해야 할 것"의 목록들로 이루어져 있다.

〈하지 말아야 할 것〉

﹐1주일에 14단위 이상의 지나친 음주

﹐흡연

﹐다음과 같은 일에 돈을 낭비하기: 파스타 기계, 아이스크림 기계, 쓰지도 않을 그릇들, 책꽂이 신세를 면치 못할 난해한 책들, 남자친구가 없으므로 필요 없는 야한 속옷들

﹐집안에서 속옷만 입고 돌아다니기, 남이 보고 있다고 생각하자

﹐미결 서류를 처리할 수 없을 만큼 쌓아놓기.

﹐다음과 같은 사람에게 빠지는 것: 술고래, 일에 미친 남자, 관계 기피증에 걸린 남자, 임자 있는 남자나 유부남, 여자를 혐오하는 남자, 과대망상증에 걸린 남자, 성차별주의자, 정서장애자, 공짜로 재미 보려 드는 얌체, 변태 ......

〈꼭 해야 할 것〉

﹐담배 끊기

﹐1주일에 14단위 이하의 술 마시기

ㆍ피하지방 제거를 위한 다이어트로 허벅지 둘레 3인치 줄
  이기(양쪽 1.5인치씩)

......

ㆍ커리어 향상을 위해 노력하고 장래성 있는 직장 구하기

ㆍ돈 모으기 – 예금, 더불어 연금도 가입.

ㆍ내 의견을 강하게 주장하기

ㆍ시간을 효율적으로 사용하기

ㆍ단지 샌드위치를 사기 위해서가 아니라 운동하러 1주일
  에 세 번 이상 체육관에 가기

......

ㆍ책임감 있는 성인 남자와 진지한 관계를 맺기 (2 – 3)

　브리짓의 자기 계발에서 중요한 점은 "책임감 있는 성인 남자
와 진지한 관계를 맺기"를 제외하고는 모두 내면적이고 깊이 있는
것을 지향하기보다는 표피적인 것에 치중해 있다는 것이다. 그렇
기 때문에 현대 여성들이 강박적으로 외모에 집착하고 모든 여성
들이 선망하는 날씬한 몸매를 가지지 못한 브리짓 역시 매일매일
의 생활은 체중계와 섭취 칼로리에 집중되어 있다.

　칙릿 장르와 자본주의 소비문화의 관계를 집중적으로 분석한
캐롤라인 스미스Caloine Smith는『칙릿에 나타난 코스모폴리탄 문화
와 소비주의』(Cosmopolitan Culture and Consumerism in Chick Lit) 에서『브
리짓 존스』에서 다소 과장되게 재현된 기록행위에 대한 집착을 여

성의 몸을 통제하려는 소비문화와 관련시킨다. 브리짓이 자신의 몸을 관리하는 것은 몸무게와 자신이 섭취한 칼로리를 세심하게 기록하는 것이다. 이러한 행위의 중심에는 여성잡지 『코스모폴리탄』*Cosmopolitan*이 있다.

> 필딩의 소설은 기록 행위를 통해 진행된다. 이 행위는 여성 잡지가 독자들에게 그들의 몸을 통제하려는 욕구를 생산하는 주된 방법이다. 이 잡지들은 끊임없이 독자들에게 일기를 쓰고, 리스트를 작성해 기록하고 차트를 만들 것을 강요한다. 예를 들어 1995년 『코스모폴리탄』 1월호는 "필수 코스모 일기장"(essential Cosmo diary)라는 포켓 다이어리를 부록으로 제공한다. 이러한 생산물들은 여성으로 하여금 자신의 삶을 관리하는데 기록의 중요성을 강조한다.(31)

신자유주의적 자기 완성의 신화

대중 로맨스로 간주되던 『브리짓 존스』를 의미 있는 학문적 연구의 대상으로 끌어들인 초기 연구자 중의 하나인 켈리 마쉬Kelly Marsh는 이 작품이 제기하는 문제의식을 "신자유주의적 자기완성의 신화"(the myth of self‑perfection)와 연결시킨다. 『브리짓 존스』가 이의를 제기하고 있는 것은 한 개인은 통제될 수 있으며 계속 다시 만들어 질 수 있다는 생각, 그리고 그러한 통제가 궁극적으로 모두에게 가능하다는 생각이다. 이 작품은 그러한 가정을 자기완성의 이상이라는 미국적 신화로 묘사하고 있다.

브리짓 존스의 일기는 [기록행위]에 이의에 제기하며 이러한 자기완성의 이상을 미국적 신화로 규정한다. 브리짓은 자신이 변화하는데 영향을 끼친 많은 요소들을 - 그녀의 어머니와 그녀의 경쟁자들뿐 아니라, 자기계발서들, 다이어트 조언서, 그리고 그 외에 미국에서 들어온 대중문화들 - 을 해학적으로 기록한다. (…) 브리짓의 목소리에는 진정성이 있다. 그것은 우리 모두가 알고 있지만 제대로 직면하지 못하는 것, 즉 자신의 몸을 통제할 수 있다는 것은 [허구적] 신화라는 진실을 드러낸다. (53)

자기완성의 신화, 더 정확하게는 자기 계발의 이데올로기(ideology of self‐improvement)는 자아는 합리적으로 통제되고 관리될 수 있다는 신념, 즉 공리주의적 인간 이해에 기반 해 있다. 브리짓의 삶에 통제력을 행사하는 것들은 자기계발서, 다이어트 지침서, 여성 잡지의 조언자들, 그리고 선망의 대상들을 끊임없이 만들어내는 대중문화들이다. 이러한 자기계발의 서사, 선망의 서사가 신자유주의적 주체를 생산하고 재생산하는 이념이 되는 이유는 이것이 한편으로는 더 나은 자신이 되는 방법을 말해주면서 동시에 자신이 문제 있는 인간이라는 것을 지속적으로 주입시키면서 개별적 소비 주체들을 신자유주의적 정치 경제 체제 속으로 효과적으로 포섭하고 편입시키는 기능을 수행하고 있기 때문이다.

칙릿은 자기완성의 신화, 더 정확하게는 자기 계발의 이데올로기는 공리주의적 인간 이해에 기반해 있다

다른 칙릿과 마찬가지로 신자유주의적 자기계발의 서사는『브리짓 존스』에서 소비 사회의 욕망과 깊이 연루되어 있다.『코스모폴리탄』과 같은 여성 잡지를 통해 유포되고 확산되는 선망의 문화에서 몸의 관리와 통제는 소비의 중요한 아이템이 된다. 브리짓이 자신이 데이트 준비하는 모습을 희화화해서 표현하고 있는 다음과 같은 묘사는 이러한 선망의 문화가 이 작품에서 어떻게 재현되고 동시에 대상화되고 있는가를 잘 보여준다.

> 하루 종일 데이트 준비를 하느라 기진맥진 완전히 지쳐버렸다. 여자가 되는 것은 씨를 뿌리고 가꾸고 거둬들이는 농부보다도 훨씬 고달프다. 왁스 테이프로 다리털을 뽑고, 겨드랑이 털을 밀고, 눈썹을 다듬고, 숫돌로 발의 굳은살을 제거하고, 얼굴 피부를 문지른 다음 수분을 보충해주고, 여드름을 짜고, 머리를 염색하고, 속눈썹 칠하고, 손톱을 손질하고, 지방질이 낀 부분을 마사지하고, 복근 운동을 해줘야 한다. 이 모든 과정은 고도의 균형이 필요해서 불과 이삼일만 소홀히 해도 원상복귀 되버린다.
>
> 만일 될 대로 돼라 식으로 내버려 두면 내 모습이 어떻게 변할까 종종 상상해 본다. 수염이 덥수룩하게 자란 얼굴, 털이 덤불을 이룬 다리, 전 재무부 장관 데니스 힐리처럼 무성히 자란 눈썹, 죽은 세포의 무덤이 되어 버린 얼굴, 끊임없이 터지는 여드름, 스트루벨페터같이 길고 굽은 손톱 그

리고 살집이 출렁거리는 몸매를 이끌고 어기적어기적 거릴 것이다. 아휴, 사정이 이런데 어떻게 우리 여자들이 자신감을 가질 수 있겠는가.(30)

이 인용문에서 여성 잡지와 대중문화를 통해 유포되는 선망의 서사는 기괴한 공포의 서사와 동전의 양면을 이룬다. 도정일의 지적대로 신자유주의의 현실을 견인해가는 선망의 서사는 공포의 서사의 다른 표현인 것이다.[36] 그것은 더욱 아름다워지고, 더 많은 것을 욕망하고 소비하게 만드는 힘이면서 다른 한편으로는 자기 자신을 혐오하고 문제가 많은 존재로 각인시키는 힘이다. 소비문화가 억압하고 뒤틀고 있는 여성의 몸에 가해진 폭력을 해학과 익살을 통해 희화화하고 있는 이 구절은 실제로 외모에 대한 강박적 집착을 요구하는 "선망의 문화"에 대한 탁월한 풍자이며, 동시에 그 배후에 있는 지배적인 힘에 대한 항의이다.

『브리짓 존스』가 출간되기 5년 전에 나오미 울프Naomi Woolfe는 여성들이 사회적 정치적 경제적 자유를 어느 정도 쟁취한 이후의 포스트페미니즘 시대에 어떻게 다시 소비 자본주의의 지배에 종속되게 되는가를 분석한 『아름다움이라는 신화』(Beauty Myth)를 출판한다. 이 책에서 아름다움이라는 "선망의 서사"는 여성을 억압하

신자유주의를 견인해가는 선망의 서사는 공포의 서사의 다른 표현이다 ─ 도정일

---

36 최장집 외 저.『전환의 모색』(생각의 나무, 2008)의 "도정일 대담" 215 - 218 참조. 이 대담에서 도정일 교수는 시장 자본주의를 견인하는 두 가지 서사를 공포의 서사와 선망의 서사로 규정하고 이 두 가지 서사는 동전의 양면을 이룬다고 말한다.

대중문화와 문화적 민주화 일상적 삶의 상징적 생산

『브리짓 존스』
에서 아름다움
이라는 "선망
의 서사"는 여
성을 억압하는
소비 자본주의
의 지배적 서
사이다

는 소비 자본주의의 지배적 서사로 기능한다. "여성이 자신에게 부과된 법적 물질적 장애를 극복해 나갈수록 여성적 아름다움의 이미지는 더 엄격하고 무겁고 잔인하게 여성들을 압박했다. 보다 많은 여성들이 돈과 권력과 사회적 지위와 법적 인정을 가지게 되었지만 여성들이 그들 스스로의 몸에 대해 느끼는 방식에 있어서는 이전의 해방되지 않은 우리 할머니의 세대들보다 훨씬 나쁜 상황에 처해있다."(10) 이 새로운 형태의 억압에 대해 여성들은 이전 세대의 페미니스트 운동가들보다 훨씬 더 정교하고 우회적인 전략이 요구되었다. 이러한 새로운 서사 전략을 가장 잘 이해하고 있던 사람은 누구보다도 『브리짓 존스』의 작가인 헬렌 필딩이었다.

"이 시대는 여
성들에게 매
우 뒤틀리고 꼬
여있는 시대이
다" - 헬렌 필
딩

"이 시대는 여성들에게 매우 뒤틀리고 꼬여있는 시대이다. 브리짓은 현대적 여성의 이상화된 이미지가 정신없이 퍼붓는 전쟁터에서 이 꼬이고 뒤틀린 현실을 뚫고 암중모색하면서 나아가고 있다."

(Whelahan 177 재인용)

○
　　『브리짓 존스의 일기』의 서사전략과
　　　　　대중적 페미니즘

　　브리짓이 자기 삶을 관리하고 통제하지 못한다는 것은 시간을 효율적으로 사용하지 못한다는 것, 식욕을 억제하지 못한다는 것, 좀 더 유익한 문화생활을 영위하지 못한다는 것, 체중과 관련된 자기 관리를 못한다는 것 등을 의미한다. 브리짓은 효율적인 인간이 되는 것에 계속적으로 실패한다. 그러나 그것은 궁극적으로 그녀가 선택한 것이라는 느낌을 준다. 마쉬의 지적대로 "결과적으로 브리짓은 소비사회에서 자신에게 주어진 역할을 수행하기를 거부한다. 개인적 삶에서 효과적인 소비자로서의 모델을 거부하는 것이다."(Marsh 56)

그렇다면 브리짓은 어떻게 자기 삶을 성공적으로 통제하고 있는가? 역설적으로 브리짓이 일기에서 보여주고 있는 것은 소비사회에서, 소비적 주체로서 호명되는 것을 거부함으로서 궁극적으로 자기 삶을 주체적으로 통제하는 것인데 이것이 주로 수행되는 것은 그의 서사 전략, 즉 이야기하는 힘에서 나온다. 브리짓이 자기 계발의 신화에 대해 도발적인 도전을 하고 있다는 것의 증거는 이 일기의 초반부에 이미 여러 곳에서 나타나고 있다. 브리짓이 마크 다아시와 처음 파티에서 만나 대화를 나누는 부분은 그중 하나이다.

저는 새해 결심을 새해 첫날부터 실천한다는 건 현실적으로 어려운 일이라고 보는데, 어떠세요? 새해 첫날은 송년 파티의 연장이니까, 신나게 담배를 피워대던 흡연자가 이미 몸 안에 다량의 니코틴을 지니고 있을 텐데, 밤 열두 시 땡 소리에 맞추어 이제 새해가 됐다고 갑자기 담배를 끊는다고 그게 끊어지겠어요? 또 다이어트를 새해 첫날부터 시작한다는 것도, 원래 그날은 합리적으로 계산을 해서 먹을 수 있는 날도 아니고, 숙취를 해소하기 위해서라도, 그때 그 때 먹고 싶은 것을 마음대로 먹는 게 더 좋지 않겠어요? 그 러니 저는 새해 결심은 일반적으로 1월 2일부터 실천하기 시작하는 것이 훨씬 현명하다고 생각해요.(15)

본인이 섭취한 것에 대한 브리짓의 정당화는 당당하다. 이 당 당함은 작품 전체를 통해서 빈번하게 반복되는 자기비하적 유머에 도 불구하고, 혹은 그 자기비하적 유머로 인해, 완강하게 유지된다. 소설의 마지막 장인 "한 해의 총결산"이라는 장은 "이 정도면 대단 히 발전한 한 해였다!"("An excellent year's progress!")(310)로 끝난다. 브 리짓의 가장 중요한 특징은 그가 이야기의 전개 과정에서 전혀 변 하지 않는다는 것, 그의 자아가 "계발"되지 않는다는 것, 그가 "성 장"하지 않는다는 것이다. 그는 자신의 실수에 대해 참회하지 않으 며 오히려 스스로를 축하한다. 이러한 특징은 이 소설이 영화화되 면서 삽입된 다아시의 대사에서 더욱 극적으로 부각된다.

> 브리짓의 가장
> 중요한 특징은
> 그의 자아가
> "계발"되지 않
> 는다는 것 그가
> "성장"하지 않
> 는다는 것이다

나는 전혀 당신이 바보라고 생각하지 않아요. 물론 당신한 테 우스운 면이 있기는 하지. 당신 어머니도 참 어이없고 당신도 사람들 앞에서 지독하게 말도 못하고, 머리에 떠오 른 생각은 결과를 별로 생각하지 않고 바로 입으로 말하는 경향이 있지. 처음 칠면조 카페 뷔페에서 당신을 만났을 때 나는 너무 무례하게 굴었고 어머니가 전날 주신 사슴 그려진 스웨터를 입고 있었다는 걸 깨달았죠. 그렇지만, 내가 하고 싶은 말은, 정말 잘 표현하지 못하고 있지만, 사실 그런 겉모습에도 불구하고 나는 당신을 매우 좋아해요. (…) 당신 모습 그대로.[37]

마크의 "당신 모습 그대로"(Just as the way you are)라는 말은 『브리짓 존스』를 통해 필딩이 하고 싶은 이야기를 상징적으로 집약하고 있다고 할 수 있다. 이 장르적 특질은 새로운 것이면서 동시에 헬렌 필딩의 서사 전략을 가장 효과적으로 드러내 주는 요소가 된다. 반反성장소설(anti-bildungsroman)의 의도는 명백하다. 그것은 대중문화와 여성 잡지 등을 통해 유포되고 확산되는 억압적인 자기 계발의 문화에 대한 비판적 거리를 확보하려는 것이다. 헬렌 필딩은 이를 위해 실수투성이고 끊임없이 웃음거리가 되는 여성 주인공을 등장시키고, 약간은 과장되었지만 독자들의 실제 삶의 일상과 내면을 그대로 솔직하게 드러내 보여준다. 독자들은 이제까지 여성 로맨스 장르에서 별로 만나본 적이 없는 여자 주인공과의 동일시를 통해 해방감을 경험하고 동시에 여전히 자기 통제가 제대로 작동되지 않고 있는 자신의 삶에 대해 신뢰와 자존감을 갖게 된다.

영문학 연구에서 칙릿에 대해 최초의 박사학위 논문을 쓴 스테파니 하쥬스키(Stephanie Harzewski)는 미묘하게 확인되는 브리짓 스

"당신 모습 그대로"(Just as the way you are)

---

37 영화 *Bridget Jones's Diary*(2001)에서 녹취한 대사임.

대중문화와 문화적 민주화 일상적 삶의 상징적 생산

스로의 자기 자신에 대한 신뢰에 대해 다음과 같이 기술한다.

칙릿은 기존의 대중적 로맨스의 정형을 리얼리즘적으로 패러디하고, 전통적인 성장소설의 형식을 변형한다. 브리짓의 발전은 무엇보다도 그녀가 자기 자신을 긍정적으로 받아들일 수 있는 능력, 아주 구체적으로 설정된 자기 개발의 목표에서 우스꽝스러운 모습을 발견할 수 있는 그녀의 능력에 의해 평가될 수 있다. 첫 장에서부터 이 소설은 전통적인 성장소설의 주인공들의 특징이 되는 점진적인 발전과 성장의 과정을 패러디한다.『브리짓 존스』의 인기의 상당 부분은 자신이 설정한 자기 개발의 목표를 희극적 재현의 대상으로 만들 수 있는 브리짓의 능력에서 나온다. (62)

『브리짓 존스』에서 브리짓과 마크 다아시의 로맨스 플롯은 가부장적 자본주의의 지배 질서 속에 브리짓이 편입되는 것을 강조하기 위해 진행되는 것이 아니라, 작품의 후반부에서 확인되는 브리짓의 '반反성장적 자기실현'을 강조하는 보상으로서의 성격을 가진다고 보아야 할 것이다. 신데렐라 서사 구조의 낭만적 사랑의 완성이라는 결말은 이러한 서사 전략의 핵심적 요소가 되고 있다. 헬렌 필딩이 브리짓 존스라는 새로운 도발적인 인물을 설정하고, 해학적 상상력을 통해 현실에 함몰되지 않고 비판적 거리를 유지하게 한 것은 다아시로 대표되는 21세기의 가부장적 질서 속에 그녀

"당신 모습 그대로"(Just as the way you are)는 바로 반성장적 자기 실현을 뜻한다

를 안착시키기 위한 것은 아니었다. 이 정교하게 구축된 풍자적 거리를 통해 확보되는 전복적 태도를 통해『브리짓 존스』는 새로운 형태의 리얼리즘적 성취를 시도하고 있는 것으로 보인다.

『브리짓 존스』의 저항성, 혹은 전복성을 인정하기 위해서는 이 작품에 대한 '포스트페미니즘적' 인식, 혹은 접근이 필요하다. 이정연과 이기형에 의하면, 포스트페미니즘은 이전의 여성주의의 정치적 사회적 성과를 인정하되 새로운 현실 조건 속에서 페미니즘을 도전적으로 넘어설 필요가 있음을 주장한다.

> 포스트페미니즘의 관점에서 볼 때 페미니즘은 여성의 남성에 대한 평등권을 실현하는데 중요한 역할을 수행했으나, 이미 그러한 평등이 실현되었다고 판단한다. 포스트페미니즘에서 소비행위는 주체가 선택하는 주요한 전술이며 레저와 대중문화의 영역은 주체를 형성하는 장소가 된다. 또한 주체의 형성적 측면에서 포스트페미니즘이 주목하는 대상은 활기차고 우울하지 않는, 동시에 자신의 즐거움과 욕망의 추구에 매우 역동적으로 대처하는 발랄하고 독립적인 여성상이다.(95 - 6)

기존의 칙릿 장르에 대한 상반된 평가에는 페미니즘과 포스트페미니즘의 대립과 갈등뿐만 아니라 포스트페미니즘이 이전의 페미니즘을 어떻게 계승하고 극복할 것인가에 대한 문제의식이 개입

대중문화와 문화적 민주화 일상적 삶의 상징적 생산

되어 있다. 노벨상 수상 작가이자, 대표적인 실천적 페미니스트 지식인인 도리스 레싱Doris Lessing은 칙릿에 대해 다음과 같이 말했다. "많은 젊은 여성들이 이런 종류의 글을 쓰고 있다는 것은 안타까운 일입니다. 그저 출판하고 돈을 벌기 위해 쓰고 있다는 생각이 드는군요. 술을 마셔대고, 늘어나는 몸무게만 걱정하는 이런 대책 없는 여성들에 대해서가 아니라, 그들이 진정으로 경험한 삶에 대해 글을 쓴다면, 훨씬 더 나을 것 같은데요." 베릴 베인브릿지Beryl Bainbridge의 칙릿에 대한 다음의 논평은 레싱의 판단이 적어도 당시에 지적인 상류층에 속하던 엘리트 여성 지식인들에게는 일반적인 것이었다는 것을 확인해 준다. "이런 부류의 소설을 쓰는 것이 무슨 의미가 있을까? 책을 읽는데 소비하는 시간이 점점 줄어들고 있는 현실에서, 사람들이 왜 좀 더 깊고, 심오하고, 좀 더 세상에 대해 무언가를 발언하는 것들을 읽지 않고 있다는 것이 안타깝다." (Smith 3 재인용) 이전 세대의 페미니스트들이 칙릿을 소비주의에 무비판적으로 순응하고 따라서 현실을 변화시키지 못하고, 지배적인 가부장적 질서 속에 다시 포섭되고 편입되는 장르로 평가한 것에는 고급 문학은 지배적 이데올로기에 저항하고 대중 문학은 지배적 이데올로기를 재생산한다는 오랜 전제가 깔려있는 것으로 보인다.

수잔 페리스에 의하면 이러한 전세대 페미니스트의 엘리티스트적 관점은 더 이상 새로운 여성 현실의 복합성을 재현하고 있는 장르의 새로운 잠재력을 포착할 수 없다. "칙릿을 생산하고 수용하는 세대는 바로 포스트페미니즘 세대이다. 이 세대의 젊은 여성들은 1세대 페미니즘과 2세대 페미니즘을 확장하거나 그 방향을 재설정하고 있다. 새로운 세대의 관심사가 페미니즘의 연속 혹은 단절로 여겨지든, 한 가지 확실한 것은 오늘날 젊은 여성들이 받아들이고 있는 것은 어머니 세대의 전투적 페미니즘이 아니라는 것이다."(9)

다른 한편으로, 칙릿을 실제 소비하고 있는 대중 독자들의 판단은 계몽적인 전 세대 페미니스트들의 평가와 상당한 차이를 보이고 있다. 주로 칙릿 팬들과 칙릿을 생산하는 출판사들에 의해 만들어진 인터넷 공간을 통해 적극적으로 소통되고 있는 이들의 반응에서 공통되게 나타나는 것은 이 소설들이 일하는 젊은 남녀들이 보고 싶어 하는 자기 자신들의 이야기를 아주 구체적인 일상의 세부 목록들을 통해 재현해 주고 있다는 것이다. 보다 최근의 학문적 연구들이 주목하는 것은 바로 칙릿의 이러한 대중적 리얼리즘의 측면이다. 이멜다 웰러한Imelda Whelahan은 『여성주의 베스트셀러』(The Feminist Best Seller)에서 『브리짓 존스』에 대해 "일기체 형식을 통해 우리는 현대적 삶이 제공하는 자유를 즐기면서도, 그 자유가 가져다주는 불안을 고백하는 젊은 여성의 고통과 상처에 접근할 수 있다. 그녀의 일기장은 오늘의 시대의 많은 여성들의 삶의 핵심에 자리 잡고 있는 공포를 드러내 준다"(174)라고 말한다.

웰러한은 특히 『브리짓 존스』에서 구현된 이러한 특질을 "대중적 페미니즘"(popular feminism)으로 설명한다. "이러한 정체성의 위기의 형식에 대한 인식은 대중적 페미니즘을 통해 표현된 1960년대와 70년대의 여성들의 느낌을 상기시킨다. 즉 『브리짓 존스』를 읽

『브리짓 존스』의 이야기는, 일하는 젊은 남녀들이 보고 싶어하는 자신들의 이야기를 아주 구체적인 일상의 세목들을 통해 재현해주고 있다

대중문화와 문화적 민주화 일상적 삶의 상징적 생산

는 것이 그들이 공동체의 한 부분이 되었다고 느끼게 해준다는 생각은 포괄적인 여성적 경험의 영역에 대한 갈망을 보여준다."(177) 웰러한이 "포괄적인 여성적 경험의 영역"(inclusive female sphere of experience)이라고 부른 것은 『브리짓 존스』라는 작품과 그 독자들의 독서경험이 함께 구축하게 되는 특정한 형태의 담론적 공간을 가리킨다. 이 공간을 통해 여성의 고유한 경험이 소통되고 공유되고 더 나아가서 자신을 지배하고 있는 현실에 대한 태도를 함께 가지게 된다. 이러한 방식으로 대중적 페미니즘은 소비문화의 주체로서의 여성 대중의 삶을 재현할 수 있는 매우 복합적인 관점을 설정할 수 있게 된다.

기존의 페미니즘이 여성의 잠재적 욕망을 판타지적 소원 성취의 형태를 통해 충족시켜주는 로맨스 소설들을 비판한 반면, 포스트페미니즘은 이러한 '로맨틱 판타지'를 전략적으로 수용한다. 전통적인 로맨스가 남녀의 사랑을 중심으로 플롯이 전개되는 반면, 『브리짓 존스』는 남성 주인공에 의존해서 여성의 욕망과 판타지를 해결하던 전통적인 여성 로맨스 장르의 관례에서 벗어나 있다. 캐롤라인 스미스는 대중적 페미니즘이 지향하는 여성적 경험공동체를 구성하는 핵심적 요소를 "자기풍자"(self‑parody)의 서사적 전략에서 찾는다. "이러한 작품들이 그 작품을 생산하는 사회를 드러내고 반영하는데 효과적 형식이라고 말하고 싶다. 이 작품들은 이 시대의 지배적인 이데올로기, 여성 잡지, 자기계발서, 로맨틱 코미디, 그리고 많은 대중 조언서들에 의해 유포되고 있는 이러한 지배 이데올로기를 대면하고 그것에 도전한다. (…) 이 작가들은 여성 잡지의 '이상적' 독자로 스스로를 상정한 주인공들을 창출하면서 소비주의 행태를 풍자한다. 브리짓은 이러한 잡지들의 충고를 충실하게 따르는 모습을 보여줌으로써 그 안에 내재해 있는 갈등들이 스스로 드러나게 한다."(16) 독자들의 구체적인 삶의 경험들은 이러한 풍자와 해학을 통해 주어지는 비판적 반성적 거리를 확보할 수 있게 된다.

이 새로운 리얼리즘이 의도하고 있는 것은 경험공동체를 구축하려는 것이다. 그것은 아직 계몽되지 않은 여성 대중을 전투적인 선각자로서의 여성 지도자들이 선도하는 것이 아니라, 유머와 희극적 상황을 통한 공감대의 확대를 통해 여성을 억압하는 현실의 힘을 대상화시키고 풍자적 태도를 소통시키고 공유함으로서 한 공동체의 담론적 공간에서 만들어지는 경험 공동체를 가리키는 것이다. 『브리짓 존스』는 대중적 페미니즘의 새로운 단계가 어떻게 이러한 경험공동체를 창출할 수 있는가를 설득력 있게 보여주고 있다. 현대 여성의 불안과 분노를 유쾌하고 발랄한 서사 형식 속에 녹여서 대중문화를 통해 소비자본주의의 현실에 이의를 제기하고 현실을 넘어설 수 있는 가능성을 대중적 페미니즘이 제기하고 있는 것이다.

(그러나 이 상상의 경험 공동체에서 수행되는 자기 풍자의 서사적 전략이 실제로 신자유주의의 현실에 얼마나 전복적인 힘을 가질 것인가의 문제는 여전히 의문으로 남는다. 대표적인 페미니스트 대중문화 옹호자인 안젤라 맥

새로운 리얼리즘은 여성 대중을 여성 지도자들이 선도하는 것이 아니라, 유머와 희극을 통한 공감의 확장으로 여성을 억압하는 현실을 대상화시키고 풍자함으로써 새로운 경험 공동체를 구축해낸다

대중문화와 문화적 민주화 일상적 삶의 상징적 생산

로비Angela McRobbie가 "자기 계발에 대한 이 작품의 패러디는 현실을 변화시키지 않고 그대로 둔다. 사회는 브리짓을 그대로 받아들이는데 그 이유는 그녀가 전혀 위협적이지 않기 때문이다"(38)라고 지적한 것을 기억해 둘 필요가 있다.)

3. 6.

현실 참여 미디어의 힘
– 마이클 무어

○ 영화는 어떻게
'사건'이 되는가?

이것은 영화라기보다는 하나의 사건이다. 이것은 정치적

행동이면서, 하나의 역사적 이정표이다. 이것은 환멸과 절

망의 시대에, 아직도 완강하게 남아있는 요원한 희망을 애

기하는 영화이다.(Berger)

이 파격적인 찬사는 부커상을 수상한 소설가이자 저명한 예술

비평가인 존 버거John Berger가 영화 〈화씨9/11〉(Fahrenheit 9/11)을 극

장에서 보고 나와 일간지 「가디언」*Guardian*에 기고한 영화평의 일부이다. 거칠고 자극적인 정치적 선동물로 비판 받기도 하는 이 다큐멘터리 영화에 극장에서 상영되는 대중 영화가 감당하기에는 부담스러운 찬사를 바치게 한 이유는 무엇일까? 이 글은 일단 이 찬사에 동의하면서, 영화가 어떻게 "아직도 완강하게 남아있는 요원한 희망"에 대해 얘기할 수 있을 것인가에 대해 논의해 보려는 의도에서 시작되었다. 버거의 표현을 다시 빌리면 영화가, 혹은 더 넓게는 미디어를 통해서 소통되는 이야기가 어떻게 "(역사적) 사건"이 될 수 있는가의 질문을 마이클 무어*Michael Moore*의 다큐멘터리를 통해 접근해 보려는 것이다. 이 질문에 접근하기 위해 「역사의 시작」("The Beginning of History")이라는 다소 거창한 제목이 붙여진 이 칼럼이 〈화씨9/11〉의 의미를 어떻게 평가하고 있는지 좀 더 인용해 보기로 하자.

이 영화를 하나의 사건으로 만든 것은 이것이 오늘의 세계 정치에 대한 효과적이고 독립적인 개입이라는 사실이다. 오늘날 예술가가 이러한 개입에 성공하는 것은 매우 드문 일이다. (…) 이 영화는 사람들이 스스로에 대하여 다시 생각하게 만들고 다른 사람들과 연대를 가능하게 한다. (…) 그리스 비극 이래로 예술가들은 때때로 현재 진행되고 있는 정치적 상황에 어떠한 영향을 끼칠 수 있는가를 질문해 왔다. 정치적 억압을 받고 있는 사람들에게 예술은 매우 자

이 영화는 사람들이 스스로에 대하여 다시 생각하게 만들고 다른 사람들과 연대를 가능하게 한다 – 존 버거

대중문화와 문화적 민주화 일상적 삶의 상징적 생산

주 숨은 저항의 형식이 되었고 압제자들은 예술을 통제할 수 있는 방법들을 모색했다. (…) 전국에 걸친 1,000여 개의 영화관에서 [영국에서 상영된 것을 말함] 마이클 무어는 이 영화로 '인민의 수호자'가 되었다. 이 수호자는, 정치가로서가 아니라, 대중의 분노와 저항의 의지의 목소리로서 정치적 신뢰를 획득하고 있다.(Berger)

영화가 사건이 된다는 것은 그것이 상징적 재현의 영역에 머무르지 않고 현실에 참여하고 개입하는 행위가 된다는 것을 의미한다. 그것은 예술에 있어서 가장 오래된 질문이면서, 오늘의 시대에 외면 받고 무력화된 질문, 즉 예술이 현실을 변화시킬 수 있는가의 질문이다. 버거가 마이클 무어의 영화에 반갑게 응답을 해 준 것은 무어가 망설임 없이 과감하게 이 질문에 대한 대답을 시도했기 때문일 것이다. 그의 메시지는 간단하고 명료하다. "만약 10%의 사람들이 내가 말한 것을 되새기며 극장을 나선다면 큰 성공을 거둔 것이며 만약 그들 중 5%가 어떤 일을 한다면 무슨 일인가가 일어날 것이다."(Moore 3) 마이클 무어는 영화를 만들었고 존 버거는 그것에 응답했다. 이 화답과 공감의 기반은 앞에서 언급한 "환멸과 절망의 시대"에 대한 절박한 인식이었을 것이다. 그리고 그들에게 "새로운 역사"는 영화관에서 시작하는 것이었다.

GM의 공장 폐쇄로 인해 일하는 보통 사람들의 삶이 파괴되고 공동체가 폐허가 되는 과정을 기록한 〈로저와 나〉(Roger and Me)를

예술에 있어서 가장 오래된 질문이면서, 오늘의 시대에 외면 받고 무력화된 질문은 "예술이 현실을 변화시킬 수 있는가"이다

시작으로 마이클 무어의 다큐멘터리 작품들은 실업문제, 총기문제, 테러, 의료보험제도, 금융시스템 등 미국 사회를 지배하고 있는 권력과 자본의 핵심부를 정확하게 타격한다. 아카데미 시상식에서 다큐멘터리 부문 최우수 작품상을 수상하며, 그를 다큐멘터리 작가로서 본격적으로 주목받게 한 〈보울링 포 콜럼바인〉*Bowling for Columbine*은 콜럼바인 고등학교 총기 사고의 참극을 통해 미국 사회에 만연한 폭력의 문제를 다룬다. 뉴욕 무역센터 비행기 테러사건과 관련한 부시 행정부의 행태를 비판하고 풍자한 〈화씨 9/11〉로 칸 영화제 작품상을 수상하면서 무어는 세계에서 가장 영향력 있으면서 가장 상업적으로 성공한 다큐멘터리 감독으로 자리 잡게 된다.

거의 30년에 걸쳐서 영화와 TV 프로그램, 저술과 인터넷 활동들을 통해 다양하게 진행된 마이클 무어의 작가적 역정을 일관되게 관통하고 있는 것은 미국 자본주의의 현실에 대한 비판적 개입이다. 대량해고와 공장 폐쇄, 총기문제, 경제적 이해관계와 국가폭력이 결합된 이라크 전쟁 문제에 이어 마이클 무어의 작업은 점점 더 미국 자본주의의 핵심으로 들어간다. 그가 처음 다큐멘터리를 만들었던 80년대 중반이후 미국 자본주의는 더욱 강력하게 효율화되고, 기능적으로 정교해지는 반면, 이러한 자본주의의 모순이 심화되는 과정에서 미국 민주주의의 근간을 이루어 왔던 건강하고 안정된 중산층의 삶은 불안해지고 질적으로 훼손되기 시작했다. 미국의 실업자가 오른쪽 다리에 생긴 상처를 바늘로 스스로 꿰

대중문화와 문화적 민주화 일상적 삶의 상징적 생산

매는 장면으로 시작하는 〈식코〉*Sicko*는 민영화 되고 규제에서 자유로워진 의료 산업에 지배되고 있는 미국 의료 제도가 어떻게 보험업계와 제약회사의 이윤은 극대화하면서, 다른 한편으로는 미국의 중산층 이하의 삶을 피폐하게 만드는지를 고발한다. 〈자본주의: 러브 스토리〉(*Capitalism: A Love Story*)는 금융위기에 집을 차압당하고 강제 퇴거 당하는 과정에서 중산층에서 빈곤층으로 전락하는 일반 사람들의 고통을 구체적인 일상을 통해 보여주고, 그러한 고통에 대한 공감 능력을 상실한 채, 더 이상 기업과 금융 자본의 탐욕을 통제하지 못하는 미국 자본주의의 위기를 설득력 있게 보여준다.

풍자와 해학, 익살과 독설로 가득 차 있는 그의 다큐멘터리 작품들은 미국의 일하는 보통 사람들에게 근본적인 중요성을 가지는 이슈들을 다루면서, 그들의 구체적 경험과 고통을 기록한다. 이 과정에서 그는 전통적인 다큐멘터리의 장르 관례로부터 벗어나 참여와 개입과 연대의 새로운 담론 공동체를 창출할 수 있는 다큐멘터리 형식과 서사 전략을 만들어간다. 익살스러운 비디오 클립, 코믹한 효과를 유발하는 음악과 영상의 기발한 조합, 본래의 문맥에서 변형된 선정적이고 자극적인 편집 등을 통해, 일하는 보통 사람들의 삶의 고통에 무관심하고 무책임하고 위선적인 권력을 희화화하고 조롱한다. 그 권력이 대기업의 회장이나, 영향력 있는 상원의원, 혹은 미국의 대통령일 때 그 효과는 극대화된다.

그의 풍자와 해학의 배후에 숨어있는 동력은 분노이다. 그것은 상식의 분노이나. 그는 자신의 다큐멘터리가 너무 선동적이고 급진적이라는 비판에 대해 세상을 있는 그대로 보여주려고 했고, 상식을 이야기하고 싶었을 뿐이라고 대답한다. 단지 세상이 너무나 우스꽝스러워서 "진실은 선동적인 것처럼 보이고 상식은 급진적인 것이 되었다. 세상이 너무 어처구니 없는 방식으로 돌아가고 있기 때문에 진지한 다큐멘터리가 웃기는 코미디가 되었다"(Moore 7)고 불평한다. 그의 다큐멘터리는 우리에게 상식의 이름으로 분노할 수 있는 힘을 부여해 주는 상징적 기제이다.

이 글이 주목하는 것은 두 가지이다. 하나는 마이클 무어의 다큐멘터리를 통해 미국 자본주의의 위기가 어떻게 서사적으로 재현되고 있는가를 살펴보는 것이고 두 번째는 미디어가 이러한 현실에 어떻게 개입하고 그 현실을 변화시킬 수 있는가에 대해 생각해 보는 것이다. 이 질문에 대답하기 위해 이 글은 마이클 무어의 후기 작들이면서 보다 본격적으로 미국 자본주의의 위기를 다루고 있는 〈식코〉와 〈자본주의: 러브 스토리〉에 나타난 다큐멘터리 서사 전략을 분석하고 마이클 무어 다큐멘터리의 장르적 특질과 그것이 미국 자본주의의 현실을 변화시키는데 어떠한 의미를 가지는가를 살펴보려고 한다.

○
〈식코〉
자본주의, 발전과 박탈의 역설

2009년 12월 24일 성탄절 전야에 미국의 중산층과 저소득층 국민들은 매우 뜻 깊은 성탄 선물을 받았다. 오바마 대통령이 취임 이후 가장 열정적으로 추진했던 의료보험 개혁 법안이 상원을 통과한 것이다. 1912년 루즈벨트 대통령이 전 국민 건강보험을 공약한 뒤 100년 만의 일이다. 오바마 대통령 자신도 표결 결과에 대해 "미국 국민의 위대한 승리"라고 평가했다.

세계 최강의 경제 대국인 미국의 의료 복지 상황은 열악하다 못해 참담한 수준이다. 의료비 지출은 GDP의 16%로 다른 OECD 국가들의 거의 두 배 수준인 반면, 65세 이하 국민의 17%에 해당하는 3천 5백만 명이 건강보험 없이 의료 복지의 사각지대에 방치되어 있다. 말 그대로 미국식 자본주의의 블랙홀이다. 신자유주의적 민영화의 영향을 직접적으로 받은 데다, 부시 정권이 의료선진화라는 미명하에 보험업계, 병원, 제약회사의 이해관계만을 보호하는 의료 정책을 추진한 것이 상황을 더욱 악화시켰다. 이 법안의 통과로 보험이 없어 질병의 정상적인 치료를 포기할 수밖에 없었던 차상위 계층과 천문학적인 의료 보험비 지출에 고통 받던 중산층이 혜택을 받게 되었다. 그리고 무엇보다 미국 사회가 보다 건강한 공동체로 거듭날 수 있는 기회를 갖게 되었다.

의료 보험 개혁 법안은 오바마 대통령이 후보 시절부터 공약하고 추진한 '강력하고 건강한 중산층 재건' 정책 중 최우선 순위에서 진행되어 오던 것이다. 오바마의 선거 유세가 한창 진행 중이던 2007년 여름에 개봉되어 미국의 열악한 의료 복지의 문제를 본격적으로 미국 사회와 유권자들에게 공론화하고 각인시킨 것이 마이클 무어의 〈식코〉이다. 다큐멘터리 영화로서는 이례적으로 2400만 달러의 흥행 수익을 무어에게 안겨 주면서 300만 명 이상의 관객이 영화관을 다녀갔다. 선거 열기로 무르익은 정치적 상황에서 만만치 않은 숫자가 영화를 보고 간 것이다. 마이클 무어 본인이 여러 지면에 걸쳐 미국 정치 지형, 더 정확하게는 미국 대통령 선거에 직접적으로 개입하겠다고 공언하고 다닌 것으로 보면 영화의 상영 시기 역시 대통령 선거에 영향을 주기 위해 의도되었다는 것을 어렵지 않게 짐작할 수 있다. 많은 정치 평론가들이 오바마 당선에 결정적인 요인 중의 하나로 마이클 무어의 〈식코〉를 꼽는 것도 전혀 과장이라고 할 수 없는 이유이다.

다큐멘터리 영화답게 〈식코〉의 첫 장면은 통계수치를 제시하면서 시작하고 있다. "5천만 명의 미국인이 의료보험을 가지고 있지 않으며 한 해 18,000명이 의료 보험이 없다는 이유로 사망한다. 미국은 GDP의 15%를 의료비용에 지출하고 있다, 어떤 나라도 이 수치에 근접하지 않는다." 미국 질병통제 센터의 자료에 따르면 의료 보험을 가지고 있지 않아 치료의 사각지대에 놓인 사람들이 인구의 15%에 해당하는 4,360만이다. 〈식코〉가 상영되던 2006년 기준이니 거의 정확한 통계를 인용한 것이다. 마이클 무어의 메시지

대중문화와 문화적 민주화 일상적 삶의 상징적 생산

는 이전의 다른 작품에서와 같이 분명하고 단호하다.

> 우리는 세계에서 가장 부유한 나라에서 살고 있다. 어느 다른 나라보다도 의료에 가장 많은 지출을 하고 있다. 그러나 우리는 서방세계에서 가장 열악한 의료 보장 제도를 가지고 있다. 자, 생각해 보자. 우리는 이보다는 더 나아져야 되지 않겠는가?

[좌측 여백 주석] 무어의 〈식코〉는 건강과 질병을 공동체가 함께 관리하는 데 있어서 미국이 얼마나 형편없이 열등한 불량국가인가를 설득력 있게 보여준다

국민에게 질병을 치료받을 수 있는 권리를 부여해 주는 것은 자본주의 사회의 최소의 양심이다. 마이클 무어에게 국민의 기본적이고 필수적인 권리를 확보해 주지 못하는 미국은 세계 어느 국가보다도 열등한 불량국가이다.

〈식코〉는 국민의 건강과 질병을 공동체가 함께 관리하는 데 있어서 미국이 얼마나 형편없이 열등한 불량국가인가를 설득력 있게 전달해 주는 극적인 에피소드를 보여주면서 시작한다. 무어가 수집하여 보여주는 에피소드의 사연들은 기막히고 어처구니없을 정도로 비상식적이거나, 비극적이고, 그만큼 자극적이다. 그러나 그 사연들은 풍자나 알레고리나 상징을 위해 창조된 상상력의 허구적 산물이 아니고, 미국에서 실제 일어났고 지금도 일어나고 있는 일들이다. 창고에서 작업하다가 전기톱으로 두 손가락이 절단된 릭은 손가락 봉합 수술의 총 가격이 72,000달러라는 얘기를 듣는다. 병원에서는 친절하게 두 가지 옵션을 준다, 약지는 12,000달러, 중

지는 60,000 달러. "대책 없이 로맨틱한 남자였던 릭은 할인된 가격으로 12,000달러가 청구된 약지를 선택했다. 나머지 한 손가락은 오레곤의 한 쓰레기 매립지로 멀리 이사 보냈다." 미국 자본주의의 현실에 대한 익살스러운 블랙 코미디는 쓰레기 매립장의 둔덕에서 야생 비둘기들이 폐기물 더미를 헤집고 먹이를 찾는 영상을 배경으로 한 마이클 무어의 내레이션과 함께 전개된다.

30년 이상을 안정된 직업을 가지고 중산층을 삶을 영위하던 래리와 도나 스미스 부부는 심장 발작과 암에 걸리고 나서 보험회사의 약관에 따라 병원비의 극히 일부만 지급 받았다가 치솟는 의료비를 감당하지 못해 집을 차압당한다. 그리고 곧바로 빈곤 계층으로 추락한 뒤 딸의 집 창고에 얹혀살게 된다. 병원에 근무하는 직원인 줄리 피어스는 남편이 신장암에 걸리자 시동생으로부터 골수이식 수술을 받을 수 있다는 연락을 받는다. 보험회사는 이 수술이 "실험적인 것"이라는 이유로 보험금 지급을 거부한다. 그것은 작은 글씨로 쓰여진 약관에 명시되어 있었다. 수술 시기를 놓친 남편은 사망한다. 18개월 된 마이셀의 엄마 도넬은 아이가 고열과 설사 증세를 보이자 병원으로 데려가 의사로부터 생명이 위험할 수 있는 바이러스에 감염되었다는 얘기를 듣는다. 의사는 항생제로 아이를 먼저 치료하는 대신 보험회사에 전화를 건다. 마이셀 엄마의 보험이 제한된 병원만 적용되는 저렴한 것이라서 마이셀은 다른 병원으로의 이송을 권유 받는다. 여러 병원을 찾아 옮기는 도중 마이셀은 사망한다.

대중문화와 문화적 민주화 일상적 삶의 상징적 생산

보험 없이는 치료를 시도하기조차 어려운 천문학적인 의료비, 가계를 위협할 정도로 높게 책정된 민영 의료 보험비, 보험료 지급이 거부되는 비율을 늘리기 위해 다양하게 고안된 약관 조항들, 지급 거부율을 올리는 성과에 따라 연봉과 보너스가 올라가도록 만든 인센티브 제도들, 이것이 마이클 무어가 보여주는 미국 의료 체계를 이끌어가고 있는 요소들이다. 이 체계는 특정한 목적을 위해 설계된 기능적이고 계량화된 시스템 속에서, 같은 목적을 위해 고도로 전문화되고 숙련된 기술자들이 경쟁하는 세계이다. 이 시스템은 인간의 구체적인 고통에 무감각하다. 이 기계적 시스템이 목표로 하고 있는 것은 단 한 가지, 이윤의 극대화이다. 국민 건강을 담보로 한 의료 기업들의 탐욕적 이윤 추구로부터 국민의 "질병을 치료받을 수 있는 권리"를 보호해 줄 국가는 보이지 않는다.

마이클 무어가 대안으로 제시하는 것은 '의료 사회화'(socialized medicine)이다. 의료 사회화의 핵심은 국가가 주도하는 전 국민 의료 보험제도이다. 무엇인가를 '사회화'한다는 것은 대부분의 미국 사람들에게 공포와 혐오의 대상이 된다. 그것은 국가 권력이 모든 것을 관리하고 통제하는 전체주의로의 전환을 의미한다. '사회화'에 대한 미국인들의 이념적 거부감은 영화에서 힐러리 클리턴이 전 국민 의료보험을 추진하다가 의료계와 보수층의 반발로 좌절되는 과정에서 생생하게 재현되고 있다. 그러나 '사회화된' 건강보험제도는 미국과 유사한 수준의 '자유민주주의'를 시행하고 있는 서구 선진국 중 대부분이 채택하고 있는 제도이다. 미국 사람들만이 그것을 모르고 있었다. 무어는 그의 영화의 반 이상을 할애하여 사회화된 의료제도를 시행하고 있는 다른 선진 국가들. 캐나다와 영국과 프랑스의 예를 구체적인 일상적 경험을 통해 보여준다.

미국인들의 주입된 집단적 연상 작용 속에서 사회화된 의료는 질 낮은 의료 서비스, 고통스럽게 긴 진료 대기 시간, 잘 작동되지 않는 의료 기기들, 불결한 진료 환경 그리고 의료진들의 낮은 봉급으로 인한 진료 수준의 하향평준화 등과 연결되어 있다. 캐나다, 영국, 프랑스로 이어지는 마이클 무어의 의료 탐방의 여정은 이러한 선입견을 충분히 역전시킬 수 있는 다양한 일상 경험들을 정통적인 다큐멘터리 기법들을 통해 보여주고 있다. 무상으로 운영되는 캐나다의 병원은 청결하고 효율적으로 관리되고 있었고, 영국의 의사들은 국가로부터 봉급을 받지만 충분히 안정된 삶을 영위하고 있었고, 프랑스의 의료 제도는 질병의 치료뿐만 아니라 그로 인해 발생되는 육아와 가사, 재충전의 시간까지 국가가 배려해 주는 복지 제도가 정착되어 있었다. 그의 의료 탐방에서 인상적인 것은 영국의회 의원을 역임했던 진보주의 정치가 토니 벤과의 인터뷰이다. 영국의 전 국민 무상의료 서비스인 NHS(National Health Service)는 2차 세계대전 이후 전쟁의 폐허 속에서 시작되어 철도, 통신, 전기 등의 기간산업까지 민영화를 추진하던 대처 총리 이후의 신자유주의 시대에도 흔들림 없이 유지되어왔다. 토니 벤은 인터뷰에서 이것은 민주주의의 힘이라고 단언한다. "교육받고 건강하고 자신감 있는 국민만이 가질 수 있는 권리"라는 것이다.

〈식코〉는 영화로서는 이례적으로 의료 전문가들 사이에서 미국 의료시스템에 대한 격렬하면서도 전문적인 논쟁을 유발했다. 표면적으로 이 논쟁들은 마이클 무어와 같이 거칠게 단순화함으로서 수사적 효과를 겨냥하는 다큐멘터리 작가에게는 적절하지 않은 것으로 보인다. 〈식코〉에 대한 비판이 가장 집중되는 부분은 서구 국가의 무상 의료 제도를 지나치게 단순화해서 이상화하고 있다는 것과 미국의 의료제도가 이룩한 긍정적 성과를 일방적으로 간과하고 있다는 것이다. 한마디로 마이클 무어는 자신이 하고 싶은 얘기를 하기 위해 대상에 대한 균형 감각을 완전히 상실했다는 것이다.

의료 복지의 문제는 한편으로는 인간의 고통과 생명과 관련되어 있다는 것과 다른 한편으로는 그 고통을 극복할 수 있는 기술적 진보와 분리해서 생각될 수 없다는 점에서 풀기 어려운, 철학적이면서 동시에 기술적인 난제를 던져준다. 즉, 기술적 발전을 통해 획득한 삶의 질적 상승을 어떻게 분배할 것인가의 문제이다. 미국은 선진 국가 중 GDP 대비 가장 큰 비율의 의료비용을 지출하고 있으며, 미국의 의료 기술 발전의 수준이 세계의 최상위에 속한다는 것, 그리고 그것 자체가 인간의 고통을 극복하고 정복하는, 인류의 과학적 성취라는 것은 부인할 수 없는 사실이다. 그것은 많은 재정적, 사회적 자원이 집중적이고 효율적으로 투입됨으로서 기술적 발전이 가능해졌고, 좋은 대우를 경쟁적으로 제공함으로서 뛰어난 인적 자원을 확보할 수 있었다는 것을 의미한다. 그러나 그 반면에 일반 국민들이 누리는 의료 복지 수준은 선진국 중 단연 최하위이다. 최고의 의료 기술에 가장 열악하고 비인간적인 의료 복지의 상태가 공존하고 있는 것이다. 노벨 경제학상 수상자인 폴 크루그먼에 의하면 이것은 자본주의 사회의 본질적 모순과 깊이 연관되어 있다. 소위 말하는 크루그먼의 역설이다. "피터로부터 기본적인 복지를 빼앗아서 폴에게 '예술 수준의'(state of the art) 치료를 제공해 준다. 그 결과로 우리는 의학 기술의 발전 자체가 실제로 많은 미국 국민의 건강에 폐해가 되는 잔인한 역설적 상황 속에 있다." (Gumble) 엄청난 양의 공동체의 재원이 투입되어 이룩한 기술적 진보의 과실이 특정한 집단에게만 혜택으로 돌아가게 된다는 것이다. 여기에서 폴 크루그먼은 발전과 박탈의 역설적 양극화라는 우리 시대 자본주의의 본질을 간파하고 있다.

아니스 쉬바니Anis Shivani는 「붕괴된 미국 의료 보험 체계의 정치학: 마이클 무어의 〈식코〉」라는 글에서 〈식코〉를 미국 자본주의의 위기를 이야기하는 영화로 평가한다.

마이클 무어는 이제까지 그의 경력 중에서 최고의 영화를 만들었다. 이 영화는 우리의 정치적 열정을 강력하게 자극한다. 이것이 조준하고 있는 것은 바로 다름 아닌, 혁명적 행동이다. 이 영화는 단지 미국의 의료 보험 체계에 대한 비판에 그치는 것이 아니다. 이것은 전 세계 국가들로부터 생산성과 효율성의 전범으로 찬양되는 미국식 자본주의, 즉 "개가 개를 잡아먹는 자본주의"(dog eat dog capitalism)에 대

미국은 GDP 대비 가장 큰 비율의 의료비용을 지출하는 사회이며 전 세계 최상위의 의료 시설과 의료 기술을 가지고 있는 나라이다. 동시에 일반 국민들이 누리는 의료 복지 수준은 선진국 가운데 단연 최하위 국가이다. 최고의 의료 기술을 가지고 있으면서 가장 열악하고 비인간적인 의료 복지의 상태가 공존하는 사회인 것이다. 폴 크루그먼에 의하면 이것은 미국 자본주의의 본질적 모순과 깊이 연관되어 있다. 무어의 영화 〈식코〉는 바로 이 미국 자본주의의 위기를 이야기 하고, 고발하고 있는 것이다

대중문화와 문화적 민주화 일상적 삶의 상징적 생산

한 통렬한 고발이다. (Shivani 167)

　"개가 개를 잡아먹다"는 마이클 무어가 자신의 다큐멘터리를 제작하기 위해 만든 영화사의 이름(Dog Eat Dog Film)이기도 하다. "개가 개를 잡아먹은 자본주의"는 익숙한 우리말로 하면 '골육상쟁의 아귀다툼' 정도의 의미가 될 것이다. 오늘의 시대에 "생산성과 효율성"은 앞에서 폴 크루그먼이 언급한 발전의 다른 이름일 것이다. 마이클 무어의 〈식코〉가 결국 우리 시대의 자본주의에 대해 질문하고 있는 것은 발전이 어떻게 다른 한편에서는 박탈이 되며 궁극적으로 양극화로 귀결되는가의 문제이다.

○

　〈자본주의: 러브 스토리〉
　　자본주의와 민주주의는 어떻게 결별했는가?

　마이클 무어가 〈식코〉 이후 2년 뒤에 내놓은 작품은 20여 년 전 자신의 첫 다큐멘터리인 〈로저와 나〉를 제작할 때 설립하면서 작명했던 영화사의 이름, "개가 개를 잡아먹는" 상황을 대상으로 한다. 무어의 웹사이트에 나와 있는 작품의 제작노트에는 이렇게 쓰여 있다. "그의 첫 다큐멘터리인 〈로저와 나〉가 제작된 지 20주년을 기념해 마이클 무어는 지금까지 일관되게 탐색해 오던 문제를 이제 본격적으로 다룬다. 바로 미국 사람들의 인상적인 삶이 기업에 지배당하는 상황에서 오는 파괴적 결과에 대한 것이다. 이번에 범인은 GM보다 더 크다. 범죄의 현장은 미시간 플린트보다 훨씬 더 넓다."[38] 총기문제와 이라크 전쟁, 그리고 건강보험의 문제에 이어 마이클 무어는 이제 미국 사회의 핵심으로 서서히 다가가고 있다. 그것은 바로 자본주의이다. 작품의 제목은 〈자본주의: 러브 스토리〉이다. 미국이 사랑했던 자본주의, 자본주의가 사랑했던 미국, 그 둘 사이는 이제 애정 관계를 청산해야 하는 시점에 와 있는 것으로 보인다.

영화에는 20년 전 그의 첫 영화인 〈로저와 나〉의 주무대였던 플린트가 다시 등장한다. 무어가 성장하던 어린 시절 미시간 플린트의 GM 공장 노동자의 삶은 안정되었고 풍요로웠다. 전후 30여 년간 미국의 꿈을 견인해왔던 미국 중산층은 "교육받고 건강하고 자신감이 있었다." 당시의 자료 화면과 자신의 가족사진을 배경으로 무어는 "자본주의, 그렇게 좋았던 시절은 없었다"("Capitalism, no one had it so good")라고 독백한다. 1987년의 〈로저와 나〉를 거쳐 2009년의 플린트는 황폐한 모습으로 다시 등장한다. GM 공장 폐쇄 이후에 플린트의 사람들은 새로운 직업을 얻었다. 금융위기 이후 전국에 집을 압류당한 수백 만 명의 사람들에게 퇴거 통보 우편물을 우송하는 일이다.

---

38 이 문구는 마이클 무어의 홈페이지의 영화 소개에 나와 있는 구절을 인용한 것이다. 웹사이트는 http://www.michaelmoore.com/movies 참조할 것.

〈로저와 나〉는 일종의 탐구서사(quest literature)의 형식을 가지고 있다. 탐구의 최종 목표는 마이클 무어가 GM의 회장을 만나 무언가를 요구하려는 것이다. 만남의 시도는 최종적으로 실패한다. 그가 요구하려고 했던 것은 GM 회장이 플린트에 직접 와서 대규모 해고와 공장 폐쇄의 결과를 눈으로 직접 확인해 봐 달라는 것이었다. 이것은 계량화되고 숫자로 환원되고 교환가치화되는 노동이 아니라, 삶으로서의 노동의 정의와 정체성을 복권시키려는 노력, 즉 노동을 기업의 이윤을 창출하는 도구가 아니라, 구체적 삶의 과정으로 봐달라는 플린트 노동자들의 절박한 요구의 서사적 재현이었다.

2000년대 중반의 미시간 플린트는 더욱 더 황폐해 졌다. 그 사이에 변질된 미국 자본주의의 모습을 그대로 재현하고 있다. 미국 자본주의의 변질의 역사는 한마디로 말하면 미국 중산층의 번영과 쇠퇴의 역사가 된다. 마이클 무어가 밝힌 제작 의도에 의하면 "미국 사람들의 일상적 삶이 기업에 지배당하는 상황에서 오는 파괴적 결과"를 규명하는 것이며, 이것은 80년대 이후 급격하게 심화되고 있는 미국식 시장 사회의 본질이 무엇인가를 묻는 것이다. 마이클 무어에게 미국식 시장사회가 심화되는 것의 가장 중요한 특질은 일하는 보통 사람들의 삶을 안정되고 건강하게 만들어 주던 자본주의가 탐욕과 경쟁과 이윤 동기에 의해 움직이는 시스템으로 변질되고 있다는 것이다. "그렇게 좋았던 시절"은 이제 지나가 버렸다. 마이클 무어의 러브 스토리, 사랑과 혈육, 탐욕과 배반의 러브 스토리는 구체적인 고통의 생생한 기록으로 시작하고 있다.

〈자본주의: 러브 스토리〉의 첫 장면은 "미래의 문명이 우리 시대를 과연 어떻게 평가할 것인가?"라는 무어 자신의 내레이션과 함께 미국의 한 중산층 가정에 경찰관들이 들어와 집을 망치로 부수고 강제 퇴거를 집행하는 장면으로 이어진다. 2008년 금융위기를 맞은 미국 사회의 보편적 경험으로 자리 잡은 압류와 강제 퇴거의 현장이다. 이 영화에서 자본주의는 기술적으로 더 정교해 졌고, 그 결과 가공할 정도로 교활해졌다. 이 정교한 자본주의는 노동과 생산 등 실제로 경제적 현실을 구성하고 있는 요소들이 금융자본의 이윤 창출 과정에 철저하게 종속되는 현상으로 대표된다. 수학적 원리에 따라 작동되는 합리적 과정으로 보이는 금융의 지배는 사실은 수익을 극대화하려는 금융 자본의 탐욕적인 행위에 다름 아니다.

2008년의 미국 서브프라임 금융 위기가 대표적인 예이다. 소위 창의적이고 혁신적인 선진 금융 기법으로 찬양되던 금융 파생 상품이 수익을 극대화하기 위하여 무차별적으로 부동산 대출에까지 영역을 확장하면서 미국 금융 시스템은 붕괴되고 파국이 온 것이다. 수학적 원리를 가장한 월가의 금융 기술자들의 위험하고 탐욕스러운 도박의 결과가 현실로 나타난 곳은 그러나 일하는 보통 사람들이 삶의 현장이었다. 4백 만 가구의 미국 중산층과 저소득층이 그들이 이해할 수 없는 이유로 집을 압류당하고 강제로 쫓겨나게 되었다. 이 여파로 대부분의 미국 중산층의 삶은 추락했

대중문화와 문화적 민주화 일상적 삶의 상징적 생산

다.(Lawson 50)

마이클 무어가 보여주는 자본주의의 막장 드라마는 구체적인 고통의 기록으로 시작하여 교활한 사기극의 블랙 코미디로 이어진다. 〈식코〉에서와 마찬가지로, 이 고통의 기록에서 유머와 냉소와 분노는 구분할 수 없이 뒤섞여있다. 펜실베이아의 한 도시는 일탈 행동을 한 청소년의 교정 시설을 민간 사업자에게 위탁했다. 매기는 고교파티에서 대마초를 피웠다. 그냥 그 또래의 반항적인 학생이었다. 맷은 엄마의 남자친구와 언쟁을 벌이고 먹던 스테이크를 그의 얼굴에 집어 던졌다. 14살의 힐러리는 학교 웹사이트에 교감 선생님이 유머 감각이 없다고 놀리는 글을 올렸다. 이들은 재판을 받았고 판사는 이들을 감옥으로 보냈다. 처음에는 두 달 정도 수감되는 것이었으나 두 달은 여섯 달이 되고 대부분의 청소년들은 일년이 넘는 기간을 감옥에서 보냈다. 판사들은 이들이 감옥에 머무는 시간을 연장하는 대가의 인센티브로 260만 달러의 수입을 올렸고, 이 민간 시설은 청소년들을 필요 이상의 오랜 시간 동안 수감한 비용으로 당국으로부터 수천만 달러의 세금을 받아 챙겼다. 청소년을 감옥에 가두어 두는 사업은 매우 수입이 좋은 비지니스였다.

소위 '죽은 촌놈 보험'(Dead Pheasant Insurance)이라는 것은 대기업이 사망 시 보험금을 많이 받을 수 있는 젊은 직원들의 생명보험을 본인이나 가족이 모르게 가입하고 사망 보험금을 타내는 것을 가리킨다. 확률이라는 수학의 법칙에 따르면 전체 투입된 보험 불입금보나 수덩하게 되는 보상금이 더 크며 낡는 장사가 된다. 직원이 일을 얼마나 잘하는 것과는 별도로 빨리 죽어주는 것이 회사에 더 도움이 되게 되는 이상한 상황이 벌어진다 해도 회사로서는 큰 문제가 없는 것이다. 이 보험을 전문으로 다루는 보험 중개인은 마이클 무어와의 인터뷰에서 일부 회사에서는 직원의 실제 사망률이 예상 사망률에 못 미칠 경우 "투자 계획"을 다시 세우기도 한다고 말한다. 무어는 묻는다. "자기 직원이 죽기를 바라는 경우가 어떤 상황일 수 있을까요?" 보험중개인은 대답한다. "해괴한 질문이군요."

이러한 '죽은 촌놈 보험'을 들어 놓는 회사들은 아주 이상하게 부도덕한 회사들이 아니다. 이름 대면 알만한 대기업들, 아메리카 은행, 씨티은행, 월마트, 프록터앤갬블, AT&T, 그리고 아메리칸 익스프레스 등 우리 일상에서 매일 만나는 그런 대기업들이다. 보험 중개인은 자신이나 가족도 모르게 이 보험에 가입한 미국의 직장인들이 적게 잡아 수백만 명이 될 것이라고 덧붙인다. 이윤 창출이 되는 것, 돈이 되고 수익이 남는 것은 이제 교육기관이건 사법기관이건 점잖은 대기업이건 가리지 않고 무차별적으로 모두가 뛰어드는 사업이 되었다. 미국 자본주의가 이 정도에 와 있는 것이다.

마이클 무어는 펜실베이니아의 교정시설에서 학생들은 자본주의가 민주주의보다 우선한다는 사실을 먼저 배운다고 논평한다. 이 다큐멘터리가 발굴한 자료 중 씨티은행의 기밀 투자 자문 보고서는 이러한 상황을 압축적으로 보여준다. 최상급 VIP 투자자에게 제공되는 이 보고서는 미국이 더 이상 민주주의(democracy) 국가가

이제 미국은
민주국가(de-
mocracy)가 아
닌 금권국가
(plutonomy)가
되었다

아니라 자본이 지배하는 금권국가(plutonomy)가 되었다고 선언하고
있다.

그 문서에 의하면 미국은 1%만에 의한, 1%만을 위한 사회
가 되었다는 것이다. 그 1%가 나머지 95%의 부를 합친 것
보다 더 많은 부를 소유하고 있다. 이 메모는 매우 흡족하
게 점점 더 벌어지는 빈부 격차와 새롭게 획득한 자신들의
귀족신분을 묘사했고 자신들의 부귀열차가 달려갈 길이 끝
없이 뻗어있다고 쓰고 있다. 그런데 한 가지 문제가 있었다.
씨티 그룹에 의하면 가장 강력하고 단기적인 위협은 보다
균등한 부의 분배를 요구하는 사회적 요구를 가진 사람들
이 부자들과 동등하게 한 표의 투표권을 가지고 있다는 사
실이었다. 이것은 매우 유감스러운 일이라고 이 기밀 메모
에는 쓰여 있다.

마이클 무어의 내레이션은 실제 문서의 관련 단어와 문장들,
예를 들어 "금권국가"(plutonomy), "1%", "귀족신분", "부귀열차" 같은
단어들을 – 마치 놀랍게도 실제로 이런 단어들이 쓰여 있다는 것
을 확인이라도 시켜주듯이 – 노란색 형광펜으로 하이라이트 하는
영상과 함께 진행된다. 이 메모는 "90%의 사람들이 저항하지 않고
여전히 침묵하는 이유는 그들도 노력하면 1%가 될 수 있다고 믿기
때문"이라고 넛붙인다. 1%는 그들이 상상 속에서 자신의 미래의

이상적 이미지이기 때문에 자신의 이미지를 전복시킬 수는 없는 것이라는 말이다.

이어지는 인터뷰에서 『월스트리트 저널』 - 마이클 무어의 말로는 "미국이라는 주식회사에 매일매일 복음의 말씀을 전달해 주는 신문" - 논설위원이자, 칼럼니스트인 스티븐 무어는 다음과 같이 단언한다. "자본주의는 민주주의보다 훨씬 더 중요합니다. 저는 민주주의를 신봉하지 않습니다. 사람들이 투표권을 가지는 것에는 찬성합니다. 하지만 국민이 투표권을 가지고도 가난하게 사는 나라는 많습니다. 민주주의가 항상 훌륭한 정치 제도로 이어지는 것은 아닙니다. 하지만 자본주의에서는 무엇이든 할 수 있습니다. 원하는 것을 이룰 수가 있지요." 마이클 무어는 이번에는 아무런 논평도 덧붙이지 않는다. 미국의 여론 주도층의 대표적이 인물의 육성보다 더 금권국가로서의 미국을 극명하게 보여주는 것은 없을 것이다. 과두체제로 달려가는 미국에 민주주의가 들어설 자리는 없어 보인다.

무어에게 러브 스토리의 파국은 사실은 민주주의와 자본주의가 파경에 이르게 되어 별거에 들어갔다는 것을 의미하는 것으로 보인다. 후반부에 들어서면서 이 다큐멘터리의 도입부에서 마이클 무어가 브리태니커 백과사전에서 교육용으로 만든 〈고대 로마의 생활〉("The Life in Ancient Roma")이라는 비디오 클립과 오늘날 미국인들의 모습을 교묘하게 교차 편집한 장면으로 영화를 시작한 것의 의미가 더욱 명확해진다. 오래된 교육용 영상의 촌스러움이 희

대중문화와 문화적 민주화 일상적 삶의 상징적 생산

포스트민주주
의는 권력과
자원의 독점
과 집중을 지
향하고 있다는
점에서 민주
적 정치체제가
아니라 과두
적 지배체제이
다. 지배 집단
이 시장의 기
득권에 기반해
있고 자본과
기업의 이익을
대변하고 있기
때문이다. 중
산층의 붕괴와
양극화의 심화
는 포스트민주
주의의 자연스
러운 결과이다.
그것은 통제되
지 않은 자본
주의가 민주주
의를 위협한다
는 사실을 우
리에게 설득력
있게 알려준다

극적 효과를 갖지만, 역설적으로 그것은 가장 비극적인 함의를 가지고 있다. 그것은 미국 사회가 다시 과두체제로 가고 있다는 것이다. 무어는 미국 사회가 영국의 사회학자 콜린 크라우치Colin Crouch가 명명한 포스트민주주의(postdemocracy)의 단계에 들어서고 있다는 것을 경고하고 있는 것이다.[39] 포스트민주주의는 권력과 자원의 독점과 집중을 지향하고 있다는 점에서 민주적 정치체제가 아니라 과두적 지배체제이다. 이 지배 집단이 시장의 기득권에 기반해 있고 자본과 기업의 이익을 대변한다는 점에서 그것은 과두적 시장 지배 체제이다. 중산층의 붕괴와 양극화의 심화는 포스트민주주의의 자연스러운 결과이다. 그것은 통제되지 않은 자본주의가 민주주의를 위협한다는 사실을 우리에게 설득력 있게 알려준다. 포스트민주주의가 지향하고 있는 과두적 시장 지배 체제의 확립과 민주적 가치의 쇠퇴는 서로 긴밀하게 맞물려있다는 것을 씨티은행의 보고서와 월스트리트 저널의 논설위원의 인터뷰는 선명하게 증언하고 있다.

〈자본주의: 러브 스토리〉의 첫 장면이 자본주의와 민주주의가 대립하고 갈등하는 관계를 상징적으로 보여주고 있다면 영화의 마지막 장면은 자본주의가 어떻게 민주주의와 다시 건강한 연인관계를 복원할 수 있을 것인가에 대한 희망의 메시지를 던져주고 있

---

39 신자유주의의 정치 경제 체제하에서 자본주의가 미국의 민주주의를 어떻게 위
   협하게 되었는가 그리고 그것이 어떻게 포스트민주주의의 상황으로 변화되고
   있는가에 대해서는 Colin Crouch 참조.

다. 이 러브 스토리는 해피엔딩을 시도하고 있는 것이다. 해피엔딩의 마지막 에피소드의 주인공은 루즈벨트 대통령이다. 낡은 영상 화면에서 병중의 늙은 대통령은 낮은 목소리로 그러나 단호하게 "진정한 개인적 자유는 경제적 안정과 독립 없이 존재할 수 없다"라고 말하고 있다. 이 영상물은 다른 어떤 극영화의 장면보다도 감동적이고 진정성이 느껴지는 순간을 전달한다. "제2의 권리 장전"(second bill of rights)이 선언되고 있는 역사적 시간이었다. 국민은 일할 만한 직장, 삶이 유지되는 임금, 적절한 노후를 보장하는 연금, 급여를 받으면서 휴식을 취할 수 있는 유급 휴가, 사람을 주체적 존재로 형성시키는 교육 등을 누릴 수 있는 천부의 권리를 가지고 있으며 국가가 이 권리를 실현시켜줄 의무를 갖는다는 주장으로 이어지는 이 연설은 자본주의의 윤리적 토대를 다시 천명하고 있다. 그리고 이 윤리적 토대는 민주주의를 통해서만 다시 회복될 수 있다고 무어는 주장한다. 무어는 20여 년간 이어져 왔던 자신의 다큐멘터리 작업의 한 단계를 매듭짓는 것으로 보이는 이 영화를 통해 영화 제작자이자 동시에 미국에 의해 주도되고 있는 전 지구적 자본주의에 대한 이론가, 그리고 무엇보다 현실에 개입하고 현실을 변혁시킬 수 있는 실천적 운동가로서의 작가의 위상을 정립하고 있다.

○

다큐멘터리 서사 전략
　– 미국 보수의 이념 전쟁과
　　시민의 미디어 능력

　루즈벨트 대통령의 제2의 권리 장전은 60여 년이 지난 오늘에도 아직 실현되지 않았고 오히려 새로운 자본주의 시대에 더 요원한 이상이 되고 있다. 건강하고 안정된 중산층은 전통적으로 미국의 정체성을 구성하는 핵심적 요소였다. 그러나 지난 30여 년간 미국 중산층은 확실하고 지속적으로 몰락하고 있다. 1990년대 이후 미국 경제의 생산력은 비약적으로 증대했으나 신자유주의 경제체제가 강화되면서, 직접적인 수익을 창출하는 소수 집단에게 거액의 연봉이 주어지는 반면, 대다수의 중산층 근로자들은 구조적인 고용 불안정에 방치되었다. 상위 1%에 드는 미국인들이 나머지 미국인 95%의 총소득보다 더 많은 수익을 가져가고 있지만, 부시 행정부 이후 부유층의 조세 부담률은 점점 줄어드는 기현상도 일어났다. 중산층 근로자의 경제적 시민권을 보호해줄 노동조합은 선진국 중 가장 취약한 상태이며, 중산층의 삶의 질적 수준을 확보해주었던 공공영역의 기능은 지속적으로 약화되어 왔다. 미국의 씽크 탱크인 데모스는 이렇게 삶의 안정성을 박탈당하면서 중산층에서 한계 중산층으로, 다시 빈곤층으로 전락한 사람들이 2000년에서 2006년까지 400만 명 정도 증가했다는 보고서를 내놓았다.⒧국기연⒭ 2008년 금융위기도 시작된 경기 침체가 끝나는 조짐이 보이자 월스트리트의 금융가는 사상 최대의 보너스 잔치를 벌였다. 그러나 금융 위기 이후 중산층의 몰락은 더욱 가시적으로 진행되고 있다. 미국 경제가 다시 회복세로 들어서고 있지만 현재의 경제 구조에서는 그 과실이 중산층에 돌아가지 않고 다시 고소득자에게로 집중되고 있다는 것을 발표된 모든 통계 수치가 말해 주고 있다.

〈자본주의: 러브 스토리〉의 후반부가 시사하고 있듯이 오바마의 대선 승리는 이러한 지배적인 움직임에 대한 문제의식과 변혁의 필요에 대한 대중의 요구가 반영된 것이라고 볼 수 있다. 중산층 재건은 오바마의 정치 개혁 전반을 관통하는 일관된 과제였다. 대통령 당선자 시절 가장 먼저 제시된 슬로건은 "강한 미국, 강한 중산층"이었으며, 그 이후 의료보험 개혁 입법을 필두로 한 오바마의 중요 정책들 – 부유층과 기업의 최고 소득세율을 인상하는 증세안, 금융자본에 대한 국가와 공동체의 통제를 강화하는 금융정책, 미디어 소유 집중을 억제하고 소액 자본에 의한 미디어를 육성하여 언론의 공공성과 여론의 다양성을 확보하는 미디어 정책 등은 모두 강력하고 건강한 중산층을 재건하는데 집중된 것이었다.

그러나 오바마 재임 중에 치러진 중간 선거에서 미국 중산층은 공화당을 선택했다. 중간 선거를 통해 하원을 장악한 공화당은 오바마의 개혁을 다시 원점으로 돌려놓겠다고 공언했다. 당시 하원의장으로 내정된 공화당의 존 베이너 의원은 "우리는 배를 되돌릴 것"이라고 말했다. 배를 되돌리는 첫 번째 과제는 의료 보험 개혁 법안을 무력화하는 것이다. 다음은 부시 정권에서 저돌적으로 단행되었던 부유층 감세 정책을 다시 추진하는 것이다. 기업 규제의 완화와 금융 감독 개혁법의 대폭 수정도 주장하고 있다.

오바마의 중산층 재건 정책이 저항에 부딪히고 좌절하는 것은 오바마 정책에 대한 미국 중산층의 판단에 뿌리 깊은 이념 전쟁이 작동하고 있다는 것을 잘 보여주고 있다. 오바마를 거부하는 미국의 보수 세력들은 모든 매체를 동원해서 오바마가 미국의 건국 정신을 부정하는 사회주의자라는 주장을 확산시켜 왔다. 미국 중산층의 상당수가 오바마의 정책이 사회주의적이며 오바마의 진보 개혁으로 자신들이 힘들게 획득한 부를 열등하고 게으른 저소득층에게 빼앗기게 될 것이라고 생각하도록 만들고 있는 것이다.

오바마를 공격하는 미국 보수의 이념 전쟁의 주장들을 가장 잘 대변해 주는 보수 지식인 중의 한 명이 라디오 토크쇼 〈새비지 네이션〉Savage Nation의 진행자이자 동명의 저서를 출간하여 보수의 아이콘이 된 마이클 새비지이다. 제프리 쿠너 미국 에드문드 버크 연구소 소장은 새비지가 오바마 대통령을 상대로 정치적인 지하드, 즉 성전을 벌이고 있다는 평가한다.(Kuhner) 『빈곤으로의 평준화: 우리의 국경과 경제와 안보에 대한 오바마의 공격을 저지하라』 (*Trickle Up Poverty: Stopping Obama's Attack on Our Borders, Economy, and Security*)[40]라는 제목의 그의 저서는 오바마의 '급진적인 사회주의적'

---

40 제목의 trickle up은 신자유주의 경제학의 주요 이론인 낙수 효과(trickle down effect)의 상대 개념으로 쓰이는 용어이다. 낙수 효과는 고소득층의 세금을 감면해 줌으로써 전체 경제를 활성화시키면 / 규모와 인건 혜택이 결국 중산층과

정책을 폭로하는 열정적인 선언문이다. 새비지에 따르면, 오바마의 정책들은 자기도취에 빠진 사춘기 좌파 대통령의 과대망상증과 원대한 계획이 전통적인 미국의 가치를 파괴하려고 위협하는 시도이다. 그는 "오바마 대통령은 자신이 물려받은 귀한 시계를 분해하는 파괴적인 아이와도 같다. 이 아이는 자기가 가진 시계의 가치를 알지 못한 채, 시계 부속품들을 사방에 흩어놓고는 다시 조립하지 못하고 있다"고 비판한다.(Savage, ix)

마이클 새비지가 오바마를 공격할 때 그의 의료 개혁 법안을 가장 집중적으로 거론하는 것은 매우 자연스러운 것이다. 새비지는 오바마를 "파괴자 오바마"(Obama, the Destroyer)라고 부른다. "그는 미국을 사회주의 국가로 개조시키려는 임무를 가진 완고한 마르크스 – 레닌주의자이다. (…) 그는 자유세계가 아닌 전체주의에 통제받는 세계의 지도자가 되려는 꿈을 꾸고 있다. 이것이 내가 그를 '범레닌주의자(Pan – Leninist)'라고 부르는 이유이다."(Savage ix – xv)

새비지와 같은 논리의 비판은 글렌 벡Glen Beck이나 러시 림보Rush Limbaugh, 빌 오레일리Bill O'relly 같은 보수 토크쇼 진행자들의 프로그램에서 재생산된다. 그들은 경제적 자원을 공동체가 관리하

저소득층에도 돌아간다는 이론으로 부자 감세나 대기업 감세를 통해 작은 정부를 지향하는 신자유주의 정책을 정당화하려는 이론적 시도이다. trickle up은 그 반대 개념으로 주로 재정지출을 통해 중산층을 지원하고 강화함으로서 경제를 활성화하는 정책을 가리킨다. 새비지의 책 제목이기도 한 trickle up poverty는 오바마의 중산층 중심 경제 정책을 전체 미국 경제를 빈곤화시키는 사회주의적 시도로 희화화하려는 목적으로 쓰인 것으로 볼 수 있다.

대중문화와 문화적 민주화 일상적 삶의 상징적 생산

고 제공하는 것에 근본적인 혐오감을 가지고 있다. 빌 오레일리는 〈식코〉에 대해 다음과 같이 반응한다. "무어는 사회주의자이다. 그는 자유주의 정부가 '요람에서 무덤까지' 복지를 누릴 권리를 제공하게 하려고 하며, 끔찍한 세금으로 부과하여 개인의 자산을 몰수하게 만들려고 한다. (…) 만약에 전 국민 의료 보험 법안이 통과되고 나면 마이클 무어와 그의 일당들은 더 좋은 음식이 인간적 권리라고 말할 것이고, 그 다음은 좋은 주택이 인간적 권리라고 요구하게 될 것이다. 그 다음은 품위 있는 은퇴생활, 안전한 보육 등으로 한없이 이어질 것이다."(Hamm 82) 루퍼트 머독의의 〈폭스 뉴스〉Fox News는 이러한 정치 선전의 최전선에 있다. 장행훈에 의하면 〈폭스 뉴스〉의 토크쇼 진행자들은 오바마 "증오 캠페인"을 벌이면서 유사한 언어를 동원 하고 있다. 그들의 언어에는 항상 되풀이 되는 말들이 있다. "잃어버린 미국의 명예를 회복하자", "잃어버린 나라를 다시 정복하자", "오바마는 맑시스트", "오바마는 마오(毛)주의자", "오바마는 인종주의자", "오바마는 무슬림", "오바마는 보수주의자들을 수감할 집단수용소를 비밀리에 준비하고 있는 폭군" 등이 '오바마 증오 캠페인'의 슬로건이다.(장행훈)

보수의 이념 전쟁에 앞장서고 있는 미디어들이 일반 시민들에게 파고 들어가 설득하고, 그들을 정치적인 행동에 동원시키는데 성공한 예가 티 파티Tea Party 운동이라고 불리는 집단적 결집 현상이다. 티 파티 운동의 적극적 참여자들은 대체로 중상류층 이상의 백인, 보수층, 개신교, 고학력 등의 특징을 가지고 있다. 그들은 스스로를 "매우 보수적"이라고 규정하고 있으며 오바마 정부에 대해 극렬한 반감을 가지고 있다. 이들이 오바마 정부에 대해 가장 빈번하게 쓰는 수식어는 "반헌법적"(unconstitutional)이라는 단어이다. 오바마가 미국의 건국정신이자 헌법의 기초인 개인의 자유를 침해하고 과도한 국가 개입으로 미국을 사회주의 국가로 만들려고 하고 있다는 것이다.

티 파티어들은 모두 '자유민주주의'의 신봉자이다. 중요한 것은 이들이 믿고 있는 자유와 민주의 실체가 무엇인가이다. 이때 자유는 개인의 자유, 더 정확하게는 소유의 자유, 사유 재산의 자유를 의미하고, 민주주의는 사회주의가 아닌 것을 의미하는 것으로 보인다. 그들은 '정부는 가장 작을 때 가장 좋다'는 믿음, '시장은 옳고 정부는 무능하다'는 종교적 신념으로 무장되어 있다. 그들의 핵심적인 주장은 작은 정부, 자유로운 시장, 책임 있는 재정 정책으로 요약될 수 있다. 사실은 세금이라는 가장 첨예한 이해관계에 자유라는 이념적 가치가 결합되어 있는 것이다.

〈식코〉와 〈자본주의: 러브 스토리〉는 미국 자본주의의 위기를 본격적으로 공론화하면서 이념 전쟁의 중심에 놓이게 된다. 그가 이들 작품을 통해서 묻는 질문은 보험회사들과 제약업계를 살찌우고 다른 국민들은 고통에 빠뜨리는 제도가 지속되는 이유는 무엇인가 그리고 월가의 위험한 도박에서 시작된 금융위기의 파국이 왜 미국 중산층의 고통으로 귀결되어야 하는가이다. 그러나 동시에, 더욱 중요하게 그가 묻고 있는 것은 대부분의 미국인들이 왜 자

무어가 묻고 있는 것은 "왜 자신의 삶을 이루고 있는 현실에 대해 판단하고 이의를 제기하고 행동하지 않는가", "그들로부터 주체적 반응의 자원과 능력을 박탈해 가는 힘이 무엇인가" 하는 것이다

대중문화와 문화적 민주화 일상적 삶의 상징적 생산

신의 삶을 이루고 있는 현실에 대해 판단하고 이의를 제기하고 행동하지 않는가, 그들로부터 이러한 주체적 반응의 자원과 능력을 박탈해가는 힘이 무엇인가이다. 문제는 중산층 스스로가 자신의 정치적, 사회적 정체성을 인식할 수 있는 주체적인 역량을 만드는 것이 가장 중요한 정치적, 문화적 과제라는 것이다. 이러한 관점에서 우리는 전통적인 다큐멘터리와 차별되는 마이클 무어의 다큐멘터리의 형식적 특질과 서사 전략을 규명해 볼 수 있을 것이다.

마이클 무어가 다큐멘터리 역사상 압도적으로 영화 시장에서 상업적으로 성공한 작가라는 사실은 그의 작업에 큰 의의를 갖는다.[41] 그것은 그가 많은 돈을 벌었다는 사실과 함께 많은 사람이 그의 영화를 관람했다는 것을 의미한다. 그것은 또한 더 많은 사람들이 마이클 무어처럼 느끼고, 생각하고, 반응하게 되었다는 것이라고 말해도 크게 틀리지 않을 것이다. 점점 더 많은 대중이 그의 영화를 보기 위해 영화관을 찾는 이유는 무엇일까? 선정적이고 자극적인 재현방식인가? 미학적 장치인가? 아니면, 주제의 진지성인가? 아마도 세 가지 다라고 해야 할 것이다. 그의 현실 개조의 욕망, 중요하고 진지한 주제를 대중에게 강렬하고 효과적으로 전달하겠다는 그의 의도는 마이클 무어만의 독특한 다큐멘터리의 미적 형

---

41 그의 경력이 쌓일수록 그의 수입은 가히 천문학적으로 증가했다. 〈로저와 나〉는 670만 달러, 〈볼링 포 콜럼바인〉은 5800만 달러, 〈화씨 9/11〉은 2억 2천만 달러, 〈식코〉는 3500만 달러의 수익을 올렸다. 그는 이 수익을 통해 안정적으로 그가 민들고 싶은 자품을 제작할 수 있었다.(Bernstein 4)

식을 창출하게 된다.

무어의 다큐멘터리가 그의 정치적 견해에 동의하는가의 여부
와 상관없이 가장 많은 비판을 받는 것은 그의 작품이 자극적이고
선정적이고 선동적인 화면을 만들기 위해 다큐멘터리의 기본 규칙
을 매우 자주 위반하고 있다는 것이다. 실제로 그는 빈번하게 자료
화면의 전후 문맥을 생략하거나 자의적으로 왜곡하고 변형시키면
서 자신의 의도를 위해 사실을 각색한다. '사실을 공정하게 기록하
고, 객관적 진실을 추구한다'는 다큐멘터리의 통념적 정의를 그는
무시한다. 그는 객관적이거나 공정하기 위해 노력하지 않는다. 기
계적 중립은 그가 작품을 구성하는데 어떠한 비중도 갖지 않는다.
공정한 진실은 풍자와 해학, 익살과 독설로 대치되고, 객관적 기록
은 사실에 대한 적극적 해석과 작위적 편집에 밀려난다.

무어는 자신의 다큐멘터리가 지나치게 자극적이고 선정적이
라는 비난을 받을 때 진정으로 선정적이고 자극적인 것은 미국 자
본주의의 현실 그 자체라고 받아 넘긴다.

지난 20년간 다큐멘터리를 만들면서 발견한 재미있는 사
실이 있다. 주제를 진지하게 다루면 다룰수록 자꾸 코미디
가 되어간다는 것이다. 내가 다큐멘터리로 다룬 주제 가운
데 가벼운 것은 없었다. 실업 문제, 총기문제, 테러, 건강보
험 제도, 자본주의 등 하나같이 사람이 죽고 사는 문제와
직결된 심각하고 껄끄러운 문제들이었다. 그런데 그 결과

대중문화와 문화적 민주화 일상적 삶의 상징적 생산

물을 보는 사람들에게서는 웃음이 터져 나왔다. 세상이 그 만큼 웃기는 방식으로 돌아간다는 뜻일까?(Moore 3)

그는 자본주의 사회의 지배 집단의 탐욕을 공격하기 위해 자료 화면을 자의적으로 편집하여 인상적이고 관심을 유도하는 장면들을 만든다. 이러한 장면들은 동일한 의도를 가진 다른 장면들과 연쇄 효과를 만들어 내면서 저열한 현실에 대한 비판적 공감을 이끌어낸다. 〈화씨9/11〉에서의 미디어의 뒤편에서 머리를 매만지는 권력자들의 모습이나 플로리다의 한 초등학교에서 귀엣말로 세계무역센터가 테러로, 비행기 테러로 무너졌다는 보고를 받은 부시 대통령의 모습은 자의적 편집의 영상적 재현이 만들어낸 탁월한 풍자적 초상화라고 할 수 있다.

풍자와 냉소의 효과를 극대화하기 위하여 인물을 극단적으로 희화화하고, 익살과 유머는 작품이 드러내려는 무겁고 어두운 진실과 대조되면서 관객의 관심을 흡인력 있게 끌어들이고 때로는 행동으로 이끌 수 있는 효과적인 서사 전략으로 기능한다. 전체적으로 화자 역할을 하면서 이야기를 이끌어가는 마이클 무어의 내레이션은 작가뿐만 아니라 이러한 풍자와 냉소의 정신을 공유하게 되는 관객들에게 정신적 도덕적 우위의 느낌을 형성하면서 일종의 공감의 담론 공동체를 구성해 준다. 이러한 공감의 담론 공동체가 유사한 서사의 소비를 통해 네트워크를 형성하게 되면 새로운 연대와 정치적 행동의 모태가 될 수 있는 것이다.

마이클 무어의 다큐멘터리가 우리에게 궁극적으로 알려주는 상식은 반응하고 분노하고 행동하고 참여하는 시민 없이 민주주의는 불가능하다는 것이다. 우리가 현실에 반응할 수 있는 힘과 자원을 부여해 주는 주된 원천은 미디어이다. 그의 작업은 현실 참여 미디어의 힘을 가장 극명하고 설득력 있게 보여준다. 그는 자신의 다큐멘터리가 정치적 선전 영화라는 것을 숨기지 않는다. 영국 일간지 〈가디언〉과의 인터뷰에서 무어는 다음과 같이 말한다. "나의 영화가 변혁의 물꼬를 틀 수 있다는 것, 그 생각이 나를 더 나아가게 만들었다. '와우, 그들이 내 영화를 두려워하고 있구나.' 영화가 위험한 것일 수 있다는 것은 대단한 생각이다."(McGreal)

현재의 전 지구적 자본주의의 위기에서 가장 핵심적이고 효과적인 대안은 미디어 민주주의를 통해 모색될 수 있다. 이런 의미에서 마이클 무어가 미디어를 통해 참여하고 개입하고, 연대를 만들어가는 과정은 미디어 민주주의를 만들어가는데 가장 역동적인 사례를 제공해준다. 미디어 민주주의는 현재의 미디어를 재현과 참여와 연대의 기구로 전환시키는 것을 의미한다. 대안 미디어 운동에서 우선적으로 요구되는 것이 시민적 능력, 특히 시민의 미디어 능력을 더욱 강화시키는 것이다. 그것은 한 공동체에서 지식과 정보가 생산되고, 그것이 사회적, 정치적 상징이 되어 주체와 공동체의 현실을 구성하게 되는 과정을 인식하는 능력이다. 이 능력을 통해 시민은 공동체의 의미 생산 과정에 참여하게 된다. 마이클 무어는 작품을 만든다. 그러나 새로운 미디어 환경, 대안 미디어의 조건을 만드는 것은 시민 소비자의 몫이다. 그의 대안 미디어 운동은 새로운 미디어 환경을 만드는 일에 우리가 조금 더 적극적이고 조금 더 공격적이어도 된다는 사실을 알려준다.

포스트민주주의는 권력과 자원의 독점과 집중을
지향하고 있다는 점에서 민주적 정치체제가 아니라
과두적 지배체제이다. 지배 집단이 시장의 기득권에 기반해 있고
자본과 기업의 이익을 대변하고 있기 때문이다.
중산층의 붕괴와 양극화의 심화는
포스트민주주의의 자연스러운 결과이다.
포스트 민주주의는 통제되지 않은 자본주의가 민주주의를
위협한다는 사실을 우리에게 설득력 있게 알려준다

4

대중과
문화적 민주화

나가며

4. 1.

시장사회의 징후들
– 의식과 욕망의 교환가치화
그리고 재현의 위기

부르주아지는 모든 생산도구의 급속한 향상과 대단히 편리해진 통신수단을 통해 모든 국가들, 심지어는 가장 미개한 국가들까지 문명으로 끌어들인다. 상품의 싼 가격은 만리장성을 무너뜨리고 미개인들이 외국인에 대해 갖고 있는 끈질기게 집요한 증오심을 굴복시키고 마는 강력한 무기이다. 그들은 모든 국가가, 이 지구상에서 사라지는 고통을 감수하고라도, 부르주아적 생산양식을 채택할 것을 강요한다. 그들은 모든 국가가 소위 문명이라는 것을 받아들일 것을 강요한다. 그리고 그들 스스로가 부르주아지가 될 것을 강요한다. 한마디로, 부르주아지는 자신의 형상에 따라서

세계를 창조한다.(Marx, *Communist Manifesto* 5)

오늘날 세계 자본주의의 현실은 150년 전, 『공산당 선언』 (*Communist Manifesto*)에서 마르크스가 예견한 자본주의의 미래에 가장 근접한 것으로 보인다. 많은 굴곡과 저항과 우연과 필연들이 이 역사적 전개과정을 지연시켰지만 21세기는 그 과정의 일차적 완성을 목격하고 있다. 에르네스트 만델Ernest Mandel이 자본의 지배가 순수하게 구현된다고 얘기했던 "순수 자본주의"의 시대가 오고 있다. 지구가 단일 시장으로 통합되고, 시장이 다른 번거로운 짐 – 말하자면 노동, 국가, 공공성 등 – 으로부터 점점 더 자유로워지고, 과학 기술의 발전을 통한 생산력의 발달이 가속화되고, 자본의 움직임은 더욱 정신없이 바빠지고, 일상적 삶의 많은 영역들이 이러한 자본의 순환 과정, 즉 물건을 생산하고, 유통하고 소비시키는 과정 속으로 동원되고 편입되는 일련의 움직임들이 자본주의의 새로운 단계의 중심적인 특징들이다. 그것은 또한 인간적 가치의 많은 부분이 시장의 가치 – 효용과 효율과 경쟁 – 에 전면적으로 복속되는 과정이 진행되고 있음을 의미한다.

마르크스의 예언에서도 볼 수 있듯이 이 새로운 자본주의 체제는 "부르주아지가 자신의 형상에 따라서 창조한" 세계이다. 이 세계에서 인민은 자본주의적 주체로 거듭난다. 자본주의적 삶은 공간적으로 확장될 뿐만 아니라 인간의 의식과 욕망의 심연 속으로 깊어진다. 후기자본주의의 문화 이론가들이 진단하고 예견했던 시

우리 시대는, 신자유주의로 일컬어지는 오늘의 자본주의는, 인간적 가치의 많은 부분이 시장의 가치 – 효용과 효율과 경쟁 – 에 전면적으로 복속되는 과정으로 진행되고 있다

대중문화와 문화적 민주화 일상적 삶의 상징적 생산

장사회로의 본격적인 진입이 진행되고 있는 것이다. 시장사회는 시장의 자유에 지배되는 사회이다. 시장사회는 자본주의가 가장 발달된 단계에 찾아온다.

시장사회의 가장 가시적인 징후는 우선 노동의 교환가치화이다. 즉 노동이 시장에 종속되는 것이다. 경제적 측면에서, 발전된 자본주의는 생산의 국제화와 초국적 금융자본의 전 지구적 지배로 특징지어진다. 국경을 넘어 보다 높은 이윤을 찾아 자유롭게 움직이는 초국적 금융자본의 영향력이 점점 커지고 있으며, 각 국민국가들은 세계 시장 경쟁에서 유리한 입지를 확보하기 위해, 이 초국적 자본의 무제한적 이윤 추구에 우호적인 환경을 경쟁적으로 조성할 수밖에 없게 되었다.

이것은 IMF 구제 금융을 경험한 우리가 잘 알고 있듯이 세계 시장이 강요하는 생존의 논리이다. 이를 위해 각 국가는 노동 시장을 유연화하고(쉽게 말해 보다 자유롭고 용이하게 노동자를 채용하거나 해고할 수 있게 되고), 지난 200년간 투쟁을 통해 이룬 복지국가의 제도적 장치들을 약화시키고(즉 사회적 경제적 약자들을 시장의 손에 방치하고), 시장과 자본의 운동을 제한하는 각종 국가규제를 철폐하고, 공적 제도들을 사영역화하게 된다. 이때 노동의 정의는 철저하게 시장에 의해서만 규정되고, 그것이 시장에서 산출하는 교환가치에 의해서만 관리되며, 노동의 과정은 대부분의 인간적 요소를 배제하고 자본의 이윤 창출의 한 요소로 편입되게 된다. 노동 시장에서는 비정규직 노동자의 비율이 점증하게 되고 이 과정의 필연적인 결과가 소위 20 대 80의 사회이다. 중산층의 붕괴이다.

그렇다면 시장에서 이윤을 창출하는 행위가 아니라면 노동은 무엇인가? 노동은 교환가치이면서 동시에, 보다 근본적으로는 인간 삶이 영위되는 과정이며 수단이다. 그것을 통해 한 사회 안의 대부분의 사람들이 생존을 지속하고, 욕구를 충족하고, 가족을 부양하여 공동체를 지속시켜간다. (이것을 굳이 노동의 '사용가치'라고 말할 필요는 없을 것이다. 다만 마르크스가 노동을 인간의 '생명활동'이라고 부른 것은 기억할 필요가 있을 것이다.) 물론 이 두 가지 중 삶의 재생산으로서의 노동의 정의가 더 존중되어야 한다. 그것이 인간의 생명활동으로서의 노동의 본질이며 존재이유이기 때문이다. 이것은 성장인가 분배인가의 선택 이전의 문제이다. 시장사회에서는 이 자명한 이치가 외면된다. 시장이 규정하는 노동의 정의에는 "노동하는 인간"은 보이지 않는다. 단지 자본이 "일자리 창출"을 해주기를 기다릴 뿐이다.

경제협력 개발기구(OECD)는 "성장을 위한 정책제언" 보고서에서 "한국은 정규직에 대한 고용보호 비용을 줄여 일자리를 늘려야 한다"고 권고한 바 있다. 1998년 이후 정규직 근로자에 대한 집단해고가 허용됐지만 해고를 어렵게 하는 규제가 여전히 많아 노동시장의 유연성을 높이는데 실패했다는 지적이다. 노동시장의 경직성으로 인한 노동 생산성 저하 때문에 비정규직 확대, 청년실업의 만성적 증가, 성장 잠재력의 하락이 초래되었으며 결국 국민 다수에게 경제적 고통을 안기고 있다는 것이다. 그리고 "일자리를 늘리려면 산별 임금협상, 고용보호, 최저임금 등에서 기업입장을 더 배려하

노동은 교환가치이면서, 보다 근본적으로는 인간의 삶이 영위되는 과정이며 수단이다. 노동을 통해 사람들은 생존을 지속하고, 욕구를 충족하고, 가족을 부양하여 공동체를 지속시켜간다. 마르크스에 의하면 노동은 생명활동이다

노동하는 인간"은 보이지 않고 자본이 "일자리 창출"을 해주기를 기다릴 뿐이다

대중문화와 문화적 민주화 일상적 삶의 상징적 생산

시장은 자신에게 자유를 주면 고용을 창출해주겠다고 얘기하지만, 장기적으로 보아 신자유주의 시장이 그 반대 방향으로 가고 있다는 것은 시장 자신이 누구보다 잘 알고 있다. 시장이 자유로워질수록, 고용은 줄어들고 불안정해질 것이다. 그것은 신자유주의 시장의 본질이자 동력이다. 유연하게 조절된 시장만이 경제적 생산성과 부의 축적의 가장 효율적인 방법이라는 것이 그 믿음이다. 시장의 자유가 더 많은 일자리를 창출해 줄 것이라는 것은 신자유주의의 거짓 신화이다

는 쪽으로 노동 시장을 개혁하라"고 충고했다.(「동아일보 2005. 3. 3.)

시장은 자신에게 자유를 주면 고용을 창출해주겠다고 얘기하지만, 장기적으로 보아 신자유주의 시장이 그 반대 방향으로 가고 있다는 것은 시장 자신이 누구보다 잘 알고 있다. 시장이 자유로워질수록, 고용은 줄어들고 불안정해질 것이다. 그것은 신자유주의 시장의 본질이자 동력이다. 유연하게 조절된 시장만이 경제적 생산성과 부의 축적의 가장 효율적인 방법이라는 것이 그 믿음이다. 시장의 자유가 더 많은 일자리를 창출해 줄 것이라는 것은 신자유주의의 거짓 신화이다. 전 지구적 금융자본의 영향력 증대와 국제 노동 분업의 확산, 인공 지능형 기계들의 획기적 발전, 경영합리화의 극대화를 통해 일할 수 있는 사람의 숫자는 필연적으로 줄어들 뿐만 아니라, 노동의 파편화가 가속되고, 스스로를 보호할 수 있는 노동자간의 연대는 불가능하게 될 것이다. 이 과정의 중심에 약 4만 여 개의 다국적 기업과 금융자본이 있다. 노동자들은 이 경쟁의 최전선에 배치된다.

두 번째로 시장사회는 자신의 생존 근거 – 사적 이윤 추구의 자유 – 를 제약하는 가장 강력한 가치체계인 공공성을 거부하고 약화시킨다. 신자유주의는 시장과 이윤 운동을 제한하는 국가의 개입을 최소화하고, 사적 자본과 시장에 공동체의 이해관계의 조절 능력을 위임하는 추세를 강화시켜가고 있다. 시장 기제를 절대적으로 신봉하는 신자유주의의 복음은 끊임없이 "이윤추구의 동기에 의해 사분되지 않는" 공공영역의 비효율성을 강조하고, 실업과

빈곤의 묵시록을 전파한다. 전기, 철도 등 공공성을 필연적으로 수반하게 되는 공공부분을 민영화하고, 의료나 교육과 같은 복지의 마지막 보루를 사영역화하고, 시장의 약자들을 위한 사회적 안전망의 철거를 지속적으로 시도하는 것은 시장사회의 본질과 관련되어 있다.

국경을 초월한 초국가적 자본은 스스로를 모든 종류의 사회적 책임과 도덕적 구속으로부터 해방시킨다. 즉 시장으로부터 공동체를 제거하는 것이다. 시장은 이윤추구 자체가 도덕이다. 공동체의 이름으로 시장에 개입하는 행위는 그것이 국가의 이름으로 진행되든 시민 사회의 자발적 개입으로 이루어지든 비효율적일 뿐 아니라, 시장의 윤리를 거역하는 비도덕적인 행위가 된다.

시장이 공동체를 대치하고, 공공성과 공공영역을 우리의 시야에서 사라지게 하는 것은, 그러나, 위에서 거론한 사회 경제 체제의 제도적 변화보다 더욱 치명적인 결과를 가져온다. 근대 시민사회는 공동체 안에서의 일반사람들의 구체적인 삶의 경험과 고통들이 표현되고, 그것이 공적으로 인지되고, 그 경험과 표현의 요구들에 따라 사회적 관계를 조절하고 조정하면서 시작되고 생존해 왔다. 우리는 그것을 민주주의라는 이름으로 부른다. 이러한 공공영역의 실종, 즉 근대적 의미에서의 사회의 실종은 우리의 새로운 공동체를 무한 경쟁과 적자 생존의 원리가 지배하는 밀림으로 바꾸어 놓고 있다. 인간의 역사는 이 자연 상태의 밀림이 인간의 종적 본능에 적합하지 않다는 것을 확인하면서 진화해왔다. 시장은 역사를 다

초국가적 자본은 스스로를 모든 종류의 사회적 책임과 도덕적 구속으로부터 해방시킨다. 즉 시장으로부터 공동체를 제거시킨다

대중문화와 문화적 민주화 일상적 삶의 상징적 생산

시 거슬러간다.

세 번째로, 인간의 의식과 욕망의 영역에서 교환가치화가 진행되면서 시장 가치의 절대화와 시장 모델의 전면적 확산이 진행된다. 고유한 가치와 원리를 가지고 있는 우리의 일상적인 삶의 영역들이 시장의 교환가치로 대치되는 것이다. 가치를 계량화하고, 그것에 따라 기획하고 관리하는 시장의 도구적, 기능적 이성이 인간 삶의 다양한 영역에서 새로운 조직원리, 행위의 규범으로 등장하게 되고, 새로운 이상적인 인간상을 제시한다. 경제적 자원뿐 아니라 인간의 내면적 자원, 정신적, 지적, 감성적 자원이 시장 체계에 동원되고, 편입되고 관리된다. "나는 소비한다, 고로 존재한다"는 후기 자본주의의 명제는 이러한 변화의 한 부분을 보여준다. 끊임없이 새로워지는 욕망의 대상들이 우리의 일상적인 삶의 공간들을 채우고 있다. 소비는 명령이며, 욕망의 의무가 된다.

자본의 세계화와 자유화는 원래 자본의 운동 자체에 내재해 있는 것이지만, 특히 현대 과학 기술의 발달이 확보해 준 엄청난 생산력의 증대에 따라 본격적인 단계에 도달했다. 이러한 생산력의 증대는 필연적으로 자본의 회전 시간의 단축을 요구하게 되고 자본주의적 생산의 확장은 그것을 통해 (과잉) 생산된 상품을 소비시키기 위해 새로운 시장을 형성하는 것과 함께 광고와 대중 미디어를 통해 대중을 보다 더 적극적인 소비자로 만드는 필수적인 과정을 요구하게 된다. 발전된 자본주의 사회(advanced capitalist society)에서 과잉 생산된 상품의 소비 방식은 대중의 허위 욕구(false need)를

인간의 역사는 '무한 경쟁과 적자 생존의' 자연 상태의 밀림이 인간의 종적 본능에 적합하지 않다는 것을 확인하면서 진화해왔다. 하지만 시장은 역사를 다시 거슬러간다

창출하게 되고, 소비 대중 사회에서 상품은 물질적 욕구의 충족을 넘어서서, 소비는 아름답고 선한 것이라는 새로운 가치를 만들어 가게 된다. 이때 그 자체가 시장의 상품으로 존재하게 된 많은 미디어의 재현 형식들이 이러한 새로운 가치 혹은 환상을 만드는데 동원되게 된다. 즉 상품미학이 인간의 정체성과 감성과 욕망을 주조하게 되는 것이다. 따라서 후기 자본주의 사회에서 인간은 생산자로서뿐만 아니라 소비자로서도 상품화된다. 즉 대중 자신의 주체적인 욕구와 필요에 의해서 물건을 생산하고 소비하는 것이 아니라, 자본의 순환과정에서 자본의 필요에 의해 (과잉) 생산된 물건을 소비시키기 위하여 경제적 자원뿐 아니라 다양한 인간의 자원, 정신적, 지적, 감성적 자원이 시장 체계, 즉 물건을 생산하고 유통하고 소비하는 과정에 동원되고, 편입되고 관리되게 되는 것이다. 이 과정에서 거대한 자본주의의 생산, 유통, 소비의 과정에 들어가면서 인간은 소비를 통해서 자신의 정체성을 확인하게 된다. 소비하는 주체로 환원된 개인은 소비를 통해 행복을 사고 상품을 통해 자신의 문제를 해결하는데 익숙해진다. 우리의 일상적 삶의 대부분의 자원과 에너지들이 상품 생산과 소비의 한 요소로 환원되면서 교환가치는 보다 견고하게 인간의 일상적 삶을 지배하게 된다. 이때 자본의 자기 증식 과정에 편입되게 되는 대중 미디어와 대중문화는 개인의 정체성이 소비를 통해 구성되는데 매우 중요한 상징적 기제로 작용하게 된다.

대중문화와 문화적 민주화 일상적 삶의 상징적 생산

○ 후기자본주의와
의식과 욕망의 교환가치화

노동 시장의 유연화, 공공영역의 상실, 의식과 욕망의 교환가치화 등으로 특징지어지는 신자유주의적 세계화의 여러 변화들은 우리가 새로운 자본주의의 단계에 들어와 있다는 것을 확인시켜주고 있다. 마르크스에게 진전된 자본주의는 자본주의 자체가 스스로의 발전 법칙에 따라 보다 확장되고, 자유롭고, 완벽한 시장을 갖게 되었다는 것도 의미하지만, 동시에 자본주의적 생산 양식이 보다 깊이 우리의 삶의 전체적인 모습을 결정하게 되었다는 것도 의미한다.

마르크스가 자본주의 하에서의 삶의 상태에 처음으로 붙인 이름은 "인간 소외"였다. 그에 의하면 인간 소외가 가장 본격적인 형태로 나타나는 것은 자본주의가 상당히 발전된 상태, 즉 후기 자본주의의 단계에서이다. 마르크스에게 인간 소외란 인간이 자신의 욕구 충족과 자기실현을 위해 생산한 물건이 인간으로부터 독립된 존재가 되고, 더 나아가서 인간에게 낯설고 적대적인 어떤 것이 되고, 궁극적으로는 그것에 지배되게 된다는 것이다. 따라서 자본주의가 고도로 발달된 단계에서 인간은 그들 스스로가 생산한 물건에 더욱 깊이, 철저하게 종속되게 된다. 마르크스에게 그것은 무엇보다도 모든 인간적 가치의 교환가치화, 즉 시장 원리의 전면적 지배를 가리키는 것이었다. 그는 이 과정을 "노동은 상품만을 생산하

노동 시장의 유연화, 공공영역의 상실, 의식과 욕망의 교환가치화 등으로 특징지어지는 신자유주의적 세계화의 여러 변화는 우리가 새로운 자본주의의 단계에 들어와 있다는 것을 말한다

는 것은 아니다; 노동은 노동 행위 그 자체와 노동자를 상품으로 생산한다"(*EPM* 107)라고 표현한다. 인간이 물건에 종속된다는 것은 자본주의 하에서의 노동 과정에서 인간의 노동이 시장의 교환가치의 지배를 받게 됨으로서, 인간 스스로가 하나의 상품이 되게 된다는 것이다. 그러나 후기 자본주의 사회에서 인간은 생산자로서뿐만 아니라 소비자로서도 상품화된다. 진전된 자본주의는 상품의 유통과정의 한 요소로서의 소비자라는 정체성을 인간에게 부여해 준다.

인간이 스스로가 생산한 물건에 지배되고 종속된다는 것은 후기 자본주의의 삶을 풀어내는 하나의 강력한 화두라고 할 수 있다. 이런 의미에서 마르크스의 인간 소외이론은 인간과 물건의 관계, 특히 자본주의적 삶에서의 인간과 물건의 관계에 대한 철학적 성찰이라고 할 수 있다. 인간 소외에 관한 마르크스의 진단은 시장사회로 본격적으로 진입하고 있는 우리의 삶의 모습에 각별한 의미를 가진 것으로 다가온다. 마르크스가 지적했듯이 인간 소외는 자본주의 사회 전체를 조직하는 보편적인 구조 원리로 작동하며, 자본주의적 관계가 심화될수록 인간 삶의 모든 영역으로 확산된다. 후기 자본주의 시대에 인간이 생산한 물건에 인간 자신이 종속되고 지배되는 소외의 과정은 인간의 가장 깊은 욕망의 층위에서 실현된다.

마르크스에게 인간 소외는 인간의 보편적인 조건이 아니라 역사적으로 특정한 삶의 형태, 즉 새롭게 등장하던 공장제 산업 자본주의 하에서의 일반 대중들의 삶의 형태이다. 그런 의미에서, 인간 소외는 자본주의적 시장이 인간 삶을 어떠한 방식으로 변화시켜 가고 있는가에 대한 경험적 탐구이며 결국 시장이 인간의 자기실현의 잠재력을 어떻게 제한하고 고갈시키는가에 대한 선지자적 경고이다. 인간이 물건을 생산하고 소비하는 과정을 통해서 스스로가 상품화된다는 것, 즉 교환가치화 된다는 것은 산업자본주의에서 후기자본주의까지 자본주의적 삶에 대한 과학적 분석에 가장 결정적인 기여를 한 명제라고 할 수 있다. 상품은 자본주의 사회에서의 가장 기본적인 사회적 단위이며, 상품 형식(commodity form)은 마르크스가 자본주의를 분석하는 첫 번째 개념적 범주이다.

상품 형식은 인간을 어떻게 스스로의 본질로부터 소외시키는가, 다시 말해 상품 형식은 인간의 자기실현의 잠재력을 어떻게 제한하는가? 마르크스는 그것을 교환 가치의 지배로 설명한다. 자본주의 사회에서 모든 생산물과 인간의 노동 행위는 시장의 교환관계를 통해 상품 형식으로 대치되고, 교환가치가 그것들의 가장 우월하고 중심적인 속성이 된다는 것이다. 즉, 외부 세계와의 능동적 관계를 통한 자기실현 과정의 결과물인 생산물, 그리고, 인간의 생명활동인 노동 행위는 교환가치로 치환되어 자본주의 시장 체제의 한 요소로 편입된다. 마르크스의 인간 소외/상품 물신 이론을 현대 자본주의 사회의 분석으로 발전시킨 루카치에 의하면 상품 형식은 자본주의 사회 전체를 조직하는 보편적인 구조원리(the universal structuring principle)로 작동하며, 자본주의적 경제 관계가 심화될수록 인간 삶의 모든 영역으로 확장된다. 지난 200여 년간 전 지구적으로 진행된 자본주의적 근대화의 과정은 욕구 충족과 사회적 노동의 집단적 체계로서의 시민 사회가 자본주의적 생산 관계의 심화와 함께 시장의 원리에 점차적으로 동화되는 과정이었다고 할 수 있다.

자본주의적 삶에서의 교환가치의 지배에 대한 마르크스의 분석은 외양과 실재, 물건과 인간, 주체와 객체, 목적과 수단의 전도라는 이항대립의 틀을 통해 진행된다. 초기의 인간 소외에 대한 철학적 논의가 자본주의 체제에 대한 과학적이고 분석적인 논의로 전환되는 『자본론』에서 상품 물신(commodity fetishism)은 물건과 물건 간의 관계라는 외양이 인간과 인간의 관계라는 실재를 어떻게 우리의 시야에서 사라지게 하는가를 간파하는 개념적 도구로 등장한다. 물신(fetish)은 주체와 객체의 관계의 전도를 가장 잘 드러내 주는 상징이다. 물신은 어떤 주체가 자기 안에 있는 본성을 외부 사물에 투영하고, 외부 사물에 사로잡히고, 그것에 지배되는 과정을 보여준다. 우리가 어떤 사물에 힘을 부여해 주면 그 사물은 자신에게 힘을 부여해 준 대상을 지배한다. 물신이 힘이 세어질수록 우리는 무력해진다. 따라서 상품 물신은 "유령적 실재성"(phantom objectivity)을 가진다. 그것은 실재를 지배하는 환영이다.

마르크스의 인간 소외와 교환가치에 대한 생각들은 루카치를 접점으로 자본주의 비판 이론(critical theory)으로 발전되면서 소외 이론의 계보를 이어가는 핵심적 개념과 이론들 – 계몽의 변증법(dialectic of enlightenment)과 도구적 합리성, 문화산업(culture industry), 일차원적 인간(one dimensional man), 스펙터클의 사회(society of the

상품 물신(commodity fetishism)

상품 물신은 "유령적 실재성"을 가진다. 물신의 힘이 세어질수록 우리는 무력해진다

대중문화와 문화적 민주화 일상적 삶의 상징적 생산

spectacle), 상품미학(commodity aesthetics)과 소비 자본주의 이론, 후기 자본주의의 문화적 논리, 이미지의 지배 – 을 통해 후기 자본주의의 삶을 비판적으로 접근하고 이해할 수 있는 효과적인 관점들을 만들어가게 된다.[42] 마르크스의 인간 소외의 개념이 생산자로서의 인간의 상품화를 이론화하고 있다면, 그 뒤의 비판이론과 포스트모더니즘 이론을 통해 발전된 주제들은 보다 진전된 형태의 자본주의의 현실을 구성하는 요소들, 특히 대중 소비사회와 대중 미디어에 대한 분석들을 통해 마르크스의 화두를 이어가게 된다. 이들이 주목하고 있는 것은 자본주의적 생산 관계의 심화와 함께 고유한 가치와 원리를 가지고 있는 인간의 의식과 가치와 욕망의 영역이 시장의 원리에 점차적으로 동화되는 과정이다.

---

42 이 주제들이 개진된 주요저작들을 거론된 순서대로 들면 다음과 같다. Georg Lukacs, "Reification and the Oonsciousness of the Proletariat", *History and Class Consciousness*; (MIT press, 1971); Theodor Adorno and Max Horkheimer, "The Culture Industry: Enlightenment as Mass Deception," Dialectic of Enlightenment (Verso, 1979); Herbert Marcuse, *One – Dimensional Man* (Beacon Press, 1964); Guy Debord, *Society of the Spectacle* (Black and Red, 1983); W. F. Haug, *Critique of Commondity Aesthetics: Appearance, Sexuality and Advertising in Capitalist Society* (Polity Press, 1986); Fredric Jameson, *Postmodernism or the Cultural Logic of Late Capitalism* (Verso, 1991); Jean Baudrillard, Simulations (Semiotext(e), 1983).

○ 하이퍼리얼리티와
재현의 위기

근대의 역사적 전개와 함께 점진적으로 성장해 온 민주적 시민 주체의 퇴조라는 점에서 후기 자본주의의 여러 현상들은 우리가 경험하고 있는 보다 광범위한 인간 삶의 문명적 변천의 한 징후로 보아야 할 것이다. 이러한 변화들이 우리에게 주는 중요한 메시지는 매우 진전된 형태의 새로운 공리주의 문명(utilitarian civilization)이 도래하고 있다는 것이다. 그것은 우리의 일상적 삶이 기능적이고 기계적이고 도구적인 합리성에 더 많이 지배되게 된다는 것을 의미한다. 효용성과 생산성 - 이른바 부가가치 - 에 대한 강조가 보다 풍요로운 세계의 경험을 차단하고 있는 기계의 시대가 우리를 기다리고 있다. 공리주의적 인간 이해와 경제적 자유(방임)주의는 같은 뿌리에서 태어나 그 운명을 공유한다. 시장의 이데올로기로서의 자유주의가 경제적 경영의 합리성에 가치를 두는 조직 원리, 행위 원칙이라면, 공리주의는 그것이 강요하는, 기능적, 기계적, 도구적 합리성에 대한 믿음에 기초한 인간 이해라고 할 수 있다. 그런 의미에서 공리주의는 교환가치의 지배의 다른 이름이라고 할 수 있다. 공리적 이성에 지배되는 기술 산업 자본주의 문명이 가지는 가장 치명적인 문제점은 그것이 자신의 삶의 근거를 반성적으로 사유하고, 비판적으로 개입할 수 있는 능력을 대중으로부터 박탈해가고 있다는 것이다. 마르쿠제가 일차원적 인간이라고 명명한, 즉 아니라고 말할 수 있는 능력, 주어진 현실을 넘어서려는 부정의 의지를 상실한 수동적이고 기계적인 인간, 기 드보르가 파편적이고 암시적인 잠언의 기록을 통해 드러내고 있는, 스펙터클에 압도되고 이미지에 함몰된 개인들, 그리고 프레드릭 제임슨이 깊이가 제거되고 대상 세계와 역사에 대한 반성적 거리를 상실한 표면만을 가진 인간이라고 표현한 후기 자본주의의 인간이 등장하고 있는 것이다.

후기 자본주의하에서의 이러한 새로운 인간 경험의 양식의 변화를 가장 극명하게 표현하고 있는 용어가 아마도 하이퍼리얼리티hyperreality일 것이다. 포스트모던의 경험을 하이퍼리얼리티라는 문제틀을 가지고 다양하게 풀어낸 보드리야르는 이 기이한 모습의 리얼리티를 "재현할 실재가 사라진 재현, 그러나 실재보다 더 실재다운 재현"이라고 정의한다. 수사적 과장이 그의 기본적인 인식론적 전략이기 때문에 지나치게 냉소적이고 지나치게 음울하고 때로는 지나치게 경박한, 현실 세계에 대한 그의 판단들은 그것들이 합당하게 가져야 할 위기감을 우리에게 좀처럼 전달해 주지 않는다. 그러나 그의 가장 진지한 순간에 보드리야르는 하이퍼리얼리티의 개념이 결국은 사회적이고 정치적인 모든 참여와 개입의 의지가 무력화되고, 인간과 인간의 소통이 차단된 공간, 근대적 의미에서의 공동체가 '내파'(implosion)된 공간의 표현임을 보여준다. 보드리야르 자신은 이 강력한 하이퍼리얼리티의 화두 속에 탐닉해, 그가 비판이론의 전통 속에서 견지했던 저항적이고 전복적인 관점들

이 기이한 모습의 리얼리티―하이퍼리얼리티(hyper-reality)―는 "재현할 실재가 사라진 재현, 그러나 실재보다 더 실재다운 재현"이다 ― 보드리야르

을 스스로 무장 해제시키고 말았지만, 그의 논의가 최종적으로 선언한 것은 바로 사회의 죽음이었다. 개인과 대중의 모든 공동체적 기획의 가능성이 소멸된 곳, 참조할 역사도 집단적 기억도 모두 사라진 세계, 자본의 거역할 수 없는 자기 증식 운동에 의해 타살 당한 공동체의 폐허 위에서 무기력하고 무감각한 대중, 보드리야르의 표현을 빌리자면, 지배조차도 불가능한 대중이 군집해 있다. "실재를 삼켜버린 재현" 혹은 "원본 없는 복사물"이라는 하이퍼리얼리티의 개념이 기본적으로 외양과 실재의 전도라는 문제틀을 통해 후기 자본주의의 삶을 설명하려는 시도라고 본다면, 우리는 보드리야르가 마르크스의 문제의식의 연장선에 있음을 확인하게 된다. 즉 보드리야르는 자본주의와 함께 등장한 인간 소외의 극한에 대해 얘기하고 있는 것이다.

자본주의의 발달과정에 상응하는 이러한 인간 소외의 양상의 전개를 마르크스는 이미 "삶의 추상화"라는 말로 표현했다. 추상화란 인간의 삶의 구체적 과정과 그것들이 만드는 가치들이 교환가치로 환원되는 것을 의미하며, 그것은 역사적 과정 속에서 구체적 삶의 과정으로서의 리얼리티가 자본주의적 관계의 심화에 따라 점차적으로 희석되어 우리 눈에서 사라져버리는 "실재의 탈실체화" (desubstantialization of reality)로 경험된다. 외양과 실재의 전도가 실제적인 역사 속에서 실재의 탈실체화로 구체화된다면, 보드리야르에서 우리는 소외의 과정의 정점의 표현을 만나게 된다. 상품 물신과 사물화와 스펙타클을 넘어 모의실재(simulation)와 하이퍼리얼리티

삶의 추상화

실재의
탈실체화

의 세계에 도달하는 것이다. 이 막다른 골목에서 실재와 재현의 관계가 역전되고 재현이 실재를 지배한다. 보드리야르의 표현을 따르면 실재는 재현 속으로 내파된다. 즉 실재를 삼켜버린 재현이다.

> 오늘날 추상은 더 이상 지도나 복제, 거울이나 개념과 같은 것이 아니다. 모의 실재(simulation)는 더 이상 영토나 지시물이나 실체를 복제하거나 흉내 내는 것이 아니다. 그것은 어떤 모델에 따라 원본이나 실재 없이 '실재와 같은 것'을 스스로 생성하는 것이다. 이제 영토는 지도를 선행하지도 않고, 지도가 없어진 후에도 남아있지 않다. 따라서 지도는 영토를 선행하는 어떤 것이다. 모상(simulacra)이 (실재보다) 먼저 존재한다. 영토를 만드는 것은 지도이다. (…) 실재의 사막이다.(Simulations 2)

의기양양하게 선언된 실재의 사멸과 재현의 승리는, 그러나, 사실은 재현의 불가능성, 즉 실재가 더 이상 재현될 수 없음을 애도하는 역설적 표현으로 보인다. 새로운 미디어와 맹목적인 과학기술의 발달로 정보와 이미지의 과잉 증식 속에 파묻혀 자신의 삶과 세계를 대상화할 수 있는 능력을 상실한 대중을 애도하는 것이다.

침묵하는 다수, 혹은 대중이 상상적 지시물이라는 것은 그들이 존재하지 않는다는 것을 의미하는 것은 아니다. 그것은 그들을 재현하는 것이 더 이상 가능하지 않다는 것을 의미한다. 대중은 더 이상 지시할 수 있는 대상이 아니다. 그들은 재현의 질서에 속해 있지 않다. 그들은 더 이상 스스로를 표현하지 않는다. (…) 대중은 단지 덩어리진 무리일 뿐이다. 그들의 사회적 에너지가 이미 동결되어 버렸기 때문이다. 대중은 어떠한 뜨거운 에너지도 흡수해서 중성화시켜버리는 차가운 냉동고이다.(*In the Shadow of the Silent Majorities* 20)

재현의 위기는 계급 갈등, 사회적 변혁, 역사, 공동체 등의 근대적 관계와 가치들을 함께 소멸시키면서, 사회의 종언, 공동체의 죽음을 선언한다. 하이퍼리얼리티가 결국 재현이 불가능한 세계의 애도의 역설적 표현이라면, 그의 어떠한 수사적 과장에도 불구하고, 우리는 보드리야르를 마르크스의 전통에 다시 되돌려 놓을 수 있다. 결국 하이퍼리얼리티는 우리 시대의 경험구조에 대해 비판적 개입을 하고 있는 것이다.

재현의 위기는 우리의 진전된 자본주의가 가진 문제의 일부이면서, 동시에 가장 중심적인 문제이다. 그것은 재현의 위기가 자신의 삶의 조건을 사유하고 다룰 수 있는 힘 자체를 폐기시키기 때문이다. 재현의 위기는 이미 존재하고 있는 실재를 드러낼 수 없는 것을 의미할 뿐 아니라, 보다 근본적인 의미에서, 자기 삶의 조건을 스스로 만들어 갈 수 있는 참여의 위기이다. 재현은 실재의 밖에 있

대중문화와 문화적 민주화 일상적 삶의 상징적 생산

는 것이 아니라, 끊임없이 유동하고 있는 실재의 일부, 실재를 적극적으로 구성하는 중심적인 행위이다. 이것이 재현이 참여의 형식이라는 것의 의미이다. 보드리야르의 내파된 대중, 무기력하고, 무관심하고, 냉소적인 대중은 재현되기를 포기했을 뿐 아니라, 참여를 박탈당한 대중이다.

자기 삶과 세계를 스스로의 관점에서 읽고 그것을 표현하는 것은 근본적으로 정치적 차원을 가진다. 그것은 해방의 기획이다.

후기 자본주의의 삶이 참여를 박탈당한 하이퍼리얼리티의 삶이라면, 그것은 또한 민주주의의 위기를 의미한다. 일반 대중이 스스로를 재현할 수 있는 정치적, 지적, 감성적 자원을 가진다는 것은 그들이 자율적이고 주체적인 삶을 살 수 있는 실천적 조건을 구성한다. 그것은 스스로의 경험과 고통과 정체성을 표현해내고, 공적 경험으로 공유시키는 것, 그것을 통해 자신의 집단적 정체성에서 오는 고유한 관점과 해석을 공동체의 관점과 해석으로 바꾸어 놓고, 더 나아가서 공동체의 의미 생산 과정에 참여하는 것이다. 따라서 자기 삶과 세계를 스스로의 관점에서 읽고 그것을 표현하는 것은 근본적으로 정치적 차원을 가진다. 그것은 해방의 기획이다. 대중이 재현과 참여의 자원으로부터 차단된 공동체는 열등한 공동체이다. 대중을 의미 생산과 의미 공유의 과정으로부터 배제하는 체제는 궁극적으로 민주적인 공동체가 아니다.

지금까지의 논의는 물론 시장과 오늘의 대중에 대한 지나치게 비관적이고 편향된 평가일 것이다. 이렇게 일방적으로 평가되기에는 시장은 이윽고 민주적 잠재력을 가지고 있고, 대중은 아직도 충분히 역동적이고 창조적이다. 그리고 시장사회의 부정적 징후들은 시장이 가진 해방적, 창조적 역동성과 함께 존재하는 것일 것이다. 그럼에도 불구하고 시장에 대한 이 편향된 그림은 과장되게 그려질 필요가 있다. 그것은 오늘날 우리의 삶을 어떤 방향으로 변화시켜가고 있는 가장 지배적인 힘을 드러내 주기 때문이다. 그리고 이 힘은 우리가 거부해야 할 힘이다. 시장은 "인간의 이름"으로 통제되어야 한다. 우리가 선택한 것이 자본주의이기 때문에 더욱 그렇다.

시장사회의 부정적 징후들은 시장의 해방적, 창조적 역동성과 함께 존재한다

대중문화와 문화적 민주화 일상적 삶의 상징적 생산

상품의 싼 가격은 만리장성을 무너뜨리고

미개인들이 외국인에 대해 갖고 있는 끈질기게 집요한 증오심을

굴복시키고 마는 강력한 무기이다.

그들은 모든 국가가, 이 지구상에서 사라지는 고통을 감수하고라도,

부르주아적 생산양식을 채택할 것을 강요한다.

그들은 모든 국가가 소위 문명이라는 것을 받아들일 것을 강요한다.

그리고 그들 스스로가 부르주아지가 될 것을강요한다.

한마디로, 부르주아지는 자신의 형상에 따라서 세계를 창조한다

칼 마르크스

시장은 자신에게 자유를 주면 고용을 창출해주겠다고 얘기하지만,

장기적으로 보아 신자유주의 시장이 그 반대 방향으로 가고 있다는 것은

시장 자신이 누구보다 잘 알고 있다.

시장이 자유로워질수록, 고용은 줄어들고 불안정해질 것이다.

그것은 신자유주의 시장의 본질이자 동력이다.

유연하게 조절된 시장만이 경제적 생산성과

부의 축적의 가장 효율적인 방법이라는 것이 그 믿음이다.

시장의 자유가 더 많은 일자리를 창출해 줄 것이라는 것은

신자유주의의 거짓 신화이다

4. 2.

포스트민주주의와
시민적 능력

○ 포스트민주주의와
과두적 시장체제

1998년 칼 마르크스가 다시 돌아왔다. 분명히 그가 베를
린 장벽의 깨진 돌조각 밑에 매장되었다고 판정된 지 10년
이 지나서, 그리고 되돌릴 수 없는 자유주의의 승리와 역
사의 종말이 공표된 지 10년이나 지나서,『공산당 선언』
발간 150주년 기념일에 그가 다시 활동을 시작한 것이
다.(Hobsbaum 23)

영국의 대표적인 진보적 역사학자인 에릭 홉스봄Eric Hobsbaum
은 시장 자본주의가 지구상의 유일한 체제로 본격적으로 확립되기
시작하던 새 천년의 벽두에 마르크스의 귀환을 선언한다. 지칠 줄
모르는 기술의 발전과 생산력의 폭발적 증대, 그리고 멈추지 않는
경제 성장을 통해 자유와 풍요가 이제 막 실현되려고 하는 순간에
마르크스는 왜 다시 돌아온 것일까?

21세기는 현실 사회주의 체제의 붕괴와 함께, 시장 자본주의
가 번영과 안정을 창출하기 위한, 가장 우월한 체제라는 것을 확인
하면서 등장했다. 자유무역, 국제적 노동 분업, 그리고 개방된 자본
시장은 새로운 자본주의의 핵심적 동력들이다. 전 지구적 금융자
본의 영향력 증대와 국제 노동 분업의 확산, 효율적인 경영합리화
가 발전이라는 이름으로 진행되는 동안 대다수의 '일하는 일반사
람들'의 삶을 지탱해주던 고용은 불안정해지고, 그들의 삶의 질을
확보해주던 공동체의 안전장치들은 점점 해체되고, 스스로를 보호
할 수 있는 노동자간의 연대는 약화되었다. 부와 소유의 집중은 이
러한 과정의 필연적 귀결이었다. 마르크스가 귀환한 것은 시장 자
본주의가 요구하는 자유와 경쟁과 효율이 누구를 위한 것인가를
묻기 위한 것이다. 그것은 또한 자본주의와 민주주의가 어느 부분
에서 서로를 강화시키고, 어느 부분에서 서로 갈등하고 부딪치는
지, 새로운 자본주의의 힘들이 보통 사람들이 자기 삶의 주인이 되
는 민주주의의 가치들을 어떻게 위협하게 되는지를 묻는 것이다.

자유민주주의는 우리 시대의 부정할 수 없는 정치공동체의 보

마르크스가 귀환한 것은 시장 자본주의가 요구하는 자유와 경쟁과 효율이 누구를 위한 것인가를 묻기 위한 것이다. 그것은 또한 자본주의와 민주주의가 어느 부분에서 서로를 강화시키고, 어느 부분에서 서로 갈등하고 부딪치는지, 새로운 자본주의의 힘들이 보통 사람들이 자기 삶의 주인이 되는 민주주의의 가치들을 어떻게 위협하게 되는지를 묻는 것이다

대중문화와 문화적 민주화 일상적 삶의 상징적 생산

편적 이상, 의심되지 않는 국민적 합의로 존재한다. 그러나 그것의 구체적인 형태가 매우 상이한, 때로는 상반되는 정치 경제 체제들을 의미하고 지향할 수 있다는 인식은 이 합의에 들어가 있지 않다. 우리가 어떤 자유민주주의를 선택할 것인가의 문제는 자유민주주의를 구성하는 두 요소, '자유'와 '민주'의 관계를 어떻게 설정할 것인가의 질문에서 출발한다. 자유민주주의의 역사적 전개 과정에서 자유와 민주는 상생과 보완의 관계이기도 했지만 모순과 갈등과 대립의 관계이기도 했다.

다수의 지배를 의미하는 '민주'와 제약의 부재를 의미하는 '자유'는 서로를 보완하고 강화시켜주면서 보편계급의 자유라는 인간 해방의 공동체적 가치를 창출해냈고, 이 가치를 통해 권력과 자원의 집중, 소수의 지배에 대항하는 가장 강력한 힘으로 작동해 왔다. 다른 한편으로 자유민주주의의 역사에서 자유의 실질적 내용은 소유의 자유와 시장의 자유였으며, 그것은 사적 소유권의 확립을 통해 개인의 자유가 신장되고 확장되는 과정이었다. 이 과정에서 소유권으로서의 자유와 보편계급의 자유로서의 민주적 이상은 언제나 대립과 긴장의 관계에 있었다. 자유와 민주의 관계를 어떻게 설정하는가의 문제는 결국 현 단계의 전 지구적 자본주의가 보편적 이상으로서의 민주주의의 가능성을 어떻게 확장시키고 제한하는가를 규명하는 것이며, 이것은 경제적 영역을 넘어서서 인간 삶의 모든 영역을 지배하려고 하는 자본의 운동을 어떻게 "인간다운 삶"이라는 보나 큰 가치에 복속시킬 수 있는가의 문제가 될 것이다.

소유권으로서의 자유와 보편계급의 자유로서의 민주적 이상은 언제나 대립과 긴장의 관계에 있다

영국의 사회학자 콜린 크라우치Colin Crouch는 오늘의 전 지구적 자본주의와 민주주의의 상황을 포스트민주주의라는 개념으로 간파한다. 포스트민주주의는 "민주주의의 형식적 요소는 그대로 남아있거나 오히려 강화되면서, 정치와 정부는 민주주의 이전 시대에 특징적이었던 방식으로 특권적인 엘리트의 통제권에 점점 더 많이 지배되고 있는"(7) 상황을 비판적으로 접근하는 개념적 도구이다. 그에 의하면 "포스트민주주의라는 개념은 민주주의 시기 이후 지루함, 좌절, 환멸이 발생한 상황, 강력한 소수 집단이 정치 시스템이 자신들을 위해 작동하도록 하기 위하여 다수인 보통 사람보다 훨씬 더 적극적으로 움직이는 상황, 정치 계급이 대중의 요구를 관리하고 조작할 줄 알게 된 상황을"(19)을 접근하는데 효과적인 원근법을 제공해 준다. 포스트민주주의는 새로운 경제 · 정치 복합체로서의 지배 엘리트 집단의 등장, 대중의 탈정치화, 적극적 시민권의 쇠퇴, 대중을 동원하고 조종할 수 있는 정치 공학의 발전, 권력과 자원을 독점한 집단의 미디어에 대한 영향력 증대 등을 통해 강화된다.

포스트민주주의의 중요한 특징은 경제적 정치적 자원을 독점하고 있는 소수 집단이 일반사람들의 생각을 통제하고 관리하고 지배하는 기술은 그 어느 때보다도 정교하고 강력해 지는 반면, 지난 세기 동안 민주주의를 추동했던 시민적 능력은 지속적으로 약화되고, 민주주의의 기본 정신과 신념에 대한 사회적 합의는 서서히 소멸되고 있다는 것이다. 그 결과로 민주주의는 정기적으로 치

대중문화와 문화적 민주화 일상적 삶의 상징적 생산

러지는 선거 행위로 왜소화된다. 그러나 그 선거 행위조차 자발적으로 동원되고 관리된다. 포스트민주주의 시대에 유권자는 더 이상 시민이 아니라 소비자이며 정치 공학이 동원되는 선거는 투표용지를 두고 벌이는 마케팅의 경연장이 된다. 바로 대의민주주의의 위기이다. 무기력하고, 무관심하고 냉소적인 대중은 참여를 박탈당한 대중이 된다.

크라우치가 가장 강조하고 있는 것은 이러한 포스트민주주의의 원동력이 경제적 세계화, 즉 신자유주의적 자본주의라는 것이다. "현대 정치에서 민주주의가 쇠락하게 된 근본적인 원인은 기업 이익을 추구하는 세력과 나머지 모든 집단 사이에서 나타나는 커다란 힘의 불균형이다."(104) 근대 시민사회가 성장하고 민주적 공동체가 확립되는 과정에서 국가에 주어진 기능은 지나치게 많은 자원과 권력이 사적 집단에 집중되는 것을 막는 것이었다. 그러나 포스트민주주의 상황에서 국가는 기존의 자원과 권력을 보다 더 집중시키는 도구가 된다. 국가를 대치한 시장과 기업이 일상적 삶의 자원의 주된 원천이 되고 시민 사회의 자원 분배를 결정하게 된다. 국가가 개인에게 자원과 권력을 배분하는 모델이 기업에서 주주에게 권리가 주어지는 방식과 동일해진다. 소유의 양에 비례해서 권리의 양이 주어진다.

포스트민주주의는 권력과 자원의 독점과 집중을 지향하고 있다는 점에서 근본적으로 반민주적이다. 그것이 지향하는 것은 민주적 정치체제가 아니라 과두적 지배체제이다. 이 지배 집단이 시장의 기득권에 기반해 있고 자본과 기업의 이익을 대변한다는 점에서 그것은 과두적 시장 지배체제이다. 전 지구적 차원에서 진행되고 있는 중산층의 붕괴와 양극화의 심화는 포스트민주주의의 자연스러운 결과이다. 그것은 통제되지 않은 자본주의가 민주주의를 위협한다는 사실을 우리에게 설득력 있게 알려준다.

통제되지 않은 자본주의는 민주주의를 위협한다

포스트민주주의가 지향하고 있는 과두적 시장 지배체제의 확립과 민주적 가치의 쇠퇴는 서로 긴밀하게 연동되어 움직인다. 그것은 포스트민주주의가 전통적으로 민주주의를 추동해 왔던 기본적인 정신과 가치들 ― 사회적 시민권, 평등, 인권, 참여의 권리, 언론과 표현의 자유 등 ― 에 둔감하거나 적대적이기 때문이다. 포스트민주주의는 시민적 능력을 만들고 신장시킬 수 있는 조건과 제도들을 점진적으로 축소하고 폐기시킬 것을 요구한다. 대중의 정치적 무기력과 냉소주의는 이 과정의 결과이다. 그런 의미에서 포스트민주주의는 "시민 없는 민주주의", 즉 의사擬似 민주주의, 혹은 사이비 민주주의이다.

포스트민주주의가 "시민 없는 민주주의"로 요약될 수 있다면, 그것을 극복할 수 있는 방법은 무엇보다도 지난 300여 년간 민주주의를 이끌어 왔던 시민적 역동성을 회복하는 것이 될 것이다. 민주주의의 창조적 동력은 시민의 힘과 능력에서 나온다. 발언하고 참여하고 개입하고 연대하는 권리로서의 적극적 시민권, 그러한 권리를 행사하기 위하여 요구되는 개인적, 공동체적 능력으로서의 시민적 능력, 그리고 그러한 능력을 확보하고 창출할 수 있는 사회

시민적 역동성의 회복

적 문화적 제도의 확립이 이 창조적 동력의 구성요소이다. 대중 미디어와 인문적 형성의 제도로서의 교육은 이 과정의 핵심적 기제이다. 시민적 능력은 현실에 비판적으로 개입할 수 있는 힘이며, 궁극적으로 그 힘을 통해 현실의 변화에 능동적으로 참여하는 것이다. 그것은 또한 자신의 삶과 공동체의 문제들을 스스로의 경험과 이해관계와 관점을 통해 읽을 수 있는 능력, 그것에 의거해서 자신의 정체성을 발언하고 소통하는 능력을 포함한다. 이것이 시민적 능력으로서의 시민적 리터러시이다. 포스트민주주의 상황에서 시민적 리터러시를 복원하고 갱신시키기 위해 가장 긴급하게 요구되는 것은 미디어의 민주화이다. 그것은 미디어를 독점적 소유로부터 해방시키는 것, 미디어를 재현과 참여와 개입과 연대가 생성되는 공간으로 새롭게 만들어가는 것을 의미한다.

시민적 리터러시와 미디어의 민주화

포스트민주주의가 과두적 시장 체제의 정당성을 만들고 유지하고 강화시켜가는 데 가장 중요한 기능을 하는 것이 소유권에 의해 장악된 미디어이다. 자본주의 사회가 신성불가침의 영역으로 간주하는 소유의 권리는 소유의 권력이 되고, 미디어의 소유는 지식과 정보의 생산 과정을 지배하게 된다. 이러한 독점적 권리를 통해 기득권을 소유하고 있는 집단의 이해관계와 관점이 정당성과 보편적 가치의 지위를 획득하고 일반 사람들은 그들의 이해관계와 관점을 통해 자신의 문제를 보고 이해하고 해석한다. 이때 미디어는 포스트민주주의가 스스로를 정당화하는 이념적 기제가 된다. 그런 의미에서 포스트민주주의의 이념적 기반이 되는 핵심 가치들 – 자유, 경쟁, 효율 – 을 해체하는 것은 오늘날 전 지구적 자본주의를 추동하고 있는 포스트민주주의를 넘어서는 출발점이 될 수 있다.

○
포스트민주주의 이념의 해체
　　－ 자유, 누구의 자유인가?

　자유라는 말에는 우리 사회의 갈등과 대립, 모순과 혼란이 집약되어 있다. 우리 시대의 자유는 역설적으로 민주적 가치를 위협하는 가장 강력한 어휘이기도 하다. 공공영역의 실종, 사영역화, 중산층의 붕괴, 불안정 고용의 제도화, 권력과 소유의 집중, 그 결과물인 양극화, 이 모든 징후들은 우리 시대의 지배적 가치로서의 자유와 긴밀히 연결되어 있다. 자유라는 가치를 권력과 지배의 언어로부터 해방시키는 것은 보다 근본적인 의미에서 자유민주주의를 실현하기 위한 전제조건이 된다.

　한때 토니 블레어의 인기가 급락하면서 유력한 차기 영국 총리의 물망에도 올랐던 마이클 하워드는 우리 시대의 보편적 시대정신으로서의 자유의 가치를 대변하는 16개 항의 강령을 〈더 타임즈〉The Times에 광고 형식으로 실어 화제가 되었다. 케네디 대통령과 마틴 루터 킹을 연상케 하는 "나는 믿는다"로 시작하는 이 강령들은 확신에 찬 유려한 수사학으로 많은 보수주의 정치인과 지식

　대중문화와 문화적 민주화 일상적 삶의 상징적 생산

인들에 의해 인용되면서 관심을 끌기도 했다.

영국 보수주의의 단합과 궐기를 촉구하며 우리 돈으로 1억 원에 달하는 광고비를 자비로 지출하며 신문에 광고를 낸 하워드의 강령들은 대부분의 정치적 강령들이 그렇듯이 대체로 인간의 보편적 가치를 전면에 내세우고 있다. "가족과 그 자신을 위해 건강과 부와 행복을 추구하는 것은 인간의 본성이라는 것을 나는 믿는다," "영국 사람들은 자유로울 때만 행복해 질 수 있다는 것을 나는 믿는다," "국민들은 강대해지고 국가는 작아져야 한다고 나는 믿는다" 로 시작되는 이 정치 광고는 "나는 믿지 않는다"로 시작되는 세 가지 강령, "누군가가 부자이기 때문에 다른 어떤 사람이 가난해진다고 나는 믿지 않는다," "누군가가 건강하기 때문에 다른 어떤 사람이 더 병들게 되었다고 나는 믿지 않는다," "누군가의 지식과 교육 때문에 다른 어떤 사람이 더 무지해졌다고 나는 믿지 않는다"로 끝맺는다.

일견 자명해 보이는 이러한 강령들을 마이클 하워드는 왜 거액을 들여서 광고로 내보냈을까? '가족과 자신의 이익을 추구하는 인간의 본성,' '자유를 통한 행복의 성취,' '강대한 국민' 같은 가치들을 부정할 사람은 없을 것이다. 그러나 보다 중요한 것은 이 보편적 가치들이 그것과 대립되는 다른 가치들을 배제하고 은폐하는 방식이다. (강대한 국민이 바로 작은 국가와 친화적 의미관계를 이루는 것에 주목하자.) 이 확신에 찬 언어의 이면에서는 공동체를 통해 이해관계를 조절할 수 있는 시민서 능력, 긴정한 이미에서의 기회균등으로서의 평

보다 중요한 것은 이 보편적 가치들이 다른 가치들을 배제하고 은폐하는 방식이다

등, 더불어 삶, 덜 효율적이고 덜 경쟁적으로 살 수 있는 삶의 지혜 등의 가치는 침묵되거나 적극적으로 거부되고 있다. 마지막 강령들의 "믿지 않는다"는 사회적 삶의 핵심영역인 분배, 교육, 의료의 측면에서 공동체적 자원의 조정을 철저하게 개인의 문제로 환원시키는 신자유주의 이념의 지배적인 태도를 보여주고 있다. 이 유태인 출신의 급진적 자유주의자의 정치 광고에 우리가 주목할 필요가 있는 이유는 우리 시대의 지배적인 힘들이 어떠한 보편적 가치들을 표방하며 작동하고 있는가, 그리고 우리에게 어떠한 형태의 삶을 요구하고 있는가를 이 강령들이 잘 보여주기 때문이다. 하워드의 "자유의 복음"이 은밀하게 설정하고 있는 개인의 자유와 공동체적 가치의 대립적, 적대적 관계는 오늘날 자유라는 담론이 실제 삶의 영역에서 어떻게 기능하고 있는가를 명하게 보여주는 상징적 기제라고 할 수 있다.

개인의 자유와 공동체의 적대적 관계라는 이항 대립은 우리 시대의 자유민주주의가 스스로를 정당화하는 헤게모니 담론의 중심축에 자리 잡고 있다. 개인의 권리와 책임, 사적 영역의 자율성, 자유 경쟁의 효율성과 윤리성, 사적 이윤 추구의 정당성, 선택의 자유 등은 우리 시대의 자유의 이상을 구성하고 있는 핵심적 가치들이다. 그리고 이러한 가치의 대립 항에는 공공성, 시민성, 참여와 연대, 유기적 공동체, 협동적 노동, 평등과 복지 등이 있다. 이 대립적 가치들은 때로는 적극적이고 명시적으로 거부되기도 하고. 때로는 우리의 시야에서 은밀하게 사라진다.

대중문화와 문화적 민주화 일상적 삶의 상징적 생산

개인의 자유와
공동체의 적
대적 관계라
는 '허구적' 이
항대립은 우리
시대의 자유민
주주의가 스스
로를 정당화하
는 헤게모니
담론의 중심축
에 자리 잡고
있다

이 허구적 이항대립에서 자유는 경제적 개인주의이며, 자유가 실현되는 장소는 시장이다. 합리적 경쟁의 원칙에 따라 생산력을 극대화하고 사회적 재화를 풍요롭게 하는 생산자와 이성적으로 판단하고 자율적으로 선택하는 행복한 소비자는 자유로운 시장이라는 수사학의 동전의 양면을 이룬다. 선택의 자유와 경쟁의 자유가 이들에게는 기회의 평등이며 민주의 요체이다. 시장은 이러한 자유가 실현되는 이상적 공간이다. "매일매일 돈으로 투표함으로서, 누가 소비자인 우리에게 더 봉사를 잘하는가, 더 만족스럽고 품질 좋은 서비스를 받으려면 누가 생산하는 것이 좋은가를 결정하는 자율적이면서 실질적인 민주주의 체제다."(박종운) 시장은, 욕구충족과 사회적 노동의 영역으로서의 기능을 넘어서, 상징성을 획득한다. 시장은 자생적 질서의 세계, 구매행위라는 투표로 진행되는 가장 민주적인 체제가 된다.

이 자생적 질서의 세계에서 개인의 자유는 무엇보다도 소유의 자유이다. 소유하려는 욕망, 즉 이기심은 정당하고 효율적인 덕성이 된다. "우리가 저녁 식사를 맛있게 할 수 있는 것은 푸줏간, 양조장, 빵집 주인의 호의 때문이 아니라, 그들이 스스로의 이익을 위해 일했기 때문이다"라는 아담 스미스의 유명한 예시는 "스마트폰을 잘 만들어 자신의 이윤을 추구하는 과정에서 국부라는 공동선을 창출하는 삼성의 기업가 정신"으로 바뀌어 표현된다. 인간의 이기심에 관한 아담 스미스의 혜안이 잘못된 것이 아니고, 삼성이 국부를 장술한 것도 맞는 말이다. 문제는 이러한 주장이 이데올로기적 가치로 전환된다는 것이다. 시장 사회에서 이러한 인식은 무엇이든 사적으로 소유되었을 때 가장 바르게 작동한다는 소유의 철학, 소유의 윤리학으로 이어진다. 철도나 전기, 우편뿐만 아니라 학교나 언론도 누군가에게 소유되었을 때, 사유 재산의 형태를 가졌을 때 가장 바르게 작동한다는 믿음이다. 기업은 이러한 가치와 덕성의 모태이자 원형이다. 따라서 사유 재산권의 확립은 한 사회를 풍요롭게 만드는데 필수적 요건이 된다. 인류는 이 재산권의 확립을 통해 사용가능한 재화의 절대량을 늘려왔다. 우리의 자유는 이기심과 재산권을 존중하지 않으면 다 같이 빈곤해 질 것이라고 충고한다.

미국 건국의 아버지들 중의 하나인 제임스 메디슨이 미국 헌법 제정을 위한 토론에서 국가의 목표는 대중으로부터 사유 재산을 보호하는 것이라고 역설한 것은 자유주의가 다수의 지배를 의미하는 민주주의로부터 소유의 자유를 지키는 이념으로 기능하기도 했다는 것을 잘 보여준다.(MCChesney 6) 민주주의가 소유의 자유를 위협하지 않도록 제한되어야 한다는 자유민주주의의 전통은 21세기에 들어와 더욱 강화되고 있다. 소유의 자유가 인간의 보편적 자유의 핵심이라고 주장해 온 하버드대의 역사학자 리처드 파이프스 Richard Pipes는 오늘날 복지 중심의 민주주의 하에서 자유민주주의의 위협은 위로부터 오는 것이 아니라 아래로부터, 즉 정부의 지원에 의지하려고 하는 대중으로부터 온다고 말한다. "개인이 자신이 벌고 소유한 것을 보유하고 사용할 권리, 마음대로 누군가를 고용

대중문화와 문화적 민주화 일상적 삶의 상징적 생산

하고 해고할 권리, 자유롭게 계약을 체결할 권리, 그리고 심지어 생각을 표현할 권리조차 사유재산을 재분배하고 개인의 권리를 집단의 권리에 복종시키고 싶어 하는 정부에 의해 점진적으로 침해당하고 있다. 20세기 후반에 생겨나기 시작한 복지국가라는 개념은 그 자체가 개인의 자유와 양립할 수가 없다."(284) 그에 의하면 과도한 복지, 높은 세율, 큰 정부, 평등의 이념, 환경보호나 공공재를 표방한 개인재산권의 침해, 이러한 것들이 인간의 자유를 제약하는 위험 요소들이다. 그에게 소유 본능은 인간의 잠재력을 실현시켜 주는 가장 핵심적인 본성이며, 이 소유 본능을 제약하는 모든 공동체적 기획은 인간의 자유를 구속하는 것이 된다. "인간 본성에서 법과 교육의 조작에 굴복하지 않는 것 중의 하나가 바로 소유 본능이다. 소유 본능은 모든 살아 있는 생물의 공통점이다. 가장 초보적인 수준에서 이는 생존 본능의 표현이다. 하지만 이를 넘어서면 인간 개성의 기본적인 특성이 되어 성취와 취득은 자기완성의 수단이 된다. 자아 성취가 자유의 정수인 한 자유는 소유와 그로 인한 불평등을 강제로 제거할 경우 번영할 수 없다. 소유는 번영과 자유 모두에게 필수 불가결한 요소이다."(286)

파이프스의 소유의 자유에 대한 적극적 옹호는 오늘의 우리 사회를 지배하고 이끌어가고 있는 힘으로서의 신자유주의적 민주주의의 신조와 지향점을 잘 보여주고 있다. 우리는 이러한 신자유주의적 민주주의의 대립 항에 오늘의 전 지구적 사회 경제적 체제와는 다른 대안적인 삶의 방식과 정치경제 체제, 대안적이면서 본질

적인 의미에서의 민주주의를 상정할 수 있을 것이다. 이러한 대안

신자유주의적
민주주의와 사
회적 민주주
의 핵심적 경계
는 '소유'를 어
떻게 볼 것인가
의 문제이다적 민주주의를 잠정적으로 편의상 사회적 민주주의[43]로 부르기로 한다. 신자유주의적 민주주의와 사회적 민주주의가 가장 극명하게 갈라지는 지점은 소유를 어떻게 보는가의 문제이다. 무엇이 온전히 절대적으로 나의 것인가, 소유의 권리는 어디까지 행사될 수 있는 것인가, 독점적 배타적 소유만이 소유의 유일한 형식인가, 함께 더불어 소유하는 것은 어떠한 소유인가, 소유의 권리를 어떻게 적절히 통제하고 제한할 수 있을 것인가와 같은 문제들이다. 신자유주의적 민주주의는 자유의 핵심을 소유의 자유로 이해하고 소유의 권리의 절대성을 민주주의의 핵심적 구성요소로 이해한다. 소유하고 있는 자가 소유의 대상이 된 것을 마음대로 관리하고 결정할 수 있는 권리를 최대한 인정해 주는 것을 통해 개인과 공동체가 발전한다는 믿음에 기반한 체제이다. 사회적 민주주의는 개인의 소유의 권리를 인정하면서 동시에 생산과 노동이 상호의존적으로 이루어진다는 것, 함께 더불어 소유하는 것이 건강한 공동체를 만들 수 있다는 것, 개인의 소유의 권리가 일반 사람들의 삶의 안정과 존엄을 위협할 경우 소유의 권리는 적절히 통제되고 제한되어야 한다는 것에 대한 인식에 기초한 체제이다.

개인의 소유의
권리가 일반
사람들의 삶의
안정과 존엄을
위협할 경우,
소유의 권리는
적절히 통제되
고 제한되어야
한다소유의 자유와 권리의 절대성에 이의를 제기한다는 것은 결국

---

43 사회적 민주주의는 실제 존재하는 정치체제인 사회민주주의와 구별하기 위해 사용된 용어이다. 사회민주주의와 많은 부분 겹치지만 특정한 가치를 지향하는 규범적 의미를 포괄적으로 강조하기 위해 구별하여 사용하였다.

대중문화와 문화적 민주화 일상적 삶의 상징적 생산

시장을 어떻게 볼 것인가의 문제와 연결되어 있다. 이것은 곧 시장이 우리 공동체가 생산한 부와 자원을 효과적이고 공정하게 관리하고 분배할 수 있는 기능을 가지고 있는가의 질문이다. 신자유주의는 자유로운 시장이 경제적 자원의 증대의 가장 효율적인 기제일 뿐만 아니라 가장 공정하고, 윤리적인 분배의 제도라는 신념에 기초해 있는 체제이다. 앞에서 언급한 자유 경쟁의 효율성과 윤리성, 사적 영역의 자율성, 개인의 권리와 책임과 같은 가치들이 시장의 신뢰를 구성하는 요소들이다. 그리고 공공성, 공동체, 평등과 복지는 이 가치들을 위협하는 요소가 된다. 사회적 민주주의가 주목하는 것은 시장이 완벽한 체계가 아니라는 것, 따라서 시장에 의해 주어진 소유의 권리도 절대적인 것이 아니라는 것이다. 시장이 공동체의 부와 자원의 분배를 독자적으로 수행하기에는 지나치게 자의적이고 예측 불가능한 제도라는 것을 확인하는 것은 어려운 일이 아니다. 시장의 실패를 보완해서 건강한 사회적 생태계를 유지하게 해주는 최소한의 안전장치가 복지이다.

중요한 점은 시장이 안전하고 완벽한 체제가 아니라는 것. 따라서 시장에 의해 주어진 소유의 권리도 절대적인 것이 아니라는 것이다

여기에서 가장 중요한 인식은 모든 노동과 생산은 집단적이고 사회적인 행위라는 것이다. 우리가 자본주의 체제를 선택했다고 해서 이 사실이 달라지지 않는다. 사회의 전체적 자원과 부는 개별적인 경제 행위자들의 독자적인 이윤 추구 행위를 통해 산출되는 것이 아니라, 긴밀하게 서로 의존하면서 연결되어 있는 노동과 생산의 네트워크를 통해서 산출되는 것이라는 사실이다. 이러한 관점에서도 묵시는 시예기 아니라 사회적 부의 생산과정에 함께 참

모든 노동과 생산은 집단적이고 사회적인 행위이다. 우리가 자본주의 체제를 선택했다고 해서 이 사실이 달라지지 않는다

여한 사람들의 기본적인 권리를 인정해 주는 공동체적 행위이다. 이것을 인정해 주는 공동체는 공정한 사회일 뿐만 아니라 건강한 사회이다.

이러한 사회적 민주주의의 이상은 인간이 본질적으로 공동체적인 존재, 공동체가 개인의 자유의 실천조건이라는 인식에 기초하고 있다. "인간은 집단적으로 함께 생산한다. 노동을 통한 인간의 자기실현은 같이 노동하는 다른 사람들과 함께 성취된다."(Early Writings 277) 이 말은 마르크스가 한 말 중 가장 아름다운 말이지만, 또한 우리가 간과하고 있는 삶의 진실을 포착해 내고 있다. 생산과 노동은 본질적으로 타자와 함께, 타자에 의한, 타자를 위한 생산이다. 이것은 무작정 착한 생각이 아니다. 마르크스의 이 언명은 사회적 존재로서의 인간의 삶의 본질을 드러내서 보여준다. 역사적으로 존재했던 여러 생산 양식 중에 자본주의적 생산이 더욱 그렇다.

따라서 사회적 민주주의의 이상을 견인하는 가장 중요한 가치는 공동체를 구성하고 있는 개인의 존엄성에 대한 경의이다. 이것이 평등이라는 가치의 토대를 이루는 가장 핵심적인 요소이다. 개별적 존재가 존엄하게 스스로의 생존을 영위해야 할 권리를 가지고 있다는 생각은 생산과 노동의 협동적, 공동체적 성격, 상호의존적인 시혜에 대한 깊은 인식으로부터 나오는 것이다. 자유를 타인과의 경쟁에서 획득한 개인적 전리품으로 이해하고, 독점적 배타적 권리만을 소유라고 생각하는 신자유주의적 민주주의의 인간관으로는 허용될 수도, 상상될 수도 없는 생각이다. 이 생각은 인간이

복지는 시혜가 아니다. 복지는 사회적 부의 생산과정에 함께 참여한 사람들의 기본적인 권리를 인정해 주는 공동체적 행위이다

공동체를 구성하고 있는 개인의 존엄성에 대한 경의

대중문화와 문화적 민주화 일상적 삶의 상징적 생산

자신의 역사를 통해 진화하고 성숙한 것의 결과물이다. 가장 근본적인 의미에서의 진보이다.

○
  포스트민주주의 이념의 해체
    – 경쟁, 무엇을 위한 경쟁인가?

　　소유의 자유에 대한 파이프스의 옹호는 포스트민주주의의 자유의 이념이 자유 경쟁의 원리에 기초해 있다는 것을 잘 보여주고 있다. 노벨 경제학상 수상자이자, 경제적 세계화에 대한 가장 영향력 있는 이론가 중의 하나인 조셉 스티글리츠는 진보적 계간지인 〈뉴 퍼스펙티브〉와의 인터뷰에서 오늘날 전 지구적으로 진행되고 있는 경제체제의 전면적인 변화를 "월마트화"(Wal‑Martization)라는 용어로 설명하고 있다. 월마트는 중산층에게 획기적으로 가격을 낮춘 제품을 제공함으로서 소비자들의 생활수준을 크게 개선시키고, 동시에 시장에서의 경쟁력을 확보한 성공 기업의 사례로 많이 인용되는 미국의 대표적 기업이다. 월마트화는 동시에 이러한 경쟁력 확보를 위한 생산비용의 최소화, 즉 낮은 임금과 빈약한 복지 등을 통한 비용 절감으로 저렴한 상품/서비스를 제공하는 경영 방식을 의미한다.

　　스티글리츠에 의하면 월마트는 오늘날 세계 경제의 작동과정을 축약해서 보여주는 상징적 사례이다, 회사는 경쟁력을 높이기 위해 비용을 절감하고, 값싼 노동력을 찾아 공장을 해외로 이전한다. 국가는 국제적 경쟁력을 높이기 위해 세금을 줄이고 복지국가의 사회적 제도들을 축소시키고, 외국자본에 우호적인 환경을 조성하기 위해 노동 시장의 유연화를 제도화한다. 한편에는 생산력의 증대, 경쟁력의 제고, 제품 가격의 하락이 있는 반면 다른 한편에는 항시적인 불안정 고용의 위협, 공공영역의 축소, 사회 안전망의 붕괴가 동시에 진행된다. 신자유주의적 세계화의 경제적 효과를 인정하는 경제학자인 스티글리츠는 후자에 더욱 주목한다. 실제로 지난 10여 년 동안 미국의 노동자의 실질 임금은 꾸준히 하락하고 있고, 북미 자유무역협정 체결 후 10년간 미국과 멕시코에서의 소득불균형이 10% 이상 확대되었다는 통계도 인용한다. 그 결과로 자본과 높은 기술력을 가진 일부 계층들만이 승자가 되는 반면, 전통적인 중산층이 붕괴되고 있다는 것이 그의 진단이다.("Globalization is Creating Rich Countries with Poor People," New Perspective Quarterly, 2006. 9. 25.)

　　스티글리츠의 '월마트화'에 대한 분석이 우리에게 던지는 질문은 가장 기본적인 것이면서 실제로는 한 번도 (적어도 지배 담론에서는) 의미 있게 제기되지 않았던 질문, 바로 "무엇을 위한 경쟁인가?"이다. 왜 생산성의 증대가 고용의 안정이나 삶의 질의 향상으로 이어지지 않고 오히려 불안정 고용의 제도화와 사회의 양극화로 귀결되게 되는가? (생산성의 획기적인 증대, 예를 들어 성능이 탁월한 AI의 등장이 일하는 보통 사람들에게 저녁이 있는 삶까지도 가져올 수 있다는 생각은 왜 하지 못하는

경쟁에 사로잡
힌 사회는 경
쟁으로 발생한
문제를 다시
경쟁 구조를
더욱 강화시킴
으로써 해결하
려고 한다. 그
들은 경쟁 구
조의 바깥으로
나오는 출구를
잃어버린다

것일까?) 이 질문은 우리 시대의 경쟁의 본질과 관련되어 있다. 경쟁 자체가 절대적 가치가 되면 '왜'라는 것은 가장 비효율적이고 쓸모 없는 질문이 된다. 그 자리를 '어떻게'가 차지한다. 어떻게 경쟁에서 승자가 될 것인가? 경쟁에 사로잡힌 사회는 경쟁으로 발생한 문제를 다시 경쟁 구조를 더욱 강화시킴으로써 해결하려고 한다. 그들은 경쟁 구조의 바깥으로 나오는 출구를 잃어버린다.

욕구의 대상이 무한정으로 주어지지 않는 한, 경쟁은 동물에게나 인간에게나 생존의 일반적 조건이다. 그런 의미에서 경쟁은 인간에 의해 통제되어야 할 자연적 현상이지 그것 자체로 도덕적이거나 부도덕한 것은 아니다. 다른 한편으로는, 욕구의 대상이 무한정 주어지지 않기 때문에, 경쟁은 또한 인간이 다양한 형태의 자기실현을 추구하는 과정에서 보편적인 가치로 작동하게 된다. 그러나 경쟁이 가치의 형태를 갖게 되는 것은 그것의 보편적 특성 때문이 아니라, 역사적 조건의 구체적 변화 속에서 인간 집단 간의 이해관계와 계급관계의 갈등과 충돌 속에서였다는 사실을 인류의 역사는 잘 보여준다. 다시 말해 경쟁이라는 가치는 이데올로기적 성격을 가진다. 이것은 경쟁이 본격적으로 가치화되던 근대 자본주의 사회의 형성기로부터 가장 진전된 형태의 자본주의의 삶을 살고 있는 오늘에 이르기까지 그대로 적용된다.

경쟁이 가치
의 형태를 갖
게 되는 것은
그것의 보편적
특성 때문이
아니라, 역사적
조건의 구체적
변화 속에서
인간 집단 간
의 이해관계와
계급관계의 갈
등과 충돌 속
에서였다는 사
실을 인류의
역사는 잘 보
여준다. 다시
말해 경쟁이라
는 가치는 이
데올로기적 성
격을 가진다

근대 자본주의 사회는 경쟁을 새로운 대안적 가치로 만들면서 태동하였다. 경쟁은 자본주의 윤리학이 자기 정당성을 구성하는 핵심적 요소로서, 계급의 세습, 특권, 권력의 집중에 대한 강력한 대안적 가치로 등장했다. 새로운 경쟁 원리의 등장은 기존의 질서가 확고하게 자리 잡은 봉건적 위계질서의 사회, 모든 사람들이 태생적으로 부여받은 자리에서 더 이상을 원하는 것이 허용되지 않는 사회, 더 많은 것, 더 높은 것에 대한 욕망이 탐욕과 교만, 신과 자연적 질서에 대한 반역으로 단죄되던 시대로부터의 해방을 의미했다. 소수 특권층의 지배(autocracy)가 능력지배 사회(meritocracy)로 대치되는 과정, 바로 개인들 간의 자유로운 경쟁을 통해 능력을 차별화하고 보상해주고, 그것을 통해 공동체의 새로운 질서를 만들어가는 사회의 등장을 가리킨다. 이러한 공동체에서 경쟁의 과정은 정의가 구현되고 자유를 실현하는 한 방식이었다. 그리고 이 보편적 가치를 통해 부르주아라는 신흥 계급은 정치적 도덕적 헤게모니를 장악하고 새로운 지배 계급으로 부상할 수 있었다.

그러나 자유 경쟁이 본격적으로 가치화되는 것은 전 지구적 자본주의가 등장하고 진정한 의미에서 시장사회가 도래하게 되는 20세기 후반에 와서라고 해야 할 것이다. 시장사회는 경쟁적 시장이 개별적 인간의 욕구 충족과 사회적 재화의 효율적 관리에 가장 적합한 제도라는 믿음에 기초한 사회이다. 더 나아가서 시장의 가치, 시장의 행위모형이 일상적 삶의 이상적 모델로 기능하게 되고, 시민 사회의 다양한 영역에서 시장 가치의 절대화와 시장 모델의 전면적 확산이 진행된다. 오늘의 세계에서 시장은 한 사회의 다양한 이해관계와 경제 행위를 조정하는 "질서의 기제"의 역할을 담당하고 있다. 경쟁은 이 질서를 지지하는 정당성의 원천이 된다.

대중문화와 문화적 민주화 일상적 삶의 상징적 생산

시장 자유주의의 윤리적 토대를 제공한 경제학자인 하이에크 Hayek에 의하면 자발적 경쟁의 자생적 제도로서의 시장은 경제적 조화를 성취할 뿐만 아니라 사회적 조화도 성취한다. 하이에크에게 시장은 개별 구성원들의 자발적 욕구를 재현하는 가장 '참여적'인, 보다 중요하게는 '유일하게 참여적인' 제도이다. 이 민주적 시장 구조의 대립 항에 공동체가 있다. 그에게 개별적 행위가 아닌 공동체의 이름으로 진행되는 모든 기획과 관리와 통제는 생산과 분배의 중앙집권화를 의미하며, 전체주의로 귀결되는 "노예의 길"이 된다. 하이에크의 시장 질서에서 공동체의 조절기능을 대치하는 것은 경쟁 구조이다. 하이에크에게 경쟁은 분산되어 있는 개인들이 각자 자신의 이익을 추구하면서 서로 관계를 맺는 시장사회의 핵심적 동력이다. 경쟁은 인간을 합리성에 의거해서 행동하게 하고 그 결과로 인간에 내재되어 있는 가능성과 잠재력을 극대화할 뿐 아니라 다른 사람이 가지고 있는 재능과 역량이 활용될 수 있는 최적의 기회를 제공하게 된다. 경쟁은 개인적 덕성일 뿐 아니라 공적 덕성이 된다.

시장 기제와 자유 경쟁에 대한 하이에크의 논의는 그 자체로서 인간의 특정한 본성과 그것에 기초한 사회 체제에 대한 탁월한 이론화였다고 할 수 있을 것이다. 그의 대표적 저작인 『노예의 길』 (The Road to Serfdom)이 나치즘과 파시즘, 그리고 스탈린의 전체주의적 국가 사회주의와 같은 인간의 자유를 위협하는 힘과의 투쟁의 한가운데에서 쓰였다는 사실도 그의 주장을 이해하는데 도움이 될 수 있을 것이다. 그러나 보다 중요한 것은 하이에크의 논의가 우리 사회에서 경쟁이 어떻게 가치화되고 이데올로기적 장치로 기능하게 되는가를 잘 보여주고 있다는 것이다. 앞에서 얘기했듯이 경쟁은 보편적 가치이면서 동시에 특정한 역사적 조건 속에서 이데올로기적 담론으로 작동한다. 경쟁이 이데올로기적 담론이라는 것은 경쟁이라는 보편적 가치를 통해 시장사회가 자신의 권력관계와 지배관계를 정당화하고 지속시키고 강화한다는 것을 가리킨다. 그런 의미에서 최근의 우리 사회에서 시장의 자유와 경쟁의 가치를 역설하는 모든 담론이 하이에크를 복제하고 있다는 사실은 주목할 만하다. 이것은 하이에크가 역설하고 있는 시장의 '자생적 질서'가 오늘의 구체적인 사회 경제적 상황에서 어떠한 사회를 지향하고 있고, 또 실제로 만들어가고 있는가를 보면 자명해진다.

완강한 경쟁 지상주의, 효율 지상주의가 가장 완벽하게 실현되는 현장이 바로 우리 교육의 현실일 것이다. 우리의 교육은 막스 베버가 '합리성의 강철 감옥'(iron cage of rationality)이라고 부른 근대 자본주의의 병리적 현상이 완벽하게 실현되는 현장이 되고 있다. 합리적 이성은 과학적 논리적 정합성의 원칙에 따라 자연의 자원과 인간 삶의 과정을 효율과 생산성과 자유 경쟁이라는 이름하에 효과적으로 조직하고 관리하는 능력이다. 합리적 이성 능력을 통해 모든 것을 관리하고 통제하고 정복할 수 있다는 믿음은 근대적 이성의 미망이었다. 과학적, 논리적 정합성의 원리, 기능적 도구적 합리성의 원리가 보다 더 높은 차원의 삶의 원리와 가치에 복속되지

합리성의 강철 감옥 – 막스 베버

대중문화와 문화적 민주화 일상적 삶의 상징적 생산

않고 스스로 절대적인 가치가 되면 인간은 그 과정에 의미 없는 기계적 부속품으로 전락하고 만다. 계몽의 역설은 바로 인간이 이성을 통해 해방을 성취했는데, 다시 그 이성에 의해 속박되고 무력해지고 퇴행한다는 것이다. 공리주의 문명에서는 이 모든 것이 발전이라는 이름으로 진행된다. 우리 교육 현실에는 기능적 도구적 합리성의 지배, 경쟁과 효율 지상주의, 생활세계의 교환가치화, 공적 영역의 무력화와 사영역화, 그리고 양극화와 계급세습까지 우리 시대의 공리주의 문명이 가진 모든 문제적 징후들이 집약되어 있다. 식민지 경험을 통해 근대를 이식받았고 압축 성장을 통해 근대를 성취했던 대한민국에서 계몽의 역설은 유난히 파괴적이고 비극적으로 작동한다. 계몽의 역설은 합리성의 불합리성을 얘기하지만 우리의 교육 현실은 합리성의 불합리성을 넘어 합리성의 광기를 보여주고 있다. 경쟁은 어떻게 작동하는가의 질문은 다른 말로 오늘의 세계가 어떠한 힘과 원리에 의해 움직이는가를 묻는 것이며, 경쟁을 어떻게 통제할 것인가는 오늘의 자본주의를 어떻게 '인간의 얼굴을 한 자본주의'로 전환시킬 것인가의 문제로 이어진다.

> 계몽의 역설은 합리성의 불합리성을 얘기하지만 우리의 교육 현실은 합리성의 불합리성을 넘어 합리성의 광기를 보여주고 있다

O
포스트민주주의 이념의 해체
– 효율, 단자화된 개인의 전체주의

하이에크의 자생적 질서의 세계는 철저하게 단자화된 개별적

행위자들의 세계이다. 이 맹목적 질서가 자생적으로 진화하는 과정의 끝에는 공동체가 제거된 순수한 시장사회, 인간이 스스로의 삶을 총체적으로 이해하고 장악하고 통제할 수 있는 기능을 상실한 세계가 기다리고 있다. 무한 경쟁이 지배하는 시장사회는 인간의 공동체적 본성을 개체적인 것으로 대치하려는 시도라는 의미에서 인간 소외의 한 형태이다. 그것은 인간이 관계적 존재라는 것, 공동체가 인간 삶의 실존적 조건이라는 사실을 스스로 망각한다. 이러한 인간 소외는 우리 사회에서 경쟁의 물신화로 나타나고 있다. 물신은 실재와 외양, 인간과 물건, 주체와 객체, 목적과 수단의 전도를 가장 잘 드러내는 상징이다. 물신은 주체가 자기 안에 있는 본성과 능력을 외부 사물에 투영하고 외부 사물에 사로잡히고 그것에 지배되는 과정을 보여준다. 우리가 어떤 사물에 힘을 부여해 주면 그 사물은 자신에게 힘을 부여해 준 대상을 지배한다. 물신의 힘이 세어질수록 우리는 무력해진다.

소유의 자유, 경쟁의 효율성과 같은 우리 시대의 자유민주주의의 핵심적 가치들은 인간에 대한 특정한 이해에 기초하고 있다. 우리는 그것을 단자화된 개인이라고 이름 붙일 수 있을 것이다. 이 단자들은 기술적 효율성과 산술적 생산성에 따라 다른 단자와 연결되어 있다. 단자화된 개인은 자신의 삶과 현실 세계를 대상화하여 사유할 수 있는 능력을 결여하고 있다. 단자화된 개인을 움직이고

대중문화와 문화적 민주화 일상적 삶의 상징적 생산

통제하는 원리는 공리주의적 합리성(utilitarian rationality)[44]이다, '최대 다수의 최대 행복' 혹은 '최소 비용에 의한 최대 효과'로 대표되는 공리주의는 인간의 모든 행위와 가치를 그 결과로 나타나는 효용(utility)이라는 단위에 의거해서 이해하고 평가한다. 공리주의적 합리성은 과학적 논리적 정합성의 원칙에 따라 자연의 자원과 인간 삶의 과정을 효율과 생산성과 자유 경쟁이라는 이름하에 효과적으로 조직하고 관리하는 능력이다. 이 능력이 가장 전면적이고, 일방적으로 작동하는 영역이 시장이다. 그래서 이것을 시장의 이성이라고 부르기도 한다. 심화된 공리주의 사회에서 인간 삶의 모든 자원은 합리적 경영의 대상이 되어 기능적으로 관리된다. 경제적 효율성의 극대화라는 목표를 위해 전체 사회적 자원이 하나의 거대한 기능적 동원체제로 전환되는 것이다. 이를 위해 국가의 기능은 최소화되고, 효율을 극대화할 수 있는 민간의 영역으로 대치된다. 작은 정부, 민영화, 국가로부터 시장의 독립, 자본의 자유, 노동 시장의 유연화 등 신자유주의적 가치를 표방하고 추진되는 대부분의 정책들은 시장의 자유라는 대의에 의해 작동되고 있는 것들이다.

---

44 utilitarianism은 우리말로 공리주의로 번역되어 쓰이고 있다. 공리주의는 아마도 19세기 영국의 공리주의 개혁가들이 의회에 진출해 추진한 사회적 정책을 염두에 두고 번역한 것으로 보인다. utilitarianism의 본질은 말 그대로 utility에 대한 믿음에 있다는 점에서 공리주의라는 번역어는 그 의미를 전달하지 못하고 있다. 그러나 공리주의, 혹은 공리적 이성, 공리주의적 합리성 등의 용어가 이미 utility에 대한 강조나 그 신념의 의미를 함축하고 있는 것으로 통용되고 있기 때문에 이 번역어를 사용한다,

모두가 경영 합리화와 효율의 극대화라는 이름으로 진행되는 것들이다. 보다 근본적인 의미에서 이러한 요소들은 신자유주의 시장의 본질이자 동력이 된다.

단자화된 개인이라는 인간관에 기초해 있는 자유민주주의는 전체주의적 속성과 무정부주의적 속성을 동시에 가지는 기이한 결합구조를 보인다. 신자유주의는 공동체를 시장의 예측 불가능성으로 대치한다는 점에서 무정부주의적이다. 자본주의가 발달할수록 보이지 않는 손은, 완전한 허구는 아니더라도, 점점 미미하게 작동한다. 무정부주의적 경향은 자유주의 전통의 핵심에 있어왔다. 이때 자유의 의미는 개인의 행동에 대한 제약의 부재를 의미한다. 여기에서 인간의 행동의 유일한 목적은 자기 보존, 자기 보호, 자기 이해관계의 추구이며, 개인은 다른 매개 없이 단독자로서 전 지구적 자본주의의 현실과 대면한다. "정부는 가장 작을 때 가장 좋다"는 맹목적 믿음, "시장은 옳고 정부는 무능하다"는 종교적 신념도 여기에서 나온다. 공동체가 제거된 개인은 자유 경쟁과 적자생존의 밀림 속에 방치된다. 전 지구적 단위로 진행되는 사회의 양극화는 이 과정의 필연적 결과이다.

단자화된 개인의 무정부주의가 전체주의적 성향을 갖게 되는 것은 역설이면서 동시에 필연이다. 오늘날 자유민주주의의 실제 이름인 시장 자유주의가 전체주의의 한 형태라는 것을 간파한 것은 프랑크푸르트 학파였다. 히틀러의 파시즘을 피해 미국으로 망명 온 그들이 미국 자본주의에서 직관한 것은 또 다른 형태의 전체

단자화된 개인의 무정부주의가 전체주의적 성향을 갖게 되는 것은 역설적 필연이다

대중문화와 문화적 민주화 일상적 삶의 상징적 생산

주의였다. 이름하여 시장 전체주의(market totalitarianism)이다. (이것은 물론 인문학자로서 미국 자본주의의 특정한 부정적 측면을 규정하기 위하여 쓰인 비유적 표현이지 그것이 실제적인 정치적 전체주의와 같은 것이라는 의미는 아니다.)

이 새로운 형태의 전체주의는 개인의 내면과 욕망을 통해 자발적으로 작동하는 특이한 형태의 전체주의이다. 시장 전체주의는 공동체와 공공성의 부인을 통해서, 그리고 개인의 정치적, 사회적 이성을 마비시킴으로서, 마지막으로 개인의 욕망을 지배함으로서, 개인을 '자발적으로' 동원하고, 통제하고, 관리함으로서 전체주의를 달성한다. 목적 합리성이라는 외재적 운동 원리만을 가진 단자화된 개인은 이 전체주의를 감지하지도 거부하지도 못한다. 마르쿠제는 그것을 일차원적 인간이라고 불렀다. 이 단자 속에 갇혀 있는 개인들은 진정한 의미에서의 자유를 박탈당한 존재이다.(Marcuse 1‑19)

영국 보수주의 정권의 탁월한 분석가인 앤드류 갬블Andrew Gamble은 대처 수상의 신자유주의 정부의 정체성을 '자유로운 시장/강한 국가'의 역설을 통해 설명한다. 경제, 금융, 복지 등의 정책에서는 시장의 자유와 경쟁 원리의 효율적 구현을 위해 국가의 개입을 최소화하는 반면, 정치적 측면에서는 시장과 경쟁의 자유와 소유의 권리를 확대하는 과정에서 필연적으로 발생하는 사회적 갈등과 충돌을 해결하기 위해 국가질서 확립, 공권력과 법치주의의 강조와 같은 보수적 권위주의가 강화된다는 것이다. 즉, 자유 시장 성세 제제를 신화시킬수록 강력한 권위주의적 국가 기구가 요구된다는 것이다.(31 - 37) (한국형 권위주의적 신자유주의 체제의 전범인 박근혜 정부의 핵심적 구호였던 '줄푸세'가 좋은 예가 될 것이다. 세금은 줄이고, 규제는 풀고, 법치는 세운다.)

앤드류 갬블의 이 역설은 대처 정권을 넘어서서, 그 이후 전 지구적으로 확산된 신자유주의적 세계화의 본질을 간파하고 있다. 신자유주의적 세계화의 가장 치명적인 문제점은, 물질적 재화 생산의 가공할 효율성에도 불구하고, 권력과 부의 집중이 체계적이고 구조적으로 진행된다는 것이다. 빈부의 격차가 커지고 세금의 재분배 기능은 약화되고 정치는 기업과 자본의 이해관계를 보호하는 역할을 수행하게 된다. 이와 함께 여론을 지배하는 기술은 정교해지고 시민사회의 정치의식은 빈약해 진다.

문제는 오늘의 상황에서 '강한 국가'라는 것이 궁극적으로 무엇을 의미하는가이다. 갬블의 '자유로운 시장/강한 국가'의 역설에서 강한 국가가 대립하고 있는 것, 강한 국가가 억압하고 있는 것은 바로 시민 사회의 자발적 역동성이다. 강한 국가는 참여하고 비판하고 개입하는 시민적 능력을 강화하고 신장시킬 수 있는 사회적 문화적 제도들을 점진적으로 축소하고 폐기시킬 것을 요구한다. 그 핵심적 과제로서 미디어를 국가와 자본에 종속시킨다. 미디어는 국민 동원의 기제로 전환된다. 이 단계에서 미디어는 쇼 비지니스와 상품 마케팅을 모방한다. 대중의 정치적 무관심과 냉소주의는 이 과정의 값진 부산물이다. 그들은 스스로의 자발적 의지로 참여를 박탈당한 대중이 된다. 사회적 이성의 마비이다.

대중문화와 문화적 민주화 일상적 삶의 상징적 생산

포스트민주주의의 논의가 오늘의 세계를 구성하고 있는 복합적 관계와 조건들을 모두 설명하고 있다고는 할 수 없을 것이다. 그러나 전 지구적 자본주의의 상황을 포스트민주주의의 방향으로 몰고 가고 있는 강력하고 지배적인 힘과 세력이 오늘의 세계와 삶에서 분명하게 작동하고 있고 그 힘이 점점 더 심화되고 있다는 것은 중요한 현실 인식이다. 포스트민주주의와 과두적 시장 지배체제의 친연적 관계는 이 현실에 대한 경고이다. 포스트민주주의의 힘과 세력이 진정으로 우리의 삶을 위협하고 파괴하는 것이라면, 이 힘을 극복하기 위한 실천적 과제에서 가장 핵심적인 것은 소멸되어 가는 공공영역을 복원하고 시민적 능력을 갱신시키는 것이 될 것이다.

핵심적인 것은 공공영역의 복원과 시민적 능력의 갱신이다

○
시민적 리터러시
– 미디어 민주주의와 새로운 시민성의 구성

독일의 사회학자 울리히 벡Ulrich Beck은 고도로 발전된 현대 산업사회의 특성을 '위험사회'(risk society)라는 개념으로 설명한다. 벡에 의하면 현대 사회는 불안과 위험과 재난과 불확정성에 노출되어 있다. 과학기술의 발전, 새롭고 편리한 물건들의 풍요, 합리적이고 효율적인 관리 시스템의 발달로 대표되는 현대 사회가, 다른 한편에서는 자본과 과학기술의 맹목적인 자기 확장에 수반되는, 상

존하는 위협요소에 방치되어 있다는 것이다. 벡에게 위험이란 오존층의 파괴와 그로 인한 지구온난화, 유전자 조작, 환경오염으로 인한 생태계 파괴, 핵 재난, 경제 공황, 새로운 질병들의 등장(광우병, 조류독감, O – 157 등), 에너지 자원의 점진적 고갈 등과 같은 전 지구적 차원에서 우리 생존조건을 위협하는 재난 요소들을 가리킨다. 벡의 위험사회론이 강조하는 것은 이러한 위험이 발전과 성장과 성공의 이름으로 확대 재생산되고 있다는 것과 우리의 과학 기술 문명이 이러한 위험을 관리하고 조절하고 통제할 수 있는 능력을 점차로 상실해 가고 있다는 것이다.(19 – 51)

　오늘의 세계는 울리히 벡의 위험사회의 목록들이 보여주는 것보다 훨씬 광범위하고 근본적인 부분에서 위험 사회의 모습들을 나타내고 있다. 특히 무한경쟁의 이름하에 진행되는 새로운 자본주의와 시장 가치의 전면적 지배, 그로 인한 불안정 고용의 제도화와 일반 사람들의 삶의 안정성의 붕괴, 그리고 이러한 현상들에 대응할 수 있는 공동체적 능력의 상실은 앞에서 기술한 '포스트민주주의적' 위험 사회의 가장 확실한 징후가 될 것이다. "부의 사회적 생산은 그보다 더 많은 양의 위험의 사회적 생산을 체계적으로 수반한다"는 위험사회론의 역설은 벡의 문제 제기가 궁극적으로 근대성의 본질에 대한 질문이라는 점을 알려준다. 그런 의미에서 성장과 발전과 풍요의 근대에 대한 엄중한 경고의 성격을 가진 그의 책 『위험 사회』(Risk Society: Towards a New Modernity)의 부제가 "새로운 근대성을 향하여"라는 것은 많은 점을 시사하고 있다. 이름하여

　대중문화와 문화적 민주화 일상적 삶의 상징적 생산

"근대의 근대화" 즉, 근대를 통해 근대를 넘어서려는 기획인 셈이다. 말하자면 벡은 시민사회의 형성으로부터 산업혁명을 거쳐 후기 자본주의까지 서구에 의해 주도된 전 지구적 근대화를 추동해 왔던 힘으로서의 근대성을 복수의 근대로 이해한다는 것이다.

성찰적 근대성

벡이 성장과 효율의 근대를 극복하고 위험사회의 대안으로 제기하는 것은 "성찰적 근대성"이라고 부르는 것이다. 그것은 자본과 과학 기술의 맹목적 자기 확장을 반성적으로 사유하고 그 근간이 되는 도구적 기능적 합리성을 해체하는 근대성이다. 성찰적 근대성이란 자기의식을 갖춘 개인이 자신과 자신의 공동체의 문제들에 대한 지식을 비판적으로 적용시키는 능력을 확장시키는 것을 의미한다. 비판적 공공성의 복원은 이러한 성찰적 근대성의 기획의 핵심에 자리 잡고 있다. 근대를 이끌어 오면서 각각의 역사적 국면에서 때로는 서로를 강화시켜주고 때로는 갈등하고 대립하던 이 두 가지 이성의 결별을 우리 시대는 극명하게 보여주고 있는 것이다.

성찰적 근대성은 시장의 이성, 과학기술의 이성과 함께 근대세계를 만들어 왔던 "보편적, 비판적 이성"의 후기 자본주의적 변형이라고 할 수 있다. 스스로를, 자신의 눈이 아닌 보편의 눈으로 끊임없이 다시 돌아볼 수 있는 능력은 근대적 이성의 가장 중요한 능력이었다. 시민은 이러한 보편의 눈을 가진 자의 이름이었다. 보편의 눈을 가지고 있다는 것은 다시 말해 공동체적 능력, 즉 공동체를 사유하고 공동체를 통해 문제를 해결할 수 있는 능력을 가리킨다. 그런 의미에서 시민적 능력과 공동체적 능력은 동의어이다. 이

시민적 능력의 동의어는 공동체적 능력이다. 공동체적 능력이란 스스로에 대한 반성적 사유와 현실에 대한 비판적 실천적 참여를 뜻한다.

능력을 통해 공동체적 존재로서의 자신의 삶의 조건을 반성적으로 사유할 수 있게 되며, 자신의 현실에 비판적으로 개입할 수 있는 힘을 가질 수 있게 된다. 그리고 궁극적으로 그 힘을 통해 현실의 변화에 참여한다. 우리의 일상적 삶은 항상 문제를 제기하고, 해석하고, 판단하는 행위를 끊임없이 요구하고 있으며, 반응과 개입의 능력은 시민 사회의 생존 조건이다.

역사적으로 이러한 시민을 만들고 성장시킨 것은 공공영역 (public sphere)이라는 특정한 사회적, 문화적 공간이었다. 근대 시민 사회를 통해 개인이 등장했다는 것은 곧 새로운 형태의 공동체와 공공성이 등장했다는 것을 동시에 의미한다. 즉, 봉건 체제의 위계적 사회 질서가 해체되고, 수평적 관계를 맺고 있는 개인들을 기본적인 단위로 구성되는 새로운 형태의 공동체가 형성됨에 따라, 공동체 안에서의 일반사람들의 구체적인 삶의 경험과 요구와 이해관계를 표출하고 그것에 의거해서 사회적 관계를 조절할 수 있는 새로운 종류의 공공성의 권위가 등장하게 되었다. 공공영역은 이러한 경험과 요구들이 재현되고 공유되는 사회적 의사소통의 공간으로 당시에 막 등장하던 대중출판, 신문 잡지 등의 미디어, 커피하우스 같은 담론의 공간, 평신도들의 종교 모임과 같은 자발적 시민 결사체들이 여기에 포함된다. 새롭게 등장한 시민, 즉 계몽된 대중들은 자신의 삶이 속해 있는 공동체의 경험에 대해 이의를 제기하고 그것을 공적으로 논의할 수 있는 능력을 새로운 시민사회의 자생적 제도들을 통해 만들어갔다.(Habermas 59)

대중문화와 문화적 민주화 일상적 삶의 상징적 생산

역사적, 사회적 관점에서 공공영역의 중요성은 그것이 재현과 참여와 개입과 연대의 행위가 일어나는 사회적 공간을 제공해 주었다는 것이다. 재현은 소통이면서 참여이다. 공공영역의 실종은 참여의 위기이며, 그것은 민주주의의 위기를 의미한다. 공공성의 위기, 공공영역의 실종은 우리가 위험 사회에 있다는 것의 가장 분명한 징표이다. 오늘의 위험사회는 우리에게 비판적 공공성을 갖춘 새로운 시민적 능력과 공공영역의 복원을 요구하고 있다.

공공영역의 실종은 위험 사회의 가장 분명한 징표이다

미디어는 근대 이후 시민을 생산하는 가장 핵심적인 사회적 기제로 기능해 왔다. 공동체적 관심사가 되는 사회적 의제를 공유하고 비판적으로 접근하고 스스로의 판단을 가지는 것은 시민적 능력의 가장 중심적인 부분이다. 이 능력이 만들어지고 성장하는 곳이 미디어이다. 미디어는 근대 시민사회의 등장과 함께 성장한 사회적 공공재이다. 공공재라는 것의 의미는 공동체의 구성원들의 사회적 삶이 함께 만들어지고 변화하는 공간이라는 것이다. 미디어는 일반 사람들의 경험과 그 경험에서 나오는 생각과 관점이 공적으로 발언되고 표현되고 공유되는 공적 소통의 공간이다. 이 공적 소통과 경험의 공유를 통해서 공동체와 개인의 삶은 진화하고 성숙한다. 우리는 이것을 민주주의라고 부른다.

이러한 공적 소통의 공간에서 시민 개개인의 사회적 정체성과 경험과 고통은 공동체에 인지될 권리를 갖는다. 이 권리를 통해서 비정규직으로서, 기업인으로서, 여성으로서, 중산층으로서, 전업주부로서, 노동자로서, 그리고 철거민으로서의 나의 정체성은 공동체에 의해 그 존재가 확인된다. 표현의 자유의 근본적 의미는 의견과 사상의 표현을 넘어서서 내 존재와 정체성이 표출되고 인지될 수 있는 권리이다. 공동체가 '너 거기 있구나'라고 알아봐 주는 것이다. 이것이 참여의 진정한 의미, 즉 공동체에 내 경험과 고통과 정체성을 각인시키는 것이다. 이것은 시민적 권리의 핵심적 요소이며, 이러한 권리가 실현되는 공간이 미디어이다.

미디어가 경험이 소통되는 공간이고 그러한 소통이 시민의 권리라면, 시민의 미디어권의 가장 중요한 조건은 사실과 정보와 지식에 대한 공정하고 객관적인 접근권을 보장받는 것이다. 이것은 자신과 공동체의 이해관계가 관련된 문제에 대해 판단할 수 있는 공정한 평가의 근거와 자원을 제공 받는 것을 포함한다. 민주사회의 시민은 사실과 정보를 제공받을 수 있는 권리를 통해 공동체에 문제와 이의를 제기하고 현실에 비판적으로 개입한다. 존재를 소통시킬 수 있는 권리, 공정하게 사실과 정보에 접근할 수 있는 권리, 그것을 통해 현실의 변화에 참여할 수 있는 권리는 민주사회의 기본권이다. 이 권리는 소유의 권리, 이윤추구의 권리, 선출된 권력의 권리보다 우선한다.

미디어 민주주의의 탁월한 이론가인 로버트 멕체스니Robert McChesney는 오늘의 정치 경제적 상황에서 민주주의를 위협하는 가장 강력한 힘 중의 하나가 미디어 소유의 집중이라고 주장한다. 즉 권력과 자원을 독점하고 있는 소수 집단이 미디어를 장악하고 공동체에서 사실과 정보와 지식이 생산되고 유통되는 경로를 지

민주주의를 위협하는 가장 강력한 힘의 하나는 미디어 소유의 집중이다

대중문화와 문화적 민주화 일상적 삶의 상징적 생산

배하는 과정이 진행되면서 전통적 의미의 시민 참여 의식은 급격하게 위축되고 있다는 것이다. 그의 대표적인 저작의 제목은 『부자 미디어, 가난한 민주주의』(Rich Media, Poor Democracy: Communication Politics in Dubious Times)이다. 그에 의하면 "거대 미디어 기업이 더욱 많은 부를 축적하고 한층 큰 힘을 얻을수록 참여 민주주의의 존립 가능성은 그만큼 약화된다. 민주주의 체제는 자본주의에 여러모로 유리하지만 가장 큰 이득이 되는 경우는 소수 엘리트가 대부분의 핵심적인 결정을 내리고 다수 국민은 탈정치화했을 때이다. (…) 신자유주의의 대두는 기업화 미디어의 붐을 야기하고, 민주적 시민 생활의 붕괴를 가져온 주된 요인이 되었다."(3, 6)

　소유권에 의해 미디어가 독과점화되었다는 것은 소수의 집단이 권력과 자원을 독점하고, 그 권력과 자원을 통해 미디어를 지배하고, 일반 사람들의 생각을 소유하게 되는 과정이 진행된다는 것이다. 소유가 경영권을 넘어서 인사권을 행사하고 인사권이 편집권을 행사하고 더 나아가 미디어 기업의 구성원의 생각과 표현을 지배하게 된다. 이러한 피라미드 구조의 정점에 소유의 권리, 소유의 권력이 있다. 독점적 권리를 통해 기득권을 소유하고 있는 집단은 정치적 이념적 이해관계를 공유하고 있다. 미디어 소유권을 통해서 이들의 이해관계와 관점이 정당성과 보편적 가치의 지위를 획득하게 되고 일반 사람들은 그들의 이해관계와 관점을 통해 자신의 문제를 보고 이해하고 판단하게 된다. 일반 사람들이 사실과 정보를 만나는 통로는 통제되고, 매우 빈번하게 가공되고 변조된다. 현실은 만들어지고 생각은 소유된다. 미디어라는 기업의 경제적 소유가 일반 사람들의 생각의 소유로 이어진다. 소유의 권리가 소통을 대치하게 되는 것이다.

새로운 정치 경제적 지배 집단이 자신의 이해관계를 실현하고, 스스로의 이념적 기반을 정당화시키는 것은 미디어의 소유를 통해서이다. 공적 소통의 공간이 특정한 집단에 지배될 때 과두적 지배 체제가 강화된다. 앞에서 거론한 맥체스니가 미디어의 소유 집중과 민주주의를 대립적 관계로 설정한 것도 미디어의 소유를 통한 여론의 독과점이 우리 사회를 신자유주의적 과두체제로 급격하게 변화시키고 있다는 인식에 근거한 것이다.

이런 의미에서 포스트민주주의 상황에 대한 가장 핵심적이고 효과적인 대안은 미디어 민주주의를 통해 모색될 수 있다. 미디어 민주주의는 현재의 미디어를 재현과 참여와 연대의 기구로 전환시키는 것을 의미한다. 대안 미디어 운동에서 우선적으로 요구되는 것이 시민적 능력, 특히 시민의 미디어 리터러시라고 부를 수 있는 것이다. 미디어 리터러시는 '미디어를 통해 세상을 읽는 능력'으로 정의될 수 있을 것이다. 그것은 또한 '미디어를 통해서' 뿐만 아니라, '미디어를' 읽은 능력, 더 나아가서 '미디어를 거슬러서' 읽은 능력을 포함한다. 그것은 한 공동체에서 지식과 정보가 생산되고, 그것이 사회적, 정치적 상징이 되어 주체와 공동체의 현실을 구성하게 되는 과정을 인식하는 능력이다. 이 능력을 통해 시민은 공동체의 의미 생산 과정에 참여하게 된다.

대중문화와 문화적 민주화 일상적 삶의 상징적 생산

새로운 대안 미디어의 환경을 만드는 것은 시민 소비자의 몫이다. 이때 미디어 리터러시는 미디어를 능동적이고 생산적이고 사회적으로 소비할 수 있는 능력을 의미한다. 미디어를 능동적으로 소비한다는 것은 독립적이고 자율적인 미디어를 확보하는 것이 독립적이고 자율적인 주체를 지켜가는 가장 기본적인 실천 조건을 만들어가는 것이라는 인식에서 출발한다. 미디어의 생산적 소비란 자신이 소비하는 미디어가 생산 되는 과정에 적극적으로 개입하여 미디어 시장을 주체적으로 창출하는 적극적인 실천행위이다. 미디어의 사회적 소비란 미디어를 개별적으로 소비하는 것이 아니라, 미디어를 통해 함께 형성되고 성장하는 미디어 환경을 같이 만들어나가는 행위를 가리킨다. 모든 인간은 집단적으로 형성되는 존재이기 때문이다. 의식적이고 집단적인 소비를 통해 시민 소비자는 미디어 시장을 통제할 수 있는 힘을 가지게 된다.

미디어 민주주의 · 미디어리터러시

미디어 민주주의는 가장 근본적이면서도, 충분히 인식되고 있지 않는 대중적 실천의 영역이다. 미디어 민주주의를 위한 사회적 변혁의 과정에 대중이 참여하는 것이 어려운 이유는 미디어 효과가 장기간에 거쳐 축적되는 과정을 통해 이루어지기 때문에 대부분 미디어 메시지는 반성적, 성찰적 과정을 거치지 않은 채로 나의 일부가 되고 더 나아가서 공동체의 상식이 되기 때문이다. 따라서 미디어 민주주의와 시민적 능력으로서의 미디어 리터러시의 중요성에 대한 자의식과 그것을 사회적 합의를 만드는 것이 무엇보다 중요해진다. 맥체스니를 다시 인용하면, "[미국의 민주주의를 다시 회복하기 위해서는] 가장 먼저 미디어 개혁문제를 어젠다로 설정하고 이 문제에 많은 자원을 투입해야 한다. 또한 미디어 개혁문제를 폭넓은 정치 어젠다로 확장시켜야 한다."(300) 미디어가 우리 삶이 함께 만들어지는 공공재라는 것, 시민의 미디어권이 민주사회의 기본적 권리라는 것, 미디어 소유의 권리가 이 시민적 기본권을 침해해서는 안 된다는 것에 대한 확고한 사회적 합의를 만들어 나가는 것은 현재의 포스트민주주의 상황에 대응할 수 있는 실천적 기반을 제공해 줄 수 있다.

시민의 미디어권은 민주사회의 기본적 권리이다

대중문화와 문화적 민주화 일상적 삶의 상징적 생산

여기에서 가장 중요한 인식은

모든 노동과 생산은 집단적이고 사회적인 행위라는 것이다.

우리가 자본주의 체제를 선택했다고 해서

이 사실이 달라지지 않는다. 사회의 전체적 자원과 부는

개별적인 경제 행위자들의 독자적인 이윤 추구 행위를 통해

산출되는 것이 아니라, 긴밀하게 서로 의존하면서 연결되어 있는

노동과 생산의 네트워크를 통해서 산출되는 것이다.

복지는 시혜가 아니라 사회적 부의 생산과정에

함께 참여한 사람들의 기본적인 권리를 인정해 주는

공동체적 행위이다. 이것을 인정해 주는 공동체는

공정한 사회일 뿐만 아니라 건강한 사회이다

4. 3.

미디어 리터러시
– 대중에서 시민으로

교회와 절대 국가의 정치권력을 시민 사회의 새로운 권위들로 대치하면서 근대 세계의 영웅으로 등장한 대중은 이제 전제적 유권자로, 자율적이고 합리적으로 선택하는 행복한 소비자로, 문화 상품의 변덕스럽고 오만한 구매자로 군림하고 있다. 그러나 한편으로 여전히 대중의 경험, 대중의 이해관계, 대중의 고통은 충분히 재현되고 있지 않으며, 대중은 시장의 주인이라기보다는 시장에 예속된 상태이며, 대중의 욕망과 쾌락은 끊임없이 다른 힘들에 의해 침해되고 조작되고 있기도 하다.

이러한 대중의 이중성은 바로 그것을 탄생시킨 근대의 이중성이기도 하다 "인간이 감히 이성을 사용할 수 있는 용기와 결단력을 갖게 되면서"(Kant 3) 태동한 근대는 그 구체적인 역사적 전개 과정 속에서 두 가지 종류의 이성에 의해 진행되어 왔다. 우리는 그것을 해방적 이성과 도구적 이성이라고 할 수 있을 것이다. 근대적 대중이 보편 계급을 표방하면서 절대 국가와 교회로부터 점진적인 자유를 확보해 나가는 과정을 추동한 것은 해방적 이성이라는 새롭게 계발된 인간의 능력이었다. 우리는 이 보편 계급의 자유의 확장을 민주주의라는 이름으로 부른다. 따라서 "일반 사람들이 자기 삶의 주인이 되어야 한다는" 민주주의의 가치는 우리 시대의 부정할 수 없는 규범적 이상이면서 또한 근대의 경험과 함께 등장한 역사적 산물이었다. 한편으로 근대는 선택의 여지없이 자본주의적 근대였으며, 자본주의가 스스로를 전개 발전시켜 가는 과정은 시장의 공리적이고 도구적인 이성이 인간 삶의 모든 과정을 효율과 생산성과 자유 경쟁이라는 이름하에 기능적으로 재조직하는 과정이기도 했다. 근대의 비극은 이 합리화 과정 속에서 인간은 하나의 도구로 전락하게 되고, 인간에게 마땅히 주어져야 할 자율성과 주체성과 풍부한 자기실현의 잠재력을 상실하게 된다는 것이다.

해방적 이성과 도구적 이성

이런 의미에서 지난 300년간의 서구 근대 문명의 발전사는 자유의 확장의 과정이면서 동시에 시장의 지배가 인간의 총체적 발전의 잠재력을 차단하는, 인간의 왜소화 과정이기도 했다. 계몽의 변증법이 보여주는 묵시록적 비전은 자본주의적 근대가 인간의 보편적 자유를 신장시켜주는 것이 아니라, 과학 기술과 물질적 진보의 힘이 인간 존재의 예속과 인간 잠재력의 퇴행을 가져올 것이라

서구 근대 문명의 역사는 자유의 확장 과정이면서 동시에 시장의 지배 과정이기도 하다

는 것을 보여준다. 특히 현실 사회주의의 몰락과 함께 자본주의적 관계가 전 지구적으로 급격하게 심화됨에 따라 지금 우리 앞에 진행되고 있는 여러 변화들은 우리가 새로운 자본주의의 단계로 진입하고 있다는 것을 확인 시켜주고 있다.

이 과정의 직접적인 결과 중의 하나는 지난 200여 년간 해방적 이성에 의해 추진되었던 근대의 공동체적 가치들이 퇴조하고 그것이 우리 삶에 가져왔던 역사적 성취가 폐기되고 있다는 것이다. 그것은 공동체 안에서의 구체적인 삶의 경험들과 그것의 자발적인 표현들을 공적으로 재현하고 그 경험과 표현의 요구들을 조절해 왔던 공공영역을 상실해 가는 것을 의미한다. 그런 의미에서 자본주의적 관계가 심화되는 과정은 시장의 도구적 이성이 근대를 전개해 왔던 또 하나의 힘인 해방적 이성을 잠식해 가는 과정이라고도 할 수 있을 것이다. 사회적 관계의 신자유주의적 재편은, 근대를 이끌어오면서 각각의 역사적 국면에서 때로는 서로를 강화시켜주고 때로는 갈등하고 대립하던 이 두 가지 이성의 분리를 보다 극명하게 보여주고 있다. 이러한 구체적인 역사적 조건의 변화 속에서 우리는 문화적 민주화의 의미를 생각할 수 있을 것이다.

○
문화적 능력, 문화교육,
　　미디어 리터러시

　문화적 의미에서의 참여 민주주의의 개념을 실천적인 기획으
로 전환시키는 과정에서 가장 핵심적인 것은 대중의 자기 형성의 대중의 '자기
형성의 능력'
능력 – 주체적으로 느끼고 사고하고 표현하고 반응하고 개입하는
능력이다. 우리는 이것을 문화적 능력으로 정의했다. 우리가 오늘
의 시대에 문화적 능력을 이야기하는 것은 공리주의 문명이 진정
으로 위협하고 있는 것은 포괄적인 의미에서의 "인간적" 삶 자체이
며 그것에 끊임없이 문제를 제기해온 인간 행위가 문화라고 부를
수 있는 인간의 행위 영역이기 때문이다. 문화적 능력이란 자기 형
성의 능력이다. 그것은 풍요롭게 세상을 경험하고 그 경험을 자기
안으로 가져와 스스로를 형성하고 확장하면서 주체적인 삶을 영위
할 수 있는 능력이다. 이 능력을 통해 외부 세계에 역동적으로 반응
할 수 있게 되고, 삶을 더 깊게 향유할 수 있고, 스스로의 삶의 조건
을 반성적으로 사유할 수 할 수 있는 원천을 갖게 되며, 자신의 현
실에 비판적으로 개입할 수 있는 힘을 가질 수 있게 된다. 그리고
궁극적으로 그 힘을 통해 현실의 변화에 참여한다.

　문화가 자기 형성의 능력이라는 것은 무엇을 의미하는가? 인
간은 노동 행위를 통해 자연을 변화시켜 자신의 욕구를 충족하고
자신의 생물적 존재를 지속시켜 간다. 그와 동시에 인간은 의미를
생산하면서, 즉 외부 세계를 인지하고, 해석하고 표현하고 반응하

고, 그러한 반응을 소통하고 공유하면서, 자신의 개체적이고 공동체적 생존을 지속해 나간다. 이 과정은 물질적 재화를 생산하는 생물적 노동이 그렇듯이, 궁극적으로 자기 생산의 과정이다. 즉 인간은 노동을 통해 생존의 물질적 조건을 생산하고 상징을 통해 주체, 즉 '나'를 생산한다. 의미 생산은 주체 생산의 지속적 과정의 핵심적 요소이며, 따라서 인간의 기본적이고, 필수적이고, 본능적인 삶의 과정의 일부이다. 이 해석과 표현과 반응과 소통의 행위, 그리고 그것을 통한 자기 형성, 자기 확장, 자기 창출의 과정을 문화라고 정의할 수 있을 것이다. 표현과 소통의 인간 행위의 영역은 능동적 세계 관계를 구성하는 중심적 행위이며, 이것을 통해 문화적 존재로서의 한 인간은 "나됨"을 끊임없이 만들어가면서 생존을 영위한다. 해석과 표현과 반응의 영역을 통해 인간은 외부 세계의 변화에 의미 있게 대응할 수 있는 정신적 감성적 원천을 만들어가게 된다. 이러한 해석과 표현과 반응의 행위는 항상 보다 풍부하고 깊고 고양된 경험에의 욕구를 수반하는데 이러한 욕구는 기본적이고 본능적인 욕구이다. 외부 세계에 대한 역동적이고 깊은 반응으로부터 우리를 압도하고 있는 현실의 지형이 드러나며, 그것을 통해 우리는 현실을 다룰 수 있는 실천적 원근법을 획득하게 된다. 또한 이 반응의 넓이와 깊이를 통해 우리 삶의 가능성이 확장되고 삶의 향유가 깊어진다.

　　문화를 활성화시킨다는 것은 의미 있는 반응의 원천을 찾아내고 공유하고 그것을 우리 삶의 살아 있는 동력으로 갱신시키는 작업이다. 그리고 문화적 자원과 역량을 만들어간다는 것은 이러한 창조적 표현과 반응을 통한 자기 형성의 능력, 보다 깊고, 강렬하고, 고양된 경험을 통한 자기 확장의 능력, 비판적이고 주체적으로 사고하고 판단하고 개입할 수 있는 정신적 지적 능력, 자신의 삶을 그 존재 근거인 공동체적 삶과의 관계 속에서 사고할 수 있는 시민적 능력 등을 계발하고 신장해 나가는 것을 가리킨다. 문화가 표현과 소통을 통한 자기 창출 과정이라면, 적극적 자유를 실현할 수 있는 자기 창조의 풍요로운 공간은 내적 형성의 공간이다. 적극적 자유의 실현의 원천, 능동적 세계 관계를 가능케 해주는 원천은 문화적 제도를 통해 축적된 인간의 형성과 확장의 역사이며, 형성과 확장의 역사, 인간의 자기실현의 역사는 한 개체의 내적 형성의 과정, 즉 자기 창출의 역동적 과정 속에서 살아 움직인다.

이러한 자기 형성의 과정은 개인적인 과정이면서, 동시에 공동체적 과정, 즉 사회적 과정이다. 왜냐하면 스스로를 온전하게 형성시켜 나가는 능력은 곧 그 삶이 이루어지고 있는 세계에 비판적으로 개입하는 것을 필연적으로 포함하기 때문이다. 우리의 일상적 삶은 항상 문제를 제기하고, 해석하고, 판단하는 행위를 끊임없이 요구하고 있으며, 반응과 개입의 능력은 시민 사회의 생존 조건이다. 시장이 강조하는 신자유주의의 기능적 합리성은 인간의 이러한 능력에 무지할 뿐만 아니라 적대적인 것으로 보인다. 오늘의 심화된 자본주의 사회는 주체적 반응과 비판적 개입의 능력을 신장시킬 수 있는 제도적 조건을 축소하고 폐기하고 있는 것으로 나타

자기 형성의 과정은 개인적 과정이면서 동시에 공동체적 과정이다

대중문화와 문화적 민주화 일상적 삶의 상징적 생산

나고 있다. 미디어를 비롯한 대중문화의 제도들이 교환가치의 지배를 더 많이 받게 되는 것은 이러한 움직임의 한 부분이다.

대중의 문화적 자원과 역량을 만들어가는데 가장 중요한 것은 자기 형성의 능력을 계발하고 신장시키기 위한 문화 교육의 구체적인 내용과 제도를 만들어 나가는 일이다. 문화 교육이란 자기 형성의 능력, 즉 주체적으로 느끼고 사고하고 표현하고 반응하고 개입하는 능력을 공동체 구성원들에게 효과적으로 공유시키는 과정을 가리킨다. 이 과정은 한 공동체가 가지고 있는 다양한 형태의 문화 생산 제도들을 통해 진행된다. 문화 교육은 문화적 엘리티즘의 경우에서처럼 어느 한 집단이 다른 집단을 교육하는 것이 아니라, 형성의 원천을 공유하고 소통시킬 수 있는 제도적 조건을 함께 만들어 나가는 것을 의미한다.

우리가 대중문화의 시대에 들어섰다는 것은 문화적 민주화의 장구한 혁명이 새로운 단계에 들어섰다는 것을 의미한다. 19세기 중반 이래로 전 지구적으로 확산된 대중교육의 일반화와 그 뒤를 이은 대중 미디어의 등장은 전혀 새로운 대중을 만들어가고 있다. 다양한 대중 소통의 기제가 등장했다는 것은 무엇보다도 문화적 형성의 원천이 훨씬 더 풍부하고 다양해 졌다는 것을 가리킨다. 현대적 의미에서의 대중 매체가 등장하기 이전의 시대와 비교해 볼 때, 자기 형성의 원천들은 이제 그야말로 공기처럼 우리의 일상적 삶의 한 부분으로 존재한다. 대중문화의 시대에서의 문화 교육의 과제는 이 새로운 문화적 조건을 어떻게 자기 형성의 제도로 만들 수 있을 것인가이다. 왜냐하면 우리 삶의 모든 중요한 자원들 – 경제적 자원뿐만 아니라 정치적 지적 감성적 자원까지 – 이 시장 기제에 의해 동원되고 관리되는 시장사회에서 새로운 미디어 문화는 인간을 형성하고 확장한다기보다는 인간의 자기 형성의 원천을 소진시키고 있는 것으로 보이기 때문이다. 따라서 우리 시대의 문화적 민주화는 무엇보다도 현재 우리가 가지고 있는 문화 제도들 – 미디어와 신문, 대중출판, 대중문화, 학교 그리고 시민 사회 안에서 자생적으로 만들어지는 다양한 종류의 문화적 형식들 – 을 자기 형성의 제도로 전환시키는 구체적인 실천적 작업들을 요구한다.

대중문화의 제도들이 후기자본주의 사회에서의 지배적 헤게모니의 기제라는 점에서 문화 생산 제도들을 형성의 제도로 전환시키는 작업은 그람시적 의미에서의 진지전(war of position)의 형태를 가질 수밖에 없다. 진지전은 "문화의 전쟁"이다. 그것은 대중(그람시의 용어로는 "국민 대중 (national‑popular)"의 주체 형성의 과정에 개입해 그 안에 있는 지배적인 것에 균열을 내는 전쟁이다. 그람시는 이것을 "참호와 요새로 둘러싸여 있는 지배 계급의 가공할 성채에 균열을 가하는 것"이라고 표현한다.[45] 시민사회의 기저층에서 대안적 헤게모니(alternative hegemony)를 만들어 나가는 것을 의미하는 이 균열의 정신은 지배적 헤게모니를 전복하는 기본 전략을 제공해 준

그람시적 의미에서의 '진지전 (war of position)'

대안적 헤게모니

---

45 진지전과 총력전의 문화적 함의에 대해서는 Antonio Gramsci, *Selections from Cultural Writings*, ed. D. Forgacs and G. Nowell‑Smith (Cambridge, Mass.: Harvard University Press, 1985) 390, 참조.

대중문화와 문화적 민주화 일상적 삶의 상징적 생산

다. 전면전이나 총력전이 아닌 진지전, 작은 균열들을 만들고 그것을 확산시키는 것은 오늘날 우리가 대안적 주체와 그것을 위한 대안적 매체를 창출해 가는데 많은 시사점을 준다.

　비판 미디어 교육은 우리가 생각할 수 있는 몇 가지 실천적 대안 중의 하나이다. 미디어는 우리 삶의 사실들을 선택적으로 제공하고, 우리가 사는 공동체의 현실을 판단하고 평가해 준다. 우리는 미디어라는 창을 통해 현실을 구성하고 더 나아가서 우리 자신을 구성한다. 미디어 교육은 미디어 환경 - 말뜻 그대로 미디어에 포위되어있고 미디어 속에서 숨쉬는 - 에서 어떻게 주체적 생존을 할 것인가의 문제의식에서 출발한다. 미디어가 헤게모니의 기제라는 것은 미디어를 통해 우리 삶의 지배적인 힘들이 스스로를 재생산하고 있다는 것이다. 따라서 비판 미디어 교육에서 미디어를 어떻게 읽을 것인가를 가르치는 것은 지배적인 미디어에 작동하고 있는 이데올로기적 호명을 거슬러서 읽을 수 있는 능력을 배양하는 것이다. 우리는 이것을 미디어 능력, 혹은 미디어 리터러시media literacy라고 부를 수 있을 것이다. 미디어 자체가 교육의 형태를 갖고 있다는 의미에서 이것은 대항 교육(counter-pedagogy)이라고도 할 수 있다. 또한 어떤 의미에서 현재의 지배적인 미디어가 "문맹"을 교육하고 있다는 점에서, 미디어 리터러시는 자신과 세계를 읽는 능력을 다시 갖추어 주는 작업이다.

미디어 리터러시media literacy는 지배적인 미디어에 작동하고 있는 이데올로기적 호명을 거슬러 읽을 수 있는 능력을 배양하는 것이다. 미디어 리터러시는 대항 교육(counter-pedagogy)의 의미를 가진다

○
문화적 능력으로서의
미디어 리터러시

미디어 리터러시는 문자능력(literacy)의 확장된 개념이라고 할 수 있다. 문자능력은 세계를 이해하고 해석하고, 자신을 표현하고 소통시키는 능력이 인간의 역사를 통해 구현된 가장 구체적인 형태의 인간적 자원이다. 재현과 참여의 문화적 능력으로서의 문자능력에 대한 생각을 가장 설득력 있게 제기한 사상가는 브라질의 민중교육 운동가이자 교육철학자인 파울로 프레이리Paulo Freire이다. 프레이리는 70년대 후반 이후 한국의 노동운동, 교육운동, 학생운동에서도 중요한 이론적 근거를 제공한 인물로 알려져 있다. '카톨릭 평신도사도직 협의회'의 이름으로 비밀리에 번역되어 유통되던 그의 『페다고지』(Pedagogy for the Oppressed)는 당시 학생운동권의 의식화를 위한 교육에 중심적 위치를 차지하고 있었고, 그 책을 소지했다는 이유만으로 긴급조치와 반공법 위반으로 투옥되던 시절도 있었다. 브라질의 군사정권에 맞선 민주화 투쟁에서 브라질 민중의 문자능력의 습득을 가장 중요한 요소로 보고 농촌 공동체를 기반으로 문맹퇴치 운동을 실천했던 프레이리에게 문자능력의 습득은 단순히 읽고 쓰는 기능적 능력을 갖게 되는 것을 넘어서, "자유를 위한 문화적 실천(cultural action for freedom)"(Politics of Education 43)의 핵심적이고 필수적인 기반이었다. 문자능력에 대한 그의 이론적 작업은 당시 군부정권에 의해 7년간 투옥된 뒤, 미국에서 망명생활을 하면서 미국의 진보적 교육 철학자들과의 교류를 통해 발표되었는데, 마르크스와 사르트르에서부터 마오쩌뚱과 체 게바라까지의 혁명적 진보 사상의 다양한 영향을 보여주면서도, 제삼세계 민주화운동의 실천적 관심에 부응하는 독자적인 사상의 체계를 가진 것으로 평가되고 있다.[46]

프레이리에게 자신의 경험에 이름을 붙일 수 있다는 것은 세계와 자신을 스스로의 눈으로 읽을 수 있는 능력을 가지는 것, 스스로의 경험과 정체성과 고통을 발언할 수 있는 힘을 가지게 되는 것, 더나아가서, 자신이 속한 공동체의 지배적인 상징과 문화적 재현이 이루어지는 방식을 읽는다는 것을 의미한다. 그의 표현을 빌리면

스스로를 표현하는 것, 세계를 표현하는 것, 창조하고 재창조하는 것, 결정하고 선택하는 것, 그리고 궁극적으로 한 사회의 역사적 과정에 참여하는 것이 아니라면, 단어를 말한다는 것은 진정한 행위가 될 수 없다. 침묵의 문화에서 대중은 말이 없다. 즉, 그들은 그들의 사회의 변화에 참여를

---

46 *Pedagogy of the Oppressed* 외에 특히 문자능력의 해방적 역할에 대한 저작으로는 *Education for Critical Consciousness* (1969), *The Politics of Education: Culture, Power and Liberation* (1985), *Literacy: Reading the Word and the World* (1987) 등이 있고 1997년 그가 타계한 이후에 그의 사상을 비판적 문자능력 (Critical Litreacy)의 개념으로 그의 교육 철학을 정리하고, 구체적인 실천의 방향을 모색한 책으로 *Critical Literacy in Action: Writing Words, Changing Worlds* (1999)가 있다.

금지당하며, 그것은 '존재'(being)를 금지당하는 것을 의미한다.(*Politics of Education* 50)

단어를 말한다는 것은 궁극적으로 현실을 변화시키는 행위이며, 그 현실을 인간적인 것으로 만드는 행위이다. 이것은 마르크스가 세계를 앎을 통해서 세계를 변화시키고, 그것을 통해 세계를 "인간적 실재(human reality)"로 만드는 행위, 프락시스, 실천적 의식이라고 부른 것과 일치한다. "문자능력의 과정은 단어를 발화하는 행위를 현실을 변화시키는 행위와 연결시키는 것이며, 그 현실의 변화에 기여하는 인간의 역할과 연결시키는 것이다. 이러한 연결 관계의 중요성을 인식하는 것은 읽고 쓰는 것을 배우는 사람들에게 반드시 필요한 것이다, 우리가 진정으로 해방을 원한다면."(*Politics of Education* 51)

프레이리의 문자능력에 대한 생각은 인간 존재에 대한 변증법적 이해로부터 나온다. 프레이리의 저작에 매우 빈번하게 등장하면서 그의 인간관을 가장 압축적으로 표현하고 있는 말은 "세계 속에 있으면서 동시에 세계와 함께(being in the world and with the world) 있는 존재로서의 인간"이다. 인간은 자연 속의 존재, 자연적 조건에 속박된 존재이면서 동시에 자연과 함께 있는 존재, 자연과 대면한 존재이다. 즉 자기 밖에 있는 세계와 능동적인 관계를 맺는 존재, 자기 밖에 세계를 '의식'하고 있는 존재이다.

대중문화와 문화적 민주화 일상적 삶의 상징적 생산

인간은, 세계
속에 있으면서
동시에 세계와
함께 있다. 인
간은 세계에
비판적으로 관
계한다 — 파
울로 프레이리

인간은, 동물과 달리, 세계 속에 존재할 뿐만 아니라, 세계
와 함께 존재한다. (…) 인간은 그들의 세계에 비판적으로
관계한다. (…) 세계 속에 그리고 세계와 함께 있는 존재로
서의 인간의 일반적인 역할은 수동적인 것이 아니다. 자연
적인(생물적인) 영역에 갇혀있지 않고 창조적 영역에 참여하
고 있기 때문에 인간은 현실 속에 개입하고 현실을 변화시
킨다. 습득된 경험을 전승하고, 창조하고, 재창조하고, 그
경험을 그들의 삶의 조건 속에 전유하고, 도전에 반응하고,
그들 스스로를 현실화시키고, 구별하고, 넘어서면서, 인간
은 그들에게만 허락된 영역 속으로 들어간다. 바로 역사와
문화의 영역이다.(*Education for Critical Consciousness* 3-4)

역사와 문화의 영역은 인간이 세계에 능동적, 생산적으로 관계
해서 그것을 변화시켜, 인간적 세계로 만든 결과물이다. 즉 현실에
개입하고 그것을 통해 인간적 실재를 창출하는 능력은 인간 행위
의 핵심적 부분이며, 이 행위를 통해 인간은 비로소 주체적 존재가
된다. 그는 순응하고 통제되는 인간이 아니라, "외부세계의 도전에
반응하는 인간, 현실을 역동적인 것으로 만들고 현실을 지배하고,
현실을 인간화하는 인간"(5)이 된다.

그러나 인간의 모든 행위가 실천적 의식, 현실의 변혁하는 힘
을 갖는 것은 아니다. 인간의 세계는 또한 그를 순응시키고 통제하
려는 힘을 가득 차 있다. 무자능력에 대한 그의 사유는 이 지점

에서 출발한다. 그에게 문자능력은 어떻게 한 사회에서 지식과 정보가 생산되고 그것이 사회적 정치적 상징이 되어 주체와 공동체를 구성하게 되는가를 인식할 수 있는 능력을 포함한다. 이것은 자신의 공동체의 의미 생산과정에 참여하는 것을 의미한다. 프레이리의 표현을 빌리면, 그것은 "정치적 문맹"(political illiteracy)(*Politics of Education* 103)을 넘어서는 것이다. 그에게 정치적 문맹이란 기능적 문자능력을 획득했지만, 자신의 삶의 지배적인 정치적 상징을 탈신화화(demythologization)하는 능력을 갖지 못한 상태를 가리킨다. "문화의 민주화는 다른 사람이 우리가 누구라고 생각하고, 그들이 우리가 무엇을 하기를 원하는 것에서 출발하는 것이 아니라, 우리가 누구이며 우리가 무엇을 하고 있는가에서 출발해야 한다. (…) 인간이 그들의 세계에 대해서, 세계 속에서의 그들의 자리에 대해서, 그들의 작업에 대해서, 세계를 변형시킬 수 있는 그들의 힘에 대해서, 반성적 사유를 할 수 있는 그들 자신의 능력에 대해서, 사유하기 시작할 때 문자능력은 진정한 의미를 갖게 된다."(*Education for Critical Consciousness* 81) 미디어 리터러시는 매체 환경의 변화에 따라 문자능력이 확장된 것이다. 이것은 우리가 텍스트라고 불러왔던 것의 외연의 확장이다. 앞의 문자능력의 설명에서 보았듯이 미디어 리터러시는 다양한 형태의 미디어를 접근하고 분석하고 생산하는 능력일 뿐 아니라, 한 사회의 전체적인 상징체계, 의미 생산의 체계를 이해하고 평가하고 그것을 실천적으로 전유하고, 더 나아가서 공동체의 의미 생산 과정에 참여하는 능력이다.

문자능력은, 문화의 민주화는 "정치적 문맹"(political illiteracy)을 넘어서는 일이다 구체적인 미디어 교육의 실천은 1982년 19개 국의 대표가 서독에 모여 "미디어 교육에 대한 구른베르트 선언"이 채택되면서 본격적으로 관심을 끌게 되었다. 이 선언은 "시민이 사회에 적극적으로 참여하기 위한 뿌리로 커뮤니케이션과 미디어의 중요성"을 강조하고 "시민이 커뮤니케이션에 관하여 비판적으로 이해할 수 있도록 하는 것에 대한 중요성을 인식하고 이를 촉진시킬 의무가 있다고" 주장한다.[47] 이후 20년 동안 비판 미디어 교육은 주로 서구 국가들을 중심으로 확산되었다. 비판 미디어 교육의 가장 핵심적인 과정은 그것을 각급 학교의 교과과정에 포함시키는 것이다. 이면에 있어서 가장 선구적인 나라는 영국이다. 그 원류는 1930년대 F. R. 리비스와 데니스 톰슨이 『문화와 환경: 비판적으로 깨어나기 위한 훈련』(Culture and Environment: the Training of Critical Awareness)에서 "매스미디어를 비판적으로 해석하는 일은 아이들을 저속한 대중문화의 영향으로부터 보호하는데 효과적이다"라고 주장하는 것에서 출발했다. 이 주장에서 짐작할 수 있듯이 초기의 미디어 교육은 고급문화와 대중문화의 엄격한 구별을 통해 진행되었다. 그러나 그 후 일상적 문화에 대한 새로운 인식이 문화연구자들 사이에서 확산되면서 이러한 이분법은 사라지고 대중의 관점에서 미디어

47 스가야 아키코, 『미디어 리터러시: 미국, 영국, 캐나다의 새로운 미디어 교육 현장 보고』 안해룡, 안미라 옮김, 커뮤니케이션 북스, 2001. 스가야 아키코의 이 책은 세계의 미디어 교육 현장에 대한 상세한 보고서로서 미디어 교육의 역사와 현재 진행 상황을 풍부한 자료와 함께 소개하고 있다. 미디어 리터러시에 대한 앞으로의 논의의 대부분의 1차 자료들은 이 책에서 인용했음을 밝힌다.

를 이해하고 분석하는 방향으로 바뀌게 된다. 영국의 미디어 교육에서 특기할 점은 그것이 국어 수업의 일부로 진행된다는 것이다. 자신의 삶과 늘 같이 있는 미디어를 비판적으로 읽을 수 있는 능력은 글자를 읽고 쓰는 능력과 문자로 된 문화적 유산을 해석하는 능력과 마찬가지로 스스로의 삶을 이해하고 표현하는데 필수적이라는 인식으로부터 미디어 교육이 추진된 것이다. 이들은 TV에서 시청률이 프로그램 편성과 제작에 영향을 미치는 과정에서부터, TV 광고가 고객의 관심을 끌게 하는 전략, 그리고 프로그램에서 반복되는 고정된 이미지들이 특정한 사회적 집단의 정체성을 만들어가는 과정에 이르기까지 매우 깊이 있는 분석을 중등학교 단위에서부터 훈련시킨다.

영국은 미디어 교육의 오랜 역사를 가지고 있지만 전국적으로 미디어 교육을 제도화한 것은 1988년이다. 미국과 캐나다도 미디어 교육을 국어 교과과정에 포함시키고, 비슷한 교과과정을 운영한다. 캐나다는 1987년부터, 미국은 1993년부터 본격적인 교과과정에 포함되기 시작했는데, 실제로 가장 먼저 제도화한 캐나다에서 미디어 교육을 정규 교과과정으로 채택하게 되는 과정은 아직 비판 미디어 교과과정이 시작되지 않은 우리의 경우에 많은 시사점을 준다. 캐나다의 미디어 교육의 역사는 비판적 미디어 교육의 필요성을 통감했던 고교교사인 배리 던컨Barry Duncan이 1978년 미디어 리터러시 협회(AML)를 창설하면서 시작된다. 협회라고 하지만 고교교사 몇 명이 참여하는 작은 시민 단체에 불과했다. 이들

대중문화와 문화적 민주화 일상적 삶의 상징적 생산

은 미디어 리터러시의 중요성을 주장하는 심포지엄과 워크숍을 개최하고 뉴스레터도 발간하는데 그 결과로 학부모와 시민들이 동참하게 된다. 온타리오 교육성이 미디어 교육을 정규 교과과정에 도입하게 된 것은 이러한 9년간의 지속적인 노력의 결과였다. 미디어 교육이 정규 교과과정의 일부라는 것은 앞에서 논의한 문화 생산 과정에서의 시너지 효과의 연쇄를 단절시키는 것이 대안적 매체 환경을 만드는 핵심적 전략이라는 관점에서 매우 중요한 의미를 갖는다. 많은 시간이 필요하고, 또 근본적으로 중고등학교 교육의 사회적 환경 자체가 바뀌어야 하겠지만, 우리도 중고등학교 과정에서 미디어 교육 혹은 문화 교육을 교과과정으로 제도화하는 시도를 시민사회에서부터 시작해야 할 시점인 것만은 확실하다.

비판적 미디어 교육의 실천적 작업 중에서 또 한 가지 주목할 만한 것은 미디어 리터러시 교육을 통해 적극적으로 소비자를 창출하는 것이다. 문화가 어쩔 수 없이 시장 기제를 통해 생산되는 것이라면, 소비자를 교육하고 소비자의 취향을 만드는 작업은 새로운 미디어 환경을 창출하는 과정의 효과적인 부분이 될 것이다. 대표적인 예로 영국영화협회(BFI)의 미디어 교육 프로그램을 들 수 있다. 다양한 대중 매체들을 통해 진행되는 이 과정은 영화를 비판적으로 분석하는 것뿐 아니라, 동영상을 보다 효과적으로 향유할 수 있는 능력을 훈련시키는 과정이 포함되어 있다. 이러한 '시네 리터러시'cineliteracy의 훈련을 통해 적극적으로 소비자를 창출함으로시 힐리우드 영화와의 경쟁력을 확보하고, 영화 문화의 질적 수준을 유지시킨다는 것이다. BFI에서 만든 미디어 교육 교재는 다시 각급 학교의 교과과정에 채택되기도 한다. 소비자를 적극적으로 창출하는 또 하나의 성공적인 예는 캐나다의 지역 방송인 〈참TV〉 ChumTV의 경우이다. 〈참TV〉가 미디어 교육을 지원하는 것은 영국의 BFI와 동일한 이유에서이다. 미디어 교육 담당 부사장인 사라 크로포드는 "사회적인 문맥을 가지고 텔레비전을 폭넓게 이해하고 텔레비전에 새로운 가치관을 창출하는 시청자의 존재는 새로운 형태의 시장을 만들어 내고 고도의 콘텐트 제작에 도움이 된다"라고 미디어 교육의 필요성을 역설한다. 〈참TV〉의 미디어 교육의 특징은 교과과정에 방송국이 개입하지 않고 미디어 교육 과정의 교사들이 전적으로 담당한다는 것이다. 물론 이러한 소비행위에의 적극적 개입은 시장주의자들로부터 소비자의 주권과 자유를 중대하게 위협하는 행위로 비판받을 소지가 없지 않으며, 이러한 시장주의자들의 비판을 떠나서라도, 누구의 취향이 교육될 것인가라는 문제에서 자유롭지 않다는 점에서 매우 조심스럽게 진행되어야 할 것이다. 그러나 어차피 소비자의 욕구와 취향이 시장을 주도하는 자본에 의해 만들어지고 있는 후기자본주의 상황에서 그것에 저항하는 행위로서의 소비자 창출은 좀 더 적극적이고 공격적인 형태를 취해도 될 것이다. 현대 사회에서 소비자로서의 대중은 이미 중립적인 존재가 아니며, 소비자를 전유하려는 여러 힘들이 서로 각축하는 공간이기 때문이다.

마지막으로 현재 진행 중인 미디어 교육의 가장 주목할 만한

대중문화와 문화적 민주화 일상적 삶의 상징적 생산

작업은 대안 미디어를 만들어가는 것이다. 이것은 미디어가 한편으로는 권력화되고, 다른 한편으로는 점점 더 특정한 소수 집단의 이해관계와 관점에 지배되게 되면서 그 필요성이 커지는 작업이다. 미디어 감시자(media watch)라고 불리는 이 시민 활동 중에 영향력과 행동력 면에서 대표적인 단체는 뉴욕에 거점을 두고 있는 〈페어〉Fair이다. "미디어의 불균형을 개선하기 위해 건설적인 비판을 제공하고 뉴스가 공정하고 정확하게 보도되고 있는가를 점검하는 것"이 〈페어〉의 임무이다. 대상은 활자매체와 TV, 라디오 등이다. 〈페어〉는 격월간지 〈엑스트라〉를 발행하며 〈타임〉이나 〈뉴스위크〉 같은 유력한 미디어의 보도를 철저하게 분석한다. 대안 미디어 활동은 사실 우리나라도 인터넷 공간을 통해 상당히 활발한 편이다. 특히 쌍방향 통신인 인터넷의 등장은 대안 미디어 창출의 엄청난 잠재력을 보여주고 있다. 개인 홈페이지가 확산되고 수평적으로 공유되는 과정은 대안 미디어 생산이 새로운 단계에 진입했다는 것을 확인해준다.

비판 미디어 교육은 민주적 삶을 위한 교육이다

비판 미디어 교육은 궁극적으로 민주적 삶을 위한 교육이다. 자신과 공동체의 문제에 주체적으로 개입하는 능력을 교육한다는 의미에서 공공영역의 실종과 함께 사라진 시민적 주체를 다시 만들어가는 작업이며, 침묵하고 주변화되었던 집단에 목소리를 부여하는 참여의 기획이다. 미디어 리터러시는 현 단계의 대중문화의 상황에 개입해 후기 자본주의적 삶의 대안을 모색하는 문화운동이다. 미디어 리터러시는 대중을 미디어의 수동적 소비자에서 능동적 생산자로 변화시켜준다. 그것은 앞에서 논의한 참여 민주주의, 즉 의미 생산과 의미 공유의 과정에 참여하는 행위의 중요한 부분을 이룬다. 미디어 리터러시와 미디어 교육에 관한 논의는 우리가 현재 한국의 상황에서 문화적 민주화를 향한 장구한 혁명의 과정을 어떻게 다시 새롭게 시작하고 끌고 나갈 것인가를 모색하는 것이다. 지금까지 이 책에서 논의된 대중문화의 문제들을 문화적 민주화의 실천적 작업과 연결하여 미디어 리터러시의 몇 가지 명제들로 정리하면 다음과 같은 것이 될 수 있을 것이다.

1. 미디어는 보이지 않는다.
- 미디어는 우리가 세계를 경험하는 방식을 구성한다. 미디어는 가치와 행위의 강력한 모델을 제공해주며, 그것을 통해 주체를 생산한다. 미디어는 우리가 사는 공동체와 우리 자신에 대한 정의를 생산해준다.
- 우리는 대체로 미디어가 우리의 주체를 구성하고 있다는 사실을 의식하지 못한다. 그것은 보편적 관점으로 자연스럽게 내화된다. 미디어는 세상으로 통하는 투명한 창인 것으로 우리에게 나타난다.

2. 미디어는 재현한다.
- 미디어가 보여주는 세계는 무엇인가에 매개된 세계이다.

- 재현이 매개되는 과정은 우리 삶을 결정하고 있는 여러 힘들이 각축하고 있는 장소이다. 누구의 관점에서, 누구에게, 어떠한 조건 속에서 재현이 생산되는가를 살펴보는 것은 미디어 능력의 중요한 기능이다.
- 미디어 능력은 재현을 거슬러 읽는 능력을 만들어주고, 더 나아가 우리를 재현의 주체로 만들어줄 수 있는 가능성을 준다.

3. 미디어 공동체는 경험 공동체이며, 해석 공동체이다.
- 언어가 우리 속에 축적되듯이, 미디어 경험들도 우리 속에 축적된다. 미디어 경험이 축적되는 공간은 우리의 내면이면서 동시에 객관적으로 존재하는 공동체적 공간이다.
- 언어가 공동체를 매개로 습득되듯이, 미디어 경험도 공동체의 경험으로 공유된다.
- 미디어는 특정한 공동체의 집단적 기억을 구성하는 이야기를 공유하게 해주고 자신을 표현하는 공통의 어휘를 제공해준다.
- 미디어는 지역 공동체의 구성원을 상상의 담론 공동체의 구성원으로 대치한다. 따라서 미디어 공동체는 해석 공동체이며, 사회적으로는 갈등의 단위를 구성한다.

4. 대부분의 미디어는 시장 기제를 통해 생산되고 유통되고 소비된다.

- 일상적 삶에서 상징적 창조 행위의 주된 원천은 상업적으로 생산된 문화 상품이다. 대중은 스스로의 욕구를 대변할 수 있는 문화 생산 체계를 시장을 통해 처음으로 갖게 되었다. 따라서 시장의 해방적이고 민주적인 기능을 인정해야 한다.
- 상업적 문화 생산물은 다른 어떤 것과도 비교할 수 없을 정도로 다양하고 풍요로운 상징적 창조행위의 형태를 제공해 왔다. 그런 의미에서 대중문화는 근대적 인간의 가장 위대한 발명 중의 하나이며, 시장 기제가 가지고 있는 창조적 소비의 역동성에 주목할 필요가 있다.
- 능동적, 창조적 소비의 가능성은 대중문화가 제공하는 정서적 유대감, 치유적 효과, 혹은 쾌락 그 자체를 통해 스스로의 삶의 의미 있는 것, 살아갈 만한 것, 견딜만한 것으로 만들고 현실을 넘어서는 핵심적 기능을 수행한다.

5. 미디어 능력은 시장 기제가 가지고 있는 제한적이고 파괴적인 측면을 항상 의식한다.
- 미디어 능력은 미디어가 생산되는 조건을 접근하고, 그것을 드러낼 수 있는 능력을 포함한다.
- 미디어 능력은 시장 기제가 우리에게 허위욕구를 창출 할 수 있다는 것을 알려준다.
- 미디어 수용의 과정은 미디어가 정보를 우리에게 제공해 주는 것이 아니라, 미디어가 우리를 광고주에게 제공해 주는

대중문화와 문화적 민주화 일상적 삶의 상징적 생산

과정이라는 것을 인식할 필요가 있다. 우리는 미디어를 통해 시장체제 – 즉 물건을 생산하고 유통하고 소비하는 과정 속으로 동원되고 편입되고, 더 나아가 그것에 관리된다.

- 시장과의 관계에서 미디어가 공공재라는 인식을 더 강화할 필요가 있다.

- 시장은 자연발생적인 것이 아니며, 중립적인 것도 아니다. 미디어 시장에 개입해야 된다는 정당성을 설득력 있게 제시해야 하며, 개입하는 방법이 논의되어야 한다.

6. 미디어 능력은 우리가 미디어를 더 많이 더 깊이 향유할 수 있도록 해준다.

- 미디어를 향유한다는 것은, 세계에 대한 강렬하고 깊고 고양된 경험을 공유하는 것이며, 그것은 주체의 확장을 의미한다. 풍부하게 형성된 주체만이 시장의 공리적 이성이 지배하는 제한적이고 파괴적인 삶의 형태를 버티고, 다른 삶의 형태를 꿈꾸고 실현할 수 있다.

- 미디어의 미학, 미디어 생산물의 질적 가치에 대한 논의가 더욱 활성화되어야 한다. 미디어의 미학은 감상되고 해석되어야 할 고정된 작품의 탁월한 성취를 드러내고 강조하는 것보다는, 일상적 삶에서 의미 있는 경험이 수용자에게 어떻게 일어나고 그들을 변화시켜가는가의 관점에서 접근되어야 한다.

- 대중문화의 미학은 선언적 명제가 아니라, 구체적 문화 생산
물과 그것의 구체적인 경험에 대한 분석과 평가의 점진적 축
적을 통해 만들어지며, 그것을 위한 평가의 제도적 조건이
활성화되어야 한다.

7. 미디어 능력은 문자능력을 대치하는 것이 아니라 확장하는
것이다.
- 일상적 삶에서의 상징적 창조행위에 가장 핵심적인 요소는
언어이다. 미디어 능력에서도 마찬가지이다. 언어는 상징적
창조행위의 풍부한 원천이며, 우리가 세계와 관계를 맺는 가
장 인간적 형식이다. 그것은 세계를 경험하는 진화된, 그리
고 진화되고 있는 방식이며, 그 축적의 결과물로 우리는 세
계를 다루고 세계의 가능성을 확장한다.
- 문학적 전통, 즉 문자 능력의 문화적 유산은 미디어 능력의
확장에 가장 효과적이고 역동적인 원천을 제공한다.
- 문자적 텍스트와 미디어 텍스트 사이의 연속성, 동질성에 대
한 인식이 차이에 대한 인식보다 더 강조될 필요가 있다. 이
때 문학적 유산은 텍스트에 고정된 문학에서 "문학적"이라는
형용사의 형태로 전환될 필요가 있다.

8. 미디어 교육은 제도권 교육의 일부가 되어야 한다.
- 제도권 교육의 일부가 된다는 것은 미디어 교육을 각급 학교

의 교과과정에 포함시키는 것과 고등 교육기관에서 미디어 교육을 학문제도의 일부로 편입시켜가는 과정의 두 가지 작업을 요구한다.

- 미디어 교육을 중고등학교 교과과정에 포함시키는 것은 대중 매체의 시대에 시민 교육, 미적 교육, 공동체 교육에 핵심적 요소를 구성하게 된다. 미디어 교육을 교과과정에 포함시킨 캐나다, 영국, 미국의 예를 바탕으로 교육 정책 운동으로 발전시킬 필요가 있다.

9. 미디어 능력은 우리를 수동적인 소비자에서 능동적인 생산자로 만들어 준다.

- 미디어 교육은 궁극적으로 민주적 삶을 위한 교육이다.
- 자신과 공동체의 문제에 주체적으로 개입하는 능력을 교육한다는 의미에서 공공영역의 실종과 함께 사라진 시민적 주체를 다시 만들어가는 작업이며, 침묵하고 주변화되었던 집단에 목소리를 부여하는 참여의 기획이다.
- 미디어 능력은 참여민주주의, 즉 의미 생산과 의미 공유의 과정에 참여하는 행위의 중요한 부분을 이룬다.

APPENDIX

부록

찾아보기
참고문헌

찾아보기

주요 개념

감성구조(structure of feeling)
23, 200, 318, 326, 327, 328, 329, 332, 333,
334, 335

계몽의 변증법
(dialectic of enlightenment)
304, 412, 462

구른베르트 선언
477

국민 대중(national-popular)
470

대중적 페미니즘(popular feminism)
337, 351, 358, 359, 360

문화대중주의(cultural populism)
46, 48, 51, 52, 53, 54, 114, 179, 184, 192,
193, 194, 196, 198, 201, 202, 203

문화산업(culture industry)
304, 412

문화유물론(cultural materialism)
33, 204, 227, 232, 233, 240, 243, 244, 245

문화자본(cultural capital)
50, 51

미디어 리터러시|media literacy
11, 23, 27, 28, 53, 458, 459, 463, 466, 471,
472, 476, 477, 478, 479, 481, 482

부르주아 공공영역
(bourgeois public sphere)
6, 10, 28, 251, 252, 254, 255, 256, 257, 264,
303, 318

비판적 대중문화론(critical mass culture
theory)
39, 46, 47, 48, 53, 192

빌둥(Bildung)
97, 104, 105

상상적 공동체(imaginary community)
251, 301

상품 물신(commodity fetishism)
411, 412, 416

상품미학(commodity aesthetics)
408, 413

생체미학(somaesthetics)
135, 137, 147, 173

스펙터클의 사회
(society of the spectacle)
412

시네 리터러시|cine literacy
479

시장 자유주의(market liberalism)
46, 443, 448

시장 전체주의(market totalitarianism)
63, 64, 449

심미적 국가(the Aesthetic State)
90, 101, 102, 109

심미적 인문주의(aesthetic humanism)
7, 29, 30, 33, 34, 70, 93, 94, 95, 100, 102,
103, 111, 164, 173, 174, 185

영국 도시 르네상스
(English Urban Renaissance)
256

대중문화와 문화적 민주화 일상적 삶의 상징적 생산

유물론적 미학(materialist aesthetics)
8, 9, 10, 11, 19, 23, 28, 29, 31, 32, 33, 34, 52,
66, 69, 90, 93, 94, 111, 112, 113, 114, 116,
119, 122, 147, 170, 173, 174, 183, 184, 185,
186, 187, 189, 190

월마트화(Wal-Martization)
439, 440

위험사회(risk society)
451, 452, 453, 455

일차원적 인간(one dimensional man)
47, 412, 414, 449

참Chum TV
480

칙릿Chick Lit
10, 189, 337, 338, 339, 340, 341, 346, 348,
349, 354, 355, 356, 357, 358

포스트민주주의(postdemocracy)
11, 385, 423, 426, 427, 428, 429, 430, 445,
451, 452, 458, 460

포스트페미니즘postfeminism
338, 341, 350, 356, 357, 359

프랑크푸르트 학파(Frankfurt School)
34, 47, 48, 192, 303, 309, 323, 448

하이퍼리얼리티hyperreality
28, 414, 415, 416, 418, 419

현대 문화연구 센터(CCCS)
190, 191, 192, 194

인명

가다머, 한스 게오르그
Hans-Georg Gadamer
105

가세트, 오르테가 이Ortega y Gassett
192

갬블, 앤드류Andrew Gamble
449, 450

그라프, 제랄드Gerald Graff
94

그람시, 안토니오Antonio Gramsci
44, 204, 227, 228, 229, 230, 232, 240, 470

김선영
338

김우창
4, 7, 8

던컨, 배리Barry Duncan
478

던톤, 존John Dunton
262

도정일
63, 64, 350

듀이, 존John Dewey
33, 51, 135, 136, 137, 138, 139, 140, 141,
142, 143, 144, 145, 146, 147, 148, 173, 174,
184, 186

드만, 폴Paul De Man
94

드쉘, 제프리Jeffrey Deshell
337

디킨즈, 찰스Charles Dickens
271, 299

디포우, 다니엘Daniel Defoe
269, 271, 272, 274, 278, 285, 286, 287, 288, 292, 295

래드웨이, 재니스Janice Radway
198, 199, 200

레싱, 도리스Doris Lessing
357

루게, 아놀드Arnold Ruge
70

루카치, 게오르그Georg Lukacs
303, 411, 412

리브, 클라라Clara Reeve
275, 276

리비스, F. R.F. R. Leavis
47, 48, 58, 105, 107, 108, 154, 155, 156, 157, 158, 160, 192, 323, 475

리처드슨, 사무엘Samuel Richardson
269, 271, 274, 278, 289, 290, 291, 292, 293

림보, 러시Rush Limbaugh
390

마르쿠제, 헤르베르트Herbert Marcuse
63, 309, 414

마르크스, 칼Karl Marx
7, 8, 19, 21~22, 29~30, 33, 42~44, 49, 69~76, 78~91, 93, 100~111, 113, 115~116, 119, 121~127, 129, 132, 147, 151, 154~155, 159~160, 164~167, 173, 177, 180~181, 184~187, 192, 204, 208~209, 213, 215, 218, 225, 228~229, 232~240, 303, 307~308, 322, 402, 404, 409~413, 416, 418, 422~424, 438, 473, 474

마쉬, 켈리Kelly Marsh
347, 352

마짜, 크리스Cris Mazza
337, 338

만델, 에르네스트Ernest Mandel
402

맥기건, 짐Jim McGuigan
51

맥도널드, 드와이트Dwight McDonald
192

메디슨, 제임스James Madison
432

멕체스니, 로버트Robert McChesney
456, 458, 459

모리스, 윌리엄William Morris
33, 111~116, 118, 121~127, 129, 131, 132, 173, 174, 184~186

무어, 마이클Michael Moore
10, 363~366, 368, 370~386, 391, 393, 394, 395, 396

바흐친, 미하일Bakhtin, Mikhail
280

박종운
433

버거, 존John Berger
363, 364, 365

베넷, 토니Tony Bennett
50

베버, 막스Max Weber
444

베인브릿지, 베릴Beryl Bainbridge
357

벡, 글렌Glen Beck
390

벡, 울리히Ulrich Beck
451, 452, 453

벤야민, 발터Walter Benjamin
10, 28, 33, 40, 187, 251, 303, 305, 306, 307,

309, 311, 312, 316, 317, 318, 323

보드리야르, 장Jean Baudrillard
309, 415, 416, 417, 418, 419

부르디외, 피에르Pierre Bourdieu
50

코울리지, 사뮤엘 테일러S. T. Coleridge
103

새비지, 마이클Michael Savage
389, 390

성은애
339

쉬바니, 아니스Anis Shivani
376

쉴러, 프리드리히Friedrich Schiller
30, 32, 33, 89, 90, 93, 94, 95, 96, 97, 98, 99,
101, 102, 111, 173, 184, 185

슈스터만, 리쳐드Richard Shusterman
51, 137

스가야 아키코
477

스미스, 아담Adam Smith
287, 433

스미스, 캐롤라인Caloine Smith
346, 359

스위프트, 조나단Jonathan Swift
262, 295

스티글리츠, 조셉Joseph Stiglitz
439, 440

아놀드, 매튜Matthew Arnold
58, 105, 106, 108, 158

아도르노, 테오도어Theodor Adorno
304, 305, 309

알튀세르, 루이Louis Althusser
70, 204, 207, 208, 213, 214, 215, 216, 217,

218, 219, 220, 221, 222, 224, 225, 226, 227,
228, 229, 230, 231, 232, 241

오레일리, 빌Bill O'relly
390, 391

오스틴, 제인Jane Austen
271, 278, 299

와트, 이언Ian Watt
269, 272, 273, 274, 275, 279, 288

울프, 나오미Naomi Woolfe
350

웨스트, 코넬Cornel West
151, 152

윌리스, 폴Paul Willis
23, 33, 173, 174, 175, 176, 177, 178, 179,
180, 181, 183, 184, 187, 189

윌리엄스, 레이먼드Raymond Williams
5~8, 23, 33, 38, 36, 60~61, 73~74, 151~163,
166~168, 173~174, 184, 186, 190, 201,
232~242, 244, 324~327, 334

유선영
333

이기형
341, 356

이영미
331

이정연
341

존슨, 사무엘Samuel Johnson
262, 295, 300

초도로우, 낸시Nancy Chodorow
199

최장집
350

코셀렉, 라인하트Reinhart Koselleck
260

크라우치, 콜린Colin Crouch
385, 426, 427

크루그먼, 폴Paul Krugman
376, 377

톰슨, E. P.E. P. Thompson
228, 231

파이프스, 리처드Richard Pipes
434, 435, 439

프레이리, 파울로Paulo Freire
472, 473, 474, 475, 476

프로이트, 지그문트Sigmund Freud
208, 209, 210, 211, 218

프롬, 에리히Erich Fromm
71, 74

프리스, 사이먼Simon Frith
51

필딩, 헨리Henry Fielding
262, 269, 271, 289, 290, 291, 293, 294, 295, 296, 297, 298, 299, 300

필딩, 헬렌Helen Fielding
347, 351, 354, 355

하버마스, 위르겐Jurgen Habermas
6, 7, 8, 10, 28, 102, 251, 252, 253, 254, 255, 257, 259, 264, 268, 303, 318

하워드, 마이클Michael Howard
430, 431

하이에크, 프리드리히Friedrich Hayek
443, 444, 445

하쥬스키, 스테파니
Stephanie Harzewski
354

호가트, 리차드Richard Hoggart
190, 191

호르크하이머, 막스Max Horkheimer
304, 305, 309

홀, 스튜어트Stuart Hall
38, 39, 40, 42, 43, 44, 45, 190, 191, 228

홉스봄, 에릭Eric Hobsbaum
424

웰러한, 이멜다Imelda Whelahan
358, 359

도서, 영화 명

『경제학 철학 수고』(The Economic and Philosophic Manuscript of 1844)
69, 70, 71, 72, 73, 74, 76, 81, 89, 93, 124, 165, 236

『경험으로서의 예술』(Art as Experience)
51, 135, 136, 144

『공산당 선언』(Communist Manifesto)
402, 423

『그룬트리쎄』Grundrisse
80

『노예의 길』(The Road to Serfdom)
443

『뉴레프트 리뷰』(New Left Review)
40

〈로저와 나〉(Roger and Me)
365, 377, 378, 379, 393

『문화대중주의』(Cultural Populism)
51

『문화 연구 조사 논문집』

대중문화와 문화적 민주화 일상적 삶의 상징적 생산

(Working Papers in Cultural Studies)
191

『문화와 환경』
(Culture and Environment)
477

『미디어 리터러시: 미국, 영국, 캐나다
의 새로운 미디어 교육 현장 보고』
477

〈보울링 포 콜럼바인〉(Bowling for
Columbine)
366, 393

『부르주아 공공영역의 구조적 변
형』(Structural Transformation of the
Bourgeois Public Sphere)
252, 255

『부자 미디어, 가난한 민주주의』
(Rich Media, Poor Democracy)
457

『브리짓 존스의 일기』
(Bridget Jones's Diary)
341, 342, 344, 347, 350, 351, 355, 356, 358,
359, 360

『빈곤으로의 평준화』
(Trickle Up Poverty)
389

『소설의 발생』(The Rise of the Novel)
269, 272

〈식코〉(Sicko)
367, 368, 369, 370, 371, 375, 376, 377, 381,
391, 392, 393

『아름다움이라는 신화』(Beauty Myth)
350

『여성주의 베스트셀러』
(The Feminist Best Seller)
358

『위험 사회』(Risk Society: Towards a
New Modernity)
452

『유토피아 소식』(News From Nowhere)
129

『인간의 미적 교육에 관한 편지』
(On the Aesthetic Education of Man)
95

『일상 문화』(Common Culture)
174

〈자본주의: 러브 스토리〉
(Capitalism: A Love Story)
367, 368, 377, 378, 380, 385, 388, 392

『장구한 혁명』(Long Revolution)
152, 160, 327

『천로역정』(Pilgrim's Progress)
274

『칙릿에 나타난 코스모폴리탄 문화
와 소비주의』(Cosmopolitan Culture and
Consumerism in Chick Lit)
346

『코스모폴리탄』(Cosmopolitan)
347

『페다고지』(Pedagogy for the Oppressed)
472

〈화씨9/11〉(Fahrenheit 9/11)
363, 364, 366, 393, 395

참고문헌

김상만. 「특별대담, MBC 〈내 이름은 김삼순〉, 성공 요인은?」, 「미디어 오늘」. 2005년 7월 27일.

김선영. 「올드미스 다이어리들, 자기긍정과 연애의 서사」, 『비평』 21, 2006.

도정일. 「세계화는 오늘의 세계에 무엇을 가져왔는가」, 『비평』 2, 2000.

박종운. "박종철을 두 번 죽이지 않는 길", 「한겨레신문」. 2007년 1월 23일.

이영미. 『한국인의 자화상, 드라마』. 생각의 나무. 2008.

이정현, 이기형. 「칙릿 소설, 포스트페미니즘, 그리고 자본주의 사회의 초상」, 『언론과 사회』 17:2, 2009.

장행훈. "오바마가 중간선거에서 패배한 진짜 원인", 「내일신문」. 2010년 11월 15일.

프롬, 에리히. 『마르크스의 인간관』, 김창호 옮김. 동녘. 1983.

최장집 외. 『전환의 모색』. 생각의 나무. 2008.

홉스봄, 에릭. 『제3의 길은 없다』, 노대명 옮김. 당대. 1999.

Adorno, Theodor. "The Essay as Form," trans. Bob Hololl-Kentor. New German Critique 32. 1984.

Adorno, Theodor and Max Horkheimer. "The Culture Industry: Enlightenment as Mass Deception," Dialectic of Enlightenment. London and New York: Verso. 1979.

Althusser, Louis. "Ideology and Ideological State Apparatuses," Lenin and Philosophy and Other Essays. trans. B. Brewster. New York: Monthly Review, 1971.

Anderson, Benedict. Imagined Communities: Reflections on the Origin and Spread of Nationalism. London: Verso. 1983.

Baldick, Chris. The Social Mission of English Criticism. Oxford: Clarendon Press. 1983.

Baldwin Edward Chauncey. "The Relation of the Seventeenth Century

대중문화와 문화적 민주화 일상적 삶의 상징적 생산

Character to the Periodical Essay," PMLA 19. 1904.

Bateson, F. W. "Addison, Steele and the Periodical Essay." Dryden to Johnson. ed. Roger Lonsdale. London: Barrie and Jenkins. 1971.

Baudrillard, Jean. In the Shadow of the Silent Majorities. New York: Semiotext(e). 1983.

Baudrillard, Jean. Simulations. New York: Semiotext(e). 1983.

Baudrillard, Jean. The Consumer Society: Myths and Structures. trans. Chris Turner. London: Sage Publication. 1998.

Bauman, Zygmunt. Legislators and Interpreters: On Modernity, Postmodernity and Intellectuals. Ithaca: Cornell University Press. 1987.

Borsay, Peter. The English Urban Renaissance: Culture and Society in the Provincial Town 1660-1770. Oxford: Clarendon Press, 1989.

Braudy, Leo. "Fielding: Public History and Individual Perception." Narrative Form in History and Fiction: Hume, Fielding and Gibbon. Princeton, N. J.: Princeton University Press. 1970.

Beck, Ulrich. Risk Society: Towards a New Modernity. London: Sage. 1986.

Behler, Constantin. Nostalgic Teleology: Friedrich Schiller and the Schemata of Aesthetic Humanism. Peter Lang. 1995.

Beljame, Alexander. Men of Letters and the English Public in the Eighteenth Century 1660-1774. ed. Bonamy Dobree. London. 1948.

Benjamin, Walter. "The Work of Art in the Age of Mechanical Reproduction," Illuminations. ed. Hannah Arendt. New York: Schocken. 1955.

Bennett, Tony. Outside Literature. London: Routledge. 1990.

Bennett, Tony. Popular Culture: Themes and Issues. Milton Keynes: Open University Press. 1981.

Berger, John. "The Beginning of History," Guardian. 2004. 8. 24.

Bourdieu, Pierre. Distinctions: A Social Critique of the Judgment of Taste. London: Routledge. 1984.

Boyce, Benjamin. "English Short Fiction in the Eighteenth Century," Studies in Short Fiction 5. 1968.

Carey, James. Communication as Culture: Essays on Media and Society.

Boston: Unwin Hyman. 1989.

Center for Contemporary Cultural Studies. Making Histories: Studies in History Writings and Politics. London: Hunchinson. 1982.

Coleridge, S. T. Biographia Literaria. ed. H. J. Jackson. Oxford: Oxford University Press. 1985.

Cohen, Jean and Andrew Arato. Civil Society and Political Theory. Cambridge, Mass.: the MIT Press. 1992.

Crane, R. S. "The Plot of Tom Jones." Journal of General Education. 4. 1950.

Crouch, Colin. Post-democracy. Cambridge: Polity Press. 2004.

Damrosch, Leopold. God's Plot and Man's Story: Studies in the Fictional Imagination from Milton to Fielding. Chicago and London: University of Chicago Press. 1985.

Defoe, Daniel. Essays Upon Several Projects: Effectual Ways for Advancing the Interests of the Nation. London. 1702.

Dewey, John. Art as Experience, The Later Works of John Dewey, vol.10. Carbondale: Southern Illinois University Press. 1987.

Dworkin, Dennis. Cultural Marxism in Postwar Britain: History, The New Left and the Origin of Cultural Studies. London: Duke University Press. 1997.

Eagleton, Terry. The Rape of Clarissa: Writing, Sexuality and Class Struggle in Samuel Richardson. Blackwell. 1982.

Eagleton, Terry. The Function of Criticism. London: Verso. 1984.

Eley, Geoff. "Nations, Publics and Political Culture: Placing Habermas in the Nineteenth Century." Habermas and the Public Sphere. ed. Craig Calhoun. Cambridge, Mass.: Cambridge University Press. 1992.

Gamble, Andrew. The Free Economy and the Strong State: The Politics of Thatcherism. London: MacMillan. 1988.

Graff, Gerald. Professing Literature: A Institutional History. Chicago. 1987.

Gramsci, Antonio. Selections from Cultural Writings, ed. D. Forgacs and G. Nowell-Smith. Cambridge, Mass.: Harvard University Press. 1985,

Gumble, Andrew. "Sicko? The Truth about U. S. Health Care system" Independent. 2007. 6. 4.

Fielding, Helen. Bridget Jones's Diary. London: Picardo. 1996.

Fielding, Henry. The History of Tom Jones: A Foundling. ed. Fredson Bowers. Middleton, Conn.: Wesleyan University Press. 1975.

Fisch, Harold. "The Puritans and the Reform of Prose-Style," ELH 19. 1952.

Fiske, John. "British Cultural Studies and Television," What is Cultural Studies: A Reader, ed. John Storey. London: Arnold. 1996.

Freire, Paulo. Education for Critical Consciousness. trans. Myra Bergman Ramos. New York: Continuum. 1969

Freire, Paulo. The Politics of Education: Culture, Power and Liberation. trans. Donaldo Macedo. New York: Berin and Garvey. 1985.

Freire, Paulo and Donaldo Macedo. Literacy: Reading the Word and the World. Westport: Bergin and Garvey. 1987.

Frith, Simon. Performing Rites: On the Value of Popular Music. Cambridge, Massachusetts: Harvard University Press. 1996.

Habermas, Jürgen. Philosophical Discourse of Modernity. Cambridge. 1987.

Habermas, Jürgen. Structural Transformation of the Public Sphere: An Inquiry into a Category of Bourgeois Society. trans. Thomas Burger. Cambridge, Mass: MIT Press. 1989.

Habermas, Jürgen. "The Public Sphere," Rethinking Popular Culture: Contemporary Perspectives in Cultural Studies, ed. Chandra Mukerji and Michael Schudson. Berkeley: University of California Press. 1991.

Hall, Stuart. "Introducing NLR," Lew Left Review Vol.1, no.1 (January-February 1960).

Hall, Stuart. "Notes on Deconstucting 'the Popular' "People's History and Socialist Theory. ed. R. Samuel. London: Routledge. 1981.

Hall, Stuart. "The 'First' New Left: Life and Times." Out of Apathy: Voices of the New Left Thirty Years On. ed. Oxford University Socialist Group. London: Verso. 1989.

Hamlyn, Hilda. "Eighteenth Century Circulating Libraries in England." Library 5. 1946.

Hamm, Theodore, The New Blue Media: Michael Moore, MoveOn.org, Jon

Stewart and Company are Transforming Progressive Politics. The New Press. 2008.

Haug, W. F. Critique of Commodity Aesthetics: Appearance, Sexuality and Advertising in Capitalist Society. Polity Press. 1986.

Hayek, Friedrich August von. The Road to Serfdom. London: Routledge. 1991.

Hebdige, Dick. Subculture: The Meaning of Style. London: Methuen. 1979.

Hellmuth, Ekchart. ed. The Transformation of Political Culture: England and Germany in the Late Eighteenth Century. London: Oxford University Press. 1990.

Hunter, J. Paul. Before Novels: the Cultural Context of Eighteenth Century English Fiction. New York: W. W. Norton & Company. 1990.

Jameson, Fredric. Postmodernism or the Cultural Logic of Late Capitalism. Verso. 1991.

Jhally, Sut. "The Valorization of Consciousness: the Political Economy of Symbolism," The Code of Advertising: Fetishism and the Political Economy of Meaning in the Consumer Society, London, Frances Pinter. 1987.

Kant, Immanuel. "What is Enlightenment?", Kant on History and Religion. Montreal. 1973.

Kay, Donald. Short Fiction in the Spectator. Alabama: The University of Alabama Press. 1965.

Klafki, Wolfgang. "The Significance of Classical Theories of Bildung for the Contemporary Concept of Allgemeinbildung." Teaching as a Reflective Practice: The German Didaktik Tradition. eds. I. Westbury, S. Hopmann and K. Riquarts. Mahwah, NJ: Lawrence Erlbaum. 2000.

Koselleck, Reinhart. Critique and Crisis: Enlightenment and the Pathogenesis of Modern Society. Cambridge, Mass.: MIT Press. 1988.

Kuhner, Jeffrey. "Savage Conservatism." The Washington Times. 2010. 10.7

Lawson, Andrew. "Foreclosure Stories: Neoliberal Suffering in the Great Recession," Journal of American Studies, 47. 2003.

Leavis, F. R. and Denys Thompson. Culture and Environment: the Training of Critical Awareness. London: Chatto and Windus. 1933.

대중문화와 문화적 민주화 일상적 삶의 상징적 생산

Lecky, William. History of England in the Eighteenth Century. New York: Appleton. 1888.

Lowith, K. "Man's Self-Alienation in the Early Writings of Marx." Social Research V. 21. 1954.

Lukacs, Georg. "Reification and the Consciousness of the Proletariat", History and Class Consciousness. MIT press. 1971.

Marcuse, Herbert. One-Dimensional Man, Studies in the Ideology of Advanced Industrial Society. Boston: Beacon Press. 1964.

Karl, Marx. The Economic and Philosophic Manuscript of 1844. ed. Dirk Struik. International Publishers. 1964.

Karl, Marx. Theories of Surplus Value. Beekman Publishers. 1971.

Karl, Marx. Grundrisse: Foundations of the Critique of Political Economy. Vintage Books. 1973.

Karl, Marx. Communist Manifesto, ed. Friedrich Engels, London: Public Domain Books. 1988.

Karl, Marx. Early Writings. Penguin. 1992.

McChesney, Robert. Rich Media, Poor Democracy: Communication Politics in Dubious Times. Urbana: University of Illinois Press. 1999.

McGuigan, Jim. Cultural Populism. London and New York: Routledge. 1992.

McGreal, Chris. "Capitalism is Evil. you have to eliminate it: interview with Michael Moore." Saturday Interview Series. The Gaurdian. 2010. 1. 30. http://www.theguardian.com/theguardian/2010/jan/30/michael-moore-capitalism-a-love-story.

McKeon, Michael. The Origins of the English Novel 1600-1740. Baltimore: The JohnsHopkins Press. 1990.

Mayo, Robert. The English Novel in the Magazine 1740-1915. Evanston: Northwestern University Press. 1962.

Moore, Michael. Mike's Election Guide 2008. Grand Central Publishing. 2008.

Morris, William. Hopes and Fears for Art. Collected Works of William Morris. Vol. 22. ed. May Morris. Longmans. 1910-15.

Morris, William. Signs of Change. Collected Works of William Morris. Vol. 23.

ed. May Morris. Longmans. 1910-15.

Morris, William. "Architecture and History" "The Society of the Future." William Morris: Artist, Writer, Socialist, ed. May Morris. Oxford University Press. 1936.

Morris, William. "The Socialist Ideal." William Morris: On Art and Socialism. ed. Holbrook Jackson. John Lehmann. 1947.

Morris, William. "The Gothic Revival." The Unpublished Lectures of William Morris. ed. Eugene Dennis Le Mare. Wayne State University. 1969.

Morris, William. "News From Nowhere." Three Works of William Morris. ed. A. L. Morton. Lawrence and Wishart. 1986.

Morris, William and E. Belfort Bax. Socialism, Its Growth and Outcome. Swan Sonnenschein, 1983.

Ray, William. Story and History. Narrative Authority and Social Identity in the Eighteenth Century French and English Novel. Cambridge, Mass: Basil Blackwell. 1990.

Pipes, Richard. Property and Freedom. New York: Vintage Books. 1999.

Radway, Janice. Reading the Romance: Women, Patriarchy, and Popular Culture. Chapel Hill and London: University of North Carolina Press. 1984.

Savage, Michael. Tricke Up Poverty: Stopping Obama's Assault on Our Borders, Language and Culture. Harper Collins. 2010.

Schiller, Friedrich. Naive and Sentimental Poetry and on the Sublime. Frederick Ungar Publishing. 1966.

Schiller, Friedrich. On the Aesthetic Education of Man: In a Series of Letters. ed. Elisabeth Wilkinson and L. A. Willoughby. Oxford. 1967.

Shivani, Anis. "The Politics of Broken American Health Care System: Michael Moore's Sicko" North Dakota Quarterly, vol.75. 2008.

Shor, Ira and Caroline Pari. Critical Literacy in Action: Writing Words, Changing Worlds. Portsmouth: Heineman. 1999.

Sartre, Jean-Paul. Critique of Dialectical Reason. Verso. 1976.

Thompson, E. P. William Morris: Romantic to Revolutionary. Pantheon Books. 1955.

Thompson, E. P. The Making of the English Working Class. New York: Vintage. 1963.

Walzer, Michael. Interpretation and Social Criticism. Cambridge, Mass: Harvard University Press. 1987.

Watt, Ian. The Rise of the Novel. Berkeley: University of California Press. 1964.

Williams, Raymond. Culture and Society 1780-1950. London: Chatto and Windus. 1958.

Williams, Raymond. The Long Revolution. New York: Columbia University Press. 1961.

Williams, Raymond. Modern Tragedy. London: Chatto and Windus. 1966.

Williams, Raymond. Marxism and Literature. London: Oxford University Press. 1977.

Williams, Raymond. Problems in Materialism and Culture

Williams, Raymond. "Culture is Ordinary," Resources of Hope. New York: Verso. 1989.

Willis, Paul. Common Culture: Symbolic Work at Play in the Everyday Culture of the Young. Boulder and San Francisco: Westview Press. 1990.

일상적 삶의
상징적 생산

대중문화와 문화적 민주화

2018년 5월 25일 1판 1쇄 박음
2018년 5월 31일 1판 1쇄 펴냄

지은이 여건종

펴낸이 김철종 박정욱

편집 김성은 **디자인** 최예슬 **마케팅** 오영일

인쇄제작 정민문화사

펴낸곳 에피파니

출판등록 1983년 9월 30일 제1 - 128호

주소 110 - 310 서울시 종로구 삼일대로 453(경운동) KAFFE빌딩 2층

전화번호 02)701 - 6911 **팩스번호** 02)701 - 4449

전자우편 haneon@haneon.com **홈페이지** www.haneon.com

ISBN 978-89-5596-846-0 93840

이 도서의 국립중앙도서관 출판예정도서목록(CIP)은 서지정보유통지원시스템 홈페이지
(http://seoji.nl.go.kr)와 국가자료공동목록시스템(http://www.nl.go.kr/kolisnet)에서
이용하실 수 있습니다.(CIP제어번호: CIP2018015806)

이 연구는 교육부 인문사회연구 역량강화 사업비로 한국연구재단의 지원을 받았습니다.
(NRF-812-2008-2-A00372)